LE JAUNE

DU MÊME AUTEUR

Chez le même éditeur :

La Terre de la gazelle, roman.
Marie-casse-croûte, roman, Prix R.T.L. 1985.

Aux Éditions Julliard :

L'Arche ensevelie, roman.
Le Vent de Chine, roman.

ÉDOUARD AXELRAD

LE JAUNE

roman

JCLattès

Ce livre est dédié à la mémoire de Bernard Méry qui fut, au camp, mon ami, mon frère.

E. A.

PREMIÈRE PARTIE

Le Charnier des Innocents

1

IL N'EST – QU'UN CHEMIN – VERS LA LIBERTÉ – LES BORNES – QUI LE JALONNENT – SE NOMMENT – COURAGE – OBÉISSANCE – ASSIDUITÉ – FRANCHISE – HONNÊTETÉ – ORDRE – PROPRETÉ – TOLÉRANCE – DÉVOUEMENT – AMOUR – DE LA PATRIE

L'inscription était répartie sur le fronton des dix-huit baraques disposées en demi-cercle à la limite de la cour. Elle étalait son absurdité en lettres de deux mètres de haut, qu'une fois par mois un détenu était chargé de repeindre d'un blanc éclatant.

C'était la devise du camp de Sachsenhausen.

Pour les condamnés à la pendaison, debout sous la potence de la place d'appel, elle était la dernière vision du monde avant que ne soit retiré de sous leurs pieds le tabouret sur lequel ils étaient juchés. Il est douteux que, pendant les ultimes secondes de leur existence, ils en appréciaient la saveur.

Plus chanceux, les condamnés à la bastonnade la retrouvaient, cernant leur horizon, dans l'intervalle de lucidité séparant chaque coup du précédent. A l'issue de l'appel, le chevalet avait été mis en place aux accents de l'*Hymne à la joie* de la *IX*e *Symphonie,* dont l'exécution par l'orchestre du camp préludait à ce genre de cérémonie. Tradition oblige.

Formant le carré autour de l'aire réservée aux exécutions, la masse compacte des quarante mille détenus, alignés, comptés et recomptés, ne tressaillait pas plus au spectacle de la schlague qu'elle ne vibrait en entendant du Beethoven. Quarante mille êtres inertes, abrutis de faim, de fatigue et de misère, qui regardaient d'un œil morne se balancer les pendus, mais comptaient les coups sourds s'abattant sur le dos des punis, en se disant qu'après le dernier ce serait le « Rompez les rangs » et la distribution de la soupe. On n'en était pas là. Le *Lagerführer* [1]

1. Commandant du camp.

lisait, en y mettant le temps, l'exposé des motifs de chacune des condamnations avant l'exécution des sentences qu'elles prescrivaient. Lecture purement formelle que personne n'entendait. Le vent de janvier balayait à la fois le grésil et les mots qu'il projetait au hasard sur les rangs pétrifiés de détenus. Il s'insinuait sous l'étoffe des tuniques rayées et lacérait les corps de brusques griffures, pénétrait les bronches et se frayait un chemin de glace et de feu jusqu'au plus profond des poumons. Le grésil et les mots tourbillonnaient ensemble et s'abattaient à l'improviste sur les visages larmoyants de froid : « ... Négligence coupable... sabotage... exemple... pendaison... » La suite se perdait dans un sifflement aigu accompagné d'une rafale tranchante comme la lame d'un rasoir.

Au-delà d'un mur de dos frileusement voûtés se devinait l'échafaud sur lequel était dressée la potence. En visant bien entre les têtes, il était possible d'apercevoir le petit groupe d'hommes entourant le condamné. Mais pour y parvenir il fallait lever la tête et se dresser sur la pointe des pieds. Double imprudence : lever la tête, c'était dénuder sa gorge et dépasser l'alignement des têtes rentrées dans les épaules, c'était prendre le risque de se signaler à l'attention d'un *Blockführer* [1]. Mauvais risque : l'humeur d'un *Blockführer* est, par nature, chargée de colère comme une nuée d'orage est saturée d'électricité. Dans les deux cas, la foudre n'est jamais loin.

Au reste, la scène n'avait rien que de très ordinaire. Tranquille même, au point d'être irréelle. Un homme était mis à mort, sans cris, sans bousculade et, la plupart du temps, sans révolte. Il grimpait de lui-même sur le tabouret, aidé, soutenu par la main ferme d'un autre détenu. Un S.S. passait la tête du condamné dans le nœud coulant, ajustait la corde – ni trop lâche, ni trop tendue – et se reculait de deux pas, comme pour juger de l'effet. Une bonne minute s'écoulait alors sans que rien ne se passât. L'homme était toujours immobile. Le détenu-bourreau, immobile également, se tenait tout contre le tabouret. Paré à la manœuvre! On reconnaissait le *Lagerführer* au col de fourrure de son manteau. Aucune fantaisie, et, *a fortiori*, aucun débraillé dans la tenue des quatre hommes auxquels il s'adressait.

La distance et le vent faisaient du spectacle un film muet dont la mimique des acteurs, à défaut de leurs paroles, permettait de suivre le déroulement. Faisaient-ils une sale gueule, c'est que le *Lagerführer* les menaçait d'un séjour sur le front russe. S'esclaffaient-ils au contraire, avec un ensemble tout militaire, c'est que le *Lagerführer* venait d'inventer une expression nouvelle, humo-

1. S.S. responsable d'un block.

ristique en diable, s'appliquant aux détails de l'existence finalement monotone, tant des gardiens que des détenus d'un camp de concentration. Certaines de ses trouvailles étaient devenues des classiques, adoptées dans l'ensemble de l'univers concentrationnaire.

« Passer par la cheminée », c'était lui. « Entrer au sanatorium, aller aux douches, prendre une inhalation », c'était encore lui.

En cas d'évasion, l'ensemble des détenus était rassemblé sur la place d'appel et y demeurait, sans bouger, jusqu'à ce que le fugitif soit rattrapé et ramené au camp. Rien de bien attrayant, l'attente pouvant durer vingt-quatre heures et parfois davantage.

– Il faut aider les *Haeftlinge* [1] à prendre patience, dit-il un jour. La musique, il n'y a rien de mieux. Mais pas n'importe quelle musique.

Il revenait d'une permission à Paris où il avait fait la tournée des boîtes de nuit.

– Ach, Paris!

Il avait été subjugué par Rina Ketty dont la dernière chanson faisait fureur :

J'attendrai... ai... ai
Le jour et la nuit,
J'attendrai toujours
Ton retour...

L'illumination avait été fulgurante et la décision n'avait pas tardé. Depuis ce jour, jusqu'à ce que l'évadé soit retrouvé, l'orchestre ressassait la chanson de Rina Ketty une fois, dix fois, cent fois... « J'attendrai ton retour, le jour et la nuit. » La nuit tombée, les projecteurs illuminaient la cour. Il pleuvait ou il neigeait, le temps semblait immobile, mais l'orchestre pleurnichait « J'attendrai ton retour ».

L'idée avait été reprise, de Sachsen à Buchenwald, à Bergen Belsen, Mauthausen et Auschwitz où, pour corser la cérémonie du retour, l'enfant prodigue faisait le tour de la place d'appel, hissé sur un chariot tiré par quatre *Haeftlinge,* précédé de la musique, et achevait son triomphe sous la potence, comme il se doit.

La potence, justement. Qu'avaient-ils à pérorer, ces cinq guignols coiffés de la casquette à tête de mort, au lieu d'en finir, et vite, puisqu'on était là pour ça?

Brabant toussait, comme d'habitude, la bouche fermée pour éviter de se faire remarquer. Mais c'est un exercice difficile qu'il

1. Déportés détenus dans un camp. Au singulier, *Haeftling.*

ne réussissait pas toujours. Il arrivait même que, loin d'être contenue, sa toux éclatât en une quinte furieuse qui faisait accourir le *Blockführer*, offusqué par une telle insolence.

– *Was ist los?* hurlait-il en cherchant des yeux le coupable. Encore toi ! Tu ne sais donc pas qu'il est interdit de tousser dans les rangs ?

Brabant cherchait une excuse.

– J'ai pris froid, plaidait-il sans conviction.

– Froid ? jubilait l'autre. Je vais te réchauffer.

Cinquante pompes après l'appel.

La chance aujourd'hui était avec Brabant. Au moment où le *Blockführer* arrivait à sa hauteur, l'homme au col de fourrure avait fait trois pas et s'était placé devant le condamné. Un adjoint lui avait passé un cahier ouvert et il avait commencé la lecture de l'arrêt.

– Tu entends quelque chose ? demanda Brabant.

Clariond haussa les épaules.

– Rien du tout. D'ailleurs, pour ce qu'il y a à entendre...

Brabant désigna du menton la silhouette debout sous la potence.

– Tu le connais, ce mec ?

– Non, je crois qu'il est ukrainien, mais je n'en suis pas sûr.

Dans le créneau des têtes, il chercha la bonne position pour apercevoir l'échafaud. Et il vit, sous la corde tendue, le corps raide de l'Ukrainien ou supposé tel dont pas un bruit, pas un cri, à peine un mouvement imperceptible entre deux bourrasques, n'avait signalé qu'il était passé de vie à trépas.

Non, vraiment, rien que de très ordinaire.

De retour à la baraque, Brabant s'écroula sur son châlit. Sur le chemin de la place d'appel, il avait encore toussé sans avoir à se retenir cette fois. Sa bouche s'était emplie d'une humeur au goût douceâtre qu'il avait crachée. Il avait sursauté en découvrant, sur la neige, la tache noire de son sang. Ce n'était pourtant pas une surprise. Il se savait atteint depuis plusieurs mois et suivait avec fatalisme la progression de son mal. Dans un monde où régnait la famine, il n'arrivait même pas à ingurgiter sa ration de pain. La soupe, passe encore parce qu'elle était chaude et qu'il avait l'impression de geler par l'intérieur. En même temps, il tremblait de fièvre et ruisselait de sueur au moindre effort. Il n'avait pourtant pas à en fournir. La planque qu'il devait aux relations de Clariond le mettait à l'abri des intempéries pendant les heures de travail, lui épargnait les coups et lui assurait une nourriture substantielle. Un luxe inimaginable, le rêve des milliers d'hommes alignés sur la place, mais pour Brabant un luxe inutile, car il arrivait trop tard pour qu'il en profitât. Son heure, semblait-il, avait sonné. Jusqu'à présent, pour continuer à vivre, il avait toujours trouvé au fond de lui-même un reste de force encore disponible. Mais ce soir, pour la première fois, la tentation de l'abandon l'emportait sur la volonté de se battre.

– Cette fois-ci, dit-il, c'est sérieux. Je crache du sang.

Pour Clariond, il n'y avait apparemment là rien de surprenant.

– Avec le temps qu'il fait, répondit-il, on se gèle les couilles. Pourquoi pas les poumons ? A moi aussi, c'est arrivé.

Il salua un public imaginaire.

– Et, tu vois, je suis aussi beau qu'avant !

Plutôt que de rêver, comme certains, à des revanches aussi saignantes qu'improbables ou de pleurer stérilement sur lui-même, il s'était réfugié dans la dérision et s'y trouvait bien.

Il faisait virevolter sa *Mütze*[1], une jambe tendue et l'autre repliée sous les fesses, le buste cassé en une révérence très Grand Siècle. Grotesque et se voulant tel, avec ses socques de bois d'où dépassaient des chaussettes russes d'une crasse innommable, sa tenue de bagnard rapiécée en tous sens et son crâne rasé que piquetait une repousse chétive.

– Lorsque, disait-il, les historiens écriront notre histoire, les pieds bien au chaud et la conscience pure, ils peindront des héros tragiques et se mettront le doigt dans l'œil. Nous ne sommes que des pantins aux trois quarts déglingués dont un montreur de marionnettes paranoïaque s'amuse à tirer en tous sens les ficelles. Il y aura des survivants – il y en a toujours – qui joueront les pères nobles, distribueront l'éloge et le blâme et oublieront de quel prix ils ont rayé leur survie.

Sa propre histoire, ajoutait-il, confortait son propos. Plus que celle de héros, authentiques ou non, elle était exemplaire de la monumentale connerie qui gouvernait l'univers concentrationnaire.

Depuis l'armistice, Clariond avait subsisté, à Marseille, plutôt mal que bien, d'une collaboration épisodique à un magazine dont le directeur général-rédacteur en chef était également rédacteur en pied et adjoint de rédaction. Contrairement à ce qu'on pourrait croire, cet homme-orchestre n'était pas surmené. Ses écrits mensuels se limitaient à un billet parfaitement insipide. Pour le reste, il se fournissait dans les journaux et périodiques qu'il pillait allègrement, sans pour autant soulever de protesta-

1. Coiffure rayée en forme de béret.

tions parmi ses victimes. Et pour cause. *La Plume*, magazine littéraire et artistique, était totalement inconnu. Inoffensif parce qu'inexistant.

– Notre honneur et notre liberté, disait volontiers l'homme-orchestre. Nous ne sommes vendus à personne.

– Pas même au moindre lecteur, ironisait Clariond, mais en gardant sa réflexion pour lui-même, car le bonhomme était irascible.

Il vomissait les Allemands. Par patriotisme. Que la *Propagandastaffel* ait refusé de faire de *la Plume* le magazine paneuropéen dont il avait rêvé n'était, évidemment, pour rien dans son aversion.

Clariond n'eût su dire comment il l'avait connu, ni comment un jour de dèche il avait échoué dans le bureau-foutoir de la rédaction de *la Plume*.

L'homme-orchestre avait été magnanime.

– Je ne ferai pas l'injure à un homme comme vous de lui proposer un salaire, avait-il déclaré. Vous valez plus et mieux que cela. Ce qu'il vous faut, c'est un domaine à défricher. Je vous offre la direction de la publicité de *la Plume* et vous réserve 50 % de commission sur les contrats que vous signerez. Je prévois une page d'espaces publicitaires : faites le calcul. Non, non, ne me remerciez pas.

Le domaine à défricher s'était révélé particulièrement aride et les annonceurs potentiels incapables de comprendre les avantages d'une publicité dans *la Plume*. Clariond était passé des théâtres et des salles de concert, ses alliés naturels, aux cinémas et boîtes de nuit. Sans succès. Il était descendu d'un cran : restaurants, réunions sportives. La boxe, bordel, c'est culturel, non? Rien à faire, pas plus la boxe que le cyclisme, le cross ou le football. Il en était à démarcher les crémiers et se faisait rire au nez.

– De la publicité? avait ricané le commerçant gras à lard à qui il venait de proposer un petit seizième de page. Pour quoi faire, mon bon? Je n'ai rien à vendre.

Il le poussait doucement vers la porte. L'instinct de conservation incitait Clariond à s'accrocher. Mais c'est une inspiration soudaine, totalement irréfléchie, qui lui dicta sa réplique :

– Comme vous voudrez, mais c'est dommage pour vous. M. Sanpietri ne sera pas content.

Le commerçant tressaillit.

– Quel Sanpietri?

C'est Clariond, maintenant, qui riait.

– Quelle question! Ange Sanpietri, bien sûr.

– Je paie déjà, vous savez, et fort cher.

Clariond avait pris un air sévère.

– Ange Sanpietri, dit-il en fixant le commerçant, n'aime pas beaucoup que l'on bavarde à son sujet. En tout cas, pour acheter votre paix, un seizième de page, c'est donné.

A Marseille, le clan Sanpietri était redouté. Le marché noir, la prostitution, la délation et les chantages en tout genre passaient par lui, et par lui seulement depuis qu'il avait mis ses nervis au service de la police allemande. Cette exclusivité en avait fait le roi de la pègre marseillaise. Pour avoir omis de se couvrir du côté de la Gestapo, ses concurrents s'étaient retrouvés hors-la-loi, arrêtés et bientôt déportés. De leur côté, les commerçants sourds aux injonctions des *missi dominici* d'Ange Sanpietri se voyaient infliger un contrôle qui ne manquait pas de révéler leurs trafics. Honte sur les affameurs du peuple, que les hommes du clan livraient au bras séculier. C'était l'invitation au voyage dont l'itinéraire commençait par la rue Paradis – siège de la Gestapo – se poursuivait par la prison des Baumettes puis par Compiègne et s'achevait dans la cour de Sachsenhausen où, sous le droguet rayé, se retrouvaient pêle-mêle les bons et les mauvais, les héros et les lâches, les maquereaux et les crémiers, mais surtout la foule des pauvres types, victimes du hasard et de la malchance de s'être trouvés au lieu de rencontre du mauvais moment et du mauvais endroit.

Clariond avait peu de goût pour les héros, qu'il accusait de jouer un rôle dont le texte sonnait faux et creux. Mieux valait, selon lui, regarder les choses en face : on était dans le grotesque et l'odieux. Les damnés sont plus souvent ridicules que tragiques. C'est sous cet éclairage qu'il considérait sa propre aventure.

– Alors, ce seizième de page, vous le prenez, oui ou non?

Le commerçant soupira :

– Bien sûr que je le prends. Mais j'espère bien qu'après je vais être tranquille.

– Dans les temps que nous vivons, plaisanta Clariond, vous seriez bien le seul. Un conseil toutefois. Plus vous serez discret, moins vous risquerez d'ennuis.

Le client avait signé, et après lui tous ceux de sa rue : le succès pour Clariond, qui put, dès lors, s'offrir deux repas par jour. Bonne affaire également pour *la Plume* qui doubla d'un coup la surface de ses espaces publicitaires, non sans que l'homme-orchestre commençât à trouver scandaleux le volume des commissions qu'il allait devoir verser à son collaborateur.

Après quelques jours d'euphorie, celui-ci réalisa que sa chance serait de courte durée; le temps, pour les hommes de Sanpietri, de découvrir le racket de leurs clients et d'identifier le demi-sel qui avait l'inconscience de les doubler.

Ce ne fut toutefois pas de ce côté que vint le coup qui le frappa. Son imprudence n'y fut pour rien.

Il s'était trouvé une chambre dans le quartier du Vieux-Port, derrière la mairie. L'endroit était sordide, mais grouillait de vie et regorgeait de denrées de toutes sortes. Il avait son couvert chez Titine, un nègre gigantesque qui avait transformé en gargote une cave suintante de la rue Tiphaine et qui proposait à une clientèle huppée de pantagruéliques portions de viande sur l'origine de laquelle personne ne se montrait curieux. La bourgeoisie du Prado frissonnait d'aise en s'encanaillant rue Tiphaine. Elle en oubliait la vague pestilence des lieux qui mêlait les odeurs de moisi, de viande défraîchie et de pieds aux émanations des chiottes à la turque que l'on apercevait derrière leur porte toujours ouverte, à côté des fourneaux ronflants de Titine. Si elle n'y parvenait pas, les piments et les sauces dont usait le maître queux avec une générosité tout africaine s'en chargeaient. Après trois bouchées du frichti mijoté par Titine, la clientèle incandescente était hors d'état de sentir et de goûter. Et c'était tant mieux. En revanche, elle était à même d'apprécier sa conversation, condition indispensable pour être admis dans le cercle fermé des habitués. Il parlait volontiers de la misère de ses ancêtres dont la robustesse avait toujours fait le malheur. Ils avaient été porteurs de père en fils pour des générations de roitelets avides et cruels, puis de chefs de colonne d'infanterie coloniale que le soleil et l'alcool rendaient fous. De savanes en forêts, ils avaient parcouru des milliers de kilomètres. La plante de leurs pieds était devenue plus dure que le sabot des chevaux. Voués à la servitude, les hommes de sa famille, disait-il, héritaient à la naissance de la corne de leurs pieds.

Mais Titine n'était pas leur héritier. Il était libre, ne portait pas de corne et marchait rarement. En tout cas, jamais pieds nus. Le fait de posséder des chaussures témoignait de son affranchissement. Il les faisait confectionner sur mesure, en raison de sa pointure, inconnue dans le commerce. En cuir et de deux couleurs, pour la beauté de l'objet. Il les exhibait entre grillade et ragoût, devant une clientèle qui ne manquait pas d'apprécier l'ornementation compliquée de ces pompes royales.

– Tu as vu celles-là, noir et blanc, et celles-là, bleu et blanc ?

Heureux Titine, qu'une désertion judicieuse de sa compagnie de tirailleurs sénégalais avait sauvé de la défaite, et à qui l'Occupation avait procuré l'occasion d'accéder à la liberté !

Lui non plus ne vit pas venir le coup qui le frappa.

Il était neuf heures et les ruelles du quartier grouillaient d'activité. Titine venait de réceptionner une douzaine de caisses de dattes soustraites aux réquisitions allemandes, un rouleau de toile à bâche, que l'intendance de la Wehrmacht achetait à prix d'or, et dix kilos de tabac en feuilles pressées, lorsqu'une rumeur lui fit dresser l'oreille. A quelques centaines de mètres de là, Clariond, qui l'entendit également, resta le rasoir en suspens. La rumeur s'amplifiait : elle montait dans les ruelles menant à l'Hôtel-Dieu, butait dans les impasses et bondissait dans les escaliers de pierre.

– Les gardes mobiles ont cerné le quartier!...

Les habitants de la périphérie, en bordure du Vieux-Port, les avaient vus se déployer en longues files noires hérissées de fusils. Les autres colportaient la nouvelle en l'enrichissant de détails de leur cru. En moins d'un quart d'heure le quartier tout entier, saisi de panique, avait pris l'aspect d'une fourmilière saccagée.

Que l'opération qui se préparait fût « française » ne rassurait personne. Jusqu'à présent d'ailleurs, les Allemands n'étaient jamais intervenus directement. Ils obtenaient d'aussi bons résultats en utilisant les services de la police, toujours désireuse de prouver son efficacité. Cela pour les actions officielles, avouables en quelque sorte. Pour les autres, les basses besognes telles qu'enlèvements, expéditions punitives, assassinats et torture, les malfrats de Sanpietri faisaient l'affaire.

Tout était différent aujourd'hui. D'ordinaire, les hommes de Sanpietri et ceux de la police s'évitaient : à chacun ses compétences. Or, pour la première fois, on les voyait ensemble. Pour la première fois également, les Allemands étaient là, ostensiblement prêts à intervenir. Depuis les rues hautes on apercevait leurs camions et leurs blindés rangés sur le quai des Belges. Masse d'hommes et de machines sur lesquels le pâle soleil de janvier accrochait ici ou là l'éclat d'un casque ou d'un canon de fusil. Un avertissement qui valait autant pour ceux qu'il s'agissait d'appuyer que pour ceux qu'il allait falloir contraindre.

A quoi ? Personne encore ne le savait. Le vieux quartier était vérolé, mais ça n'était pas nouveau. Et les Allemands, jusqu'à plus ample informé, ne faisaient pas la guerre aux putes. Il ne s'y cachait pas de déserteurs, parce qu'en janvier 43, à Marseille, la vie était belle et qu'on ne désertait pas encore. Des trafics ? Bien sûr. Le quartier en vivait. L'armée allemande aussi, sans compter Sanpietri. Chacun selon ses besoins et ses capacités. Celles du Vieux-Port étaient artisanales, folkloriques, finalement utiles à tout le monde. Alors ?

Alors rien. Le démarrage du cycle de la connerie, gratuite, énorme et vide.

« Les habitants du quartier devront s'être rassemblés sur le quai du Vieux-Port à 14 heures, dernier délai. Ils sont autorisés à emporter vingt kilos d'affaires personnelles. Toute personne qui aura contrevenu... »

Suivaient les menaces auxquelles la gueule des sbires de Sanpietri, l'uniforme noir des gardes mobiles et, là-bas, la masse compacte des Allemands armés en guerre donnaient une sinistre consistance.

Le déballage du vieux quartier se fit en deux étapes successives. La population d'abord, en une matinée. Et les biens ensuite, dont le pillage commença de façon ordonnée, pour se transformer, devant l'abondance et la diversité du butin, en une foire d'empoigne de plus en plus anarchique à laquelle, impatientés, les Allemands finirent par mettre un terme.

L'essentiel, en effet, était à venir. Il s'agissait de dynamiter la forteresse constituée par le vieux quartier et d'ensevelir sous ses décombres l'ennemi qui s'y cachait, d'autant plus dangereux et pervers que personne ne l'avait jamais aperçu et que, circonstance aggravante, il ne s'était jamais manifesté.

Une foule d'une incroyable diversité se retrouva bientôt échouée au milieu de ses ballots, attendant qu'il soit statué sur son sort.

Des clochards, d'abord. Mais qui, jeté sur le trottoir avec une valise et deux colis hâtivement ficelés, ne ressemble pas à un clochard ? L'âge, sans doute, contribue à en donner l'aspect. Il y avait là des vieux, hommes et femmes, qui, depuis des années, n'avaient pas quitté le quartier, et qui, face à l'eau scintillante du port, clignaient des yeux comme des oiseaux de nuit surpris par la lumière. Suant sous les couches superposées des vêtements qu'ils avaient pu enfiler, la poitrine barrée par les bretelles en sautoir de leurs musettes, ils ruminaient leur mésaventure sans rien y comprendre. Le ciel leur était tombé sur la tête. Certains sont ainsi faits qu'ils s'y attendent et même s'y préparent. Pas eux qu'avaient jusqu'alors protégés le tassement rassurant des maisons de leur rue, la pérennité de leurs habitudes et l'inviolabilité des secrets du quartier. Pas de ciel là-dedans et pourtant il s'était effondré comme un plafond pourri.

Des vieux et des jeunes aussi, fatalistes ou inquiets, plus geignards que révoltés. Des misérables et des nantis, des travailleurs et des oisifs, des Blancs, des Noirs et des café-au-lait qu'avaient séparés ou opposés, tout au long de leur existence, leurs moyens, leurs ambitions et leurs comportements et dont une poigne gigantesque avait fait, en deux heures de temps, un magma de déracinés anonymes.

Mais des déracinés à replanter où et comment ? Nul n'en avait la moindre idée. Supposez que les salauds d'Anglais bombardent votre ville et rasent votre quartier. Ça s'est vu, et plus d'une fois. Encore heureux de vous en sortir vivants : il y a une certaine logique dans l'enchaînement des circonstances qui ont fait de vous des réfugiés. Mais là, vous voilà réfugiés sans cause, ou pire encore en vertu d'une cause arbitrairement fabriquée :

« Vous avez été évacués pour éviter les épidémies qui vous menaçaient, en raison de l'insalubrité du quartier. Vous bénéficierez de l'attribution de logements sains, dès que possible. En attendant qu'ils soient disponibles, vous serez accueillis dans des centres d'hébergement préparés à votre intention. »

Reprise au mégaphone, tandis que dans les ruelles désertées le pillage battait son plein, l'information se voulait rassurante. Elle ne faisait qu'aviver les alarmes. Voyez les juifs par exemple : on avait entendu dire que, pourchassés et arrêtés par centaines, ils avaient disparu sans laisser de traces. Pour eux aussi, la police avait parlé de regroupement. Évidemment, c'étaient des juifs. Eux au moins savaient pourquoi ils étaient emmenés. On pouvait contester le bien-fondé des mesures qui les frappaient, bien que, entre nous... Légitime ou non, il existait une loi. Qui était appliquée : point final. Pas ici. Une population pacifique, innocente, bien française, marseillaise de cœur, maréchaliste et tout, allait être emmenée, Dieu sait vers quelle destination, comme les juifs dont on entrevoyait tous les mois les files muettes embarquant à la gare Saint-Charles. Ce déni de justice était intolérable. Pourquoi, mais pourquoi ?

Ils se fatiguaient en vain. Il n'y avait pas la moindre réponse à leur question. Seulement une destination à leur voyage : le camp de Caïs, à Fréjus, qui pendant des décennies avait servi de dépôt de transit aux troupes coloniales et qui était désaffecté depuis la disparition de l'armée de l'armistice.

Lorsque, par paquets de quarante, ils débarquèrent devant le *bordj* de pisé rouge qui servait de portail au camp, ils n'en crurent pas leurs yeux. Le seul à n'être pas dépaysé était Titine qui, quarante mois auparavant, avec quelques centaines de tirailleurs venus comme lui au secours de la mère patrie, avait parcouru le même trajet de Marseille à Fréjus avant de connaître les douceurs du camp d'instruction. Il se marrait, Titine, et y avait quelque mérite, car il avait dû abandonner rue Tiphaine la moitié de ses chaussures. Entre les pompes et la bouffe, il avait tergiversé et n'avait finalement transigé qu'au terme d'un douloureux arbitrage.

Clariond, lui, n'avait fait que subir avec passivité. La soudaineté de l'événement l'avait assommé. Il humait avec suspicion l'odeur de crésyl flottant dans les baraques. Titine l'encourageait.

– Tu verras, lui disait-il avec un grand sourire, Caïs, c'est le bon coin.

En effet. Nourris, logés sans bourse délier, libres de leur

temps, exempts de soucis et de travail, qu'auraient pu souhaiter de plus les vingt mille évacués en attendant d'être relogés comme promis? Ils l'apprirent le lendemain, lorsque le lieutenant de gendarmerie responsable de l'hébergement leur fit savoir que jusqu'à nouvel ordre ils étaient consignés dans l'enceinte du camp, avec interdiction d'en sortir.

Les vieux ne réagirent pas: ils n'avaient aucune envie de bouger. Les jeunes écoutèrent le gendarme d'une oreille distraite. Ils ne se sentaient pas concernés. Lorsqu'une caserne devient étouffante, depuis toujours on fait le mur. On le ferait d'autant plus aisément qu'ici l'enceinte était de barbelés assouplis par le passage de générations de troufions en goguette. Demain, quand on voudra! Aujourd'hui, on s'installe.

Personne, finalement, n'avait eu conscience d'avoir franchi la frontière incertaine séparant la liberté de la servitude.

Sauf peut-être Titine, dont l'organisme réagissait, par atavisme, à toute atteinte à sa liberté de mouvement.

Non sans raison: sa peau, d'un noir luisant, était une provocation à la persécution. Les gens l'évitaient d'ailleurs, comme si les risques qu'il courait personnellement avaient été contagieux. Personne ne pouvait dire qu'ils ne l'étaient pas. Si protéger un juif était un délit, pourquoi fréquenter un nègre n'aurait-il pas été également punissable?

Clariond était le seul à lui parler, moins par sympathie pour lui ou par esprit de justice que par aversion pour les réactions de la foule en quelque situation qu'elle se trouvât, et qui la faisaient, selon les cas, arrogante lorsque brillait le soleil et sordide dès que s'annonçait le mauvais temps.

La police française puis la Gestapo, escortée par ses auxiliaires en feutre mou, étaient venues plusieurs fois à Caïs.

« Les innocents n'ont rien à craindre, diffusait à tous les échos la direction du camp. Plusieurs malfaiteurs ont échappé au dernier tri. Ce sont eux que la police recherche. Il est du devoir des hébergés de signaler aux autorités tout comportement suspect et de dénoncer le marché noir. »

Les suspects, d'accord. L'heure n'était pas aux scrupules.

Depuis deux ans que radio et journaux stigmatisaient l'étranger, on ne pouvait que prendre ses distances avec ceux qu'en vagues successives on avait vus s'installer, depuis 1936, dans les ruelles du vieux quartier. Des Espagnols d'abord, rescapés des Brigades internationales, des réfugiés d'Europe centrale, juifs le plus souvent, des manouches également, que l'évacuation avait piégés. Sans compter tous les autres, dont d'obscures querelles de rue à rue, de maison à maison, avaient fait d'irréductibles ennemis, prompts à se dénoncer réciproquement.

Le brouet du camp ne convenait pas à Titine et les regards torves de ses cointernés ne lui disaient rien qui vaille. Ses promenades l'amenaient toujours au même endroit, le lit à sec d'un ruisseau qui traversait perpendiculairement l'enceinte de barbelés.

– C'est par là que je foutrai le camp, disait-il à Clariond. Si tu veux, on se fait la malle ensemble. Je connais l'endroit. C'est là que je venais tirer mon coup pour le prix d'un paquet de gris lorsque j'étais trop fauché pour aller au bordel.

L'hétaïre clandestine pourvoyeuse de vérole qui hantait nuitamment, depuis un demi-siècle, les lisières du camp était connue de la Prévôté sous son patronyme : Cudassier, Irène. Les tirailleurs ignoraient l'orthographe mais faisaient sans le savoir de la sémantique interprétative.

– Cul-d'Acier, qu'elle s'appelait, confiait Titine. (Et son sourire illuminait la nuit.) C'est par là qu'elle arrivait, avec une couverture sous le bras, parce que, mon ami, les aiguilles de pin, ça pique.

Il montrait le lit du ruisseau qui zigzaguait entre les pins parasols.

– Oui, c'est par là que je me taillerai. Les autres cons pourront toujours me dénoncer, je serai loin. Tu viendras ?

Pour Titine, le jeu en valait la chandelle; pas pour Clariond que rien ni personne ne menaçait. Il fut cependant dénoncé comme ayant facilité la fuite du nègre et longuement interrogé par la police. Sa réapparition dans le camp, à l'issue de son audition, fut considérée comme un signe de faiblesse peu compatible avec les exigences de l'époque, toutes de rigueur et de fermeté.

C'est qu'ils avaient d'eux-mêmes une opinion flatteuse, les hébergés de Caïs ! Ils avaient oublié les peccadilles dont leurs vies avaient été tissées pour ne se souvenir que des délits, voire des crimes perpétrés par leurs voisins. Aucun barbillon de la rue Haute n'avait entendu parler de traite des Blanches, aucune de leurs protégées n'avait jamais trempé dans une affaire d'entôlage, aucun épicier n'avait vendu à faux poids, aucun boucher ne s'était approvisionné en viande d'inavouable provenance. Kid Marcel, le boxeur, n'avait pas vécu, mal d'ailleurs, de combats truqués avant d'être interdit de ring et Onésime, le bistrot de la rue Caisserie, n'avait abrité aucun tripot dans sa cave ainsi que le chuchotaient à qui voulait l'entendre des confrères jaloux de sa réussite.

Ils avaient l'âme tranquille et tenaient à le prouver en fermant les yeux sur la ressemblance de plus en plus frappante entre l'hébergement dont ils bénéficiaient et un internement qui ne disait pas son nom. Ils constataient que la surveillance à la porte et aux lisières du camp s'était renforcée, mais ils en rendaient responsables les quelques douzaines d'individus qui, comme Titine, avaient préféré prendre en main leur destin plutôt que de s'en remettre à la sagesse de l'Administration.

Des rumeurs de départ se mirent à circuler dans le camp. Les plus optimistes parlaient d'un recasement provisoire en attendant la reconstruction du vieux quartier, d'autres de recasement définitif entre Nice, Toulon, Nîmes et Aix-en-Provence. Certains insinuaient qu'ils pourraient bien être mis à la porte du camp, et priés de se débrouiller comme des grands. Oui, monsieur!

Mais personne n'avait imaginé que les hébergés quitteraient Caïs pour le camp de Fayence, dont les barbelés renforcés étaient tendus entre des poteaux de béton incurvés vers l'intérieur afin de décourager toute velléité d'évasion. Pour lever toute ambiguïté, la direction du camp fit placarder des « Avis aux internés », détaillant les sanctions que leur vaudrait toute infraction au règlement.

Le coup était dur à encaisser. A peine s'en étaient-ils remis qu'hommes et femmes étaient invités à se rassembler, séparément, et à se présenter en rangs sur le terrain de sport. Comme on pouvait s'y attendre, ce fut la panique, que la police du camp réprima avec une brutalité hargneuse.

– Les meneurs seront punis, beuglaient les haut-parleurs.

On vit, en effet, des hommes emmenés sans ménagement tandis que les rangs se formaient tant bien que mal.

Formés en colonne, quelques centaines d'internés furent conduits à la porte du camp où ils prirent pelles, pioches, masses et barres à mine, puis gagnèrent un chantier qui ressemblait à l'ébauche d'une piste d'atterrissage. Lorsque, après une journée de travail, ils revinrent au camp, ils cherchèrent leurs femmes. En vain. Pendant qu'ils cassaient des cailloux, elles avaient été embarquées dans des camions qui avaient pris la direction de Vidauban.

La suite se déroula de façon si rapide et chaotique que personne ou presque n'en garda un souvenir cohérent.

Le travail sur le chantier du terrain d'aviation commençait tôt le matin et finissait à la nuit tombée. On pouvait, certes, tirer au flanc, et peu des internés s'en privaient, mais ce n'était qu'une satisfaction platonique. Ce qui les intéressait était de connaître le motif de la transformation de leur état et surtout de trouver une autorité auprès de qui protester contre l'erreur, la monstrueuse erreur qui en avait été l'origine.

Quelques jours passèrent. Avec autant d'évidence qu'était apparue, aux yeux d'experts de la Luftwaffe, la nécessité de construire un aérodrome de dégagement à Fayence, d'autres experts démontrèrent l'inutilité des travaux entrepris. Le chantier fut abandonné, mais pas les internés qui, sans le savoir, passèrent sous contrôle allemand.

Aucun service français n'avait les moyens ou le désir de s'occuper d'eux. Les exigences allemandes étant ce qu'elles étaient, une telle prétention aurait été vouée à l'échec. Leur sort était donc entre les mains des parties prenantes allemandes, main-d'œuvre dite libre, Service du travail, Gestapo. Ce fut la Gestapo qui l'emporta. Sur les quelques milliers d'hommes dont elle disposait, elle en sélectionna cinq cents et se désintéressa des autres. Personne ne sut jamais selon quels critères elle avait effectué son choix. Les élus n'en connurent que les conséquences. Trois mois, jour pour jour, après la destruction du vieux quartier, ils étaient embarqués, très classiquement, dans ces wagons dont l'inscription « hommes quarante, chevaux (en long) huit » omettait de mentionner « déportés quatre-vingt-dix ».

Ce fut un bon transport : ils n'étaient que soixante par wagon.

Trois jours plus tard, ils franchissaient le porche carré de Sachsenhausen et se retrouvaient au centre d'une immense cour semi-circulaire. Droit dans l'axe de l'entrée se dressait une potence. Clariond n'avait jamais vu de pendus. Il y en avait un sous la potence, si rigide et immobile, si peu réel, qu'on eût dit un mannequin

Alentour c'était le vide, un espace désert, si l'on exceptait une centaine d'hommes en pyjama rayé qui marchaient en cadence sur une piste tracée aux lisières de la cour.

Kid Marcel, le boxeur, poussa Clariond du coude.

– T'entends? Ils chantent.

C'était indéniable. Ils chantaient faux, ce qui était peut-être une manière de protestation, mais ils chantaient.

Ein, Zwei,
Wir sind Kameraa...den
Oh oh oh oh...

Le boxcur plissait le front. Il ne comprenait pas, mais pour une fois n'était pas le seul.

– Qu'est-ce qu'ils foutent, d'après toi, à tourner en rond?

– Va savoir, marmonna Clariond, peut-être qu'ils aiment marcher. La preuve : ils chantent. Contents, mon vieux, ils sont contents, comme moi, comme toi. T'as déjà vu quelque chose de comparable? Il pleut une chiasse d'eau et de neige, une centaine de mecs habillés en clowns tournent en chantant autour d'un pendu. Le pendu pivote sur sa corde. Il nous remercie d'être venus...

La longue suite de K.-O. qui avait jalonné la carrière de Kid Marcel aurait dû l'habituer à cette sorte d'avatar. Il n'en était rien. Sur sa face éclatée se peignait un immense étonnement. K.-O. debout, comme d'habitude, Kid Marcel. On n'échappe pas à son destin.

– *Los, los, antreten*[1] !

Suivi de deux hommes vêtus d'un rase-pet noir et chaussés de bottes impeccablement cirées, le *Lagerführer* passa la revue de la troupe dépenaillée qu'il avait mission de réceptionner. Un désastre ! Aucune tenue, un manque total de discipline, pas le moindre respect de soi-même, une racaille sans nom ! Sans même se retourner vers ses deux acolytes, il aboya :

– Je veux de l'ordre dans les rangs.

Les hommes au rase-pet noir, matraque haute, entrèrent en action. Leur but immédiat n'était pas de mettre de l'ordre dans le troupeau échoué au milieu de la cour, mais au contraire de développer en chacun des individus qui le composaient un état de panique dont l'expérience prouvait qu'il était le terreau le plus approprié pour faire éclore et développer l'esprit de soumission.

– Rangs, distances, comptez-vous.

Les rangs ondulaient. Ils frappaient.

– Recommencez. Rangs, distances, comptez-vous. Mais où donc avez-vous été élevés, bande de porcs !

Les gourdins frappaient à tort et à travers sur ce magma humain d'où s'élevait un murmure fait de centaines de plaintes et de sanglots.

– Silence dans les rangs. Gardez les distances. Comptez-vous.

D'une fois à l'autre, les chiffres différaient. C'est qu'entre-temps des hommes s'écroulaient sur place. Le suivant de la file hésitait à parler à la fois pour son voisin et pour lui-même. S'il ne le faisait pas, une unité manquait et tout était à recommencer. S'il le faisait, mais qu'au décompte général les évanouis, immobiles à terre, étaient ajoutés aux morts, présents dans la charrette qui les avait transportés depuis la gare, cela faisait autant d'unités en plus. Et là aussi tout était à recommencer.

Il fallut près de deux heures pour que les alignements fussent jugés satisfaisants et que le décompte des présents à divers titres – vivants, évanouis et morts – fît ressortir un effectif corres-

1. Rassemblement !

pondant à celui qui figurait sur le bordereau de transport.

Pendant ce temps, les marcheurs avaient fait une vingtaine de fois le tour de la cour, sous l'œil éteint et vaguement ironique du pendu.

– Ben, mon vieux, bredouilla le Kid dont un coup de gourdin, qui avait résonné clair sur son crâne, avait définitivement tari un vocabulaire naturellement succinct.

Le *Lagerführer* avait jugé que l'assistance était mûre pour l'entendre. Non pour le comprendre, ce qui importait peu, le seul langage destiné à être compris des *Haeftlinge* étant celui de la matraque, du manche de pioche et de la corde. Se faire entendre était autre chose. Le fait de s'exprimer en un langage qu'à l'évidence la bande de sous-hommes ici réunie était incapable de comprendre ne pouvait que les confirmer dans l'idée de leur propre insignifiance. De plus, chacun des mots jetés à leur face devait être perçu par eux comme une menace diffuse, d'autant plus inquiétante qu'elle était incompréhensible.

Le divin n'est pas autre chose. Car c'est un peu être Dieu ou ce qui s'en rapproche le plus que de pouvoir décider de la vie et de la mort du vulgaire sans qu'il soit en mesure d'interpréter les signes qui le condamnent. C'était ce que pensait le *Lagerführer*, bien au chaud dans sa pelisse face aux nouveaux internés grelottant sous les averses de neige fondue.

L'exercice de cette toute-puissance l'avait révélé à lui-même en donnant un sens à sa vie. Elle était une revanche, qu'avait permise l'instauration de l'Ordre nouveau, sur la médiocrité du destin auquel il semblait promis : sans fortune, sans relations, envieux plus qu'ambitieux, velléitaire plus que résolu, aussi peu doué pour les études que pour les affaires, affligé de surcroît d'un physique ingrat dont la conscience avait développé en lui un complexe sexuel d'échec, le moins qu'on pût dire est que le sort ne l'avait pas comblé.

Si, en dépit d'un manque d'atouts décourageant, il avait réussi à faire son chemin, à démontrer sa valeur, à s'imposer par un style totalement original, c'est que l'occasion lui avait été donnée de participer à l'édification d'un univers dont les lois, les usages, la morale, les valeurs se situaient aux antipodes de ceux qui prévalaient dans le monde ordinaire.

Son univers, façonné aux dimensions de son rêve, était celui des camps. Cette œuvre de démiurge lui offrait des satisfactions dont il ne se lassait pas, aussi répétitives fussent-elles. Il se gardait toutefois d'en faire étalage, mais au contraire les habillait de l'apparence d'un devoir austère et contraignant.

Ainsi de ces Français nouvellement arrivés, qu'il avait dépouillés en moins de deux heures de ce qui les avait faits hommes et qu'il avait vus se transformer, sous ses yeux, en esclaves, parce qu'il était nécessaire qu'il en fût ainsi.

Personne n'avait à savoir si cette transformation lui était ou non agréable.

Qu'il aimât parler, en revanche, était évident. Le torrent furieux de ses paroles roulait sur la masse des cinq cents abrutis qui lui faisaient face. Il cherchait la peur dans leur regard et s'irritait de n'y trouver que le vide.

Le Kid écarquillait les yeux.

– Ben, mon vieux...

– Ferme-la, lui dit Clariond. Tu vas encore te faire repérer.

Il pensait avoir des notions d'allemand suffisantes pour se débrouiller au camp. Mais il manquait d'entraînement et ne comprenait pas un traître mot aux hurlements du *Lagerführer* tels que les répercutaient les haut-parleurs de la cour.

Il se tourna vers son voisin de droite, que le hasard avait placé à ses côtés pendant le transport. C'était un instituteur alsacien qui avait fui Colmar en 1940 et s'était replié, avec d'autres réfugiés, à Clermont-Ferrand d'abord, puis à Marseille, avec l'idée d'embarquer pour l'Afrique du Nord. « Les filières, lui avait-on dit, tu les trouveras dans le quartier du Vieux-Port. » Il s'était installé sur le terrain même de ses recherches, mais celles-ci, toujours sur le point d'aboutir, tournaient court au tout dernier moment. Pour sa dernière tentative, il avait mis toutes les chances de son côté. Pourtant, celle-là aussi avait échoué, du fait du débarquement allié en Afrique du Nord et de l'occupation de la zone libre qui en était résultée. Il s'était fait une raison. Le vieux quartier était hospitalier; il s'y trouvait bien et aurait continué d'y mener une existence hors du temps si, un matin de janvier...

Clariond se pencha vers lui.

– Schnabel, demanda-t-il, que raconte ce grand con?

– Ça serait à se tordre de rire, si ce n'était à pleurer. Tu vois l'inscription qui court de baraque en baraque?

– Oui, eh bien?

– Il est en train de la commenter. Il énumère les vertus qui permettent de mériter la liberté : le courage, l'obéissance, l'honnêteté, la franchise, la propreté. Toutes vertus qui nous sont inconnues. Pourris de vices, que nous sommes, c'est la raison de notre présence ici, et c'est aussi pourquoi nous n'en sortirons pas à moins, ce qui n'est guère probable, que nous trouvions notre chemin de Damas et devenions courageux, disciplinés, honnêtes, francs et propres. L'idée d'une telle rédemption lui semble cocasse. C'est pour ça qu'il rigole.

Le *Lagerführer* avait haussé le ton pour conclure. Schnabel traduisit :

– Ne vous faites pas d'illusions. Le camp est le trou du cul de l'univers. Et vous, *Haeftlinge*, à l'intérieur du camp, savez-vous ce que vous êtes?

Il s'était tourné vers les deux pitres sanglants qui le suivaient, le gourdin à la main. Après la correction infligée aux nouveaux arrivés, ils avaient rectifié leur tenue, coupée sur mesure, contre une espérance de vie supplémentaire, par un tailleur de Varsovie dont la trajectoire concentrationnaire avait inexplicablement dévié de Treblinka. Du travail soigné, depuis les coutures surpiquées jusqu'aux empiècements de coton blanc sur lesquels étaient brodés au point de bourdon numéros matricules et triangles verts, pointe en haut, signes distinctifs des droits communs condamnés à perpétuité, dont la philosophie du *Lagerführer* avait fait l'aristocratie du camp.

– Qu'est-ce que vous êtes?

Ils avaient ri de bon cœur de cette plaisanterie qu'ils entendaient à chaque arrivée de convoi et ne s'étaient pas fait prier pour répondre :

– Nous sommes de la merde.

Ponctuant cette réponse, une pluie de coups avait appris aux nouveaux venus l'infinie subdivision des castes concentrationnaires. Une subdivision ordonnée en une hiérarchie subtile dont le *Lagerführer* se flattait d'avoir fait un moyen supplémentaire de pouvoir.

– On a beaucoup parlé de castes indiennes, avait-il dit un jour au *Reichsführer* Himmler, sans plaisanter le moins du monde. A tort. Leur hiérarchie est primaire et ne connaît, par exemple, qu'une seule catégorie d'intouchables. Nos intouchables sont tous destinés à être supprimés. Nous les avons structurés en une subtile hiérarchie en vue de leur propre destruction.

Le regard fuyant de Himmler s'était arrêté, l'espace d'un instant, sur le maître de Sachsenhausen. Plaisantait-il? Il ne semblait pas. Bravo donc pour la structuration des intouchables.

– Félicitations, avait-il dit sobrement.

2

La société concentrationnaire participait d'un au-delà dont les lois et les principes étaient le négatif, l'image inversée de celle dans laquelle se reconnaît le monde des vivants.

Ceux qui ne comprirent pas, ou refusèrent de comprendre que non seulement le système des valeurs communément admises n'avait pas cours dans leur nouvel univers, mais encore que ce système était désormais inversé, le bien devenant le mal, l'intelligence un objet de dérision, la force brute une preuve de supériorité, furent les premiers éliminés. Comprendre n'était pas suffisant. Il fallait s'accommoder des nouvelles lois et les subir avec le moins de dommages possible. Plus qu'à leur résistance physique ou morale, c'est à leur capacité d'adaptation à ces lois nouvelles que les plus doués durent de survivre.

Après trois jours au block de la quarantaine, Clariond n'en avait pas vu suffisamment pour saisir l'ampleur du travail qui lui permettrait d'y parvenir. Il avait néanmoins remarqué d'énormes disparités dans l'aspect physique des détenus. Les uns étaient squelettiques, leur crâne transparaissait sous une peau qui semblait prête à se déchirer. D'autres, apparemment solides, semblaient à l'aise dans leur costume de bagnard. Il se demandait ce qui avait pu faire condamner les premiers à la décrépitude et assurer la survie des seconds, bien décidé, dès qu'il aurait découvert leur secret, à l'utiliser pour se tirer d'affaire.

Il en était loin, alors que, pour faire disparaître l'ankylose du voyage, le *Stubedienst* [1], promu moniteur de gymnastique, faisait effectuer des exercices d'assouplissement aux cinq cents Marseillais fraîchement débarqués. Pompes, flexions, marche en canard : cela durait depuis l'appel du matin. Et tout indiquait que, comme hier et avant-hier, on n'en finirait qu'à l'appel du soir. Après

1. Adjoint du chef de bloc et homme à tout faire.

quoi, on réintégrerait le block de la quarantaine dont l'atmosphère faisait presque regretter la gymnastique.

Assis sur de longs bancs disposés parallèlement, si serrés que leurs épaules s'encastraient de biais les unes dans les autres, les nouveaux arrivés n'avaient ni le droit de bouger, ni celui de parler, et demeureraient pétrifiés jusqu'à l'extinction des feux.

Sur ce monde muet et figé régnait une créature d'un grotesque inquiétant. Une femme, ou plutôt une caricature de femme : tête de gargouille aux yeux charbonneux et à la bouche peinturlurée d'écarlate, cheveux serrés dans un turban violet, chemisier à fleurs, pantalon collant vert pistache. Si encore, comme tout le monde, elle avait été silencieuse, on eût pu croire qu'il ne s'agissait que d'une apparition de cauchemar. Hélas! Julius – Julia pour les intimes – chef du block de la quarantaine, était pourvue d'une voix suraiguë, « koloratur », précisait-elle avec complaisance. Tout en mitonnant, sur le poêle de la baraque, les plats à l'odeur robuste dont elle régalerait son homme pour le dîner, elle braillait à tue-tête devant le parterre archi-comble que le rythme des déportations renouvelait de semaine en semaine. Mélomanes malgré eux, les Marseillais subissaient les assauts vocaux de Julia.

Für dich, mein schatz, für dich
Habe Ich mich schöne gemacht [1]

roucoulait-elle en touillant sa platée de pommes de terre au lard. Elle y ajoutait des oignons frits et de l'ail, nom de Dieu, un supplice pour les Marseillais, dont les narines dilatées retrouvaient les odeurs du Vieux-Port, sublimées par la faim.

Clariond en oublia ses résolutions de prudence. Il se tourna vers Schnabel et son mouvement se transmit à la rangée des épaules encastrées les unes dans les autres.

– Ce n'est pas supportable, murmura-t-il. Je vais plonger la gueule de ce connard dans sa soupière.

Julia ne perçut que la légère ondulation d'un des alignements de mannequins : une outrecuidance qui la figea sur place l'espace d'un instant. Elle parcourut du regard la rangée coupable, la cuiller à pot menaçante.

– Qui a bougé, qui a parlé? Toi, toi, toi...?

Clariond sentait peser sur lui le poids des regards. S'il ne se dénonçait pas lui-même, il y aurait vingt voix pour l'accuser. Il se leva brusquement, peu soucieux du désordre que son mouvement provoquait.

---

1. *Pour toi, mon chat, pour toi*
Me suis-je faite belle ce soir.

L'air gourmand, Julia souriait.

– Tu es insolent. Enfin, un homme! Peut-être, ajouta-t-elle en minaudant, voulais-tu parler à Julia. Que voulais-tu lui dire?

Sous la table, Schnabel bourrait de coups de pied la jambe de Clariond. En vain. Celui-ci goûtait de façon brusque et totalement inopinée l'ivresse de la liberté, après trois mois d'une asphyxie progressive qui lui en avait fait oublier jusqu'à la saveur. La fulgurance de la sensation l'irradiait entièrement au point d'abolir toute pensée. Il y a des moments qui valent des éternités. C'en était un.

– Alfred! glapit Julia.

Alfred apparut sous la lumière de la lampe. C'était un nabot contrefait, plus bossu que voûté, à qui Julia avait confié les fonctions de moniteur de gymnastique en plus de son office de *Stubedienst*.

– Alfred, le Français a besoin de mouvement. Il ne faut rien lui refuser. Une heure de gymnastique à la place de la soupe lui procurera un heureux sommeil. *Raus!*

Au tarif de la quarantaine, ce n'était pas payé cher, si du moins la punition se bornait à une heure d'exercices, même accélérés.

L'un derrière l'autre, ils quittèrent la baraque.

– Viens par ici, dit Alfred en français.

Ils gagnèrent un coin sombre à l'abri de la curiosité éventuelle de Julia. Avec agressivité, Clariond demanda :

– Alors, on la fait, cette gymnastique?

Alfred le regarda avec commisération.

– Tu as de la chance d'être tombé sur moi, répondit-il. Il se trouve que j'aime bien la France. Sans quoi, je ne donnais pas cher de ta peau. Si tu veux durer au camp, ne provoque jamais des ordures comme Julia.

– Un avorton!

– Sans doute, mais tu as vu son mec, l'*Oberkapo* de la DAW [1]? Pendant le jour, il règne sur mille sept cents esclaves parmi lesquels il se choisit quelques dizaines de victimes, histoire de ne pas perdre la main. Sa spécialité, c'est un coup de gourdin sur la nuque. Mais il peut préférer prendre son temps. Dans ce cas, c'est le soir à la baraque que ça se passe, et c'est Julia qui lui désigne le client à servir. Si tu en terminais trop tôt avec ta gymnastique, tu pourrais bien être celui-là.

– Sinon?

– Sinon, Julia lui en trouvera un autre, qu'en rentrant tu

1. Deutsche Ausrüstungs Werke.

apercevras dans les chiottes où il passera la nuit. Mort ou tout comme, et qui figurera demain matin sur la liste des libérés [1].

Il rit en grimaçant.

– C'est ça, la vie au camp. A tout moment, c'est toi ou l'autre. Personne, bien sûr, n'hésite. Moi-même, je ne te crève pas ce soir parce que ça ne m'est pas utile.

Il s'interrompit pour hurler :

– *Ein, zwei, schneller, du Lump, du Arschloch* [2]*!*

Puis il reprit d'une voix normale :

– Ça ne m'est pas utile, alors, je peux laisser parler mon bon cœur!

– Pourquoi, demanda Clariond, aimes-tu les Français?

– Je n'aime pas les Français, j'aime la France.

– Tu y vivais?

– Souvent.

– Qu'y faisais-tu?

– La même chose qu'ailleurs. J'étais cambrioleur. Rat d'hôtel, exactement. Mais pas de n'importe lequel. Seuls les grands hôtels m'intéressaient. Je connais comme ma poche le Meurice et le Crillon de Paris, le Carlton et le Majestic de Cannes, le Negresco à Nice, Eden Roc, le Cap Martin, l'Hôtel de Paris, de Monte-Carlo, bien sûr. J'avais une prédilection pour la Côte d'Azur, sans dédaigner pour autant le Normandy de Deauville ou le Westminster du Touquet, pendant la saison des courses évidemment.

Clariond n'aurait jamais imaginé qu'un cambrioleur pût revendiquer son état avec autant de naturel.

Profession : cambrioleur. Catégorie : rat d'hôtel. Classe : quatre étoiles. Occupation présente : *Stubedienst* à Sachsenhausen, dénonciateur et aide-bourreau occasionnels. Signe particulier : aime la France, mais pas les Français.

– Jamais pris?

– Jamais en France. C'est pourquoi je n'en garde que de bons souvenirs.

– Des souvenirs de rat d'hôtel, sans doute?

Alfred s'esclaffa :

– Évidemment. Je n'en ai pas d'autres. La chasse, mon vieux, tu ne peux pas savoir combien c'est excitant. Tu débarques dans un hôtel bien choisi, plus cossu que luxueux.

– Pourquoi?

– Parce que j'ai appris à mes dépens que dans les palaces les bijoux des clients sont faux une fois sur deux. Un seul inconvé-

1. L'humour S.S. désigne ainsi les morts du camp.
2. Un, deux, plus vite, propre à rien, espèce de trou-du-cul!

nient : mes hôtels préférés étaient vétustes et les planchers craquaient.

– Quelle importance ? Tu ne t'introduisais tout de même pas dans des chambres occupées ?

– Si, exclusivement. Essaie de réfléchir : pendant la journée, les bijoux sont au coffre. Pendant la soirée, les femmes les portent. Aucun intérêt de visiter une chambre à ce moment. En revanche, rentrant à une ou deux heures du matin, mes clients montaient directement se coucher et déposaient leurs bijoux sur la coiffeuse de leur chambre, à mon intention en quelque sorte. J'arrivais par la façade...

– Rien que cela ! Bossu et acrobate ! Tu ne t'es pas regardé.

– Je t'ai parlé d'hôtels anciens. Des pâtisseries en pierre de taille ouvragées, avec des cannelures et des nervures en relief, des jointures en creux, si bien agencées pour la voltige que même un enfant pouvait passer sans risque d'un balcon à l'autre.

– Mais les planchers craquaient...

– C'était là le hic. Il faut avoir entendu la respiration paisible de deux dormeurs se muer soudain en grognements, avoir deviné dans l'obscurité l'agitation de leurs corps pour comprendre ce qu'a d'angoissant le signal d'alarme lancé par une lame de parquet. Tu es là, sur un pied, ne sachant où poser l'autre. A deux mètres de toi, les dormeurs s'agitent. Encore un craquement et ils se réveillent. Et alors, c'est foutu.

Ce cours magistral de cambriolage eût mérité d'être professé en un lieu et dans des circonstances plus adéquats. Il était douteux en effet que ses enseignements puissent jamais être mis à profit par celui auquel ils étaient dispensés. N'importe, il valait mieux s'initier aux secrets d'un monte-en-l'air, même inutilisables, que de ramper dans la neige fondue, encouragé à l'ouvrage par des coups de pied en rafale dans les côtes.

– La solution, reprit Alfred, j'ai fini par la trouver. Deux ans avant la guerre. A peine le temps de vérifier que je tenais la fortune, et voilà que ce cinglé d'Hitler met l'Europe à feu et à sang. La guerre, je n'en avais rien à foutre et j'aurais bien attendu qu'elle finisse, installé sur la Côte d'Azur en père peinard. Seulement voilà : votre police, à vous autres Français, guère plus aimable que la nôtre, m'a mis en cabane comme citoyen d'un pays ennemi. A Gurs, tu connais ?

– Non.

– Tu ne perds rien. Ce n'est qu'un camp de concentration, français celui-là. Je commençais à m'y habituer lorsque vous vous arrangez pour perdre la guerre. Les citoyens allemands, arbitrairement détenus, sont libérés avec les honneurs qui leur sont dus et renvoyés chez eux. Chez moi, tu parles! A peine passé la frontière, les schupos [1] me mettent la main au collet pour des histoires vieilles de dix ans. La prison, me dit-on, ou le camp, avec un statut d'aristocrate. J'ai choisi, et c'est pourquoi moi, Alfred, *Stubedienst* de la quarantaine, j'ai droit de vie et de mort sur toi, tout malabar que tu sois. Car vois-tu, et cela aussi il faut que tu l'apprennes, au camp, tu n'existes que dans la mesure où il y a plus paumé que toi. Et le nombre des catégories, avec leurs sous-catégories, est infini. Il y a moins de différences entre Rothschild et un clochard qu'entre l'*Oberkapo* de la DAW et un Indien.

– Quel Indien?

– Tu n'en as pas encore vu? Ce sont des condamnés à la mort, lente ou pas, personne ne sait exactement. Ils sont marqués au front et sur le nez au bleu de méthylène ou encore au goudron. Les poignets et les chevilles enchaînés de jour comme de nuit. Et ce qu'on leur fait subir en attendant...

– Ta gueule, coupa Clariond. Je ne veux pas savoir ce qu'ils subissent.

Il chassa l'image des fantômes au visage peinturluré.

– Dis-moi plutôt en quoi consistait ta solution pour éviter les craquements de parquet?

Alfred se rengorgea.

– C'est mon secret. Je ne le dévoilerais pas à un confrère, mais toi, sans vouloir te fâcher, tu ne m'as pas l'air doué pour la cambriole. Sache que pour éviter de faire craquer un parquet il ne faut pas marcher, il faut rouler sur soi-même. Viens à la lumière, que je te montre comment faire.

– Et Julia?

– Justement, si tu rentrais frais et rose à la baraque, après une heure de gymnastique, Julia penserait que nous nous sommes payé sa tête. Avec circonstance aggravante pour moi qui aurais trahi ma caste au bénéfice d'un *Haeftling* de basse catégorie. Ce genre de trahison n'est bien vu nulle part, mais ici il ne pardonne pas. Il est bon, pour notre sécurité à tous deux, que Julia puisse te voir crapahuter. Allez! à plat ventre!

Clariond tergiversait. Soudain, sans que rien ait pu le laisser prévoir, le visage d'Alfred s'était crispé en une grimace haineuse. Avec une vigueur stupéfiante, il avait fauché les jambes de Clariond qui s'était retrouvé le nez dans la boue. Au-dessus de lui, la voix d'Alfred éructait injures et menaces :

– Où te crois-tu, chien puant? Tu vas te rouler dans la merde, tu m'entends? Roule, que je te voie sous toutes les

1. Police d'État.

coutures. Encore! Jusqu'au mur de la baraque. Bras tendus, jambes tendues, roule...

Une silhouette massive, surgie de la nuit, s'était arrêtée auprès d'Alfred. Rudi, *Oberkapo* de la DAW, rentrait au logis après avoir rendu compte à la *Schreibstube* [1] des incidents survenus au cours de la journée.

Il désigna Clariond du bout de son gourdin.

– Dis donc, il ne saboterait pas l'exercice, par hasard?

– Non, non, répondit Alfred d'un ton enjoué. Il faut seulement qu'il apprenne à tourner régulièrement, comme un porc sur une broche.

Et, pour couper court à une intervention de Rudi, il décocha à Clariond, de toutes ses forces, un coup de pied qui l'atteignit aux reins. Clariond émit un râle de douleur.

– Roule, ordonna Alfred. Et que je ne t'entende pas!

Rudi apprécia.

– Tu es un bon moniteur, dit-il. Quand tu en auras terminé, tu viendras manger un morceau avec nous. Julia a dû préparer des patates au lard avec de la poitrine fumée.

Une seconde, son regard s'attarda sur la forme allongée dans la boue : sans intérêt. Il se détourna et se dirigea à pas lents vers la baraque.

– Fumier, murmura Alfred lorsqu'il eut disparu. Allez, lève-toi, ordonna-t-il à Clariond, et remercie-moi. Mon pied au cul valait mieux que le gourdin de Rudi sur ton crâne.

Clariond grelottait dans ses vêtements trempés.

– Te remercier pour ce bain de boue et tes coups de galoche, un comble! Rudi au moins a choisi son parti avec franchise, c'est celui des tueurs...

Alfred l'interrompit :

– Moi aussi. Je t'ai dit qu'au camp il n'y en avait que deux, celui des bourreaux et celui des victimes. Je ne suis pas une victime.

Il montra le triangle d'étoffe verte cousu au-dessus de son numéro matricule [2].

---

1. Secrétariat du camp.

2. Sur le côté droit de leur veste, les détenus portaient une bande de tissu blanc où était inscrit leur numéro matricule, ainsi qu'un triangle, disposé pointe en bas, dont la couleur indiquait le motif de leur internement. Le rouge désignait un détenu politique, au sens le plus large du terme. Le noir, un asocial (gitan notamment), le violet un témoin de Jéhovah, le bleu un apatride, le rose un homosexuel antinazi évidemment, le vert un droit commun. Dans sa disposition habituelle, pointe en bas, le triangle vert désignait un condamné à temps. Pointe en haut, un condamné à perpétuité. Les juifs portaient une étoile de David aux pointes alternativement jaunes et rouges.

– Vert, pointe en bas, dit-il. De la petite noblesse. Rien à voir avec celle des seigneurs comme Rudi.

Il jeta un coup d'œil à Clariond que d'irrépressibles frissons secouaient de la tête aux pieds.

– Prends ça, lui dit-il en lui tendant son manteau de *Prominente* [1]. Et marchons, ça te réchauffera.

Clariond ironisa :

– J'ignorais que le rôle de Samaritain figurait à ton répertoire.

– Ici, lui dit Alfred d'un ton sec, quand, par extraordinaire, survient quelque chose de bon, on prend, et on ferme sa gueule, des fois que le vent tournerait.

– Ne te fâche pas. Merci pour le manteau.

– Pas de merci. On prend, on ferme sa gueule, et surtout on ne cherche pas à comprendre.

– On peut quand même savoir ce que sont les quartiers de noblesse de Rudi ?

– Vols à main armée, extorsion de fonds avec tortures, viols et mutilations. Ce n'est là que l'accessoire qui lui a pourtant valu la perpète. Pour le principal, dix meurtres au moins, il n'a pas été condamné. Les plus fortes présomptions pesaient sur lui, mais les corps des victimes n'ont pas été retrouvés et il n'a jamais avoué.

– Et Julia, ou Julius, je ne sais plus ?

– Il a été l'une des figures des bas-fonds de Berlin dans les années trente. Il approvisionnait en mineurs des deux sexes les bordels spécialisés de la capitale.

– Vert pointe en haut ?

– Tout de même pas. Les S.S. respectent les valeurs. Non, non, pointe en bas, comme moi.

Il prit un temps.

– Quelles que soient leurs différences, les verts sont solidaires face à tous les autres. Et moi je suis des leurs parce que j'ai la volonté de sauver ma peau. C'est pourquoi ce soir je boufferai les patates au lard de Julia. Pourquoi aussi rien ne me coupera l'appétit, pas même le spectacle que Rudi aime à offrir à ses invités : celui de sa gloire turgescente confiée aux soins diligents et au savoir-faire de Julia. Après quoi il ne me restera qu'à passer

---

Les internés non allemands portaient en outre, frappée sur leur triangle, l'initiale du pays auquel ils appartenaient. F pour Français, P pour Polonais, etc.

Enfin, les détenus considérés comme des fortes têtes étaient signalés à l'attention des gardiens par deux disques rouges cousus sur la poitrine à la place du cœur et au milieu du dos.

1. Aristocrate, dans le jargon du camp.

l'inspection de la *Stube*[1] et relever les matricules des deux ou trois saligauds dont les galoches obstruent le passage entre les châlits.

Il y a des puanteurs morales. Celle qui émanait d'Alfred parut insupportable à Clariond. Même le manteau en était imprégné. Il s'en défit.

– Tiens, dit-il, je n'ai plus froid.

Alfred, toutefois, n'était pas dupe.

– Tu peux me le rendre, il te collera quand même au dos. Et, si mon aide te pèse, dis-toi que sans elle tu n'as pas la moindre chance.

Il lui tapota amicalement l'épaule.

– Allez, la gymnastique est finie. On rentre. Tâche d'avoir l'air crevé en passant devant Julia. Et n'oublie pas : après l'extinction des feux, dans mon coin, il y aura quelques patates au lard pour toi...

Lorsque, pour une raison quelconque, le *Schuhläufer Kommando*[2] n'était pas en mesure d'aligner les cent hommes qui le composaient impérativement, l'effectif était complété en puisant dans la quarantaine.

C'est ce qui se passa après l'appel du matin de ce jour-là. Il fallait un marcheur d'appoint, pour remplacer le titulaire de la paire de brodequins n° 93.

– Où est le Français de la gymnastique ? demanda Julia de sa voix suraiguë.

En quelques jours de camp, Clariond en avait assez appris pour savoir qu'il n'était pas bon d'avoir été remarqué.

« La tuile », se dit-il en sortant des rangs.

– Tu aimes l'exercice, dit Julia en plaisantant. Tu vas être servi. Je t'ai trouvé le commando qu'il te faut. Il se rassemble dans la cour du block 13. Tu n'as pas une seconde à perdre. Tu es déjà en retard !

Clariond se vit attribuer une paire de brodequins à tiges renforcées, un sac de toile lesté de douze kilos de sable plus, en guise de bienvenue, un coup de nerf de bœuf à la pliure des jarrets.

Un Français accourut à sa rencontre.

– Grouille-toi. Tu n'as que le temps de t'équiper.

– Qu'est-ce qu'on fait ici ?

– On marche.

1. Dortoir.
2. Commando des marcheurs.

– Et puis quoi ?

– Tu ne trouves pas ça suffisant ? On tourne sur une piste de six cent quatre-vingts mètres de béton, de sable, de caillasse et de flotte. Six tours par heure et dix heures par jour. Fais le calcul : quarante et un kilomètres par jour, douze mille kilomètres par an, soit trois mille respectivement pour le béton, le sable, la caillasse et la flotte.

– Pour quoi faire ?

– Si je te le disais, tu ne me croirais pas.

Clariond se souvint de son arrivée au camp.

– C'est vous qui chantez en marchant ?

– Seulement une fois tous les six tours parce que alors on marche au pas cadencé. Il paraît que ça aide.

– Le kapo est un vert, naturellement ?

– Non, un noir, et ça n'arrange rien.

Justement, il demandait le nouveau venu. C'était une caricature de kapo, épais, les trais bouffis de mauvaise graisse, la voix éraillée et le poing armé d'un *gummi* [1] d'un mètre le long.

Il jaugea Clariond et parut irrité de le découvrir, plus grand et sans doute plus fort que lui.

– Écoute-moi bien, lui dit-il. Tu entres dans un *Strafkommando* [2]. Tous ici sont des punis, sauf toi, du moins pour l'instant, mais ça ne fait pas de différence. D'ailleurs, ajouta-t-il en riant, tu n'es pas puni aujourd'hui, mais tu le seras demain. Tu marcheras à côté de l'autre Français, le crevard qui porte le numéro 88. Il t'expliquera ce qu'est le commando et, si tu ne comprends pas, je reprendrai l'explication.

Il montra le *gummi* d'un noir luisant :

– ... Avec ça.

La première heure ne parut pas fatigante à Clariond. Même avec un sac de douze kilos, la marche était d'autant moins désagréable qu'il était possible de se parler. Au sortir de la quarantaine, la différence était de taille.

– Je me nomme Brabant, de Paris, dit le voisin de Clariond. Et toi ?

– Clariond. Alain Clariond, de Paris également.

– Tu n'es pas arrivé avec les Marseillais ?

– Si, mais je n'étais à Marseille que de passage... Je ne savais pas à quel point !

– Cinq cents d'un coup. On n'avait jamais vu cela ! Sais-tu au moins pourquoi vous avez été déportés ?

– Je ne suis pas sûr qu'il y ait une raison. Sans doute y

1. Tuyau de caoutchouc lesté de plomb.
2. Commando disciplinaire.

avait-il des places disponibles au camp. Et, comme nous avions de sales gueules, nous avons fait l'affaire. Un peu comme moi, ce matin, lorsque Julia m'a désigné pour chausser la paire de grolles nº 93.

Le commando achevait son cinquième tour. Le kapo se mit à hurler en faisant tournoyer son *gummi*. Le sixième tour commença au pas cadencé.

– *Ein, zwei, es war ein Edelweiss...*

La conviction avec laquelle les marcheurs célébraient la petite fleur variait en raison directe de la proximité du *gummi*. Ils la jetaient par brassées aux quatre vents, dès que s'en précisait la menace, et prenaient soin de frapper du talon, alternativement, le béton, le sable, la caillasse et la flotte qui, avec le temps, finissent par avoir raison de tous les godillots du monde.

Il y avait trois ans que le commando du *Schuhläufer* marchait. Certaines chaussures, conçues et confectionnées par un cordonnier S.S. de génie, tenaient encore après trente mille kilomètres. L'utopie triomphait : ce n'étaient pas les marcheurs qui usaient les chaussures, mais l'inverse. Certaines paires, particulièrement résistantes, en avaient lessivé une bonne douzaine. Ressemelées, renforcées, cloutées de neuf entre l'inspection du soir et l'appel du matin, elles reprenaient la piste, conscientes d'œuvrer pour la victoire, en ignorant les pieds anonymes qui les chaussaient et, davantage encore, les individus auxquels ils appartenaient.

Un jour peut-être, le marathon quotidien prendrait-il fin. Après soixante ou cent mille kilomètres, la paire de brodequins suprême l'emporterait-elle sur toutes les autres. A l'issue d'une lutte épique de six ou douze ans, cette consécration assurerait au fantassin allemand la possibilité de marcher jusqu'à la fin des temps.

– *Ein, zwei, wir sind Kameraa-den.*

Putain de métier! Les pieds commençaient à chauffer.

Le sixième tour terminé, la marche continua sans cadence.

– Quand fait-on la pause?

Brabant secoua la tête.

– Il n'y a pas de pause horaire, mais seulement un arrêt à la mi-journée, pour la soupe de midi.

Clariond n'en croyait pas ses oreilles.

– En tout, ça fait combien d'heures?

– Deux fois cinq. De six à onze et de midi à cinq heures.

– Il faut bien s'arrêter pour pisser, non?

– On ne s'arrête pas, on pisse « en facteur ».

– En facteur?

– En marchant, si tu préfères. C'est moins facile qu'on ne

croit. Si tu es trop prudent, tu t'arroses toi-même, si tu ne l'es pas assez, tu arroses tes voisins. Il faut au moins deux semaines pour mettre la technique au point.

– Que se passe-t-il pour les dysentériques? D'après ce que j'ai pu voir, il y en a pas mal.

– Pour nous, c'est la loterie. Ou bien, Jakob, le kapo, considère ta colique comme un besoin naturel et il t'autorise à quitter les rangs trois minutes, ou bien il la considère comme un prétexte pour tirer au flanc et il t'interdit de t'arrêter. La suite lui permet de savoir ce qu'il en est exactement. Si tu arrives à te contenir, la preuve est faite que tu essayais d'abuser le kapo. C'est du sabotage. Si tu n'y parviens pas, c'est encore plus grave. Le *Schuhläufer Kommando* ne peut s'encombrer de dégénérés qui font sous eux comme des bêtes. Car Jakob est fier de son commando, une élite, qui ne peut être à la hauteur de sa tâche que si elle est tenue en main sans faiblesse. Ici, il est heureux. Après trois ans de brimades dans l'armée, il n'était que caporal, autant dire rien. Il se retrouve à la tête d'une compagnie, et quelle compagnie! Jamais, dans ses rêves les plus fous, un adjudant paranoïaque, un fanatique de l'ordre serré n'a pu s'offrir le luxe de faire tourner en rond comme des chevaux de manège cent hommes sur lesquels il exerce un pouvoir absolu. Ce qui est inconcevable partout ailleurs devient ici la norme. Jakob...

– Tu as dit qu'il n'était pas un vert, mais un noir, et que cela ne valait guère mieux.

– Le triangle noir est celui des asociaux, les tziganes, par exemple. Avec un liséré rouge, ce qui est le cas de Jakob, il indique que l'asocial était militaire.

– Qu'est-ce qu'un asocial militaire?

– Personne n'en sait rien. Jakob ne s'est jamais expliqué là-dessus. Certains ont parlé de tentative de désertion. Ce n'est pas dans son caractère. Et, en outre, l'armée allemande ne déporte pas les déserteurs qu'elle capture. Elle les fusille, comme ailleurs. Je crois plutôt qu'un jour, devant un rata particulièrement ignoble, il a eu la faiblesse de répondre sincèrement à un officier inspecteur qui se préoccupait de savoir si la soupe était bonne. L'offense, en tout cas, exigeait une punition exemplaire. Le camp ne suffisait pas. Jakob écopa d'emblée d'une affectation à la *Strafkompanie*, alors entre les mains d'un kapo vert particulièrement féroce qui fit de lui son souffre-douleur. Et puis, un jour, sans qu'on sût pourquoi, les malversations du kapo, connues et tolérées depuis des mois, devinrent un crime. Il fut arrêté, torturé et finalement mis à mort dans le *Bunker* de la station Z, tandis que sa victime préférée faisait l'objet d'une promotion aussi flatteuse qu'imprévisible. Jakob, kapo de la *Strafe!*

Un noir succédait à un vert, et les marcheurs voulaient croire que c'était un progrès. En quoi ils se trompaient, car la couleur importe peu. Là comme ailleurs, la fonction crée l'organe : il faut au maximum trois mois pour véroler un kapo d'où qu'il vienne. On cite le cas de chefs de block allemands qui ont été des communistes exemplaires, dont la vie, depuis la révolution manquée de 1919 jusqu'à l'écrasement des Brigades internationales, n'a été qu'une lutte ininterrompue. Et pourtant rien, dans le comportement, ne les distingue du Rudi de la DAW ou de Jakob de la *Strafe*.

Au début de la quatrième heure, Brabant donna des signes de fatigue. Il se tassa, subitement hors d'haleine. Clariond vit la sueur perler sur son front, son épaule droite s'affaisser et le sac à dos, déséquilibré, suivre le mouvement. D'une main, il le remit en place et le souleva par les bretelles afin d'alléger la charge qui étouffait son camarade.

– Ça ne va pas? demanda-t-il.

– Ce n'est rien, haleta Brabant. Seulement mon point de côté, j'ai l'habitude de vivre avec.

– Je peux t'aider?

Narines dilatées, bouche ouverte, Brabant réussit à s'emplir les poumons d'air.

– Tu l'as déjà fait.

Il sourit et Clariond sentit quelque chose se détraquer au fond de lui-même.

Depuis son arrivée au camp, son instinct l'avait préservé d'une quelconque implication personnelle dans le spectacle auquel il assistait. Il voyait mais ne regardait pas et se défendait d'éprouver le moindre sentiment.

« Même les coups que je recevrai, s'était-il promis, ce sera mon double qui en ressentira la douleur, pas moi. »

A plus forte raison ne s'estimait-il pas concerné par les coups que prenaient les autres. Cette indifférence à leur sort se mariait bien avec l'impression d'invulnérabilité que dégageait son aspect physique. D'une taille au-dessus de la moyenne, plus massif qu'harmonieux, plus puissant que souple, il ne paraissait pas sujet aux états d'âme. L'enveloppe, pourtant, était trompeuse. Elle abritait une nature vulnérable et d'une maladive instabilité.

Il avait été un enfant ordinaire, ni plus ni moins chétif qu'un autre. Mais, avec l'adolescence, il avait forci et grandi d'un coup. Cette brusque métamorphose l'avait pris au dépourvu. Sensible jusqu'à la sensiblerie, émotif, perméable à l'influence des autres et par là même incapable de se forger une opinion personnelle et de s'y tenir, il aimait cultiver ses contradictions. Une telle nature, dans l'enveloppe d'un corps adolescent, peut sembler à sa place.

Elle ne l'est pas lorsqu'il lui faut se loger dans une structure dont tous les éléments fonctionnent sans à-coups et manifestent avec insolence leur joie d'exister. Il n'aimait pas celui qu'il était devenu et ressentait comme une trahison de son moi profond l'épanouissement de son corps.

Pourtant c'était à lui, et à lui seul, qu'il devait confier ses minces chances de survie.

« Si je ne me blinde pas, s'était-il dit une fois pour toutes, je suis foutu. »

C'est pour se blinder que, pendant les heures interminables qui avaient suivi son arrivée au camp, il s'était astreint à regarder le pendu tourner doucement au bout de sa corde, à ne pas en détacher ses yeux, à s'en imprégner la rétine jusqu'à ce qu'il devienne un objet ordinaire débarrassé de toute charge émotionnelle.

C'était une façon de faire face sans se détruire. Il ne pouvait savoir que sa préoccupation était de même nature que celle du *Lagerführer* vis-à-vis des recrues S.S. d'âge tendre, que lui envoyait le *Hitlerjugend* [1].

– Le camp, leur disait-il, est au moins aussi dur pour vous que pour les internés. C'est une question de libre arbitre. Nous conservons le nôtre. Les *Haeftlinge* n'ont pas le leur, ils subissent, ce qui, sans doute, est plus dur physiquement, mais moralement moins contraignant.

Ses recrues n'étaient pas des enfants de chœur : on n'acceptait dans la S.S. que des caractères prometteurs. Le don, toutefois, n'était pas suffisant. Il était attesté que, devant l'épreuve, les plus doués pouvaient faiblir. Non qu'ils fissent preuve d'incapacité ou de négligence dans l'accomplissement de leur tâche. Quel que fût l'ordre, ils l'exécutaient. Mais c'est à leur comportement dans les heures qui suivaient que l'on pouvait mesurer les ravages auxquels un entraînement insuffisant les exposait. De retour dans leurs cantonnements, certains sombraient dans l'alcool, d'autres devenaient braillards et querelleurs, d'autres encore taciturnes et dépressifs. On citait même le cas d'individus s'oubliant au point de s'épancher dans le giron des filles du bordel, qui ne manquaient pas – comme c'était leur devoir – d'en rendre compte au Service de sécurité.

– Ces jeunes hommes doivent être virilisés, avait décidé le *Lagerführer*.

Les Juifs polonais, arrivés par erreur à Sachsenhausen, les vingt mille prisonniers soviétiques dont le droguet était marqué du disque rouge des rebelles et surtout les Indiens barbouillés de

1. Jeunesse hitlérienne.

goudron et de bleu de méthylène dont les silhouettes fantomatiques erraient dans le bruit de leurs chaînes, tous voués à l'extermination, constituaient un cheptel toujours disponible sur lequel étaient prélevés par paquets de vingt, cent ou deux cents les groupes servant à l'entraînement « virilisateur » des recrues. Il s'agissait de tir sur cibles vivantes, isolées ou en nombre, de face ou de dos, debout ou à genoux, au garde-à-vous, marchant ou courant, encore et encore, jusqu'à ce que les victimes, totalement semblables les unes aux autres, finissent par se confondre en une masse anonyme dont la suppression n'était plus qu'un travail de routine...

Fin de la cinquième heure. Arrêt, retour au block 13, soupe.

Le chef de block était en conversation avec un visiteur en qui Clariond reconnut Alfred, le monte-en-l'air qui aimait bien la France.

– Approche un peu, dit celui-ci, dès qu'il l'eut reconnu, que je te présente à mon ami Hermann.

– Un Français! grogna le chef de block avec mépris.

– Tu permets, protesta Alfred, un copain! On s'est connus sur la Côte d'Azur, avant 39, et j'espère bien qu'on s'y retrouvera, pas vrai, Clariond?

Sans qu'il l'eût voulu, il était devenu le commensal, l'obligé, peut-être le complice de la pire racaille. Il s'entendit néanmoins plaisanter :

– A Monaco, pour commencer, dans un hôtel de la Belle Époque!

– Il fallait le dire, que c'était un copain, grogna Hermann. Si j'ai bien compris, je le nourris, ton Français?

– Exactement.

L'élocution ordinaire d'un chef de block est fondée sur l'invective, du moins lorsqu'il s'adresse à un *Haeftling*. Rien de tel dans le ton de la conversation qu'avaient nouée Alfred le bossu, le chef du block 13 et le Français arrivé ce matin. Pour Jakob, c'était inquiétant. La remise en cause possible de la place qu'il s'était assurée, non sans mal, dans la hiérarchie sociale du camp le faisait vivre dans un état d'alerte permanent.

Il s'approcha du groupe avec méfiance.

– Tu tombes à pic, dit Alfred. Hermann, dis donc à Jakob tout le bien que tu penses de notre ami français.

Jakob eût volontiers écrasé le nabot comme une punaise. Mais il ne s'y risquait pas. Bien que d'apparence chétive et de grade modeste, Alfred occupait une place importante dans le monde des verts et contrôlait la majeure partie de leurs trafics. L'attaquer, c'était se mettre les verts à dos, ce qui pour un noir, même avec un liséré rouge, n'était pas à conseiller. Mieux valait faire patte de velours.

Les yeux d'Hermann le scrutaient sans bienveillance.

– Le sac du Français à six kilos, d'accord?

– Et si j'ai une inspection? protesta-t-il pour la forme.

– Tu feras comme pour tes vingt autres protégés.

– Mais ils sont allemands!

– Ne m'emmerde pas, menaça Hermann, ou tu finiras par te retrouver toi-même sac au dos avec double charge. C'est arrivé à plus d'un kapo.

Et, s'adressant à Clariond :

– Tu passeras à la soupe en bout de file. Le dernier bouteillon est celui des amis.

Il y en avait cinq au total, de vingt-cinq litres chacun, dont, à raison d'un litre par ration, quatre suffisaient à la distribution. Le cinquième, comme le disait Hermann, était celui des amis, parmi lesquels, jusqu'à ce jour, aucun Français n'avait jamais figuré.

Brabant faisait déjà la queue avec, comme seul souci, de percevoir sa ration sans attendre, et d'empiéter le moins possible sur l'heure de pause. Selon lui, que le bouteillon soit plein ou aux trois quarts vide, la louche du *Stubedienst* n'était remplie que de soupe claire. Certains, spéculant sur l'idée que les dernières louchées étaient les plus épaisses, se plaçaient en conséquence dans la file d'attente. L'expérience démontrait que ce genre de calcul était aléatoire et que, bien souvent, au lieu des fonds de bouteillon convoités, on ne récoltait que le dessus, clair comme de l'eau de roche, du bouteillon suivant. Un jeu qui n'en valait pas la chandelle, disait Brabant. Quant au bouteillon des amis, mieux valait n'y pas penser à moins d'être expressément convié par les verts à en partager le contenu.

Il s'était assis, adossé au soubassement de la baraque, les jambes fléchies pour reposer ses mollets douloureux. Le brouet de midi, avalé debout, n'était déjà qu'un souvenir. On ne se nourrit pas de souvenirs. Surtout si l'on imagine la soif torturante de l'après-midi, les crampes des derniers tours de piste et les heures d'appel, point d'orgue angoissant de la journée.

Brabant ne les imaginait pas, il avait fermé les yeux pour se concentrer sur l'impression de tiédeur et de réplétion qu'il ressentait, afin d'en exprimer tout ce qu'elle pouvait contenir d'agréable. Il savourait l'instant dont un soleil blanc, courant entre les nuages, se faisait le complice furtif.

Replié sur lui-même, il n'avait pas vu venir Clariond dont les mains en coupe enserraient la *miska* [1] pleine à ras bord d'un

1. Gamelle émaillée contenant 2 litres.

liquide onctueux, à la surface duquel flottait un mélange de pois et de flageolets. Deux litres d'une soupe épaisse qui, à travers la tôle émaillée de la *miska,* lui brûlaient les doigts de façon délicieuse. Clariond s'attardait à la promesse et à la certitude que humaient ses narines en refusant de voir la haine soudain allumée dans les yeux de ses compagnons de marche. Peut-être n'était-il pas conscient que la vague de plaisir qui déferlait sur lui charriait l'écume de l'inavouable. Car l'impression enivrante qu'il ressentait, d'émerger du néant, exigeait que ce néant existe et que les autres s'y dissolvent. « Au camp, avait dit Alfred, tu n'existes que dans la mesure où il y a plus paumé que toi. » Sans s'en rendre compte, il venait de franchir l'échelon le plus bas de la hiérarchie des intouchables.

Une ébauche de sourire éclairait les traits de Brabant. Mais son visage, que marquaient l'ombre des orbites et le creux des joues, restait sévère. Il avait pourtant abandonné son masque de guerre. Les longs cils abaissés sur ses yeux adoucissaient la dureté de son profil. Était-ce de surprendre son insolite beauté, d'en apprécier l'exception dans la laideur ambiante, était-ce l'intuition que cet être au visage de médaille ne pouvait être que bon, trop bon et par là même vulnérable, était-ce surtout de sentir s'imposer en lui-même le besoin de le protéger? Comme il l'avait pressenti le matin même, mais cette fois sans qu'il fût possible de s'y tromper, il sut que la cuirasse d'indifférence qu'il avait décidé de revêtir comptait au moins un défaut. Néanmoins, à sa propre surprise, il constata qu'il en était heureux.

– Regarde ce que je t'apporte.

Précautionneusement, Clariond avait mis un genou à terre pour présenter à Brabant le produit de son incroyable bonne fortune. Comme à regret, celui-ci avait interrompu son voyage intérieur et ouvert les yeux. Tout près de son visage fumait la *miska* débordante. C'était le rêve, poursuivi nuit après nuit par des milliers d'affamés, devenu réalité par un coup de baguette magique. Tout ce qui, entre tête et ventre, était directement ou indirectement intéressé à l'ingestion et à la digestion, toutes les papilles, les nerfs et les muscles dont, à force de volonté, il avait réussi à réduire au silence les plaintes et les protestations, se révolta d'un seul coup avec une incontrôlable violence.

Ce fut bref, quelques secondes à peine, le temps pour Brabant d'apaiser le tumulte de ses sens. Il décrispa ses mâchoires.

– Belle récolte, dit-il, d'un ton de curiosité polie, et qui suppose des relations privilégiées. Comment, en quatre jours de camp, as-tu réussi à te faire admettre dans le cercle des nantis?

– Il y en a deux litres, dit Clariond en ignorant la question, à partager entre toi et moi. Un litre chacun. Mange le premier.

– Pourquoi moi ?

Clariond réagit avec colère :

– Pourquoi pas, en effet, les cent types du commando, à raison d'une cuillerée à soupe par tête...

Brabant s'entêtait :

– Non, pas les cent, mais pourquoi moi seul parmi les cent ?

C'était à lui-même plus qu'à Clariond qu'avec une rage désespérée il adressait la question.

– Tu philosopheras plus tard. Pour l'instant, je te répondrai ce qu'Alfred, le nabot de la quarantaine, m'a dit hier soir, et que tu ferais bien de méditer. Lorsque, par extraordinaire, quelque chose de bon survient au camp, on prend, on ferme sa gueule et, surtout, on ne cherche pas à comprendre...

C'est presque avec allégresse qu'ils avaient entamé leur trente et unième tour de piste. On eût dit que la soupe des verts avait le pouvoir de gommer les courbatures et de dénouer les crampes. Elle agissait sur le moral autant que sur le physique. Brabant était moins pâle qu'en fin de matinée, mais surtout il donnait l'impression d'être moins contraint, plus libre de lui-même, de pouvoir lâcher la main comme se le permet un cavalier après avoir dominé sa monture.

– Quand es-tu arrivé au camp ? demanda Clariond.

– Il y a six mois.

– Et au commando ?

– J'en suis à ma huitième semaine.

– Résistant ?

Brabant haussa les épaules.

– Ça ne veut rien dire. Il n'y a pas un homme, dans ce camp, qui ne se voie sous les traits d'un résistant.

– Si, dit Clariond. Moi.

– Attends un peu. Avant un mois, tous les Marseillais prétendront qu'ils l'étaient et finiront par le croire de bonne foi ou presque. Ceux qui s'en sortiront exigeront d'être reconnus comme tels et ils obtiendront gain de cause. Les vrais, les purs et durs – du moins selon leurs propres critères – hurleront au scandale, mais on les écoutera d'autant moins que dès leur retour ils se déchireront entre eux et s'excommunieront les uns les autres, groupe contre groupe, parti contre parti, chapelle contre chapelle, au nom de l'orthodoxie. Je ne suis pas prophète, mais...

– Tu crois à l'avenir?

– Il n'y a pas d'avenir, il n'y a que des lendemains, et encore, si tout va bien. Que chaque jour ait le sien, c'est le seul vœu qu'on puisse faire. En un temps où chaque minute est porteuse de menace, faire des projets à quinze cents minutes d'échéance est déjà téméraire. Ou alors, c'est du rêve.

– Il n'est pas interdit de rêver.

– La plupart d'entre nous le font, mais je ne pense pas que ce soit indiqué.

– Pourquoi?

– Si tu as soif, évite de boire sucré. C'est agréable sur le moment, mais ne désaltère pas. Le rêve aussi est agréable, mais le réveil est d'autant plus rude que l'écart est grand entre l'imaginaire et le réel.

Qu'importe demain? Pour échapper au présent, le rêve était le refuge des plus démunis. Ils s'inventaient un passé ou, à tout le moins, paraient leur vie d'autrefois de couleurs brillantes. Encore fallait-il se trouver un auditeur. Ce besoin était si vif et si général que, confidence pour confidence, chacun était prêt à entendre celle de son voisin.

Selon eux, l'ordinaire que mijotaient leurs femmes tenait du festin, tant par le nombre de plats que par l'originalité de leur préparation. Et, comme aucun d'eux ne voulait être en reste, ils s'affrontaient, par cordons-bleus interposés, en des enchères gastronomiques dont les relances, lourdes de crème et de sauces, auraient mené à l'apoplexie le goinfre le plus impénitent.

Les promotions allaient de soi. L'instituteur se voyait en professeur, le contremaître en ingénieur, l'artisan en artiste et le livreur-cycliste en chauffeur routier. Si, rompant avec cette façon de revivre son passé, l'un d'entre eux concédait que sa femme était si moche que pour ne plus la voir il s'était mis à boire, ce qui, côté boulot, n'avait pas arrangé les choses, les autres le regardaient comme un déchet vaguement dégoûtant dont ils se détournaient avec une horreur comparable à celle qui leur faisait éviter le contact d'un *musulman* [1] lorsqu'il en apparaissait un, titubant et hagard, mendiant des épluchures de baraque en baraque.

Au fil des tours, la piste semblait maintenant s'allonger. Personne n'avait de montre et il n'y avait pas d'horloge dans le camp. Aussi, pour un nouveau venu, était-il difficile de savoir où on en était.

1. Dans l'argot des camps, désignait les déportés ayant dépassé le point de non-retour de la cachexie.

– Sais-tu combien de tours nous avons faits? demanda Clariond.

– Quarante et un.

– Comment peux-tu en être sûr?

– J'ai trente bâtonnets de bois dans ma poche gauche. A chaque tour, j'en transfère un dans ma poche droite. Trente le matin et trente l'après-midi. Regarde, il en reste dix-neuf.

Clariond était déçu. Brabant devait se tromper. Comment pouvait-il affirmer qu'il n'avait pas oublié deux ou trois fois de transférer son bâtonnet d'une poche à l'autre? La douleur d'une ampoule crevée en fin de matinée lui lacérait le pied à chaque pas et le faisait boiter.

– C'est long, dit-il.

– L'après-midi est toujours long. On s'y fait.

S'y faisait-il vraiment, le chétif Brabant, ou refusait-il d'admettre qu'il ne s'y faisait pas? Clariond vit ses maigres épaules que sciaient les courroies du sac. Douze kilos, pourtant, ça n'est pas lourd, mais, après six mois de famine, les kilos comptent double. Soudain, Clariond se rappela que son propre sac avait été allégé de moitié et qu'en plus, nouvellement arrivé, il disposait d'un potentiel de force intact.

Chacun pour soi, bien sûr. A midi, il avait partagé sa soupe parce que, de toute façon, il n'aurait pu venir à bout, tout seul, des deux litres de cette purée à peine liquide. Son geste n'avait eu que l'apparence de la générosité. Le sac, c'était autre chose. En proposer l'échange pour soulager l'autre signifiait l'abandon de l'attitude qu'il avait adoptée depuis son arrivée au camp. A plusieurs reprises, il avait eu la tentation de la remettre en cause. Et chaque fois à cause de Brabant. Pourquoi, il n'aurait su le dire. Mais c'était un fait. Sans un geste, sans un mot, vulnérable mais étrangement solide, Brabant s'imposait. Il n'avait pas fallu un jour pour que Clariond le comprît. Quant aux autres... Ce qu'il avait vu de ses codétenus n'aurait pu que l'inciter à bétonner son égoïsme. L'insolent mépris des Polonais, l'aveugle brutalité des Russes, l'alignement politique des Allemands sur la saloperie des verts, la cautèle de ceux-ci vis-à-vis des S.S. et même, au sein du contingent français, l'incivisme forcené du groupe des Marseillais par manque de motivation, face au repli sur soi du groupe communiste pour cause de discipline.

Il fallait se défendre, dans cette géhenne qu'avaient conçue les S.S. avec une diabolique maîtrise, se verrouiller, refuser toute faiblesse et voir en face cette vérité du camp, qu'il n'existait de survie possible pour les uns qu'au prix du sacrifice des autres. On pouvait en être, par chance, le bénéficiaire passif et simplement le supporter. Il fallait aussi être préparé à le vouloir. C'était son cas.

– Donne-moi ton sac, dit-il.

Les mots lui étaient venus malgré lui, au moment même où il se promettait de ne plus se disperser.

De la tête, Brabant refusa et Clariond en fut soulagé. Il était furieux contre lui-même et se reprochait sa sensiblerie. Après tout, Brabant était un inconnu. Que savait-il de lui? Rien, sinon qu'il avait survécu, depuis six mois, et que, pour y parvenir, il avait dû vivre selon la loi du camp : moi ou l'autre.

Moi ou l'autre! Il fallait que Clariond se le répète pour faire taire en lui la voix qui le contredisait. Moi ou l'autre, certes. Mais était-il certain que Brabant fût l'autre, l'anonyme, l'inconnu, en présence de qui le hasard l'avait mis ce matin même? A cette pensée qui le prit de court, il perdit le souffle et vacilla sur ses jambes. Le souvenir dont il n'arrivait pas à se libérer, le cauchemar qui revenait à l'improviste hanter ses nuits, depuis des années, avec une précision telle qu'au réveil il lui fallait de longues minutes pour être certain qu'il venait de rêver, se présentait à lui sous une forme nouvelle et inattendue. Le camp, s'était-il dit, a au moins un avantage. La hantise de la survie relègue les phantasmes au magasin des accessoires. Un déporté est trop démuni pour pouvoir s'en offrir le luxe.

L'apparition en superposition sur le profil de Brabant d'un autre profil et la mise au point des deux images jusqu'à ce qu'elles n'en fassent qu'une, parfaitement nette, n'avait duré qu'un bref instant, suffisant toutefois pour que Clariond comprît que désormais celle qui le poursuivait avait pris forme et qu'il lui faudrait vivre en l'ayant sous les yeux.

– Prends mon sac, répéta-t-il d'une voix altérée.

C'était dit sur le ton d'une prière. Brabant en fut surpris.

– Qu'est-ce que tu as?

Clariond n'eut pas le temps de répondre.

– *Achtung, marchieren* [1]*!...* hurla Jakob.

La *Strafe* entama son quarante-huitième tour en traînant les pieds. Le *gummi* fit son office et mit tout le monde au pas.

COURAGE, OBÉISSANCE, ASSIDUITÉ, FRANCHISE... La piste longeait les baraques et le commando la suivait en tournant dans le sens des aiguilles d'une montre. L'œil se posait sur les lettres géantes, que le pas des hommes faisait tressauter, comme la vitesse d'un train fait danser les fils du téléphone derrière la fenêtre d'un compartiment.

C'était la mauvaise heure. Celle des révoltes absurdes et désespérées. Elles se produisaient toujours au moment charnière entre la fatigue, qui attise la colère, et l'épuisement, qui l'éteint.

1. Attention, pas cadencé!

Jakob avait l'œil sur les marcheurs et intervenait alors plus brutalement que de coutume, sachant par expérience que le moindre relâchement pouvait générer un effet d'avalanche et que la débandade qui s'ensuivrait deviendrait incontrôlable quels que fussent les menaces et les coups qu'il ferait pleuvoir sur son troupeau de moutons devenus enragés.

Les dix hommes composant les deux rangs qui précédaient celui de Brabant et de Clariond tranchaient sur l'ensemble de la *Strafe*. Ils marchaient, certes, au pas et même en chantant, lorsque Jakob l'ordonnait, mais, curieusement, ce n'était pas à lui qu'ils semblaient obéir. On eût dit qu'un ordre de Jakob, pour devenir exécutoire, devait transiter par l'un d'entre eux. Et pas en allemand. La traduction, différée d'une seconde, claquait sec et était immédiatement suivie d'effet.

Ils ignoraient leurs codétenus, et parvenaient même à donner l'impression qu'ils ignoraient leurs geôliers. L'un des dix était blessé au pied. Il était flanqué de deux camarades qui soutenaient ses coudes dans leurs bras repliés. Ces béquilles vivantes lui permettaient de progresser à l'exacte vitesse du commando et sans en altérer l'ordonnance. Les porteurs se relayaient à chaque tour, sans que s'élevât entre eux la moindre discussion. Depuis le matin, chaque équipe avait ainsi effectué douze portages, dont deux au pas cadencé.

Jakob, qui les avait à l'œil, guettait leur défaillance dans cette épreuve. En vain. Les porteurs et le blessé, aussi incroyable que cela parût, marchaient au pas, et Jakob enrageait. Sur d'autres, il eût passé sa mauvaise humeur, mais il n'arrivait pas à le faire sur ceux-là, « des fumiers, des lâches, des assassins de femmes et d'enfants allemands, que c'était une misère de se trouver mélangés à de pareils saligauds »! Dès qu'il s'approchait de leur groupe, il sentait se vriller en lui le regard glacé de leur chef. Il avait pourtant tous les droits, Jakob, y compris celui de l'assommer si bon lui semblait. Le regard paralysait son bras. Il vomissait des injures que l'autre n'entendait pas, menaçait, brandissait son *gummi*, et pour finir se défoulait en l'abattant sur le dos d'un pèlerin anonyme.

– Qui sont ces types? demanda Clariond.

– Des Anglais.

– Il y a des Anglais au camp?

– Ces dix-là seulement. L'équipage d'un bombardier abattu au-dessus de la Ruhr.

– Qu'est-ce qu'ils font ici?

– Ils attendent d'être exécutés. Officiellement, il n'y a eu aucun survivant lorsque leur appareil a été descendu. Mais ils pourraient ressusciter au cas où il serait nécessaire de disposer d'une monnaie d'échange contre des Allemands capturés en Angleterre et condamnés pour espionnage. Pour l'instant, l'occasion ne s'est pas trouvée. Alors, ils marchent!

– Depuis combien de temps?

– Plus d'un an.

Les épaules raidies par l'effort, les porteurs achevaient leur tour. Déjà les suivants s'étaient mis en place. Le passage du relais se fit avec une précision telle qu'à aucun moment le blessé ne fut livré à lui-même.

– Ils ont de la technique, remarqua Clariond.

– Ils ont surtout de l'expérience depuis le temps!

Brabant avançait maintenant d'un pas d'automate. Il avait les mâchoires serrées, les poings aussi, comme s'il s'agissait de verrouiller son corps et de bloquer toute fuite d'énergie. Inutile de lui parler. Le débat qu'il avait avec lui-même l'occupait tout entier. Sans renouveler sa proposition, Clariond souleva son sac, en fit glisser les bretelles le long de ses bras et l'échangea contre le sien. Brabant se laissa faire et le remercia d'un sourire éploré.

– Pas de quoi en faire une histoire, bougonna Clariond. Ce que font les Anglais, nous en sommes capables, autant et aussi bien qu'eux, non?

Cinquante-troisième tour. Un Ukrainien s'abattit face contre terre, comme foudroyé. Le commando poursuivit sa route en contournant le corps immobile. Celui-là, personne ne l'avait aidé. C'était un isolé que l'on voyait décliner de jour en jour depuis une semaine. Il était même curieux qu'il eût tenu si longtemps. Aussi était-ce avec soulagement qu'était ressentie sa fin. Chacun savait que le glas ne sonnait pas uniquement pour lui et que, sous l'image de son agonie, transparaissaient les traits d'un destin également partagé. Le savoir est une chose. Le voir en est une autre, d'autant moins appréciée que le rappel est quotidien. Il n'y a que les Chinois pour vouloir dormir à côté de leur cercueil.

Après le passage du dernier rang de marcheurs, Jakob l'avait retourné du bout du pied afin de s'assurer qu'il ne s'agissait pas d'une comédie. Avec les Ukrainiens, on n'est jamais trop prudent. Mais celui-là ne jouait pas : le rictus qui découvrait ses dents et le regard éteint de ses yeux plaidaient pour sa bonne foi.

Au tour suivant, les marcheurs retrouvèrent le corps, que Jakob n'avait pas jugé utile de déplacer. Il gisait face au ciel, au pied d'une baraque portant, comme toutes celles qui bordaient la place d'appel, sa part de la devise du camp, cinq lettres seulement, immenses et d'un blanc immaculé, se détachant sur le fronton verdâtre : LIEBE, AMOUR. De ses yeux grands ouverts, l'Ukrainien fixait l'inscription et ses lèvres retroussées en un ricanement muet semblaient en apprécier l'humour.

Il suffisait d'un coup d'œil pour constater qu'il avait cessé de vivre, ce qui simplifiait les choses. Point ne serait besoin de le porter jusqu'à l'emplacement de l'appel et de le dresser à chaque passage du *Blockführer* pour qui le comptage n'était pas une science exacte. Il le recommençait dix fois, vingt fois à chaque appel, s'arrêtant longuement devant chaque rang dont l'alignement devait être parfait, afin que fût éliminée toute cause d'erreur. Et dix fois, vingt fois, il fallait maintenir, immobile et debout à sa place dans sa file et dans son rang, le malade ou le blessé qui n'avait pas expiré avant l'heure de l'appel.

Celui-là, il suffirait de le traîner jusqu'à l'emplacement réservé aux morts de la journée. Il prendrait place dans le dispositif prévu et n'en bougerait pas d'un pouce entre les passages du *Blockführer*.

Encore quatre tours, puis trois, puis deux. Seule comptait la fin de la présente épreuve. Curieusement, la proximité de l'échéance ne la rendait pas plus supportable. Au contraire. Chaque pas, maintenant, représentait un effort, un vertige, une douleur et augmentait la tentation suicidaire de sortir des rangs en hurlant ou simplement de se laisser choir, pour en finir, fût-ce à coups de bâton.

Rares pourtant étaient ceux qui passaient à l'acte. Les marcheurs étaient trop fatigués pour vouloir. Subir était plus simple. Ils se raisonnaient en se persuadant que c'était par courage qu'ils accomplissaient les derniers tours.

Qu'on le croie ou non, le pas cadencé et les chants de marche ont d'étranges vertus. Le soixantième et dernier tour, apothéose de la journée, en était l'illustration. Les brodequins, soudain, sonnaient clair sur le ciment, crissaient en cadence sur le gravier, pataugeaient joyeusement dans l'eau. Même le sable n'arrivait pas à étouffer leur ardeur retrouvée. Et pas davantage la perspective d'une interminable station debout, sur des jambes traversées de crampes et d'élancements.

Et moins encore l'idée que demain, si demain il y avait, serait semblable à aujourd'hui, tour après tour, jusqu'à en devenir fou, ou plus probablement abruti.

3

Dans les dortoirs de chaque baraque, les châlits avaient été accolés par groupes de quatre, deux en long, deux en large, sur trois étages, bien entendu. Cette disposition avait permis d'aménager douze couchettes par groupe. Chaque couchette hébergeant deux occupants, c'était un total de vingt-quatre hommes qui s'entassaient sur une surface au sol de six mètres carrés. Neuf cents par baraque. Soit quatre cent cinquante dans chacun des deux dortoirs. Il avait fallu de l'imagination et de la technique pour atteindre ce résultat. Encore n'y était-on parvenu que par paliers successifs. Au fil des ans, la capacité d'accueil des baraques avait quadruplé. La dernière augmentation était de taille; elle l'avait doublée d'un seul coup, sur la simple décision d'affecter chaque couchette à deux dormeurs au lieu d'un seul. Quatre-vingts centimètres, ce n'est guère, mais, avait dit la direction du camp, les dormeurs, Dieu merci, étaient maigres et, de plus, rien ne les empêchait de coucher tête-bêche pour gagner de la place.

Jusqu'à ce jour, le compagnon de châlit de Brabant avait été le 93, dont Clariond avait chaussé les brodequins le matin même.

Le 93 avait disparu, sans laisser un souvenir notable à ses compagnons de marche. C'était un grand type taciturne, né sur l'incertaine frontière de la Yougoslavie, de la Grèce et de la Bulgarie. Un titi parisien, dont la présence au commando avait été éphémère, lui avait un jour demandé :

– T'es quoi au juste?

Il avait redressé la tête et répondu non sans fierté :

– Je suis de Macédoine.

L'autre s'était esclaffé :

– Macédoine? C'est pas un pays, c'est une salade!

Le 93 était imperméable à l'humour parisien. Il était revenu à ses moutons, car il était berger. Donc marcheur. Pendant des mois, il avait effectué ses soixante tours quotidiens sans broncher. Et puis, un jour, la machine s'était détraquée. Lui qui parlait peu s'était mis à soliloquer dans sa langue impossible. « Il s'évade par l'intérieur », avait dit Brabant. Ce genre d'évasion réussissait en général, car il n'est au pouvoir de personne de l'empêcher. L'esprit de l'évadé, libéré d'un corps désormais inutile, rejoint le refuge de son choix. Pour le corps, laissé à lui-même, la situation est moins brillante. C'est un navire en perdition que son équipage a déserté.

Le 93, réputé fou, avait été emmené au *Blockshonung*, la baraque des malades de longue durée, ce qui, en clair, signifiait qu'il avait été liquidé d'une manière ou d'une autre.

L'essentiel, en tout cas, est qu'il avait libéré une place sur la couchette de Brabant et que celui-ci l'avait offerte à Clariond.

– Ce qu'il y a de bien à la *Strafe*, dit Brabant, c'est qu'on n'a pas à s'occuper de ses godasses. Elles passent la nuit à la cordonnerie, où on les récupère le lendemain matin, graissées, recousues, recloutées, neuves. Le luxe, quoi ! Mais, surtout, personne ne peut te les faucher pendant ton sommeil. Allez, installe-toi.

C'était vite fait. La *miska* retournée servait d'oreiller. Avec la cuiller dont le manche avait été affûté sur l'un de ses côtés et les quelques chiffons découpés en bandes afin d'en faire des chaussettes russes, c'étaient les seuls bagages du déporté. Dans sa munificence, le camp pourvoyait au reste.

La couchette de Brabant était bien située : en bout de baraque, hors des couloirs de grand passage. A l'étage du milieu qui présentait, selon lui, le plus d'avantages et le moins d'inconvénients.

– Lesquels ?

– A l'étage supérieur, tu es bien pendant l'hiver, mais pendant l'été tu crèves de chaleur. A l'étage inférieur, c'est l'inverse.

– Tu peux changer de couchette avec les saisons.

– On est trois cents à le vouloir, en haut comme en bas, au même moment. Mieux vaut une situation moyenne. Et puis, pour retrouver ta couchette, tu n'as pas à faire d'acrobaties comme ceux qui logent sous le plafond ou à leur servir de marchepied, si tu habites le rez-de-chaussée.

– Mais les odeurs ?

Brabant leva un doigt sentencieux.

– Il ne faut pas se fier au sens littéral des mots. Contrairement à ce que l'on croit, une odeur légère ne monte pas et une odeur lourde ne stagne pas dans les fonds. Légères ou lourdes, d'ailleurs, aucune importance. Toutes, ici, sont nauséabondes et occupent la totalité de l'espace respirable. Allonge-toi. Ta tête dans le creux de mon épaule. Ça tient moins de place.

Lazare, de retour de son voyage dans l'au-delà, s'est gardé de raconter ce qu'il avait vu. Peut-être ses révélations eussent-elles bousculé bien des idées reçues. Mais il était homme d'ordre, respectueux des vérités établies. Ressuscité, il a fermé sa gueule et il a bien fait.

Clariond n'est pas Lazare. Lorsque, plus tard, il s'est souvenu de ce moment précis, il l'a décrit avec un luxe de détails insolite. Il était visible qu'il n'arrivait pas à dire l'essentiel, difficile à avouer parce que sacrilège. Forcé dans ses retranchements, il a balbutié :

– Il y avait eu ces morts et ces mourants, ces coups et ces plaintes, cette douleur tout au long du jour, sous un ciel de suie, cette désespérance. Dans la baraque, le piétinement d'une foule serrée à étouffer. Puis la couchette. L'épaule de Brabant était trop osseuse pour que ma nuque s'y sentît à l'aise. J'ai calé sa tête au creux de la mienne. Nous nous sommes allongés et tout d'un coup ce qui, dans nos corps, avait été peine, crampes, élancements, s'est mué en une incroyable béatitude.

» Oh! je sais. Il se trouvera ici ou là une ordure pour saisir au vol ce que je dis et pour affirmer, témoignage à l'appui, que le régime des camps n'était pas aussi terrible qu'on l'avait prétendu, puisque des déportés, affectés au commando le plus dur, avouaient qu'ils avaient été heureux dans ce soi-disant enfer. Effrayants imbéciles, que savent-ils du bonheur, du malheur et du mélange des genres?

Clariond vivait donc un instant de bonheur, niché sur son étroite nacelle, insensible aux bruits et à la fureur qui l'assaillaient de toutes parts. Et la précarité de l'instant en pimentait la saveur.

Le corps de Brabant était frêle. Pendant la journée, la flamme qui l'habitait lui communiquait une force qui faisait illusion. Elle n'était pas sienne. Au repos, il n'y avait plus rien à feindre : sa fragilité apparaissait sans fard.

Clariond la reconnaissait, elle était celle de l'autre dont les traits semblaient s'aiguiser lorsque, après avoir résisté au-delà du raisonnable, il devait s'avouer vaincu par l'épuisement. Il tourna la tête et revit le profil dont le dessin l'avait frappé le matin même. Une telle ressemblance ne pouvait être fortuite.

– Que faisais-tu dans le civil? demanda-t-il à Brabant.

– J'étais étudiant.

– Lui aussi.
– Qui ça, lui?
– Mon frère. Il s'appelait Pierre.
– Pourquoi m'en parler?
– Parce que tu lui ressembles.
– Qu'est-il devenu?
– Il s'est tué dans un accident, il y a cinq ans.

Et, comme pour atténuer le caractère irrémédiable de sa disparition, Clariond avait répété après un long silence :

– Mais tu lui ressembles.

Pendant l'heure qui précédait le couvre-feu, la vie grouillait dans le dortoir. La majorité des internés s'agitaient vainement comme pour se prouver à eux-mêmes qu'ils conservaient encore une parcelle de liberté. Les initiés, en revanche, s'activaient sans bruit. Leurs ambitions étaient diverses. Certains visaient le pouvoir, d'autres l'argent. Chaque faction menait sa propre lutte. Le compartimentage et la stratification de la société concentrationnaire créaient toutefois des points de convergence où, subitement mises face à face, elles n'avaient d'autre choix que de s'entre-détruire.

En avril 1943, le pouvoir des verts commençait à être sérieusement battu en brèche par l'ambition des rouges. Ceux-ci, Allemands pour la plupart, communistes le plus souvent, comptaient parmi les internés les plus anciens. Quelques-uns d'entre eux avaient même célébré, le mois précédent, le dixième anniversaire de la création du camp en même temps que celui de leur internement. Leur adaptation aux conditions de l'existence concentrationnaire leur avait permis de survivre. Ce monde était devenu le leur au point que celui du dehors leur apparaissait comme totalement étranger. Ainsi que certains gardiens, ils faisaient carrière au camp. De cette longue coexistence avait fini par résulter une même manière de voir et de juger, un commun mépris pour les idées et les principes et finalement le partage des seules valeurs ayant cours derrière les barbelés du camp. Ces anciens-là, qu'ils fussent verts ou rouges, ne se souciaient pas des attributs du pouvoir. Ils ne participaient pas à la lutte pour la prise du contrôle des positions dites stratégiques et laissaient les ambitieux s'étriper au nom de l'accession à une puissance qu'ils jugeaient illusoire. Ils ne prétendaient pas influer, de quelque manière que ce fût, sur l'existence de leurs codétenus, occupés qu'ils étaient à protéger et à consolider le pouvoir occulte et la richesse auxquels ils étaient parvenus.

Il fallait des mois pour comprendre et admettre que, pour y

accéder, le passage obligé était une compromission avec les gardiens. Les esclaves, certes, ne pouvaient rien sans les maîtres, mais l'inverse était vrai. Ainsi, pour le pillage des richesses dont regorgeait le sol désolé du camp, étaient-ils liés les uns aux autres. Ils l'étaient tout autant pour leur sécurité, les gardiens conservant leur pouvoir de vie et de mort sur leurs associés-esclaves et ceux-ci ayant fait savoir à leurs partenaires qu'ils avaient mis au point, de longue date, la dénonciation différée, placée sous leurs fesses comme un pétard à retardement. Moyennant quoi, leur étrange complicité prospérait harmonieusement.

Alfred, modeste *Stubedienst* de la quarantaine, était l'un des parrains de cette organisation, et c'est pour affaires que, ce soir-là, il rendit visite au chef du block 13.

– Hermann, demanda-t-il, où loge le Français?

– Encore lui, grogna Hermann. Décidément, il t'intéresse.

– Ça te gêne?

– Oh! non! Seulement, à ta place, je me méfierais. Moi, je ne ferais jamais confiance à un Français.

– Et moi, répliqua Alfred en riant, je ne fais jamais confiance à personne, pas même à toi!

Hermann se récria :

– Tu n'as pas le droit de me dire ça. Tu sais très bien...

– Que jamais tu ne me trahiras. C'est vrai. Mais, pour être juste, il faut ajouter que ça n'est pas ton intérêt et que, si néanmoins tu t'y risquais...

Du pouce, il traça un sillon sur sa gorge.

– Tu connais le prix. Et maintenant, assez de conneries, fais venir le Français chez moi. J'ai à lui parler.

Le *Läufer*[1] d'Hermann – dont la gracilité et la soumission avaient assuré la douteuse promotion – se faufila entre les châlits à la recherche de Clariond.

– Alfred te demande.

– Pourquoi?

– Je n'en sais rien.

Clariond eut du mal à quitter les cimes ensoleillées de la Vanoise, la montagne du Malgovert qui faisait le gros dos sous sa carapace de sapins, les sources jaillissantes et les cascades que la distance faisait chuter au ralenti. C'était l'été 38, la vie douce, le temps de la joie, une seconde avant que le destin ne fracassât ce bonheur qui semblait aller de soi.

Le poids de la tête de Brabant sur son épaule, les inflexions de sa voix, certains gestes qu'il faisait machinalement comme de

1. Commissionnaire.

frotter les uns contre les autres ses doigts étonnamment longs et effilés, tout cela, qui était aujourd'hui, appartenait néanmoins au passé, peut-être même à cette nuit d'orage qu'ils avaient passée, Pierre et lui, dans l'abri de leur tente ployant sous les rafales d'un vent déchaîné.

L'abri était précaire et le plaisir d'autant plus aigu. L'eût-il été davantage encore s'ils avaient su que cette nuit était la dernière?

Le châlit, isolé dans le tourbillon de cris, de plaintes, d'injures et d'altercations qui constituait l'environnement sonore de la vie concentrationnaire, était lui aussi un abri secoué par la tempête. Précaire comme celui d'autrefois. Et le plaisir d'y trouver refuge était de même nature.

Clariond avait fermé les yeux. Depuis cinq ans, il avait poursuivi avec une rage désespérée le souvenir de cette nuit-là. Il avait essayé d'en retrouver la saveur, de se rappeler les mots que Pierre et lui avaient échangés. Il s'était efforcé de rassembler une à une les miettes de ce bonheur éclaté. En vain. Les souvenirs refusaient de répondre à son appel en un signe de muet mais néanmoins éloquent reproche.

Et puis, Brabant! Son apparition soudaine, sa ressemblance avec Pierre, lointaine et floue tout d'abord, qui avait semblé s'affirmer au cours de la journée. Clariond ne se demandait pas à quelles retouches cette ressemblance devait d'être parfaite. Il se contentait de vivre l'instant.

– Alors, tu te grouilles? Alfred t'attend.

Le retour au présent était rude et braquait une lumière impitoyable sur les gens et les choses. Coincés entre les châlits, empilés jusqu'au plafond, encastrés les uns dans les autres en une mêlée d'où suintait une purulence de laideur, de haine, de panique et de douleur, des centaines d'hommes s'agitaient de façon frénétique et dans un tel vacarme que leurs cris mêmes semblaient muets.

– On dirait un plat d'asticots, dit Clariond avec dégoût.

Brabant, semble-t-il, était moins vulnérable.

– Regarde ce tableau, répliqua-t-il. C'est un Jérôme Bosch. D'ailleurs, ne sommes-nous pas embarqués sur la *Nef des Fous*?

Le *Läufer* s'impatientait.

– La *Nef des Fous,* reprit Brabant. L'inversion des valeurs...

Il désigna du menton l'adolescent, une petite frappe venimeuse, à la fois giton et délateur.

– ... Et l'inversion tout court. J'espère que ce n'est pas à un rendez-vous galant que t'a convié le bossu! En tout cas, méfie-toi. Au camp, la faveur des puissants constitue rarement une assurance de vie.

Au moment où Clariond pénétra dans le réduit qui servait de chambre à Alfred, celui-ci achevait de dîner. Un rideau isolait le logement du *Stubedienst* du dortoir surpeuplé de la quarantaine.

– Ah! te voilà, dit-il, la bouche pleine. La marche t'a donné bonne mine; il n'y a rien de plus sain, à condition de bouffer, bien entendu.

Il tendit à son invité une gamelle de patates luisantes de graisse.

– Sers-toi.

Clariond vida le plat et mangea en silence.

– Tu as vu tes collègues marcheurs? reprit Alfred après qu'il en eut terminé. Ceux qui tiennent le coup sont assistés. Pour une raison ou pour une autre, ils touchent une *zulage* [1]. Les autres sont foutus.

Clariond s'insurgea, moins par conviction que par besoin de se rassurer :

– Pas forcément. Regarde l'autre Français. Il n'est pas assisté et pourtant il marche depuis huit semaines.

– Justement, je l'ai regardé. Depuis le temps, je m'y connais. Il n'en a pas pour trois mois.

C'était une chose de savoir Brabant menacé. Il était fragile, malade sans doute. Parce qu'il avait usé ses réserves, la sous-alimentation risquait de lui être fatale à bref délai. Mais c'en était une autre d'entendre dire qu'il était condamné sans appel.

Un bref instant, il eut devant les yeux l'image des traits figés de Brabant, de ses longs cils abaissés sur ses yeux sans vie, de ses lèvres entrouvertes sur une ébauche de sourire. Le visage était à peine triste mais surtout d'une indifférence infiniment lointaine.

Clariond pressentait que, des deux, il serait celui qu'épargnerait la mort. Cette prémonition faisait lever en lui un mélange inavoué de soulagement et de remords, comme si sa survie ne pouvait être acquise qu'au prix de la disparition de l'autre. Ce sentiment, il ne le connaissait que trop, pour l'avoir nourri depuis des années. Le visage aussi, il le connaissait. C'était le même que celui qu'il avait tenu sur ses genoux cinq années plus tôt, par une matinée absurdement radieuse, qu'il avait en vain supplié de revenir à la vie, sans vouloir admettre qu'il n'était plus qu'apparence.

1. Rabiot.

– Pas pour trois mois, reprit Alfred. Mais ce n'est pas de lui qu'il s'agit. Tu veux t'en tirer, je pense?

– Quelle question, bien sûr que je le veux!

– Bon. Alors voilà pour demain matin.

Il lui tendit une double ration de pain, assortie de deux épaisses rondelles de saucisson de cheval.

– Hermann te remettra tous les jours la même *zulage* jusqu'à ce que tu changes de commando.

– Je vais quitter la *Strafe*?

– Je m'en occupe.

– Pour aller où?

– C'est pour te l'expliquer que je t'ai fait venir. Sais-tu ce qu'est l'*Effektenkammer* [1]?

– C'est un commando...

– Pas comme les autres...

Clariond eut tôt fait de s'en convaincre.

– Dans les magasins de l'*Effektenkammer* de Sachsenhausen, lui dit Alfred, aboutissent, après un tri sommaire effectué sur place, tous les biens confisqués aux déportés à leur arrivée dans l'un ou l'autre des différents camps répartis sur le territoire allemand. Dès leur confiscation, ces biens deviennent la propriété de la S.S., qui les fait acheminer sur les magasins de Sachsenhausen. Normal, puisque c'est ici que se trouve l'administration centrale des camps et qu'elle décide souverainement de l'utilisation de ces richesses. La plupart d'entre elles provient des abattoirs de Treblinka, de Sobibor, de Belzec et surtout du Canada [2] d'Auschwitz qui ventile à lui seul les dépouilles de dix mille victimes par jour.

– Tu n'y vas pas un peu fort?

– Je suis au-dessous des chiffres réels. Pour déblayer l'avalanche des bagages qui s'abattent plusieurs fois par jour sur la rampe juive d'Auschwitz, mille hommes travaillent de l'aube à la nuit close. Le premier tri en emploie quatre fois autant. Les neuf dixièmes des objets triés sont écartés comme sans valeur. Mais le dernier dixième suffit à remplir des trains entiers qui charrient vers Sachsenhausen un minerai incomparablement plus riche que celui des filons d'or miraculeux du Rand et de l'Alaska.

Clariond restait sceptique.

– Je n'ai pas eu l'impression, dit-il, que mes compagnons transportaient des trésors.

– Tu te trompes et je vais te le prouver. Tu représentes le

1. Dépôt-magasin central.

2. Commando d'Auschwitz chargé du tri des bagages des déportés. Le *Canada* a compté jusqu'à six mille hommes et femmes.

déporté moyen, ni riche ni pauvre. Au moment de partir, tu as choisi tes meilleures chaussures, ton pull de pure laine, ta chemise la plus neuve, ton pardessus le plus chaud. Je me trompe?

– Non.

– Tu avais une montre, et peut-être aussi une chaîne d'or, avec une médaille de baptême ou une croix. Exact?

– Tout le monde en a.

– Fort bien. Un peu d'argent aussi, combien?

– Quinze cents francs.

– Pas de dollars, pas d'or?

– Si, douze napoléons.

– A la bonne heure. Bien entendu, les billets et l'or étaient cachés puisque tu n'avais pas le droit d'en détenir. Où était ta planque, dans les talons de tes chaussures ou dans le padding d'épaule de ton pardessus?

Clariond ne put s'empêcher de rire.

– C'est à ce point classique?

Alfred acquiesça.

– Plus encore que tu ne crois. Cinq cents cordonniers démontent toutes les godasses qui arrivent à l'*Effektenkammer* et autant de tailleurs sondent les doublures des vêtements.

– Et leurs découvertes vont enrichir le trésor des S.S.!

– Nous y voilà, dit Alfred. En principe, oui. Une armée d'experts, de scribes et de comptables en pyjama rayé en tient à jour l'inventaire chiffré. C'est le stock officiel visible, comme la partie émergée d'un iceberg. Mais ce qui se perd en chemin au fil des étapes de l'opération ne sera jamais chiffré et ne figure à aucun inventaire.

Il fit des deux mains une passe d'escamoteur.

– Disparu, évaporé, et c'est pourtant le principal.

– Au bénéfice de qui?

– De toutes sortes de gens : toi, moi, Hermann, cette salope de Julia, ainsi que son mec, mais aussi le *Blockführer* qui nous compte à l'appel, peut-être bien le S.S. chargé des pendaisons, toute la hiérarchie à épaulettes et les civils du coin, membres du Parti, de préférence, parmi lesquels ont été recrutés les fourgues dont l'organisation a besoin.

– Mais qui la dirige?

– Jusqu'à novembre dernier, le patron était le *Lagerführer* en personne, Loritz, que sa cupidité a fini par rendre fou. Il accumulait, spoliait les autres, raflait à son seul profit le travail des tailleurs et des cordonniers en diminuant sans cesse la part réservée au stock officiel dont l'existence servait de paravent aux opérations de l'organisation. Le pillage auquel il se livrait avait atteint une telle ampleur que la direction des camps, pourtant peu regardante en matière de corruption, a été obligée de sévir. Loritz est en disgrâce, quelque part au Danemark, je crois. L'important est qu'aucun S.S. de grade élevé ne l'a véritablement remplacé. Plusieurs y aspirent et se combattent férocement. Nous nous efforçons de faire en sorte qu'ils se neutralisent. C'est notre chance, et, si nous réussissons, ce peut être notre fortune.

– Notre fortune, ici ? Tu n'es pas fou toi aussi ?

– Est-il interdit de penser à l'avenir ? Aujourd'hui il ne s'agit que de survivre, sans oublier, toutefois, que le sol du camp, les fondations et le soubassement des constructions entreprises à l'intérieur de l'enceinte des barbelés sont les coffres-forts les plus sûrs et les plus anonymes. C'est là qu'avec un peu de chance – soyons juste, avec beaucoup de chance – nous retrouverons, le moment venu, nos placements d'aujourd'hui.

– Quel sera mon rôle dans cette magouille, demanda Clariond, et pour quel bénéfice ?

– Je t'expliquerai demain ce que tu auras à faire. Quant à ton profit, ce sera dans l'immédiat la certitude de ne pas crever de faim et, pour l'avenir, une chance supplémentaire de t'en tirer.

– Ou de me balancer au bout d'une corde, si je me fais piquer.

– Effectivement, mais avec la consolation de t'être conduit en homme...

Il écarta le rideau derrière lequel s'agglutinait le magma humain des hommes de la quarantaine :

– ... et d'avoir refusé de faire partie du troupeau.

Clariond surmonta son angoisse et plaisanta :

– Si je te comprends bien, tu fais de la résistance.

– Et comment ! Depuis vingt ans et contre tout le monde. Contre les nantis d'hier et d'aujourd'hui, contre les accapareurs embusqués derrière leurs principes, contre les bourgeois gonflés de bonne conscience avec leurs polices aux ordres et leur justice sur mesure. Oui, je fais de la résistance, mais pour mon propre compte, le seul qui vaille.

Brabant l'avait dit : la faveur des puissants est un piètre cadeau. Celui-là semblait franchement empoisonné.

– Pourquoi m'as-tu choisi, moi et pas un autre ? demanda Clariond.

Il tremblait à l'idée de s'embarquer dans une aventure dont l'issue, du moins pour ce qui le concernait, lui paraissait inéluctable. Car il était clair, quelles que fussent ses fonctions dans l'organisation, qu'à la moindre alerte ses employeurs n'hésiteraient pas à le sacrifier pour assurer leur protection.

– Parce que tu as le profil, dit Alfred.

– Le profil du lampiste ?

– Que tu le veuilles ou non, avec ou sans moi, tu es le lampiste comme l'est tout conscrit nouvellement arrivé au régiment. La différence, c'est qu'ici ce n'est pas la corvée de chiottes qui te guette, mais la corvée de bois, celle dont on ne revient pas. Toute la question est de savoir si tu veux y aller le ventre vide ou le ventre plein.

– Quel profil, alors? Je n'ai aucune disposition à la contestation et encore moins à la révolte. Ma carrure de déménageur fait illusion : j'ai peur des coups. Parfaitement, je suis trouillard. Dès lors à quoi pourrais-je servir? Moi, barboter dans le trésor des S.S., tu ne m'as pas regardé! Si par extraordinaire je m'en sors un jour, je ne le devrai pas à ma hardiesse, mais à mon insignifiance : invisible, inodore, sans saveur, perdu dans la foule et finalement ignoré, c'est tout ce que j'ambitionne d'être.

Alfred approuva :

– Je ne m'étais pas trompé, tu es bien l'homme que je recherche. Pas un héros, surtout pas un héros. Mais quelqu'un qui n'a aucune illusion sur lui-même et se connaît assez pour savoir qu'il ne sait pas dire non.

– Je pourrais refuser...

– Ne crois pas ça. Nous sommes des gens prudents. A ma proposition, il n'y a d'alternative que celle-là.

Du pouce, en travers de son cou, il refit le geste qui moins d'une heure plus tôt avait mis fin à sa discussion avec le forban chevronné qu'était Hermann.

Clariond tendit à Brabant l'une de ses deux rations de pain.

– Tiens, dit-il. C'est un cadeau d'Alfred.

– Encore!

Il réfléchit une seconde.

– Alfred ne fait jamais de cadeau. Que t'a-t-il demandé en échange?

– Rien pour le moment. Il m'a seulement parlé de l'*Effektenkammer*.

Brabant émit un sifflement admiratif.

– Compliments! L'accès à l'*Effektenkammer* est plus difficile que l'admission au Jockey Club, et surtout plus profitable.

Il mastiquait avec application.

– Ce ne sont pas des rations de pain que tu vas pouvoir t'offrir, mais des pains entiers, des boîtes de singe et de la margarine, du miel et de la confiture, la richesse, quoi!

C'était dit sans envie, d'une voix que n'altérait pas, comme chez d'autres, l'évocation d'impossibles agapes. Dans cet univers où la faim décapait les caractères et les mettait à nu, le sien apparaissait hors d'atteinte, serein et comme indifférent à son propre sort. Et pourtant! le masque souriant qu'il arborait pour cacher aux autres autant qu'à lui-même les progrès de son épuisement s'affaissait par moments. Sur ses traits apparaissait alors une immense lassitude. Fugitivement, Clariond eut honte de sa chance. L'instant d'après, il la justifia à ses yeux en se promettant de la partager.

– Je pourrai peut-être te faire affecter à mon commando.

– Ne te fatigue pas, je n'ai pas le profil.

C'était le terme qu'avait employé Alfred. Il voulut y trouver une connotation péjorative et réagit avec humeur :

– A quoi, selon toi, correspond le profil?

– A l'aptitude à survivre et à faire ce qu'il faut pour cela. Tu es doué, et tu survivras. Pas moi. Note bien que je le regrette.

La lumière s'éteignit sans préavis. Ceux qui n'avaient pas encore regagné leurs couchettes se mirent à nager dans la cohue épaissie par l'obscurité avec une énergie que décuplaient les hurlements des *Stubedienst.*

– Le dernier couché fera une heure de gymnastique!

Le dernier était toujours un *musulman,* foutu de toute façon, qui ne comprenait même pas ce qui lui arrivait et qu'une bourrade étendait pour le compte devant la porte de la baraque.

Chacun, sur son châlit, se tenait coi afin de ne pas se signaler à l'attention du chef de block et ne pas risquer d'être épinglé pour la dernière corvée de la soirée : traîner les restes du *musulman* jusque dans les chiottes qui, en ces circonstances, faisaient office de dépositoire.

Au deuxième étage de leur châlit, à l'abri de la bousculade et des risques qu'elle comportait, Clariond et Brabant pouvaient s'offrir le luxe de deviser.

– Vivre, dit Clariond, est avant tout affaire de volonté.

– J'en manque peut-être, répondit Brabant. Tout au moins de celle-là. C'est ce que j'appelle ne pas avoir le profil.

– Trop gâté par la vie, sans doute. Quel genre d'études faisais-tu?

– Normale Sup. Je préparais une agrégation de philosophie.

Clariond hocha la tête, à la fois ironique et admiratif.

– Est-ce qu'au moins ça aide, la philosophie, dans le merdier où nous pataugeons?

– Ça aide à comprendre, ce qui peut être passionnant. Quant à vivre, c'est une autre question. De toute façon, la rue d'Ulm n'est pas destinée à former des hommes d'action.

– C'est pourtant l'action qui t'a conduit au camp.

– Pas du tout. Nous sommes dans le même cas. Mon arrestation fut à la fois le fruit du hasard et d'une erreur. Le hasard a voulu qu'un radio nommé ou surnommé Brabant ait été parachuté de Londres et que la Gestapo ait été mise sur sa trace. Il avait failli être capturé à la suite d'une émission que les services d'écoute avaient enregistrée et localisée quelque part entre la rue Monge et le boulevard Saint-Michel. Policiers de tous les pays, unissez-vous ! Ceux de la préfecture de police se firent un devoir d'indiquer aux Allemands qu'il existait un Brabant rue d'Ulm. C'était déjà mauvais, mais le pire était à venir. Je fus interpellé et entendu, véritablement entendu. On me fit enregistrer un texte dont je n'ai pas oublié un mot :

L'aubergiste a préparé une omelette aux truffes, deux fois.
La cigogne a retrouvé son nid.
L'antilope court plus vite que le zèbre.

» Quand ce fut fini, l'homme qui m'interrogeait me fit écouter la bande : « Reconnaissez-vous cet enregistrement ? – Bien sûr. – Vous êtes donc l'homme que nous recherchons. Cette bande n'est pas la vôtre, mais celle d'une émission sur Londres. Vous vous êtes identifié vous-même. »

» J'ai eu beau protester, démontrer que je ne connaissais rien à la radio, produire des alibis, rien n'y fit. Un seul nom, une seule voix pour deux individus différents, c'est concevable pour un philosophe mais pas pour un policier.

» Je crois qu'en fin de compte, après m'avoir battu de toutes les façons possibles pendant deux semaines et ne m'avoir extorqué que des incohérences, mes tourmenteurs ont dû admettre la vérité : il y avait un bon et un mauvais Brabant. Je n'étais pas le bon et pouvais m'estimer heureux d'échapper au peloton d'exécution. Pas innocent pour autant : l'homonymie scélérate dont, par ma seule existence, je m'étais rendu coupable justifiait la déportation. On ne berne pas impunément la Gestapo.

Dans la *Stube*, les bruits de la nuit s'installaient. Quatre cent cinquante hommes, entassés sur cent vingt mètres carrés, qui dorment ou cherchent le sommeil, ronflent, râlent, toussent, parlent en rêvant, crient parfois ou bien étouffent des sanglots, composent sans le savoir une symphonie d'une terrifiante puissance.

– Écoute, disait Brabant. C'est l'heure où chacun se livre mais en un langage qu'il faut savoir décoder. Tout à l'heure, dans ton sommeil, toi aussi tu te livreras.

Clariond réagit vivement :

– Je n'ai rien à livrer, rien à cacher, rien à avouer...

Il pivota sur lui-même en se cognant la tête au bois du châlit supérieur et s'installa, la tête aux pieds de Brabant avec sa *miska* pour oreiller.

– ... et surtout j'en ai marre de t'entendre déconner. Je veux dormir, un point c'est tout.

Le châlit jouxtait une fenêtre. En s'allongeant, Clariond découvrit un pan de ciel au-dessus de la masse sombre de la baraque voisine. Depuis son arrivée, le temps avait été maussade ou franchement mauvais. Le soleil n'était apparu qu'une ou deux fois, timidement, et des hordes de nuages galopants l'avaient aussitôt effacé. Cette nuit, les nuages, à leur tour, avaient disparu. Le ciel tout de velours et scintillant de ses millions d'étoiles semblait indifférent au monde grouillant sur lequel il régnait en silence. Pour brutalement présent qu'il fût, celui-là disparaîtrait sans même avoir ridé la voûte céleste. Qu'était donc l'empire de deux mille ans annoncé à son de trompe par les hérauts du nazisme s'il était incapable de déplacer la moindre des lumières qui la piquetaient par millions ? Et ce n'est pas deux mille ans que durerait cette farce sinistre, mais deux ans, et encore !

C'était consolant, si l'on parvenait à oublier que l'on était enchaîné à ce monde appelé à disparaître et que, selon toute vraisemblance, on disparaîtrait avec lui. D'une certaine façon retranchés du monde des vivants, les *zebra* [1] n'existaient déjà plus et ne conservaient que l'apparence de la vie, comme ces millions d'étoiles disparues auxquelles leur scintillement survivait pendant des siècles.

Indifférent et serein, le ciel, comme Dieu devant le massacre de ses créatures.

Indifférent ! Au cours de leur dernière nuit, Pierre et lui étaient sortis de leur tente pour retendre les haubans mal arrimés. Le souffle du vent dans les herbes, le roulement du torrent dont la distance faisait un murmure imperceptible ne troublaient en rien le silence de la montagne. Au contraire, ils semblaient l'amplifier.

Le pan de ciel coincé entre le toit de la baraque et le montant de la fenêtre était à l'image de la voûte sans limites dont le calme et la majesté, ce soir-là, leur avaient semblé bénéfiques. Une belle connerie ! Le lendemain, en sortant de l'hôpital d'Albertville, Clariond avait levé vers le ciel, en une supplication muette, son visage ravagé de larmes. Pourquoi, pourquoi lui ?

Il n'y avait pas de réponse ; il n'y en aurait jamais. Le ciel resterait muet, et Dieu aussi, qui avait mieux à faire que de compatir à la douleur des hommes.

---

1. Vêtements rayés, et par extension les internés qui les portaient.

L'insomnie était au rendez-vous, comme chaque fois qu'il n'arrivait pas à contrôler la dérive de ses pensées. Et, comme chaque fois, elle le ramenait à cette matinée de juillet et au procès qu'il s'intentait à lui-même depuis cinq ans en endossant alternativement la robe du procureur et celle de l'avocat.

L'idée de camper sur les bords du lac de Tignes était de lui. Celle de charger les vélos sur le toit du car avait été suggérée par Pierre. C'était raisonnable étant donné le poids du matériel qu'ils transportaient. La descente en roue libre de Tignes à Bourg-Saint-Maurice avec ses mille mètres de dénivellation serait du grand sport.

Qui avait proposé une course sur cet itinéraire? Clariond cherchait à se souvenir, au mot près, de ce qui s'était dit. Vaine recherche : c'était toujours lui qui lançait les défis, stupides en général, et il le savait bien.

– Chiche que tu ne sautes pas du balcon de l'étage. Chiche que tu ne grimpes pas sur cette façade, que tu ne traverses pas...

Il n'avait pas grand mérite à défier Pierre. Exceptionnellement robuste pour son âge, Alain grimpait, courait, nageait incomparablement plus vite que son cadet. Depuis l'enfance, les défis étaient devenus une tradition. Pierre les relevait, tout en sachant qu'il n'avait pas les moyens de l'emporter.

– Allons-y, disait-il avec un rien de condescendance. Si ça peut te faire plaisir...

La satisfaction qu'Alain éprouvait à gagner dans le seul domaine où il dominait son frère n'était pourtant jamais complète. Pierre se prêtait au jeu mais ne s'y donnait pas et sa défaite perdait par là même une part de sa signification. Il se rattrapait en collectionnant les prix, qu'ils fussent de lettres ou de sciences, avec une déconcertante facilité et sur ce terrain l'aîné avait été définitivement distancé.

– Nous nous sommes réparti les rôles, disait-il avec une feinte désinvolture. Je suis le crétin sportif et Pierre le Nobel en puissance.

De fait, deux premiers prix au Concours général dans des matières aussi différentes que la dissertation française et la physique avaient couronné ses études secondaires.

Il se destinait à la médecine, mais n'avait pas encore choisi la branche dans laquelle il se spécialiserait. Il était clair en tout cas, quel que fût son choix, qu'il y excellerait et qu'il deviendrait une sommité dans sa profession.

Ainsi, le sort avait-il établi une sorte d'équilibre entre les dons attribués à chacun des deux frères. Pierre, toutefois, estimait avoir été avantagé, ce qui, pensait-il, valait bien un dédommagement.

– Un plongeon à se rompre le cou, une escalade folle, la descente d'un torrent, pourquoi pas? Si ça peut te faire plaisir...

L'amertume que laissaient au vainqueur ces victoires sans signification le poussait à mettre la barre toujours plus haut. Il souhaitait que, devant le risque et la difficulté, Pierre finisse par se dérober ou mieux encore qu'un incident de parcours l'oblige à l'appeler à l'aide. Plus près serait la catastrophe, plus significatif le sauvetage qu'il opérerait.

Le sommeil prit Clariond alors qu'il se mettait en selle. Il s'entendit répéter ses ultimes recommandations :

– Attention aux graviers dans les virages, surtout après la Thuile. Si tu te laisses embarquer...

Une seconde avant d'allumer les lumières, Hermann découplait la meute des *Stubedienst.*

– *Los, los, aufstehen* [1]*!* hurlaient-ils, le gourdin menaçant.

L'ordre, rompant soudain le silence et l'obscurité, et l'instant d'après le jaillissement de la lumière plongeaient d'emblée les *zebra* dans l'ambiance. Il n'était matériellement pas possible, entre le réveil et l'appel, de retaper les couchettes en se montant les uns sur les autres, de trouver un filet d'eau dans les lavabos, ni un emplacement libre pour se soulager. Les diarrhéiques occupaient toutes les places disponibles dès avant le réveil et il fallait les traîner hors des chiottes, leur pantalon sur les chevilles, pour avoir une chance de leur y succéder. Tout cela prenait du temps et risquait de compromettre la perception du « café » et de la ration de pain dont la distribution avait déjà commencé.

Les *Stubedienst*, qui se partageaient les rations des retardataires, guettaient la moindre infraction et l'inventaient au besoin pour sévir aussitôt avec une gourmande jubilation.

– Trop tard, tu n'étais pas dans la file. Pas de pain ce matin.

Rien ne subsistait des phantasmes de la nuit. Le combat quotidien avait commencé et requérait une vigilance de tous les instants.

Les quarante et un kilomètres de la veille pesaient lourd dans les jambes de Clariond. Tout fragile et fiévreux qu'il était, Brabant commençait la journée avec plus d'allant.

1. Debout!

– Chacun, disait-il, connaît des passages à vide, mais pas au même moment. Certains sont déprimés le matin en pensant à ce qui les attend, d'autres craquent le soir parce qu'ils ont dépassé les limites du supportable. Moi, j'ai toujours été du matin.

– Dans tous les domaines?

– Il n'y en a pas plusieurs, mais un seul, qui recouvre tous les aspects de la vie. Si, le matin, tu n'es pas taraudé par l'envie d'entreprendre, de boire, de manger, de baiser, si, quand le jour se lève, tu ne crois pas à ta chance, autant ne pas te réveiller.

– Tu crois à la tienne?

– Le matin, toujours.

– Tu m'avais pourtant affirmé que tu ne survivrais pas.

Brabant sourit.

– Quand l'ai-je affirmé?

– Hier au soir.

– Rien d'étonnant, donc, puisque je suis du matin. Et puis, entre nous, est-il sûr que ma chance soit de survivre? Le soir, j'en doute avec Platon, mais à l'aube je suis d'accord avec Valéry. Tu te souviens : « Le jour se lève, il faut tenter de vivre... »

Clariond corrigea :

– Le vent se lève, pas le jour.

– J'ai bien dit : le jour. Tout le monde peut se tromper, même un poète.

Ils avaient rejoint la place d'appel. Après la frénésie de l'heure précédente, les premières minutes d'immobilité étaient les bienvenues.

– Il faut savoir jouir de l'instant, dit Brabant. Dans une heure, tes jambes seront de plomb et l'immobilité aura transformé le bien-être présent en torture. Pourquoi le gâcher en souffrant à l'avance?

Clariond était d'humeur morose et ne se déridait pas.

– Je n'éprouve aucun plaisir à rester planté comme un piquet. Mon plaisir est de bouger ou de m'arrêter sans que quiconque m'en donne l'ordre ou me le permette.

– Qui te parle de plaisir? Ne pas souffrir est déjà bien beau. Et d'ailleurs...

– Ça va, je sais, coupa Clariond. Le plaisir et la douleur sortant tour à tour de leur boîte à malices comme les personnages d'un baromètre suisse, la surprise enchantée d'un instant de bonheur : foutaises! Je ne me suis jamais demandé quel goût pouvait avoir la cigarette du condamné, car je suis sûr qu'il est dégueulasse.

– *Achtung!*

Le *Schreiber* [1] du block 13 effectuait un premier comptage puis un deuxième pour vérifier l'exactitude de ses résultats. Il s'immobilisait ensuite devant le *Blockführer*, une sorte de pithécanthrope plus habile à manier le gourdin que les chiffres, et rendait compte, la *Mütze* à la main.

– Neuf cent quarante-quatre présents à l'appel. *Es stimmt* [2]*!*

Le front plissé par l'effort, le *Blockführer* entamait son propre comptage dont le résultat ne correspondait jamais à celui de l'autre, qu'il traitait d'incapable sous bénéfice d'inventaire. Un *Haeftling* ne peut avoir raison contre un S.S. de carrière. C'est une question de principe.

– Si tu t'es trompé, menaçait-il, tu peux numéroter tes os.

Ils recommençaient ensemble, en vérifiant d'abord que chaque rang comportait bien six unités et en totalisant ensemble le nombre de rangs.

– Six, six, six. Ah! cinq seulement ici!

– Mais non, corrigeait le *Schreiber* en mettant dans sa remarque une humilité de bon aloi, le dernier du rang a baissé la tête.

On faisait avancer le coupable pour lui administrer une raclée. Il regagnait sa place en se frottant les côtes, encore heureux que son mouvement de tête intempestif n'ait pas été taxé de sabotage, auquel cas le prix à payer eût été bien plus lourd. Du coup, on ne savait plus où on en était. Et déjà là-bas, sur le terre-plein central, le *Lagerführer* tapotait ses bottes d'une cravache de plus en plus nerveuse.

– Bon, on recommence, mais vite!

De guerre lasse, le pithécanthrope finissait par s'en remettre au compte du *Schreiber* dont il se dépêchait d'aller aboyer le résultat, au garde-à-vous devant le responsable du comptage général, un plumitif galonné qui officiait derrière un lutrin sur lequel reposait le grand livre du camp.

– Une belle cérémonie, tu ne trouves pas?

Clariond haussait les épaules.

– Puisqu'il est écrit que tu survivras, dit Brabant, autant te doter sans attendre des moyens nécessaires.

– Lesquels?

– C'est selon. Mais l'objectif est toujours le même : par une voie ou une autre, c'est l'évasion. Si tu t'abandonnes à la logique,

1. Secrétaire.
2. Le compte y est!

tu es foutu. Il faut t'en libérer, t'inventer une vision, travestir les faits, démentir les évidences, te verrouiller par l'intérieur. Pour pénétrer dans ce domaine qui sera le tien, une clé est indispensable, mais il faut que tu la forges toi-même. Certains y parviennent, d'autres pas.

– Et ceux qui réussissent sont préservés?

– Non. Ils ont seulement une chance de s'en sortir. Mais, sans clé, personne n'a la moindre chance. J'avais un copain, un Tchèque, plus haut et plus large que toi. On l'aurait dit taillé dans du vieux chêne. Lui niait en bloc et le camp et les coups, d'une manière primaire si je puis dire. Sa façon de relever la tête quand il était prudent de la baisser, de dévisager kapos ou gardes avec, aux lèvres, un sourire de provocation lui avait valu d'apprécier toutes les formes du passage à tabac. En vain. Cela ne pouvait que mal se terminer. Peu lui importait, d'ailleurs. Un jour, il se prit de bec avec un *Vorarbeiter*[1]. Le kapo était intervenu et l'avait giflé, d'entrée de jeu, sans même chercher à savoir de quoi il s'agissait. Mon Tchèque n'avait pas réagi. Il avait seulement fixé le kapo mais d'un regard d'une insoutenable insolence. « Baisse les yeux », avait ordonné celui-ci. Le Tchèque ne cillait pas. « Baisse les yeux, je te dis. » Il paniquait, le kapo, devant ce type immobile, dont le regard flambait. « Ah! tu ne veux pas baisser les yeux? A ton aise... » Il avait disposé les hommes du commando en un cercle de cinq ou six mètres de diamètre et s'était placé au centre. « Tourne, avait-il ordonné. Au trot! » Le Tchèque commença à courir en rond. A chaque tour, le kapo lui assenait un coup de manche de pioche, sur les reins, les cuisses, le dos ou les jarrets. J'entends encore le son que rendaient les coups, clair, creux ou mat, suivant l'endroit du corps où ils atterrissaient. Après une dizaine de tours, en passant devant moi, le visage crispé par ce qu'il voulait être un sourire, je l'ai entendu dire : « Ce con, il croit qu'il me fait mal! »

Clariond marmonna :

– Il a fait combien de tours, ton copain?

– Vingt et un.

– Et il s'en est sorti?

– Bien sûr que non.

– Alors à quoi lui a servi sa clé?

– Peut-être, ainsi qu'il l'a dit, à ne pas souffrir. J'y parviens, moi aussi, bien qu'avec d'autres moyens...

Clariond lui coupa la parole :

– Tant mieux pour toi. Mais tu me permettras de trouver les

1. Contremaître, ou adjoint du kapo.

combines d'Alfred mieux adaptées aux réalités du camp que tes théories d'esthète fumeux.

– Les combines d'Alfred te nourriront peut-être, et peut-être aussi te tueront. De toute façon, tu n'y peux rien. L'important est de savoir si elles nourriront un être au cerveau irrigué ou un zombie dans le genre de ton boxeur.

– Mon boxeur?

Brabant riait franchement.

– Kid Marcel. C'est toi qui m'en as parlé. Celui que le camp a définitivement mis K.-O. Je te vois d'ici, une gamelle débordante à la main, lapant ta *zulage* en répétant: « Ben, mon vieux! » La clé qu'il te faudra forger doit te permettre de vivre le camp sans dommages. Des dommages intérieurs, s'entend.

– Je l'ai en poche, dit Clariond.

– Tu ne perds pas de temps. Et c'est quoi, ta clé, sans indiscrétion?

Clariond réfléchit un instant.

– Que ce monde soit grotesque, dit-il, et barbare et idiot, cela crève les yeux. Il est moins simple de découvrir qu'il a sa propre logique. Ma voie est toute tracée: la logique du camp sera la mienne.

Brabant émit un sifflement admiratif.

– En toutes circonstances, grotesques par exemple, ou idiotes, ou barbares comme tu le disais?

Clariond hésita avant de répondre:

– En toutes circonstances, quelles qu'elles soient.

– Je te préviens, dit Brabant, tu n'as pas choisi la voie la plus facile.

– Je ne vois pas en quoi.

– Tu le découvriras. Supporter les autres est parfois éprouvant mais se supporter soi-même, dans certains cas, peut relever de l'exploit. Je ne suis pas sûr que tu sois taillé pour le réussir.

A l'issue de l'appel, les groupements par block cédaient la place au rassemblement par commandos et le départ pour le travail commençait aussitôt.

L'une après l'autre, les formations, comptées une dernière fois, passaient sous le porche carré que surmontait une mitrailleuse toujours en batterie. *Mütze* à la main, bras collés au corps, elles défilaient avec la démarche en canard spécifique du *zebra*, entre une double haie de chiens qui seraient, tout au long du jour, les gardiens vigilants du troupeau.

Au passage, le kapo annonçait son effectif, qu'il devrait ramener au complet, mort ou vif, le soir.

– *KWA* [1]. Mille huit cent quatre pièces.

– *Schuhfabrik* [2]. Cinq cent soixante-six pièces.

– *Speer* [3]. Deux mille trois cent deux pièces...

La cour se vidait. Les marcheurs du *Schuhläufer* attendaient que le dernier commando eût quitté la place d'appel pour s'ébranler à leur tour et commencer leur carrousel quotidien.

C'était un jour faste. L'appel avait été bref; il ne faisait ni chaud ni froid; il ne pleuvait pas; l'air sentait le printemps et exceptionnellement il n'y avait pas de pendu sous la potence. De quoi décourager les pessimistes.

Pour les marcheurs, les retrouvailles du matin étaient l'occasion de faire le point. Bien que figées, les structures du camp n'avaient jamais pu empêcher que se développât en dehors d'elles une vie grouillante d'incidents et d'intrigues. Le monde des gardiens était parfois ébranlé, lui aussi, de secousses qui avaient pour effet de transformer, sans préavis, un garde-chiourme douillettement planqué en un vulgaire voltigeur sur le front de l'Est ou même, cela s'était vu, en marcheur du *Schuhläufer*. Aucun béton, si épais fût-il, aucune enceinte électrique, simple ou double, n'empêchait les nouvelles du monde extérieur de filtrer à l'intérieur du camp. Chacun avait ses sources et l'ensemble faisait un bulletin quotidien dont la diffusion, du premier au dernier rang des marcheurs, agrémentait les cinq ou six premiers tours de piste de la journée.

Ce matin, il y avait deux nouveaux marcheurs au commando. L'un d'eux, justement, était, la veille encore, *Blockführer* dans un camp annexe de Sachsenhausen, Klinker ou Falkensee, on ne savait exactement. On ne savait pas non plus quel crime il expiait. En tout cas, à en juger par son aspect, il le payait au prix fort. Il ne parlait pas. L'eût-il voulu, il aurait été en peine de le faire, car ses lèvres éclatées ne laissaient filtrer que d'indistincts borborygmes. Il portait encore son uniforme dont les insignes, boutons et autres ornements, jusqu'au liséré argent des écussons de col, avaient été arrachés.

– Bien fait pour sa gueule!

Il avait cogné; à son tour de se faire assaisonner. Personne ne cherchait à en savoir davantage. L'individu, de toute façon, n'était que de passage. Comme tous ceux qui l'avaient précédé dans cette descente aux enfers, il finirait devant le poteau

1. KWA (Kraftfahrtechnische Versuchsabteilung) : Atelier de recherches techniques automobiles.

2. Schuhfabrik : Cordonnerie centrale.

3. Speer : Ateliers de construction et de mécanique dépendant de l'empire industriel créé par le ministre de la Production A. Speer.

d'exécution de la station Z, après quelques jours de marche.

– Pourquoi le peloton et pas la potence? demandait Clariond.

– Parce que, même renégat, même dégradé, un S.S. appartient à l'Ordre noir. On décapitait un noble autrefois, on ne le pendait jamais. Chacun sa noblesse : l'Allemagne d'aujourd'hui s'est fabriqué la sienne, à son image.

– D'accord, mais pourquoi quatre jours de marche avant de le flinguer?

– Je pense à ces sentences qui, sous l'Ancien Régime, prescrivaient avec minutie les modalités de l'exécution du condamné, comment il serait tenaillé, brûlé, découpé, roué, et j'en passe, mais aussi la façon dont il devrait faire amende honorable, s'il serait en chemise et pieds nus et de quel poids serait le cierge de cire ardente qu'il devrait tenir en mains. Les quatre jours de marche, c'est un peu le parcours du condamné depuis le porche de la cathédrale jusqu'à la place de Grève où l'attendait le bourreau.

Le second des nouveaux marcheurs présentait plus d'intérêt. Il venait de *Speer* où il travaillait au milieu de l'incroyable bric-à-brac provenant des rapines pratiquées dans les pays occupés par le ministère de la Production industrielle. Électricien de son état, il était censé trier et réparer les matériels radio, en général hors d'usage, qui lui arrivaient des quatre coins de l'Europe. Les délais de mise au point des appareils en réparation lui permettaient de disposer en permanence d'au moins un poste en état de marche. Il captait régulièrement les informations allemandes mais aussi, en dépit du brouillage, celles de la B.B.C. Le bulletin de la veille était pratiquement inaudible. Mais le brouillage, hélas! ne l'était pas et avait frappé l'oreille d'un *Vorarbeiter*. Dénonciation, interrogation, correction, sanction : *Schuhläufer*.

– Quelles sont les dernières nouvelles?

– Tunis est sur le point de tomber. 360 chars participent à l'assaut final. Il y a 400 canons avec 2 000 salves par canon.

– Et la Russie?

– Tout le front caucasien s'est écroulé. Kleist s'est replié en catastrophe.

– Encerclé?

– Hélas! non. Il a filé, mais en y laissant des plumes.

– Quoi encore?

– Du moins bon : Kharkov, qui avait été libérée le mois dernier, a été reperdue.

– Merde!

– Du meilleur aussi : Leningrad est dégagée. Et puis également dans le Pacifique Sud, les Japonais...

– On se fout des Japonais! C'est les Russes qui nous intéressent...

La Nouvelle-Guinée et les îles Bismarck appartenaient à un monde que les *Haeftlinge* ignoraient et continueraient d'ignorer tant que les événements qui s'y déroulaient n'auraient pas d'incidence directe sur leur sort. L'U.R.S.S., c'était autre chose pour tous les hommes du camp, mais particulièrement pour les communistes qui se considéraient comme doublement concernés par l'issue des combats sur le front de l'Est.

C'était le cas du radio, un Parisien natif de Belleville, héritier d'une tradition familiale au nom de laquelle l'aïeul s'était battu sur les barricades de 1848 et le grand-père sur celles de la Commune avant d'être déportés l'un en Algérie et l'autre en Nouvelle-Calédonie.

Lui, Armand Gerson, l'était en Allemagne, et, disait-il, pour la Cause, la même depuis toujours. Quelques contorsions dialectiques avaient été nécessaires pour établir la légitimité de cette filiation et surtout pour transformer en action patriotique ce qui, de l'aveu même des instances du Parti, avait été lutte sociale et politique jusqu'à l'entrée en guerre de l'U.R.S.S.

Inutile de se poser d'embarrassantes questions puisque les réponses seraient fournies à point nommé par des exégètes dont c'était le métier de refaire, si besoin était, un profil convenable à l'Histoire.

Gerson et les siens, motivés par une foi sans faille, et certains de détenir la Vérité, constituaient un groupe particulièrement soudé qui jugeait les non-communistes sans indulgence.

Ceux-ci, suspects par définition, surtout si leur déportation avait pour origine une activité de résistance indiscutable, apparaîtraient gênants lorsque viendrait le temps de faire fructifier l'héritage concentrationnaire. Ils étaient les adversaires de demain, même si, pour l'heure, mais du bout des lèvres, on voulait bien admettre que l'on menait le même combat contre le même adversaire.

Gerson avait mené le sien avec ses camarades aux ateliers de radio de chez Ducretet dont le seul client depuis plus d'un an était la Wehrmacht. Si le sabotage direct était exclu, le ralentissement des cadences était toujours possible, bien que pratiqué avec réticence en raison des risques. La lutte sociale était mieux perçue, car elle avait concrètement pour objet d'améliorer les conditions d'existence de ceux qui la menaient. Qu'elle eût pour conséquence de désorganiser la production de la société Ducretet et donc de nuire aux Allemands n'était devenu essentiel que bien plus tard, lorsqu'il s'était agi d'expliquer à leurs auteurs la nature et la portée des actes qui les avaient conduits au camp. Ce qui faisait dire aux anticommunistes viscéraux, mêlant un brin de vérité à une montagne de mauvaise foi, qu'ils avaient fait de la résistance comme M. Jourdain avait fait de la prose sans le savoir.

Non sans malignité, car chez Gerson les clarifications du Parti n'avaient manifestement pas balayé toutes les zones d'ombre, Clariond demandait :

– Le pacte germano-soviétique, Ribbentrop au Kremlin, pour toi, à l'époque, qu'est-ce que cela signifiait ?

Gerson secouait la tête.

– J'avoue que, sur le moment, je n'ai pas compris.

– Deux ans ou presque, ça fait un bon moment. T'es resté perplexe tout ce temps-là ?

– Non. Passé la surprise, on s'est dit que l'explication viendrait en son temps, et que douter ne pouvait faire que le jeu de l'ennemi.

– L'ennemi de qui ?

– Du Parti, bien sûr. La suite a montré que nous avions raison.

Brabant s'esclaffa :

– Au fond, Hitler vous a retiré une sacrée épine du pied. S'il n'avait pas attaqué l'U.R.S.S...

Gerson lui coupa la parole :

– Mais il l'a attaquée. Tout est clair maintenant.

– Innocent, va !

Heureux Gerson, plus protégé, en définitive, que bien des croyants à qui l'abbé Chapuy s'efforçait d'expliquer, avec de moins en moins de succès et, sans qu'il se l'avouât, de moins en moins de conviction, que leurs souffrances s'inscrivaient à leur crédit au grand-livre de la Dette céleste.

Cela prouvait simplement que certains dogmes ont la peau plus dure que d'autres. Brabant, pour ce qui le concernait, les réfutait tous. C'était aux informations qu'il s'intéressait.

– Qui t'a remplacé à l'atelier de la *Speer?* demanda-t-il.

– Un Allemand.

– Politique ?

– Oui, mais il l'a oublié, depuis le temps.

– Pour les nouvelles...

– Ne compte pas sur lui. Il te dénoncerait plutôt que de t'en transmettre. Il faudra trouver une autre source. Inutile de s'alarmer, on y est toujours parvenu.

En attendant, les dernières qu'avait fournies Gerson passaient d'un rang à l'autre des marcheurs, en s'altérant quelque peu à chaque relais et toujours dans le même sens. Les chars, les canons ne se comptaient plus par centaines, mais par milliers.

Tunis était tombée. Sur le front caucasien, Kleist et sa XVIIe armée n'avaient pas réussi leur repli. Ils étaient encerclés comme l'avait été Paulus à Stalingrad trois mois plus tôt. Du coup, on oubliait Kharkov. Et l'humeur était au beau fixe lorsque, à la fin du cinquième tour de piste, Jakob se mettait à gueuler, comme au bon vieux temps :

– *Im gleichen Schritt! Links, zwei, drei, vier* [1]...

Les marcheurs étaient les seuls détenus à connaître la seconde vie du camp, celle qu'il menait en l'absence des commandos. A première vue, il ne s'y passait rien. La place d'appel, peuplée à ras bord d'une foule figée, se vidait en moins d'une demi-heure et devenait un désert. Les baraques, ayant vomi la multitude grouillante dont elles étaient gavées, n'étaient plus habitées que de silence. Il fallait un certain entraînement pour percevoir les manifestations de cette seconde vie et surtout en comprendre le sens.

Il pouvait s'agir de l'arrivée d'un transport dont l'existence était escamotée : cent ou deux cents hommes qui, la porte passée, restaient en rangs, immobiles pendant plusieurs heures, et repartaient aussi subrepticement qu'ils étaient arrivés. Pour quelle destination et vers quel destin, nul ne le savait.

Parmi les sortants, les plus nombreux étaient les malades. On les voyait embarquer dans une camionnette, reconnaissable à son toit surélevé, qui venait se parquer devant le *Revier* IV [2], celui des incurables. Elle passait sous le porche et tournait immédiatement à droite. Son toit restait visible par-dessus le mur d'enceinte qu'elle longeait pendant une centaine de mètres. Les marcheurs suivaient des yeux ce toit qui semblait glisser sur la crête du mur et ne connaissaient que trop bien la destination du véhicule.

– Station Z. Deux navettes aujourd'hui : quarante hommes. Ils font le ménage au *Revier*.

D'autres sortants, isolés ceux-là, mais encadrés par des anges gardiens, passaient le porche en direction de la *Politische Abteilung* [3]. Ils en revenaient en fin de journée, passablement amochés, ou n'en revenaient pas du tout.

C'était pendant la journée que s'établissaient les listes de transports, les convocations à la Gestapo, les affectations à des commandos spéciaux, toutes décisions qui pouvaient être bénéfiques ou fatales pour ceux qu'elles visaient.

1. Pas cadencé! Gauche, deux, trois, quatre...
2. Revier : baraque-hôpital.
3. Bureau politique.

Naviguer entre les écueils parsemant les eaux concentrationnaires était une tâche difficile dans laquelle le renseignement jouait un rôle primordial. C'est pourquoi le *Schreiber* et l'interprète, dépositaires du secret des dieux, jouissaient entre les murs du camp d'un pouvoir et d'un prestige hors de proportion avec la modestie de leurs fonctions. Ils ne commandaient pas, comme certains kapos, à une troupe d'esclaves pouvant dépasser le millier, mais détenaient un pouvoir d'autant plus redouté qu'il était occulte. Dans le rôle de grand vizir qui était le leur, certains *Schreiber* particulièrement habiles étaient parvenus à circonvenir leurs maîtres et à détourner une part notable du pouvoir à leur profit.

Schnabel, l'Alsacien arrivé au camp en même temps que Clariond, avait l'étoffe de ces grands commis. Il avait été nommé interprète, dès son arrivée à la quarantaine, et, ce qui était rare, avait été adopté, bien que non allemand, par la coterie des plumitifs.

En général, comme tous les parvenus, les bénéficiaires d'une telle promotion sociale oubliaient l'humilité de leurs origines et ne reconnaissaient plus leurs camarades restés dans la débine.

Schnabel ne s'estimait porteur d'aucun message. Il n'était ni un combattant ni un apôtre, mais se voulait homme, tout simplement, ce qui, au camp, pouvait paraître utopique.

– Tu n'es pas le premier à y prétendre, lui dit son voisin de bureau, un vieux *Schreiber* à la sensibilité tannée par des années de camp. Lorsque tu auras découvert que la générosité ne te mène nulle part, sinon à ta perte, tu fermeras les yeux et les oreilles à ce qu'il est déconseillé de voir et d'entendre si l'on tient à survivre.

Il n'était pas d'accord, Schnabel. Le monde, le vrai, était celui dont, quinze ans durant, il avait ouvert les portes aux enfants de l'école de Fortsheim. S'il admettait que le tableau qu'il s'en était fait, au cours d'une existence que rien d'extrême n'avait marquée, était quelque peu idyllique, il se refusait à admettre qu'il s'était trompé sur l'essentiel.

Le commando venait de stopper pour la pause de la demi-journée. Clariond surveillait Brabant du coin de l'œil en essayant de masquer son inquiétude. Mais celui-ci semblait hors d'état de remarquer l'attention dont il était l'objet. Il titubait littéralement en se dirigeant, *miska* en main, vers la distribution de la soupe de midi.

– Laisse tomber, dit Clariond. Inutile de faire la queue pour un litre de flotte. Dans cinq minutes, je t'apporte du solide.

Soixante tours de piste : combien de fois encore réussirait-il l'exploit de tenir un jour entier : cinq, dix, quinze ? Il semblait impossible qu'il puisse aller au-delà. Dès lors, puisque l'issue était inéluctable...

L'était-elle ? Clariond se rappela ce que Brabant lui avait dit le matin même : « Si tu t'abandonnes à la logique, tu es foutu. » Selon toute logique, il l'était et le savait. Il l'avait dit lui-même. Mais peut-être rusait-il, peut-être cherchait-il à apprivoiser son agonie, à la tromper sur sa capacité et surtout sa volonté de résistance ? Peut-être était-ce là sa clé, dont, lorsqu'ils en avaient parlé, il n'avait rien voulu révéler ? Laisser à l'imprévisible la possibilité de survenir.

L'imprévisible. A l'esprit de Clariond, il devint subitement évident que, pour peu qu'il le voulût, il pouvait en être l'instrument.

Brabant avait absorbé avec lenteur le brouet de fèves qu'il lui avait apporté.

– Tu peux y aller, dit-il avec jovialité. Hermann m'en réserve encore autant.

Autour d'eux, des marcheurs affamés faisaient un cercle où la cautèle s'alliait à l'hostilité. Polonais, tous ou presque.

– Tu vas pas bouffer tout ça, dit l'un. Laisse-moi ton fond de gamelle.

C'était plus un ordre qu'une demande.

– T'as jamais vu un enfoiré de Français rendre service à un copain, coupa un autre. Des *lizopizdy* [1], voilà ce qu'ils sont tous !

Le cercle se resserrait. Clariond veillait au grain. Parce qu'il était trop bon, Brabant était bien capable de se laisser avoir. Et par des Polonais, par-dessus le marché. Clariond s'était dressé devant le plus menaçant d'entre eux.

– Si, dit-il, il va bouffer tout ça. Et si t'es pas content, viens me le dire. Je te répondrai.

Il approcha son poing fermé du visage de l'autre.

– Avec ça.

Le ton sur lequel c'était dit faisait penser qu'il y avait vraiment de la torgnole dans l'air. Le Polonais abandonna ses prétentions et couvrit sa retraite par une bordée d'injures.

Clariond s'étonna de cette facile victoire. Il n'avait jamais menacé personne. Il l'avait dit à Alfred : il avait peur des coups, et, comme en donner impliquait le risque d'en recevoir, il avait banni, une fois pour toutes, l'agressivité de son comportement. Il venait pourtant d'en faire preuve, mais n'avait pris conscience

1. Lécheurs de cons.

de son changement d'attitude qu'en constatant l'effet produit.

La leçon était à retenir. Le fragile tissu des rapports humains entretenu à grand-peine depuis des millénaires était mis en pièces non seulement par les bourreaux du camp, ce qui n'était pas étonnant, mais aussi, et c'est là que résidait le progrès, par les victimes elles-mêmes, qui concouraient ainsi à leur propre dégradation. L'essentiel était de ne jamais être pris en flagrant délit de faiblesse.

– Ça va mieux?

Les joues de Brabant s'étaient légèrement colorées.

– Tu es bien bon, dit-il, d'un ton ironique que Clariond releva avec aigreur.

– Elle était tout de même mangeable, ma soupe, non?

– D'autant meilleure que, normalement, elle est réservée à l'élite, dont je ne suis pas.

– Qu'est-ce que j'y peux?

– Rien. Mais tu pourrais regretter qu'elle ne soit pas l'ordinaire. Lorsque, au contraire, tu te réjouiras de ce qu'elle est un privilège, tu seras digne d'entrer dans l'aristocratie du camp.

Il lui rendit sa *miska* allégée de son litre de fèves.

– Ce qui n'exclut pas les bonnes œuvres. De tout temps les aristocrates se sont ainsi acquis des mérites.

Venant de la *Schreibstube,* Schnabel traversait la place d'appel en diagonale. Aux heures creuses, les *zebra* affectés à un travail intérieur devaient en longer les bords. La diagonale appartenait aux maîtres, ou exceptionnellement à des *Prominente* chargés d'une importante mission. C'était apparemment le cas. Schnabel était accompagné de quatre détenus et se dirigeait droit sur le block 13 devant lequel le commando faisait la pause.

– Tu le connais, je crois? dit Brabant en le désignant du menton.

– Oui, nous sommes arrivés par le même transport.

– Un *Schreiber* est une relation à cultiver. Ton Alsacien ne l'est pas encore, mais ça ne saurait tarder. Va le voir et parle-lui. Il y a toujours quelque chose à glaner auprès de ces gens-là.

Clariond apprit qu'un seul des quatre hommes était destiné au commando. Les trois autres étaient affectés au block 19.

– C'est tout?

– Oui, pourquoi?

– Parce qu'il est important qu'il te dise ce qu'il sait du block 19 et en tout cas des trois types qu'il va y conduire.

Schnabel ne savait rien de plus que ce que chacun pouvait en voir de l'extérieur. La plupart des cadres et même des gardiens étaient d'ailleurs dans le même cas.

Le block 19 était un camp dans le camp, ceinturé de barbelés doublés d'une palissade dans laquelle s'encadrait une porte de bois plein dûment cadenassée. Il était interdit de communication, même avec le ciel : un filet de mailles d'acier tendu au-dessus de son toit encageait bâtiments et occupants. Ce qui se passait à l'intérieur était un mystère.

– Un mystère, disait Brabant, est fait pour être percé.

A première vue, la moisson de Clariond était maigre. Les trois hommes destinés au block 19 venaient d'Auschwitz où leurs chances de survie tangentaient le zéro. A Sachsenhausen, elles étaient minimes, mais néanmoins chiffrables. De plus, s'il était rare que des juifs quittent Auschwitz autrement que par la cheminée, selon la formule habituellement employée au camp, il l'était plus encore qu'ils le fassent en train de voyageurs. Pour bénéficier d'un tel traitement, ces trois-là devaient être particulièrement protégés.

Le cas s'était déjà produit, au bénéfice de quelques savants dont les S.S. pensaient utiliser les compétences et d'un violoniste célèbre que Heydrich, musicien à ses heures, souhaitait entendre.

– Si tu connais leur métier, dit Brabant, tu tiens l'explication.

– L'un est restaurateur de tableaux, le second typographe, et le troisième photograveur.

– Curieux! Et le quatrième qui va marcher avec nous?

– Rien à voir avec les autres. C'est un Flamand comme son maître...

– Quel maître?

– Rembrandt. En plus génial, peut-être. Car Rembrandt était prisonnier de sa propre manière. Pas lui. Il est capable de te peindre un Rembrandt plus vrai que nature, mais aussi un Jordaens, un Frans Hals ou un Ruysdael. C'est d'ailleurs un Ruysdael qui l'a perdu. Non qu'il fût mauvais, mais au contraire trop parfait. C'était une pièce superbe dont Goering avait appris à point nommé qu'un collectionneur hollandais, ruiné par la guerre, souhaitait se séparer. Le maréchal s'était déplacé en personne pour voir le tableau. Il s'était adjoint deux experts mondialement connus dont l'avis avait été formel. Il s'agissait d'un Ruysdael de l'époque d'Amsterdam, si caractéristique qu'ils s'étaient accordés à le dater de 1630 ou 1631. Goering l'avait payé au prix fort et l'avait accroché dans le grand salon de son manoir de Karinhall où Hitler lui-même l'avait admiré. On ne sait pas qui a vendu la mèche. L'affaire n'a pas fait de bruit car Goering l'a étouffée par crainte du ridicule. Quant au nouveau Ruysdael, il va devenir *Schuhläufer*, sans doute pour lui faire les pieds! Il paraît qu'il n'est marcheur qu'à titre temporaire et que des instructions le concernant sont attendues. C'est tout ce que j'ai pu apprendre.

Le soir même, sans qu'il eût à le questionner, Alfred compléta l'information de Clariond.

– Autant t'affranchir tout de suite, lui dit-il. Tu quitteras le *Schuhläufer* dans un ou deux jours et seras affecté au *Bauhof*.

– Tu m'avais parlé de l'*Effektenkammer*.

– C'est au *Bauhof* qu'on aura besoin de toi.

Le *Bauhof* était à la fois une entreprise de bâtiment et un dépôt de matériaux de construction. Certains de ses chantiers, comme la nouvelle usine Heinkel, à proximité immédiate du camp, couvraient plusieurs hectares et employaient des centaines, parfois des milliers de travailleurs. Comme tous les commandos lourds, DAW, Klinker, Dépôt des bois, Stockage du charbon, le *Bauhof* n'avait pas bonne réputation. On y matraquait beaucoup, tout le monde le savait. Clariond fit la grimace.

– Ça n'a pas l'air d'une promotion.

– Tranquillise-toi, dit Alfred. Les curés disent qu'il y a plus d'une chambre dans la maison du Père. Je l'ignore. En revanche, je sais qu'il y a plus d'une planque au *Bauhof* et que l'une d'elles t'est réservée. Tu seras maître maçon.

– Je n'ai jamais tenu une truelle de ma vie.

– Et moi, crois-tu que j'aie jamais lancé le disque? Je suis pourtant moniteur de gymnastique, tu en sais quelque chose. Tu seras donc maître maçon, et tu dépendras directement de Werner, l'*Oberkapo* du *Bauhof*, qui est des nôtres. Il te remettra tous les jours des récipients métalliques, hermétiquement clos, que tu scelleras dans un mur de ton chantier, à des emplacements dont tu indiqueras les repères, chaque soir, à Werner et à moi. Compris?

– Qu'y a-t-il dans ces récipients?

– Ça ne t'avance à rien de le savoir. Mais il n'est pas nécessaire d'être grand clerc pour l'imaginer. Au poids, tu comprendras qu'il s'agit d'or. Lorsque la boîte sera légère, c'est qu'elle contiendra des pierres précieuses ou des devises. Or et pierres proviendront bien entendu de l'*Effektenkammer*. Pour les devises, c'est plus compliqué... C'est du block 19 qu'elles viendront.

– Le 19? J'ai vu passer ce matin trois types que Schnabel y conduisait.

– Justement. Sais-tu ce qu'ils faisaient dans la vie?

– Schnabel me l'a dit. L'un était...

– Je sais... Au block 19, ils rejoindront des imprimeurs, des graveurs sur cuivre, des spécialistes de la litho, dont certains étaient des artistes reconnus et d'autres des faussaires tout aussi talentueux. Aujourd'hui, ils sont tous faux-monnayeurs. Et leur travail est tellement secret que, pour éviter des bavardages comme le mien, les geôliers sont aussi prisonniers que ceux qu'ils gardent. Tous bouclés derrière les palissades du block 19, vivant ensemble, bouffant ensemble à la même gamelle, copains, quoi!

– Comment le sais-tu?

– Tu es bien curieux pour un maître maçon! Rien, pas même une ceinture de chasteté, n'a jamais empêché un croisé d'être cocu. La palissade et les barbelés du block 19 ne garantissent pas mieux les croisés de la S.S. Sans compter qu'ils ne détestent pas se cocufier les uns les autres. Dis-toi que nous ne sommes pas les seuls à nous intéresser aux dollars et aux sterling produits par le block 19. Pour les initiés, c'est une passoire, aussi gardé qu'il soit.

Clariond était partagé entre le soulagement de savoir qu'il mangerait désormais à sa faim, qu'il couperait aux corvées épuisantes, aux transferts dont on ne revient pas, au travail sous la schlague et la crainte de s'engager dans une aventure dont il n'était que trop aisé de prévoir l'issue.

Si l'on pensait aux coups – de bâton, de fouet, de *gummi* – qui sanctionnaient la plus anodine des infractions comme de tourner la tête au mauvais moment ou de balancer les bras en marchant, il était impossible d'imaginer un châtiment à la hauteur du crime ou plutôt du sacrilège, par essence inexpiable, d'un *Haeftling* bafouant l'Ordre noir.

On chuchotait que dans des cachots spécialement aménagés du *Bunker*, où il n'était possible ni de se tenir debout, ni de se coucher, ni même de s'asseoir, certaines agonies s'étaient prolongées pendant plus d'une semaine ou encore que sous la potence de la station Z les pendus aux trois quarts étranglés, asphyxiés, suffocants, étaient maintenus en vie le temps de cracher leur âme. L'évocation de ce genre de fin avait de quoi tempérer toutes les ardeurs et faire hésiter jusqu'aux plus résolus, ceux pour qui mourir le ventre plein n'était plus tout à fait mourir.

Clariond n'en était pas. Mais il est vrai que la chance l'avait servi depuis son arrivée et qu'à ce jour il n'avait pas eu faim. Ce qu'il savait des ravages de la famine se limitait à ce qu'il avait pu en voir, chez ceux qu'elle rendait enragés et qui luttaient par tous les moyens parce qu'ils en avaient encore la force. Ils pouvaient être des voleurs solitaires ou se grouper en hordes, comme faisaient les Russes. Ils pouvaient même devenir des assassins. Mais ils étaient vivants et à ce titre respectables. Clariond n'avait pas voulu regarder les autres, dont la faim avait eu raison et qu'elle conduisait au dépérissement. Personne, d'ailleurs, ne le voulait. Ils provoquaient une horreur comparable à celle qui, jadis, faisait des pestiférés des objets de crainte et de haine beaucoup plus que de compassion, avec cette différence qu'au camp il fallait vivre avec eux et que leur pestilence vous collait à la peau.

La faim, dit-on, fait sortir le loup du bois. Clariond n'avait pas faim et de son propre aveu n'avait rien du loup. Il n'était donc pas étonnant qu'il hésitât à sortir du bois.

– Quand me remettra-t-on les boîtes? demanda-t-il avec suspicion.

– Entre la fin de l'appel et le départ au travail du commando.

Il sursauta :

– Je passerai la tour avec ces saloperies dans les poches? Et d'abord, quelle est la taille des boîtes?

– Deux jeux de cartes superposés.

– Tu sais bien qu'il y a des fouilles à la sortie. Que se passera-t-il si je me fais piquer?

– Tu ne te feras pas piquer. Werner et le S.S. de la tour sont de mèche. Les contrôles ne s'exercent jamais sur certains rangs. C'est dans l'un de ceux-là que tu te trouveras.

– Admettons. Et si le S.S. de la tour est absent? Ça peut arriver. Si son remplaçant me fouille et tombe sur les boîtes, qu'est-ce que je deviens, moi?

Alfred sourit, mais son visage sembla sinistre à Clariond.

– Rien de bon. Mais c'est une éventualité qui n'est pas à retenir. Tu passeras à la tour sans plus d'appréhension que le passager d'un transatlantique au moment où il franchit la coupée. Qu'un millier de ceux qui embarquèrent sur le *Titanic,* il y a trente ans, soient allés au fond de l'eau n'empêche personne de voyager. Maintenant, ça suffit! Cesse de pleurnicher puisque, je te l'ai déjà dit, tu n'as pas le choix.

Clariond aurait voulu protester, balayer toute cette histoire, secouer Alfred, le faire trembler pour sa misérable carcasse. Il se trouvait paralysé, à court d'arguments, incapable de s'opposer à cette volonté qui subjuguait la sienne. Jamais, quelles que fussent les circonstances, il n'était parvenu à faire prévaloir ses choix, sauf vis-à-vis de Pierre, et encore, parce que celui-ci ne daignait pas s'y opposer! En vérité, il avait toujours cédé, mais en se trouvant de bonnes raisons de le faire et en s'y prenant de telle sorte qu'il pouvait apparaître comme l'auteur de décisions qui lui étaient imposées.

Vis-à-vis des tiers, il faisait illusion. Son apparence physique l'y aidait, mais elle ne lui était d'aucun secours lorsqu'il se retrouvait face à lui-même. Sa carrure alors, ses traits nets et comme burinés, parce qu'ils lui faisaient un masque dominateur, lui apparaissaient comme une dérision ou, pire encore, comme une imposture.

Depuis l'adolescence, il rêvait de revanches éclatantes, de refus hautains et de décisions sans appel qu'il n'imposerait que par son charisme et non par le biais d'une autorité conférée. Plus le réel démentait le rêve, plus important lui apparaissait le besoin de s'y réfugier. La seule confrontation dont il était sorti à son avantage s'était produite le matin même. A son grand étonnement, il avait fait reculer un adversaire, un minable, sans doute, mais que confortait la présence à ses côtés d'un groupe parfaitement capable de lui faire la peau. Un geste, un mot, une seconde de détermination avaient suffi à faire battre en retraite toute la bande. Clariond revivait l'instant avec un plaisir que ne lui avaient jamais procuré les victoires autrement glorieuses, mais rêvées, par lesquelles il prenait habituellement sa revanche sur un quotidien déprimant.

Cette exception était à l'image d'un comportement qui pourrait être le sien dans l'avenir : c'était affaire de volonté. Pour autant, il ne se coupait pas de ses arrières et se réservait la possibilité de réagir en fonction des circonstances. L'audace, si elle est suicidaire, s'appelle stupidité.

Affronter Alfred était autrement difficile et risqué que de dégonfler l'insolence factice d'un misérable polonais.

Déjà s'élaboraient en lui les arguments qui viendraient étayer sa décision d'accepter l'offre du bossu. C'en était une; la preuve, c'est qu'il pouvait la repousser si bon lui semblait. Voilà donc une question réglée. Du moins en apparence. Une part de lui-même n'était pas dupe et s'insurgeait au nom de la vérité. Clariond ne connaissait que trop ce genre d'empoignade et les réactions qu'elle provoquait : la gorge soudainement nouée sur une sorte de sanglot refoulé, une sueur abondante des paumes et des aisselles, une contraction du cœur suivie immédiatement après d'une sensation de détresse respiratoire. La protestation d'aujourd'hui était d'une rare ampleur et déclenchait en lui une sonnerie d'alarme, stridente mais inutile, car s'il n'existait, en réalité, aucune possibilité pour Clariond de se soustraire à la volonté d'Alfred, il y avait au moins une bonne raison de s'y conformer : la culpabilité diffuse qu'il portait en lui semblait guetter l'occasion de lui imposer un rachat, et l'identification de Brabant à Pierre, qui s'était opérée en lui à son insu, ouvrait un champ sans limites à cette obligation. C'était un chantage dont il était à la fois la victime et l'auteur, formulé en des termes qui ne lui laissaient aucune échappatoire.

– Bon, dit-il, je serai maître maçon. Mais j'y mets une condition.

– Il n'y a pas de conditions.

– Pour moi, il y en a une. Tu trouves une planque à Brabant.

– Je t'ai déjà dit non.

– Eh bien, je dis non à mon tour.

Les répliques s'enchaînaient avec une facilité déconcertante. De Clariond et d'Alfred, celui-ci en était le plus étonné. Il n'aimait pas se tromper sur les hommes et devait convenir que celui-là lui échappait.

– A ton aise, dit-il. Sais-tu au moins ce qui t'attend?

– Je pense que oui.

– Je n'en suis pas sûr. Laisse-moi donc te le dire. Je pourrais t'enfoncer mais ne le ferai pas; ce sera inutile. Les choses iront pour ainsi dire d'elles-mêmes. Lorsque Hermann saura que je ne te protège plus, il se rappellera qu'il n'a jamais pu blairer les Français. Bien entendu, plus de *zulage.* Tu auras droit à la distribution ordinaire, et au dessus du bouteillon. Toutes les parts de pain sont égales, mais certaines le sont moins que d'autres : c'est de celles-là que tu hériteras. La corvée de café le matin sera pour toi : trois quarts d'heure de moins à dormir, la corvée de macchabées aussi et j'en passe. Voilà pour Hermann. Quant à Jakob, soucieux d'équité comme chacun sait, il digère mal que tu portes demi-charge. Il rétablira l'équilibre en trouvant un prétexte pour te faire porter charge double. Encore heureux s'il ne t'attribue pas les brodequins de cuir synthétique renforcé qui ont déjà détruit les pieds de vingt marcheurs. A ce régime, au *Schuhläufer,* il y aura deux crevards de Français au lieu d'un. C'est ce que tu cherches?

Le tableau était sombre et sans aucun doute prémonitoire. Le sort que décrivait Alfred avait de fortes chances d'être le sien s'il s'entêtait à ne pas comprendre qu'il ne pouvait rien pour Brabant. Qui dès lors pourrait lui reprocher d'assurer son salut? Il ne demandait que cela mais, une fois de plus, n'était pas maître de ses décisions. Une fois de plus, il s'inclinait devant une volonté plus forte que la sienne. Seulement, cette fois-ci, il n'en résultait pas une soumission déguisée ou non, mais au contraire un refus net et brutal de se dédire.

– Je marche dans ta combine, répéta-t-il, et tu planques Brabant. Si tu refuses, je refuse aussi. J'en crèverai sans doute, mais rien ne dit que tu n'en feras pas autant, peut-être même avant moi.

Alfred était superstitieux. La remarque de Clariond pouvait passer pour provoquer le mauvais sort. Son visage s'altéra.

– Entre nous, poursuivit Clariond, ça te dérange tant que ça, de planquer mon copain?

– Non, mais je n'aime pas qu'on me force la main.

Miracle, c'était Alfred qui mollissait.

Clariond se fit conciliant :

– Je ne prétends t'obliger à rien, dit-il, je te demande un service, un grand service.

– Décidément, tu y tiens.

– Plus encore que tu ne penses.

– Dis donc, c'est le coup de foudre, entre vous. Ou alors vous vous connaissiez avant le camp. C'est ça?

Clariond parut se recueillir.

– Oui, dit-il, je connais Brabant depuis cinq ans.

4

Werner, l'*Oberkapo* du *Bauhof*, avait vraiment une sale gueule. Vert pointe en haut, tueur bien sûr, il pouvait se prévaloir d'un palmarès d'une incomparable richesse mais qui, fait notable dans la profession, ne devait rien à la force brute. Il avait commencé sa carrière comme barbillon à Hambourg et avait réussi à se tailler un véritable empire dans le monde de la pègre. Une ascension fulgurante, qui n'avait pas demandé dix ans à ce surdoué du proxénétisme.

Au temps de ses débuts, il avait bien connu Horst Vessel, maquereau comme lui mais de piètre envergure, qui avait trouvé le moyen de pallier ses insuffisances par une adhésion au parti nazi à peine sorti des limbes.

Werner était entré au Parti, lui aussi. En ces temps troublés, c'était une initiative sage et prudente, qu'il ne fallait toutefois pas confondre avec une assurance tous risques.

Horst Vessel avait prospéré jusqu'au jour où des crapules de son espèce lui avaient fait la peau. Le maquereau avait été promu héros national et le chant dédié à sa mémoire était devenu un hymne officiel.

Après sa disparition, le Parti avait reporté sur Werner la bienveillance dont il avait bénéficié. Plus habile que son défunt complice, il en avait joué avec une virtuosité et un succès tels qu'il avait fini par se croire invulnérable. Son arrogance le perdit. Il n'avait pas compris que le concubinage du pouvoir et de la pègre n'est viable que s'il reste discret. Du jour au lendemain, il était devenu l'homme à abattre.

Son passé politique l'avait sauvé de la corde, mais non du camp de concentration où ses dons exceptionnels lui avaient permis de réussir une seconde carrière.

Cette analyse, un peu courte, était celle de Clariond, devenu commensal de l'*Oberkapo* du *Bauhof*, après que la recommandation d'Alfred l'eut fait entrer dans l'organisation contrôlée par l'ancien malfrat.

Dieu, que Werner était laid ! Une bouche aux lèvres avalées, un sourire à vous glacer les os, s'ouvrant sur une denture entièrement métallique, des yeux si pâles que seul vivait dans le regard le point noir du cristallin. « Une hyène ! » s'était dit Clariond la première fois qu'il l'avait vu. Aimable pourtant à son égard, sans pour autant relâcher son attention et non sans désigner à l'un de ses séides ceux des *Haeftlinge* dont l'ardeur laissait à désirer. La sanction était immédiate et appliquée au tarif du commando, qui était élevé. Mais Werner, lui, ne se salissait pas les mains. Il y a des gens pour cela.

Certes, au temps lointain de ses débuts, il lui avait fallu asseoir sa réputation. Il l'avait fait, sans joie aucune, mais avec une cruauté froide et une maîtrise qui l'avaient d'emblée hissé au niveau des grands professionnels. Maintenant, il pouvait se permettre de déléguer.

A l'issue de l'appel, Clariond avait rejoint les rangs du *Bauhof* où il venait d'être affecté. A première vue, il y avait là près de deux mille hommes dont l'empressement à se rassembler témoignait de la discipline régnant au commando.

Clariond se joignit à la colonne en formation.

– Par rangs de cinq ! hurlaient les serre-file.

L'effectif fut compté deux fois et vérifié à la sortie du camp. La colonne traversa une route, longea ce qui semblait être un entrepôt, pénétra dans un immense terrain vague ceinturé de barbelés et s'immobilisa.

– Au travail !

Chacun semblait savoir ce qu'il avait à faire. Les hommes s'égaillèrent en tous sens. Clariond, à qui personne n'avait adressé la parole, resta seul, après le départ des autres. Un petit homme s'approcha de lui. L'*Oberkapo* Werner, sans doute.

– Français ?

A tout hasard, il rectifia la position.

– Oui.

– Tu parles allemand ?

– Assez bien.

– Parfait ! Je suppose qu'Alfred t'a dit ce qu'on attend de toi.

– Je suis au courant.

– Ici, poursuivit-il, tu ne connaîtras que moi. Tu ne parleras à aucun de ces enculés de Polonais et d'Ukrainiens. Compris ?

Sans attendre la réponse, il enchaîna :

– Les murs sur lesquels tu vas travailler sont juste derrière ceux-là. Suis-moi. Ici, c'est le chantier Heinkel.

Pour l'instant, le piquetage à peine terminé, les soubassements de brique affleuraient le niveau du sol. Plus loin, sur près de deux cents mètres, un autre bâtiment dressait ses charpentes métalliques. Le sol n'était que boue et fondrières entre lesquelles serpentaient des chemins de planches. Deux files ininterrompues de loqueteux attelés à des brouettes, l'un poussant, l'autre tirant, circulaient dans les deux sens sur cette voie glissante, brouettes chargées à l'aller, vides au retour. Tous les vingt mètres, un préposé à l'accélération du trafic stimulait les attelages d'une gueulante et d'un coup de trique. La brouette faisait un bond en avant mais parfois aussi sur le côté. Sa roue quittait alors le chemin de planches et, le temps de la désembourber, la file entière stoppait. Injures, menaces, coups, carambolages en chaîne, le bordel, quoi ! Au bout du chemin, chaque brouette déchargeait son contenu, briques ou ciment, qu'une autre équipe empilait avant que n'interviennent, par groupes de deux, les porteurs chargés d'approvisionner les maçons. Puis elle repartait dans l'autre sens jusqu'à l'aire de déchargement du chemin de fer où s'arrêtaient les wagons auxquels étaient attelées des équipes de vingt hommes, d'un rendement certes moindre que celui des locomotives, mais infiniment plus économique par ces temps de charbon rare et cher.

Entre les deux chantiers, Werner avait fait dégager une aire circulaire d'une cinquantaine de mètres de diamètre, où aucun *Haeftling* n'avait le droit de mettre les pieds. Sa baraque avait été édifiée au centre de cet espace réservé. Pour parfaire l'installation, il avait érigé un mirador tout à côté. De ce poste d'observation, il pouvait surveiller l'activité de son commando, mais, préférant le confort de la baraque aux rudesses du plein air, il ne gravissait que rarement l'échelle menant à la plate-forme. Il suffisait que la silhouette visible en haut du mirador pût être celle de l'*Oberkapo* pour que chacun se sentît sous surveillance. Peu importait qu'elle le fût ou non : ne tenant pas à être taxé de laxisme ou de négligence, le *Vorarbeiter* de quart gueulait pour le principe, les surveillants répercutaient l'engueulade en y ajoutant quelques coups tandis qu'au bout de la chaîne, paumes saignantes et poumons en feu, les *Haeftlinge* titubaient entre les brancards de leurs brouettes.

Clariond était revenu passablement déprimé de l'inspection des chantiers à laquelle l'avait convié Werner. Bien à l'aise dans ses bottes, faites à ses mesures dans un cuir de première qualité, celui-ci pataugeait allègrement dans la gadoue. Clariond, lui, devait lutter pas à pas pour arracher à la boue ses galoches dont la tige de tissu plus qu'à moitié déchirée n'allait pas tarder à lâcher.

La boue était glacée et la pluie également. Le tissu du *zebra* s'en abreuvait, s'imbibait, se saturait et soudain se vidait comme une vessie de vieillard. Cela donnait des rigoles dont les flots s'accumulaient à hauteur de la ceinture jusqu'à ce que ce barrage soit à son tour rompu. Trempé des pieds à la tête, le corps alors n'avait plus qu'à grelotter sous la bise.

Immobile sur le côté de la piste, la tête comme soudée aux épaules, Werner observait la procession des charrettes défiler devant lui. Rien au demeurant n'indiquait que son regard enregistrait les images qui se succédaient devant ses yeux.

– *Los, los, schneller!* hurlait le *Vorarbeiter* qui se tenait auprès de lui.

Les aboiements du roquet lui écorchaient les oreilles. Sans bouger la tête, en desserrant à peine les lèvres, il lâcha :

– Tu vas la fermer, petit con?

Et, désignant du menton la file des hommes dont les galoches martelaient en cadence le chemin de planches, il ajouta :

– Ils n'ont pas besoin de m'entendre. Il leur suffit de me voir.

L'espace d'un instant, Clariond essaya d'imaginer ce qu'ils pouvaient ressentir à cavaler des heures avec au bout des bras un poids à vous arracher les épaules. Sans pouvoir s'arrêter, ne fût-ce que pour se torcher le nez et moins encore pour reprendre haleine. La pluie qui ruisselait sur leurs faces encrassées de poussière de brique leur faisait un maquillage de Pierrots tragiques. Le *zebra* détrempé leur collait à la peau et soulignait l'étrange étirement de leurs silhouettes. Et leur regard... Ah! leur regard, grand ouvert sur une angoisse sans nom, halluciné, semblait n'être plus d'ici-bas.

Werner se tourna vers Clariond :

– Que dis-tu de mon manège? demanda-t-il.

– Qu'il est sinistre et qu'à tout prendre je préfère le manège du *Schuhläufer* à celui-là.

– Le *Schuhläufer,* répondit Werner, est une aristocratie. C'est, bien sûr, la godasse qui est noble et non le *Haeftling,* mais celui-ci en profite. Ceux que tu vois courir ici ne sont rien, n'existent pas. Ils courent et finissent par tomber, mais ils sont morts bien avant.

Il décolla ses bottes engluées dans la boue du chantier.

– Tu n'y peux rien et moi non plus. Si j'avais le choix, je leur offrirais un gueuleton, mais voilà, je n'ai pas le choix. Encore heureux que je puisse m'en offrir un, et le partager avec toi. Allez, viens. On rentre.

Dans la baraque, le poêle chauffé au rouge ronflait allègrement. Le *Kalfaktor,* homme à tout faire, chargé notamment de la cuisine et du chauffage, s'en donnait à cœur joie. Il avait eu tellement faim, tellement froid, lorsqu'il n'était qu'un *Haeftling* ordinaire, qu'aujourd'hui aucune nourriture ne lui paraissait assez épaisse pour pouvoir le rassasier, et que la chaleur la plus étouffante n'avait pas le pouvoir de venir à bout du froid installé à jamais jusque dans la moelle de ses os.

– On crève ici, grogna Werner. Karl, c'est la dernière fois que je te le dis. Si tu ne comprends pas, tu vas te retrouver aux brouettes.

C'était dit sur le ton de la plaisanterie. Mais, avec Werner, il valait mieux se méfier. Il en avait fait passer plus d'un de vie à trépas en riant comme d'une bonne farce

– J'ai préparé de la saucisse aux choux, dit Karl d'un ton humble. Avec des pommes de terre sous la cendre.

Werner maugréa :

– Sans crème, les pommes de terre sous la cendre ne valent rien.

– Il y a de la crème.

L'*Oberkapo* – une fois n'est pas coutume – en resta bouche bée.

– Bien, dit-il. Tu ne retourneras pas aux brouettes.

Et, s'adressant à Clariond, il ajouta :

– Il ira loin, ce petit. De la crème à Sachsen, il faut le faire! Karl, mets le couvert pour quatre.

La banquette, côté mur, était formée par le couvercle d'une cantine de chantier. Werner le souleva et, à la stupéfaction de Clariond, sortit de la caisse un appareil de métal gris-vert, constellé de cadrans.

– T'as jamais rien vu de pareil?

– Non!

– Tu risques pas. C'est le dernier modèle de l'armée américaine. Fourni aux Anglais, parachuté aux Grecs, trouvé dans une cache par un S.S. qui s'en est séparé, contre une petite fortune. Et livré à domicile. Il a voyagé, mon poste!

Il consulta sa montre :

– C'est l'heure du bulletin.

Le poste se mit à crachoter. La turlutaine du brouillage se fit entendre au milieu de la friture. Du bulletin, il n'était possible de saisir que des lambeaux de phrases. C'était du décodage plus que de l'écoute dont Werner semblait avoir l'habitude. Il complétait les blancs, reconstituait les informations auxquelles il ajoutait ses propres commentaires.

Pour Clariond, dont l'allemand était succinct, le bulletin de Werner n'était pas facile à suivre.

– Tunis tombée, ça, on le savait, trois cent mille prisonniers, n'exagérons rien, des Italiens, ah! bon? comme ça, je veux bien, le front du Caucase anéanti, c'est pas la porte à côté, le Caucase, huit cents bombardiers sur Hambourg, la ville transformée en torche, les salauds, voilà qu'ils s'attaquent à mon fonds de commerce...

– Ton fonds de commerce?

– Il y avait dix mille putes à Hambourg. Que reste-t-il de Repperbahn et des jolies vitrines à femmes? Tu te rends compte du manque à gagner, lorsque ces cons d'Américains se décideront à s'amener?

– Ou les Russes...

– Parle pas de malheur.

On entendait marcher à l'extérieur. Clariond jeta un coup d'œil par la fenêtre et tressaillit. Deux hommes, un garde S.S. et un civil, se dirigeaient vers la baraque.

– Fais gaffe, y a du monde.

Werner ne semblait pas inquiet. Il regarda à son tour et reprit son écoute :

– T'en fais pas. C'est mes invités. Ouvre-leur la porte.

Le civil était un *Obermeister* [1], attaché aux établissements Otto Radecke, de Stuttgart, qui avaient emporté l'adjudication du contrat pour l'extension des ateliers Heinkel. L'une de ses conditions stipulait que l'adjudicataire louerait à l'administration S.S. la main-d'œuvre que celle-ci mettrait à sa disposition, moyennant un forfait de six marks par homme et par jour. Sur le papier, l'affaire était superbe, mais Radecke prétendait que la qualité déplorable de la main-d'œuvre concentrationnaire annulait l'avantage de l'obtenir à si bas prix. En particulier, les calculs de l'administration S.S. étaient fondés sur une durée d'emploi des travailleurs – c'est-à-dire une espérance de vie – de neuf mois. Si tel avait été le cas, Radecke aurait nagé dans la prospérité. Malheureusement, les sous-hommes du commando ne duraient en moyenne que quatre mois, et ils étaient si mal en point pendant les dernières semaines qu'on ne pouvait rien en faire, même en tapant dessus. Passé un certain seuil, ils ne réagissaient plus. Moyennant quoi les délais n'étaient pas tenus et la société perdait de l'argent.

L'*Obermeister* n'était pas un tendre. Pour lui, les *Haeftlinge* n'étaient pas une main-d'œuvre, mais du matériel. Il existe, pour le mode d'emploi et l'entretien du matériel, des notices auxquelles il est impératif de se conformer. Encore faut-il qu'elles soient

1. Contremaître d'entreprise employant de la main-d'œuvre servile.

bien conçues. Celles qui concernaient les *Haeftlinge* ne l'étaient pas. Pendant des mois, il s'était évertué à le dire et à suggérer les mesures de nature à remédier à la situation. Sans résultat. En vieux routier du Parti, dont de hauts dignitaires étaient ses obligés, Otto Radecke savait comment se faire entendre. Il y avait toujours quelque part une caisse pour lui verser, de la main à la main, des dessous-de-table qui lui faisaient oublier les pertes de sa société. Quant à l'administration des camps, soucieuse de ne pas encourir les foudres de sa direction, elle truquait ses rapports sur la progression des travaux.

Tout allait donc pour le mieux et l'*Obermeister* s'était avisé qu'à jouer les Cassandre il finirait par se faire mal voir. Il annonça donc au vieux Radecke que la situation s'améliorait, ce dont il fut chaudement félicité.

Le *Scharführer* [1] de la garde, qui l'avait vu se démener sans succès, apprécia lui aussi son changement d'attitude.

– T'as enfin compris, lui dit-il. C'est pas trop tôt.

– J'ai compris quoi? répliqua l'*Obermeister* avec méfiance.

– Te fatigue pas.

D'un hochement de tête, il désigna les files d'esclaves piétinant en cadence les chemins de planches, les *Vorarbeiter* vociférant, fouet en main, et les moignons de murs émergeant de la boue.

– Qu'est-ce qui peut sortir de bon de ce merdier? Il y a heureusement un moyen de ne pas perdre son temps, en s'arrangeant avec Werner, qui en connaît un bout!

– L'*Oberkapo!* Un détenu, tu rêves?

– Le rêve est fini, mon pauvre vieux! Il faut vivre avec son temps.

Le *Scharführer,* Sjtepan Ralkovic, était un Croate, ancien oustachi, que le clientélisme de son chef Ante Pavelic avait écœuré. Les oustachis, disait-il, étaient devenus les larbins des Allemands. Il était préférable d'être allemand que larbin. La S.S. recrutait, il s'était engagé et en avait tant vu, tant fait aussi, qu'après deux années de maintien de l'ordre et de répression il ne croyait plus à rien ni à personne, à commencer par lui-même.

Le poste radio, c'était lui. Il l'avait ramené d'une opération contre les maquisards grecs des monts du Pinde, dans le nord du pays.

– C'est la caverne d'Ali Baba, avait dit le *Sturmführer* [2] qui

1. Caporal S.S.
2. Sous-officier S.S.

commandait l'opération, en pénétrant dans la grotte qui leur servait de P.C. et de magasin. Ah! les salauds...

Des armes – et quelles armes! – des approvisionnements, des munitions, des équipements de toute sorte, dont seule une chaîne de complicités à l'échelle d'un peuple avait permis l'acheminement.

Il s'était fait amener les survivants, tous plus ou moins grièvement blessés.

– Ralkovic!

Le *Scharführer* s'approcha.

– Personne ne sait mieux s'y prendre que vous autres, Croates, pour faire parler les muets. Occupe-toi de ceux-là.

– Ils sont blessés, objecta Ralkovic en désignant la matière humaine en piètre état sur laquelle il était censé travailler.

– Et alors? rétorqua l'autre. Chacun son boulot : fais le tien. Le docteur s'occupera des restes, s'il y en a.

Il serait dit que les Croates, qu'ils fussent S.S. ou oustachis, resteraient les valets des Allemands. La rage au cœur, il avait commencé ses interrogatoires.

Aucun des partisans n'avait parlé. A partir du troisième, d'ailleurs, Ralkovic n'avait pas insisté. Deux « ventres » avaient déballé leurs tripes dans une puanteur qui lui collait aux narines.

– Qui sont vos relais à Ioannina? demanda-t-il une fois encore.

Ralkovic regarda l'homme, que seule habitait son agonie, et l'acheva par un geste d'obscure pitié, peut-être aussi de révolte contre la dégueulasserie dans laquelle il pataugeait.

Le *Sturmführer* l'accusa de sabotage. Dans le rapport qu'il fit sur l'incident, il demanda et obtint une sanction : Ralkovic, jugé indigne d'appartenir à la Waffen S.S., fut muté dans un camp de concentration. Encore heureux que ce fût comme garde et non comme interné. Il quitta la Grèce avec de menus souvenirs dans sa besace, dont le poste radio des partisans grecs. L'idée était bonne. L'*Oberkapo* du *Bauhof* dont il était devenu l'associé l'avait payé en or. Depuis, il prospérait au point que le volume de son trésor lui permettrait sous peu de déserter sans trop de risques.

– Tu pourrais baisser le son, dit-il en pénétrant dans la baraque. On entend ta moulinette depuis le quai de la gare.

Il vit Clariond.

– Qui est ce type?

– Il est des nôtres, répondit Werner.

L'*Obermeister* dévisagea aussi Clariond. D'un air dégoûté, les narines froncées, il huma le fumet que dégageait en séchant le *zebra* gorgé d'eau.

– On ne dirait pas. Au moins, habille-le.

– Il vient d'arriver, dit Werner en guise d'explication.

– Qu'est-il censé faire au commando?

– Les scellements dans les soubassements.

– *Ach so, gut, gut,* dirent-ils en chœur. On passe à table?

Brabant arriva à l'appel du soir dans un état d'épuisement total. Clariond l'avait fait asseoir par terre entre les passages du *Schreiber* et du *Blockführer.* Dès que l'un ou l'autre recommençait son comptage, il le mettait debout en priant pour qu'il ne vacillât pas. La progression du mal qui le minait s'accélérait inexorablement. A ce train-là, ce n'est pas trois mois qu'il durerait, mais trois semaines et encore.

L'amélioration de son propre sort, bien que n'ayant aucune incidence sur celui de son camarade, apparaissait à Clariond comme une sorte de trahison à son égard. Elle ne trouvait à ses yeux de justification que dans la promesse qu'il avait arrachée à Alfred de le faire affecter prochainement dans un commando vivable.

En attendant, jour après jour, Brabant survivait grâce à son assistance. L'alibi n'était pas sans valeur, même si Clariond n'était pas obligé de se priver pour aider son camarade. Ce jour même, la digestion des saucisses aux choux mitonnées par Karl s'était révélée laborieuse. Il en avait ramené une, roulée dans la poche, qui, dès le lendemain, servirait à sortir du camp les emballages d'or et de diamants.

– Mange, dit-il. La saucisse et le pain!

Brabant ne remercia pas et oublia d'ironiser comme à son habitude. Avec difficulté d'abord, puis avec une voracité qui faisait mal à voir, il se mit à manger. Alors seulement, il sembla revenir à la vie. Ses yeux perdirent leur fixité, ses gestes leur automatisme saccadé.

« Il ne faudrait pas qu'Alfred tarde, se dit Clariond. Le point de non-retour n'est pas loin. »

Clariond raconta sa journée au *Bauhof,* le chantier noyé de boue, la ronde des squelettes rayés de bleu et de gris sur le rythme lancinant des galoches, et rappela le mot de Werner.

– Ils courent et finissent par tomber, mais ils sont morts bien avant. Rien de cela, continua Clariond, n'est exceptionnel. C'est le contrepoint de cette horreur ordinaire qui est révoltant. Passé le seuil de la baraque, isolée au milieu de son cercle magique, le froid, la faim, les coups, l'angoisse disparaissent par enchantement. Il y fait chaud, peut-être de la chaleur de l'enfer, on y bouffe et on y boit à s'en faire péter le ventre. On rigole et on parle d'avenir entre crapules. Il faudrait fuir, mais on ne peut pas et c'est insupportable.

Brabant retrouva le sourire.

– N'exagère pas. Le chantier est pire que la baraque.

– Je me le demande.

– N'égare pas ta clé, Clariond. Rappelle-toi que tu voulais apprivoiser le grotesque et l'odieux. Je t'avais prévenu que le plus difficile serait de te supporter toi-même. Te voici au pied du mur. Montre-nous ce que tu sais faire.

Le trio du *Bauhof,* il est vrai, était exemplaire.

L'industriel du proxénétisme, choyé par le Parti, devenu esclave-chef, le S.S. désenchanté faisant sa pelote sur le dos de l'Ordre noir pour s'offrir une désertion confortable, le contremaître forgé au feu de l'ordre et de la discipline, brusquement atteint par la fièvre de l'or!

– L'association est pittoresque, dit Clariond, et je la trouverais plutôt sympathique si son existence ne se greffait pas sur celle du commando, comme un parasite monstrueux. Car c'est le *Bauhof* qui nourrit l'organisation, le *Bauhof* qui souffre et crève de faim pour que l'organisation prospère. Dix-huit cents misérables d'un côté, de l'autre trois nantis gras à lard. Trois aujourd'hui et quatre demain, le pire étant que je suis le quatrième.

Brabant répondit avec une indulgence désabusée :

– Il n'y a là rien de nouveau, sauf peut-être que la vie du camp décape certaines vérités de l'enduit de conformisme qui les rend présentables et permet aux riches de l'être sans complexes. Après tout, la saucisse aux choux vaut bien quelques remords!

Ils réintégrèrent leur alvéole avec le plaisir du chien retrouvant l'abri de sa niche. Le soleil luirait demain, ou alors le ciel serait noir, ou encore les nuages galoperaient dans un ciel tour à tour délavé ou chargé d'eau, qu'importe! Brabant devrait accomplir les soixante tours de piste, tenir, ne pas laisser s'installer une insidieuse perte de conscience, qu'un organisme las de souffrir et de lutter accueillerait finalement comme une délivrance. Ce soir, le plaisir d'avoir survécu primait sur l'angoisse de la défaite. Un long compagnonnage avec les douleurs de son corps avait habitué Brabant à compter avec elles. C'étaient des hôtes encombrants à la présence desquels il fallait se résoudre. Convenablement traités, ils s'assoupissaient.

– J'en suis resté, dit-il, à un Werner tout-puissant ou presque, mais menacé. Comment a-t-il chuté?

Il paraissait invulnérable, en effet. La protection du Parti couvrait ses entreprises. Aucun confrère ne pouvait percer sans son aide ou contre son gré. Comment aurait-il pu penser que le danger viendrait d'une femme, inconnue, et pour cause, dans le milieu! Elle n'était issue ni du proxénétisme ni de la prostitution avec laquelle ses rapports se bornaient aux piqûres dont elle lardait les fesses des filles vérolées de Hambourg.

Elle était infirmière et se nommait Pia Wagner. En 1923, elle avait pansé Hitler, après qu'il eut été blessé au bras. Son ascension était partie de là et l'avait amenée en moins de quinze ans au grade, créé à son intention, de général inspecteur des services d'hygiène de la S.S.

Werner en avait entendu parler, comme tout le monde dans le Parti, mais ignorait que sous des dehors modestes et une humilité doucereuse mijotait une ambition infernale orientée de façon toute particulière par une frustration sexuelle qui avait tourné à l'obsession.

La frustration s'expliquait. Il suffisait de regarder la générale-infirmière pour comprendre que jamais elle n'avait vu luire l'éclair du désir dans le regard d'un homme. Sa laideur avait quelque chose d'agressivement dissuasif. Faute de pouvoir le provoquer, elle stigmatisait le désir. « Une dégoûtante bestialité », disait-elle avec mépris. Mais, curieusement, c'était moins aux hommes qu'elle reprochait de l'éprouver qu'aux femmes d'en être atteintes comme d'une maladie honteuse.

Punir la femme de son péché, se charger de la punition, sans oublier de faire fortune au passage, tel fut le pari de Pia Wagner. Elle le gagna en organisant des bordels roulants pour officiers à l'arrière des lignes du front russe.

La position dominante qu'occupait Werner dans les réseaux du proxénétisme lui permettait de s'opposer à tout recrutement de personnel qui n'aurait pas son assentiment. Mais il resta sans voix lorsqu'il apprit que la Wagner avait obtenu l'autorisation de sélectionner ses pensionnaires dans les convois de déportation, et qu'à son initiative un camp spécial avait été aménagé à Ostrowiec, en Silésie. Aux femmes choisies en fonction de leur fraîcheur et de leur beauté avant que la déportation ne les détruisît, un traitement approprié à base de morphine était appliqué. Modulé en fonction de leur résistance, il venait à bout des plus récalcitrantes en un mois. Si, à l'issue de ce délai, quelques fortes têtes s'acharnaient à ne pas plier, on s'en débarrassait. Pour les autres, la suite allait de soi. Elles passaient quelques semaines dans leur wagon-lit-bordel, après quoi elles étaient expédiées dans un établissement réservé à la troupe. Elles n'y restaient que deux ou trois mois et terminaient leur parcours dans la chambre à gaz du camp le plus proche.

Une rame de l'Orient-Express bloquée à Vienne depuis la

déclaration de la guerre avait été aménagée à grands frais et confiée aux œuvres de la générale : Werner en fut littéralement outragé. Abattre la Wagner devint son obsession. Il crut en avoir trouvé le moyen lorsqu'il découvrit que parmi les stagiaires ayant récemment fait leurs classes à Ostrowiec figuraient une douzaine de juives de Salonique que les recruteurs de la générale avaient prélevées sur un convoi destiné au camp de Theresienstatt.

Scandale et ignominie! La Wagner s'était rendue coupable d'un crime contre la race. Et de quelle taille! Si la copulation avec une juive était punie de prison, la culpabilité de celle qui en avait organisé sciemment, professionnellement des centaines était écrasante.

Il se trouva, pour le malheur de Werner, que l'un des passagers de l'Orient-Express était le maréchal Goering qui l'avait emprunté au cours d'une longue et bien agréable inspection. Les imprécations de Werner parvinrent à ses oreilles. Elles déplurent, et celui qui les avait proférées se retrouva coupable d'avoir implicitement accusé de forfaiture un maréchal du Reich. A la trappe.

– Voilà l'histoire, conclut Clariond. Écœurante!

– Non, répliqua Brabant. Édifiante. Les voies du Seigneur sont impénétrables. C'est lui qui a provoqué l'improbable rencontre du S.S. croate, du maquereau de Hambourg et du déporté de hasard que tu es. Cette rencontre n'avait à première vue aucune signification. Le poste radio l'explique et la justifie.

Personne n'avait pris le relais de Gerson après qu'il eut été expédié de son atelier radio au *Schuhläufer*. Privé d'informations, le camp s'était mis à bruire des rumeurs les plus folles. Nul ne savait où elles prenaient leur source. Dans ce monde clos, elles proliféraient à une vitesse monstrueuse, s'amplifiaient, faisaient des petits comme des portées de rats. On connaissait le processus. Il débouchait à court terme sur l'obsession et la panique.

La possibilité, pour Clariond, d'avoir accès aux informations de Werner arrivait donc à point nommé.

– Tu avais honte de ta chance, conclut Brabant, et tu avais tort. C'est par toi que parviendra au camp l'oxygène, maintenant que Gerson est hors jeu. Pour l'histoire du camp, le jour où on l'écrira, vos noms seront ceux de deux héros. Elle n'aura pas à préciser que, pour un résultat identique, l'un des deux avait risqué sa peau et l'autre avait vendu son âme.

Clariond n'apprécia pas la plaisanterie.

– Tu peux rire, mais si je me fais piquer demain matin...

Il eût aimé oublier le risque qu'il lui faudrait courir chaque jour, mais ne pouvait s'empêcher de l'imaginer, sous la forme d'une succession d'images dont l'enchaînement implacable le conduisait à sa perte. Avec effroi, il vivait son propre drame non pas au conditionnel, pas même au futur, mais au présent, dans les affres de la réalité...

Sous sa ceinture, la boîte pèse d'un poids insolite. Il la sent battre contre son ventre au rythme de la marche. Le commando se déplie comme une énorme chenille. Il est au milieu de son rang, deux hommes à droite, deux à gauche. Et ce rang est l'avant-dernier.

– *Mützen ab*[1]!

Dix-huit cents crânes moutonnent aux accents du *Toréador* de *Carmen*, repris pour la dixième fois par l'orchestre. La tour est encore loin. Clariond n'en aperçoit que l'étage au balcon duquel veille la mitrailleuse, mais pas encore le porche où s'effectue le contrôle de sortie. Deux S.S. en sont chargés. L'un compte les rangs au fur et à mesure de leur passage. L'autre n'intervient qu'après. Il scrute les visages et sonde du regard les silhouettes qui défilent, mains au corps et menton haut. De temps à autre, son bras armé d'une canne pointe d'un geste vif.

– Toi, sors des rangs.

Le commando continue sa marche. Personne ne se retourne pour voir ce que devient l'interpellé. Il est rare qu'il rejoigne la colonne.

La tour! Les derniers rangs s'engagent sous l'ouverture carrée du porche. Un tunnel de dix mètres au-delà duquel semble luire le soleil. Entre les murs de béton, le piétinement cadencé des galoches fait un bruit de locomotive. Le poste de police est à droite. A l'intérieur s'agitent plusieurs silhouettes que l'on ne distingue que du coin de l'œil, car pour le passage de la tour il est prescrit de garder la tête droite et de fixer la nuque de celui qui vous précède. Le tunnel est franchi dans une débauche de bruit et de lumière.

– Viens un peu par ici!

Ça devait arriver! Clariond sent son ventre se contracter et la sueur inonder son dos. L'homme du contrôle a été remplacé, ou bien il s'est trompé de rang, ou bien encore, suspecté de couvrir des trafics, il se met à faire du zèle. De sa canne, il pousse Clariond aux reins.

Le voilà précipité dans le poste. Avant même que lui soit posée la moindre question, les coups se mettent à pleuvoir.

---

1. Découvrez-vous!

– Déshabille-toi. Allez, vite, à poil!

Le pantalon s'est affalé à ses pieds. Serrée dans sa poche de toile, la boîte métallique lestée d'un kilo d'or a rendu un son mat en heurtant le sol.

– Qu'est-ce que c'est?

Sans succès, il essaie de stopper le galop furieux des images qui s'imposent à lui avec leur hallucinante précision. Ce qui suit la découverte de l'or est en effet inexorable et l'épilogue, sous le gibet, en est connu. Mais la route est longue pour y parvenir. Il voudrait crier qu'il a été piégé, qu'il n'a rien à foutre de l'or, qu'il ne sait même pas qui le lui a confié et à qui il doit le remettre, mais il ne peut pas. Est-ce un cauchemar ou la réalité? Aucun son ne sort de sa bouche. Il saigne, il souffre, il n'a plus d'ongles, plus de dents, ses orteils sont en bouillie. Il continue pourtant à parler dans le vide. Il dit tout ce qu'il sait, plus encore, dans le vain espoir que s'arrête, ne fût-ce qu'un instant, l'insupportable torture...

La voix de Brabant le tira de son cauchemar éveillé.

– Ça ne va pas?

– Je n'arrive pas à dormir.

– La nuit nourrit les phantasmes, dit Brabant, mais le jour les balaie.

– On voit bien que ce n'est pas toi qui passeras à la tour demain matin et après-demain, et tous les jours jusqu'à... Même si, à chaque fois, le risque n'est pas grand, sa répétition rend l'accident inévitable.

– Franchement, je ne le crois pas. Et, même s'il l'était, nul ne pourrait prédire quand il viendrait à échéance. En attendant, tu vas mener l'existence dorée des *Prominente*, et chaque jour qui passera sera un jour de gagné. Que savons-nous de l'avenir, même proche? Il se peut que ton sursis dure assez longtemps pour que tu sois sauvé.

Il serra l'épaule de Clariond.

– Dors maintenant.

Lui-même se tourna sur le flanc et s'assoupit aussitôt. Quel était donc le secret de sa force et de la sérénité qu'en dépit de ce qu'il savait de lui-même il conservait sans effort apparent? Quelques mots avaient suffi pour faire taire les alarmes de Clariond et pour les lui insuffler, décrispant un à un ses muscles noués par la panique, puis desserrant l'étau qui lui broyait le cœur.

Le sommeil de Brabant était paisible. Une vague lueur tombait de la fenêtre et permettait de deviner son visage. Clariond se pencha pour le voir de près. Ses traits indistincts, noyés d'ombre, lui appartenaient à peine.

Rien n'empêchait qu'ils fussent ceux de Pierre, et que même le frère disparu acceptât de se manifester à travers celui en qui Clariond, chaque jour davantage, voyait son double. Il l'invoquait d'autant plus facilement que le sommeil désarmait Brabant et le lui livrait, toutes défenses abolies.

Par sa présence, qu'attestaient la tiédeur de son front et le souffle léger de sa respiration, il mettait fin au monologue sans cesse recommencé par lequel Clariond essayait de se justifier. Vaine tentative : son plaidoyer ne serait jamais entendu, ni compris, faute d'avoir été prononcé devant un juge qui ne fût pas lui-même.

Le seul qui eût été capable de l'absoudre était Pierre, mais c'est en vain qu'il l'avait appelé, jusqu'au jour où il lui avait semblé, par quelques ébauches de réponse, que le dialogue avait été renoué, à travers Brabant, dépositaire de secrets qu'il partagerait sans même avoir à les connaître, puisque reçus pendant son sommeil.

Brabant, qui, selon Alfred, n'en avait pas pour trois mois mais que néanmoins il arracherait à son sort. Identifié à Pierre et comme lui condamné, mais sauvé, SAUVÉ, et par lui, pour racheter la mort de l'autre. Alors seulement Clariond connaîtrait-il la paix. Peut-être.

– Attention aux graviers dans les virages, surtout après la Thuile. Si tu te laisses embarquer, c'est le plongeon !

L'air sentait l'asphalte surchauffé et l'herbe des alpages. Par bouffées successives, le vent de la course jetait les odeurs au visage des deux garçons. Dans les zones d'ombre, elles se faisaient coupantes de froid. Lorsqu'en dévalant les pentes ensoleillées elles s'étaient gorgées de parfums et de chaleur, c'était une caresse, à peine ressentie et aussitôt oubliée, qu'elles prodiguaient au passage.

Le début du parcours était marqué par une alternance de longues lignes droites et des séries de virages en épingle à cheveux. Désavantagé par son poids, Pierre était distancé dans les lignes droites, mais refaisait son handicap dans les virages. Alain le sentait débouler dans son dos et s'irritait de ne pouvoir virer aussi rapidement que lui. Pierre regagnait son retard au premier lacet, le talonnait dans le second et le dépassait dans le troisième. Pour lui laisser le passage, Alain était obligé de virer court et donc de freiner, ce qui était un comble. Pierre passait comme un bolide, à la limite du dérapage dans les gravillons. Deux fois il avait ainsi pris l'avantage, et n'avait été rattrapé que de justesse avant le seuil suivant. Celui qu'ils se préparaient à aborder, l'un précédant l'autre de quelques secondes, était un escarpement d'une centaine de mètres, falaise plus que pente, sur le flanc duquel la route zigzaguait.

En course, s'était dit Clariond, rien n'oblige l'un des concurrents à favoriser le passage de l'autre. C'était sa course qu'il faisait. Virant à gauche, il débordait à droite, virant à droite, il débordait à gauche, enchaînant les voltes sans se préoccuper de son concurrent. Si Pierre voulait passer, libre à lui. Il n'infléchirait pas sa trajectoire pour autant.

Au premier virage, Pierre avait tenté le coup. Alain n'avait pas ralenti. Les roues de son vélo mordaient sur le bas-côté de la route. Pierre était pourtant parvenu à sa hauteur. S'engager plus avant sans que lui fût laissé le passage, c'était la collision ou le vol plané. Il avait freiné en catastrophe, à la limite de la perte d'équilibre. Alain abordait déjà le virage suivant. Une saute de vent lui apporta l'écho d'une voix furieuse :

– Salaud!

C'était le dernier mot que devait prononcer Pierre.

Une courbe plus large que les précédentes lui avait permis de se placer. Alain se préparait à négocier le virage suivant, particulièrement aigu, lorsque, sans qu'il l'eût vu venir, Pierre le doubla. C'était au tour d'Alain, cette fois, de freiner pour ne pas percuter l'autre. Il ne l'avait pas fait.

L'inévitable s'était produit. Il avait heurté de plein fouet le vélo de Pierre. Le choc avait projeté la machine contre le parapet bordant la route. Pierre avait disparu, happé par le vide, et gisait dix mètres en contrebas. Dans le coma.

Peu importait que la vérité officielle, établie au lendemain du drame, sur place, et consignée dans le rapport de la gendarmerie, fût différente et qu'elle ne mentionnât pas la collision. Alain Clariond, selon cette version, menait d'une dizaine de mètres, et Pierre, lancé à sa poursuite, avait raté le virage qu'il avait abordé à trop grande vitesse.

Peu importait ce mensonge dont Clariond, seul témoin des faits, était l'auteur. Sa culpabilité ou son innocence se situaient ailleurs et tenaient en une question si redoutable dans sa simplicité qu'il s'ingéniait, depuis cinq ans, à ne pas se la poser parce qu'il n'en connaissait que trop la réponse.

Était-ce un crime ou un accident?

Cette nuit, pour la première fois, il avait frôlé l'aveu, se réservant d'aller plus loin dans cette voie lorsqu'il aurait la possibilité de mettre en balance la faute d'hier et le bienfait d'aujourd'hui, l'un rachetant l'autre en un marché dont il avait lui-même fixé les termes, aussi arbitrairement qu'autrefois lorsqu'il se disait, en marchant le long d'un trottoir : « Si je ne pose le pied sur aucun interstice entre deux pierres de bordure, elle ouvrira sa porte, et nous ferons l'amour... »

... A cette différence près qu'aujourd'hui l'arbitraire devenait sa vérité et que, selon celle-ci, le destin de Brabant et le sien propre ne s'étaient pas croisés par hasard.

Il se hâtait vers la place d'appel en s'efforçant d'oublier ses frayeurs. L'aube, avait dit Brabant, balaie les phantasmes de la nuit. Ils lui collaient encore à la peau, peut-être parce que l'aube se faisait attendre. Il y en avait pour une bonne heure avant que la lumière aveuglante des projecteurs ne commence à jaunir et que miradors et barbelés ne surgissent du gris sale des fins de nuit.

Entre les baraques, les lumières étaient rares et dans certains passages l'obscurité était totale. On s'y heurtait sans même se voir. Au sortir de l'une de ces zones d'ombre, une poigne anonyme saisit Clariond au bras et le tira en arrière.

– Alfred m'a chargé de te remettre ça.

C'était un rouleau de papier plus léger que la boîte attendue, mais plus encombrant. Dans l'ombre, les traits du commissionnaire n'étaient pas identifiables.

– Qui es-tu?

– Qu'est-ce que ça peut te faire?

Il tendit le rouleau.

– Prends!

Alfred avait été invisible la veille au soir. Ce matin, il lui envoyait un *Läufer* pour ne pas avoir à le rencontrer.

– Tu planques mon copain, lui avait dit Clariond, et moi je marche dans ta combine.

L'un n'allait pas sans l'autre. Alfred avait accepté le marché mais ne tenait pas ses engagements. En bonne logique, Clariond devait refuser de tenir les siens.

– Dis à Alfred de faire ses commissions lui-même.

C'est effectivement ce qu'il eût fallu dire. Clariond avait les mots aux lèvres, mais il n'arrivait pas à les prononcer. Le rouleau tomba à ses pieds.

– Je n'ai pas de temps à perdre, dit le *Läufer*. Prends ou ne prends pas, je m'en fous. Tu t'expliqueras avec Alfred.

Il lâcha le bras de Clariond et se fondit dans le noir.

La rage au cœur, Clariond ramassa le rouleau, qu'il aplatit et serra contre sa peau, à l'aide de la ficelle qui lui tenait lieu de ceinture. Il était inutile de discuter avec l'abruti de *Läufer*. C'est au retour du commando qu'il faudrait trouver Alfred et obtenir de lui qu'il tienne parole. Il l'y contraindrait. Parfaitement, il l'y contraindrait.

La perspective de cette victoire le revigora, et c'est avec un moral retrouvé qu'il rejoignit sa place à côté de Brabant, dans le carré du block 13 en cours de rassemblement.

– Alors, cette boîte?

– Ce n'est pas une boîte mais du papier, un rouleau de papier.

– Fais voir.

Il défit les bords du rouleau et le remit en place.

– Des livres sterling, dit-il, en billets de cinquante. Ça vient directement du block 19.

Il tâta le ventre de Clariond.

– Tu vas nous passer ça comme un grand!

– Ne t'en fais pas pour moi.

– Dis donc, ça a l'air d'aller mieux que la nuit dernière!

Clariond sourit.

– Je pense avoir de bonnes nouvelles pour toi ce soir.

– Vrai?

Comme l'autre jour, il se piégeait lui-même afin de s'interdire toute retraite, et tirait allègrement des traites sur l'avenir.

– Comment as-tu fait?

– Il fallait que ça passe ou que ça casse! J'ai mis le marché entre les mains d'Alfred. « Je passe ta camelote et tu planques mon copain. Tu refuses, moi aussi. » Tu sais, ajouta-t-il en se rengorgeant, leur machine est moins robuste qu'il n'y paraît. A condition de le vouloir, même des minables comme nous pouvons la bloquer.

Brabant était-il dupe? Sans doute pas. Mais Clariond avait un besoin si éperdu de croire en lui-même, qu'il eût été cruel de dégonfler le mythe dans lequel il se complaisait.

– *Stillgestanden* [1]!

Le *Schreiber* effectua son premier comptage. Neuf cent trente-trois présents sur les rangs, plus onze allongés en bout de file : neuf cent quarante-quatre au total :

– *Es Stimmt!*

Le pithécanthrope, bien sûr, n'était pas d'accord. L'un suivant l'autre, ils reprirent aussitôt les figures de leur pas de deux.

Brabant, apparemment indifférent à son propre sort, que ce fût par nature ou à force de volonté, semblait avoir abaissé sa garde. Il avait rajeuni d'un coup et s'était mis à ressembler au jeune homme qu'il avait sans doute été. Même sa voix avait changé. Elle traduisait une allégresse difficilement contenue.

– Clariond, c'est vrai ce que tu m'as dit?

1. Garde à vous!

A le voir brusquement transformé, Clariond comprit ce qu'il lui en coûtait de se blinder contre les attaques du monde extérieur.

Pour l'heure, cette transformation reposait sur une supercherie. Soit. Mais demain, par lui, une réalité vivante l'effacerait. Clariond se voyait contraint à la confiance dans ses chances de forcer le succès. Et cette perspective le remplissait de joie.

– C'est vrai, dit-il.

Brabant ferma les yeux. Sa main chercha celle de Clariond et la serra longuement.

Là-bas, au bout des rangs, le *Schreiber* et le pithécanthrope s'engueulaient. Neuf cent quarante-quatre, disait l'un. Quarante-trois, s'entêtait l'autre. L'engueulade faisait tache d'huile, se mettait à gravir les échelons, et finissait par exploser en une colère sacrée, celle du maître des lieux, foudroyant dans un même anathème l'incapacité des uns et l'infamie des autres.

Clariond et Brabant se regardèrent et furent pris d'un irrépressible fou rire. Dans ces conditions, le passage de la tour n'apparut à Clariond que comme une formalité. Il l'aborda sans la moindre appréhension et ce fut avec désinvolture, en vieil habitué des franchissements de frontières, qu'en entrant dans la baraque il jeta sur la table le rouleau de sterling.

– Voilà tes papiers, dit-il à Werner.

– Il y a deux bâtiments, fit l'*Oberkapo*, le I et le II. A leurs quatre faces, nord, est, sud et ouest, correspondent les sigles N, E, S et W. Chaque cache est localisée au moyen de deux numéros, le premier permettant de déterminer la hauteur du scellement. On l'obtient en comptant le nombre de briques de bas en haut, à partir du ciment des fondations. Le second indique la distance entre le pilier d'angle gauche, en faisant face au bâtiment, et la cache. On compte les briques depuis le pilier jusqu'à l'emplacement à localiser. Ainsi, par exemple, le code II-W-15-148 signifie que la cache recherchée se trouve sur la face ouest du bâtiment nº II, au niveau de la quinzième brique à partir des fondations et sous la cent quarante-huitième à partir du pilier de gauche. C'est simple, non?

Heinkel avait voulu du solide et c'était tant mieux. Car dans l'épaisseur des murs stipulée par contrat – trente-trois centimètres – il était facile d'aménager des caches de dix centimètres de largeur sans limitation de longueur. L'évidement était obtenu en utilisant une ou plusieurs briques brisées par le milieu.

– Le coup de main n'est pas difficile à acquérir, expliqua Werner. Même les primates ukrainiens y parviennent. Tu tiens ta brique dans ta main gauche, comme ça, ta truelle dans ta droite, tu prends ta mesure et tu frappes un coup sec avec le tranchant.

Une journée devrait suffire à faire de toi un maçon. Tu seras seul sur ton chantier. Ton travail consistera à monter ton mur en ménageant dans son épaisseur un évidement correspondant au volume de la camelote à planquer. Au-dessus de l'évidement, tu monteras au moins trois rangées de briques. Tu commences demain.

– Et les papiers d'aujourd'hui ?

– Les sterling ? Ils sont destinés au *Meister* et à l'oustachi qui en ont l'utilisation immédiate. Pas nous. Avoue que nous serions stupides de thésauriser de la fausse monnaie quand nous avons de l'or sous la main, fit-il en rigolant.

Autour d'eux, la ronde des brouettes battait son plein. Le rythme des galoches sur le chemin de planches et les cris des cochers stimulant les attelages de pantins rayés formaient un fond visuel et sonore auquel on s'habituait, si bien qu'après un jour ou deux on ne remarquait plus ce que la scène avait d'insolite. Rien, finalement, ne s'acquiert aussi facilement qu'une mentalité de nanti. Il avait suffi d'un coup de pouce du destin pour que se creusât un fossé sans fond entre Clariond et les *Haeftlinge* anonymes du *Bauhof*. Le bénéficiaire de cette faveur en venait, avec un parfait naturel, à considérer qu'elle lui était due et qu'il n'y avait rien de commun entre lui-même et les êtres hâves et décharnés attelés à leurs brouettes brinquebalantes. Le *Prominente* fraîchement éclos ne les voyait pas, ne voulait pas les voir. Et si d'aventure ses fonctions le mettaient en contact avec eux, sa dureté dépassait généralement celle des « droits communs » blanchis sous le harnais à qui une longue pratique de l'assassinat avait fini par conférer une allure et des manières de patriarche.

Une brouette venait de dérailler sous leurs yeux. Pour le *Vorman* [1], soucieux de se démarquer des maladroits qui perturbaient la cadence du trafic, une réaction vigoureuse s'imposait. Le résultat n'avait pas récompensé l'intention. Les yeux hors de la tête et le bâton à la main, il s'était précipité sur le coupable.

– Remets cette roue en place, sinon...

La roue s'était enlisée jusqu'au moyeu et les efforts prodigués pour la dégager avaient déséquilibré la brouette, dont le chargement de briques avait versé dans la boue devant les yeux de l'*Oberkapo* qui regardait la scène avec, aux lèvres, son sourire des mauvais jours.

Il était intervenu, patelin :

– *Vorman*, ne vois-tu pas que cet homme n'a pas la force de désembourber tout seul la roue de sa brouette ?

1. Chef d'équipe.

La fureur du *Vorman* lui avait fait perdre toute prudence :

– Pas la force, ce simulateur, ce saboteur, vous en avez de bonnes ! Je vais vous montrer comment...

– Tu ne vas rien me montrer, mais te mettre au boulot avec ce type, vite fait !

– Je suis *Vorman*, protesta l'homme, indigné.

– Tu étais *Vorman*, rectifia Werner d'une voix suave. Tu ne l'es plus. Te voilà *Haeftling*. C'est aussi simple que cela.

Se tournant vers Clariond, il lui demanda :

– Crois-tu en Dieu ?

– Curieuse question ! Non, je n'y crois pas.

– Tu as tort. Dieu est tout-puissant, mais totalement imprévisible. Il te sort du néant et t'y replonge sans raison apparente.

– Pour une fois au moins, répliqua Clariond, c'est le coupable qui a payé et non l'innocent.

Werner s'esclaffa.

– L'innocent, c'est toi. Le connard, avec sa brouette embourbée, est un saboteur. Il sera puni comme tel.

– Et le *Vorman*, alors ?

– Le *Vorman* aussi est un saboteur, puisqu'il n'a pas empêché le sabotage. Dieu est imprévisible, mais il a l'œil, Clariond, ne l'oublie jamais.

Il prit un temps.

– Parle-moi plutôt de ton petit protégé. Tu y tiens tant que ça ?

Clariond sursauta :

– Alfred t'a mis au courant ?

– Bien sûr. Cela fait partie d'un tout. Tu tiens à lui, n'est-ce pas ?

Il y avait dans la question une connivence graveleuse que Clariond ressentit comme une insulte.

– Ce n'est pas ce que tu crois, dit-il d'un ton sec.

– Mais je ne crois rien du tout. Ce... Comment déjà ?

– Brabant.

– C'est cela. Ce Brabant, tu tiens à lui et tu as raison. Il n'y a rien de plus beau que l'amitié. Pour te rendre service, nous allons le planquer. Et il le restera tant que toi-même tu nous rendras service. C'est ce qu'on appelle un échange de bons procédés. Mais si, par malchance...

– Inutile d'insister, j'ai compris.

– Alors, c'est parfait. Ton protégé va remplacer Karl. Je ne sais pas si tu te rends compte. Ce sera la première fois qu'au camp un Français sera élevé à la dignité – si l'on peut dire – de *Kalfaktor*. La limite d'âge, pour ce boulot, est en général dix-huit ans. Les titulaires sont allemands ou plus souvent polonais.

– Pourquoi polonais ?

Werner cligna de l'œil.

– Parce que les Polonais ont des dispositions particulières pour entretenir le feu. Tu vois quelle faveur on te fait. Ton Brabant a dépassé la limite d'âge, il n'est ni allemand ni polonais et, d'après ce que tu me dis, il ne sait pas entretenir le feu.

– Et Karl, qu'est-ce qu'il devient ?

– Il adore le grand air et le retrouvera, avec une brouette en prime.

Clariond avait craint des heurts entre Brabant et Werner, et fut heureux de constater qu'ils s'entendaient à merveille. L'*Oberkapo* aimait à se raconter et trouvait chez Brabant une oreille attentive.

Un Français qui tenait à peine sur ses jambes, un enculé d'intellectuel radoteur, s'était dit Werner, on allait rigoler !

– Sais-tu qui je suis ? lui avait-il demandé le jour de son arrivée au commando.

– Un industriel qui a eu des malheurs, avait répondu Brabant.

Et il avait ajouté :

– Des malheurs qui eussent pu être évités.

– Je me demande bien comment.

– C'est pourtant élémentaire. Si, comme infirmière, la Pia Wagner était moche à faire peur, comme générale, elle ne pouvait être que désirable. Il fallait la sauter, Werner, ou confier la tâche à un spécialiste. Toi qui es de la partie, tu aurais dû savoir qu'une fois débarrassée de ses complexes et de ses inhibitions il y avait de fortes chances qu'elle se révèle une pouliche insatiable. A partir de là, elle était à ta main.

Werner en était resté bouche bée pendant une bonne seconde, puis avait raillé, non sans un brin de considération, la façon dont ce blanc-bec de Français se risquait sur un terrain qu'il n'avait pas dû fréquenter bien souvent.

– C'est ça qu'on t'a appris dans tes écoles ?

– Pas exactement. Mais on m'a appris à voir et à comprendre. C'est pourquoi le camp ne m'a pas surpris. Je le trouve même d'une logique exemplaire.

– Et ta planque au *Bauhof*, elle est logique aussi ?

– Parfaitement. Le procédé est vieux comme le monde. L'Histoire fourmille d'exemples de princes ayant séjourné à la cour d'un pays étranger comme garants de la bonne foi du leur. Ils y menaient une existence dorée, mais néanmoins menacée. On ne prononçait pas le mot d'otages parce qu'on était bien élevés, mais, si les relations entre les deux pays tournaient à l'aigre, les princes étaient expédiés par le poison, la dague ou tout autre moyen en usage au temps où la culture de masse n'avait pas encore tué les poètes.

Werner était totalement perdu dans ces histoires d'otages et de cours princières. Il croyait aux mœurs sinon à la morale du monde des voyous et découvrait avec étonnement que, sous une apparence et un vocabulaire différents, le meurtre et le chantage faisaient partie de la panoplie de moyens dont se dotaient tous les puissants, qu'ils fussent rois de la pègre ou princes du sang.

Cette rencontre ne le flattait pas : les duchesses n'avaient rien à faire au bordel. Lorsque à la belle époque du Berlin des années vingt, dans l'un ou l'autre des établissements qu'il contrôlait, se pratiquait le mélange des genres, il faisait payer au prix fort ce qu'il considérait comme une intrusion de fâcheux sur ses terres.

– Comme royaume, plaisanta-t-il, le *Bauhof* n'est pas de premier choix et, comme palais, la baraque fait un peu miteux.

– Tout est à l'échelle, répliqua Brabant : ton sceptre, ton peuple, ton armée et ta cour.

– Où tu es prince, si j'ai bien compris ?

– Pourquoi pas, puisque tu es roi ? Mais moi, en plus, je suis otage, sans rire et pour de bon.

Werner se tourna vers Clariond :

– Il me plaît, ton copain.

On frappait à la porte de la baraque. C'étaient l'oustachi et l'*Obermeister*, qui en avaient assez de patauger sous la pluie et qui venaient se faire offrir un café.

– Karl n'est plus là ? demanda l'*Obermeister* en voyant un inconnu s'affairer devant le poêle.

– Je l'ai remplacé.

L'*Obermeister* jeta un coup d'œil à la silhouette dégingandée de Brabant et aperçut l'initiale noire sur le rouge du triangle de poitrine.

– Mais il est français ! s'écria-t-il. Werner, c'est une manie chez toi !

– Tu as quelque chose contre les Français ?

L'*Obermeister* tira sur les pans de sa veste et rectifia la position, torse bombé.

– Nous sommes en guerre, tu l'oublies. Nous devons...

– Lutter, mourir, travailler, produire, nous sacrifier, je suis au courant ! T'as pas fini de nous faire chier ? Dès que tu l'ouvres, c'est pour parler de sabotage. Qu'est-ce que tu fais d'autre, toi, et qu'est-ce que nous faisons d'autre, moi, l'oustachi et les deux crevards de Français? Tu sabotes, je sabote, nous sabotons. Si t'avais la moindre morale, tu te porterais volontaire pour le camp, comme interné. Mais t'as pas de morale, tu nages dans la pourriture, comme nous. Alors nage, et ferme ta gueule...

L'*Obermeister* suffoquait d'indignation.

– Tu oublies à qui tu parles, éructa-t-il, et qui tu es. Un mot de moi et tu te balances au bout d'une corde.

– C'est vrai. Mais tes amis sont curieux. Avant de me pendre, ils voudront connaître le nom de mes complices. Et moi je leur servirai tout chauds celui d'un cadre du Parti et d'un *Scharführer* S.S.

Ralkovic protesta :

– Pourquoi moi?

– Parce que cet imbécile doit savoir que s'il ne file pas droit tu lui feras la peau à seule fin de sauver la tienne. Au billard, cela s'appelle jouer par la bande.

C'était en tout cas bien joué. On trinqua au cognac – un cadeau de Ralkovic – et l'on se quitta bons amis, puisqu'il n'y avait pas d'alternative à l'amitié, hormis une catastrophe qui n'épargnerait personne.

Werner se tourna vers Brabant :

– Tu connaissais le jeu par la bande?

– Bien sûr. Les gouvernements ne font pas autre chose. Ils appellent ça la sécurité collective. L'Anglais est l'allié du Français qui est allié au Russe, qui garantit le Serbe. En face, l'Allemand est l'allié de l'Autrichien qui veut la peau du Serbe. Le Serbe, je te demande un peu! On ne va tout de même pas foutre le feu à l'Europe pour une histoire de Bosniaques. Eh bien, si, et ça donne la guerre de 14. Au moins pourrait-on croire que l'expérience a servi. Pas du tout. On remet ça. Alliance, sécurité collective, garanties à la Pologne, cette fois-ci. Tu connais la suite. Vois-tu, Werner, ton truc fonctionne au niveau des individus parce que l'instinct de conservation leur tient lieu de sagesse. Mais les gouvernements ignorent l'instinct de conservation et la sagesse des nations est un vain mot. Aussi les pactes garantissent-ils, en fait, à ceux qui les ont signés, une implication dans les conflits qu'ils devaient servir à désamorcer. Et ça paie! Il y a eu vingt millions de morts la dernière fois. Ce coup-ci, on est parti pour le double. Aucune importance : le terreau de la guerre est fertile. Songe que les responsables de la prochaine sont déjà nés, mais que, sous les dehors de bambins adorables, de fils respectueux et de jeunes gens pleins d'avenir, leur monstruosité est encore indécelable. Une chose est sûre en tout cas : la relève est assurée.

– Merde, dit Werner, tu me foutrais le bourdon avec tes histoires. T'en connais pas de plus gaies?

Dans l'échelle des peines, le « vingt-cinq sur le cul » venait au second rang, juste après la pendaison. Pendant plusieurs jours, le sort de Gerson était resté incertain. La corde ou le chevalet? Son affaire s'instruisait à la *Politische Abteilung* pendant qu'il abattait ses soixante tours de piste quotidiens avec les marcheurs de la *Strafe*. Ce fut le chevalet, mais, selon l'usage, il n'en fut informé qu'au tout dernier moment, le samedi à l'appel du soir.

Il y avait une semaine qu'il marchait. Trois fois, il avait été convoqué à la *P.A.* et en était ressorti après qu'on l'y eut battu avec une relative modération. Il s'en était d'abord réjoui, mais à la réflexion, et à mesure que passaient les jours, la mansuétude dont il bénéficiait lui était apparue de mauvais augure.

Brabant lui avait annoncé que, selon toute probabilité, il allait avoir accès aux bulletins d'information de la radio anglaise et Gerson avait tenu à lui donner sans tarder les noms des quatre internés qui servaient de relais pour la diffusion du bulletin. Il n'y avait que deux communistes parmi eux. Le troisième était de gauche, sans plus. « Un social-traître », avait plaisanté Brabant. En entendant le nom du quatrième, il s'était franchement étonné.

– Mongredien? Tel que je le connais, il ne doit pas être de tes amis?

– Il n'est pas de mes amis. Il est mon ami, ce qui est différent.

– Ça ne doit pas plaire aux tiens.

– Ils ont dû s'y faire.

– Détrompe-toi. Ils font semblant, et ils te rattraperont au tournant.

Mongredien était un agent du B.C.R.A. qui avait été capturé à son cinquième parachutage en zone occupée. Identifié, interrogé sans répit pendant des semaines, aucune torture ne lui avait été épargnée. Ses doigts en spatule auxquels manquaient les ongles, son visage irrégulièrement bosselé et les chicots pointant dans le trou noir de sa bouche en témoignaient. Il s'acharnait à vivre et à se taire. Au moins une fois par mois, il était conduit en voiture à Berlin, et en revenait toujours plus amoché.

– Comment l'as-tu connu?

– Nous sommes arrivés par le même transport. Il était à côté de moi dans un tel état qu'il ne pouvait pas remuer. Il avait hérité de la plus sale place, contre la tinette. Et tu sais que, dès le deuxième jour, elle débordait à chaque cahot. De toute façon, il valait mieux que ce soit lui qu'un autre, car il était à moitié inconscient et paraissait n'avoir que quelques heures à vivre. Dans le wagon, on se battait pour un quart de flotte. Lui n'était même pas capable d'en demander. Personne d'ailleurs ne lui en aurait donné. Ça m'a révolté. Alors...

– J'ai compris. Qu'ont dit tes copains?

– Que le B.C.R.A. était un nid de fascistes, que lui-même était un ennemi de classe, un anticommuniste viscéral, des conneries, quoi! Assez causé. Pour Mongredien, tu es d'accord?

– Oui, mais pourquoi ne pas diffuser le bulletin toi-même? Je pourrais t'apporter mes informations chaque soir et tu les transmettrais à tes quatre contacts, comme tu avais l'habitude de le faire.

Gerson avait hoché la tête.

– Inutile de se bercer d'illusions, dit-il. L'écoute de la radio anglaise est, en soi, un crime majeur. Perpétré dans un camp, sa gravité est décuplée. Je suis bon pour la potence.

– Pas forcément, répliqua Brabant, sans conviction. Regarde Mongredien. A côté du tien, son dossier est épais comme un bottin. Et pourtant il vit.

– Justement! Lui, on l'interroge et on lui casse la gueule parce qu'on est certain qu'il a quelque chose à avouer et qu'on espère qu'à la longue il finira par craquer. Mais moi? Mon cas est tout net, tout simple, limpide. Je ne vaux même plus un passage à tabac.

Comme tous ceux qui s'attendaient à une sanction, Gerson était pâle, en se rendant à la place d'appel ce samedi-là. La potence dressée en permanence faisait face au pupitre du *Rapportführer*. Elle allait servir, au moins deux fois, ainsi que l'indiquaient les nœuds jumeaux dont l'ouverture bâillait en l'attente du client. A côté de la potence, le *Bock*, un chevalet de bois qu'on installait pour la circonstance et sur lequel serait lié le condamné à la bastonnade.

Le *Bock* ou la potence? Pendant l'interminable comptage, ceux qui se savaient menacés, parce que pendant la semaine ils avaient eu maille à partir avec un kapo ou un *Vorarbeiter*, craignaient le pire : il leur fallait attendre la fin de l'appel pour savoir s'ils faisaient partie du lot des punis. Mais ils n'apprenaient la nature de leur condamnation que l'un après l'autre, lorsque lecture leur était donnée de la sentence qui les frappait.

L'attente pouvait durer longtemps. Si, tout compris, une pendaison était expédiée en moins de cinq minutes, un « vingt-cinq sur le cul », entre la lecture de la sentence, la mise en position du condamné sur le *Bock* et le temps s'écoulant entre les coups avec les arrêts éventuellement nécessités par une perte de conscience du patient, demandait deux fois plus de temps. Pour une séance ordinaire, comportant deux pendaisons, trois schlagues à vingt-cinq coups et cinq à dix coups, il fallait compter une bonne heure pendant laquelle les punis suivaient en spectateurs privilégiés le déroulement du supplice qu'ils allaient endurer.

– 49583!

Pâle comme la mort, Gerson quitta les rangs et fit face au *Lagerführer.* Derrière son pupitre, le *Rapportführer* fourrageait dans ses papiers et suait à grosses gouttes.

– Alors, cette décision?

– Je la cherche, *Herr Lagerführer.*

Le *Bock* ou la potence? Il y avait un pendu sous le gibet. Le second nœud coulant demeurait vacant, et ils étaient une dizaine à se demander à qui il était destiné. Certes, ils voulaient vivre. Tous, au moment où ils s'alignaient, face au *Bock,* avaient le désir éperdu de s'en tirer au prix de quelques bons coups, dix, vingt, vingt-cinq même s'il le fallait. Mais, après avoir assisté au passage de deux « vingt-cinq » sur le *Bock,* ils se demandaient si la pendaison, avec son horrible mais brève gesticulation, n'était pas préférable. Vu de près, le spectacle avait de quoi glacer le sang des plus endurcis.

Le condamné devait compter les coups, et d'avance. Il les commandait en quelque sorte.

La schlague mesurait un mètre de long. Elle était constituée de deux nerfs de bœuf tressés autour d'une tige d'acier souple, le tout gainé de cuir. Le bourreau l'élevait à deux mains au-dessus de sa tête.

– Alors, ça vient? menaçait-il.

Le condamné se mordait les lèvres.

– Un, finissait-il par dire, la voix étranglée.

La schlague s'abattait en travers de ses fesses dénudées. Les punis pouvaient voir se former, dans la seconde qui suivait, deux longs bourrelets entre lesquels s'encastrait un sillon rose, puis rouge, violet, noir, eût-on dit, d'un sang empoisonné.

Entravé aux chevilles et aux poignets, le corps du supplicié s'arquait, si brutalement qu'il décollait des lattes de bois contre lesquelles il était plaqué. Les spécialistes disaient qu'il fallait laisser à l'onde de douleur le temps de se propager et attendre son reflux avant de frapper le coup suivant.

– *Los!* pressait le bourreau.

– Deux!

La voix était à peine audible.

– Plus fort.

– Deux!

Un bon bourreau ne frappe jamais deux fois de suite au même endroit. Il prépare le terrain, un peu comme un cultivateur retourne son champ avant de l'ensemencer. Celui de Sachsenhausen, un vert d'une cuvée d'avant-guerre, avait derrière lui quatre ans de pratique auxquels il convenait d'ajouter l'expérience acquise au cours d'une carrière bien remplie de tueur à gages.

Le deuxième coup atterrissait sur le haut des cuisses et sur chacune d'elles prenait le nerf sciatique par le travers. La fulgurance de la douleur arrachait aux plus durs un râle de bête à l'agonie... L'onde, cette fois-ci, se propageait depuis le bassin jusqu'au bout des orteils en un trait de feu qui, après un premier parcours rapide comme l'éclair, refluait en prenant son temps.

C'est à ce moment que l'orchestre, cuivres et percussions, attaquait la marche du Prinz Eugen, qui était devenue, on ne sait pourquoi, l'indicatif du « vingt-cinq sur le cul », l'*Hymne à la joie* de la *IX*ᵉ étant réservé aux pendaisons.

Pour le commun des quarante mille présents à l'appel, le spectacle, qu'il apercevaient à travers une forêt de crânes, n'était qu'une suite d'images sans consistance, une agitation dénuée de signification, muette de surcroît. Tout juste, de temps à autre, percevait-on, entre les flonflons et les roulements de caisse de l'orchestre, un cri qui ne s'inscrivait dans aucun contexte visible, désincarné en somme et qui, de ce fait, était dénué de charge émotionnelle.

– Trois!

Le coup enveloppait les reins. Il n'était plus brûlure ardente mais écrasement, broyage sous une masse gigantesque, de l'être entier dont chaque organe, poumon, cœur, cerveau, foie, agressé séparément, endurait sa propre douleur. Chacune se frayait son chemin, rencontrait les autres, se conjuguait à elles, s'amplifiant à leur contact, en un tourbillon vertigineux où, à de rares exceptions près, s'abîmait la conscience du condamné.

Le bourreau le ranimait d'un ou deux seaux d'eau, mais en tout cas observait une pause après le troisième coup. L'étape franchie était importante. Elle lui avait permis de délimiter son champ d'opération et de le diviser en deux zones dans lesquelles s'abattraient alternativement les coups à venir.

Libéré de ses entraves, le second « vingt-cinq » avait glissé à terre. Deux détenus avaient été chargés de le ramener dans les rangs, et avaient tenté mais en vain de le redresser. Il était flasque comme une poupée de son, et difficile à manipuler. Sommés de faire place nette, ils l'avaient saisi aux aisselles et l'avaient traîné jusqu'à la place des « allongés ».

Gerson sentit son ventre se contracter et se demanda si, au premier coup, ses intestins n'allaient pas le trahir. Il en avait été ainsi du malheureux tout juste libéré de ses liens, dont il avait vu avec dégoût les fesses se recouvrir d'une bouillie de chair, de sang et d'excréments que barattait la schlague. Plus que la perspective des coups, l'idée qu'il puisse être exposé à pareille honte lui était insupportable. Le nœud coulant, finalement, lui paraissait préférable.

Le *Rapportführer* avait retrouvé le document égaré.

– 49583, gueula-t-il. *Fünfundzwanzig am arsch*[1]!

Le texte détaillé du jugement, émis au nom du peuple allemand, dûment motivé, avec attendus, références, et comme il se doit paraphé, signé, estampillé, remplissait une page entière d'un papier à l'en-tête du ministère de la Sécurité du Reich. Le *Rapportführer* le tendit à son chef, en accompagnant son geste d'un claquement de talons tout militaire.

Gerson prit connaissance de la nature de sa punition avec une subite indifférence, sans doute parce qu'il se sentait parvenu au degré ultime de l'aliénation. Étranger à lui-même. C'était son double passif, résigné, abruti qui se tenait debout, face au *Lagerführer* en train de lire l'énoncé du jugement. Qu'il n'en comprît pas un traître mot n'avait pas d'importance. Les jugements ne sont pas faits pour être compris.

Sans attendre que la poigne du bourreau le saisisse au bras, il s'avança de lui-même jusqu'au *Bock* et plaça ses chevilles dans les encoches semi-circulaires du carcan de bois qui, une fois verrouillé, les immobiliserait.

Clariond avait remarqué le mouvement. Il poussa Brabant du coude.

– Je crois que c'est le tour de Gerson, dit-il.

Brabant ne réagit pas. Il avait les yeux fermés. Dans son visage, plus pâle encore que d'habitude, les traits semblaient de cire. Seules ses lèvres remuaient.

Clariond insista :

– Il semble qu'il ait droit à la schlague.

Une imperceptible crispation des paupières indiqua que Brabant avait entendu. Mais il ne dit mot, du moins à voix haute. S'il parlait, c'était pour lui-même ainsi que font les fidèles accompagnant en silence la prière d'un récitant.

C'en était peut-être une, après tout. A diverses reprises, Brabant lui avait affirmé qu'il n'avait pas la foi et que, s'il l'avait eue, le camp se serait chargé de la lui faire perdre. C'est ce que l'on dit quand la tête va bien. Mais, que vienne la panique ou qu'un trop-plein de désespoir noie la raison, le premier bout de

1. Vingt-cinq sur le cul.

bois venu prend l'allure d'une planche de salut. Il arrive, alors, que le besoin de prier s'impose, et parfois contre toute attente, comme chez ces Russes qu'un pouvoir à l'athéisme virulent avait prétendu libérer des superstitions d'un autre âge, qui même pendant vingt ans avaient craché sur les icônes et qui aujourd'hui se signaient d'un geste furtif, en baisant leur pouce, avant que le bourreau entrave leurs poignets.

Gerson ne cria pas. Brabant l'accompagna de sa muette prière, lui et ceux qui lui succédèrent, et ne rouvrit les yeux qu'après qu'eut retenti l'ordre de rompre les rangs.

Impossible, pour le rescapé de la schlague, de s'allonger sur le dos pendant au moins deux semaines. Le temps que se cicatrisent les sillons de sa chair éclatée. Et encore à condition que l'infection ne s'y mette pas, ce qui était rare. L'absence d'hygiène et de ressources médicales, l'abolition des défenses dans des organismes minés par la famine en favorisaient la propagation.

Après la séance du samedi, un médecin faisait le tour des baraques où, fesses à l'air, les patients geignaient sur leur paillasse. Il ne disposait en guise de pansements que de rouleaux d'un papier qui se désagrégeait au contact des plaies et, en matière de désinfectant, que d'une pommade brune et nauséabonde dont les propriétés antiseptiques étaient loin d'être prouvées.

C'était un Français, du nom de Coullomb, qui, pendant vingt ans, avait été chirurgien à l'hôpital des Houillères du Nord. Lors de la grève de 1941, sa solidarité avec les mineurs lui avait valu d'être arrêté et déporté en même temps qu'eux. Non qu'il eût approuvé leur mouvement, au contraire. « Un geste inutile, avait-il dit, mais qui vous coûtera cher. » Le prix avait été exorbitant, surtout pour lui. Il lui eût suffi de se tenir tranquille pour éviter la déportation. C'est le contraire qu'il avait fait. Communiste, comme les mineurs ? Non, pas même compagnon de route. Mais ils vivaient ensemble, pour le meilleur et pour le pire, depuis vingt ans. Le pire survenait, et il restait avec eux. C'était aussi simple que cela.

Depuis un an, Coullomb était médecin au *Revier* II. Officiellement adjoint du médecin-chef S.S., Fieseler, mais en réalité médecin-chef lui-même. Il y avait au camp d'autres praticiens d'une valeur professionnelle égale à la sienne, des personnalités tout aussi brillantes, d'un dévouement et d'un courage comparables aux siens. Aucun toutefois n'avait jamais réussi à s'imposer auprès des S.S. ainsi qu'il l'avait fait. Il était à la fois une autorité et un recours que personne ne discutait.

– Tu as bien choisi ton jour, dit-il à Gerson avec jovialité. Je t'ai apporté de l'aspirine, de la vraie, et de quoi te mettre les fesses à neuf. Allez, au travail!

Patiemment, il avait enlevé les peaux souillées, coupé les lambeaux de celles qui tenaient encore et nettoyé au Dakin les sillons encrassés d'une boue violacée.

– Du Dakin, tu te rends compte? Ça fait des mois qu'on n'en avait pas vu au *Revier*. Et même des compresses...

En moins de dix minutes, il en avait fini.

– Demain, tu te reposes, dit-il. Lundi, tes fesses cuiront pendant les premiers kilomètres. Il se peut qu'elles se remettent à saigner, mais ça n'ira pas loin.

Il se tourna vers Brabant et son regard se fit aigu.

– Toi, je veux te voir demain après-midi. Ne te fais pas inscrire à la visite, c'est inutile.

Il réfléchit une seconde.

– On m'a dit que Clariond t'avait trouvé une planque.

– *Kalfaktor* au *Bauhof*.

Coullomb hocha la tête admirativement.

– Chez Werner?

– Oui.

– Tu peux dire que tu as des relations. Mais, entre nous, il était temps de te sortir du *Schuhläufer*. Tu bouffes au moins, chez ton *Oberkapo*?

– Tellement que c'en est honteux!

– Alors, tu as tes chances. A demain, n'oublie pas.

Il semblait à Clariond qu'il avait quitté depuis une éternité le monde des vivants ordinaires. Celui du camp était à ce point hostile, la laideur, la faim, la bêtise, la cruauté s'y étalaient avec une telle complaisance, l'atmosphère qu'elles dégageaient était à ce point délétère, que le nouvel arrivant suffoquait en la respirant.

Certains ne s'y faisaient pas, essentiellement parce qu'ils refusaient d'accepter, moralement s'entend, de composer avec la violence qui leur était faite. En général, cette révolte les perdait, car ils n'étaient pas taillés pour l'assumer.

Pour survivre, avait dit Brabant, il faut une clé, un masque plutôt, capable de filtrer les miasmes que dégage ce marais pourri. Celui que Clariond s'était posé sur le visage interdisait tout apitoiement, sur les autres aussi bien que sur soi. Il n'était pas certain qu'il se révélerait étanche en toute circonstance, mais aujourd'hui il avait fonctionné. La schlague et les pendaisons s'étaient inscrites dans le déroulement des faits qui avaient jalonné la journée, au même titre que la soupe ou l'appel, et ne l'avaient pas affecté. Cette insensibilité, qu'il considérait comme un gage de survie, lui permettait de se sentir à l'aise dans l'univers ubuesque du camp.

Mais, surtout, l'intime contestataire à l'affût de ses moindres défaillances, qui censurait jusqu'à ses intentions, avait été pris de court et réduit à quia. Bien qu'il ne lui en eût rien coûté – mais il l'oubliait volontiers – il avait rempli les termes du marché qu'il s'était imposé. Le sauvetage de Brabant rachetait la mort de Pierre, effaçait la culpabilité dont le sentiment l'avait poursuivi sans relâche. Ne fût-ce que pour lui avoir donné l'occasion de s'en libérer, les vicissitudes de la vie du camp ne pouvaient être considérées comme le mal absolu.

Dans un monde où la notion d'avenir ou simplement le lendemain n'avait pas de sens, Brabant échapperait, grâce à lui, aux travaux exténuants, au froid, à la faim et pour l'essentiel prévisible aux sévices corporels. Même si cette trêve était précaire, elle réconciliait Clariond avec lui-même. Il ne voulait pas voir au-delà et s'efforçait d'ignorer ce que signifiaient les mots de Coullomb s'adressant à Brabant :

– Toi, je veux te voir demain après-midi, en dehors de la visite régulière...

Eh bien, quoi ? Il constaterait ce que chacun savait : que Brabant était au bout du rouleau, mais aussi que dorénavant ses conditions d'existence lui permettraient de récupérer. Il s'était épuisé depuis six mois, mais il avait tenu. Bénéficiant désormais d'un véritable régime de convalescent, il serait impensable qu'il ne se remît pas. Affaire classée.

Brabant venait d'effectuer la tournée du bulletin auprès des quatre contacts de Gerson. Les deux communistes avaient accueilli ses informations avec une certaine suspicion, comme s'ils l'estimaient capable de les avoir sciemment tronquées. Chez l'un d'entre eux, l'hostilité perçait même sous la méfiance.

– Rien de plus sur le front de l'Est ?

– Non. Visiblement, c'est la pause.

Le mot « pause », avec sa connotation de mollesse bourgeoise, déplaisait visiblement.

– L'armée rouge ne fait pas de pause. Elle avance.

– Elle a avancé de sept cents kilomètres en moins d'un mois. C'est aussi épuisant pour les poursuivants que pour les poursuivis. Ce qui a été vrai pour les Allemands l'est aujourd'hui pour les Russes. Plus vite on avance, plus on s'expose. Les Russes ont repris Kharkov et n'ont pu s'y maintenir. Il aurait mieux valu qu'ils attendent d'être assez forts pour ne pas risquer de s'en faire chasser.

– Nous avons besoin d'informations, non de commentaires, surtout s'ils sont tendancieux.

Brabant n'était pas d'humeur à se laisser tancer. Il répliqua sèchement :

– Il y a des moments dans la vie où l'on se nourrit de ce que l'on trouve. Si mon menu ne te convient pas, change de cuisinier.

– Sûr qu'il me convient. D'ailleurs, ne menons-nous pas le même combat ?

D'un seul coup, le soupçon s'était évanoui pour faire place à la confiance. Suivait, comme à l'accoutumée, un long développement sur l'ennemi commun, l'identité de vues entre alliés, l'amitié scellée dans l'épreuve, tous les thèmes ressassés depuis deux ans dont, à moins de se boucher les oreilles et de se bander les yeux, il était impossible de croire qu'ils survivraient à l'écroulement de l'Allemagne.

Ce qu'il y avait d'émouvant chez les communistes, ceux de la base, c'était leur extraordinaire ingénuité. Ils croyaient à la bonne foi des leurs, au bien qu'ils incarnaient comme au mal qui gangrenait les autres. Si les responsables le leur assuraient, ils étaient prêts à admettre qu'il était possible de partager quelques-unes de leurs valeurs fondamentales avec leurs alliés du moment, quitte à en rejeter l'idée si le dogme venait à changer. La reconnaissance de la justesse de leur cause par des gens dont l'idéologie différait de celle qu'ils professaient desserrait un carcan dans lequel, l'habitude aidant, ils ne se rendaient pas compte qu'ils étouffaient. Il n'était pas, alors, de dévouement dont ils ne fussent capables, au point qu'il devenait nécessaire de leur rappeler que l'ouverture a des limites au-delà desquelles s'agitent, dans une ombre complice, les démons de la déviation, de la contestation, de la dissidence et finalement de la trahison.

Brabant revint à la baraque peu avant l'extinction des feux et gagna immédiatement sa couchette.

– Je ne donne pas cher de l'avenir de Gerson au sein du Parti, dit-il à Clariond.

Celui-ci s'étonna :

– Gerson ne vit que pour et par le Parti. C'est sa colonne vertébrale.

– Justement. Il ne le sait pas, mais la sienne est rongée. Il doute.

– Allons donc !

– Il a demandé à Mongredien ce qu'il pensait de la rumeur selon laquelle les hommes des Brigades internationales de retour en U.R.S.S., en particulier El Campesino, auraient été internés. Il s'est inquiété de l'analyse que l'on pouvait faire des raisons qui ont provoqué les purges d'avant 39, en dehors des motifs officiellement invoqués. Et puis, bien qu'il ne l'avoue pas, le pacte germano-soviétique lui est resté en travers de la gorge. Il en a également parlé à Mongredien, un type du B.C.R.A., tu te rends compte ?

– C'est Mongredien qui te l'a dit ?

– Oui. Il a ajouté qu'il croyait Gerson insuffisamment blindé pour supporter le choc de certaines vérités sur lesquelles il est resté volontairement évasif.

– Elles finiront par l'atteindre...

– Et le détruiront. Gerson est dès maintenant un hérétique. Au temps de l'Inquisition, il n'aurait pas coupé au bûcher. Pour les mêmes motifs, et non sans raison, le Parti le condamnera. On ne saurait lui faire reproche de défendre par le fer et par le feu des principes dont la négation signifierait sa disparition. Toutes les religions en sont là.

– Que te souffle la tienne ?

– Je crois t'avoir dit que je n'en avais pas.

– Pourtant, je t'ai vu prier.

Brabant eut l'air sincèrement étonné.

– Tu m'as vu prier, moi ?

– Pas plus tard que cet après-midi, pendant que Gerson recevait ses vingt-cinq coups. Tu priais pour un hérétique. Du Parti, il est vrai.

Brabant se recueillit une longue minute, puis parla comme à regret :

– Je t'ai dit un jour que le seul moyen d'avoir une chance de survivre était de parvenir à s'évader par l'intérieur, mais qu'aucune évasion n'était semblable aux autres et que chacun devait trouver sa voie. Je connais le secret de la tienne. L'avenir dira si elle te mène quelque part. Quant à la mienne, je n'en ai fait confidence à personne.

– Il m'avait semblé...

– Tu t'étais trompé. Je ne priais pas. Au contraire, dirai-je.

– Mais alors ?

– J'écrivais.

Clariond le regarda avec des yeux ronds.

– Tu écrivais quoi, comment ?

– Des poèmes. Non pour la poésie, mais pour le voyage. Je les écris dans ma tête. Non, je ne priais pas pour le salut de ceux qu'on suppliciait. Ne pouvant rien pour eux, je les avais abandonnés à leur sort. J'étais loin, si loin que leurs cris ne pouvaient parvenir à mes oreilles, que le camp et tous ceux qui le peuplent, victimes et bourreaux, avaient perdu leur réalité, étaient devenus une image dont la taille se réduisait sans cesse, comme si je la voyais de plus en plus haut. Des nuées légères en ont d'abord brouillé le dessin, puis l'ensemble a disparu d'un coup derrière un mur blanc de nuages. J'étais de l'autre côté de ce mur et c'est à Paris que je me retrouvais, dans le Paris de mes rêves, où nulle Gestapo n'était capable de me débusquer, car il n'existe que pour moi. Ecoute plutôt...

Le coin du ciel encastré entre le haut de la fenêtre et le toit de la baraque voisine appelait à l'évasion. Clariond le retrouvait avec plaisir, les nuits où il se sentait en veine de confidences. Plus que jamais, ce soir, il était « l'ailleurs » qui permettait d'oublier les bruits et les odeurs, la laideur et la brutalité de la *Stube* surpeuplée. C'était, sans doute, par un créneau semblable que le rêve de Brabant s'était échappé. Brabant et son rêve, l'un à l'autre identifiés, passagers d'une nacelle qu'aucune D.C.A. ne pouvait atteindre. En se penchant par-dessus sa frêle rambarde, il avait aperçu le triangle maudit qui délimitait le camp avec sa place d'appel déserte et silencieuse. Peut-être s'était-il aperçu que les baraques, disposées en rayons, s'inscrivaient dans une figure géométrique dont le centre était marqué par la potence, et que ce n'était pas par hasard. Mais il ne s'arrêtait pas à cette évidence qui n'intéressait que les gens d'en bas. Il s'élevait, et le triangle maudit devenait insignifiant. A l'aube, il n'en subsistait, à la surface de la plaine bleutée, qu'une tache minuscule impossible à identifier.

Clariond refaisait le voyage au bout duquel l'attendait le Paris de Brabant, tel qu'il le lui avait décrit, dans l'ombre de la *Stube*, en un murmure qui chantait comme une source.

– C'est un poème sans queue ni tête, dit-il, une suite de tableaux que j'ai composés de mémoire, l'un après l'autre, et qu'on pourrait aussi bien traduire par la plume que par le pinceau, une incantation.

Il sourit.

– En somme, ma façon de prier. Tu n'étais pas loin de la vérité.

Clariond n'entendit pas la fin du poème que Brabant avait emportée dans son sommeil. Il s'était retrouvé seul au milieu du domaine qui lui avait été ouvert, une ville étrangement vide, à la fois belle et triste, dont la nuit pauvrement éclairée résonnait de son pas solitaire.

La voix de Brabant le guidait dans sa découverte :

Nuit complice et gaz pauvre
Ruelles de Charonne
Pauvres anges de nuit cherchant votre couronne
Loin de vos galetas vers les voyageurs rares

Navigateurs des nuits sans sommeil où personne
Ne prend au sérieux votre navrante histoire
Ruelles de Paris, vous êtes, bel album
Le recueil déchiré où mon rêve charbonne
Les dessins lourds d'azur de ma jeunesse morte.

Il longeait les quais à la rencontre de l'aube. Brabant lui montrait le fleuve dont la surface immobile, polie comme un miroir, était éventrée par le premier train de péniches de la matinée. Il disait :

La Seine, au Point du Jour, va nourrir ses poètes
D'un alcool de jour vert, cotonneux de détresse
Où passent, languissants, voyageurs sans ivresse
Les cris des remorqueurs, inertes, déchirés.

Les mots, jetés au vent, faisaient lever des moissons d'images, de sons, de parfums resurgis intacts d'une époque sur laquelle était passé l'oubli. L'errance de Brabant était étrangement semblable à ce qu'avaient été les siennes, en compagnie de Pierre, à cette différence près qu'il n'aurait su les dire, et que sa mémoire les avait classées, comme ces archives, si jalousement conservées que l'accès en est interdit aux chercheurs.

Brabant ouvrait les serrures et s'effaçait pour le laisser à ses retrouvailles...

Pierre et lui. C'était un matin de printemps en 1938. Il était passé à l'hôpital Boucicaut, où Pierre avait été de garde la nuit précédente. Dans le bistrot où ils étaient entrés, le parfum du café embaumait. Meilleur à humer qu'à boire. Les habitués le savaient bien, qui préféraient un blanc gommé au petit noir. Ils étaient repartis par une avenue dont luisaient les trottoirs fraîchement arrosés et étaient parvenus au bord de la Seine au moment où le soleil se levait sur la colline de Chaillot.

Brabant était entre eux, invisible mais présent.

– Écoutez! semblait-il dire.

Un vieil air d'autrefois moud sa romance grise
Où l'église d'Auteuil fait un signe à Grenelle
Embrouillant son réseau de places, de ruelles
Très loin vers Saint-Lambert, vers Balard, vers Javel.
Et le pont de Passy déploie son calligramme
De ciel sentimental où se croisent les rames
Lointaines de métro portant cargaison d'âmes
Comme un lent carnaval de choses défleuries.

Qui, mieux que Pierre, fasciné par l'insolite, aurait compris Brabant? Par-delà le temps et l'espace, ils se rejoignaient.

Pierre, qui mordait dans la vie à pleines dents, qui s'enthousiasmait ou s'indignait, qu'importe, pourvu que ce fût avec passion. L'art, la politique, les luttes sociales, à ses yeux tout était matière à remise en cause. En 35, il stigmatisait la droite imbécile. L'année suivante, il dénonçait l'ouvriérisme béat du Front populaire.

– Que peut-il sortir de bon d'un bidonville? tempêtait-il. Il n'y a pas à glorifier ceux qui s'y trouvent, mais à les en faire sortir. Ceux qui voient du pittoresque dans les zones ou qui dissertent sur l'art d'être clochard me hérissent le poil.

Brabant, qu'une même pensée habitait, portait ses pas jusqu'aux lisières incertaines de la ville.

Zones,
Ah! zones, maladie
Rongeante des banlieues vaines
Que paissent lentement, sûrement les usines
Vous montez dans l'azur des bleus après-midi
Inscrire de fumée l'ample mélancolie
De votre désespoir couleur de vie qu'on use
Inertes, dépliées sur le soir inlassable
Comme un long cri muet vomi des cheminées.

Sur les couchettes voisines, le sommeil des dormeurs semblait laborieux. Dans la pénombre, la face de certains, orbites creuses et mâchoires tombantes, paraissait avoir été privée de vie par une camarde un peu trop pressée. D'autres semblaient engagés dans un combat confus. Quelques-uns déliraient sur un ton monocorde. En prêtant l'oreille, il était possible de discerner les sanglots furtifs d'un désespéré.

L'heure, disait Brabant, où chacun baisse sa garde et livre son secret. Livrait-il le sien? Clariond interrogea son visage, l'écouta respirer, mais n'obtint pas de réponse. Le front moite, le souffle court et rauque n'altéraient qu'à peine l'impression de sérénité qui se dégageait du corps à l'abandon... Des yeux clos aux lèvres entrouvertes, ses traits souriaient imperceptiblement.

A l'évidence, il était libre. Il n'y avait sur la couchette de la *Stube* qu'une part négligeable de lui-même tandis qu'il errait de ruelles en boulevards, de galetas en palais dans cette ville dont il était le prince parce qu'il en était le poète.

C'est ce qu'il avait dit, et que Clariond se répétait :

Mon Paris allumé de ses amples mirages
Toi fièvre de ma fièvre et ville de mon âge
La chanson du poète est ta couronne, reine,
Et le cri de l'enfant sur le sable des squares
Est le salut du ciel à ton âme illusoire [1].

Pauvre prince, d'une vaillance sans doute inutile dans le combat par trop inégal que lui imposaient ses ennemis. Clariond avait essuyé la sueur de son front.

« Il vivra. Il faut qu'il vive », s'était-il murmuré en s'enfonçant les ongles dans les paumes, comme pour faire pénétrer cette certitude à l'intérieur de lui-même.

Sans y croire.

---

1. Extraits de l'*Incantation de Paris*, poème de Louis Challier, déporté à Sachsenhausen sous le matricule 78402. Dans la préface à ses poèmes du camp, publiés après la Libération, l'auteur écrit : « Des illustrations avaient été conçues au camp même par un camarade cher nommé Axelrad qui a disparu dans la tourmente de la Libération, assassiné par les nazis. Que cette œuvre soit un peu un souvenir de lui pour qui mon cœur avait vibré et se souvient. »

Louis Challier se trompait, bien que de peu. Nous nous sommes revus après ma résurrection. Aujourd'hui, il n'est plus. C'est donc à sa mémoire que sont dédiées ces pages.

5

Clariond maçonnait, sauf les jours où il sortait du camp des rouleaux de cinquante livres sterling destinées au *Meister* ou à l'oustachi. Avec l'habitude, il en était venu à considérer le passage de la tour comme une formalité, et le S.S. chargé du contrôle, dont le regard ne l'effleurait jamais, comme un être inoffensif en dépit de la hargne avec laquelle il pointait sa canne sur l'un ou l'autre de ses voisins.

En arrivant à la baraque, il vidait ses poches. Lorsqu'il s'agissait de lingots, c'était souvent deux et même trois kilos qu'il transportait en évitant de penser à la somme d'exactions, de souffrances et de meurtres que représentait chacune des briquettes grossièrement fondues qui alourdissaient ses poches.

– Ce qui perd le fourgue, lui avait dit Alfred, c'est la curiosité. Tu es un peu dans le même cas. Passeur et maçon, cela doit te suffire. Tu n'as aucun intérêt à te préoccuper de l'origine de ce que tu transportes et, pour ton bien, il vaut mieux que tu oublies l'emplacement des caches que tu maçonnes.

II.N.17.181, II.E.06.210... Jamais les murs d'un bâtiment, fût-il château royal, n'avaient approché la valeur de ceux de l'usine I.G. Farben. Le trésor qu'ils renfermaient s'étoffait à raison de cinquante kilos d'or par mois. Plus les pierres, par poignées.

Clariond rejoignait son chantier après le bulletin de nouvelles du matin. Il désignait au *Vorarbeiter* la portion du mur qu'il avait choisie et celui-ci faisait aussitôt place nette, à la fureur des maçons polonais qui subodoraient une fructueuse combine dont ils supportaient mal d'être exclus. Que ce fût au bénéfice d'un Français n'était pas pour arranger les choses.

Ils ramassaient leurs outils en vomissant les injures habituelles, menaçaient même le *lizopizd* d'un cassage de gueule en règle lorsqu'ils passaient à sa hauteur, mais de façon si indistincte qu'ils ne risquaient pas d'être compris. Le *lizopizd* était en effet un *Prominente*, une sorte de divinité subalterne dont il pouvait être utile de se concilier les bonnes grâces, et dangereux de provoquer la colère. Aussi rengainaient-ils leur hargne. Ils se faisaient cauteleux, mendiaient une tranche de pain ou une cigarette.

– *Pani* Clariond, *Papiroz* [1]*!*

Il fallait être vigilant et surtout conscient de ce que la charité n'était considérée ici que comme un signe de faiblesse. La bande de loqueteux, déléguant le plus pitoyable d'entre eux pour mendier un fond de gamelle, ne se faisait pas d'illusions sur elle-même. Elle maudissait, bien sûr, la dureté de cœur des puissants mais ne songeait pas à se révolter contre eux du moins tant que chacun restait dans son rôle : les riches dans celui des jouisseurs cyniques et impitoyables, les pauvres dans celui de victimes à qui l'expérience avait appris la résignation.

Mais, si le *Prominente* faisait un geste, les loqueteux l'interprétaient aussitôt comme un réflexe de panique devant la menace qu'ils croyaient faire peser sur lui. Ils se voyaient sous un jour nouveau : celui d'une bande organisée instaurant le règne de sa truanderie sur une parcelle de la cour des Miracles concentrationnaire. Le changement s'opérait à vue. Il ne s'agissait plus de demander l'aumône, mais de mettre à l'amende, avec menaces à la clé :

– Si tu ne veux pas plonger la tête la première dans le fossé des feuillées, ce sera chaque jour cinq, ou dix rations de pain et deux paquets de cigarettes. Compris ?

Il ne pouvait être question de céder, ne fût-ce qu'une seule fois, car ce chantage était mortel. Se mesurer physiquement avec le ou les meneurs était à peine moins mauvais, même si la famine en faisait de piètres adversaires. Néanmoins, Alfred, expert en la matière, déconseillait d'y avoir recours directement.

– Pour être respecté et reconnu comme tel, disait-il, le maître ne doit pas s'abaisser à toucher l'esclave. Sa condition ne le lui permet pas.

– Dis-le aux S.S. ! protestait Clariond. Ils n'ont recours à aucun intermédiaire pour te botter le cul !

– Pour la plupart, c'est vrai. Mais qui sont-ils ? Des subalternes, des primates qui t'inspirent de la crainte, car leurs coups font mal, mais ne te terrorisent pas. La crainte, tu la ressens dans ton ventre, la terreur, c'est dans la tête qu'elle se loge. Celui qui la provoque ne frappe jamais et gueule rarement. A peine semble-t-il s'apercevoir de l'existence de son troupeau d'esclaves. Un geste,

1. Monsieur Clariond, cigarette !

une parole, et les voilà condamnés. La suite est affaire de bourreaux qui ne manquent pas.

Il concluait en riant :

– Ce n'est pas ton copain le philosophe qui me contredira. Jamais un dieu n'est aussi puissant que lorsqu'il est invisible.

Brabant approuvait :

– Les dieux le savent si bien qu'ils se déguisent lorsqu'ils ont affaire aux humains, même pour tirer leur coup.

– Bon, disait Alfred, je gamberge mais je reviens à ton cas. Parmi les esclaves, il y en a qui le sont plus que d'autres. Certains le sont à peine et bénéficient des attributs de la puissance. Tu es de ceux-là et tu dois tenir ton rang. Si un Polack t'emmerde, tu le balances au *Vorarbeiter*. L'effet est fulgurant : dans l'instant, il passe de la truelle aux brouettes, et tu n'entends plus parler de lui. Pour faire bonne mesure, sans aucune raison, tu choisis un des types de sa bande à qui tu refiles un fond de gamelle de temps à autre, mais surtout sans motiver davantage ta décision, tu changes de favori. C'est ça, la puissance. Suis mon conseil et tu seras peinard.

Alfred était visiblement à l'aise dans cette atmosphère pourrie. Peut-être avait-il autrefois rêvé d'être fort et beau, de susciter l'admiration et de plaire aux femmes. La réalité lui avait fait découvrir qu'il était pauvre et bossu, si laid, si pauvre, que jamais rien ne lui serait accordé et que, s'il voulait survivre, il lui faudrait prendre aux autres ce qu'ils lui refuseraient. Son élévation, s'était-il dit dès qu'il fut devenu homme, était à ce prix. Mais la satisfaction qu'il en éprouverait exigeait que parallèlement fussent abaissés ceux qui le toisaient avec mépris, les nantis du bien, du bon, de l'honnête et du juste, et qu'apparût au grand jour la précarité de leurs vertus.

La vie au camp possédait ce pouvoir décapant. La nudité n'allait pas au teint des nantis; la plupart d'entre eux étaient agressivement laids. Cela consolait Alfred de sa bosse.

Clariond avait été pour lui une recrue docile, dont les scrupules ne tenaient qu'à un fil. Sa pusillanimité faisait le reste. Alfred se serait désintéressé d'un sujet d'une telle médiocrité s'il n'y avait eu l'inconnue de ses rapports avec Brabant.

Lorsque Clariond lui avait tenu tête, il avait été tenté de pousser l'expérience et de voir si son protégé accepterait réellement de se sacrifier pour l'autre. Puis il avait mis en doute l'intérêt d'une telle expérience, persuadé qu'au tout dernier moment, après s'être rendu compte du sort qui l'attendait, Clariond renoncerait à jouer les don Quichotte.

Mais c'est sa rencontre avec Brabant qui, finalement, avait conduit Alfred à en abandonner l'idée.

Tout opposait les deux hommes. Ils étaient faits pour se haïr et pourtant, dès l'abord, ils avaient ressenti l'un pour l'autre une étrange et soudaine attirance. Alfred avait adopté Brabant et Clariond n'avait pas tardé à manifester de l'humeur devant cet incompréhensible rapprochement.

– Un truand infect, maugréait-il, qui exerce sur moi un chantage à l'amitié. Si je ne file pas doux, c'est toi qui trinques!

– Alfred, répliqua Brabant, peaufine son personnage de méchant. Si jamais tu flanches, il te rattrapera au tournant, sois-en sûr. Entre les brouettes, la *Strafe* ou un séjour chez Rudi à la *DAW*, il a le choix des moyens à utiliser pour t'amener à la raison. Ma situation d'otage, c'est la prime qu'il s'offre, pour se faire plaisir.

– Elle te plaît, ta situation d'otage?

– Je m'en accommode puisque je n'y peux rien. Mais, que ce soit d'Alfred, de Werner, de Jakob, de Rudi ou de Julia, ici, tu es toujours l'otage de quelqu'un. Alfred, au moins, est intelligent. Il sait voir et comprendre. La façon dont il joue avec les lois non écrites du camp, ses usages et ses possibilités est simplement fascinante. Alfred ne subit pas. C'est assez rare pour être noté.

I.S.09.107. C'est dans le mur sud, dont la construction était la moins avancée, que travaillait Clariond. Autant que possible, il évitait de se donner en spectacle sur un échafaudage. Travailler à la base des murs était plus facile et moins risqué à tous points de vue.

La cache qu'il aménageait représentait le volume de deux moitiés de briques. Les trois lingots qui battaient contre son ventre et le gros tube métallique dont Werner venait de souder le couvercle prendraient place dès qu'il en aurait achevé la maçonnerie. Il monterait son mur par-dessus, sur dix mètres de long et sur trois rangées de briques de hauteur. Puis il veillerait sur son chantier pendant le reste de la journée. Pour le principe, car, en dépit de la valeur du trésor emmuré, aucun vol n'était à craindre. L'or était, en effet, pour le déporté moyen, une marchandise sans intérêt. Tenter de la monnayer, aucun détenu sain d'esprit ne s'y serait risqué, tant les chances de se faire prendre étaient élevées. Et nul n'ignorait que la détention d'or se payait par la corde.

Les maçons polonais s'étaient mis au travail, quelque part sur le mur ouest, le moins exposé aux vues.

Derrière Clariond, les brouettes continuaient leur ronde sans fin. Les hommes qui en constituaient les attelages étaient pour la plupart des Ukrainiens hâves et misérables, que poursuivait une particulière malédiction. Car si, dans la stratification de la société concentrationnaire, les verts allemands tenaient le haut du pavé, les Ukrainiens formaient la caste la plus méprisée. Auprès d'eux, les maçons polonais faisaient figure d'aristocrates : c'est tout dire! Même les Tchèques, même les Bulgares étaient mieux traités; la lie de la terre, voilà ce qu'ils étaient! Les corvées les plus rebutantes, les travaux les plus exténuants leur étaient réservés. Pour les autres, tous les autres il existait des catégories d'individus plus malmenés qu'ils ne l'étaient eux-mêmes. Cette consolation était refusée aux Ukrainiens, du moins à Sachsenhausen où n'échouaient que très exceptionnellement des juifs, les seuls dont la présence pût leur valoir de ne plus être les derniers des derniers.

Depuis des temps immémoriaux, dans les villages les plus reculés, les paysans d'Ukraine avaient eu sous la main quelques juifs qu'ils pouvaient rendre responsables de leurs malheurs. Le pope partageait cette façon de voir, lui qui, en plus, les accusait d'avoir crucifié le Seigneur. Rien ne valait l'âcre plaisir que procurait un bon pogrom pour se sentir exister. Le pire, pour eux, était cette déchéance qui en faisait des sortes de juifs, victimes exposées à la haine plus qu'à la compassion.

Aucune prière n'est vaine. La leur fut miraculeusement entendue. La bonne nouvelle ne fut d'abord qu'une rumeur lointaine, indistincte, qui prit naissance du côté des quais et qui se propagea, comme une traînée de poudre, le long des chemins de planches, bien avant qu'elle ne se matérialisât sous la forme d'un groupe de misérables titubant dans la boue.

– Des juifs! Des juifs!

Dieu existait donc. Il avait entendu les prières qu'en se cachant d'un pouvoir impie Ses créatures lui avaient adressées depuis vingt ans. Cette foi était aujourd'hui récompensée, et si la prophétie n'était pas réalisée, du moins en prenait-elle le chemin. Les derniers n'étaient certes pas devenus les premiers. Mais il était déjà miraculeux qu'ils ne fussent plus les derniers.

– Des juifs!

Ils jubilaient, les Ukrainiens, et à un moindre degré les Polonais, pour qui tout juif est bon à rosser.

La subite allégresse qui s'était emparée du commando paraissait incompréhensible. Clariond n'en revenait pas. Truelle en main, il regardait le long serpent des attelages dont la marche cadencée avait pris l'allure d'une danse. On s'interpellait d'une brouette à l'autre.

– T'as vu leurs gueules?
– Putain de leur mère!
– On va bien rigoler!

Rien pourtant dans l'allure des quelques dizaines de malheureux se dirigeant vers la baraque de Werner à grand renfort de coups et d'insultes ne semblait de nature à provoquer l'euphorie.

Amateur de grotesque, Clariond était servi. Mais ce grotesque-là, bien qu'il s'en défendît, lui paraissait insupportable. La joie meurtrière qui luisait dans les yeux des Ukrainiens, les ordures qu'éructaient leurs bouches tordues de haine montraient jusqu'à quel degré d'abaissement pouvait parvenir l'homme, pour peu qu'en fussent créées les conditions.

Quelle ne devait pas être la satisfaction du penseur S.S. ou prétendu tel, à qui la possibilité avait été donnée de vérifier, à partir d'un échantillonnage sans équivalent, la justesse de ses théories sur le comportement des groupes humains de catégories inférieures.

Le spectacle n'était pas beau à voir. Il s'en dégageait toutefois un attrait morbide, le même qui, dans le petit matin, faisait accourir au pied de la guillotine des fêtards aux sens émoussés.

Dans l'univers des camps, la condamnation sans appel qui frappait les juifs était un fait si fortement établi, si indiscutable qu'elle avait fini par acquérir droit de cité. Les non-juifs, qu'elle épargnait, la considéraient comme une fatalité contre laquelle il était vain et sans objet de s'élever. On ne proteste pas contre la foudre. Surtout si c'est le voisin qu'elle frappe et d'autant moins qu'on n'entretient pas avec lui des rapports d'amitié.

A Sachsenhausen, la rareté des juifs en faisait le prix. Ils n'étaient qu'une demi-douzaine au block 19, peintres, graveurs et typographes, un ou deux à l'orchestre du camp, dont le violoniste Samuel Sternberg, sauvé d'Auschwitz par Heydrich un jour que celui-ci se sentait plus mélomane que bourreau, plus un tailleur et un bottier dont l'adresse également appréciée par les geôliers et les *Prominente* valait qu'on fermât les yeux sur leur existence. Mais point de groupe constitué à l'encontre duquel pussent s'exercer, chacune à sa façon, les persécutions des bourreaux et des victimes.

Il faut bien le dire. Pour ces dernières, qui s'opposaient les unes aux autres, par catégories ou nationalités, il existait un dénominateur commun, l'antisémitisme, dont seul variait, ici ou là, le degré de virulence.

L'un des maçons polonais, officier de lanciers de son état, nationaliste, patriote et bon chrétien, ne déclarait-il pas, hier encore, à l'*Obermeister* qui lui disait la piètre estime en laquelle il tenait ses compatriotes :

– S'il s'agissait de combattre les communistes et de supprimer les juifs, point n'était besoin, pour l'Allemagne, d'envahir la

Pologne. Avec de tels objectifs, elle aurait pu être votre alliée.

Une façon, en somme, de se démarquer du commun et de se hisser au niveau des maîtres.

Clariond en suffoquait d'indignation.

– Brabant, dit-il, as-tu entendu?

– Oui.

– Il n'y a tout de même pas chez nous d'imbéciles de cette espèce?

Brabant éluda la question.

– Effectivement, il n'y en a pas. Le corps des lanciers a été dissous en 1871.

Le printemps vint, puis l'été. Au fil des jours, les habitudes prirent racine puis se fortifièrent. Pour peu qu'elles soient quotidiennes et qu'elles s'exercent sans interruption pendant assez longtemps, les pires des exactions finissent par relever de la routine. Si l'on n'en crève pas, on s'y fait. Ainsi Gerson abattait-il ses soixante tours de piste quotidiens, sans que l'entamât la profonde stupidité de l'activité à laquelle il était contraint.

– Il y a, disait-il, deux façons de vivre, lorsque l'on exerce le métier de poinçonneur de tickets de métro. La première en souffrant, et à vrai dire il y a de quoi. La seconde en considérant, au contraire, que l'automatisme des gestes n'intéresse que la partie la moins noble de l'individu et rend l'autre disponible. J'ai marché plus de cinq mille kilomètres. Madrid-Moscou. Ça laisse le temps de gamberger.

Il ne s'en privait pas. Tant qu'il avait été la source unique des informations parvenant au camp, on avait bien voulu considérer les opinions hétérodoxes qu'il professait comme d'innocents bavardages. On en soulignait maintenant, chez les camarades chargés du maintien de la ligne, le caractère dangereusement déviationniste. Brabant avait raison : le sort de Gerson au sein du Parti était bel et bien scellé, même s'il était loin de s'en rendre compte.

Clariond devint maître maçon pour de bon. Niveau, cordeau, craie à tracer, fil à plomb, truelle et taloche, prise rapide et prise lente, enduits bâtards ou au mortier de ciment, le métier n'avait plus de secrets pour lui. Fin juillet, il estimait à cent soixante kilos le stock d'or dont il avait truffé les murs des deux bâtiments d'I.G. Farben et à deux cent mille livres sterling le montant des espèces qu'il avait sorties du camp.

Il n'avait pas cherché à retenir les coordonnées de ses caches ou à en noter les emplacements, suivant en cela les conseils éclairés d'Alfred : transporteur et maçon, rien de plus.

La récupération du trésor par celles des parties prenantes qui vivraient assez longtemps pour y prétendre promettait, d'ailleurs, de sérieux étripages. Mieux valait se tenir à l'écart de ce guêpier.

– Comment vois-tu l'épilogue, demanda Clariond au bossu, et finalement combien êtes-vous dans cette combine?

– La question n'est pas de savoir combien nous sommes, mais combien nous serons le jour du partage. J'ai une idée à ce sujet.

L'idée d'Alfred tournait autour d'un personnage nommé Dirlewanger, vieille connaissance de Werner, comme lui nazi de la première heure et gibier de prison. Mais il y a prison et prison.

– Un cave, disait Werner avec mépris. Condamné pour viol, et récidiviste par-dessus le marché! Emprisonné, libéré, condamné à nouveau et libéré une seconde fois sur l'intervention d'un malfrat notoire qui, lui, avait fait son chemin et qui est aujourd'hui général S.S. Gottlieb Berger, qu'il s'appelle.

Libéré, donc, Dirlewanger, à condition toutefois de rempiler dans la S.S. et de recruter un commando spécial parmi les verts du camp. « Viol et pillage autorisés », avait dit Berger. En dépit de cette alléchante perspective, les verts avaient fait la sourde oreille. Sur trois cents hommes escomptés, il n'y avait eu qu'une trentaine de volontaires.

Alfred était formel :

– Dirlewanger a promis monts et merveilles à Werner s'il le rejoignait. Werner a déjà refusé deux fois. Au prochain coup il sera embarqué d'office, comme tous les verts normalement constitués. Il recevra l'estampille de la S.S. et sera envoyé au casse-pipe sans la moindre chance d'en revenir. Au jour du partage, il ne sera plus là.

– Et toi?

Alfred éclata de rire.

– Tu n'as pas vu ma bosse? Je ne suis pas normalement constitué, moi. Pas digne de faire un S.S., pas digne de défendre le Grand Reich contre la barbarie. Il n'y a pas, hélas! de gloire pour moi mais seulement la médiocrité d'une chance de survie. Combien d'entre nous seront présents, face au mur, avec à la main ou dans la tête les formules magiques ouvrant les portes de la fortune? Logiquement, aucun, sauf moi...

Brabant toussait moins, mais le docteur Coullomb ne se faisait pas d'illusions. Il ne s'agissait que d'une rémission. Dès les premiers froids, le mal reprendrait son inexorable progression.

– Crois-tu que Brabant tiendra le coup? lui demanda Clariond.

– Tu sais ce qu'est l'appel. Avec deux heures de garde-à-vous quotidien dans le froid, le vent, la neige et la pluie, il n'a pas la moindre chance.

Il n'en n'existait qu'une : le faire affecter à un titre quelconque au *Revier* dont tous les occupants, malades et personnel, faisaient l'objet d'un comptage à part, sur place.

Pendant les mois d'été, les candidatures étaient rares. Le *Revier*, mouroir plus qu'hôpital, avait sinistre réputation. Auprès des malades, bien sûr, qu'il était rare de voir sortir guéris. Mais aussi auprès du personnel hospitalier, décimé à plus d'une reprise par le typhus qu'il n'avait jamais été possible d'éradiquer.

Cette menace latente, l'entassement des malades, la désespérance qui les minait et l'odeur insupportable que dégageait cette humanité en décomposition faisaient vaciller les caractères les mieux trempés.

L'hiver, toutefois, avec la perspective de subir jour après jour le supplice du froid aux mille aiguilles, que semblait manier une main diaboliquement experte, oui, l'hiver relativisait l'horreur du *Revier*. Tout compte fait, se disait-on, la puanteur ne tue pas. Aussi, à l'approche de l'automne, les places au *Revier* étaient-elles chères.

Brabant, en tout cas, n'envisageait pas un instant d'y être affecté. A Coullomb qui en avait évoqué la possibilité, il avait répondu que, s'il en avait le choix, il préférerait geler que pourrir. La baraque de Werner était un refuge qu'il retrouvait tous les matins avec un intense plaisir.

– Alors, *Hausfrau* [1], plaisantait le kapo, tu nous le prépares, ce petit déjeuner?

L'*Obermeister* fournissait les œufs et la crème, l'oustachi le café et les cigarettes. A peine avait-on le temps d'en griller une qu'il était l'heure de capter Londres.

Courant juillet, l'offensive soviétique avait repris, mais il avait fallu attendre août et surtout septembre pour qu'elle obtînt de spectaculaires résultats : Kharkov définitivement reconquis, Orel, Bielgorod, puis Briansk et Smolensk, le Dniepr franchi par Koniev. Une gigantesque vague s'était mise à déferler depuis les steppes de l'Est. Même à l'intérieur du camp, par d'imperceptibles frémissements, on ressentait les signes avant-coureurs de son arrivée. Le bulletin de Brabant, diffusé tous les soirs de baraque en baraque, y était pour beaucoup. Mais d'autres canaux charriaient des rumeurs, dont le flot convergent travaillait les esprits et faisait lever, ici ou là, les tourbillons d'un vent de fronde.

Certains parlaient à voix haute et c'était à la fois nouveau et

1. Femme d'intérieur.

imprudent. Dans la *Stube*, après l'extinction des feux, une voix s'était élevée pour dire qu'au camp même les Allemands du Reich et les *Volksdeutsche* pouvaient numéroter leurs abattis, car le temps des règlements de compte n'était plus éloigné.

Un silence angoissé suivit cette boutade, dont l'auteur n'avait pas mesuré le caractère sacrilège, et surtout prématuré. Les occupants de la *Stube*, eux, ne s'y étaient pas trompés. Ce genre de propos est de ceux qu'il vaut mieux n'avoir pas entendus. C'était leur cas, justement, puisqu'ils dormaient, tous, d'un sommeil sans rêves.

La lumière jaillit, révélant la silhouette d'Hermann, planté à l'entrée de la *Stube*.

Sa voix était plus rauque encore que d'habitude.

– Je veux savoir qui a dit cette saloperie. Qu'il se dénonce ou qu'on le dénonce, je m'en fous... Alors, ça vient?

Comme pour ajouter à l'alibi du sommeil, les couvertures avaient recouvert les visages. Ne rien entendre, ne rien voir, ne rien connaître de cette histoire.

– La voix, poursuivit Hermann, était identifiable à son accent. Si je n'ai pas le coupable dans une minute, deux hommes paieront pour lui, un Russe et un Ukrainien.

Il brandit le *gummi* qu'il tenait à bout de bras.

– Avec ça. Un coup chacun, jusqu'à ce qu'ils soient en bouillie.

Personne n'ayant bronché, Hermann procéda au choix des victimes. D'un pas exagérément lent, il se mit à parcourir les couloirs séparant les travées de châlits. Il s'arrêtait, soulevait la couverture, découvrant la tête d'un soi-disant dormeur, et le dévisageait jusqu'à ce que, fou d'inquiétude, il finît par ouvrir les yeux.

– Tu dormais?

– Oui, oui, bredouillait l'interpellé.

Hermann laissait à la panique le temps de s'installer en lui. Le *gummi*, dont l'extrémité effleurait son visage, semblait hésiter. Il le laissait finalement retomber, avec un bruit mat, sur le montant de bois.

– Eh bien, continue...

De proche en proche, il gagnait la partie de la *Stube* occupée par les Russes et les Ukrainiens. Une indicible terreur l'y avait précédé. C'est que chacun, ici, se savait une victime potentielle.

Hermann scrutait les visages, semblait hésiter, partait, revenait sans raison apparente.

Ah! mais! Qui est le maître ici? Même avec les Russes à la porte du camp, les ordures de *zebra* devaient se mettre dans la tête qu'ils n'étaient rien et n'avaient rien à espérer. Leur eût-on demandé ce qu'ils en pensaient, ils auraient revendiqué leur insignifiance, mieux encore, leur ignominie, aussi fort et autant de fois qu'il eût été nécessaire pour qu'eux-mêmes en fussent persuadés.

Le vent de fronde n'était qu'un courant d'air.

Avec un lâche soulagement, on avait aperçu la silhouette des victimes parcourir la travée centrale. De la voix et du geste, Hermann pressait le mouvement.

– Au *Waschraum*!

Il restait à souhaiter pour tout le monde que la suite soit brève. Elle ne le fut pas. Personne ne compta le nombre de coups après lequel les cris s'étaient transformés en une plainte modulée puis en un murmure de moins en moins distinct, avant de faire place à un silence qui était pour chacun, tout à fait au fond de lui-même, une part de sa propre mort.

Aussi importantes fussent-elles, les autres informations ne soulevaient ni l'enthousiasme des uns, ni la fureur des autres. L'entrée de Patton à Messine, le débarquement américain à Salerne, même la prise de Naples, vus du camp, relevaient de l'anecdote, au même titre que les combats confus que se livraient Japonais et Américains dans des îles du Pacifique dont personne n'avait jamais entendu parler.

Une nouvelle, pourtant, faisait exception, en raison de sa cocasserie, mais plus encore parce que indirectement elle atteignait Hitler. Mussolini avait été arrêté. L'ami, l'émule, le compagnon, avec qui le Führer avait partagé les triomphes d'Espagne, puis l'amertume d'un sort contraire en Libye, avait été escamoté comme un guignol et transporté en un lieu dont personne ne savait rien.

Quelques jours plus tard, à l'issue de l'appel, le *Lagerführer* en personne s'était adressé aux détenus, pour demander que tous ceux, parmi eux, qui s'adonnaient à l'occultisme se fassent connaître auprès de leurs chefs de block. Il avait ajouté qu'une mission importante leur serait confiée et qu'ils n'auraient qu'à se féliciter de leur coopération.

Sourciers, magnétiseurs, radiesthésistes, voyants de tout poil, ils avaient bien été deux cents à proposer leurs talents sans savoir à quoi ils seraient employés. Après élimination des trois quarts d'entre eux, les quarante sélectionnés qui constituaient, du moins en principe, la fine fleur de l'occultisme concentrationnaire avaient été habillés de neuf, chaussés, nourris et traités avec des égards inimaginables. Puis ils avaient fait une heure de route à bord d'un autocar – un autocar, m'entendez-vous? – qui les avait déposés sur le seuil d'une luxueuse propriété, sise à Wannsee.

Le monde n'en connaissait pas encore le nom et ne l'apprendrait que des années plus tard. C'était l'endroit où, le 20 janvier 1942, s'était tenue, sous la présidence de Heydrich, la conférence au cours de laquelle avait été décidée la liquidation totale, par le gaz, des juifs d'Europe.

Heydrich n'était pas là pour accueillir le commando des devins. Deux parachutistes tchèques lui avaient réglé son compte quelques mois plus tôt. Himmler, en revanche, était présent et frétillait à l'idée que ses théories sur l'utilisation rationnelle du surnaturel pourraient se trouver confirmées en une aussi solennelle circonstance. Il ne s'agissait rien de moins, en effet, que de retrouver l'endroit où le traître Badoglio séquestrait le Duce, afin de voler à son secours.

Court sur pattes, bouffi de mauvaise graisse, boudiné dans un uniforme mal taillé, le chef suprême de la S.S. marquait plutôt mal.

« Une tête de marron sculpté », se disait l'abbé Chapuy, curé de Saint-Merri et sourcier amateur, qui était le seul Français parmi les quarante devins.

Himmler avait ajusté sur son nez un lorgnon désuet.

– L'occasion vous est donnée, déclara-t-il, de vous racheter. Celui qui trouvera n'aura pas à le regretter. Tout le matériel dont vous pouvez avoir besoin est à votre disposition.

Pendules, bâtons fourchus, boules de cristal, tarots, marc de café, sang de poulet, encens, myrrhe et jusqu'à de l'ambre en cristaux, tout le bric-à-brac de la profession était en effet à portée de main.

Himmler désigna les cartes d'Italie à grande échelle déployées sur les tables.

– Et maintenant, au travail!

Les devins se révélèrent de piètre valeur. Ils situèrent le Duce en ville et dans la campagne, dans des caves transformées en geôles, des pressoirs à huile ou des greniers à foin. Ils le virent enfermé dans un silo à grain, enchaîné dans les fonds humides d'un rafiot désarmé et même emmuré dans une tombe étrusque. Rien de cela n'était sérieux.

Il ne fallait pas s'en étonner. Que pouvait-on attendre de bon de la part de la racaille concentrationnaire?

Les devins reprirent la route avec moins d'égards qu'à l'aller, et retrouvèrent au camp genilles rayées, galoches et double ration de coups de pied au cul, pour s'être payé la tête du monde.

C'était l'heure que préférait Brabant. Le soleil n'avait pas encore surchauffé le toit de tôle de la baraque. Un courant d'air frais la traversait de la porte à la fenêtre et apportait du dehors une rumeur que la distance atténuait au point de faire oublier de quelles violences elle était l'accompagnement.

Sur la table, qu'il avait débarrassée des reliefs du petit déjeuner, Brabant avait disposé ses feuillets. Il en noircissait une bonne dizaine tous les jours, et cela durait depuis quatre mois. Werner tournait autour de lui, impressionné par ce travail auquel il ne comprenait rien. Au *Meister* et à l'oustachi, pour qui les écrits d'un *Haeftling* ne pouvaient être que subversifs, Werner avait répondu, non sans hauteur, qu'à vivre comme ils le faisaient, au ras du sol, il n'était pas étonnant qu'ils voient partout des ordures. Lui-même, à s'ériger en protecteur des arts et des lettres, se sentait habité par un sentiment nouveau d'allégresse et de légèreté.

Brabant était pour lui une énigme. Il ne connaissait et ne voulait connaître que les gens de son milieu. Il ignorait superbement les autres. Des michés, des caves, des moutons ou des flics, disait-il avec une moue de mépris. Les catégories étaient tranchées. On savait à qui on avait affaire et on agissait en conséquence. Mais Brabant n'appartenait à aucune catégorie connue. Alors qu'ici l'égoïsme le plus féroce était la règle et que chacun y voyait une condition de survie, il ne semblait pas intéressé par sa personne. Dans un monde où ce qui n'était pas force physique était méprisé, il revendiquait avec une tranquille assurance la primauté de l'esprit sur la matière. Il n'était certes pas le premier à le faire, mais il était bien le seul à ne pas être foulé aux pieds à raison même de cette insupportable prétention.

Pourquoi cette exception, Werner n'eût su le dire. Une chose était certaine : avec une plume, de l'encre et du papier, Brabant l'intimidait.

– T'écris quoi, au juste ?

– Une histoire.

– Une histoire sur quoi ?

– Sur toi, sur moi, sur nous tous, sur celui qui résiste et celui qui s'abandonne, sur le lâche et le courageux, sur le pendu et le bourreau...

Werner, tout à coup, semblait inquiet.

– Tu racontes ce qui se passe au camp ?

– D'une certaine façon, oui. Mais ça n'est pas l'essentiel. Ce qui m'intéresse surtout, c'est ce qui se passe dans la tête de ceux qui sont au camp.

– Comment peut-on le savoir ? Tiens, moi, par exemple, comment pourrais-tu deviner ce que j'ai dans la tête ?

– Je ne le prétends pas. L'imaginer me suffit.

Werner se méfiait de l'imagination.

– Et naturellement, dit-il, tu distribues des bons et des mauvais points, comme un curé!

– Pas du tout. Ce serait trop simple. D'autres se chargeront de le faire.

Werner n'arrivait pas à concevoir que les gens faisant profession d'écrire puissent ne pas avoir le bien et le mal comme référence. L'ignorer, c'était faire peu de cas d'une morale au nom de laquelle étaient jugés les truands de son espèce.

Elle existait pourtant, cette morale! Depuis son premier chapardage, contemporain de sa première culotte, tous ceux qui avaient prétendu l'éduquer, le corriger, le contraindre ou le condamner l'avaient brandie comme un épouvantail. Il s'était fait en réagissant contre elle puis en la foulant aux pieds. Encore fallait-il, pour pouvoir la nier, que le monde des bien-pensants s'en réclamât.

Il se sentait frustré comme un démon fier de son état dont personne ne remarquerait qu'il a les oreilles en pointe et le pied fourchu.

– Bon, tu ne juges pas, enfin admettons! Alors voilà, je fais le partage des rations de pain. Tu sais comment je procède?

– Mieux que n'importe qui, puisque j'en bénéficie.

– Selon quel principe?

– Plus tu es crevard, moins tu reçois à bouffer.

– Tu ne trouves pas ça dégueulasse?

– Bien sûr que si. Mais personne n'a besoin de moi pour constater une telle évidence. Aussi est-elle sans intérêt. En revanche, ce que je cherche à savoir, c'est ce que tu penses, toi Werner, en tendant au plus mal foutu des Ukrainiens une ration de pain amputée de moitié ou en l'assommant d'un coup de gourdin parce que la roue de sa brouette s'est embourbée.

– Que plus vite il débarrassera le plancher, mieux cela vaudra pour tout le monde. Tu es content?

Il y avait du défi dans sa voix. Brabant le fixait en silence.

– Tu ne me crois pas, peut-être?

– Mais si, ou plutôt je crois que c'est ce que tu as besoin de penser, et qu'à force de le vouloir tu le penses effectivement.

Avec Werner, il était difficile d'aller plus loin. A partir d'un certain point, il se cabrait. Clariond, dont les contradictions se situaient ailleurs, suivait Brabant dans les méandres de sa recherche.

– De beaux personnages, disait celui-ci. Autant Alfred que Werner, qui ne sont tout d'une pièce qu'en apparence. Et plus complexes en tout cas qu'ils ne l'imaginent eux-mêmes. Une part de Werner se reconnaît dans le crevard d'Ukrainien. Le mélange de peur et d'aversion qu'il lui inspire s'explique et se justifie, car cette ressemblance suggère une identité de destins. C'est la ressemblance qu'il faut détruire et pour cela créer entre eux un espace infranchissable.

» Finalement, que le kapo dispose du *musulman*, comme le S.S. du *zebra* ordinaire, ne leur assure pas une jouissance paisible de leur suprématie. Au mépris qu'ils éprouvent pour leur victime se superpose une haine sur la nature de laquelle ils ne s'interrogent pas. S'ils le faisaient, ils découvriraient que la peur sous-tend leur aversion et que c'est une image insupportable d'eux-mêmes qu'ils pourchassent le *gummi* à la main.

» Parvenus à un point de non-retour, ils n'ont d'autre ressource que la fuite en avant, la preuve ultime de leur différence étant fournie par l'exercice, répété et toujours plus fréquent, du pouvoir suprême dont ils disposent.

– Tu leur fais la part belle, disait Clariond. Je ne crois pas qu'il soit nécessaire d'aller aussi loin pour expliquer le sadisme de Rudi ou du pithécanthrope. Faute de penser, ils cognent. Donc, ils sont.

– Il y a ceux qui ne se contentent pas de cogner, mais font l'amour à leur femme, cajolent leurs enfants et jouent du violon après dîner. Il n'est pas sans intérêt de savoir s'il leur arrive d'apercevoir en filigrane la tête de leur dernière victime sur le papier de leur partition, et de se demander jusqu'à quel point la musique n'est pas, pour eux, une sorte d'exorcisme.

– Pour eux peut-être, parce qu'ils n'ont pas assimilé la doctrine. Ce sont, au mieux, de pauvres types, au pire des traîtres. Heydrich maniant l'archet n'exorcisait rien, ni personne. Ses victimes pouvaient apparaître sur la partition des *Concertos brandebourgeois* : il s'en foutait.

Bien qu'il n'y comprît rien, Werner avait fait sienne l'ambition de Brabant. Il le regardait écrire sans oser l'interrompre, et même, à la stupéfaction générale, préparait à sa place le café de ses invités.

– Tu fais le boulot du *Kalfaktor*, maintenant? demandait l'*Obermeister*, ulcéré de constater que les mœurs se dégradaient au même rythme que la situation militaire.

Les villes d'Ukraine étaient tombées comme les feuilles roussies d'Unter den Linden. Ce n'était pas le moment de se laisser aller.

– On m'a dit, insinua-t-il fielleusement, que tu allais te retrouver chez Dirlewanger.

Werner répliqua, sur un ton sarcastique :

– Demande à l'oustachi si j'ai une gueule de S.S.

– Les S.S. sont notre rempart, protesta l'*Obermeister*. Les insulter, c'est insulter l'Allemagne.

– Et piquer des livres sterling au trésor S.S., qu'est-ce que c'est, d'après toi ? Si tu as des états d'âme, engage-toi. Tout mal foutu que tu sois, tu seras accueilli à bras ouverts. Par les temps qui courent, on ne se bouscule pas au portillon.

– Y risque pas, rigola l'oustachi.

Werner se tourna vers Brabant, l'air hilare.

– Dis donc, c'est pas un dialogue pour toi, ça ?

Un ronronnement lointain mit une fin soudaine à la discussion. Tous dressèrent l'oreille. Il emplissait l'espace d'une rumeur immense qui enflait de minute en minute. Dans le ciel exceptionnellement bleu, rien de visible encore pendant quelques instants, puis l'apparition d'un sillon d'argent, un trait si léger qu'il semblait irréel, puis deux, puis dix, puis cent. Depuis plusieurs mois, la R.A.F. rendait de fréquentes visites au camp et à ses environs, truffés d'installations industrielles. Son dernier raid datait de la semaine précédente et s'était déroulé pendant l'appel du samedi.

Lorsque les sirènes se mirent à hululer, les quarante mille détenus étaient alignés sur la place d'appel. Le *Lagerführer* était en train de donner lecture de la sentence condamnant un *Haeftling* à vingt-cinq coups. La musique attendait ce signal pour attaquer la marche du Prinz Eugen. C'est peu dire que la sirène avait troublé l'ordonnance de la cérémonie. Une agitation frénétique s'empara du *Lagerführer* et de ses acolytes. On les vit gesticuler comme des pantins détraqués, courir en tous sens, tandis que les haut-parleurs ordonnaient le retour immédiat des détenus dans leurs blocks.

– *Lagersperre... Lagersperre* [1] *!*

Seul demeura en place, lié sur le chevalet, oublié dans la panique, le condamné dont les fesses dénudées marquaient, comme le cœur d'une cible, le centre de gravité du camp.

La raison de cette panique n'était pas immédiatement perceptible. Mais à voir de près les traits décomposés des *Blockführer,* qui ne pouvaient gagner un abri qu'après avoir enfermé les *Haeftlinge* dans leurs baraques, il était clair qu'ils crevaient de peur, tout simplement. Et ce spectacle était réjouissant au point de faire oublier aux détenus que les bombes font rarement le tri entre les bons et les mauvais et que les risques d'en prendre une sur la gueule étaient également partagés. Aussi ne se pressaient-ils pas d'obtempérer en se disant, avec une certaine naïveté, que le triangle du camp avait d'autant plus de chances d'être épargné par les bombardiers que leurs équipages pourraient apercevoir la multitude qui le peuplait.

---

1. Bouclage du camp.

Voir les S.S. perdre la tête, quelle revanche! L'un d'eux, les yeux exorbités, courait en zigzag, hurlant :

– *Nieder Angriff*[1]!

Attaque en rase-mottes, alors que le raid poursuivait imperturbablement sa route à vingt mille pieds d'altitude!

La trajectoire du guerrier recoupa celle, tout aussi erratique, de Kid Marcel, le boxeur marseillais que le raid de la R.A.F. inspirait curieusement. Insensible à l'affolement général, bousculé de toutes parts, il levait au ciel un regard extasié et ouvrait les bras comme pour remercier le Seigneur de faire pleuvoir sur son troupeau la manne tant attendue.

– Des colis, enfin des colis, psalmodiait-il. Merci, merci.

On ne sait qui, de lui ou du S.S., percuta l'autre, mais le choc fut rude. Kid Marcel l'encaissa sans broncher. Comme d'habitude, il était K.-O. debout.

– Ben, mon vieux, disait-il en s'accrochant au S.S. dont l'état était tout aussi comateux.

– *Ach so*..., bredouillait celui-ci.

Appuyés l'un sur l'autre, ils furent happés par les tourbillons de la foule. Kid Marcel ne reparut pas.

En commando, les alertes aériennes ne donnaient pas lieu à des scènes aussi hystériques. Les détenus, pour une fois heureux d'obtempérer, gagnaient les tranchées-abris en priant pour que l'alerte fût de longue durée. On voyait surgir de l'horizon, dans le sud, un mur de boursouflures noires qui naissaient l'une de l'autre et lentement, inexorablement, escaladaient le ciel. Berlin n'était qu'à trente kilomètres. Jusqu'alors, les détenus n'avaient connu de l'anéantissement de la ville que ce nuage lointain et le fracas immense sans doute, mais atténué par la distance, qui l'accompagnait. Pour les gardiens et le personnel civil, dont la plupart, depuis un an, avaient vu leur logement anéanti, une alerte n'était pas une plaisanterie. Heureux encore d'être vivants, ce qui bien souvent n'était pas le cas des leurs qu'il avait fallu extraire morceau par morceau des décombres fumants de leurs maisons. Non, l'alerte n'était pas une plaisanterie mais le prélude à une catastrophe d'autant plus épouvantable qu'on en connaissait le déroulement, depuis l'innocent tracé des flèches argentées sur le bleu du ciel jusqu'à l'âcre fumée des incendies, planant sur les ruines informes de ce qui avait été une rue, une ville, un monde.

La sirène de la gare hululait. Werner avait jeté un coup d'œil au chantier. Les chemins de planches étaient déserts. Pas un Ukrainien en vue. Du côté des maçons polonais, tout le monde

1. Attaque en rase-mottes.

également s'était planqué. Sur le seuil de la baraque, l'*Obermeister,* passablement nerveux, attendait son retour.

L'abri réservé au personnel allemand dans lequel Werner était exceptionnellement admis donnait à ses occupants une impression de sécurité trompeuse. Son toit de rondins, recouvert de sacs de sable dont le poids faisait ployer le plafond, avait toutes chances de s'effondrer sous l'impact d'un coup même indirect. A tout prendre, mieux valait la tranchée dans laquelle toutefois aucun individu ayant droit, statutairement, à la protection d'un toit n'aurait accepté de se fourvoyer.

L'*Obermeister* désigna Clariond et Brabant que l'alerte n'avait pas fait broncher.

– Ces deux-là n'ont pas le droit à notre abri. Tu ne les envoies pas à la tranchée?

– Non, dit Werner, ils gardent la baraque.

– Comme tu voudras. Et toi, tu ne viens pas?

– Ton trou à rats ne me dit rien qui vaille. Je préfère le grand air.

Sans répondre, l'*Obermeister* tourna les talons et se mit à courir en direction de l'abri couvert, situé du côté des quais.

L'oustachi ayant lui aussi décliné l'invitation de l'*Obermeister,* ils étaient quatre à jouir du spectacle qu'offrait la pluie de particules brillantes lâchées par les avions. D'instant en instant, le ciel s'emplissait des flocons noirs et blancs de la D.C.A. dont les aboiements semblaient poursuivre un gibier hors d'atteinte. Dans un instant parviendrait jusqu'à eux l'écho assourdi de l'agonie de la ville.

Clariond sursauta :

– Regardez!

Le ciel semblait traversé, de haut en bas, par une masse invisible dont la progression traçait un sillage où s'affolaient les leurres argentés.

– Cette fois-ci, c'est pour nous!

Les premières bombes atterrirent sur le bâtiment n° 2 des ateliers Speer et y mirent le feu, puis sur le hall n° 3. Au deuxième passage, toute la zone fut atteinte. Une bombe, ayant échappé au troupeau, alla creuser son trou au milieu des chemins de planches. Les quatre amateurs de spectacle se jetèrent à plat ventre, tout contre l'abri illusoire de la baraque. Le sol se souleva sous eux en une convulsion qui abattit le mirador et bouscula la baraque.

La gerbe de débris et de feu qu'avait fait jaillir l'explosion retomba en pluie. Risquant un œil par-dessus ses bras repliés, Brabant aperçut une brouette intacte qui semblait s'être envolée et qui tournoyait, comme libérée de la pesanteur, à cinquante mètres du sol. Il vit aussi une boule de feu à chevelure de flammes foncer sur eux et venir fracasser la paroi déjà disloquée de la baraque. Sans doute, à l'intérieur, le réservoir du réchaud à essence avait-il répandu son contenu. L'incendie n'était qu'une question de secondes.

Werner saisit le bras de Clariond.

– L'extincteur est derrière la porte. Grouille-toi. Et n'oublie pas le manuscrit!

Brabant protesta :

– Laisse tomber. Tu ne vas pas risquer de cramer pour récupérer des papiers.

Mais Clariond, poussé sans ménagements par Werner, était déjà à l'intérieur. D'une giclée de mousse, il souffla la boule de feu comme une bougie.

La troisième vague arrivait sur l'objectif, dix minutes exactement après le début du raid. Dix minutes ou une éternité, on n'en savait plus rien. Elle visait, comme précédemment, la bande de terrain située le long du canal Hohenzollern sur laquelle voisinaient le complexe Klinker, les ateliers Speer, le chantier d'I.G. Farben et le *Bauhof*.

Tout ce qui, dans cette zone et ses environs, était bâti fut atteint et se mit à brûler. Le sol alentour semblait avoir été retourné par une charrue géante. A première vue, il ne restait rien à détruire et, selon toute vraisemblance, plus grand-chose à tuer. Mais les apparences sont trompeuses. Les choses et les gens ont la vie plus dure qu'on ne pense.

L'apocalypse déclenchée par la troisième vague concassa ce qui avait déjà été démoli, raviva l'incendie dans les ateliers effondrés, ensevelit indistinctement vivants et morts, fit taire les gémissements des blessés, transforma les péniches à quai en brûlots et le canal lui-même en un fleuve de feu.

Puis la D.C.A. se tut, comme épuisée. Dans le silence des canons, on entendit décroître le ronronnement du raid. Il ne resta plus dans le ciel devenu silencieux qu'une poussière âcre en suspension tendant au-dessus de la zone anéantie un voile opaque et poisseux.

Werner, le premier, se décolla du sol et s'ébroua. Les trois autres ne bougeaient pas. Il les secoua : vivants et pas même blessés. Hébétés seulement, sourds et aphones, meurtris par un poing invisible qui les aurait martelés des pieds à la tête.

Ils regardèrent et n'en crurent pas leurs yeux. A part la baraque, affalée sur le côté, éventrée mais néanmoins reconnaissable, rien ne subsistait de l'endroit où ils avaient vécu. Tous les repères sur lesquels il eût été possible de s'orienter, le bâtiment carré de Klinker, sa tour et son horloge, les pignons crénelés des halls de Speer avaient disparu. A leur place, un inextricable enchevêtrement de poutrelles métalliques faisait le gros dos. Sous cette carapace, l'incendie faisait rage et vomissait des torrents de fumée que le feu teintait de reflets rougeâtres.

On pouvait comprendre qu'un bâtiment frappé de plein fouet s'écroule sur lui-même et ne soit plus qu'un tas informe de décombres, mais trois cents brouettes, nom de Dieu, trois cents brouettes, en file sur deux kilomètres, cela ne se volatilise tout de même pas ! Eh bien, si. Il n'en restait pas une sur ce qui avait été leur trajet du chantier à la gare.

Cet escamotage occupait entièrement l'esprit embrumé de Werner.

– Y'a plus de brouettes, répétait-il en secouant la tête d'un air perplexe.

L'oustachi cherchait sa mitraillette, disparue elle aussi.

– Réveille-toi, grogna-t-il d'un air sombre, et ne m'emmerde pas avec tes brouettes. Il n'y a plus d'I.G. Farben, et ça c'est plus grave. Parce que ton or, tu pourras toujours le chercher...

Du chantier d'I.G. Farben ne subsistaient en effet que des tas informes de briques broyées dont l'emplacement correspondait grosso modo au plan des bâtiments détruits.

La zone entière n'était que cratères et crevasses que la vie avait désertés sans retour. Un spectre toutefois, venu on ne sait d'où, titubait sur ce terrain ravagé. Un autre apparut, englué de boue jaune, puis un troisième. Où s'étaient-ils abrités après que leurs tranchées eurent été comblées, retournées, écrasées au point que rien n'en rappelait le tracé ? Ils avaient survécu pourtant et tous les autres avec eux, qui émergeaient du néant et marchaient droit devant eux, les yeux morts.

Cette foule faisait illusion : les manquants se comptaient par centaines et les blessés également. C'était l'estimation de Werner et de l'oustachi après un comptage sommaire.

– Environ quatre cents morts et cinq cents blessés, annonça celui-ci au groupe d'officiers dont la voiture, cahotant de cratère en cratère, venait de stopper devant la baraque éventrée.

Ils étaient cinq, sanglés dans leurs uniformes, gantés, bottés de cuir brillant sur lequel la boue tranchait de façon incongrue. Devant eux, l'oustachi avec sa mitraillette opportunément retrouvée, mais tête nue, les cheveux raides de crasse, le visage barbouillé de terre, la vareuse aux boutons arrachés et le pantalon tire-bouchonnant sur les bottes, faisait figure d'accusé et déjà de coupable. Depuis quand un bombardement excuserait-il une tenue dépenaillée ?

– Pourquoi quatre cents morts ? Les avez-vous comptés ?

– Non, *Herr Obersturmführer*. Ils sont seulement manquants.

L'officier apostropha Werner :

– Quatre cents manquants et, parmi eux, combien en train de cavaler? Si tu ne veux pas aller au *Bunker,* tu as intérêt à retrouver les corps.

– Nous n'avons plus d'outils, plaida Werner.

Ce qu'ils avaient vu des ruines de Klinker n'inclinait pas les visiteurs à la patience. Là-bas, c'était sous des tonnes de béton et de ferraille qu'étaient ensevelis pêle-mêle survivants indemnes ou blessés et morts, dans une fraternité révoltante qui mélangeait maîtres et esclaves.

– Vous avez des mains, non? Creusez avec!

Ils repartirent, soulagés d'avoir gueulé un coup. Il en reste toujours quelque chose. Mais, dans ce cas précis, pas dans le sens qu'ils imaginaient.

– Enfoirés, maugréa l'oustachi. Quand ils auront morflé à leur tour, on verra la gueule qu'ils auront.

Avant de creuser, il fallait compter et, pour ce faire, retrouver des *Vorarbeiter.* Quelques-uns avaient fait surface mais dans un état de choc tel qu'ils étaient à peine capables de tenir debout. Leur demander d'aligner le troupeau hébété des rescapés sur un terrain bouleversé était inutile. C'eût été difficile en toutes circonstances, mais impossible aujourd'hui. On compterait donc comme on pourrait : par paquets, rassemblés entre les trous. Les Ukrainiens d'un côté, les Polonais d'un autre, les juifs enfin que déjà les rescapés de tout bord houspillaient comme s'il était prouvé que, par une connivence diabolique avec les assassins du ciel, ils avaient obtenu un rabais sur le prix en vies juives qu'aurait normalement dû coûter le raid. Il fallut une bonne semaine pour en établir le bilan. Speer et Klinker étaient à reconstruire de même que les docks du port fluvial. Pour I.G. Farben, la situation était moins grave. Il ne s'agissait que de murs soufflés certes, mais dont la reconstruction ne posait pas de problèmes.

En totalisant les blessés et les disparus, le *Bauhof* avait perdu la moitié de son effectif. La firme Radecke était en deuil. Le fils du vieil Otto, qui effectuait une visite de chantier au moment du raid, avait été enseveli dans l'abri qu'il partageait avec quelques cadres de la firme, dont l'*Obermeister.* Les interrègnes ne sont que du temps perdu; Werner attendait avec impatience l'arrivée de son successeur et ne doutait pas de parvenir à le mettre à sa botte.

Finalement, le raid avait été riche d'enseignements. En dégageant les débris des murs, Clariond s'aperçut que l'écroulement des parties hautes avait protégé les soubassements, de même que les premières rangées de briques, et qu'ainsi la quasi-totalité des caches avait été préservée.

Werner avait toujours vécu dans l'ombre, et pour cause. Tout ce qui pouvait le faire connaître et surtout reconnaître présentait pour lui un danger. Ses actes parlaient en son nom et le bruit qu'ils faisaient était assourdissant. Plusieurs journalistes et photographes, qui, après des mois de traque, étaient sur le point de percer l'anonymat de ce roi de la pègre, avaient appris à leurs dépens de quel prix pouvait se payer une curiosité malséante.

Inopinément, ses fonctions au camp l'avaient fait sortir de la clandestinité et il avait découvert que les précautions de toute sorte auxquelles il avait dû se contraindre pendant des années l'avaient en fait privé de liberté. Paradoxalement, il était plus libre maintenant qu'à l'époque de sa toute-puissance. Livré à ses propres réflexions, il n'eût sans doute pas réussi à interpréter le contentement diffus qui l'habitait. Il avait fallu que ce diable de Français le lui explique, cela et bien d'autres choses qu'il ressentait, de façon furtive ou même inavouable et qui constituaient les ressorts cachés de son comportement.

– Une sacrée mécanique, disait Brabant.

– Elle t'intéresse?

– Tu valais le déplacement.

Werner regardait la pile de feuillets avec perplexité et demandait d'un air faussement détaché :

– Je suis là-dedans, moi?

Le sourire dont Brabant accompagnait son hochement de tête l'assurait d'y être, non pas sous le stéréotype d'une photo d'identité judiciaire ou du portrait tracé par un juge d'instruction plus inspiré par sa conviction que par son modèle, mais en grandeur nature, sans souci d'avouer ou de taire, de défier ou de regretter, dans sa vérité, simplement, dont personne jusqu'à ce jour, pas même lui, ne s'était préoccupé.

Il tenait à cette notoriété et souhaitait qu'en cas de malheur elle puisse lui survivre. Aussi se refusait-il à l'exposer aux aléas de l'époque. Ce qui était bon pour l'or l'était pour les manuscrits. Il s'était procuré des douilles d'obus de 88 sur l'ouverture antérieure desquelles il avait fait adapter des tapes de cuivre. Chaque douille pouvait contenir un rouleau de cent feuillets.

– Clariond va sceller ça dès que reprendra le travail. Inutile de faire courir des risques à ma précieuse personne!

On remit la cabane d'aplomb et on éleva un nouveau mirador. Entre la gare et le chantier, les Ukrainiens damèrent un tracé sur lequel on réinstalla un chemin de planches. Il fallut combler des centaines de cratères à moitié remplis de boue liquide. Les juifs en furent chargés, non qu'ils eussent des dispositions particulières pour ce genre de travail, mais parce que, n'ayant aucune possibilité d'en venir à bout avec les moyens dont ils disposaient, ils pouvaient être taxés de paresse ou de sabotage et châtiés en conséquence. L'on faisait ainsi d'une pierre deux coups. Peu ou prou, les cratères finiraient par être comblés et lorsque ce serait chose faite on s'apercevrait que la main-d'œuvre attelée à ce travail aurait été consommée. Il n'en resterait rien.

– Pourquoi eux? demanda Clariond.

Pour Werner, la question était oiseuse.

– Et qui d'autre? Il y a au camp des règles non écrites mais néanmoins intangibles. Celle qui gouverne toutes les autres est que le travail le plus exténuant échoit aux internés de la catégorie la plus basse et que, de toutes les catégories, celle des juifs est la dernière. Personne n'y peut rien. C'est comme ça. Et si je l'ignorais, je ne resterais pas kapo vingt-quatre heures.

Ils étaient quelques-uns, peinant sur les parois glissantes d'un énorme cratère.

– Regarde, dit Werner. Pas un ne s'étonne, pas un ne se plaint de l'injustice dont il est victime, tant ils savent, tous, que leur place est au bas de l'échelle. Et, si tu veux mon avis, ceux-ci s'estiment heureux, car ils pensent avoir plus de chances de survivre ici qu'à l'endroit où normalement ils devraient se trouver, Auschwitz, Belzec ou Treblinka...

Comblés, les cratères se révélaient des pièges d'une traîtrise redoutable. Leur surface plane faisait illusion. L'eau remontait à travers les mottes spongieuses et transformait le remblai en une masse sans consistance dans laquelle on s'enlisait. Pour un pas de trop à gauche ou à droite, plusieurs Ukrainiens avaient connu pareille mésaventure. On les avait sauvés de justesse et ils n'avaient rien eu de plus pressé que d'accuser les juifs d'avoir à dessein comblé les trous de bombes avec de la boue. Pourquoi ceux qui boivent le sang des nouveau-nés chrétiens à l'occasion de la Pâque ne seraient-ils pas capables de comploter le meurtre d'innocents Ukrainiens? Il y avait du pogrom dans l'air.

Inadmissible. Non pas le pogrom, mais le désordre dont il s'accompagne. Werner eut tôt fait de repérer le meneur. Il s'en approcha d'un pas vif et lui assena sur la nuque un coup de trique qui l'étendit raide.

Clariond s'étonna de ne ressentir ni dégoût ni pitié. Tout juste de la curiosité.

– Je croyais, dit-il, que le maître ne frappait jamais lui-même.

– Jamais, c'est beaucoup dire. Je ne le fais que rarement parce que ça donne du prix à mes coups de trique. Il n'y a rien de tel que l'exemple. Regarde autour de toi : personne n'a pipé et tout le monde s'est remis au travail.

Rien dans l'attitude lasse et résignée des Ukrainiens ne rappelait la flambée de violence qui, l'instant d'avant, en avait fait une bande de furieux. Ils avaient repris la pose des madriers sur la piste damée sans plus s'inquiéter du voisinage des juifs englués dans la boue de leurs trous.

Les Polonais aussi avaient retrouvé leur chantier. Ils s'affairaient le long des murs écroulés et triaient les briques utilisables dont ils détachaient, d'un coup sec du tranchant de leur truelle, la couche de ciment adhérant à leurs parois.

Dans trois jours, la construction pourrait reprendre. C'est ce que Werner déclara au nouvel *Obermeister,* un mutilé de la Wehrmacht, dont la foi dans la victoire et l'amour du Parti avaient pourri comme le bras puant la gangrène dont un chirurgien totalement démuni l'avait amputé, sans anesthésie, quelque part dans la steppe russe.

Clariond scella le manuscrit de Brabant dans le mur sud du bâtiment de direction d'I.G. Farben le 20 novembre 1943. Il tenait dans six douilles d'obus de 88 qui prirent place dans un évidement de 2,50 mètres de long sur 10 centimètres de large.

Brabant, néanmoins, continuait à écrire.

– Tu n'avais pas fini ? s'inquiéta Werner.

– Provisoirement, si. Mais, tant que le camp et moi nous existons, la fin est repoussée à plus tard. Clariond en sera quitte pour ajouter une douille dans le mur tous les mois.

L'hiver s'annonçait rude. La première neige tomba avant le début décembre, ce qui était rare dans la région. Des déluges de pluie suivirent. Il gelait la nuit et la glace se transformait en gadoue aux premières heures du jour.

– Un temps à attraper la crève, disait le docteur Coullomb.

Il l'avait affirmé maintes fois, et le répétait. Exposé deux heures par jour au vent et à la pluie, bientôt à la neige et la glace, immobile sous sa défroque rayée, Brabant ne passerait pas l'hiver. Une planque au *Revier,* à quelque titre que ce fût, était son unique chance de survie. Schnabel, le *Schreiber,* était en assez bons termes avec l'*Arbeitsdienst* [1] pour l'obtenir, à condition qu'elle fît l'objet d'une demande émanant d'un médecin S.S. Et la chance voulait que Sigmund Fieseler, le *Lagerartz* [2], fût en

1. Bureau de la main-d'œuvre.
2. Médecin-chef du camp.

quelque sorte l'obligé du docteur Coullomb. Une demande signée Fieseler, médecin commandant et protégé d'Himmler, ne se discutait pas : elle était un ordre. Encore fallait-il l'accord du principal intéressé. Or, même au seuil de l'hiver, et connaissant mieux que personne les risques qu'il courait, Brabant refusait l'idée de s'enfermer au *Revier*.

C'est un fait : telle qu'elle était organisée, la journée au *Bauhof* réservait aux occupants de la baraque une suite d'agréments dont la somme pouvait parfaitement tenir lieu de bonheur, tant elle tranchait sur l'horreur ambiante.

Il y avait, pour commencer, l'arrivée à la baraque au sortir de l'appel. Il faisait encore nuit noire. La pluie ou la neige striait le halo sphérique des lampes à arc. Le froid attaquait les corps, en adoptant une tactique différente selon qu'il s'accompagnait d'averses ou de bruine, de vent ou au contraire de ce calme angoissant par lequel le gel pétrifie choses et gens. Pris en main par les *Vorarbeiter*, les groupes d'internés commençaient une journée nouvelle sous les cris et les coups.

Fermée la porte sur le froid, la tempête, la nuit et le tourment des damnés, la baraque devenait un monde clos, préservé, d'un confort presque douillet. La lumière tamisée par un abat-jour de papier donnait du moelleux au mobilier sommaire de la pièce et en adoucissait la rigueur. Bourré jusqu'à la gueule, le poêle ronflait. On se déchaussait. Les pieds bleuis de froid semblaient aussi durs que le bois des galoches. Il fallait un bon quart d'heure pour les dégeler.

Le passage subit du froid à la chaleur faisait étouffer Brabant. Dans ses poumons, dont les parois et les alvéoles, les bronches mêmes, lui semblaient lourds de glace, survenait une débâcle dont il n'arrivait pas à maîtriser le tumulte. Les autres le regardaient, vaguement gênés. Une toux comme celle-là, au début de l'hiver, chacun savait ce qu'elle signifiait. En général, la crise était brève. Brabant donnait l'impression de s'être libéré, en l'accomplissant, d'une corvée obligatoire. Singeant Werner dont il imitait à la perfection la voix et les mimiques, il s'apostrophait lui-même :

– Eh bien, *Hausfrau*, ce petit déjeuner, c'est pour aujourd'hui ou pour demain ?

L'*Obermeister* manchot n'avait pas été long à se mettre au parfum. Ce qu'il savait de la façon dont les siens s'étaient conduits en Russie le faisait mal augurer du comportement des Russes lorsque, par un retour des choses sans doute légitime, ils deviendraient à leur tour des occupants. Lui, en tout cas, n'en serait pas le témoin. Finie, l'Europe! L'Amérique l'accueillerait, car il se présenterait, à sa porte, le portefeuille bien garni. Il s'y préparait dès maintenant, en accumulant dollars et livres sterling fraîchement sortis des presses du block 19. Moyennant quoi, le petit déjeuner de la baraque du *Bauhof* fleurait bon le vrai café et les œufs frits.

– C'est pour aujourd'hui, *Herr Oberkapo*. Avec en prime des saucisses.

On passait à table. Avant de gagner sa place, Clariond jetait un coup d'œil à l'extérieur. Des formes s'agitaient dans l'ombre, apparaissaient une seconde dans la lumière des projecteurs comme des personnages de lanterne magique. De nouvelles brouettes avaient remplacé celles qui s'étaient volatilisées sous les bombes, et la ronde avait repris. En tendant l'oreille, on pouvait percevoir le piétinement rythmé des galoches sur les madriers du chemin.

Il y avait quelque chose de fascinant dans le spectacle de la danse chaotique des spectres rayés. L'un d'entre eux s'échappait parfois de la file des charrettes et surgissait dans l'aire balayée par un projecteur. Il s'arrêtait, nimbé de lumière, levait au ciel son visage décharné, ouvrait la bouche pour hurler on ne sait quoi et s'écroulait entre les bras de sa brouette.

Clariond regardait, se forçait à regarder et n'éprouvait pas de honte. Il lui avait fallu des mois pour parvenir à ce résultat. Il serait toutefois dit qu'avec lui rien, jamais, ne serait acquis. Déjà, au fond de lui-même, le doute s'installait et commençait son travail de sape.

Il n'éprouvait plus ni honte ni pitié. Soit. Une cuirasse d'indifférence l'en protégeait. Mais cet égoïsme n'était-il pas monstrueux et que pouvait-il en penser? Que pouvait-il, surtout, penser de lui-même?

Avec accablement, il quittait la fenêtre et s'asseyait à table. Mangeant à sa faim, il pouvait s'offrir le luxe de sentiments délicats et de mouvements d'âme propres à lui couper l'appétit.

– Tu ne manges pas? demandait Brabant.

– Je n'ai pas faim.

– Voilà une réflexion à inscrire au Livre d'Or du camp!

Clariond haussait les épaules. De quel métal était donc fait ce type que rien ne pouvait entamer? Il opposait un front serein à l'adversité mais ne se réjouissait pas si le vent venait à tourner. Il ignorait la souffrance, s'abstenait de juger et de condamner, comme s'il n'existait aucun étalon, aucune référence permettant de délimiter la frontière entre le bien et le mal, le plaisir et la douleur, la honte et la fierté.

Il était aussi à l'aise dans le monde héroïque où Mongredien évoluait que dans le cloaque des bas-fonds de Berlin où l'entraînaient Alfred et Werner. Bienvenu dans l'un et l'autre, mais à titre d'invité. Il n'avait que faire des bons principes et des grands sentiments, trouvait normal que les gros bouffent les petits et souhaitable que la morale ne triomphe qu'occasionnellement, ne fût-ce que pour en sauvegarder le prix. Tout cela étant dit avec un sourire qui démentait ses paroles.

Ce qu'il pensait, ce qu'il ressentait, ce que cachaient éventuellement son sourire et son indulgence, personne n'eût su le dire.

Une seule certitude : il se plaisait au *Bauhof* où il avait ses habitudes et n'envisageait pas d'acheter sa sécurité au prix d'une vie dans l'atmosphère pestilentielle du *Revier*.

– Pestilentielle, bougonna le docteur Coullomb, c'est vite dit!

Depuis deux ans qu'il séjournait au *Revier*, son odorat avait, heureusement pour lui, perdu de sa finesse. Mais il est vrai que, d'une baraque à l'autre, la situation variait du tout au tout et qu'il n'y avait rien de commun entre les installations du *Revier* I, dont le confort apparent avait quelque chose d'insolite, et celles du *Revier* V, où s'entassaient sans soins et sans hygiène plus de mille malheureux couverts de vermine.

Une commission de la Croix-Rouge avait visité les premières et jugé inutile de pousser ses investigations. Il était clair, à ses yeux, qu'il existait au camp un ensemble hospitalier de qualité plus qu'acceptable.

Les membres de la commission avaient vu des malades dans des lits aux draps blancs et des médecins dont la blouse leur avait fait oublier l'uniforme noir qu'elle recouvrait. S.S. sans doute, mais médecins. Ils en avaient aperçu d'autres, détenus ceux-là, dont la blouse recouvrait un *zebra*, mais n'avaient pas pu leur parler.

La mystification était de taille. Le *Revier* I était le bloc des cobayes. Les maladies qu'on y traitait avaient été préalablement provoquées, en général par l'inoculation du virus sur lequel des spécialistes, ou soi-disant tels, poursuivaient des recherches. C'était également le cas des blessures – traumatismes divers, plaies par balles et explosifs, brûlures – auxquelles étaient appliqués des traitements souvent farfelus, nés de l'imagination et de la fantaisie du personnel médical S.S.

– Des branquignols, dit Coullomb, dont le chef, Sigmund Fieseler, ferait un bon comique s'il n'était un assassin.

L'entrée de Fieseler dans les services d'hygiène de la S.S. avait ouvert d'extraordinaires perspectives à son ambition. Himmler, dont il avait été autrefois le condisciple et qu'il revoyait de temps à autre, lui avait conseillé de se consacrer à une œuvre de grande ampleur.

– Du jamais vu, dit le *Reichsführer,* quelque chose de hardi, une théorie nouvelle dont la démonstration sera portée au crédit de la science S.S. Voilà ce que le Führer attend, et qu'il saura reconnaître de façon éclatante.

Fieseler s'était mis en quête d'un grand projet. Quelle est la durée de survie d'un naufragé dans l'eau glacée? Quelles sont les possibilités de le ranimer? Thème intéressant, bien que de portée limitée. Il avait fait aménager un bassin dans lequel flottaient en permanence des pains de glace et y avait immergé, par dizaines, jusqu'à ce qu'ils perdent conscience, des Russes, choisis pour leur résistance au froid. Puis il avait recherché la méthode de réchauffement et de réanimation la meilleure. Chaleur humide, chaleur sèche, décharges électriques, il avait tout essayé. Les résultats les plus spectaculaires avaient été obtenus le plus simplement du monde, en enroulant dans une couverture le cobaye et une femme, l'un et l'autre nus et étroitement enlacés. Au bout d'une heure, on allait aux résultats. La moitié des cobayes ne survivaient pas. Mais les autres s'en tiraient, parfois fort bien, comme ce bûcheron sibérien, véritable ours polaire, qui, à peine dégelé, s'était offert le luxe de faire l'amour à sa partenaire.

Mis au courant de ces expériences, Himmler fit la moue. Le Führer, dit-il, attendait autre chose. Il mit Fieseler en garde. Pendant qu'il jouait au maître baigneur, Mengele, à Auschwitz, était en passe de réussir un coup de maître. On disait que, d'ores et déjà, il avait percé le secret de la gemellité et qu'il mettait la dernière main à une méthode permettant de procréer à volonté des jumeaux. Offrir au Führer la possibilité de doubler la capacité de procréation allemande, c'était, convenons-en, autre chose que de réchauffer un bûcheron sibérien avec un cataplasme humain.

Avec amertume, Fieseler abandonna à leur sort les naufragés des mers froides. Un grand dessein! Himmler lui passait le mot comme s'il lui refilait le tuyau gagnant pour le trot attelé du dimanche! Pendant des mois, Fieseler se battit les flancs et se creusa les méninges. En vain. Il n'est toutefois pas d'exemple qu'à force de chercher on ne finisse par trouver. Ce fut son cas. Et sa trouvaille était de celles sur lesquelles se fonde une réputation scientifique de premier plan. Qu'on en juge.

Première proposition : la doctrine communiste est une perversion de l'esprit. Ceux qui la propagent sont donc des pervers.

Deuxième proposition : aux particularités morphologiques de la race juive – qui sont connues – doit correspondre une organisation cérébrale spécifique dont le comportement juif est issu.

Troisième proposition : considérant la proportion de juifs parmi les commissaires politiques de l'armée rouge, on constate qu'il existe chez les juifs une prédisposition particulière à la perversion communiste.

Le médecin-commandant Fieseler proposa d'effectuer une étude exhaustive de la question et, pour ce faire, demanda que lui fussent envoyés, vivants, tous les commissaires politiques juifs qu'il serait possible d'identifier dans les camps de prisonniers russes.

Elle visait en particulier à trouver, d'un sujet à l'autre, les constantes et les points de concordance au triple niveau de la psychologie, des fonctions cérébrales et nerveuses et pour finir de la morphologie.

Pour la première fois dans l'histoire de la médecine pourraient être conduits successivement, et sur des sujets sélectionnés à cet effet, des examens *in vivo* et des études *post-mortem* permettant la vérification du bien-fondé des hypothèses émises. Pour couronner le tout, Fieseler proposa la constitution d'un musée anatomique à partir des sujets étudiés.

Le sous-sol du *Revier* I fut donc aménagé, sur deux cent cinquante mètres carrés, en vue de permettre les autopsies qu'exigerait, par centaines, l'exécution de ce programme.

Telle était l'ambition du médecin-chef, tyrannique au point d'exiger qu'il lui consacrât tout son temps. Les malades n'y perdaient pas, car il était aussi piètre médecin que médiocre chef de service. Malheureusement, ses adjoints ne valaient guère mieux. Certains n'avaient pas achevé leurs études ou avaient échoué à l'épreuve du doctorat. D'autres s'étaient vu retirer le droit d'exercer à la suite d'incidents qu'il valait mieux oublier, puisque leur entrée à la S.S. avait eu pour effet d'effacer le passé.

Moyennant quoi, ils pontifiaient et posaient des diagnostics, ce qui ne tirait pas à conséquence, mais se mêlaient aussi d'opérer, à tort et à travers, pour se faire la main, que certains avaient dévastatrice.

Leur nullité fut la chance de Coullomb et de son équipe. Lorsque, après une série d'interventions que n'aurait osé signer le pire des bouchers, Fieseler s'avisa de ce que, si elles étaient connues, les statistiques de son service Chirurgie pourraient le desservir, il convoqua le groupe des détenus-médecins jusqu'alors cantonnés dans les rôles de balayeurs et de vide-pots.

L'autorité naturelle et l'expérience de Coullomb le désignaient pour être le porte-parole de ses confrères.

Il effectua aux côtés de Fieseler une visite détaillée du *Revier* I. Cinquante patients relevaient de la chirurgie et, vu l'état de leurs blessures, de la chirurgie d'urgence. Coullomb opéra et Fieseler signa les protocoles opératoires sans que rien dans l'attitude de l'un ou de l'autre pût faire penser qu'il y eût là quelque chose d'inhabituel. Il en fut de même des autres chirurgiens qui, de ce jour, opérèrent les cas graves, sous le nom des médicastres S.S. Des nègres, en somme! Tout le monde, finalement, y trouva son compte, en particulier Coullomb sur qui Fieseler se déchargeait de plus en plus de tout ce qui n'était pas son grand œuvre.

– J'ai besoin d'un infirmier, d'un aide, d'un rédacteur, d'un interprète, disait le chirurgien. Voici les noms.

Fieseler signait. Et les *Revier* II et III, qui, peu de temps auparavant, n'étaient que des mouroirs, devinrent petit à petit, et bien qu'avec des moyens dérisoires, des unités de soins.

Le froid ne fit véritablement son apparition qu'à la mi-décembre. Précédé de rafales de vent et de neige, il s'était montré indécis pendant une bonne semaine, puis s'était ravisé. Le camp s'était réveillé un matin dans un paysage figé sous une neige dure comme pierre.

Pour Coullomb, c'était l'alarme. Il se rendit à la baraque 13 après l'appel du soir et trouva Brabant, allongé sur sa couchette, les yeux clos. Du regard, il interrogea Clariond qui haussa les épaules avec accablement.

– Brabant, mon petit, quand seras-tu raisonnable?

– Je le suis, toubib. Demande à Clariond, qui m'a confectionné une armure antifroid. Je l'ai supportée pendant toute la durée de l'appel.

L'armure antifroid était un luxe, moins exorbitant, il est vrai, au *Bauhof* qu'ailleurs. Elle était constituée d'un sac de ciment dont on échancrait le fond, suivant une découpe semi-circulaire pour permettre le passage de la tête et sur les côtés duquel on avait pratiqué deux ouvertures faisant fonction d'emmanchures. Il fallait être très maigre pour enfiler ce vêtement, et même dans ce cas il était nécessaire de se faire aider pour y parvenir. Il était raide et cassant, aussi irritant qu'un cilice et d'autant plus inconfortable qu'il ne pouvait être porté qu'à même la peau, sous le *zebra*. Mais il constituait une protection très efficace contre le froid et le vent, particulièrement recherchée dès que s'installait l'hiver. Lorsque la demande culminait, il pouvait valoir six ou sept rations de pain, ce qui était à la fois beaucoup, pour des gens dont c'était l'essentiel de la nourriture d'une semaine, et peu si l'on considérait que cette curieuse tunique leur sauvait la vie. Au *Bauhof*, où la matière première abondait, il ne valait jamais plus deux rations.

L'entêtement de Brabant irritait d'autant plus le docteur qu'il lui paraissait infondé.

– Il y a un an, plaida-t-il, j'aurais compris ta répugnance. Nous n'étions rien, nous ne pouvions rien. Aujourd'hui, tout a changé.

– Tout, vraiment, même le *Revier* V?

– D'accord, ce qui s'y passe est révoltant. Mais tu n'auras rien à voir avec le V.

– Sauf d'en être le complice, comme tu l'es de Fieseler, pour le compte de qui tu opères au *Revier* I.

Coullomb prit le parti de rire.

– Et toi, jeune homme, qu'es-tu d'autre lorsque tu écris, bien au chaud dans la baraque de Werner, pendant que les Ukrainiens, juste à côté, crèvent entre les brancards de leurs brouettes? Tu es complice, moi aussi, et nous avons raison. Des scrupules? Sans blague! Tu sais aussi bien que moi que le mot est inconnu ici.

Pour Clariond, cet entêtement allait de soi. Il était, trait pour trait, celui du frère disparu auquel il l'avait totalement identifié. L'un comme l'autre refusaient d'admettre la fatigue, la maladie, l'adversité et faisaient face quel que fût le défi.

Le dernier qu'eût relevé Pierre lui avait été fatal. Pour Brabant, l'issue n'était pas moins certaine s'il persistait à nier l'évidence. Il avait tenu trois semaines encore, pendant lesquelles son état s'était sérieusement détérioré. Sans doute souhaitait-il que Clariond en parlât, ne fût-ce que pour réfuter ses arguments et prétendre qu'il se sentait plutôt mieux que les jours précédents. Celui-ci s'en gardait bien, comme il l'eût fait s'il s'était agi de Pierre, sachant par expérience que, la lassitude aidant, il finirait par baisser sa garde. Ce qui avait été vrai pour l'un ne pouvait que l'être pour l'autre.

Il avait cédé, inopinément, ce jour de janvier, si froid que l'air qu'on respirait vous incendiait les bronches. L'appel avait été interminable. De retour à la baraque, Brabant s'était effondré sur son châlit.

L'heure de vérité approchait. Mais il lui restait à s'en convaincre, et à couper les ponts, de lui-même et définitivement, avec l'illusion qu'il s'était évertué à cultiver.

– Ça ne va pas? lui avait demandé Clariond d'un air plus curieux qu'inquiet.

Brabant avait baissé la tête.

– Cette fois-ci, c'est sérieux. Je crache le sang.

Il ne fallait pas se laisser prendre à ce que ces mots avaient de définitif. Dans la partie que jouait Brabant, ils n'étaient qu'une annonce, qui appelait des enchères et des contres. Clariond connaissait le procédé et savait que s'il s'inquiétait, l'autre en prendrait prétexte pour minimiser la portée de ses paroles.

Le tour qu'alors prendrait le dialogue n'était que trop prévisible.

– C'est la première fois que ça se produit?

– Non, non, ça m'est arrivé souvent.

– Il faudrait quand même prévenir Coullomb.

– Surtout pas. Demain, il n'y paraîtra plus.

Il fallait au contraire l'amener à confirmer ce qu'il souhaitait démentir, en feignant de ne pas prendre son affaire au sérieux :

– Tu craches du sang? Rien de surprenant. Avec le temps qu'il fait, on se gèle les couilles. Pourquoi pas les poumons? A moi aussi, c'est arrivé.

Et, pour faire bonne mesure, Clariond pirouetta devant un Brabant soudain désireux d'être cru.

– Je te dis que c'est grave.

– C'est le moral qui ne va pas.

Brabant lui adressa un pauvre sourire.

– Ne te fatigue pas. Tu sais aussi bien que moi où j'en suis.

Clariond répondit après un long silence :

– Eh bien, oui, je le sais. Tu t'es battu superbement, mais avec des armes périmées. Il faut tourner la page et te battre encore avec d'autres armes, c'est tout.

– Je ne suis pas sûr de le vouloir...

Depuis le départ de Brabant pour le *Revier*, les rites de la vie quotidienne dans la baraque de Werner semblaient avoir perdu leur substance. On continuait de les pratiquer, machinalement, sans y croire.

– *Ach, Scheisserei!* avait grommelé Werner lorsqu'il avait appris que son écrivain quittait le *Bauhof.*

Mieux qu'un discours, cette locution traduisait les sentiments qui, pour la première fois de sa vie, l'agitaient. L'admiration, l'amitié, le besoin de protéger, la révolte devant l'injustice et la connerie de la vie. Tout cela en vrac et sans crier gare. C'était beaucoup à la fois, et son humeur s'en ressentait. Les Ukrainiens ne furent pas longs à s'en apercevoir.

Autant Werner était amer, autant Clariond se sentait apaisé.

Pour son malheur, il avait eu pendant une fatale seconde la vie de son frère entre ses mains et, pour le moins, n'avait pas su la retenir. Mais Pierre revivait en Brabant et, par deux fois, il l'avait sauvé. Jamais autant que pendant les jours qui suivirent l'entrée de Brabant au *Revier* il ne se sentit délivré du remords qui l'oppressait, et même de la menace de sa résurgence.

Brabant, lui, n'avait fait confidence à personne de ce qu'il ressentait. Il avait apparemment retrouvé sa sérénité et rien, dans son comportement, n'indiquait que sa vie au *Revier* ne lui convenait pas.

D'ailleurs, comme *Schreiber* au *Revier* II, il n'était vraiment pas à plaindre. Les deux salles de médecine et de chirurgie étaient surpeuplées, bien sûr, mais dans l'ambiance du camp elles apparaissaient comme des havres de paix et d'espoir. A condition de fermer les yeux sur ce que recouvraient les apparences, on pouvait y mener une vie relativement agréable. Il fallait notamment oublier que l'autorité de l'équipe soignante pouvait à tout moment être remise en cause, par n'importe lequel des médecins S.S., dont le pouvoir était discrétionnaire et les décisions sans appel. A leur guise, ils pouvaient déclarer guéri un grabataire et en recherchaient l'occasion sous le prétexte de débusquer saboteurs et tire-au-flanc. Aussi Coullomb cachait-il ses malades les plus graves – et donc les plus menacés – lorsque la visite de l'un d'entre eux était annoncée. Mais il n'était pas à l'abri des visites surprises, à la suite desquelles les malades réputés guéris quittaient le *Revier,* allongés sur des civières, pour le centre de convalescence du camp, c'est-à-dire la chambre à gaz de la station Z.

Il fallait surtout ignorer le sort des malades et blessés du *Revier* III, réservé à la chirurgie septique, où s'entassaient sur des châlits à trois étages blessés et opérés pêle-mêle, dans une odeur de viande pourrie.

Pire encore, le *Revier* IV, celui des tuberculeux, pour lesquels le temps d'hospitalisation réglementaire était respecté, soit par extinction naturelle, soit par départ en convalescence.

Le dernier enfin, le *Toten Revier,* le *Revier* de la mort, celui des typhiques et des dysentériques, entassés tête-bêche à cinq ou six par châlit, sous une même couverture, si faibles qu'ils ne pouvaient plus se lever et se vidaient sur place. L'horreur absolue.

Tout ce que le système concentrationnaire avait de dément, de pervers, de monstrueux et d'idiot se retrouvait ici rassemblé, combiné, amplifié et sur ce monde caricatural régnait une caricature de médecin. *Alles in ordnung!*

La journée de Brabant commençait par une corvée éprouvante à l'heure du rassemblement sur la place d'appel. Il devait visiter les cinq blocks du *Revier* et relever les matricules des morts de la nuit. A partir de ces données, il rédigeait l'état quotidien des malades hospitalisés et le soumettait à la signature du *Lagerartz*. Cette pièce devait parvenir au *Rapportführer* avant la fin de l'appel puisqu'elle entrait dans le décompte général des effectifs du camp.

Au *Revier* I, chaque cas faisait l'objet d'une fiche détaillée sur laquelle figuraient, après le diagnostic de la maladie traitée ou la description clinique de la blessure opérée, les soins prescrits, l'évolution du mal et la cause précise du décès : aussi précise que fantaisiste car, s'agissant de cobayes, à part les noms et les matricules, toutes les indications portées sur les fiches étaient fausses.

Brabant se bornait à vérifier que les matricules indiqués correspondaient à ceux des malades décédés. Le reste ne le concernait pas. Son rendez-vous avait lieu dans le *Waschraum* [1], transformé en morgue pour la circonstance. Il passait sa funèbre revue, s'arrêtant devant chaque corps, et relevait le matricule marqué au crayon à encre sous la plante du pied droit. Au *Revier* I, c'était vite fait, parce que les dossiers étaient bien tenus et qu'en moyenne il ne mourait pas plus de trois ou quatre cobayes par jour.

Aux *Revier* II et III, dont Coullomb tenait à jour les dossiers, les fiches étaient également classées avec méthode, à une différence près, mais de taille : elles émanaient d'un médecin et non d'un assassin et reflétaient avec exactitude l'activité hospitalière des deux blocks. Cent cinquante allongés au II, trois cents au III, avec une mortalité élevée mais non encore scandaleuse. Brabant décomptait dans les deux *Waschraum* une dizaine de décès quotidiens.

Avec le IV commençait l'épreuve redoutée. Les tuberculeux qui y étaient admis en étaient au stade ultime de la maladie et n'avaient plus guère que quelques semaines à vivre, à moins que le *Lagerartz* ne les considérât comme guéris et ne décidât de les envoyer sans délai en convalescence, selon le terme consacré. A défaut de nourrir les malades, il nourrissait les statistiques, ce qui, d'ailleurs, n'intéressait rigoureusement personne.

Tuberculeux! Brabant savait qu'il l'était sans que quiconque le lui eût dit, et il s'efforçait d'apprivoiser l'idée qu'il existait une communauté de destin entre lui et les mourants du *Revier* IV.

1. Espace où étaient installés lavabos et sanitaires.

L'être halluciné, traînant entre les châlits sa silhouette décharnée, c'était lui, à quelques mois près. Seule les différenciait une question de calendrier.

Il n'osait s'avouer le dégoût qu'il lui inspirait. Dégoût et pitié mélangés, révolte aussi contre soi et contre les autres.

Chacune des baraques avait sa puanteur spécifique. Celle du *Revier* IV était plus entêtante qu'agressive et par là même plus inquiétante.

– Combien aujourd'hui?

Les *Stubedienst* du IV, comme d'ailleurs du V, étaient des verts qui faisaient payer aux malades la disgrâce d'une affectation qui se situait tout en bas de l'échelle des planques.

– T'as qu'à compter. Ils sont au *Waschraum.*

Devant les corps enchevêtrés, il avait un sursaut de révolte.

– Tu ne pourrais pas les allonger décemment?

Le *Stubedienst* ricanait.

– Ça manque de fleurs, peut-être?

– J'ai dit décemment. Comment puis-je faire un comptage avec un pareil entassement? Et, en plus, les matricules n'ont pas été marqués.

– Chacun son boulot. Moi, je les amène au *Waschraum.* Un point, c'est tout! Pour le reste, tu te démerdes.

Brabant séparait les corps et les marquait au pied. En moyenne, une vingtaine chaque matin.

A la sortie du IV, il offrait son visage au vent glacé pour une brève mais indispensable purification. L'air lui semblait soudain parfumé. Il respirait à fond, pour en faire provision avant de plonger dans l'atmosphère méphitique du V.

Nul ne savait si les corps entassés sur les châlits du block étaient ceux de morts ou de vivants. La frontière entre les deux états, ordinairement précise et tranchée, semblait avoir été gommée ici, au profit d'un état intermédiaire aux contours flous et imprécis. Le V étant un mouroir au sens propre du terme, il eût été inutile et superflu d'en confier la charge à un médecin. Le chef de block en parcourait les salles une fois par jour, suivi de ses quatre *Stubedienst,* pour dénombrer les morts les plus évidents, qu'il faisait traîner jusqu'au *Waschraum* par des moribonds en général trop épuisés pour effectuer l'aller-retour. Ils se laissaient simplement glisser sur le carrelage et attendaient sur place d'en finir avec leur agonie, qui ne se prolongeait que rarement au-delà de quelques heures.

Pour Brabant, le temps pressait. Sur la place d'appel, la cravache du chef de camp devait se faire impatiente. Fieseler connaissait le prix qu'il attachait à l'ordre et à la ponctualité. Sa propre impatience en était augmentée. Même en se dépêchant, il fallait parfois quinze minutes à Brabant pour établir le décompte du V, rarement inférieur à cinquante unités.

Il quittait le block le cœur au bord des lèvres, maudissant la hideur, la purulence, l'ignominie dans lesquelles il devait patauger. Ce n'était plus du dégoût qu'il ressentait pour les victimes, mais une haine rageuse, aveugle, imbécile, à l'image sans doute de celle qu'avaient voulue les théoriciens du système.

– J'avais raison, confia-t-il à Coullomb, lorsque j'affirmais qu'il était préférable de geler que de pourrir.

– Allons, pas de morosité! répliqua celui-ci. Tu n'as à assumer aucune responsabilité au IV et au V, rien à y voir et y sentir, rien à ressentir non plus. Le V existait lorsque tu étais au *Bauhof*. Tu savais ce qui s'y passait, puisqu'à l'époque tu m'en avais parlé. Cela ne t'empêchait pas de vivre et même de bien vivre. Quelle différence aujourd'hui?

– Celle qu'il y a entre savoir et voir.

– Maintenant que tu as vu, tu devrais reconnaître que tu es bien loti, car, s'il existe une différence entre voir et savoir, il y a un monde entre savoir et participer. Les *Stubedienst* du V sont plus à plaindre que toi.

– Tu les as regardés? Des bêtes brutes, une racaille sans nom.

– Qu'est-ce que tu en sais? Il leur a fallu se blinder pour survivre.

– Ça n'a pas dû leur être difficile : tous des verts!

Coullomb serra l'épaule de Brabant et l'obligea à le regarder.

– Écoute-moi, petit. Personne ne peut se vanter de connaître le fond de l'enfer pour la simple raison que l'escalier qui y mène n'a pas de fin. Sais-tu qu'à Auschwitz, tous les trois mois, huit cents hommes sont choisis au hasard, sans autre critère que leur force physique, pour constituer le *Sonderkommando* [1], chargé de la manutention des dix, quinze, parfois vingt mille victimes quotidiennes du camp? Qu'ils participent au cycle complet de leur anéantissement, depuis l'entrée dans les chambres à gaz jusqu'au transport des cendres? Qu'il leur arrive de reconnaître un père, une femme ou un enfant parmi les corps qu'ils traînent jusqu'aux fours? Sais-tu qu'avant de les enfourner ils arrachent systématiquement leurs prothèses dentaires et que l'or ainsi récupéré, fondu sur place et acheminé sur Sachsenhausen, est celui-là même que ton ami Clariond planque dans les murs d'I.G. Farben? Pourquoi tous les trois mois? Simplement parce que c'est la durée de vie du *Sonderkommando* et qu'à l'issue de celle-ci il est liquidé. Le *Sonderkommando* fonctionnant actuellement est le onzième depuis la création d'Auschwitz.

1. Commando spécial.

Brabant pâlit.

– Comment l'as-tu appris ?

– Par Samuel Sternberg, le violoniste qui faisait partie de l'orchestre d'Auschwitz avant d'être transféré ici. Une fois par semaine, l'orchestre se transportait dans l'enceinte du *Krematorium* et jouait pour le *Sonderkommando*. Cela contribuait, selon le docteur Mengele, à combattre le stress que provoquait chez les hommes leur très spécial travail. Tu te demandes peut-être de quelle matière ils sont faits pour pouvoir accomplir leur épouvantable besogne ? Ne cherche pas. Ils n'ont rien de spécial. Il y a parmi eux des croyants et des athées, des riches et des pauvres, pas mal de lâches, et quelques héros, mais surtout des paumés, exactement comme ici. La seule différence, c'est que l'escalier d'Auschwitz s'enfonce plus avant dans l'enfer que celui de tous les autres camps. Les *Stubedienst* du *Revier* sont de ce bois-là.

» Verts ou rouges, le problème est le même : c'est eux ou toi.

Coullomb réfléchit aux moyens de venir en aide à Brabant, c'est-à-dire, en fait, de mettre à la raison les *Stubedienst* du *Revier*. Seul, à son avis, Werner en était capable. Ce n'était pas une question de compétence, mais d'autorité. Le docteur rencontra Clariond le soir même.

– Si Werner n'intervient pas, lui dit-il, Brabant ne pourra pas tenir le coup. Il l'aime bien, je crois. Demande-lui de faire quelque chose.

Ainsi qu'on pouvait s'y attendre, Werner trancha dans le vif. Il fit irruption dans les bureaux du secrétariat avec sa gueule des mauvais jours et alla droit au plus gradé des *Schreiber*, vert comme lui, une vieille connaissance des années 30, dont il lui était arrivé d'utiliser les talents de maître chanteur.

– Salut, Rudolf.

– Que puis-je faire pour toi ?

Werner fit glisser un papier sur le bureau. Le *Schreiber* y lut un nom et un matricule.

– Qui est ce type ?

– Un *Stubedienst* du *Revier* IV.

– Et alors ?

– Tu le vires du *Revier* IV et tu l'affectes chez moi, au *Bauhof*.

– En as-tu parlé à Sepp, son chef de block ?

– Non.

– C'est pourtant la moindre des choses.

– Sois tranquille, je lui en parlerai, mais après. Il n'en comprendra que mieux.

– Moi aussi, je voudrais comprendre : avant, autant que possible.

Werner plissa les yeux. Pour qui le connaissait, c'était l'annonce d'un coup de tabac.

– Tu cherches à comprendre, maintenant? C'est nouveau. Je t'ai connu moins curieux et tu t'en portais bien.

Au fond, il s'en foutait, Rudolf, et le *Stubedienst* dont Werner voulait la peau, qu'il la prenne!

– Ça va, maugréa-t-il. Je te l'affecte demain soir. Juste le temps de préparer les papiers.

Une telle mesure, immédiatement exécutoire, signifiée sans préavis et sans la moindre explication, a de quoi inquiéter un kapo. Le chef du IV se précipita à la *Schreibstube* pour en obtenir, mais se heurta au silence obstiné de Rudolf. Werner attendit quarante-huit heures pour l'éclairer.

– Sepp, lui dit-il, les deux *Stube* de ta baraque sont d'ignobles porcheries.

– Ça te regarde? aboya l'autre.

– Non. Pas plus que ce qui se passe tous les matins au *Waschraum*. Pourtant celui de tes *Stubedienst* qui m'est affecté va le payer, et au prix fort.

Le chef de block joua l'indifférent.

– Qu'il paie ou non, j'en ai rien à foutre.

– Ne crois pas cela. Je suis sûr, au contraire, qu'à partir de demain le *Waschraum* sera aussi net qu'une chambrée S.S., avec tous les corps alignés à la parade et marqués au pied droit.

– Et s'ils ne le sont pas?

– Tous les deux jours, un de tes *Stubedienst* sera viré et remplacé par un rouge. Au huitième jour, il ne restera que toi. Tu seras viré à ton tour et c'est moi, personnellement, qui m'occuperai de ton avenir...

Son rire tinta lugubrement aux oreilles de Sepp.

– ... avec une paternelle sollicitude.

Il ne fut pas nécessaire d'en venir à pareille extrémité. Si rien dans les salles ne changea, Sepp, du moins, fit régner un ordre strict dans le *Waschraum*. On ne lui en demandait pas plus. De ce jour, la vie de Brabant au *Revier* se trouva grandement facilitée.

Pour Fieseler, la notoriété de Mengele tournait au cauchemar. Avec un art consommé, l'homme d'Auschwitz jouait la modestie et ne laissait filtrer qu'au compte-gouttes des indiscrétions sur ses travaux.

L'on avait toutefois appris qu'il avait mis la main sur un

médecin légiste et un dessinateur de grand renom qui travaillaient, sous sa direction, à un album de planches d'une inestimable valeur scientifique. La science, semblait-il, ne lui suffisait pas. D'après ceux qui les avaient vues, les planches étaient des œuvres d'art d'une beauté à couper le souffle.

Pour ne pas laisser le champ libre à son concurrent, Fieseler annonça comme acquis les premiers résultats de ses travaux.

Mengele s'était adjoint un médecin légiste? Il ferait de même.

– Quelles sont vos qualifications en anatomie pathologique? demanda-t-il à Coullomb.

– Médiocres, répondit celui-ci.

L'un des membres de l'équipe médicale du camp de Falkensee, une annexe de Sachsenhausen, avait été l'assistant du docteur Paul, le plus célèbre médecin légiste français. Un instant, Coullomb avait été tenté de le signaler à Fieseler, car il pouvait être utile de disposer d'un homme à soi au cœur du dispositif du *Largerartz*. Le prix à payer pour cet avantage risquait toutefois de se révéler beaucoup trop élevé, nul n'étant en mesure de prédire à quoi seraient utilisés les talents de l'anatomo-pathologiste. Il s'était donc tu.

Le hasard fit bien les choses. En consultant les fiches de la *Schreibstube*, Fieseler découvrit le spécialiste de Falkensee.

– Pourquoi ne pas me l'avoir signalé? demanda-t-il avec humeur.

Coullomb feignit l'innocence.

– Parce que je pensais que votre question ne concernait que moi. Si j'avais su que...

– Suffit. Je le fais affecter, pour ordre, à votre équipe, mais il sera à la disposition exclusive du *Revier* I.

Va donc pour l'assistant du docteur Paul.

Quant aux prétentions artistiques qu'affichait Mengele grâce au dessinateur qu'il avait déniché, Fieseler avait de quoi les ramener à leurs justes proportions, car lui, c'est d'un peintre qu'il disposerait, et pas des moindres : celui dont les Rembrandt et les Vermeer étaient d'une perfection telle qu'ils avaient abusé Goering et sa kyrielle d'experts.

Ruysdael, ainsi qu'on l'avait surnommé, travaillait au block 19, et l'en faire sortir était d'autant plus difficile qu'il était devenu le peintre-esclave du maréchal du Reich. L'impossibilité de disposer au camp de supports – toiles et bois – authentiquement anciens l'obligeait à se cantonner dans la peinture moderne, celle-là même que son maître qualifiait de décadente. Pour autant, elle n'était pas dénuée de valeur, commerciale s'entend. Goering faisait vendre la production de son peintre, notamment à

Paris où, si l'on manquait de pain, on pouvait se mettre sous la dent, sans restrictions, les Utrillo, Braque, Léger, Dufy, Matisse que peignait Ruysdael à une cadence infernale. S'étonnait-on, auprès des marchands, de cette surprenante abondance, ils vous glissaient à l'oreille que les peintures en question avaient appartenu à des collectionneurs juifs, trop heureux d'avoir pu s'en dessaisir avant de partir pour les États-Unis.

Deux heures pour un Braque, moins même pour une aquarelle de Dufy, une matinée pour un Matisse – son record, un Modigliani superbe brossé en moins de quatre heures – Ruysdael était si prolifique que sa production aurait saturé le marché s'il n'avait été décidé de la réduire. Pourquoi entasser inutilement des toiles? Ruysdael travaillait à mi-temps, ce qui était un comble dans un camp de travail forcé. C'est ce que fit valoir Fieseler afin d'obtenir qu'il partageât ses activités entre l'art et la science.

Il eut donc son atelier dans le sous-sol du *Revier* I.

L'équipe fut complétée par un psychologue à qui devaient être confiées les analyses de comportement et de personnalité des commissaires politiques dont Fieseler ne doutait pas qu'elles révéleraient des anomalies spécifiques.

Le psychologue avait été, à Heidelberg, un étudiant en philosophie, que la crainte d'affronter la rigueur des sciences exactes plus qu'une vocation affirmée avait dirigé vers cette discipline.

La S.S. recrutait, à l'Université comme ailleurs, et les perspectives qu'elle offrait étaient autrement attrayantes que celles, ternes et floues, sur lesquelles débouchaient quatre années de rabâchage stérile entre bibliothèques et cours magistraux.

En matière de philosophie, le Nietzsche accommodé à la sauce nazie était à la fois dogme et référence! Le surhomme, la volonté de puissance, le dépassement du bien et du mal érigés en doctrine tenaient de la caricature et de la falsification. Mais peu importait que Zarathoustra n'eût pas parlé de cette voix-là. On tenait un philosophe, il n'était pas question de le lâcher.

Avec, pour tout bagage, une année d'Université consacrée à la contestation politique plus qu'à l'étude, l'étudiant avait néanmoins été nommé analyste. D'emblée, il se vit expert, en revêtit les attributs qui sont l'autorité et la sûreté de soi, et relégua le doute si profondément en lui-même qu'il ne pouvait plus, l'eût-il voulu, l'entendre s'exprimer. Avec lui, les analyses iraient bon train et l'on pouvait être assuré que leurs conclusions ne décevraient pas.

Visitant les services du *Revier*, il s'arrêta devant Brabant, que son entrée dans la *Schreibstube* avait figé au garde-à-vous.

– Vous êtes, je crois, docteur en philosophie d'une université française?

– Loin de là. J'avais l'espoir de le devenir un jour. Aujourd'hui...

– Vous ne l'avez plus?

– Serait-il raisonnable d'espérer, ici et maintenant?

Le psy changea de sujet.

– Que connaissez-vous de nos travaux?

– A vrai dire, rien.

Il en exposa le principe, ainsi que la façon dont il conduirait ses entretiens.

– Un psychologue français procéderait-il de la même façon? s'enquit-il avec une condescendance qui recouvrait, qui sait, un besoin d'approbation.

Brabant jaugea ce curieux collègue, tout empêtré d'imbécile présomption.

« Il faut que je me le paie », se dit-il avec jubilation.

Et de répondre avec le plus grand sérieux :

– Chez les candidats à l'École normale supérieure, il était d'usage de s'entraîner à la dialectique en démontrant la vérité d'une thèse et, aussitôt après, celle de la thèse contraire. Vous dites qu'il existe chez les juifs une prédisposition mentale à la perversion communiste. Soit. Mais l'on constate qu'il existe également, chez eux, une prédisposition mentale à la perversion capitaliste, et de la pire espèce, celle de la banque et de l'usure. A mon avis, pour être complets et significatifs, vos travaux devraient avoir pour objet de démontrer la dualité de la perversion juive et de ses composantes. Pourquoi limiter vos recherches aux commissaires politiques? Les banquiers et les prêteurs sur gages sont tout aussi intéressants. Peut-être découvririez-vous à quel stade du développement du sujet s'effectue la différenciation cellulaire qui provoque l'apparition de deux perversions de nature opposée. Peut-être même découvririez-vous que cette opposition n'est qu'apparente et qu'il peut y avoir du banquier dans le commissaire politique et du commissaire politique chez le banquier.

Le psy enregistrait avec avidité. Qui donc avait dit qu'il n'était pas anxieux de s'instruire?

– Intéressant, concéda-t-il. Nous pourrions voir cela ensemble.

L'imbécile! Il marchait, tant et si bien que Brabant risquait d'être emporté dans le mouvement. Il jugea utile de calmer le jeu.

– Un seul ennui, dit-il, du moins je le présume.

– Quel ennui?

– Bien avant d'être en honneur chez nous, l'exercice dialectique en question était pratiqué depuis des siècles dans les écoles talmudiques de Pologne et de Russie, où il est connu sous le nom de Pilpoul. Bien sûr, un mode de raisonnement ne peut être considéré comme spécifique, mais tout de même... qu'un jaloux, qu'un aigri insinue qu'un institut S.S. pratique le Pilpoul...

Le psy bondit comme s'il s'était assis sur un nid de guêpes.

– Ferme ta gueule, idiot!

Il sortit en claquant la porte.

6

En l'absence de Brabant, Clariond assurait à la fois l'écoute et la diffusion du bulletin quotidien. En avril et mai, l'essentiel des nouvelles qu'il avait captées concernait le front russe. L'offensive de Crimée, la chute de Sébastopol, puis celle de Vitebsk, la traversée de la Dvina marquaient certes des étapes, mais sur une route si désespérément longue qu'elle semblait ne pas avoir de fin.

Soudain, début juin, la machine s'emballa.

L'Afrique du Nord, la Sicile, Anzio, Naples, la lente remontée des Alliés le long de la botte italienne n'avaient passionné personne. La prise de Rome, c'était autre chose. On en était encore à en commenter la portée, lorsque tomba le flash si espéré qu'on feignait de ne plus l'attendre. Le débarquement avait commencé dans la matinée du 6 juin, et le salut qui, jusqu'alors, semblait ne pouvoir venir que des Russes était désormais attendu des Américains.

Pendant la journée, rien ne changea dans l'attitude des gardiens : ils n'étaient ni plus vachards ni plus hargneux que d'habitude. A l'évidence, Arromanches n'était pour eux qu'une réédition, en plus grand peut-être, de l'opération de Dieppe dont on aimait à rappeler l'épilogue. Celle d'aujourd'hui se solderait par un fiasco comparable; il n'était que d'attendre pour en connaître le détail. Le silence dura quarante-huit heures, à l'issue desquelles les plus bornés des rats d'état-major avaient dû se rendre à l'évidence : il ne s'agissait pas d'une action de commando à grande ou petite échelle, mais d'une invasion. De l'Invasion.

Le 8, à l'appel du matin, le *Lagerführer* s'adressa aux internés afin de leur dire ce que signifiait pour eux l'ouverture du second front. Personne ne comprit un mot de son discours haché de menaces et d'imprécations, sinon qu'il ne présageait rien de bon.

Les brimades, en effet, se mirent à pleuvoir. L'appel du soir se prolongea jusqu'à minuit. Le lendemain, les marcheurs du *Schuhläufer* durent endosser charge double. Au *Revier*, deux cents allongés furent déclarés convalescents et passèrent à la trappe. Et pour tout le monde les rations de pain furent réduites de moitié, comme le jour où avait été officiellement connue la reddition de von Paulus à Stalingrad. Mais l'essentiel était à venir.

Ce furent d'abord, comme chaque fois qu'un fait nouveau était sur le point de survenir, des rumeurs d'origine indéfinie dont la persistance plus que le contenu était inquiétante. Elles n'avaient pas tardé à prendre corps, en même temps qu'en était confirmée la source, la *Schreibstube*, c'est-à-dire du sérieux. Les rumeurs étaient donc devenues renseignements, selon lesquels, pour faire face aux besoins en hommes des deux fronts, l'armée allait passer les hôpitaux au peigne fin, débusquer les planqués de tout poil et même vider les prisons. Au camp, on allait reparler de Dirlewanger. Avec une différence de taille : il ne serait plus question de volontariat, mais d'enrôlement d'office de tous les verts aptes au service armé, et même de certaines catégories de politiques.

Qu'à la demande de l'armée cette mesure eût été envisagée était probable. La réponse de la Direction des camps ne l'était pas moins. Il lui était impossible de se priver des verts sur lesquels était articulé le fonctionnement de l'institution concentrationnaire.

Comme d'habitude, la S.S. et l'armée s'affrontèrent et une fois de plus il fallut trouver un compromis. On maintint le principe de l'enrôlement des verts, mais on ne l'effectuerait que progressivement afin de ne pas perturber l'organisation interne des camps.

Jamais jusqu'alors les verts n'avaient senti leurs privilèges menacés. A leur manière, ils servaient. Enrôlés, ils l'avaient été, dans leur prison, pour être affectés dans un *KZ* [1], ce qui n'était pas une sinécure. Sur eux reposait en grande partie la responsabilité de faire tourner l'énorme machine. Et personne ne pouvait nier qu'ils avaient été à la hauteur de leur tâche. Alors?

Leur fallait-il démontrer l'importance primordiale de leur mission en relâchant par exemple, fût-ce imperceptiblement, la pression qu'ils exerçaient sur leurs commandos? Le gâchis qui s'ensuivrait donnerait à réfléchir. Les verts les mieux introduits auprès du commandement du camp posèrent la question et firent valoir qu'au moment où, par suite de l'offensive russe, il serait

1. Camp de concentration.

nécessaire de replier les *KZ* de Pologne, avec les dangers de toute sorte inhérents à un tel mouvement, le commandement ne pourrait compter que sur les verts... à condition qu'ils n'aient pas été envoyés se faire tuer, en pure perte, sur l'un ou l'autre front.

Ils furent entendus, du moins le crurent-ils, comme avant eux des milliers d'autres avaient cru à des promesses dont aucune, jamais, n'avait été tenue. Le procédé était si grossier, la ruse si éculée que quiconque, raisonnant à froid, en eût éventé l'imposture. Mais les victimes ne raisonnent pas à froid. Elles étouffaient les doutes qui les assaillaient et s'obligeaient à croire aux transports de travailleurs, à la colonisation des steppes, aux usines, aux champs, aux ateliers dont elles savaient pourtant qu'ils n'avaient jamais existé.

Plus, même, il s'établissait entre bourreaux et victimes une sorte de connivence, les uns et les autres jouant leur rôle dans une mascarade qui n'abusait personne. Ainsi un groupe humain entendait-il prononcer sa condamnation, travestie en une promesse d'affectation à un commando agricole inexistant, et les condamnés, apparemment dupes, demandaient des détails sur ce que serait leur vie aux champs.

C'était au détriment des autres que les verts avaient vu s'exercer ce stratagème. Jamais au leur. Or il n'est d'expérience que personnelle. Et, de plus, ils étaient cueillis à froid.

« Pas question d'enrôlement forcé de tous les verts », leur avait-on assuré. Seulement de quelques-uns et pour des motifs précis sur la nature desquels on restait discret.

C'était rassurant. Personne, parmi les verts, ne se connaissant d'aptitudes propres à attirer l'attention des recruteurs, l'inquiétude se dissipa au cours des jours suivants.

L'affaire, pourtant, était en route. Tandis que les verts, rassérénés, retournaient à leurs habitudes, les hommes de la *Schreibstube* cherchaient, parmi les politiques, les plus anciens, des piliers de *KZ* que des années d'internement avaient desséchés et durcis, les individus capables de remplacer les kapos des grands commandos.

Le couperet qui s'abattit sur le monde des verts le sépara en deux masses égales. Celle des enrôlés, trop abasourdis pour réagir, et celle des autres, épargnés provisoirement, mais trop heureux de leur chance pour ressentir ce qu'elle avait de précaire.

Le couple Rudi-Julia vola en éclats. Rudi fut proprement enlevé, sur le site même de la DAW, et ne reparut pas au camp. Julia n'eut même pas la ressource de faire payer sa douleur aux hommes de la quarantaine.

– Attention, lui avait dit Alfred, que sa bosse, comme prévu, avait sauvé de l'enrôlement. Attention! Rudi n'est plus là. Si tu passes les bornes, ils te mettront en miettes et moi avec. Alors, si tu le veux bien, finis les heures de gymnastique, l'immobilité et le silence dans la *Stube,* ta tambouille sous le nez de quatre cents crève-la-faim. T'es veuve, ma pauvre Julia, faudra t'y faire!

Bien que noir, Jakob fit partie de la fournée et retrouva l'uniforme dont, naguère, il avait été jugé indigne. Au *Schuhläufer,* on se souvint longtemps de son dernier jour au commando, particulièrement les Anglais parce que leurs compatriotes avaient débarqué en Normandie, mais aussi Gerson et Mongredien parce qu'on ne se trompe jamais en cognant sur des Français, communistes ou gaullistes, ce qui, à ses yeux, était la même chose, et enfin un Italien égaré chez les marcheurs parce qu'il avait parlé de la libération et non de la perte de Rome. Pour tous, sac à vingt-cinq kilos et pas gymnastique un tour sur six. Le soir, avant l'appel, il avait fait ses adieux aux marcheurs éreintés.

– Ne croyez pas, leur dit-il, que le soldat allemand acceptera de se faire tuer pendant que vous êtes peinards ici. Quelle que soit la fin de cette saloperie, vous n'y assisterez pas, je vous le garantis. En attendant, continuez à marcher puisque vous n'êtes bons qu'à ça.

Les *Stubedienst* du *Revier* ne furent pas touchés par l'enrôlement, mais Sepp, le chef du V, réveillé en sursaut à l'heure de sa sieste, fut emmené sans ménagement entre deux S.S.

– J'ai des papiers à classer, tenta-t-il de plaider.

Ils lui bourrèrent les côtes en riant.

– Laisse tomber. Ils se classeront bien tout seuls!

Werner ne fut pas épargné. Au moins faisait-il bonne figure. Par ses relations à la *Schreibstube,* il avait été mis au courant de la rafle en préparation et savait qu'il figurait parmi les mobilisés. Il s'était enfermé avec l'oustachi pendant une heure, le temps de mettre au point le plan de désertion auquel le Croate pensait depuis des mois sans avoir le courage de passer à l'acte.

– Qui va te remplacer? lui demanda Clariond.

– Schlosser, un rouge, qui fera regretter papa Werner.

– Un rouge?

– Parfaitement, et non des moindres. Un ancien de la révolte des marins de la Baltique, qui avait quinze ans de lutte politique derrière lui au moment de son incarcération en 1933. Fais le compte : il a plus de dix ans de camp. Il est le seul survivant des révoltés de 1920, le seul survivant de la première fournée d'internés. Il n'a plus de famille, plus d'amis, pas même de camarades. Il est devenu un robot. Ça ne pense pas, un robot, ça bouffe et ça cogne, surtout sur les faibles, qu'il est inutile de ménager puisqu'ils sont foutus de toute façon.

On pouvait d'ailleurs se demander comment, le cas échéant, un Schlosser vivrait sa libération. Brabant était formel :

– Il y succomberait. Ses années de détention l'ont transformé au point d'en faire un être d'une espèce nouvelle dont le milieu naturel est devenu le camp.

Tous les rouges qu'avait promus l'enrôlement des verts n'étaient pas coulés dans le même moule. Certains essayaient de ne cogner que pour donner le change. Leur brutalité ne dépassait pas le seuil en dessous duquel ils n'eussent pas été crédibles. L'apparition d'un *Meister* [1] déchaînait chez eux une tempête de fureur et de brutalités qui retombait dès qu'il avait tourné le dos. Mais en général, même chez les mieux disposés, la dynamique du mal finissait par l'emporter. S'ils persistaient dans leur laxisme, ils ne tardaient pas à être accusés de sabotage et se retrouvaient à la *Strafkompanie.* Ceux qui les remplaçaient, instruits par l'expérience, ne commettaient pas les mêmes erreurs. Ils cognaient, puisque c'était la loi du genre.

Ainsi donc, espérée depuis des mois, l'arrivée au pouvoir des politiques n'apportait pas, et de loin, un allégement aux souffrances du détenu moyen. Qu'ils fussent distribués par un rouge ou un vert, les coups de matraque faisaient aussi mal, et c'était une piètre consolation de se dire que l'un frappait par sadisme et l'autre par obligation.

Pour les privilégiés, c'était la fin du régime de faveur dont ils avaient bénéficié, et souvent bien davantage. Car il ne suffisait pas à la nouvelle aristocratie de chausser les bottes de l'ancienne, il lui fallait aussi punir les ci-devant. Le procédé est classique. Ce qu'il avait ici de remarquable se situait dans la nature, dérisoire, sordide et pourtant vitale, des prébendes attachées à la condition de *Prominent.*

Le hobereau du camp n'exerçait pas de droit de justice, n'était investi d'aucune charge, mais il pouvait tuer et voler à sa guise. A tout le moins la faim et les mauvais traitements lui étaient épargnés.

Clariond était l'un de ces ci-devant.

– Tu n'as pas intérêt à moisir ici, lui dit Werner, car Schlosser ne te ratera pas.

Il ressentait avec amertume le coup qui le frappait. Rien ne semble plus naturel qu'un avantage acquis. Depuis le temps qu'il prospérait, Clariond en était arrivé à se croire d'une essence différente de celle des crève-la-faim du *Bauhof,* et à considérer la possibilité de redevenir l'un des quarante mille détenus anonymes du camp comme le fruit d'un inexplicable malentendu.

1. Contremaître civil.

– Alfred doit pouvoir arranger ça, suggéra-t-il.

– Pourquoi le ferait-il? Le passage de l'or, le scellement des lingots dans les caches, c'est fini. Tu ne sers plus à rien.

– J'ai servi. Ça vaut quand même un coup de main.

– Certainement pas. D'ailleurs, Alfred ne sait pas exactement où il en est. Avec le chambardement actuel, il a peut-être perdu pouvoir et influence. Le voudrait-il, il n'est pas sûr qu'il pourrait te planquer. A mon avis, c'est à ton copain Schnabel, le *Schreiber,* que tu devrais t'adresser. Mais fais vite, sinon dans deux jours tu seras aux brouettes où je te laisse imaginer ce que sera la bienvenue des Ukrainiens.

Au moment où, par la force des choses, il allait quitter le *Bauhof,* Clariond découvrait qu'il n'avait pas été malheureux auprès de Werner, tant s'en fallait. Ce succédané de bonheur se fondait pour une bonne part sur l'appréciation de la différence entre son propre sort et celui du commun. Ce qu'il avait d'ambigu et même d'inavouable en pimentait le goût, qu'affinait encore le souvenir...

– Une planque? s'était écrié Schnabel. Mon pauvre vieux, vous êtes quelques centaines à en chercher une. Les politiques estiment qu'elles leur reviennent de droit. Tu connais leur mentalité : ils dressent leurs listes en vue de l'attribution des lauriers et des bonnets d'âne. A leurs yeux, tu es de ceux qui se sont compromis avec les verts.

Clariond était outré.

– Ils ne faisaient pas la fine bouche lorsque je leur apportais les nouvelles du jour. Qui assume depuis des mois l'écoute radio et la diffusion du bulletin, qui en prend le risque, eux ou moi? Je me compromets peut-être, mais tout ce qui se sait de l'extérieur, c'est de moi que le camp le tient. Tes politiques avec leurs exclusives et leur moralité me font penser à ces vieilles filles qui se glorifient de ne pas céder au démon de la chair, en oubliant simplement que personne ne leur a proposé la botte. Dis-leur de ma part qu'à partir de demain, pour la radio, c'est fini. Il n'y aura plus d'écoute, ni de poste pour l'assurer.

La 2e D.B. de Leclerc venait de libérer Alençon et fonçait sur Rambouillet. Le tout dernier bulletin capté signalait un début de soulèvement à Paris. Demain, il n'y aurait personne pour suivre à la radio le déroulement des combats dans la capitale.

– Tu ne peux pas laisser tomber, dit Schnabel. Il faut que tu tiennes, ne serait-ce que quarante-huit heures.

– Et dans quarante-huit heures, si je suis encore sur place, Schlosser me réglera mon compte. Pourquoi tes amis ne le contactent-ils pas? Après tout, Schlosser est un rouge, comme eux.

– Tu sais comme moi qu'il n'y a pas de langage possible avec lui.

– C'est bien pour cela que je veux quitter le *Bauhof*.

– Qu'est-ce que Werner va faire de son poste radio?

– Il me l'a donné. C'est son cadeau de départ.

– Tu ne pourras pas le conserver.

– Ça dépendra de mon affectation. Sans mon poste, je ne suis rien, mais nous sommes inséparables. Vous voulez le poste? Il faut me prendre avec.

– Il y a bien l'atelier 1 de la KWA [1]...

– Le nouveau kapo est-il un politique?

– Non, mieux que cela..., un *Ehrenhaeftling*.

– Un quoi?

– Un interné d'honneur. Oui, cela existe. A ma connaissance, il n'y en a que deux au camp, d'authentiques nazis, des gens importants qui ont eu la malchance de déplaire et dont on se débarrasse sans toutefois les supprimer comme on ferait pour des individus ordinaires. L'*Ehrenhaeftling* n'a pas la tête rasée, il a droit à des chaussures ou des bottes, un *zebra* de luxe, taillé sur mesure. Il couche au cantonnement S.S. et bénéficie de l'ordinaire des sous-officiers. Jusqu'à présent, il ne travaillait pas. Avec les barbares aux portes de l'Empire, il faut bien qu'il paie de sa personne.

En général, les commandos à gros effectifs étaient affectés à des travaux physiquement éprouvants, mais ne requérant aucune spécialisation : transport de grumes, de rails ou de fers à béton, manutention du charbon ou des briques, creusement de canaux, extraction d'argile. La tâche des surveillants était simple. Il suffisait de gueuler et de cogner pour atteindre et même dépasser le rendement prévu.

La KWA posait un problème particulier : mille huit cents hommes y étaient employés, dans des ateliers de mécanique, à des tâches dont la cadence ne pouvait être accélérée à coups de cravache. Comment savoir si un *Haeftling* vérifiant au vernier les cotes d'une pièce en cours d'usinage effectuait un travail de précision ou se payait votre tête?

Dans l'imposant effectif de la KWA figurait une proportion importante de Français, tous ou presque communistes, constitués en un groupe hermétique, si compact et motivé que le pouvoir corrosif de la vie du camp n'avait pas réussi à l'entamer. Leur monde était simple et sans nuances. Le Parti avait raison quoi qu'il dise. Et s'il se contredisait, il avait encore raison. Droite ou

1. *Kraftfahrtechnische Versuschsabteilung.* Atelier de recherches techniques automobiles.

sinueuse, la ligne ne se discutait pas. Contester cette discipline, c'était risquer l'exclusion du groupe. Pour l'avoir osé, quelques déviationnistes avaient encouru l'excommunication majeure et s'étaient retrouvés, seuls et nus, dans un monde qu'ils n'avaient jamais appris à affronter avec leurs seuls moyens. Mais c'était l'exception.

Pendant deux ans, cette marmite en perpétuelle ébullition avait été contrôlée par une sorte de génie de l'intrigue et de la compromission, un vert unique en son genre, à la fois homme de confiance de l'industriel employeur et corrupteur de ses cadres, intermédiaire entre les gardiens et la maîtrise pour le pillage des stocks de valeur entreposés dans les magasins. N'ignorant rien du sabotage systématique auquel se livraient les Français, il lui arrivait de fermer les yeux au point de s'en faire le complice, puis de sévir de façon imprévisible. Personne, finalement, ne pouvait dire qui étaient ses alliés et ses adversaires. Mais il dosait ses interventions avec une si diabolique habileté que les uns et les autres le jugeaient indispensable.

C'est à ce féodal, dont le charisme avait maintenu ses barons dans une étroite dépendance, que l'interné d'honneur avait la tâche redoutable de succéder.

Schnabel s'était finalement laissé convaincre. Clariond fut transféré du *Bauhof* à la KWA, où l'oustachi lui fit l'amitié de transporter lui-même le poste radio.

Le *Vorarbeiter* de l'atelier I était un Français qui, prévenu par Schnabel, demanda que le nouveau venu lui soit affecté.

L'écoute radio, qui devait être l'essentiel de son activité, commença immédiatement.

Les faits s'enchaînèrent avec une telle rapidité que Clariond se laissa emporter par l'euphorie du moment. Toute la journée du 25 août, coincé derrière une fausse cloison de l'atelier de peinture, il suivit, heure par heure, le déroulement des combats de rue. Après l'appel du soir, il annonça à ses contacts habituels la capitulation du général von Choltitz.

– Au train où vont les choses, ajouta-t-il, la France est libérée dans quinze jours.

– Et nous?

– Évidemment, nous, c'est une autre question.

Tout simplement, il n'y avait pas pensé. Il était d'autant plus opportun de se la poser que, Paris libéré, on se battait au Bourget, ce qui n'annonçait pas une déroute généralisée de la Wehrmacht. Même si l'avance alliée était plus rapide qu'en Italie, il se passerait des mois avant que le Rhin ne fût franchi. Et après le Rhin?

– Faudra-t-il encore un hiver? demanda Brabant à Coullomb.

Il y avait de l'anxiété dans sa voix.

– Je le crains.

Depuis les fenêtres du *Revier,* ils comptaient les heures.

La libération de Paris fut célébrée par un appel interminable, le lendemain de la reddition des troupes allemandes.

Sous le soleil, les quarante mille hommes étaient alignés en masses immobiles et compactes depuis plus de quatre heures. Le séjour au *Revier* épargnait cette épreuve à Brabant, mais au prix d'un confinement que la chaleur d'août rendait difficile à supporter. On eût dit qu'elle exacerbait les odeurs, particulièrement celles des baraques IV et V, et les combinait en un mélange écœurant qui collait aux narines et imprégnait les vêtements. Aussi bref qu'il fût, il semblait impossible que le contact quotidien avec la pestilence des baraques de contagieux ne finît par avoir de funestes conséquences.

– Pour la tuberculose, le travail est déjà fait, constata-t-il en grimaçant un sourire. Mais au V on nage littéralement dans les germes du typhus.

Coullomb l'ausculta du regard. Rien n'avait changé dans sa frêle silhouette, sinon, et c'était bon signe, qu'elle était légèrement plus remplie. Il toussait moins. Certes, le moindre effort l'épuisait, mais tout travail fatigant lui était épargné.

– Comment dors-tu?

– Et toi? Qui peut dormir avec cette chaleur?

Il était immobile et couvert de sueur, comme il arrive parfois lorsqu'une émotion subite vous étreint le cœur.

– Le typhus, dit Coullomb, est moins contagieux qu'on ne pense, même si l'on nage dans une mer de germes. La preuve? Aucun des *Stubedienst* du V ne l'a contracté. Et eux, ce n'est pas de la natation qu'ils font, c'est de la plongée! Quant à la tuberculose...

Brabant lui tourna le dos.

– Pas de salades, toubib. J'en ai pour combien de temps?

– Ça dépend de toi. Si tu décroches, pas pour longtemps.

Les épaules étaient affaissées, la voix à peine audible.

– Je suis fatigué, peux-tu le comprendre? Fatigué de lutter, de me forcer à croire, de nier l'évidence. Parfois, je me dis qu'il serait agréable de fermer les yeux et d'attendre.

– Malheureusement, ça ne se passe pas aussi facilement. L'attente est longue et douloureuse. Il est finalement moins pénible de se battre que d'abandonner.

– Pour quel résultat?

– Sait-on jamais? Il y a des tuberculeux célèbres, tant par leur naissance que leur longévité. Marie-Louise, par exemple, oui, l'impératrice. Elle crachait le sang à vingt ans, ce qui ne l'a pas empêchée de vivre, et quelle vie! Trois maris, dont un empereur et un maréchal, trois enfants, des voyages, des aventures, des passions. Elle a eu tout cela, mais l'a mérité. La diablesse s'est battue pour vivre, jour après jour, pendant quarante ans. On ne t'en demande pas tant : six mois, sept au maximum.

Brabant fit volte-face.

– Pourquoi?

– Parce que aujourd'hui la tuberculose est vaincue. Deux mois après ton rapatriement, tu seras sur pied. Il faut tenir jusque-là.

Le dernier venu au *Schuhläufer* ne payait pas de mine. C'était un petit homme dont les yeux privés de lunettes n'arrêtaient pas de ciller. Dos rond et poitrine creuse, il n'avait jamais dû être bien solide. Plus toutefois qu'il n'y paraissait, puisqu'il avait survécu à six années de camp, mais aussi – surtout devrait-on dire – à l'anéantissement des valeurs pour lesquelles il s'était battu.

A l'époque où la Russie soviétique s'extirpait avec difficulté de la gangue étouffante de son passé, il était la conscience du communisme allemand, dans lequel certains voyaient l'atout majeur de la révolution mondiale. Théoricien plus qu'homme d'action, analyste d'une lucidité décapante, il était l'un des seuls à avoir gardé la tête froide pendant les mois d'euphorie qui avaient précédé et suivi l'armistice de novembre 1918. Il s'appelait Helmut Knecht. L'histoire n'a pas retenu son nom, parce qu'il se refusait à occuper le devant de la scène. Entre 1919 et 1933, il avait échappé à trois tentatives d'assassinat et il était peu probable qu'avec l'avènement du national-socialisme la chance continuerait à lui sourire. Il avait gagné l'U.R.S.S. où Staline en personne lui avait prodigué de grandes marques d'amitié.

Ses théories et ses opinions, ses études et ses conclusions avaient d'abord été considérées avec un vif intérêt, puis un intérêt poli, avec indifférence ensuite, avec agacement et pour finir avec suspicion. Sans même qu'il s'en fût avisé, parce qu'il était resté fidèle à ses idées alors que la doctrine évoluait, il était devenu hérétique et s'était retrouvé dans l'un des camps de la Kolyma, au fin fond du Grand Nord sibérien. Il y avait passé deux ans. On l'en avait extrait en 1940, édenté, squelettique et couvert de vermine. Deux semaines n'avaient pas été de trop pour le rendre présentable.

Libre, Helmut Knecht, mais néanmoins indésirable et comme tel expulsé. La police secrète l'avait reconduit à la plus proche frontière, où l'attendait la Gestapo. Il y avait quatre ans de cela.

Gerson marchait à côté du petit homme.

– Des camps en U.R.S.S. ? s'étonnait-il. Pas comme ici, tout de même ?

– Différents, en effet. Ici, c'est l'enfer à la prussienne, là-bas, c'est l'enfer à la mode slave. D'un côté, l'organisation, de l'autre, le bordel. Je ne sais pas lequel est le pire des deux.

Depuis toujours, Gerson se posait des questions, mais remettait les réponses à plus tard, en souhaitant que l'événement démentît ses craintes. Les révélations de Knecht mettaient un terme à la possibilité qu'il s'était donnée de reporter, faute de preuves, un jugement dont le verdict ne pouvait faire de doutes.

A moins que Knecht n'eût menti, qu'il ne fût un traître ou un renégat. Incroyable ? Non pas. De tels salauds s'étaient même infiltrés au plus haut niveau de l'appareil d'État soviétique, et l'auraient anéanti, n'eût été la vigilance de Staline.

L'écho de cette vigilance devait être perçu dans la conscience de chaque communiste et lui permettre de dénoncer la calomnie. La vérité, comme le mensonge, ne se détaille pas. Quels en étaient les détenteurs, de ceux dont la pensée et le sang avaient fécondé un système qui était l'espoir de l'humanité ou du louche individu dont les va-et-vient entre l'Allemagne et l'U.R.S.S. puaient à plein nez la provocation ?

– Ne tombez pas dans le piège, camarades ! Ne perdez pas de temps à réfuter ses arguments, il n'attend que cela. Notre réponse doit être le silence du mépris.

Le groupe des Français, dont l'orthodoxie était exemplaire, avait adopté cette position. A leurs yeux – et leurs oreilles – Knecht, simplement, n'existait pas. Une fois encore, Gerson se singularisait en répétant à satiété les calomnies de l'homme de la Kolyma.

La Kolyma, qu'en savait-on, existait-elle vraiment ?

Le *Vorarbeiter* de l'atelier I était le maître à penser de ce groupe et Clariond – radio oblige – son compagnon de route.

– Puisque tu partages le châlit de Gerson, lui dit le *Vorarbeiter*, un grand type décharné à tête de Savonarole, transmets-lui mon message, en précisant que c'est le dernier. Qu'il choisisse, c'est Knecht ou nous.

– Ça n'empêche pas la Kolyma d'exister.

– Qui le dit, à part lui ? Il y a des milliers de Russes au camp. Jamais un seul n'y a fait allusion.

Jamais, en effet. A vrai dire, les Russes restaient entre eux et n'étaient guère prolixes à part quelques individus dont à l'évidence la parole était la profession. Sur la vie dans leur pays, sur ce qu'ils pensaient de la police, des purges du Parti, de l'armée, des kolkhozes et des combinats industriels ils étaient muets. Aux questions précises, ils répondaient par un haussement d'épaules ou, si l'on insistait, par un chapelet d'injures murmurées à l'adresse d'on ne sait qui. Alors, la Kolyma!

D'ailleurs, personne ne comprenait rien aux Russes. A leur arrivée au camp, les communistes français avaient abordé avec candeur ces compagnons de lutte, issus de la grande patrie socialiste, et s'étaient fait proprement rabrouer. Ils en avaient été plus stupéfaits qu'offensés et avaient accueilli avec soulagement les explications que leur avaient fournies leurs mentors sur les motifs et le bien-fondé de l'attitude des Russes à leur égard.

Communistes, peut-être, mais comment en être sûr dans un monde grouillant d'espions et de renégats ? Français, en tout cas, et comme tels suspects d'avoir trempé dans le complot impérialiste qui avait obligé l'U.R.S.S. à une entente de circonstance avec l'Allemagne, le temps de se mettre en mesure de l'affronter. Une Allemagne dont, ne l'oublions pas, la France était pour lors l'alliée objective.

Clariond était aussi perplexe que Gerson, devant l'attitude fermée des Russes, mais, à la différence de celui-ci, ne s'en préoccupait guère.

– Des brutes, dit-il, voleurs dans l'âme et xénophobes. Que pensent-ils ? Est-ce que seulement ils pensent ?

Mongredien était pour Gerson un interlocuteur plus ouvert, même si, généralement, leurs discussions tournaient à l'affrontement.

– Knecht n'apprend rien aux Russes, dit-il. Ils en savent au moins autant sur leurs camps que les Allemands sur les leurs. Plus même, car les camps d'U.R.S.S. sont peuplés de Russes, tandis que dans les camps du Reich ne se trouve qu'une minorité d'Allemands.

Gerson n'était pas convaincu.

– Si les camps existent et s'ils en connaissent l'existence, que peuvent-ils ressentir pour le régime qui les a engendrés ?

– La peur qu'il les y enferme.

– Pourtant, ils se font tuer par millions pour le défendre.

– Ils se font tuer, c'est un fait. Pas pour le régime, mais en dépit du régime. Et puis l'expérience prouve que, si une main de fer la commande, il est beaucoup plus difficile à une armée de se rebeller que de combattre. La moitié de l'armée allemande déserterait si elle l'osait. Pourtant, elle se fait écrabouiller sans piper.

» Tu te rappelles les hommes de Dirlewanger? Avant leur départ, ils s'étaient juré de descendre leurs officiers au premier engagement et de se rendre en masse. On sait aujourd'hui qu'ils ont été jetés dans la fournaise il y a quinze jours, du côté du lac Balaton, et que pas un n'a échappé, à part trois déserteurs.

– Connaît-on leurs noms?

– Deux d'entre eux se sont fait prendre. Ce sont de petites gens, anonymes en somme. Ils ont été ramenés au camp hier. D'après Schnabel, qui a préparé leur levée d'écrou, ils seront fusillés samedi.

– Et le troisième, celui qui a réussi sa belle?

– C'est Werner, le protecteur de Clariond et de Brabant.

Le camp célébrait à sa façon l'avance des Alliés. En cet automne 1944, les capitales tombaient comme des fruits mûrs. Varsovie s'était insurgée fin août. Quelques jours plus tard, un coup d'État renversait le gouvernement de Bucarest. En octobre, les Russes entraient à Belgrade et, en novembre, la Ire armée française libérait Strasbourg. Ces événements étaient marqués par des cérémonies dans le genre de celle que le *Lagerführer* avait organisée à l'occasion de la capitulation de von Choltitz à Paris. Toutefois, les occasions se multipliant, l'ordonnateur de ces fastes en avait enrichi les rites. L'appel, aussi prolongé fût-il, relevait de la routine. De plus, rien n'indiquait qu'il se rattachait à un événement particulier. Une célébration correcte devait permettre aux nationaux des pays concernés de paraître à leur avantage devant le parterre de leurs quarante mille codétenus.

Varsovie s'insurge? Que les Polonais soient à l'honneur!

Le drapeau français flotte sur Strasbourg? Les Français auront à cœur de dire leur allégresse. Ils marcheront en canard, sautilleront sur place en fléchissant sur leurs jambes cinquante fois, cent fois, se livreront, sans désemparer, à des courses montées, alternativement cheval et cavalier, et ne reprendront leur souffle qu'accroupis, les bras en croix, une brique dans chaque main... Et recommenceront leur carrousel.

– Un beau spectacle, messieurs, dira l'ordonnateur, dans lequel vous aurez à cœur de briller, afin de vous montrer dignes des héros qui ont libéré votre capitale...

Le Rhin, cette vierge allemande, n'avait pas encore été violé, mais ce sort honteux ne lui serait pas épargné. La seule question était de savoir lequel, de l'Anglais, de l'Américain, du Canadien ou du Français, lui passerait le premier sur le ventre. L'idée que ce pût être celui-là était intolérable.

Tout, d'ailleurs, était intolérable chez les Français, la flagornerie de leurs collaborateurs, le gâtisme de leur maréchal, la prétention de leurs soi-disant S.S., l'amabilité de leurs commerçants et la rapacité de leurs putains. Voilà que, maintenant, les battus, les fuyards, les capitulards d'hier s'habillaient en soldats, se mêlaient aux troupes d'invasion et bivouaquaient sur les berges du Rhin!

Ceux qu'on avait sous la main payaient le prix de cette insolence. De préférence aux Ukrainiens, jusqu'alors spécialisés dans les corvées les plus répugnantes, ils étaient désignés pour le commando des ruines, chargé, après chaque bombardement de la banlieue nord de Berlin, de la recherche et de la manipulation des engins non éclatés.

Avec d'autres Français non occupés à des tâches considérées comme essentielles, Clariond avait été transféré de la KWA dans ce commando à l'exécrable réputation, et s'en était plaint à Schnabel.

– Je n'y peux rien, avait répondu celui-ci. Chaque commando doit détacher un certain nombre d'hommes pour en faire partie. Ce sont leurs kapos et les *Vorarbeiter* qui les désignent. Adresse-toi au tien, si tu t'estimes lésé.

– Je l'ai fait. Il m'a répondu que l'effectif de l'atelier I était constitué d'ouvriers spécialisés travaillant sur des machines complexes, sauf moi, qui n'ai aucune qualification, et donc que mon maintien à l'atelier au détriment d'un technicien était impossible.

– C'est exact, non?

– Oui, mais il est également vrai que je suis le seul non-communiste de l'atelier.

– Et alors? A défaut de justice, il faut bien qu'un choix repose sur un critère de logique. A qualifications égales, la préférence d'un communiste pour l'un des siens serait déjà normale. A plus forte raison dans ton cas.

– Tu oublies la radio.

– Absolument pas. C'est ton poste qui est indispensable. Pas toi. Tu prétendais que l'un n'allait pas sans l'autre. Tu te trompais, tout simplement.

Le temps du *Bauhof* n'était plus qu'un souvenir nostalgique. La baraque de chantier, îlot de chaleur, de lumière, de vie facile, d'amitié aussi, même si c'était celle d'un assassin et d'un S.S. démoralisé, faisait figure de paradis perdu. Pourtant la KWA n'était encore que le purgatoire. On y vivait à l'abri du froid et de la pluie. Jamais le *Vorarbeiter* n'avait porté la main sur l'un de ses hommes. C'était un être austère et rigide, à la recherche d'une perfection qu'il avait à cœur d'imposer aux siens. Savonarole! Le surnom lui allait à merveille. Le combat, le devoir, la résistance, la solidarité, les bons et les salauds, il maniait les concepts avec une énergie vengeresse et assenait ses vérités comme d'autres des coups de trique. Tout le monde avait faim à l'atelier I de la KWA, parce que le ravitaillement à partager était tragiquement insuffisant, mais aucun privilégié, aucun tricheur ne se rassasiait aux dépens des autres.

Pour Clariond, dont les circonstances avaient fait un *Prominent*, c'était l'apprentissage d'un état dont il n'avait pas mesuré la dureté. Plus encore que les substantiels avantages dont il était aujourd'hui privé, c'était le refus de toute règle, le compagnonnage avec la truanderie triomphante et joyeuse qui lui manquaient le plus. Il découvrait que la vertu est triste et qu'un père supérieur ne peut être qu'un emmerdeur.

Vu de l'enfer, le purgatoire est une bonne planque. C'est ce que se disait Clariond, après des heures de travail dans les ruines fumantes du dernier bombardement. Et quel travail! Quelque part sous l'amas des gravats qu'il déblayait à la main gîtait un engin non éclaté. Il pouvait s'agir d'une bombe à retardement, mais personne ne savait de quel délai on disposait pour la repérer, l'amener au jour et la désamorcer. Ou bien d'une bombe ordinaire dont la mise à feu n'avait pas fonctionné, mais que le moindre choc, une simple manipulation pouvait provoquer.

Le chantier était parfois un enchevêtrement de moellons, de briques, de béton et d'éléments de charpente qu'il fallait sonder pour localiser l'engin, parfois aussi un immeuble apparemment intact dont une torpille avait perforé comme à l'emporte-pièce le toit et les étages avant de se ficher, en s'enterrant elle-même, au fin fond de la cave.

Provoquées par les artificiers ou bien accidentelles, les explosions se succédaient sans interruption. Le soir, on faisait les comptes et il était rare que les dix équipes embarquées en camion après l'appel du matin se retrouvent sur les rangs en fin de journée.

Au commando des ruines, l'espérance de vie n'atteignait pas le mois. Au début, Clariond avait considéré ce délai avec anxiété puis, à mesure qu'en approchait le terme, avec une terreur obsessionnelle. Le mois s'était écoulé, et il était intact. Cette survie était due à une série de coups de chance si extraordinaire qu'il avait fini par conclure à son invulnérabilité.

N'était-il pas invulnérable, en effet? Cinq semaines après son éviction de la KWA, son poste radio avait été repéré, probablement à la suite d'une dénonciation, et son successeur appréhendé, écouteurs aux oreilles.

La répression qui s'était abattue sur le KWA avait mis en lumière les sabotages pratiqués dans les ateliers et s'était soldée par plusieurs dizaines de condamnations, dont trois pendaisons.

Avec une sombre fierté, le Savonarole de l'atelier I avait ajouté ces trois-là à la liste des martyrs de son bord. Clariond n'en était pas. Une fois de plus, la chance lui avait souri. Les bombes étaient son ordinaire et ne l'impressionnaient plus, fort qu'il était de la certitude de pouvoir les apprivoiser.

Et l'autre?

– Il va mieux, non? demandait Clariond.

Coullomb hochait imperceptiblement la tête.

– Apparemment. Mais toutes ses défenses sont abolies. Son organisme est à la merci de la moindre agression. Et, dans ce cas, l'évolution du mal sera foudroyante.

– Le sait-il?

– Non, et il est préférable qu'il l'ignore.

Clariond se rappelait avec amertume comment, jour après jour, il avait protégé Brabant, comment il l'avait nourri, par quels moyens il avait obtenu son affectation au *Bauhof* d'abord, puis au *Revier*, lui qui, au départ, ne disposait d'aucun pouvoir et ne pouvait compter que sur sa seule astuce pour se faire une place dans le monde pourri du *KZ*.

Brabant – c'était certain – ne voyait pas ce qu'avait d'exceptionnel et même de miraculeux la protection dont il avait bénéficié. Et Clariond, désolé qu'en fin de compte elle eût été vaine, ne pouvait s'empêcher de lui en vouloir de n'avoir su, ou pu la mettre à profit.

Inopinément revenait le souvenir de Pierre sur qui s'abattaient chaque année, à la même époque, les oreillons, la scarlatine ou la rougeole. Et cette époque était celle des vacances de Pâques qui s'en trouvaient immanquablement gâchées.

– Tu ne vas pas recommencer? s'inquiétait-il, dès qu'apparaissaient les premiers symptômes de la maladie de l'année.

– Toi, répliquait Pierre, tu t'en fous, tu passes toujours au travers.

C'était une destinée.

Restait à savoir si, pour naître et pour durer, cette invulnérabilité ne se nourrissait pas de la faiblesse des autres, qu'elle avait le pouvoir étrange de transmuer.

Fieseler était en passe de l'emporter sur Mengele. Non que ses recherches eussent abouti. Elles étaient en panne, de même que celles de l'homme d'Auschwitz : les commissaires politiques comme les jumeaux résistaient aux assauts de la science avec une opiniâtreté qui tenait du sabotage. Mais, tandis que Fieseler pensait avoir du temps devant lui, Mengele ne pouvait se cacher que les jours lui étaient comptés. Le front s'était certes stabilisé, mais à quatre-vingts kilomètres du camp. Autant dire qu'Auschwitz était, dès maintenant, dans la zone d'opérations et qu'il ne serait pas possible d'en différer longtemps l'évacuation.

Évacuer Auschwitz! L'impensable était en train de devenir réalité. Il y avait pourtant plus grave. Les huit cent cinquante hommes du *Sonderkommando* s'étaient révoltés. Qu'ils eussent été anéantis ne supprimait pas le fait même de la révolte, dont la signification, aux yeux de Mengele, dépassait en gravité les résultats des plus spectaculaires offensives soviétiques. Pour ceux, dont il était, qui avaient pensé le système d'Auschwitz, qui en avaient fait une entreprise d'une terrifiante portée, tant morale que matérielle, qui avaient vécu l'aventure en sacrifiant à son succès une part de leur humanité, la remise en cause des principes sur lesquels il reposait empoisonnait d'un doute mortel l'essence même de ce qui avait été leur vie.

Le *Sonder* s'était révolté! C'était le douzième, la vie d'un *Sonder* durant trois mois, parfois quatre, jamais plus. Tous ceux qui en faisaient partie le savaient. Pendant ces quelques semaines, ils étaient astreints à la plus épouvantable besogne qui se puisse concevoir. A l'arrivée de chaque convoi, ils prenaient en charge ceux que Mengele, d'un mouvement de sa cravache ou d'un signe de tête, avait désignés pour la chambre à gaz. L'opération durait au total quatre-vingt-dix minutes depuis l'acheminement sur les vestiaires jusqu'à la collecte des cendres.

Ces damnés parmi les damnés étaient tous juifs. Leur sort comme leur travail avait été banalisé. Ils participaient à l'extermination des leurs avant d'être exterminés eux-mêmes. Ce rituel n'avait de sens que s'il se déroulait avec l'inexorabilité des mouvements cosmiques dont naissent, vivent et meurent les mondes.

La révolte elle-même avait peu d'importance, même si elle s'était soldée par l'anéantissement d'une compagnie S.S. et la destruction totale du *Krematorium* n° 2 avec ses chambres à gaz et ses batteries de fours.

Dans l'un quelconque des cent camps de l'univers concentrationnaire, un mouvement d'une telle ampleur eût été étonnant. A Auschwitz, il était inconcevable. C'était pourtant là qu'il s'était produit, et pas ailleurs. Les révoltés étaient des juifs, dont la doctrine officielle affirmait qu'ils avaient en quelque sorte accepté la fatalité qui les frappait, parce que, impitoyable à ce point, il leur paraissait impossible qu'elle ne fût pas l'expression d'un châtiment divin. Et pas n'importe quels juifs, mais les hommes du *Sonder* qui, plus que quiconque, avaient des raisons de considérer leur suppression comme inéluctable.

Il y avait un survivant. C'était le médecin légiste que Mengele avait sélectionné sur la rampe juive plus d'un an auparavant et dont il avait fait une sorte d'assistant. Lorsqu'il avait pénétré dans la cour du *Krema* n° 1, il l'avait trouvé couché face contre terre parmi les quelques rescapés des combats, attendant le coup de pistolet dans la nuque qui devait mettre fin à leur aventure.

– Debout, docteur! dit-il. Nous avons du travail.

Pour quelle obscure raison Mengele l'avait-il épargné? Non, certes, par remords, ni par pitié, ni même par sympathie. Ce genre d'élans lui étaient inconnus.

Logiquement, le médecin légiste, un juif hongrois nommé Myklos Lemper, n'avait pas la moindre chance de survivre. Sa connaissance des terribles et inavouables secrets du médecin d'Auschwitz le condamnait inexorablement. Pourtant, un mois après la révolte du *Sonderkommando*, il était encore en vie. Et le miracle était survenu : il avait quitté Auschwitz et avait été transféré à Sachsenhausen où il venait d'arriver. Une aubaine pour Fieseler qui avait appris sa présence au camp et l'avait aussitôt fait affecter au *Revier*.

Coullomb avait accueilli ce collègue dont il savait seulement qu'il était l'un des rares rescapés d'un transport effectué dans des wagons découverts.

– Tu veux manger, boire, dormir?

Ce n'était ni de boire ni de manger qu'il avait besoin, mais de parler pour essayer de se libérer de l'insupportable fardeau de ses souvenirs. Et ce qu'il raconta était proprement incroyable.

– Pour quelle raison, moi parmi huit cent cinquante-trois? Logiquement aucune. Je crois pourtant avoir trouvé une explication. Mais je crains qu'elle relève d'une manière de penser et de sentir qui n'a pas cours dans le monde des vivants. Peut-être était-elle valable là-bas. Ici...

Coullomb réagit avec vivacité :

– Quoi, ici? Où crois-tu donc être?

– Sur l'autre berge du fleuve. On peut se héler d'une rive à l'autre, mais pas se comprendre, et moins encore se rejoindre. Il y a bien une barque et un nautonier, mais il ne charge des passagers que dans un seul sens, sans retour possible.

Mengele, lui aussi, avait traversé le fleuve. Entre eux s'étaient établis d'étranges rapports, fondés sur un strict et froid professionnalisme. Fait unique, Mengele l'appelait par son nom.

– Docteur Lemper, j'ai pour vous un travail intéressant.

Les paires de jumeaux qu'avait ouverts son scalpel se comptaient par centaines. Un travail intéressant...

Lorsqu'un jour il avait demandé le transfert de la salle de dissection en un endroit d'où il n'entendrait plus les cris et les gémissements des victimes, Mengele l'avait apostrophé avec un mépris glacial.

– Auriez-vous des sentiments, Myklos Lemper?

Il avait baissé la tête et bafouillé une excuse.

– Le pire, dit-il à Coullomb, c'est qu'il existait entre nous une connivence qu'il cultivait sous couleur de travail. Il arrivait dans mon bureau après une sélection qui avait duré deux ou trois heures. Des cinq mille hommes, femmes, enfants, qui, en ce moment même, pénétraient dans les vestiaires, il ne disait mot : moi non plus. Il était sourd à la rumeur de ces milliers de vies sur le point de s'éteindre : moi aussi. Il s'absorbait dans l'examen d'une coupe dont la coloration lui paraissait anormale : « Aviez-vous remarqué, docteur Lemper?... » Et je répondais, toute honte bue : « Certainement, *Herr Obersturmführer* », en haussant le ton, car la soufflerie des fours venait de se mettre en marche.

» L'enfer au quotidien était devenu la norme dans laquelle nous vivions. C'était notre monde, indestructible en apparence, mais dont la révolte eut néanmoins raison. Plus et mieux que d'autres, Mengele comprit que, même jugulée, même écrasée, elle portait au système d'Auschwitz un coup dont il ne se relèverait pas. Celui-là même qui l'avait conçu, qui, la veille encore, ne trouvait jamais les journées assez longues, errait, désœuvré, dans le laboratoire, consultait ses fiches, commençait à dicter une note et s'interrompait brusquement. « Sans intérêt, disait-il. Laissez cela. »

Il se postait à la fenêtre et contemplait les ruines du *Krema* nº 2, dont la cheminée carrée émergeait de façon insolite d'un amas de ferrailles tordues. Jamais on ne le reconstruirait.

Ses yeux s'étaient brusquement dessillés. Non seulement on ne le reconstruirait pas, mais les deux autres seraient rasés avant l'arrivée des Russes, au plus tard dans un mois.

Et donc, il resterait des juifs.

Et donc, aussi rares fussent-ils, ce seraient eux les vainqueurs.

Et alors l'holocauste aurait été vain.

– Rendez-vous compte, dit Lemper. Pendant deux ans, tous les jours, qu'il pleuve, qu'il vente ou qu'il gèle, il s'était tenu immobile et impassible, au bout de la « rampe juive ». Les convois de Pologne, d'Ukraine, de Roumanie, des pays Baltes, de France avaient défilé devant lui. Jamais il ne se faisait remplacer. Rien ne l'agitait, rien ne l'habitait, si ce n'est la certitude d'être l'instrument indispensable à l'accomplissement d'un dessein de caractère sacré. Plus de deux millions de fois, sa cravache avait désigné le chemin de gauche. C'était un geste simple, parfois même imperceptible, qui semblait sans relation avec le cataclysme qu'il déclenchait.

» A ses yeux, les recherches qu'il poursuivait ne constituaient pas un alibi, mais s'inscrivaient dans un ensemble dont sa tâche quotidienne à la rampe juive était partie intégrante. Demain, grâce à ses découvertes, des millions de vies nouvelles seraient possibles : des vies souhaitées, programmées, conformes. Que fussent supprimées les espèces nuisibles, dont la prolifération risquait de compromettre l'épanouissement des espèces nobles, était une nécessité à laquelle il s'était soumis sans haine et sans plaisir.

» Mais il n'y aurait pas de lendemain. Les jumeaux n'avaient pas livré leurs secrets et la solution finale, parce que incomplète, était nulle et non avenue.

Myklos Lemper baissa la voix.

– L'échec est une malédiction et Mengele se maudissait. Moi, qui avais nourri, scalpel en main, sa quête chimérique, j'étais le témoin de cette malédiction. En me supprimant comme les huit cent cinquante rebelles, un autre que lui aurait pu penser qu'il la réduirait au silence, et que l'alcool ferait le reste. Pas lui. La connivence qui avait été la nôtre et que j'avais vécue en esclave, il voulait en faire une complicité, non pour partager ou alléger une culpabilité qu'il était incapable de ressentir, mais pour, pour...

Subitement, il suffoquait. Les yeux agrandis par l'angoisse, il regardait Coullomb sans avoir l'air de le connaître. Un tremblement incoercible agitait ses lèvres aux commissures desquelles moussait une écume blanchâtre. Coullomb laissa passer la crise. « Il décompresse, se dit-il, et ça n'est pas sans risques. Il y a des profondeurs dont on ne remonte pas. »

Lemper, pourtant, reprit pied. Il poursuivit avec un soupçon de provocation :

– Une complicité pour quoi, je n'en sais plus rien. Là-bas, tout était clair. Mais je te l'ai dit : d'une rive à l'autre, on se hèle mais on ne peut se comprendre. Et, pour avoir retraversé le fleuve, je ne me comprends plus moi-même.

Il fallait l'éloigner de ses démons.

– Que s'est-il passé ensuite? demanda Coullomb.

– Une semaine s'était écoulée depuis l'écrasement de la révolte. Le temps semblait suspendu. J'étais seul dans mon bureau, l'esprit vide, et n'avais pas vu tomber la nuit. Mengele a fait irruption dans la pièce : « N'allumez pas. » Je voyais sa silhouette se découper en noir devant la fenêtre. « L'ordre vient d'arriver de Berlin, dit-il d'une voix neutre. A partir d'aujourd'hui, le traitement spécial des groupes et des individus est supprimé sur tout le territoire du *KZ*. » Pour la première fois depuis que je le connaissais, je l'entendis rire. « De même, faute de sujets d'étude, mettrons-nous un terme à nos recherches. »

» Qu'allait devenir l'unique survivant, le seul témoin de ce qui s'était passé entre ces murs ? Mengele resta silencieux un long moment. Puis il gagna la porte et l'ouvrit. Je crus qu'il allait sortir sans rien dire de plus, ce qui eût signifié ma condamnation. Mais, au moment de franchir le seuil, il sembla se raviser : « La destruction des installations commencera demain. Quant à vous, n'étant plus utile ici, vous rejoindrez le grand camp. J'espère, docteur Lemper, que vous conserverez un bon souvenir de notre amicale collaboration. »

» Le lendemain, je suis retourné à Birkenau. Le camp était en pleine désagrégation et se vidait au milieu d'une indescriptible pagaille. Les transports partaient l'un après l'autre, à pied ou en train. Pour moi, ce fut le train : trois jours dans un wagon tombereau, par moins vingt.

Il frissonna.

– Ton ami, celui qui déterre les bombes, a dû te dire à quoi ressemblait le transport à l'arrivée, puisque son commando était de corvée à la gare, pour vider les wagons. Dans le mien, j'étais le seul...

– Je sais... Tu es marqué par la chance.

– La chance est injuste, par définition. Mais il se peut que l'injustice devienne insupportable, même pour celui à qui elle profite.

De nouveau, il s'agitait.

– Et Mengele ? demanda Coullomb.

– Il a disparu.

Fieseler, donc, débarrassé de son principal concurrent, avait ses chances. Mais il n'avait pas de temps à perdre : jusqu'à présent, rien de concret n'était sorti de ses recherches. Les entretiens que le psychologue avait eus avec ses clients n'avaient révélé que des natures bornées, stupidement arrogantes et dépourvues d'imagination. Des Russes ordinaires en somme, qu'ils fussent ou non juifs. Il y avait pis encore : on retrouvait cette décevante normalité à l'autopsie, du moins d'après ce que prétendait cet imbécile de médecin légiste français.

Écœuré, Fieseler s'en prenait à Coullomb.

– Votre docteur Paul, pestait-il, devait être un farceur si j'en juge par la nullité de son élève. D'ailleurs, tous les anatomistes français sont des nullités.

Dans ces circonstances, l'arrivée de Myklos Lemper à Sachsenhausen était une aubaine.

– Lui, au moins, a fait ses études en Allemagne et sait travailler. Il l'a prouvé. Je veux le voir aujourd'hui même.

Il ne le vit pas. Car, sortant de chez Coullomb, au lieu de se rendre au bureau du médecin-chef, Lemper traversa le chemin circulaire bordant la zone interdite et se dirigea d'un pas d'automate vers la clôture électrifiée. Depuis son mirador, une sentinelle gueula on ne sait quoi, avertissement ou sommation. Lemper s'en foutait bien : la décharge électrique l'incrusta littéralement dans les barbelés.

Dans le *Waschraum* où on le transporta, Brabant eut du mal à allonger ses bras et ses jambes écartelés par l'électrocution. Puis il marqua son nouveau matricule sous la plante du pied droit. Jamais il ne s'attardait à regarder les visages de ceux qu'il identifiait chaque matin. Pour Lemper, il fit une exception, peut-être parce qu'en le manipulant il avait été frappé par le regard de ses yeux, sur lesquels les paupières refusaient de s'abaisser. C'était un regard sans vie mais qui néanmoins l'interpellait.

– Tu comprends ça, toi ? demanda-t-il à Coullomb.

– Comment ne pas le comprendre ? Lemper avait un témoignage à transmettre. Il l'a fait. Mais la vie ? Tôt ou tard il aurait découvert qu'il l'avait déjà quittée. Sa mort physique n'était qu'une formalité. C'est son message qui est important, et par-delà la mort c'est à toi qu'il l'a confié. Il te reste à écrire un dernier chapitre à ton livre, le plus important sans doute. Clariond trouvera bien un moyen d'en planquer les feuillets dans une cache sûre.

La fin de Lemper plongea Fieseler dans une compréhensible fureur : où irait-on si les déportés se mettaient à disposer de leur vie ? Coullomb considéra son suicide comme logique. Brabant y vit surtout une délivrance. Mais il révolta Clariond pour qui il était une insulte au dieu de la chance.

– Voilà un type, dit-il, qui, après avoir été l'un des cent rescapés de la sélection d'arrivée à Auschwitz, est le seul survivant du *Sonder*. Puis, encore, le seul vivant parmi les quatre-vingt-dix mannequins, durs comme la pierre et agglutinés par le gel, que j'ai sortis, hier, d'un wagon découvert. Faites le compte, cela représentait une chance sur un million.

– Aussi miraculeuse qu'elle ait été, répliqua Brabant, elle ne lui faisait pas une obligation de survivre, dans la mesure où il lui paraissait impossible d'en assumer la contrepartie.

– Quelle contrepartie?

– Es-tu aveugle? La chance ne lui est pas échue par hasard. Il y a contribué, avec une volonté qui balayait scrupules et sentiments. C'était assez pour vivre, mais pour survivre il fallait qu'il puisse cohabiter avec son passé. « J'espère, lui avait dit Mengele, que vous conserverez un bon souvenir de notre amicale collaboration. » Le salaud! Il savait, en prononçant ces mots, qu'il tuait Lemper aussi sûrement qu'il avait coutume de le faire au moyen d'une injection de chloroforme dans le cœur de ses sujets d'étude.

Irrité, Fieseler l'était. Mais le suicide de Lemper le contrariait essentiellement par ce qu'il représentait d'insolence et de rébellion. Il avait feint de croire à l'avenir de ses recherches tant qu'il n'avait pas eu en mains de solution de rechange. C'était chose faite aujourd'hui. Son nouveau et grandiose projet ne faisait en rien appel aux compétences d'un anatomo-pathologiste.

L'homme grâce à qui il était en passe de le mener à bien était un chimiste de renom, dont les découvertes dans le domaine de la diététique et la coagulation du sang avaient fait la réputation. Il appartenait à une famille de la vieille bourgeoisie juive de Rhénanie assimilée depuis des générations et d'un nationalisme ombrageux, ainsi qu'en témoignaient, croix de fer à l'appui, les photographies de l'aïeul en casque à pointe et du père, caparaçonné de boue, dans une tranchée du front de Verdun. Lui-même ne devait qu'au rappel intempestif de son origine le fait de n'avoir pas milité dans la *Hitlerjugend*. Le nazisme n'avait pas modifié ses options politiques, et il avait pensé s'en accommoder en s'achetant un certificat d'aryenneté. L'affaire avait mal tourné, autant pour l'auteur que pour le bénéficiaire du faux, qui s'étaient retrouvés l'un et l'autre sous les verrous.

Au moment de son arrestation, le chimiste mettait au point sa dernière invention, un hémostatique trois fois plus actif et rapide que tous les produits existants. L'homme était connu et son arrestation avait fait du bruit. Fieseler, le premier, avait compris le parti qu'il pourrait tirer de la confiscation du savant à son profit. Il lui avait évité Auschwitz, sa destination normale, et l'avait fait diriger sur Sachsenhausen où il l'avait personnellement réceptionné.

– Doktor Kupfer, lui avait-il déclaré, vos sentiments patriotiques sont incontestables. Il vous appartient d'en prouver la permanence en poursuivant ici même vos travaux et en les menant à bien. Personne n'a le pouvoir de modifier votre origine, mais, le cas échéant, l'importance du service que vous aurez rendu au pays pourrait vous valoir une réintégration dans la communauté nationale.

– Une réintégration! tempêtait Clariond. Non, mais tu as vu ce con, il y croit! Comme s'il y avait la moindre chance que Fieseler ne le liquide pas dans la minute qui suivra la mise au point de sa découverte. Avoue qu'il faut être idiot...

– Il faut surtout, rectifiait Brabant, être désespéré et n'avoir pas le choix. D'une certaine façon, nous en sommes tous là.

Clariond n'en démordait pas.

– Ce type m'horripile. Tu l'as entendu : « Nous autres Allemands... » C'est tout juste s'il ne nous rappelle pas qu'il nous a fait galoper, la botte au cul, de Sedan à Bordeaux.

– Eh bien quoi, il est allemand, non? Il subit le nazisme comme les juifs de chez nous subissent la Révolution nationale, Laval et Pétain.

Quoi qu'il en soit, Kupfer le chimiste disposait de peu de temps pour tenter de réintégrer la communauté nationale telle que la concevait Fieseler. Jamais l'armée allemande n'avait autant saigné qu'en ce début d'année, et il semblait bien qu'aucun hémostatique ne pourrait venir à bout de cette hémorragie. Mais surtout, et pour la première fois depuis quatre ans, après avoir ravagé l'Europe, la guerre s'était transportée sur le territoire allemand. Les mâchoires d'un étau gigantesque se resserraient sur le pays en un mouvement inexorable qui le broyait, corps et esprit, jusqu'à l'anéantissement. Dans l'espace encore libre s'installait la panique. Chaque jour davantage, le discours officiel apparaissait déconnecté de la réalité. Les mots eux-mêmes perdaient leur signification : les communiqués mentionnaient des fronts qui n'étaient que des brèches béantes par où s'engouffrait l'invasion ou des contre-offensives que commandaient des généraux sans armées en un *kriegspiel* dérisoire.

Cette mise à mort s'accompagnait de secousses, avec des accélérations du processus de désagrégation de la nation et de brusques coups de frein qui faisaient penser à des ruades d'agonie plus qu'au raidissement d'une reprise en main.

Le camp vivait le drame à sa façon, caricaturale comme d'habitude. Certains kapos, dont le seul argument, pendant des mois, avait été le manche de pioche, se voulaient soudain camarades d'infortune. Dans les ateliers, les *Meister* se faisaient transparents. Au diable les normes! Personne n'en parlait plus. Il était même devenu inutile de saboter. La gabegie faisait mieux : elle s'installait d'elle-même, et l'un après l'autre les rouages de l'appareil industriel grippaient. Plus incroyable encore : on avait entendu des *Totenkopf*[1], et pas des moindres, assurer des détenus de leurs bonnes intentions. Avec eux, disaient-ils, rien à craindre lorsque viendrait l'instant ultime. Quelques fous avaient parlé d'un bain de sang dans le *KZ*. Mais l'on pouvait compter sur eux : ils les mettraient hors d'état de nuire.

L'embellie, toutefois, était précaire, et ceux-là mêmes qui l'instant d'avant quémandaient l'indulgence de leurs victimes retrouvaient soudain les pires de leurs habitudes. Il est vrai qu'en l'attente de l'apocalypse, dont ils croyaient déjà percevoir le grondement, ils noyaient leur terreur dans l'alcool. L'ivresse engendrait mélancolie et désespoir, fureur et déchaînement en une alternance au rythme imprévisible.

– Oui, la guerre est une saloperie. Moi qui te cause, mon frère a été blessé sur le front russe, il est mort gelé en attendant d'être secouru. Mon père a eu droit à un bombardement, dans l'usine où il travaillait. Cul-de-jatte, qu'il est maintenant. C'est pas tout. Je suis d'un village que les Russes ont occupé la semaine dernière. Ma femme et mon gosse étaient restés là-bas. Tu sais ce que les Russes font aux femmes?

– La tienne n'a certainement pas attendu leur arrivée.

Le bonhomme était larmoyant et pitoyable. Une parole, une attitude, une idée surgie dans sa cervelle embrumée faisaient jouer un déclic. Il retrouvait d'un coup sa gueule de bourreau.

– Je t'ai demandé si tu savais ce que les Russes font aux femmes. Tu le sais, oui ou non?

Que l'interpellé avoue le savoir ou prétende l'ignorer, le résultat était le même.

– Espèce de salaud! C'est de ces sauvages que tu souhaites la victoire. Tu attends leur arrivée pour nous tomber dessus. Et tu crois que nous serons assez idiots pour nous laisser faire? Debout, vermine...

Et les coups de se mettre à pleuvoir. A plat ventre, flexions sur les bras, marche en canard, flexions sur les cuisses, sautillements sur place, pas de soupe ce soir, ça te rendra plus léger et pour te rafraîchir un seau d'eau suivi de deux heures de garde-à-vous, bras en croix, dehors, par moins quinze.

En provenance des camps de l'Est, les transports se succédaient. Deux, trois mille hommes à demi morts de faim et de froid s'abattaient sur le camp où rien n'était, ne pouvait être prévu pour les héberger. Ils repartaient le lendemain pour une destination incertaine sans avoir reçu la moindre nourriture. Ils en avaient mendié auprès des nantis qu'étaient, à leurs yeux, les

1. Tête de mort, insigne de la S.S.

pensionnaires réguliers du camp, sans récolter autre chose, le plus souvent, qu'un refus indifférent sinon haineux.

De tous côtés, l'ordre apparent qui laquait d'un trompe-l'œil les vérités sordides du camp partait à vau-l'eau.

Le *Schuhläufer*, dont les évolutions offraient naguère le spectacle d'un ballet parfaitement réglé, n'était plus qu'un troupeau sans berger. Il marchait, par habitude, égaillé par petits groupes qui prenaient leurs aises ou même se planquaient derrière une baraque le temps d'un tour de piste. Quel soldat, quelle troupe utiliserait jamais les brodequins increvables du *Schuhläufer* ?

Le 13 février, dans un raid terrifiant, la R.A.F. anéantit la ville de Dresde. Et, parce qu'il y avait une douzaine de pilotes britanniques dans le commando, le *Schuhläufer* tout entier subit les rigueurs d'un retour aux normes : charge double, alignements sans défaut, hurlements du serre-file, cadence accélérée et tout le tremblement.

Toujours prompts à prendre le vent, les kapos donnaient d'autant plus frénétiquement dans la surenchère qu'ils s'étaient montrés négligents ou laxistes l'instant d'avant.

Jakob, enrôlé avec les verts de Dirlewanger, avait fait un mort fort honorable du côté du lac Balaton. Son successeur devait à sa mémoire de dire leur fait aux assassins du peuple allemand. Les pilotes anglais reçurent ce jour-là plus de coups de trique que pendant les six mois précédents. A l'appel du soir, leurs matricules furent appelés. Tous les douze furent fusillés le lendemain matin dans la fosse aux parois de rondins de la station Z.

De même avait été liquidé ce qui restait de prisonniers russes, parmi lesquels Fieseler avait coutume de prélever les cobayes nécessaires aux fantaisies expérimentales de ses assistants. Peu à vrai dire, la famine et la maladie ayant accompli le plus gros de la besogne.

Liquidés aussi, les Indiens au visage barbouillé de goudron ou de bleu de méthylène, et les hommes du *Schwarzkommando* [1] qui désagrégeaient à la main batteries et piles sèches pour en récupérer le cuivre et le zinc, les uns et les autres tellement marqués, tellement inavouables que leur survie ne pouvait être envisagée.

Les faux-monnayeurs du block 19 n'étaient pas mieux lotis, du moins en principe. Les secrets auxquels ils avaient eu accès étaient trop redoutables pour qu'ils puissent être laissés en vie. Par chance, leurs geôliers se trouvaient exactement dans la même

1. Commando noir.

situation et savaient qu'ils ne survivraient pas à leurs prisonniers. D'où leur volonté de tout faire pour les épargner.

– Les machines! disaient-ils. Tant que nous ne nous séparerons pas des machines, rien de grave ne pourra nous arriver.

Leur chef, qui avait derrière lui trente ans de fausse monnaie et dont l'avis faisait autorité, prétendait qu'il n'existait nulle part au monde un matériel d'une qualité comparable et qu'en toute hypothèse il fallait se garder la possibilité de le faire fonctionner. Il eut gain de cause : hommes et machines furent provisoirement sauvés et l'on put voir le spectacle insolite de déportés et de gardiens au coude à coude, charger avec d'infinies précautions leurs caisses de matériel dans des wagons auprès desquels ils veillaient jalousement avant d'embarquer tous ensemble et visiblement sans regrets pour un voyage dont personne ne connaissait la destination et la durée.

La quarantaine, telle que l'avait connue Clariond lors de son arrivée, n'existait plus. Avec le départ de Rudi pour le front, elle avait, si l'on peut dire, perdu son âme et Julia sa joie de vivre. Fait plus grave : la veuve avait pris le risque d'ignorer l'avertissement d'Alfred. Ne fût-ce qu'en mémoire de son homme et pour se prouver qu'elle était digne de lui, elle s'était mis en tête de perpétuer le régime qu'il avait institué. Folle gageure! Pendant un temps elle avait pu croire qu'elle y parviendrait. Puis, une nuit, survint l'inévitable. Au petit matin, on découvrit Julia dans le *Waschraum* à genoux devant un siège de water à bords inclinés. Sa tête avait été enfoncée dans la cuvette et recouverte de serpillières gorgées d'eau. Elle avait les mains liées dans le dos et les fesses à l'air, ce qui avait motivé quelques plaisanteries sur l'hommage ultime que semblaient lui avoir rendu ses bourreaux.

Alfred prit les choses en main avec une autorité que personne n'avait songé à lui contester. Déliée, rhabillée, nettoyée, Julia était entrée de façon anonyme dans la statistique quotidienne des décès par maladie. Le cœur, qu'elle avait faible, avait lâché. C'était officiel, de même que la nomination d'Alfred à sa succession.

Les raids alliés survolaient ce pandémonium de jour comme de nuit. Dans une zone dont toutes les voies de communications, les usines et les immeubles se désintégraient dans un ouragan de fer et de feu, le camp recevait sa part de bombes. Et cette part, tant sur le camp même que sur ses commandos extérieurs, était si lourde que la plupart d'entre eux avaient arrêté le travail faute de personnel, de matériel et de matières premières.

Le commando des ruines était le seul dont l'activité n'eût pas pâti des circonstances.

L'expérience aidant, Clariond pouvait maintenant dire, à la

vue d'un immeuble recelant en ses flancs un engin non éclaté, s'il s'agissait d'une bonne ou d'une mauvaise bombe. Ses certitudes devaient tout à l'intuition et n'auraient convaincu personne s'il en avait fait état. Il s'en gardait bien, se contentant de manœuvrer afin d'éviter à son équipe ce qu'il appelait les chantiers à risques, et même, à l'intérieur de l'équipe, et pour ce qui le concernait, les tâches d'apparence anodine dont un sixième sens l'avertissait qu'elles étaient grosses de dangers imprévus.

Après trois mois de travail, il était le seul survivant du commando d'origine. Les plus coriaces avaient disparu au cours des dernières semaines. Ils étaient trois dont Clariond avait espéré qu'ils seraient de ceux que la chance ne lâche pas. A diverses reprises, un mouvement, quelques pas de côté, une seconde d'absence les avait sauvés. Était-ce le don, ou seulement le hasard? Le hasard a ceci de particulier qu'il finit toujours par reprendre ses billes. Coup sur coup et sur trois chantiers différents, ils avaient été volatilisés.

Envers les nouveaux qui n'effectuaient qu'un bref passage entre leur arrivée au commando et leur disparition, Clariond ne ressentait rien. Mais envers ces trois-là il éprouvait un vague sentiment de culpabilité, heureux, bien sûr, d'être épargné, mais de plus en plus convaincu, quelque part au fond de lui-même, que son invulnérabilité était le prix d'un marché diabolique dont il ne savait rien sinon qu'en survivant au prix de la mort des autres il se damnait.

Lorsque, après quinze heures de labeur éprouvant, les mains en sang et la tête encore bourdonnante du vacarme de la journée, il revenait au camp, son épuisement était si profond qu'il n'avait même plus la force de parler.

Mongredien le voyait s'enfoncer dans cet isolement avec inquiétude et tentait de l'en faire sortir :

– J'ai vu Brabant. Il ne va pas fort.

Clariond ne répondait pas. Mongredien insistait :

– Il m'a demandé de tes nouvelles. Je crois qu'il a besoin de toi. Une visite de ta part lui ferait du bien.

Clariond restait silencieux. Il avait les yeux ouverts, mais il dormait.

Pour la plus grande gloire de la science allemande, Kupfer le chimiste achevait la mise au point de son hémostatique. Le personnage n'était guère sympathique, mais l'énigme qu'il posait intriguait Brabant. L'Allemagne était entrée en agonie, les Américains étaient au-delà du Rhin, la Ruhr était en flammes, les Russes étaient aux portes de Vienne. Lui n'entendait rien, ne voyait rien. La seule concession qu'il faisait aux circonstances était d'ouvrir les fenêtres de son labo lorsque retentissait la sirène d'alerte.

L'aveuglement de cet homme était un défi au sens commun. Il montrait à Brabant une batterie de tubes à essai remplis d'un liquide dont la teinte, de l'un à l'autre, allait s'éclaircissant, prélevait le dernier de la série et le faisait tourner entre ses doigts, face à la lumière.

– Polyval 15, mon garçon : le résultat de dix ans de recherches...

Brabant l'interrompait :

– Un résultat qui risque d'être différent de ce que tu imagines. A ta place, je n'irais pas crier Eurêka.

– La science...

– Il ne s'agit pas de science, mais de Fieseler. Enfin, bon Dieu, regarde-le ! Il a fait crever des dizaines de pauvres types pour prouver qu'on ne pouvait pas survivre plus de cinq heures dans l'eau glacée. Il a fait rechercher dans les camps de prisonniers tous les commissaires politiques juifs qui pouvaient s'y trouver. On lui en a amené cinquante, qu'il a fait tuer et disséquer afin de rechercher ce qu'ils avaient d'anormal. Et, comme ça ne suffisait pas, il les a fait bouillir pour récupérer les squelettes. Bien entendu, il n'a rien trouvé. RIEN. Là-dessus, tu arrives, avec ton Polyval 15 qui vaudra gloire et fortune à son inventeur, et tu crois que Fieseler va hésiter une seconde à s'approprier ta découverte ? Toi, un *Haeftling,* juif de surcroît ! Réfléchis un peu.

Kupfer avait toisé Brabant avec mépris.

– Si je t'ai bien compris, je devrais me taire ?

– Un mois, deux mois au plus.

– Pour offrir au vainqueur ce que j'aurai refusé aux miens ? Non, monsieur le Français, je ne spécule pas sur la défaite de ma patrie.

Personne, finalement, à part les cobayes, blessés à dessein, sur lesquels le Polyval 15 avait été testé avec succès, n'en connut les bienfaits. Kupfer, comme prévu, n'avait pas survécu vingt-quatre heures à l'annonce de son succès. Fieseler, lui, contrairement à sa victime, ne poussait pas le patriotisme jusqu'à la stupidité. Le Polyval 15 ne pouvait rien pour l'armée allemande, pour la bonne raison qu'elle n'existait plus. C'était avec l'étranger qu'il fallait traiter et au plus haut niveau. Il avait pris contact avec un grand laboratoire de Zurich, par l'intermédiaire d'un homme de confiance qui n'avait rien eu de plus pressé que de le dénoncer à la Gestapo. L'affaire était remontée jusqu'à Himmler, qui, entre deux catastrophes, avait appris la trahison de son protégé. Sa descente aux enfers avait été d'une fulgurante rapidité : dans la même semaine, il avait été convoqué, interrogé, arrêté, dégradé et finalement enfermé dans le *Bunker* du camp, à moins de deux cents mètres du laboratoire où il avait frôlé la gloire et la richesse. Pour autant, il ne se sentait solidaire en rien de ses voisins dont les plaintes et les appels bourdonnaient dès que les pas de la sentinelle cessaient de marteler le ciment du couloir. A vrai dire, il ne ressentait rien qu'un immense étonnement, et l'impression de vivre un rêve absurde. Il en attendait la fin et la croyait venue chaque fois que s'ouvrait le guichet par lequel étaient passées la tranche de pain et l'écuelle de soupe qui constituaient sa nourriture quotidienne. Au matin du septième jour, lorsque le guichet s'était ouvert, il en était à se demander si enfin il allait se réveiller. Le canon du parabellum qu'il vit pointer à travers l'ouverture ne constituait pas une réponse. Le rêve, au contraire, devenait cauchemar, et, pour la seconde qui lui restait à vivre, il était préférable qu'il n'en sortît point.

– Avec l'élimination de Fieseler, dit Coullomb, la liquidation du *Revier* n'est plus inéluctable.

Les Russes étaient dans les faubourgs de Berlin et le grondement de la bataille, cette fois-ci, était perceptible pour de bon. Comment allait finir le camp, c'était la question que chacun se posait.

Les optimistes imaginaient une disparition subreptice de leurs gardiens, les pessimistes, un massacre général. On ne croyait ni les uns ni les autres. Ce qui se passerait se situerait vraisemblablement entre ces deux extrêmes.

Le Savonarole de la KWA était formel :

– C'est dans les situations insaisissables que l'insurrection a ses meilleures chances. Il faut nous y préparer, même si nos moyens sont dérisoires. Lorsque sonnera l'heure, il suffira de peu de chose pour faire basculer le sort en notre faveur. Paris ne s'est pas libéré autrement.

Mongredien releva le propos :

– A Paris, la chance des F.F.I., ce fut Leclerc. Mais à Varsovie les insurgés ont attendu en vain l'armée rouge. Les Russes étaient occupés ailleurs. A faire les mariolles, la même chose pourrait nous arriver sans profit pour personne. Il y a quatre millions d'hommes, vingt mille avions, cinquante mille tanks et cent mille canons chargés de régler son compte à l'armée allemande. Nos trois pétoires ne feront pas avancer les choses.

On discutait des mérites respectifs d'une attitude guerrière dont curieusement les communistes, pacifistes d'autrefois, se faisaient les hérauts en appelant à la rescousse les poncifs patriotiques les plus éculés ou d'une position réaliste, moins flamboyante mais qui offrait de meilleures chances de parvenir vivants au dernier jour de la guerre.

Les événements mirent tout le monde d'accord. A la mi-avril, le camp fut évacué et sa population, formée en une immense colonne, prit la direction de Lübeck à travers l'étroit corridor séparant, pour quelques jours encore, les fronts russe et américain.

Coullomb obtint du successeur de Fieseler l'autorisation de demeurer au camp avec ses trois mille malades.

– Ma sauvegarde, dit celui-ci, n'a qu'une valeur relative. Je l'assurerai dans toute la mesure de mes moyens, mais je ne suis que médecin et cela pourrait se révéler insuffisant.

Tout ce qui subsistait d'ordre dans le camp avait disparu. Dans la cour, naguère consacrée aux fastes de l'appel, grouillaient des milliers d'hommes courant en tous sens, s'interpellant, se bousculant et colportant les plus invraisemblables nouvelles. La garde, désorientée par ce soudain bouillonnement, veillait à ce qu'il ne déborde pas des limites du camp, mais, faute d'instructions, le laissait se développer intra-muros. Déjà, ici et là, le pillage des magasins avait commencé.

Par ses fonctions, Schnabel était l'un des seuls à se faire une idée claire de la situation.

– L'évacuation commencera demain, dit-il à Clariond, par groupes de cinq cents, constitués plus ou moins par nationalités. Chaque interné percevra un pain d'un kilo et une demi-boîte de singe.

– A quoi rime cet exode?

– A rien. Il n'y a nulle part où aller, nul bout de terre disponible pour parquer les esclaves survivants. Dans moins d'une semaine, ce qui reste d'Allemagne sera russe ou américain. Il serait logique que les S.S. utilisent cet ultime répit pour disparaître, se fondre dans le paysage et se déguiser en courants d'air. Au lieu de quoi ils vont se faire les chiens de garde d'un troupeau qu'ils ne savent où conduire.

– C'est absurde.

– Tout ce qui touche à la S.S. est absurde. Ce n'est pas nouveau.

– Combien de temps cela peut-il durer?

– Je te l'ai dit. Une semaine. Un peu plus, un peu moins.

– Et au camp?

Schnabel tendit l'oreille. Le grondement de la bataille dont la distance faisait une rumeur grave, sourdement ponctuée d'explosions, ressemblait au mugissement d'un torrent. En direction du sud, le ciel était d'un noir d'orage.

– Moins sans doute.
– Pourquoi partir dans ces conditions?
– Parce que nous n'avons pas le choix.
– Coullomb a bien obtenu que le *Revier* ne soit pas évacué.
– C'est le *Revier*. Et d'ailleurs il n'est pas dit que les chances de ceux qui restent soient supérieures à celles des partants. Ceux-ci, dit Schnabel, devront se constituer en petits groupes à l'intérieur desquels s'exercera la solidarité. Dix au maximum. Les isolés ne s'en tireront pas.

Sans attendre, il avait formé le sien, avec Clariond d'abord, en souvenir du Vieux-Port de Marseille, du camp de Caïs, de Titine, le nègre aux rutilantes chaussures, de Fayence et, pour finir, du voyage initiatique qu'ils avaient fait côte à côte depuis Compiègne.

Avec Gerson, ensuite, orphelin du Parti pour avoir eu l'outrecuidance de penser par lui-même.

Et Mongredien, son compagnon au *Schuhläufer*, dont les dents avaient été brisées, mais dont l'âme était intacte.

Et Knecht, l'homme de la Kolyma, marcheur lui aussi, rescapé des convictions et des répressions de tout bord.

Avec Alfred, le bossu, parce que la vie était chevillée à son corps contrefait et que la perspective de voir ce monte-en-l'air inattendu exercer ses talents aux dépens d'une clientèle enrichie par la guerre n'était pas déplaisante.

Et Ruysdael, dont le génie allait permettre de ressusciter les grands maîtres, du Caravage à Picasso, et de repeupler à la demande les collections et les musées détruits par la guerre. Sans oublier Samuel Sternberg enfin, l'homme à l'archet magique, le seul juif, sans doute, qui ait dû son salut à Heydrich.

– Tu oublies Brabant, dit Clariond.
– Coullomb s'oppose à son départ. Il dit qu'il n'est pas en état de marcher.
– Il faudrait tout de même savoir ce qu'en pense l'intéressé.

Brabant, bien sûr, voulait partir, ne fût-ce que pour quitter les murs du camp.

– Marcher, coucher sous la pluie, ne rien bouffer, maugréait Coullomb. Mon pauvre vieux, tu n'iras pas loin.

Mieux que quiconque, Brabant le savait. Quelques semaines auparavant, il avait senti se déclencher au fond de lui-même un processus de destruction dont il suivait l'inéluctable développement avec plus de curiosité que d'appréhension. L'approche finale, se disait-il.

– Où irai-je, de toute façon? Finir pour finir, autant que ce soit à l'air libre que dans cette baraque puante.

– Je l'aiderai, plaida Clariond.

Brabant le remercia puis se tourna vers Coullomb :

– Tu vois comme tout est simple. Clariond dit qu'il m'aidera.

Sa voix était fatiguée, sans chaleur et sans conviction. Partir ou rester, qu'importe, semblait-elle dire, le résultat sera le même dans les deux cas. Si Coullomb avait maintenu son veto, si Clariond n'avait pas été aussi péremptoire, il n'aurait certainement pas insisté. Finir pour finir, autant le faire tranquillement.

Schnabel prit Clariond à part.

– J'ai parlé de solidarité. Cela signifie qu'avant de recevoir, chacun doit être en mesure de donner. Brabant en est malheureusement incapable. Il ne peut rien pour les autres, et les autres ne peuvent rien pour lui. En se crevant à l'aider, ils se condamneraient eux-mêmes, sans le sauver pour autant.

Il haussa les épaules.

– Désolé, mon vieux, je ne peux pas le prendre dans le groupe.

... Brabant, dont le sourire était résigné et la parole douce, dont la silhouette semblait immatérielle, déjà. Clariond le revit, décrivant son comptage quotidien :

– Je relève les morts comme l'employé du gaz relève les compteurs. C'est un métier qui nourrit son homme.

... Ou encore, à l'époque faste du *Bauhof*...

– T'écris sur moi ? demandait l'oustachi.

– Bien sûr.

Il désignait le *Meister*.

– Sur lui aussi ?

– Forcément, j'avais besoin d'un héros.

Tout le monde riait, sauf le héros.

– Combien de feuillets aujourd'hui ? demandait Werner qui avait le mécénat exigeant.

– Quinze.

– Ça fera du travail pour le maître maçon.

... Brabant toujours, allongé sur le châlit, flanc contre flanc, la tête au creux de son épaule.

– Fini le *Schuhläufer*. Je t'ai trouvé une planque.

– Vrai ?

Le regard que Brabant lui avait adressé, aujourd'hui encore, lui transperçait le cœur. Jamais, non, jamais il n'avait été aussi heureux qu'en cet instant.

– J'avais un frère qui te ressemblait. Il s'appelait Pierre...

Les deux images s'étaient superposées et depuis n'en formaient plus qu'une seule.

– Tu me comprends? s'excusait Schnabel.

– Parfaitement. Tu as d'ailleurs raison. Mais, à ton tour, il faut que tu me comprennes. Je n'imposerai Brabant à personne, mais il partira quand même. Avec moi seul.

Le chemin traversait un bois peuplé de sapins et de bouleaux. Des arbres! Il y avait deux ans que Clariond n'en avait vu. Le sous-bois sentait l'humus et la résine. Il en respirait le parfum avec ivresse et s'en emplissait les poumons pour oublier l'odeur du camp, si tenace qu'elle imprégnait ses vêtements et sa peau.

Trois heures plus tôt, ils avaient passé sous le porche de la tour, après une distribution de vivres qui avait tourné à l'émeute. Sur les bas-côtés, une file de S.S., chiens en laisse, encadraient la colonne. A chaque carrefour, par les routes, les chemins, les sentiers, des files ininterrompues d'hommes en rayé rejoignaient le flot principal. Tous les commandos extérieurs, Heinkel, Falkensee, Lichterfeld, les petits camps de Schönebeck, Magdeburg, Königsberg se déversaient dans le fleuve humain qui s'écoulait vers le nord. Dans les villages qu'on traversait, les gens regardaient d'un air hébété la troupe sans fin des bagnards défiler devant eux. Il semblait impossible qu'eussent existé des lieux de détention assez vastes pour contenir cette multitude. Certains découvraient son existence physique avec des sentiments que l'inéluctabilité de la défaite rendait compatissants. Déplorer les désastres de la guerre, c'était par avance pleurer sur le sort qui ne manquerait pas d'être le leur sous peu. Mais chez d'autres prévalaient la haine et la fureur, surtout chez les plus jeunes et parfois même chez les enfants.

L'air et les arbres évoquaient la liberté. Mais ce n'était qu'une illusion. Jamais l'esclavage n'avait été si total. Il fallait que le flot s'écoulât sans arrêts, sans à-coups, et la sanction des serre-file était sans pitié. Dès les premières heures de marche, on entendit leurs armes crépiter à l'arrière de chaque groupe, qui devait faire place nette devant celui qui le suivait.

En fin d'après-midi, le ciel s'était brouillé. La route traversait maintenant des étendues plates et nues à l'horizon desquelles se profilaient les silhouettes de bâtiments de ferme isolés. Terre et ciel, tout était devenu gris. Un vent froid et coupant s'était levé. Il poussait devant lui une chevauchée de nuages gonflés d'eau que les bourrasques effilochaient en écharpes de pluie. En un instant, le piétinement du troupeau transforma le chemin de terre en un bourbier dans lequel la marche cahotante de la colonne prit l'aspect d'une procession de déments. Transis dans leurs loques de fibranne, aveuglés par la pluie, patinant dans la boue, perdant leurs galoches dont l'empeigne de tissu pourri se déchirait au moindre effort, les *zebra* avançaient, tombaient, se relevaient, arc-boutés les uns aux autres, obsédés à chaque pas par l'idée du pas suivant dans lequel se résumait leur avenir.

– *Los, los!* hurlaient les serre-file lorsqu'un gradé, furieux de ne pouvoir punir le ciel, coupable de sabotage, s'en prenait à eux qui ne comprenaient visiblement pas pourquoi il était si urgent d'avancer dès lors qu'on ne savait où aller.

– Ça va? demanda Clariond.

Question stupide. Comment cela pouvait-il aller, alors que le vent et la pluie transformaient le tissu rayé en un cataplasme de glace, que l'eau dont il était gorgé ruisselait entre les omoplates en longues traînées, glaciales ou brûlantes, on ne savait plus, et que chaque inspiration charriait tout au long de son cheminement la douleur déchirante d'un couteau ouvrant une chair vive?

Le visage de Brabant était livide. Mâchoires serrées, yeux fermés, il semblait s'être coupé du monde extérieur pour mieux concentrer ce qui lui restait de forces. Plusieurs fois, au *Schuhläufer* notamment, Clariond l'avait vu rameuter ainsi ses réserves. Il appelait cela faire le carré.

– Ça va?

Il n'avait pas entendu, ou pas voulu entendre, et avait poursuivi sa marche somnambulique.

Au soir, les cinq cents *zebra* du groupe furent cantonnés dans une cour de ferme, bordée de murs et de bâtiments, dont le seul avantage était la possibilité d'en assurer facilement la surveillance. Ils y parvinrent après la tombée de la nuit et cherchèrent vainement un abri dans la grange dont la masse trapue se dessinait dans l'obscurité. Le bâtiment était plein à craquer d'une foule dont le volume avait augmenté par paliers, au rythme des arrivées de la soirée, au point que ses occupants ne disposaient plus d'une place suffisante pour s'allonger. Aussi la cohabitation dans la grange se traduisait-elle par d'aigres querelles entre les premiers arrivés, qui avaient pris leurs aises, et les suivants, qu'ils s'estimaient bien bons d'avoir accueillis en surnombre, dans l'espace qui leur appartenait de droit. Pourtant, lorsqu'une fois de plus la porte coulissa sur son rail, les uns et les autres oublièrent leurs querelles et firent front contre les intrus. Une bagarre, courte mais brutale, régla la question. Les nouveaux venus se retrouvèrent dans l'obscurité de la cour, sans toit, sans abri, debout sous la pluie, à la recherche d'un endroit où, à défaut de s'allonger, ils pourraient s'asseoir ailleurs que dans une mare de boue.

Schnabel rassembla son monde, afin d'éviter que chacun, livré à soi-même, ne se laisse aller au désespoir. Des mois, des années de souffrance, de lutte et d'espérance, aboutissaient à ce trou noir, au fond duquel il n'y avait plus qu'à crever. En quittant le camp, on entendait le canon, mais la lointaine rumeur du combat, au lieu de s'intensifier, avait décru au fil des heures. On n'en percevait plus rien. Seul demeurait le crépitement de la pluie sur le troupeau parqué dans la cour obscure.

– Où est Brabant? demanda Schnabel.

Clariond désigna une silhouette adossée au mur de la grange.

– Il tient le coup malgré cette flotte?

– Avec deux couvertures, dit Clariond, la pluie traverse encore, mais elle se réchauffe au passage.

A ce moment seulement, Schnabel s'avisa que Clariond était le seul à ne pas utiliser sa couverture comme capuchon. Il semblait insensible au froid et à la pluie.

– Il a mangé?

– Quelques biscuits de soldat que Coullomb nous avait donnés. L'eau les avait ramollis.

– De la fièvre?

– Ça fait un an que la fièvre ne le quitte pas.

Schnabel saisit le bras de Clariond.

– Pourquoi l'as-tu fait partir?

Clariond se dégagea avec brusquerie.

– Que sais-tu de lui? Que sais-tu de nous? Je l'ai fait partir parce qu'il l'a voulu, et que c'était convenu.

Il y avait au milieu de la cour un tas de paille de deux mètres de haut. Paille ou fumier? Clariond évita de se poser la question, car la réponse était évidente. « De la paille en fermentation », se dit-il pour couper court à toute réflexion. Il creusa une sorte de niche dans la paille, la tapissa de l'une des deux couvertures et y transporta Brabant à moitié inconscient.

– Merci, murmura celui-ci, après que Clariond eut bordé la seconde couverture par-dessus ses épaules.

Il suffisait d'écarter la paille pour trouver la chaleur et s'installer à l'aise, dans la bauge ainsi creusée. La vie, alors, se concentrait en cette ultime sensation de bien-être, puisque tout le reste avait disparu. Un peu de chaleur, dont il ne serait pas indifférent de découvrir, lorsque enfin le jour se lèverait, qu'elle était bien celle d'un tas de fumier. Bénéfique, en tout cas, pour ceux qui y avaient cherché refuge. Le matin les avait trouvés en meilleure forme que les occupants de la grange. Brabant lui-même semblait régénéré.

– Il y a, dit-il en s'ébrouant, une idée à exploiter. Les bains de boue, c'était le thermalisme de papa. L'avenir, c'est le fumier.

Après le désespoir de la nuit, Clariond revivait, lui aussi. Schnabel s'était approché de lui, l'air honteux.

– Oublie ce que je t'ai dit. Tu nous ferais plaisir en rejoignant notre groupe.

Ils mangèrent avant de reprendre la marche.

– Nous sommes neuf, dit Schnabel. Avant le départ, nous avons tous reçu un pain et une demi-boîte de singe. Si chacun mange sa ration, demain il n'en restera rien. Ce qu'il nous faut, c'est durer. Nous nous partagerons donc une ration par jour. Cela fera cent dix grammes de pain et cinquante grammes de viande par homme. De quoi survivre neuf jours. Bien ou mal, tout sera fini d'ici là.

Rien n'était plus irrationnel que le comportement des gardiens. Pour une bonne moitié d'entre eux, qui ne voyaient pas plus loin que le bout de leur fusil, l'évacuation du camp n'était liée en rien à l'écroulement de leur monde. Ils ignoraient d'ailleurs qu'il s'écroulât. De ceux-là, il n'y avait rien à attendre que des coups de gueule, de trique ou de feu. A l'opposé, les plus prudents, ou les moins abrutis, avaient profité de la nuit pour s'esbigner. D'autres demeuraient à leur poste parce que l'insoumission ne s'improvise pas. Ils hurlaient, sur le registre habituel, pour ne pas se faire accuser de mollesse, frappaient même, afin de se prouver qu'ils contrôlaient la situation. Car la panique les habitait. Ils pouvaient passer, d'une seconde à l'autre, d'une indulgence complice à la plus stupide brutalité. Tel qui, avisant un silo de pommes de terre ou de betteraves, le faisait ouvrir et en distribuait le contenu aux marcheurs, abattait ensuite d'un coup de pistolet le soi-disant pillard coupable d'avoir recueilli quelques poignées d'orge ou d'avoine, dégorgeant d'un sac éventré au hasard d'une rencontre avec un convoi de réfugiés.

Ce n'étaient que péripéties dont s'accommodaient les concentrationnaires, comme font les marins des fortunes de mer. Le drame véritable se jouait en queue de colonne, et frappait en priorité les isolés. Lorsque, s'abattant sur eux, l'épuisement les faisait trébucher de plus en plus souvent, ils perdaient leur place dans la colonne et rétrogradaient jusqu'à se retrouver au milieu des traînards. Les serre-file les guettaient et leur faisaient réintégrer les rangs à coups de crosse dans les reins. Venait le moment où les cris, les menaces et la trique restaient inopérants. C'était tant pis pour eux : les serre-file les laissaient décoller. A quelques pas de là, des spécialistes les prenaient en charge, chacun à sa manière, qui pouvait être doucereuse ou brutale, mais avec pour tous l'impératif absolu de laisser derrière eux une chaussée nette et dégagée.

Soutenu par Clariond, Brabant marchait. C'était un miracle

de le voir avancer, d'un pas hésitant dont la mécanique semblait détraquée. A aucun moment pourtant il n'avait perdu sa place dans la colonne. Clariond lui parlait sans arrêt, afin de ne pas le laisser seul face à lui-même.

– Tu marches mieux que ce matin, tu transpires moins qu'hier, essaie de respirer à fond, as-tu soif, il n'y en a plus pour longtemps avant l'étape de ce soir...

Il mangea les biscuits de soldat que Clariond lui avait émiettés. Il but l'eau dont Clariond avait rempli sa *miska* à la fontaine d'un village assiégée par une horde de marcheurs et le soir, dans le bois où les hommes de Schnabel avaient été cantonnés, il s'endormit sur le tas de fougères que Clariond avait coupées à son intention, avant que tombe la nuit.

Maintenant, il le veillait.

Une main se posa sur son épaule. C'était celle de Knecht, l'homme de la Kolyma.

– Bien, petit. Je te le dis, et je crois m'y connaître. Laisse-le maintenant. Il dort.

Il entraîna Clariond auprès d'un feu dont le foyer recouvert d'une calotte de mousse était pratiquement invisible.

Clariond plaisanta :

– C'est à la Kolyma qu'on t'a enseigné cette technique?

– Celle-là et bien d'autres. Comment tromper sa faim, comment tromper la garde, comment tromper la mort, comment ne rien foutre, comment voler...

– As-tu échangé des recettes avec Alfred?

– A côté de moi, Alfred est un amateur. Vous tous, d'ailleurs, êtes des amateurs, comparés aux gens de la Kolyma.

Knecht reconnaissait la naïveté de sa jeunesse dans les illusions de Gerson.

– Ton chemin sera long et douloureux, lui avait-il dit. Tu paieras cher pour connaître la vérité et tu ne pourras rien en faire. Ou alors il faudrait que tu adoptes celle de Mongredien. C'est une solution, si tu acceptes de te renier.

Pendant des semaines, le vieux révolutionnaire et l'agent du B.C.R.A. avaient marché côte à côte dans les rangs du *Schuhläufer*. Ils n'étaient d'accord sur rien et cultivaient leurs différences avec des soins de jardiniers japonais.

– Comment s'étonner de l'existence de la Kolyma! s'écriait Mongredien. C'est une sécrétion du régime, normale, obligatoire. Il y a deux mille ans, Saturne dévorait ses enfants. Aujourd'hui, Staline déporte les siens à la Kolyma. C'est sa façon d'être dieu.

– La Kolyma n'était pas une fatalité. Elle n'est qu'un dévoiement. En revanche, les contradictions du capitalisme...

– Je me fous du capitalisme.

– Il t'asservit.

– Et toi, tu es libre, peut-être?

Ils se regardaient en riant. Chacun connaissait par cœur les arguments de l'autre. Feintes, attaques, esquives, parades, le jeu était sans surprises.

– Demain, avait finalement proposé Mongredien, on intervertira les rôles. Ce sera mon tour d'être le révolutionnaire.

Depuis peu, le canon se faisait à nouveau entendre, dans le nord cette fois.

– C'est du russe, dit Knecht.

Peut-être n'y aurait-il pas de lendemain. Personne ne s'avisait de prédire ce que serait le comportement des gardes au tout dernier moment, surtout vis-à-vis de leurs captifs. Tout au plus imaginait-on qu'ils se rendraient plus volontiers à des Américains qu'à des Russes. C'était exact, mais les Américains se faisaient attendre.

En finir, d'une façon ou d'une autre mais vite : il y a des limites qu'on ne peut dépasser. Pour Brabant, dont le délabrement s'était encore aggravé au cours de la soirée, se lever et marcher semblait tout bonnement impossible. Il ne dormait pas, contrairement à ce qu'avait cru Knecht, mais s'enfonçait dans une inconscience précomateuse, avec l'impression d'effectuer une glissade qu'il était incapable d'enrayer. Pourquoi, d'ailleurs, tenter de la freiner? Les efforts qu'il devait faire pour se retenir étaient exténuants et douloureux. La glissade était douce et la paix, selon toute vraisemblance, était au bout de la pente.

A l'aube, le canon s'était tu et la colonne avait repris son cheminement.

Et, une fois de plus, le miracle se produisit. Pendant que Schnabel mesurait à la loupe les rations de pain et de singe dont chacun devrait se contenter, Clariond s'approcha de Brabant, immobile sous ses couvertures. On le vit s'agenouiller auprès du gisant, se pencher et chuchoter à son oreille. Il n'était pas possible de comprendre les paroles qu'il prononçait, mais seulement d'en percevoir le ton et le rythme, qu'on eût dit d'une incantation.

Autour du feu de mousse que Knecht avait ravivé, ils étaient sept à mâcher leur pain que déjà la moisissure tachait de jaune et de vert. Vaguement gênés par la présence des deux autres, le mourant et l'illuminé, comme l'ont toujours été, quoi qu'ils en eussent dit, les témoins et les apôtres mis en présence d'un phénomène qui les dépassait.

Curieux apôtres que ceux-là, dont on pouvait se demander lequel serait l'Iscariote :

• de Schnabel, qui concevait le monde comme une immense

école avec ses maîtres et ses élèves parmi lesquels, hélas! les cancres faisaient loi,

• de Gerson, veuf de ses certitudes et que minait son besoin de croire,

• de Knecht, dont le seul foyer possible, après la trahison des siens, serait celui de ses adversaires,

• de Mongredien, dont la torture n'était pas venue à bout, qui savait tout de la guerre mais n'avait pas eu le temps d'apprendre la vie,

• d'Alfred, plus tassé que jamais sous sa bosse, s'acharnant à survivre en se répétant les formules à l'invocation desquelles surgirait, rutilant, le trésor qui lui était promis,

• de Sternberg, que sa mère avait voué à la musique avec une tranquille certitude mais qui, pour avoir compromis son violon avec les bourreaux, se demandait si la musique qu'il interpréterait désormais ne serait pas empoisonnée comme peut l'être l'eau d'un puits,

• ou de Ruysdael, le seul de tous sur qui les vicissitudes du camp avaient glissé comme de l'eau sur les plumes d'un canard, sans doute parce qu'il n'avait pas d'existence propre. Il *était* tour à tour Vermeer, Rembrandt ou Monet, et contre ce fait, aussi certain qu'invraisemblable, la Gestapo ne pouvait strictement rien.

• Et pourquoi pas l'illuminé lui-même, dont les sortilèges insufflaient un semblant de vie à un moribond?

Brabant ouvrit les yeux avec lenteur et presque à regret. Puis il se mit debout en s'y reprenant à plusieurs fois et s'approcha du foyer. Les apôtres le regardèrent avec une incrédulité mélangée d'effroi. Il souriait.

– Ce n'était pas encore pour cette fois, dit-il, comme pour s'excuser d'être indiscret.

Ce que fut ce jour-là le calvaire de Brabant, Clariond, seul, le sut vraiment, parce qu'il fit plus que le partager.

Schnabel l'avait prévenu :

– Nous ne pourrons rien pour toi.

Il avait rétorqué avec hauteur :

– Je ne vous ai rien demandé.

« Quand Brabant ne pourra plus marcher, s'était-il dit, je le porterai, et lorsque je ne pourrai plus le porter, nous nous arrêterons, ensemble, sur le bord du chemin. Il n'y aura pas longtemps à attendre. »

La colonne piétinait. Des convois militaires, dont l'allure sentait la déroute, croisaient son chemin et arrêtaient sa marche.

Des réfugiés, fuyant vers l'ouest, cherchaient eux aussi à couper la colonne. Clariond mettait ces arrêts à profit pour allonger Brabant sur place, sans attendre de savoir si la halte se prolongerait. Dans la course qu'il avait engagée, chaque minute comptait. Lorsque la marche reprenait, il le remettait debout sans qu'il eût à faire d'effort. Le lui demander eût été inutile : il était sourd et aveugle au monde qui l'entourait, marchait quelques pas et trébuchait. Clariond le rattrapait et, bloquant son épaule sous l'aisselle du moribond, il continuait sa progression titubante, lesté de son écrasant fardeau.

Dans le milieu de l'après-midi, la colonne laissa sur sa gauche le bourg de Wittstock et pénétra dans le bois de Below où l'immense exode semblait s'être figé.

Des milliers d'hommes et de femmes, venus de Sachsenhausen, de Neuengamme et de Ravensbruck, les y avaient précédés. Certains étaient arrivés l'avant-veille et n'avaient pas bougé depuis.

– Qu'est-ce qu'on fait ici?

– Rien. Ou plutôt si, on crève.

Les layons au-delà desquels il était interdit de s'aventurer étaient battus par des feux d'armes automatiques, mais cette précaution était superflue. Personne dans la foule amorphe agonisant sous les arbres du bois de Below n'avait la force nécessaire pour ramper, sauter et courir au-delà du périmètre maudit. Ni même la volonté. Au stade où en étaient parvenus la plupart des marcheurs, la liberté n'était plus qu'un mot vide de sens. Ils lui auraient préféré un bidon d'eau, qui leur était refusé comme tout ravitaillement.

Un ruisseau traversait le bois, mais, avec la foule innombrable échouée le long de ses rives, il n'avait fallu que quelques heures pour le transformer en un cloaque où il était mortel de s'abreuver. Combien étaient-ils, couchés et immobiles ou errant sous les arbres dont, à hauteur d'homme, il ne restait plus ni bourgeons, ni feuilles nouvelles, ni même d'écorce? Trente, quarante mille que la dysenterie vidait sur place. Oui, sur place, sous eux, parce que se lever, marcher encore était un effort inutile et que, là ou ailleurs, ils ne faisaient plus la différence.

Schnabel chercha un espace libre et non pollué pour installer son monde. Tâche impossible : le bois de Below était une décharge dont l'ordure était humaine. Lui qui avait toujours fait face baissait aujourd'hui les bras. On le vit s'appuyer sur l'épaule de Knecht.

– Tu as vu quelque chose de comparable à la Kolyma?

– J'ai vu pire, car là-bas c'était sans fin. Pas ici, où l'issue n'est qu'une question de jours. Il faut s'accrocher, c'est tout.

– Sans boire?

– En buvant. Je te dirai comment.

Croire encore, s'accrocher, lutter, contre les autres, et surtout contre soi-même, Brabant ne le voulait, ne le pouvait plus, mais, et c'était nouveau, ses compagnons l'avaient rejoint dans ce refus. Ils étaient à bout de forces et d'espoir.

– Des amateurs, grondait Knecht, voilà ce que vous êtes. Parce qu'on vous a parqués dans un merdier et qu'on ne vous donne rien à boire, ni à bouffer, vous pleurnichez et appelez maman. Schnabel, est-ce qu'il reste du pain?

Il en restait une boule, moisie mais entière, soit la ration d'un jour. En la coupant en deux, on pouvait se nourrir quarante-huit heures. Le jeûne ne commencerait qu'ensuite. Et il était prouvé qu'en dépit de la famine personne n'atteint le point de non-retour avant trois ou même quatre jours de jeûne intégral.

Et l'eau? Rien de plus simple. On utiliserait la moitié des couvertures comme tapis de sol et l'autre moitié comme toile de tente. Au printemps, la rosée est abondante. Elle imbiberait les couvertures comme des éponges. Au matin, chacun aurait une demi-couverture à brouter. C'était suffisant pour survivre. Et, pour survivre mieux, il n'était pas interdit d'espérer une bonne pluie de temps à autre. Voilà ce qu'on apprenait à la Kolyma.

Clariond roula une couverture sous la nuque de Brabant et le recouvrit avec l'autre. Il grelottait et pourtant l'air était tiède. Était-ce de froid ou de fièvre? Son visage, laqué de sueur, avait pris une teinte irréelle, en tout cas pour un vivant.

Schnabel s'approcha.

– Voilà vos rations, dit-il en tendant à Clariond une tranche de pain coupée en deux.

Clariond porta le pain aux lèvres de Brabant.

– Il faut te nourrir, dit-il.

L'autre refusa, d'un signe de tête imperceptible.

– Va-t'en, murmura-t-il. Laisse-moi.

– Il a raison, dit Knecht, viens t'asseoir avec nous.

Fort de son expérience, il prit le groupe en main.

– Nous ne savons rien les uns des autres, constata-t-il, et pourtant se connaître est autrement intéressant que de répéter qu'on a faim, ce qui n'apprend rien à personne.

Ils se mirent à parler, pour eux-mêmes autant que pour les autres. Schnabel, de l'odeur de craie et d'encre violette qui flottait dans les classes et qui chatouillait ses narines lorsqu'il la retrouvait chaque année, à la veille de la rentrée.

Clariond, de la rigueur imbécile de son père, tellement insupportable qu'il avait accueilli la déclaration de guerre comme une délivrance.

– Qu'est-ce qu'il faisait, ton vieux?

– Il était président de chambre à la cour d'appel de Paris.

– Tu m'avais caché cela, s'esclaffa Alfred. J'ai planqué le fils d'un guignol, moi! J'espère qu'il s'en souviendra, si jamais je tombe sous sa patte. Mais c'est peu probable : ma cour d'appel serait plutôt celle de Nice. Ah! la Côte, la vraie, qui va de Cannes à Menton...

Ruysdael aimait, lui aussi, le Midi dont il s'était imprégné en compagnie de Cézanne dans la campagne aixoise, en compagnie de Matisse à Vence, de Renoir à Cagnes et de Signac à Saint-Tropez. D'agréables compagnons auxquels il reprochait toutefois d'être d'un abord trop facile. Il préférait l'amitié des grands maîtres qui ne se laissaient pas approcher par le premier venu. Pas d'épate avec eux, mais de la modestie, presque de l'humilité...

– Ça va chercher combien, un Rembrandt? demanda Alfred.

– En florins?

– Non, en années de prison...

Ils rirent. Tout à côté, Brabant s'agitait.

– Il faut que j'aille voir, dit Clariond.

Knecht le retint en pesant sur son épaule.

– Reste ici, tu ne peux rien faire de plus.

– Philadelphie, se rappelait Sternberg. Sous la direction de Stokowsky. Il y avait au programme le *Concerto* de Mozart pour violon et alto. Je venais d'avoir seize ans.

– Tu jouais depuis longtemps?

– Depuis toujours.

– On a dit qu'Heydrich...

– Il aimait le *Concerto* pour violon et alto.

Personne n'insista. On savait que Sternberg avait été déporté en même temps que sa mère dont il avait été séparé, sur la rampe juive, au moment où son nom avait été appelé. La mansuétude d'Heydrich ne s'étendait apparemment pas à la famille des virtuoses.

Lorsque, l'imagination et les souvenirs aidant, on avait réussi à quitter pour un temps le bois de Below, les retrouvailles étaient rudes. Parmi les formes allongées, recroquevillées en tas, figées dans le silence, il était difficile de deviner lesquelles abritaient encore une flamme de vie. L'odeur, en général, est explicite à cet égard. Pas ici où celles de la pourriture, des vivants et des morts se mêlaient inextricablement.

Avec la fin du jour, chacun s'était replié sur soi. Une surprise attendait Clariond. La tête confortablement appuyée sur sa couverture roulée en boule, l'œil vif et la parole alerte, Brabant lui demanda s'il avait conservé sa ration de pain du matin. Il mâcha longuement, consciencieusement chaque bouchée. Clariond le regardait revivre et s'émouvait de voir fonctionner, sous la peau diaphane de son visage, toute une mécanique de nerfs, de tendons et de leviers qu'un mystérieux pouvoir avait remise en marche.

Il lui fallut près de dix minutes pour venir à bout de son morceau de pain.

– Approche, dit-il, j'ai à te parler.

Clariond s'assit à ses côtés.

– Demain, nous serons libérés; ce n'est pas un espoir, c'est une certitude. Je le serai moi-même, d'une façon ou d'une autre. Je souhaite que ce soit la bonne, mais je n'y crois guère. Si c'est la mauvaise, tu vas avoir beaucoup de travail. Tu reviendras au camp dès que possible, tu rechercheras les rouleaux de manuscrits que tu as scellés dans les murs du *Bauhof*, tu les ramèneras à Paris et tu les feras publier.

– Chez quel éditeur?

– Ce sera ton affaire.

Il mit la main sous sa veste.

– Il manque un chapitre à ce manuscrit. Quarante feuillets que tu trouveras ici, dans ma poche. Je ne te les donne pas aujourd'hui, parce que ce serait préjuger d'un sort qui est peut-être encore en balance et qu'en fin de compte je suis superstitieux.

Clariond saisit ses mains et les serra à lui faire mal.

– Crois-tu que je t'aie amené jusqu'ici pour te laisser partir à la dernière minute? Notre destination, c'est Paris, mets-toi ça dans la tête. Dans trois mois tu seras sur pied. Coullomb l'a promis. Et moi, je te promets que d'ici là j'aurai ramené ton manuscrit. C'est toi qui feras la tournée des éditeurs.

Le rêve s'habillait de vraisemblance.

– A quels éditeurs le proposerons-nous?

– Ce sera ton affaire. Comme de te trouver un nom de plume.

– On a bien le temps, à supposer que ce soit nécessaire.

Il faisait nuit noire maintenant. Dans l'entrelacs de branches et de feuilles du sous-bois, quelques étoiles clignotaient, indifférentes et glacées.

Clariond frissonna.

– Viens sous la couverture, dit Brabant. On se tiendra chaud.

Quand ils furent allongés côte à côte, Clariond passa le bras sous sa nuque, comme il l'avait fait chaque soir pendant des mois, lorsqu'ils partageaient un châlit au block 13. Dans ce geste familier et la légère ankylose qu'il provoquait, il retrouva comme un bonheur oublié.

– Où débarqueras-tu à Paris, chez tes parents?

– Et toi?

– Moi, ce sera à l'hôpital, pour un bon bout de temps.

– N'y pense pas. Tu seras à Paris. Cela seul compte. Paris au printemps, le Paris de tes poèmes...

– Bien sûr, murmura Brabant.

Sa voix était redevenue lasse. Par vagues successives, la fièvre reprit possession de lui. Le tremblement que percevait Clariond au contact de ce corps, la sueur qui lui mouillait la joue, l'haleine surie qu'expulsaient les lèvres exsangues de Brabant en étaient l'écho angoissé. Il avait appris à l'entendre et à l'interpréter. De même était-il devenu familier des traîtrises et des rémissions du mal qu'il s'était donné pour mission de vaincre. Il en parlait le langage, fait de signes dont il avait, de longue date, déchiffré la signification.

Les signes de cette nuit n'avaient rien d'inhabituel. Pourtant, il ne les comprenait pas. Brabant s'était endormi, mais son sommeil ressemblait plus à une lutte qu'à une pause. D'apparence, il restait lui-même, mais un changement subtil le faisait devenir autre et le transformait, avec une stupéfiante rapidité, en un étranger dont il paraissait soudain insupportable à Clariond d'assumer l'agonie.

Il bondit de sous la couverture et s'éloigna à grands pas. Son regard s'éleva vers le ciel, impassible et lumineux. Au fond de lui-même, quelque chose se brisa. Il sut, alors, très exactement pourquoi les chiens hurlent à la mort.

Longtemps, il erra, butant sur des formes immobiles, s'arrêtant pour repartir aussitôt comme s'il était poursuivi. Il avait finalement échoué au pied d'un arbre contre lequel il s'était adossé.

L'aube, s'était-il dit, serait longue à venir. Qu'importait d'ailleurs, puisqu'il n'avait rien à en attendre? Pas plus de l'aube que du jour qui suivrait, de tous les jours à venir, de la vie tout entière.

La nuit du bois de Below était peuplée de silhouettes étranges, se découpant en noir sur la lueur de foyers allumés ici et là. Était-ce veille ou cauchemar? Le feu avivé par la brise faisait surgir de l'obscurité une face burinée; entre les corps allongés circulaient des ombres furtives et par bouffées écœurantes se répandaient des odeurs de viande grillée.

Clariond sombra dans un sommeil dont ne le tirèrent ni le froid ni l'humidité de la nuit. L'aube le trouva recroquevillé au pied de son arbre.

Il reprit conscience par paliers. S'étonnant tout d'abord de se trouver éloigné du groupe des siens, il se rappela ensuite son cauchemar de la nuit et s'appliqua vainement à démêler ce qu'il avait rêvé de ce qu'il avait vu. Enfin lui revint le souvenir de la soirée tout entière, avec des détails dont chacun en amenait d'autres.

L'emplacement de son campement était à trois cents mètres. Il y courut. De loin, il reconnut Knecht, Schnabel, Mongredien, d'autres encore, debout, groupés autour...

Une prescience affreuse contracta sa gorge. Comme pour gagner encore quelques secondes sur l'irrémédiable, pour pouvoir douter encore un court instant d'une vérité qu'il connaissait, il ralentit sa course et s'approcha presque furtivement de ses compagnons. Ceux-ci s'écartèrent en silence. Brabant était au milieu d'eux, allongé sous sa couverture. Sa tête était légèrement inclinée sur l'épaule, et un léger filet de sang, échappé de ses lèvres, s'était arrêté à mi-chemin du menton. Il paraissait calme. Ses yeux aux longs cils étaient fermés non sur le sommeil, mais sur l'absence.

– On l'a trouvé comme ça, tout à l'heure, dit Schnabel.

– Il n'a pas souffert, ajouta Gerson.

Clariond lui fit face avec hargne.

– Qu'est-ce que tu en sais? Il te l'a dit?

Ils étaient là, plantés tous les sept, gauches et penauds, déconcertés par la violence de cette douleur et ne sachant par quels mots lui porter remède.

Un bruit lointain de moteurs leur fit dresser l'oreille. Cette diversion était la bienvenue. Le bruit approchait, accompagné d'une rumeur qui mélangeait, par milliers, murmures, pleurs et supplications, cris de joie et hurlements :

– La Croix-Rouge, LA CROIX-ROUGE!

Dans le layon interdit roulaient des camions blancs. Ils avançaient au pas, portés eût-on dit par une mer humaine qu'agitaient les remous et les tourbillons d'une horde de furieux prêts à s'entre-déchirer pour être les premiers à recevoir la manne, à la confisquer à leur profit et à s'empiffrer, quitte à en crever, avec des rires de déments.

Le bois se vida de ses vivants.

Clariond, lui, ne bougea pas. A travers ses larmes, il voyait cahoter les voitures, il entendait les clameurs, mais devant l'issue tant espérée, tant attendue, ne ressentait qu'une immense lassitude.

Il s'assit à côté du corps de Brabant, souleva son buste et cala sa tête sur ses genoux. Avec passion, il le supplia de revivre. Mais à cette prière ne répondit que silence et indifférence.

SECONDE PARTIE

Le Jaune

7

Après en avoir terminé avec les formalités d'arrivée, Clariond et Mongredien avaient quitté la foule anxieuse de l'hôtel Lutetia et s'étaient retrouvés, empêtrés d'eux-mêmes, sur le trottoir de la rue de Sèvres. Nul n'était derrière eux pour ordonner ou interdire, et ils découvraient, après deux années d'esclavage, qu'il leur fallait réapprendre la liberté jusque dans ses gestes les plus simples.

– Qu'est-ce qu'on fait? demanda Clariond.

– Je ne sais pas, moi. On marche...

Ils se dirigèrent à pas lents vers Saint-Germain-des-Prés, tout étonnés de pouvoir flâner à leur aise, de pouvoir s'arrêter, repartir, parler, rire, balancer les bras, regarder les passants dans les yeux sans risquer un coup de trique.

Il était onze heures. Les formes trapues de l'église resplendissaient sous le soleil. Tout était lumière sur la place, et même sous les arbres du boulevard Saint-Germain, dont le feuillage transparent filtrait une pluie d'or qui éclaboussait la chaussée.

La terrasse des Deux-Magots regorgeait d'une foule d'habitués, des jeunes surtout, qui s'interpellaient d'une table à l'autre.

– On s'assoit?

Ils avaient curieuse allure, Clariond et Mongredien, dans les vêtements de chez Alba, dont les avait affublés le Service social.

Leurs voisins avaient jeté un rapide coup d'œil à leurs faces émaciées. Déportés, prisonniers, internés : depuis quinze jours, il n'y en avait que pour eux dans la presse et à la radio. Ça commençait à bien faire. Ils tournèrent ostensiblement le dos à ces deux-là et reprirent leurs conversations un instant interrompues. Clariond et Mongredien enregistraient les bruits mais n'écoutaient pas vraiment. Ils n'auraient d'ailleurs rien compris à ce que pouvaient avoir de passionnant la bagnole d'un copain, les bons d'essence qu'un autre s'était procurés ou les cartouches de Lucky Strike qu'un G.I. à la coule sortait par caisses entières du *PX* [1] dont il était le magasinier.

L'impression de légèreté qu'ils ressentaient, le bien-être qui les inondait devaient plus à la fraîcheur de l'ombre et à la tiédeur du soleil, à la qualité de la lumière, à l'harmonie des bruits et à la suavité des senteurs du printemps parisien qu'à l'accueil dont ils étaient l'objet. Plus aux choses qu'aux gens, dont ils ne comprenaient ni le langage ni la gesticulation. L'incompréhension, d'ailleurs, était réciproque, leur façon d'être et de ressentir ne se référant à aucune norme admise et connue ici. Pour réintégrer la communauté dont la déportation les avait séparés, il fallait qu'ils parviennent à oublier leurs habitudes. Et oublier, de même, les images qui les hantaient.

– J'ai téléphoné à mes parents, dit Mongredien. Hier soir, pendant notre arrêt à Roubaix.

Clariond ne répondit pas. Il semblait captivé par le spectacle d'un fiacre trottant sur le boulevard quasi désert.

Mongredien reprit :

– Tu as prévenu les tiens de ton arrivée ?

– Non.

– Tu ne t'entendais pas avec ton père, tu nous l'as dit. Mais il ne faut rien exagérer; ce n'est tout de même pas lui qui t'a condamné aux galères. Un président de chambre, c'est quelqu'un d'important, par les temps qui courent, à moins que... A ton avis, il s'est compromis, ton père ?

– Je n'en sais rien. Ça dépend de ce qu'était le premier président. Gaulliste ? Alors, mon père l'était aussi. Pétainiste ? Il suivait. Il a toujours suivi. L'ordre, la discipline, le devoir, les principes, la rigueur, l'exactitude. Il était tout entier dans son écriture : lente, appliquée, régulière, sans jamais un tremblement ou une rature. J'en aurais crié. Il changeait de costume deux fois par an, à date fixe, au printemps et à l'automne, lisait le même journal depuis trente ans, portait flanelle et lorgnon. Sans doute fréquentait-il le même bordel minable, parce que pour tout arranger il était d'une avarice sordide. Non, je ne l'ai pas prévenu de mon retour.

– Et ta mère ?

– Je ne l'ai pas connue. Mon père était veuf, comme d'autres sont bigles ou gauchers. Depuis toujours, enfin presque.

Il fallait se mettre à vivre, se décider à relancer la machine, mais ni l'un ni l'autre ne savaient comment s'y prendre et n'en

1. Magasins des armées alliées.

ressentaient l'envie. Autour d'eux, la bande des jeunes menait grand tapage. Autant que leurs propos, leur allure était déconcertante : toupet gominé, veste démesurément longue, pantalon démesurément court, chaussures à quadruple semelle. Et enchantés d'eux-mêmes, apparemment, sans qu'on pût dire sur quoi se fondait leur contentement.

Après un silence, Mongredien demanda :

– As-tu un point de chute à Paris, une piaule, des amis pour t'héberger ?

– Rien, ni personne.

– Alors, tu vas venir chez moi.

– Ça ne te dérangera pas ?

Mongredien lui tapota le bras.

– Au contraire. Ma mère est un peu perdue dans les onze pièces de sa maison.

– Une maison, où cela ?

– Au parc Monceau, avenue Van-Dyck.

– Tu as... perdu ton père ?

– Égaré seulement. Il est à la Santé...

Il eut un rire bref.

– Accusé de collaboration.

Gerson, Schnabel, Ruysdael et les autres... Le groupe avait commencé à se disloquer le jour même de sa libération.

Aucun des officiels de la Croix-Rouge n'ayant été autorisé à parler aux déportés, la mission avait déposé ses colis sur le bord du chemin. Les camions s'étaient ensuite éloignés, laissant face à face bourreaux et victimes. D'un côté comme de l'autre, on palabrait ferme. Une chose était sûre : la Croix-Rouge garderait l'œil sur la colonne : le temps des massacres était donc révolu. La journée s'écoula dans l'attente d'un événement qui tardait à se déclencher. Puis vint la nuit.

Au petit matin, deux officiers russes étaient brusquement apparus dans le bois. De S.S., plus le moindre, mais quelques traces de leur fuite, ici et là : casques, équipements et même des armes, dont ils s'étaient débarrassés avant de disparaître.

– Vous êtes avec nous et autant que nous les vainqueurs de cette guerre, dirent les Russes. Et vous avez le droit d'exiger. Si besoin est, le soldat soviétique vous fera rendre justice.

La ligne séparant les troupes russes et américaines n'était qu'à quelques kilomètres. Sur les huit survivants du groupe, sept passèrent le jour même en zone américaine. Le huitième était Alfred.

– Tu restes chez les Russes ? s'était étonné Clariond.

– Comment faire autrement? répondit-il. Mes économies sont entreposées au *Bauhof*. Et Sachsenhausen est en zone soviétique. N'oublie pas qu'aux dernières nouvelles Werner est vivant et qu'il n'est pas homme à laisser dormir un trésor. Entre lui et moi, c'est une course de vitesse.

Knecht fut le second à disparaître. Contrairement à Alfred, il n'avait pas voulu demeurer en zone soviétique. Une fois suffit. Ayant goûté aux camps russes et allemands, il lui manquait l'expérience d'un internement en zone occidentale. Comme communiste dissident, mais pas renégat pour autant, il n'était le bienvenu nulle part et avait de fortes chances de connaître pendant des mois, sinon des années, le charme des camps pour personnes déplacées. Très peu pour lui. Il avait pris le large à Schwerin où le groupe s'était retrouvé après avoir passé les lignes américaines.

– Que vas-tu faire? lui demanda Gerson.

– Essayer de vivre. Jusqu'à présent, les choses étaient simples, sinon faciles. Il suffisait d'être contre. C'est à partir de maintenant qu'elles se compliquent.

Il pointa son index sur la poitrine de Gerson.

– Pour toi également. Tu as maigri : la panoplie du parfait communiste n'est plus à tes mesures. Quant à des panoplies de rechange, avec la pénurie actuelle, tu n'en trouveras pas facilement. Bonne chance tout de même...

Au passage à Lüneburg, Ruysdael avait pris le chemin des Pays-Bas. Le temps, avait-il dit, de se refaire une identité, différente de la précédente, sous laquelle il s'était trop fait connaître. De retrouver aussi, avec un peu de chance, les toiles du XVIIe siècle, les clous forgés à la main et les châssis vermoulus à souhait qu'il avait déposés en lieu sûr quelque temps avant son arrestation. De quoi faire honneur à l'école flamande lorsque ces toiles anonymes se seraient transformées par la magie de sa main en chefs-d'œuvre authentifiés, sinon authentiques.

– Nous nous reverrons à Paris avant trois mois, dit-il aux autres. Il y a, entre la rue Saint-Honoré et la rue La Boétie, un certain nombre de marchands qui vont me dire des choses intéressantes sur la provenance des tableaux qu'ils ont acquis et vendus depuis deux ans. Personne n'a intérêt, et moi moins que quiconque, à torpiller le marché de l'art. Je suis certain que nous nous entendrons.

– Y a-t-il ici quelqu'un du nom de Sternberg? Samuel Sternberg.

Parmi la foule en loques rayées, l'uniforme élégant sans plis ni taches de l'officier d'état-major américain jetait une note incongrue.

– Vous êtes Samuel Sternberg?

Il y avait de l'incrédulité dans la question.

– C'est mon nom.

– Vous êtes bien...

– Le violoniste, oui.

L'officier parut soulagé. Il avait craint de commettre le genre de bévue qui vous bousille une réputation. Des Sternberg, après tout, il y en avait sûrement plus d'un, et celui-ci ne payait pas de mine.

– Le général Omar Bradley a appris votre présence à Lüneburg. Il vous invite à son quartier général et m'a chargé de vous y conduire. Un avion est à votre disposition. C'est un honneur pour moi...

Sternberg brusqua ses adieux.

– J'aurais voulu vous dire...

Il secoua la tête, incapable d'exprimer ce qu'il ressentait.

– L'avion nous attend, répéta l'officier.

Sternberg sourit tristement.

– Je crois bien que le général Bradley aime le *Concerto* pour violon et alto de Mozart. Lui aussi.

En plus de Clariond et Mongredien, ils n'avaient finalement été que deux, Schnabel et Gerson, à prendre le train de Paris, à la gare en ruine de Lüneburg. Pour l'instituteur alsacien, les hasards de l'époque, qui avaient fait de lui ce qu'il appelait un « déporté d'occasion », constituaient une parenthèse qu'il était urgent de refermer. L'observatoire privilégié qu'était la *Schreibstube* lui avait fait découvrir des aspects de la nature humaine qu'il aurait préféré ignorer. Il lui restait à les oublier s'il se refusait à admettre que le monde tel qu'il l'avait enseigné à des générations d'enfants, dans son école de Fortsheim, n'était qu'une utopie.

Ce monde restait à ses yeux le seul vrai. L'épreuve avait fortifié cette certitude. Aujourd'hui, les faux dieux et les idoles étaient à terre. Bientôt ce serait la rentrée, après des vacances inhabituellement longues, et les retrouvailles avec l'école et ses classes où l'accueillerait, comme naguère, l'odeur d'encre violette et de craie.

Pour vivre, Gerson devait oublier lui aussi. Mais il en était incapable. La foi, chez lui, avait satisfait un besoin; elle n'était pas une habitude. Le besoin subsistait et se traduisait par un manque, maintenant que le Parti lui faisait défaut.

– Oublie le Parti, lui conseilla Clariond, et pense à ton boulot. Un technicien comme toi a l'avenir devant lui.

Il en convenait, ébauchait même des projets et revenait à ses obsessions.

– Tu es marié, non? lui demanda Mongredien.

– Oui. Enfin je l'étais.

– C'est de ta femme que je parle, pas du Parti. Retrouve-la et fais-lui un gosse. Ça te réapprendra à vivre.

Ils se séparèrent dans le hall du Lutetia après s'être mollement promis de se revoir, mais durent s'avouer qu'ils n'avaient plus grand-chose à se dire...

Et puis Clariond et Mongredien à la terrasse des Deux-Magots! Le soleil à travers le feuillage léger des platanes, un fiacre qui passe, une 11 CV Citroën noire-Gestapo, une jeep, une antique Hotchkiss précédée d'un motard inutile. Le jus de raisin à la saccharine, imbuvable selon les voisins, n'avait pas mauvais goût, au contraire...

– De quoi ton père est-il accusé?

– Pas accusé, convaincu. Pourtant la pièce à conviction principale ne figurera jamais sur la table d'un prétoire, elle pèse trop lourd. C'est la base sous-marine de Lorient.

Après avoir fait sa fortune, les Travaux publics risquaient de coûter cher à Sylvestre Mongredien. En 1926, il avait inventé la technique du béton précontraint. Depuis, avec une bonne longueur d'avance sur ses concurrents, il s'ingéniait à la perfectionner. Architecte, constructeur, bureau d'étude, l'Entreprise Sylvestre Mongredien, l'E.S.M., était présente dans plus de vingt pays et exploitait d'incontournables brevets.

Riche, il l'était, bien sûr. Mais la richesse lui importait peu, et la puissance à peine plus. L'une et l'autre n'étaient pour lui que des outils. Ce qu'il voulait, c'était construire, toujours plus grand, toujours plus haut et plus hardiment. Un programme politique faisait-il la part belle aux grands travaux, c'était un bon programme. Aussi la pusillanimité des gouvernements français successifs en la matière avait-elle fait de lui, pendant l'entre-deux-guerres, un opposant résolu et sans nuances. L'Italie et l'Allemagne bâtissaient des ponts, des stades, des palais, des autoroutes et que faisions-nous? Des grèves. Aucun des projets qu'il avait présentés à l'occasion de l'Exposition de 1937 n'avait été retenu. Démesurés, inutilement grandioses. La défaite de 1940 n'avait pas été pour lui une surprise. Il était de ceux qui la prévoyaient et la considéraient comme une juste punition. « A nous d'en tirer le meilleur », disait-il. Ce qu'il ne manquait pas de faire.

– Je suis chef d'entreprise, répondait-il, l'air buté, à ceux des siens pour qui l'ampleur des travaux confiés à l'E.S.M. par les Allemands constituait, à terme, un danger, autant pour la firme elle-même que pour ses dirigeants.

La *Kriegsmarine* avait exigé des abris assez vastes pour y loger un arsenal et une base sous-marine avec ses cales, ses ateliers, ses magasins et ses dépôts. Du jamais vu en raison de la protection demandée, laquelle ne pouvait être garantie que par une formidable carapace de béton. Sylvestre Mongredien avait relevé le défi, magistralement selon son habitude. Et aujourd'hui, la guerre terminée, il fallait se faire à l'idée que jamais rien ni personne ne viendrait à bout des grottes sous-marines de l'E.S.M., aussi indestructibles que le granit de la côte bretonne.

L'engagement paternel, par son outrance même, avait favorisé chez le fils l'éclosion d'une opposition tous azimuts qui l'avait conduit à l'extrême pointe du combat. C'était toutefois, du moins le pensait-il, par pure coïncidence qu'il avait reçu mission, lui et pas un autre, de se procurer les plans de la base sous-marine construite par l'entreprise paternelle.

Aujourd'hui, Sylvestre Mongredien rendait des comptes à la justice et son fils, qui l'avait voué aux gémonies à l'époque où il coulait du béton pour les Allemands, n'éprouvait plus à son égard qu'un vague mépris mélangé de pitié. Il aurait aimé l'oublier.

C'était, hélas! impossible. Pour Me Dumoncey, le ténor du barreau parisien qui assurait la défense de Sylvestre Mongredien, il fallait absolument que l'héroïsme du fils servît, d'une façon ou d'une autre, les intérêts du père.

Non sans réticences, Mongredien avait accepté de rencontrer l'avocat. Tout lui déplaisait dans le personnage spécialisé dans la défense des collaborateurs de haute volée, qui annonçait la couleur avec une véhémence rare pour l'époque :

– La collaboration ne se défend pas, disait-il. Elle s'explique ou, mieux, elle se justifie.

C'est ce qu'il faisait depuis des mois pour d'anciens ministres, des hauts fonctionnaires et des hommes d'affaires lourdement compromis, dont il clouait les accusateurs au pilori.

– Sylvestre Mongredien? Un grand industriel, un homme sans reproche, un grand Français, monsieur, et votre père de surcroît.

Lui aussi, Mongredien avait annoncé la couleur. Il était en tenue, avec ses trois galons d'or tout neufs et une barrette de décorations parmi lesquelles se détachaient la rosette de la Légion d'honneur, la croix de la Libération, une croix de guerre constellée de palmes et d'étoiles et le D.S.O. britannique.

– Pas monsieur, corrigea-t-il, mais capitaine. Vous n'avez pas remarqué?

– Si vous voulez, bougonna l'avocat.

– Je veux.

Dumoncey croisa ses mains sous son menton et se recueillit. Les lourds rideaux de velours, toujours à demi fermés, entretenaient une pénombre propice aux confidences dans le cabinet de l'avocat. Propos feutrés, pseudo-vérités, mensonges enrobés, tout ce dont se nourrissent les confessions de gens aux abois se distillait ici. Dumoncey acquiesçait d'un air bonasse :

– Allons, allons, il n'y a rien de bien inquiétant dans tout cela.

Puis il parlait, avec l'air d'exposer des évidences. On l'écoutait, sans même se rendre compte que par un tour de passe-passe il transformait la lâcheté en courage, le mensonge en vérité et la culpabilité en innocence.

– Si nous parlions de cette base de Lorient? demanda-t-il.

Mongredien ricana.

– Peut-être voudriez-vous reprendre l'interrogatoire là où la Gestapo l'a abandonné?

L'avocat ignora l'ironie :

– Vous avez été parachuté : fort bien. Un avion vous a ramené en Angleterre, mission accomplie. Entre-temps, vous vous étiez procuré les plans de la base de Lorient. Bravo!

– Et alors?

– Les plans vous avaient été remis par Jules Favreau, ingénieur en chef des E.S.M.

Mongredien sursauta :

– Comment savez-vous...

– Je me trompe?

Dumoncey se leva, parcourut son bureau de long en large et se campa face à une fenêtre, les mains croisées dans le dos.

– Jules Favreau a été arrêté le lendemain de votre départ, sur dénonciation d'un indicateur de la Gestapo infiltré dans l'entreprise. Avant même d'avoir été interrogé, il était libéré sur une intervention personnelle de Sylvestre Mongredien auprès du docteur Knochen. Et savez-vous pourquoi?

Il se retourna d'un coup et fit face au jeune homme.

– Parce que votre père connaissait non seulement votre présence en France mais aussi l'objet de votre mission et que Favreau vous a remis les plans de Lorient selon ses instructions. La vérité, capitaine, c'est qu'il a assuré le succès de votre mission, qu'il a éliminé les risques au-devant desquels vous alliez et qu'après votre départ il a, comme on dit, fait le ménage. Sans lui, vous n'aviez aucune chance. On l'a bien vu au coup suivant.

Mongredien avait l'impression de s'enfoncer dans un marais puant. Il bondit sur ses pieds.

– Salaud! gronda-t-il.

Et il sortit en claquant la porte.

Clariond avait finalement décliné l'invitation de Mongredien. Par discrétion, avait-il dit. Se retrouver après cinq ans de séparation est difficile en toutes circonstances, mais celles du moment faisaient de ces retrouvailles une confrontation à laquelle il se souciait peu d'être mêlé.

– Tu as bien fait de ne pas venir, lui dit Mongredien lorsqu'ils se revirent le lendemain. Le moins qu'on puisse dire, c'est qu'on n'a pas tué le veau gras pour mon retour avenue Van-Dyck. Ma mère avait décidé de donner dans le tragique et la dignité. « Nous ne faisons pas de marché noir, nous », m'a-t-elle dit en me passant le potage. De la flotte. Exactement comme un dessus de bouteillon. Je n'ai pas pu m'empêcher de me marrer. Rire avenue Van-Dyck en ce moment, je ne sais pas si tu te rends compte. Elle s'est dressée comme une furie : « Quand je pense qu'en ce moment même ton pauvre père... » C'était parti. J'étais là, moi, après avoir fait le malheur des miens. J'avais été épargné, j'étais entier et je revenais, comme si de rien n'était, me mettre les pieds sous la table. Mon père, lui, croupissait dans une prison, en attendant un assassinat légal. Ouf! J'espère que tu t'es mieux amusé que moi, pour ton premier soir de liberté.

Pas fameuse, pourtant, la nuit de Clariond. Après un dîner solitaire, il avait baguenaudé d'une ruelle à l'autre dans le quartier Saint-Séverin, en se laissant porter par le flot des passants, que des porches sombres happaient par grappes de cinq ou six. Il avait passé l'un d'eux et s'était retrouvé dans un escalier aux murs de pierre brute qui menait à une cave voûtée d'où provenaient par bouffées les échos d'une musique endiablée. En bas, l'atmosphère était épaisse à couper au couteau. La fumée, qu'aucun système d'aération ne permettait d'évacuer, voilait de bleu les silhouettes de quatre musiciens juchés sur une estrade, qui se démenaient avec des airs d'enfantement douloureux. Autant qu'on pouvait voir, mais rien n'était sûr dans cette folie de bruit et de mouvement, il y avait là un saxophone, une clarinette, une trompette bouchée et une contrebasse. On étouffait dans ce réduit bas de plafond, où se pressait une foule qui trépignait, faute de pouvoir danser. Trouver une chaise, il n'en était pas question.

– Mets-toi là.

Sur l'avant-dernière marche de l'escalier, ils étaient déjà trois. La fille qui l'avait interpellé, une magrichonne pâle aux yeux cernés de mauve, lui fit une place en poussant les deux autres.

– Tu me garderas ma place pendant que je danserai.

– Dans cette marmelade? A la tienne.

La fille avait ri.

– Toi, c'est la première fois que tu viens à l'Escholier!

– Par la force des choses.

Il essaya de dire pourquoi, mais son histoire, visiblement, n'intéressait personne. La fille l'interrompit :

– T'es revenu, c'est le principal. Le mieux que tu puisses faire maintenant, c'est d'oublier. Comme tout le monde.

– Toi aussi, tu as une histoire à oublier?

Elle haussa les épaules.

– On voit bien que tu débarques. Comment crois-tu qu'à dix-huit ans on pouvait survivre à Paris ces derniers temps? Il était déjà bien beau d'y parvenir. Si, en plus, il fallait se rappeler comment on s'y est pris...

Elle s'était levée.

– Bon, j'y vais.

Rat de cave. C'était un boulot en mai 45. Ils étaient quelques dizaines à se partager le marché des boîtes du quartier et allaient par couples, d'une cave à l'autre. On les voyait à onze heures au Saint-Benoît, à minuit au Lorientais, à une heure à l'Escholier, légers comme des farfadets, les filles en ballerines et jupe corolle, les garçons en baskets et salopette. Lorsque venait l'heure de leur numéro, la foule se tassait pour leur faire place. Ils apparaissaient, l'air souffreteux et mal nourri, mornes et atones. Un trille de clarinette, un appel de trompette les transformaient d'un coup. Et pendant dix minutes, possédés par une grâce étrange, ils voletaient et tournoyaient au rythme des ensembles « New Orleans » dont les princes étaient Claude Luter, Boris Vian et Sidney Bechet.

Elle était revenue s'asseoir auprès de Clariond. La sueur perlait à la racine de ses cheveux et soulignait ses dessous de bras de demi-lunes brillantes. A raison de trois à quatre suées par soirée dans un vêtement dont la teinte noire permettait sans inconvénient d'espacer les lavages, le caraco du rat de cave exhalait une odeur entêtante.

– Moi, c'est Bianca, dit la fille. Et toi?

– Alain.

– Tu fais quoi, au juste?

– Tu l'avais deviné, je débarque.

– Où tu crèches?

– Nulle part.

– T'as des affaires, quand même, où qu'elles sont?

– Je n'ai pas d'affaires. Je n'ai rien.

– Ça alors! Comment tu bouffes?

– La République est bonne fille. Elle donne cinq mille balles à chaque déporté, et en plus elle lui souhaite bonne chance.

Il sortit une liasse de billets de sa poche.

– Mon viatique. Je peux même t'inviter à souper.

– T'iras pas loin avec ça. Je me débrouille toute seule.

– Comment?

– Cent francs par numéro dans chaque boîte, plus un verre et un sandwich. On passe dans quatre caves tous les soirs. Fais le compte.

– Ça te suffit pour vivre?

Elle s'esclaffa.

– Bien sûr que non. Mais j'ai une combine de première.

Ce n'était ni le whisky, ni les cigarettes dont le trafic était entièrement aux mains des Noirs depuis le pillage des dépôts de l'armée américaine jusqu'à la distribution, à travers un réseau de gros et de demi-gros articulé sur une dizaine de bars de Pigalle.

– Ceux qui ont essayé de s'introduire dans le circuit y ont laissé leur peau. Évidemment, il est toujours possible de faire du placement au détail. Il y a même des minables qui en vivent.

– Et toi?

– Tu ne m'as pas regardée! Moi, c'est les bas nylon. Les Noirs ne s'y intéressent pas. J'ai un copain qui m'approvisionne depuis le dépôt de Garches. Deux, trois caisses de cent paires par semaine. Il pourrait faire plus si je trouvais un bon distributeur. Au cas où tu serais intéressé...

Clariond n'entendait pas.

– ... T'as de la chance, hurlait Bianca à son oreille. Boris Vian va venir tout à l'heure. Personne ne joue *les Oignons* comme lui.

Qui va venir et d'où? De Lüneburg qu'il avait quitté, depuis des années, semblait-il? En train ou à pied, avec les marcheurs du *Schuhläufer*, à travers les landes et les forêts du Mecklembourg? T'as de la chance, Clariond, de pouvoir arpenter le boulevard, libre d'entendre ou non Boris Vian, libre, tellement libre que tu n'as même pas à te soucier de savoir où tu vas dormir. Les autres ont un lit qui les attend, qui exige leur présence. Ils ont un destin qui leur a fixé un rendez-vous auquel, tous, ils se sont rendus. Même Brabant, même Pierre. Tous, ils sont prisonniers. Mongredien est prisonnier avenue Van-Dyck et son salaud de père à la Santé. Bianca est prisonnière dans cette cave où on étouffe, où tout tourne, où les musiciens ont les pieds collés au plafond et gesticulent la tête en bas...

– Ça va mieux?

L'air était frais comme une eau de source. Délicieux à respirer ou à boire, Clariond ne savait plus exactement. Il ouvrit les yeux et s'étonna de se trouver assis sur un bord de trottoir de la rue de la Huchette.

– Tu peux marcher?

– Bien sûr, pourquoi?

– Parce que ça n'est pas évident. T'es tombé dans les pommes et il a fallu se mettre à deux pour te hisser dans l'escalier de la boîte. Et ça fait trente marches.

Elle tendit une clé à Clariond.

– 3, rue Grégoire-de-Tours. Sixième étage, la dernière porte à droite au bout du corridor. Tu te couches et tu dors. Moi, j'ai encore une boîte à faire. De toute façon, ce soir t'es sûrement bon à rien. Te fâche pas, je dis ça pour rire.

Il se déplia avec lenteur. Successivement, les genoux de Bianca, son ventre, sa poitrine défilèrent à hauteur de ses yeux. Au passage, l'odeur des aisselles de la fille frappa ses narines de façon si soudaine et imprévue qu'il lui fallut du temps pour identifier la sensation dont cette agression était porteuse.

C'est qu'on oublie, en deux ans de temps! Bien que rarement, il lui était arrivé, au camp, d'évoquer un corps de femme, de se rappeler un geste, une parole chuchotée, de revoir un visage saisi par le plaisir. C'était une évocation paisible et comme désincarnée. Aucun trait de feu ne fulgurait de sa tête à son ventre. La tête seule fonctionnait, à vide, tous circuits coupés, comme le moteur d'une voiture privé de son embrayage. Cette atonie sexuelle était – si l'on peut dire – normale, mais il était surprenant qu'on pût s'en accommoder au point d'en évacuer jusqu'à la pensée ou le regret.

Poussée la porte de la chambre de Bianca, la braise dont Clariond, chemin faisant, avait protégé l'incandescence avait brutalement mis le feu à ses sens. Tous exigeaient de participer à l'embrasement, l'ouïe, la vue, l'odorat, le toucher, en un chahut désordonné qui retrouvait, après quelques hésitations, les itinéraires de la fête d'autrefois.

Le spectacle qu'offrait la chambre n'était pourtant pas de nature à susciter des phantasmes. C'était, sur six mètres carrés, un incroyable entassement de vêtements, de lingerie, de papiers et d'ustensiles à usage indéterminé, recouvrant le plancher et le lit, dégorgeant d'une penderie dont les portes bâillaient comme une paire de cuisses impudiquement ouvertes.

Tout au long de la journée, le soleil avait tapé sur le zinc du toit et les vitres de la fenêtre. La chaleur avait travaillé les murs et les meubles, les vêtements et les linges, neufs ou usagés, propres ou douteux, les papiers et les fards. Elle en avait extrait l'essence, dont l'atmosphère de la chambre était maintenant saturée. Après la tombée du jour, la chaleur s'était dissipée, mais l'odeur demeurait. Elle vous sautait à la gorge. Au ventre plutôt.

Si l'aspect du placard ouvert avait évoqué pour Clariond une image précise, c'est qu'il s'y associait un souvenir dont le début de sa vie d'homme avait été marqué. Des cuisses ouvertes, justement et devant ses yeux, si près qu'il en louchait, la vision d'un paysage aux reliefs étranges. Une main faisait peser sur sa nuque une invite dont l'autorité ne lui laissait pas d'alternative. Dans la nuit dont il était le captif, il n'avait plus existé que par la touffeur du sexe auquel son visage était offert. Il l'avait humée avec, d'abord, une réticence dont la main avait vite eu raison. Cette soumission lui avait paru délicieuse. La touffeur aussi et la séquelle d'images qu'elle entraînait, nécessaires depuis lors à l'éclosion de son désir et de l'émoi subitement durci dont il s'accompagnait.

Le désir ne faisait pas de doute, mais l'émoi par quoi il se manifeste était étrangement absent, en dépit de l'agression de ses sens et des incitations à y succomber qu'il se prodiguait à lui-même.

Qui peut se vanter de n'avoir jamais été en panne d'inspiration? Clariond, comme chacun, avait connu cette mésaventure dont il avait toujours tenu pour responsable sa partenaire, les circonstances, la chaleur, le froid, l'inconfort, n'importe quoi et n'importe qui, à l'exception de lui-même. Le nombre des cas de détresse dont il avait été victime se situait toutefois dans une très honnête moyenne. Mais la rareté du phénomène l'avait en quelque sorte sacralisé. Ni la nature ni la raison ne pouvaient en venir à bout. Pour le combattre, avec les armes qui convenaient, il avait mis au point des formules incantatoires dont l'usage avait démontré le pouvoir.

Aujourd'hui, toutefois, elles ne démontraient que leur inefficacité.

« Ça doit être Bianca », pensa Clariond en dernier recours.

Plate de fesses et de poitrine, maigre et d'une pâleur lunaire, des yeux d'oiseau de nuit, la bouche barbouillée d'un rouge au dessin incertain, qu'avait Bianca pour plaire? Rien, il fallait en convenir.

Clariond se laissa choir sur le lit. D'entre les draps froissés, il retira une blouse roulée en boule et plusieurs pièces de linge usagé, slips, bas, serviettes, dont il se débarrassa hargneusement.

« Sordide », se dit-il.

Il en avait soupé du sordide, Clariond, soupé de la laideur, de la faim et de toutes les puanteurs de la misère! C'est de beauté qu'il avait besoin pour revivre, de chairs lumineuses et fraîches émergeant d'un bouillonnement de linge doux et blanc, de parfums capiteux dont il se soûlerait jusqu'à l'oubli.

Et il banderait, nom de Dieu! Il ferma les yeux sur cette vision prometteuse, pour mieux la savourer. Mais le sommeil ne lui en laissa pas le loisir et le terrassa, d'un coup de masse en plein front.

A Nanterre, la pasionaria qui, depuis dix ans, partageait la vie de Gerson avait été prévenue de son retour, mais surtout de sa dérive, par celui-là même qui, de par ses fonctions au sein du Parti, serait appelé à la sanctionner. Les premiers rapatriés avaient raconté comment ses convictions s'étaient effritées tout au long du chemin qui l'avait mené du doute à l'hérésie. Qu'il eût par ailleurs rendu d'immenses services et payé cher son dévouement aux autres, personne ne le niait, mais personne non plus ne perdait de temps à le rappeler, car là n'était pas la question. L'histoire du communisme fourmille de héros saisis par le déviationnisme, auxquels jamais leur passé n'a servi d'alibi ou simplement de circonstances atténuantes. Au contraire.

Gerson était chez lui dans le minuscule pavillon de la rue de Bapaume. Chez lui, mais pas bienvenu pour autant. Thérèse Romanet ne plaisantait pas avec l'orthodoxie. Elle avait refusé en bloc toutes les valeurs bourgeoises, à commencer par le mariage. Après l'arrestation de son compagnon, elle avait hébergé rue de Bapaume quelques clandestins du Parti, ainsi que la ronéo qui leur servait à tirer *la Vengeance*, le mensuel ultra-confidentiel de la section Nanterre-Rueil. C'était bien le moins qu'elle devait à la cause.

Tout aussi naturellement, elle avait couché avec le directeur-rédacteur de *la Vengeance*. Même combat, même lit. Elle se disait que le déporté, là-bas dans son camp, ne pâtissait pas de cette aventure entre combattants, qui n'existait que par la guerre et qui finirait avec elle.

Voire. La Libération venue, le clandestin avait pris du galon et sa liaison s'était officialisée. Il habitait rue de Bapaume chez Thérèse, à cette nuance près que la bicoque était celle de l'absent. Mais les absents ont toujours tort. Il restait à faire la preuve que c'était le cas de Gerson. Les dires de ses codétenus y contribuèrent largement. Avant même d'arriver à Paris, il était condamné sans recours. Douter du Parti, c'était déjà trahir. Mais lui avait fait pire en colportant, au coude à coude avec des traîtres et des fascistes, des affabulations destinées à salir la patrie des Soviets. A cela il n'y avait pas de pardon. On l'attendait donc de pied ferme rue de Bapaume, dans cette maison qui avait été un haut lieu de la Résistance.

Il avait espéré retrouver la compagne d'autrefois. C'est un

procureur qui l'accueillit, avec, aux lèvres, un réquisitoire si outrancier que c'eût été peine perdue d'en contester l'argumentation. Au-delà d'un certain degré de mauvaise foi, il n'y a plus de discussion possible et même plus de langage commun.

Thérèse ne disait mot. Gerson l'avait apostrophée, elle était restée de pierre. Il s'était jeté sur le héros du Parti.

– J'ai compris! Pendant que j'en prenais plein la gueule, tu te faisais ma femme. Chez moi, bien peinard, armé d'un stylo. Pauvre con, avec ton torche-cul que personne n'a jamais lu! Aujourd'hui tu joues au héros. Mais les héros dans ton genre, je les emmerde.

Il haletait, les yeux exorbités.

– A la porte, tous les deux, vous m'entendez, et tout de suite.

La peau du héros était imperméable à l'insulte. Il rétorqua avec le plus grand calme :

– C'est à toi de partir.

– Je suis chez moi! hurla Gerson.

– Tu l'étais autrefois, lorsque tu louais la maison. Aujourd'hui, elle est réquisitionnée.

Il sortit d'un tiroir un papier constellé de cachets et de signatures.

– Réquisitionnée au profit de la section Nanterre-Est dont c'est la permanence. Nous faisons l'impossible pour accueillir les nôtres, et tu n'aurais pas fait exception si tu ne t'étais exclu toi-même. Après ce que nous venons d'entendre, les camarades et moi pensons que tu n'as rien à faire ici.

Les camarades opinèrent en silence. Ils étaient trois, entrés dans la pièce pendant l'algarade, en plus de Thérèse, toujours immobile, et du maître des lieux. Et tous lui faisaient face, figés comme la cuadrilla d'un matador sommant de s'abattre le taureau estoqué.

Gerson les regardait l'un après l'autre, cherchant au fond de leurs prunelles un signe même furtif de connivence, d'amitié, de compréhension, de compassion, quelque chose d'humain, quoi!

Mais ils n'avaient pas de prunelles, pas de voix, pas d'existence. Ou alors c'était lui qui n'existait plus. Il croyait avoir tout vu, tout subi, la schlague, la faim, l'épuisement, l'esclavage. Quoi qu'il advienne, s'était-il dit, le pire est derrière moi. Il s'était trompé. Le pire, c'était aujourd'hui, le néant, l'absurde, la solitude et le désespoir.

Il ramassa son baluchon et sortit lentement.

– Irrécupérable, murmura le secrétaire de la section Nanterre-Est.

Sur deux cents mètres, la rue de Bapaume alignait ses

maisonnettes en rez-de-chaussée, le long de trottoirs aux pavés disjoints. Elle débouchait à l'une de ses extrémités sur le cimetière de Puteaux et, à l'autre, sur le bidonville de la Carrière-aux-Loups. L'endroit était connu, depuis au moins deux siècles, pour avoir abrité des générations de paumés et de malfaiteurs. Révolutionnaires, contre-révolutionnaires, insoumis, anarchistes s'y étaient succédé au gré des convulsions de l'Histoire. Aujourd'hui, sous l'œil indifférent des clochards et des ferrailleurs dont la Carrière-aux-Loups était la résidence permanente, des rescapés de la Carlingue [1] avaient pris la place de ceux qu'ils pourchassaient quelques mois plut tôt.

Le bidonville avait ses rues et ses ruelles et même une place avec quelques échoppes et un vrai bistrot. Vu de l'extérieur, il apparaissait comme un amas inextricable de baraques, un monde ramassé sur lui-même et fermé sur ses secrets.

Où aller? Gerson n'en savait rien, mais, arrivé au bout de la rue de Bapaume, il s'était dirigé d'instinct vers l'une des entrées du bidonville.

Un tombereau le dépassa.

– T'as pas l'air d'ici, fit une voix.

– C'est vrai, je viens de loin.

– Ça se voit! Monte.

Il était bon d'être assis, à côté du cocher, et de se laisser bercer par le pas du cheval, sans se préoccuper de savoir où allait le tombereau.

Le fouet effleura la croupe du cheval. L'animal encensa deux fois et se raidit entre les brancards. Le cocher désigna du pouce les fûts métalliques qui brinquebalaient derrière lui.

– La première fois, ça surprend, et puis on s'y fait. Les maraîchers du bord de Seine disent qu'aucun engrais ne vaut l'épandage.

Il rit.

– Ça arrange tout le monde.

Les pavés malmenaient la voiture. Il se tut jusqu'à ce qu'ils fussent arrivés sur le chemin de halage. Dans le silence revenu, il parla :

– On m'appelle le Dab, sans doute parce qu'à la Carrière, je fais figure de patriarche. Drôle de tribu, la Carrière! Mais attention, nous avons nos usages, en particulier de ne demander à personne sa carte de visite. Ceux qui ont envie de parler ne s'en privent pas. On est d'ailleurs libre de ne pas les écouter. De ceux qui veulent se taire, personne ne sait rien, et il serait très mal vu

1. Expression d'argot désignant la branche française de la Gestapo, dont le siège était rue Lauriston, à Paris.

de chercher à savoir. Y a qu'une chose de sûre : à la Carrière, personne n'est jamais mort de faim, et encore moins de soif.

Gerson respirait avec difficulté. Des spasmes de plus en plus rapprochés lui serraient la gorge et le faisaient hoqueter. Il ne comprit ce qui lui arrivait qu'en sentant des larmes lui couler sur les joues. Le phénomène le stupéfiait, mais plus encore le bien-être qu'il provoquait.

Tout de même, chialer, et devant un inconnu!

– C'est idiot, répétait-il en reniflant.

Le Dab s'était absorbé dans la conduite de son tombereau avec l'attention d'un driver de sulky dans la dernière ligne droite. Les sanglots de Gerson s'espacèrent. L'apaisement venu, le Dab conclut, comme s'il énonçait une évidence :

– Y a pas à dire, ça fait du bien!

Puis il se tourna vers Gerson :

– T'as une bonne bouille, toi. C'est comment ton nom?

– Gerson.

– Eh bien, Gerson, je t'invite. Et si tu veux rester chez nous, tu nous feras plaisir.

La cuite formidable qu'il prit ce soir-là le fit définitivement basculer d'un monde dans un autre. Elle l'intégra à un groupe d'hommes chaleureux ou qui, l'ivresse aidant, lui parurent tels, ce qui revenait au même. Mais, surtout, elle fut la première étape d'un voyage avec lequel, issue comprise, se confondit désormais sa vie.

– Les vacances sont finies, dit Mongredien. Il va falloir penser aux choses sérieuses. As-tu une idée de ce que tu veux faire?

– Gerson avait posé la même question à Knecht, avant qu'il ne nous quitte à Schwerin. Knecht avait répondu qu'il allait essayer de vivre. Moi aussi, je vais essayer, mais je ne sais comment m'y prendre. Peut-être as-tu une recette?

Mongredien n'avait pas de recette. Il hésitait, lui aussi, sur la voie à suivre, mais contrairement à Clariond, pour qui l'avenir n'était qu'incertitude, c'était la diversité des propositions, dont il était l'objet, qui le laissait perplexe et indécis.

La « Maison », comme il disait, ne se pressait pas de le démobiliser. Il y avait, en Allemagne, des cerveaux – ingénieurs, techniciens, inventeurs – à qui leurs activités du temps de guerre pouvaient valoir les pires ennuis. Les services spéciaux, occidentaux et soviétiques, les recherchaient avec ardeur, chacun dans sa zone, et avec plus d'ardeur encore dans les zones voisines, non pour les traîner devant les tribunaux, mais pour s'approprier à la fois les inventeurs et leurs découvertes. On leur proposerait la botte : d'un côté un bureau, un laboratoire, une usine; de l'autre, la prison, le tribunal avec, à la clé, une condamnation inéluctable. Une belle partie de pêche en perspective, plus excitante, en tout cas, que les passe-temps médiocres que pouvait offrir la France de 1945, avec sa victoire en trompe-l'œil.

S'il était vraiment fatigué de l'action, ses titres lui permettaient d'intégrer le corps diplomatique où l'illusion d'exister était entretenue par une bourdonnante mais vaine agitation.

On lui avait même proposé un proconsulat dans un territoire d'outre-mer. Un directeur de cabinet, qui se voulait l'image de la grandeur, avait estimé qu'il était l'homme de la situation.

– Votre qualité de Français libre, lui avait-il dit, affirmerait les options libérales de la métropole et donnerait une grande force à la dénonciation de la subversion dont les désordres de la guerre ont favorisé le développement.

Mongredien avait soupé de la grandeur et de la subversion. Il était temps de penser à ses propres affaires. Elles en avaient besoin.

Toutes ces propositions avaient d'ailleurs entre elles un point commun : l'éloigner de France, sous d'honorables prétextes, pendant le procès de Sylvestre Mongredien, dont Me Dumoncey n'avait pas caché qu'il allait être l'occasion d'un immense déballage, avec témoignages, aveux, confessions, rapprochements, coïncidences, révélations qui n'épargneraient personne. Sylvestre Mongredien n'en serait pas blanchi pour autant, mais, au sortir de l'égout dans lequel l'avocat avait l'intention d'égarer le procès, ses accusateurs ne paraîtraient guère plus présentables.

L'industriel écoperait sans doute de cinq ou dix ans de prison, avec accessoirement quelques années d'indignité nationale et de privation de ses droits civiques. Mais les communistes insisteraient pour que son cas soit assimilé à celui de Renault, et pour que soit prononcée la confiscation de l'entreprise.

C'est là que commençaient les difficultés. Il était, certes, possible de confisquer l'E.S.M., c'est-à-dire un ensemble de bureaux, de dépôts, de matériel de construction et de transport. Il était moins aisé, juridiquement, de confisquer les quelque trente brevets internationaux déposés par Sylvestre Mongredien en son nom et d'en transférer les droits d'exploitation à la Régie nouvellement créée.

A ce problème s'en ajoutait un autre.

Le châtiment du père, c'était le fils et unique héritier qui en paierait le prix. Irréprochable, pourtant, le fils. Voyez plutôt : Français libre de juillet 1940, parachuté en France occupée, à une époque où les communistes trouvaient encore des vertus au pacte germano-soviétique, arrêté lors de sa cinquième mission, muet sous la torture, déporté, le héros idéal pour manuel d'histoire illustrée, aux côtés du Grand Ferré et du chevalier d'Assas.

Et c'était ce type-là qu'en récompense de ses services on allait dépouiller?

Me Dumoncey salivait en imaginant sa plaidoirie. Ce petit con de capitaine, avec ses breloques et ses rubans, l'agaçait prodigieusement. Il n'en était que plus piquant de se faire le défenseur de ses droits, face à l'injustice des siens, et de confondre en une seule les deux victimes de ce drame, messieurs de la cour, le père assis sur ce banc qu'on voudrait d'infamie et le fils dont l'héroïsme pèse si peu dans la balance truquée de ce qu'il faut bien appeler une justice d'occasion.

– Le plus fort, dit Mongredien, c'est que ce salaud a raison. On me coiffe d'un bicorne à plumes et bon voyage... Mais je ne marche pas. J'ai horreur d'être manipulé.

– Alors, pas d'ambassade, pas de colonies, pas même de chasse aux cerveaux.

Mongredien ignora la question.

Ils étaient attablés à la Rhumerie martiniquaise, dont la terrasse surélevée était, pour les habitués, un poste d'observation privilégié. Bianca passa, l'air pressé. Clariond la héla :

– Tu t'assois?

– Pas le temps. J'ai une audition à l'Écluse.

– Fichtre, tu vas de l'avant!

Elle croisa les doigts.

– Rien n'est encore fait. Allez, je file.

– Elle chante? demanda Mongredien.

– Eh oui. Il était déjà étonnant de la voir danser, mais chanter! Personne ne pourrait imaginer qu'un corps aussi étriqué et mal foutu puisse abriter une voix pareille. Tu regardes, tu écoutes et tu ne comprends pas. Tu connais l'Écluse?

– Une boîte du quai des Grands-Augustins.

– C'est ça. Avec une façade peinte en bleu. La salle est minuscule, mais un début à l'Écluse c'est, paraît-il, la Chance avec une majuscule. Ils sont des centaines à l'espérer en vain.

Mongredien tâta le tissu du pantalon beige saumon que portait Clariond.

– Américain?

– Évidemment.

– La chemise aussi?

– Aussi.

Il y avait plus de quinze jours qu'ils étaient arrivés à Paris, et les cinq mille francs du Lutetia avaient dû fondre depuis belle lurette.

Le regard de Mongredien se fit insistant.

– Beau tissu. A propos, tu habites toujours chez Bianca?

– Quelle finesse! Non, je n'habite pas chez Bianca, je ne vis pas à ses crochets et je m'offre moi-même les vêtements que je porte.

– Avec quoi?

Clariond sortit de sa poche arrière une liasse de billets chiffonnés.

– Avec ça. Ne fais pas cette tête de vierge effarouchée. C'est du bon argent... selon les normes actuelles. Ne m'en demande pas plus aujourd'hui.

– Et demain? dit Mongredien avec humeur.

– Pour moi au moins, plaisanta Clariond, les choses sont claires. Je ne serai ni chasseur de têtes, ni ambassadeur, ni gouverneur des colonies.

– Arrête un peu de déconner. Tu faisais bien du journalisme avant d'être arrêté?

– Si l'on peut dire. En vérité, j'exerçais un chantage à la trouille au détriment d'annonceurs qui croyaient garantir leur sécurité en me passant commande d'espaces publicitaires dans une feuille de chou totalement illisible. Comme référence journalistique, cela me paraît plutôt mince.

– Qu'est-ce qu'une référence aujourd'hui?

L'époque, en effet, était curieuse. Une bonne moitié des journalistes ayant pignon sur rue s'étaient compromis plus ou moins gravement et le payaient. Certains, par bêtise, par provocation ou – pourquoi pas? – par conviction, s'étaient enferrés. On leur avait réglé leur compte. D'autres, ayant eu la prudence de modérer leurs ardeurs au fil des ans, avaient été épargnés, mais se faisaient oublier en attendant des jours meilleurs.

Quelques titres anciens avaient reparu. Cette résurrection récompensait le civisme ou le flair des directions qui les avaient sabordés à temps. Les autres avaient laissé la place à la presse née dans la clandestinité. La brèche était béante. Quelques centaines d'inconnus s'y étaient engouffrés, se réclamant de chefs de file indiscutables, tout étonnés d'avoir été suivis, sans même s'en rendre compte, par un si grand nombre de partisans.

– Cela se passait au lendemain de la libération de Paris, dit Mongredien, il y a huit mois. Les places occupées à l'époque sont fermement tenues et les rapatriés, déportés ou non, sont des intrus. J'ai néanmoins des possibilités...

– Je t'ai dit que je ne suis pas journaliste...

– Quatre-vingt-dix pour cent des types qui ont rejoint les rédactions en septembre dernier ne l'étaient pas non plus. Tu feras comme eux, tu le deviendras. A en juger par le niveau actuel de la presse, ça ne sera pas difficile. Je peux parler de toi à Emmanuel d'Astier, de *Libération*, ou, mieux, à Albert Camus qui m'a présenté Henri Frenay de *Combat*.

En juin 1945, Henri Frenay était l'un des hommes les plus occupés de France. En tant que ministre des Anciens Combattants et Victimes de la guerre, il était chargé du rapatriement et de l'accueil de deux millions de prisonniers et de près de deux cent mille déportés dont plus de la moitié étaient des morts-vivants. Des missions de son ministère parcouraient l'Allemagne à la recherche de survivants échoués dans des hôpitaux de campagne ou des camps de transit. Anglais et Américains facilitaient leur tâche dans la mesure de leurs moyens. Ce n'était pas le cas des Soviétiques.

– Curieux alliés, disait Frenay. L'accès à leur zone d'occupation nous est interdit. Il est impossible de connaître le nombre des nôtres qu'ils ont recueillis et qu'ils prétendent rapatrier par Odessa. Les récits que les premiers arrivés nous ont faits de leur odyssée sont édifiants. Fêtés comme des héros, ou traités comme des suspects, menacés, enfermés puis sans autres motifs libérés et portés en triomphe, ils ont été trimbalés de ville en ville et de camp en camp selon le plus capricieux des itinéraires au milieu d'une pagaille sans nom. Combien reviendront, combien sont en panne, malades ou retenus pour une raison quelconque ou sans raison aucune, combien ont disparu, où et comment, nous n'avons aucun moyen de le savoir.

Il détailla Mongredien du regard.

– Quand nous sommes-nous vus pour la dernière fois?

– Décembre 1941. A Londres.

– Finalement, tu ne t'en es pas trop mal tiré.

Le bureau du ministre baignait dans le faste crème et or des palais nationaux.

– Toi non plus.

– Tu te trompes. Ce ministère est un nid de guêpes. Je n'y moisirai pas.

Les premières escarmouches entre rapatriés de diverses catégories permettaient de penser que la classification des victimes donnerait en effet de sérieux maux de tête au ministre.

L'objectif de chacun était l'obtention du titre de déporté, auquel les exactions commises dans les camps de concentration conféraient une sorte de noblesse. C'était le cas des internés, au motif qu'une prison vaut un camp. Celui, aussi, des prisonniers selon qui les camps disciplinaires et les sections spéciales dont ils prétendaient avoir été les hôtes possédaient tous les caractères des camps de concentration.

Entre déportés, les choses n'allaient guère mieux. Ils se déchiraient. Sur un total de cent quatre-vingt mille, près de la moitié l'avaient été en tant que juifs, et comme tels dirigés sur Auschwitz où les neuf dixièmes avaient péri. Les quelques milliers de survivants n'en étaient pas moins considérés par les « purs » de la déportation comme appartenant à une catégorie de second ordre. Les « purs », d'ailleurs, s'opposaient violemment entre communistes d'un côté et « résistants patriotes » de l'autre. Ces derniers, ces parfaits de la déportation, prétendant qu'un acte de résistance ne pouvait être considéré comme authentique qu'en fonction de l'autorité qui l'avait ordonné, déniaient cette qualité à l'action des communistes et par voie de conséquence à la nature de leur déportation.

Déportés politiques contre déportés résistants. Ils n'étaient d'accord que pour jeter l'exclusive sur la masse des paumés de la déportation qu'un jambon clandestin, un *ausweiss* maquillé, une excursion avortée du côté de la frontière espagnole, le hasard ou simplement la malchance avaient suffi à transformer en déportés.

– Toi qui es un parfait, dit Frenay à Mongredien, qu'est-ce que tu en penses?

– Que c'est idiot. S'il faut établir un classement – et le faut-il? – le seul critère à retenir est le comportement de chacun dans l'épreuve.

Il saisit Clariond par le bras.

– Celui-ci a été arrêté par hasard, déporté par erreur. Pendant des mois, il a capté et diffusé un bulletin radio quotidien. Nous lui devons de n'avoir jamais perdu le contact avec le monde extérieur. Est-ce que ça ne vaut pas d'être classé première catégorie? Il ne le sera pas; j'espère seulement qu'il s'en fout.

Frenay soupira. Plus tôt il abandonnerait son portefeuille, mieux il se porterait.

– Que puis-je faire pour toi?

– Pour moi, rien, répondit Mongredien.

Il désigna Clariond.

– Je voudrais faire entrer mon ami Clariond à *Combat*. Pourrais-tu le recommander à Camus?

– Bien sûr, mais Camus n'est sans doute pas la meilleure introduction. C'est Michel Burquin, le directeur de la publication, qu'il faut joindre.

– Tu le connais bien?

– Très bien. C'est un normalien égaré dans le journalisme. Je l'appelle et te tiens au courant.

Les amoncellements de journaux et de livres gagnaient inexorablement sur l'aire de travail que Michel Burquin se réservait. Il en défendait l'intégrité en les repoussant. C'était alors la chute de masses de papiers dont le niveau montait au fil des mois.

« On dirait la chambre de Bianca », se dit Clariond en pénétrant dans la pièce.

De Burquin, embusqué derrière ses paperasses, on n'apercevait d'abord que deux yeux pétillants d'intelligence. Puis on entendait sa voix haut perchée, dont le débit bousculait les mots et les idées.

– Clariond ? Frenay m'a téléphoné. Voulez faire du journalisme, drôle d'idée, métier mineur, j'en sais quelque chose, la rédaction est au complet, qu'à cela ne tienne, on vous trouvera un strapontin, avez été déporté. Dans quel camp ?

– Sachsenhausen.

Burquin se leva brusquement.

– L'un de mes amis s'y trouvait.

– Normalien, comme vous ?

– Oui.

– Il s'appelait Brabant, n'est-ce pas ?

Regard implorant l'impossible miracle.

– Qu'est-il devenu ?

La gorge nouée, incapable de répondre, Clariond secoua la tête. Sans crier gare, le passé l'assaillait d'images se chevauchant en un désordre haletant. Brabant au *Schuhläufer*, dans la baraque du *Bauhof* ou encore au *Revier*, s'imposant partout par la magie de sa seule présence. Brabant qui niait la faim et le froid, qui matait sa souffrance et lui avait appris que le bonheur se construisait comme un nid avec des matériaux si communs qu'il n'était au pouvoir de personne de les confisquer.

Brabant et Pierre, si semblables, qu'il avait aimés au point de les confondre et que la mort avait en effet confondus. Quelque part en lui voletait, comme un oiseau de nuit, le remords dont il avait voulu croire qu'il s'était délivré. L'oiseau de nuit le frôlait d'un battement d'ailes furtif et remportait la question qu'un jour, bec et ongles plantés dans sa chair, il l'obligerait à se poser.

Pourquoi avoir fait subir un calvaire inutile à celui qu'il prétendait aimer et pouvait-il ignorer en l'entraînant sur le chemin de l'exode qu'il le menait à sa perte ?

– Qu'est-il devenu ?

Burquin avait agrippé les épaules de Clariond.

– Je lui ai fermé les yeux au matin du 5 mai. Jusqu'au bout il a lutté, et j'ai lutté avec lui. Mais c'était sans espoir. Il le savait et moi aussi. Ce n'était pas, à ses yeux, une raison pour baisser les bras. Alors, puisque c'était ce qu'il voulait, j'ai feint de croire. Son agonie a duré près d'une semaine.

– Il arrivait quand même à marcher?

– Seul, il en aurait été incapable. Je le portais à moitié. Au début, il avait des instants de rémission, qui se sont faits de plus en plus rares au fil des jours. A la fin, il avait pratiquement perdu conscience.

Burquin se recueillit. Il essayait de chasser de son esprit la vision du moribond au regard déjà éteint que seul rattachait à la vie un acharnement dénué de sens. A quoi servait d'avancer un jour, une heure, un pas de plus alors qu'il était certain qu'il n'y aurait pas un autre jour, pas même une autre heure et que ce pas serait le dernier?

C'était le Brabant de la rue d'Ulm dont il invoquait le souvenir comme pour l'adjurer de se séparer de l'autre.

– Nous avions fait notre khâgne ensemble à Henri-IV, dit-il. Nous avons passé le concours la même année, en 1937. Brabant était le *cacique* de la promotion. A l'école, nous sommes restés très proches. Il était mon *cothurne*.

» Brabant, poursuivit-il, a marqué tous ceux qu'il a approchés. Moi, pendant deux ans, je l'ai vu vivre, travailler, chercher. Il façonnait les formes à son gré et parait de couleurs inconnues les objets qui lui tombaient sous la main. Il donnait aux mots des significations nouvelles qui avaient l'évidence de la vérité mais qui, pourtant, n'étaient que sa vérité à lui.

Qu'aurait fait Brabant de sa vie? Personne à l'époque ne se serait hasardé à le prédire, pas même ses maîtres que la variété et l'étendue de ses dons laissaient perplexes. Philosophe, certes. Mais il n'était pas doué pour le professorat. Le didactisme lui faisait horreur. Il aurait pu innover en matière de doctrine, bousculer les idées établies, en faire prévaloir de nouvelles sans pour autant se reconnaître de disciples. Sa démarche était solitaire.

– Il aimait écrire, dit Burquin. Vous l'a-t-il dit?

Clariond s'entendit répondre :

– Il composait des poèmes.

Burquin parut étonné.

– J'ai conservé une pleine malle de ses écrits. Elle contient des essais, des nouvelles, des critiques, des ébauches de romans, mais de poèmes, pas un seul.

Une malle pleine de manuscrits! Clariond fut transpercé par un trait de jalousie : il n'était pas le seul dépositaire des écrits de Brabant... Mais il y avait une différence fondamentale entre les rouleaux planqués dans les murs de brique du *Bauhof* et la malle tombée par hasard entre les mains de Burquin. Brabant n'avait pu écrire, vivre même, que grâce à lui, Clariond. La baraque du *Bauhof* avait été refuge avant d'être thébaïde. Et ce que cet isolement miraculeux, cette quiétude insolite au milieu d'un océan de violence avaient pu lui inspirer était leur bien commun, leur secret qu'à la demande de l'écrivain il avait scellé en un lieu de lui seul connu. De ce secret il ne souffla mot.

– Brabant, dit-il, était habité, hanté même par le souvenir de Paris. Lorsqu'il n'en pouvait plus d'être exposé à la laideur, il fermait les yeux et les mots lui venaient, jamais les mêmes. L'*Incantation de Paris* qu'il m'a fait découvrir par bribes était un poème sans fin, dont le contenu variait avec son humeur.

– Qu'en as-tu retenu? demanda Burquin.

Le tutoiement lui était venu sans même qu'il s'en fût avisé.

– Des vers isolés, que je me répétais jusqu'à ce que l'image dont ils étaient porteurs s'impose et prenne vie. Aujourd'hui je vais au Point du Jour à l'heure où la Seine est encore lisse comme un miroir, j'attends l'heure où la nef de Notre-Dame chavire doucement dans la nuit, et je les répète encore, afin de le retrouver, lui, dont chaque jour m'éloigne davantage...

Ils s'étaient tus l'un et l'autre. Burquin, le premier, rompit le silence :

– Tu veux travailler au journal?

– Si c'est possible.

– Tout est possible, à condition de le vouloir. Es-tu capable de me pondre tous les jours un papier d'humeur court et incisif, insolent même, une sorte de caricature de l'actualité?

– Je pense que oui. Mais que dirais-tu, en plus, d'une enquête sur les vérités et les phantasmes de la Libération?

– Qu'elle m'intéresserait, mais qu'elle serait quasiment impossible à publier aujourd'hui. L'heure n'est pas encore venue de s'attaquer au plâtre sulpicien, bien lisse et convenable, sous lequel se cache la vérité torturée de la France. Celui qui s'y risquerait se ferait casser la gueule par tout le monde. N'empêche, fais ton enquête. On verra s'il est possible de la placer quelque part.

C'est Bianca qui fournit par hasard à Clariond le sujet de son premier reportage. Depuis son engagement à l'Écluse, elle était devenue quelqu'un de très occupé. Elle dansait encore tous les soirs au Saint-Benoît, au Lorientais et à l'Escholier. Elle auditionnait au Tabou, à la Rose-Rouge et à l'Échelle de Jacob. Cette activité effrénée lui avait fait négliger le commerce des bas nylon. Son fournisseur, déjà mécontent du médiocre rendement de son réseau, la menaçait de lui retirer son exclusivité si elle ne mettait pas de l'ordre dans ses affaires.

– Avoue qu'il serait idiot de perdre ce pactole, dit-elle à Clariond. Il faut que je regagne la confiance de mon fournisseur.

– Qui t'en empêche ?

– Il veut me voir ce soir. Et le soir je ne suis pas libre. Il le sait. Le moment est venu, m'a-t-il dit, de choisir entre le commerce et la vie d'artiste. Je serai à vingt-deux heures à l'Oasis, rue Blanche.

– Tu n'y arriveras pas.

– Non, mais toi, tu pourras y être à ma place. Je te demande ça comme un service.

Tout en haut de la rue Blanche, les palmiers en néon de l'Oasis éclairaient par éclipses le ballet des filles court vêtues arpentant les deux mètres de bitume alloués à chacune. Trois pas dans un sens, trois pas dans l'autre, arrêt, le sac balancé à bout de bras. Chaque « chandelle » racolait exclusivement sur son territoire. En principe. Car il n'était pas interdit d'être excitante. A qui la faute si le pigeon américain, qui était, en ce mois de juin 45, l'animal le plus chassé, tombait ici plutôt qu'à côté ? Il avait sans doute ses raisons, mais les filles n'en convenaient pas. D'aigres disputes éclataient et tournaient souvent à la bagarre. Quelques messieurs sortaient alors du bar.

En général, leur apparition suffisait à ramener le calme. Mais il arrivait qu'une taloche ici ou là ou même une peignée en règle soit nécessaire pour rappeler à chacune que les lois du bitume étaient contraignantes.

Il faisait si sombre à l'intérieur de l'Oasis qu'on ne discernait pas immédiatement les silhouettes des clients attablés le long du mur matelassé d'écarlate ou debout devant le bar d'acajou. Passé le rideau qui masquait l'entrée, Clariond avait hésité. Les bougies posées sur les tables ne dispensaient aucune lumière. Au contraire, elles accentuaient l'obscurité alentour. Il s'était cogné sur un coin de table, avait bousculé une forme assise qu'il n'avait découverte qu'en la heurtant et s'était amarré, pour finir, à la main courante de cuivre poli qui ceinturait le bar.

– Un Spécial Oasis pour vous mettre en train ?

C'eût été offenser le barman que de refuser ce breuvage dont il avait fait l'indispensable prélude aux libations de toute soirée digne de ce nom. Il n'attendait d'ailleurs pas la commande et servait d'autorité sa mixture. A droite et à gauche, les tabourets étaient occupés. Ils ne l'étaient pas l'instant d'avant. Des regards professionnels convergeaient sur le nouveau venu et procédaient en silence à une estimation de sa valeur potentielle. Était-il fauché ou en fonds, pingre ou généreux, naïf ou méfiant? Monterait-il ou non? Avait-il l'air d'un maniaque ou d'un compliqué?

Une fille s'approcha de Clariond :

– Avez-vous du feu?... Merci. Je peux trinquer avec vous?... Mario, une coupe! Vous attendez quelqu'un?

– Oui.

– On dit ça. Peut-être que je ne vous plais pas.

Une voix extraordinairement basse vibra soudain dans l'obscurité :

– Bois ta coupe et laisse ce monsieur tranquille.

La voix se rapprocha :

– Voudriez-vous une autre hôtesse pour vous tenir compagnie?

– Non, merci, j'attends réellement quelqu'un.

– Dans ce cas, je n'insiste pas.

Comme pour démentir ces paroles, l'homme s'adossa au bar. Immense. Clariond ne le voyait que du coin de l'œil et se gardait de le détailler. Il savait qu'au moindre croisement de regards il serait piégé et que le dialogue reprendrait.

Le rendez-vous avec le pillard de stocks américains ne l'amusait pas. Le lieu du rendez-vous lui déplaisait franchement. La convivialité dans ce bar à putes, très peu pour lui! Obstinément, il détournait la tête et s'absorbait dans la contemplation du dessin de la moquette dont les volutes successives aboutissaient sous la paire de chaussures de l'homme debout à ses côtés.

Triples semelles, surpiquées, noires et blanches, ornées de découpages compliqués et de trous en arabesques. Qu'importaient les années : ces pompes-là, entre un million de paires, il les reconnaîtrait. Rapidement, son regard glissa sur le corps longiligne de son voisin, sans même noter le complet crème et la chemise de soie grège dont il était vêtu, pour s'arrêter à son visage noir et laqué de sueur.

– Titine!

L'interpellé réagit avec humeur :

– Vous vous trompez, dit-il. Je suis M. Albert.

Il saisit néanmoins un des lumignons du bar et l'approcha du visage de Clariond. Lentement, il en scruta les détails comme s'il en faisait l'inventaire. Puis sa main se mit à trembler. Il reposa le bougeoir.

– Clariond, murmura-t-il, si bas qu'on l'entendit à peine. Tu es vivant. Nom de Dieu, tu es vivant!

Et soudain il explosa :

– Voici Clariond, mon frère ressuscité! Il est ici chez lui, que chacun se mette ça dans la tête.

Il prit Clariond dans ses bras.

– Choisis une fille, prends-en deux si tu veux.

Et, s'adressant aux hôtesses qui n'en avaient jamais tant entendu, il précisa :

– Quant à vous autres, quand il montera, n'oubliez pas de jouir. C'est de mon frère qu'il s'agit.

Champagne! Titine eut une pensée émue pour le quartier du Vieux-Port de Marseille. Il raconta sa fuite du camp de Caïs et rappela son offre de tenter la belle ensemble. Il dit son errance, sa peur des gendarmes et de la police, de toutes les polices, la française et l'allemande, aussi vachardes l'une que l'autre.

Champagne! Les portes claquées au nez, les chiens lâchés, les dénonciations, les chapardages de plus en plus difficiles, puis les vols avec menaces, et davantage quand c'était devenu nécessaire. La misère, le désespoir et tout à coup, alors que tout semblait perdu, Dieu qui décide qu'y en a marre, et qui débarque en Normandie.

Champagne! Car c'est Dieu qui a débarqué, mon frère. Avec les Américains. Et pas n'importe lesquels. Dieu qui a décrété qu'il n'y avait plus de nègres mais désormais des Noirs et qui en a inondé les routes d'Europe. Avec eux sont arrivés l'alcool, les cigarettes, l'essence, les frusques et la bouffe à ne pas savoir qu'en faire. Et, pour bazarder tout ça, Titine est devenu M. Albert.

Il reprit son souffle.

– Tu m'as pas dit que t'avais rancart ici?

– Si, avec un fournisseur justement. De bas nylon.

– C'était pas une bonne femme qui devait venir?

– Elle m'a demandé de venir à sa place.

Titine s'esclaffa.

– Tu fais bien de me prévenir. J'allais lui sucrer sa combine. Si tu la reprends à ton compte, c'est différent et je te fais une proposition. Moi, mon truc, c'est les cigarettes et l'essence. Pour les cigarettes, j'ai cent revendeurs. Je les mets sur les bas nylon. A six paires par jour pour chacun, ce qui est un jeu d'enfant, nous tenons un marché de quinze mille paires par mois. Part à deux, parce que c'est toi. D'accord?

Un sergent noir aussi large que haut venait d'écarter la portière de velours. M. Albert le héla :

– Viens ici, *Skinny* Joe [1]. Je te présente mon ami et associé

1. Joe l'Efflanqué.

Clariond, qui succède à ta cliente. Il va falloir que tu te remues si tu ne veux pas que je cherche d'autres fournisseurs.

– Combien te faut-il de paires par semaine?

– Quatre mille.

Skinny Joe ouvrit des yeux ronds.

– Comme tu y vas!

M. Albert n'était pas d'humeur à discuter.

– Tu peux fournir, oui ou non?

– Je m'arrangerai.

– T'as intérêt.

Il se tourna vers Clariond.

– Moi, je règle les détails avec cet abruti. Toi, pendant ce temps-là, tu montes avec Muriel. Tu ne le regretteras pas.

Clariond s'apprêtait à suivre la fille. Titine le retint par le bras.

– T'as quelque chose de particulier à faire demain?

– Non, pourquoi?

– Parce que, dans ce cas, on ira se promener tous les deux. Je te montrerai comment je fais mon pognon. Tu verras, c'est pas triste! Allez, bonsoir! Tâche quand même de dormir une heure ou deux. Et n'oublie pas : on se voit ici, demain matin, à sept heures et demie.

Clariond ne regretta pas sa nuit, bien qu'en fin de compte il n'eût pas dormi du tout.

– T'as fait ceinture pendant deux ans, lui avait dit Muriel. Il faut rattraper le temps perdu.

Au matin, c'était chose faite.

Le rendez-vous était fixé sur une route déserte du bois de Cœur-Volant, à un bon quart d'heure de marche de la station d'autobus de Bougival. Les deux hommes y étaient arrivés largement avant l'heure. Pour la solennité du moment, Titine avait cédé la place à M. Albert, à qui la tenue militaire allait particulièrement bien. Peut-être était-ce, de sa part, un hommage discret qu'il rendait à ses bienfaiteurs. Chemise et pantalon repassés de frais et arborant les plis réglementaires, rangers cirés de noir et luisants, il était l'image modèle du G.I., de plus en plus rare au sein d'une armée qui estimait ne plus rien avoir à faire en Europe.

Le camion arrivait du dépôt de Port-Marly, chargé de quatre tonnes d'essence, en jerrycans de vingt litres. Seule l'essence intéressait M. Albert, mais pour d'obscures raisons elle était indissociable du camion qui servait à la transporter. Il fallait donc acheter et prendre livraison des deux. Or, si l'essence se stockait facilement, planquer, maquiller et fourguer des camions militaires américains relevait d'un savoir-faire que M. Albert ne maîtrisait pas.

Le chauffeur du G.M.C. était pressé de se défaire de son véhicule, et pour cause. En cas de contrôle, les papiers dont il était muni n'auraient pu faire illusion.

Il sauta de son siège, l'air passablement nerveux.

– Grouille-toi, dit-il. J' veux pas moisir ici.

M. Albert compta les deux cents jerrycans, fit la moue en compulsant les bons de sortie et le manifeste.

– O.K., grogna-t-il. A demain à l'Oasis comme d'habitude.

Clariond était à ses côtés.

– Allez, embarque, lui dit-il. En général, je ne prends pas de civils en stop, mais, aujourd'hui, c'est jour de fête!

Lui-même prit place au volant et embraya aussitôt en direction de Bougival, où il rejoignit la route de Paris. Clariond s'étonna :

– On rentre en ville?

– Non, on bifurque avant.

Passé le rond-point de la Boule, M. Albert tourna à gauche et, par un lacis de ruelles, déboucha sur un chemin passablement défoncé.

– La côte des Amandiers, dit-il. Un beau nom, tu ne trouves pas?

Le camion traversa des terrains vagues et des dépôts de ferraille. Sur la droite, une fumée nauséabonde rampait au flanc d'une décharge publique. Plus loin apparut un bidonville dont les bicoques agglutinées semblaient posées sur le bord d'une falaise d'une dizaine de mètres de haut. Au pied de ce mur s'étendait un vaste entonnoir où s'entrecroisaient des sillons tracés dans la boue par des engins et des véhicules de toutes sortes. Aucune maison n'était bâtie dans ce creux qui collectait les eaux du plateau. On y descendait par une rampe glissante même par temps sec. En bas, c'était un labyrinthe de sentes coupées de fondrières, de tranchées aux parois escarpées dans lesquelles s'ouvrait la bouche d'ombre de galeries à moitié emplies d'eau.

– La Carrière-aux-Loups, annonça M. Albert. La planque idéale, à ce qu'on dit.

Ils stoppèrent devant l'entrée d'une galerie à moitié obstruée par le châssis d'un camion calciné. Crochet, remorque, marche arrière. L'épave recula en raclant la boue et dégagea l'ouverture. Le G.M.C. y pénétra, phares allumés. A cinquante mètres de l'entrée, la galerie se divisait en deux branches. Il y avait de la lumière dans celle de droite. Quatre hommes attendaient le camion et le déchargèrent sans mot dire.

– C'est ici que je stocke.

Clariond demanda d'où venait la main-d'œuvre. Albert montra du doigt la voûte de la galerie.

– De là-haut, par l'une des voies qui débouchent dans le bidonville.

– Et le camion?

– Il est livré. L'acheteur viendra en prendre possession quand il voudra. Ça n'est pas mon affaire, à condition qu'il ait payé, ce que je vais savoir dans cinq minutes.

Un étroit boyau, puis un escalier taillé à même la pierre, un palier, une porte, une baraque dont l'unique issue ouvrait sur l'arrière-cour d'un bistrot, le seul du coin. On y pénétrait par la réserve.

M. Albert serra des mains à la ronde, empocha une enveloppe dont il vérifia rapidement le contenu.

– Correct, dit-il.

Visiblement, il était chez lui. Un grand maigre s'approcha de Clariond.

– Bienvenue au Carillon, lui dit-il. Ta promenade a dû te donner soif.

Il lui servit un ballon de beaujolais – du bon, précisa-t-il – et lui décrivit la Carrière-aux-Loups, enclave de liberté, dans un pays soumis à l'arbitraire, principauté souveraine, depuis des siècles, qui ne connaissait d'autre loi que celle de la Cloche... D'où le nom du bistrot.

La Carrière était creusée sous le bidonville, mais débordait largement ses limites. Certaines de ses galeries s'étendaient jusqu'à la colline du Mont-Valérien. Des kilomètres de boyaux, d'excavations et de salles dont certaines de dimensions gigantesques alignaient des rangées de piliers naturels qui les faisaient ressembler à des nefs baroques! Parfois les plafonds s'effondraient, provoquant à la surface du sol des affaissements plus ou moins brutaux. Si une bicoque était construite sur l'emplacement d'une de ces dépressions, on la voyait se ratatiner puis disparaître, comme avalée par un monstrueux mouvement de déglutition. Elles étaient des dizaines, dans le bidonville, à avoir ainsi disparu.

– L'exploitation de la Carrière, dit le grand maigre, a cessé depuis plus d'un demi-siècle. Avant, elle servait déjà de refuge aux persécutés. Les premiers ont vraisemblablement été des huguenots. Les derniers ont été des résistants puis des collabos. Quelquefois, une époque déborde sur l'autre, ou bien les réprouvés, usés par l'attente, n'ont plus la force et la volonté nécessaires pour faire surface. On voit alors cohabiter sans drame les persécutés de la veille et ceux du lendemain. Partout ailleurs, ils s'étriperaient. A la Carrière, ils se supportent.

» Tiens, par exemple, il y a ici deux types de la Gestapo française. On le sait parce qu'ils l'ont dit. Et la semaine dernière un déporté nous est arrivé.

Clariond tressaillit.

– Qu'est-ce qu'un déporté fait à la Carrière?

– Va savoir! Il finira par se raconter, comme tout le monde. Probable qu'il n'est pas encore mûr. L'important, c'est que lui et les autres puissent vivre ensemble, sans se juger et sans se haïr.

Il lui tendit la main.

– Reviens me voir. On causera. Tu demanderas le Dab. Tout le monde me connaît ici.

De retour de la Carrière-aux-Loups, Clariond rédigea son reportage pour *Combat*. Son texte comportait cinq feuillets. En reposant le dernier sur son bureau, Burquin avait l'air songeur.

– Ton histoire d'essence et de Noirs américains, dit-il, n'a rien d'original. Il y a six mois que Paris vit de ce pillage. Mais la Carrière-aux-Loups, c'est autre chose. Il y a là un côté Mystères de Paris que l'actualité irrigue d'un sang nouveau. Y es-tu retourné?

– Oui, j'ai revu le Dab.

– Pourquoi ce nom?

– Personne n'en sait rien. Il est, dit-il, la mémoire de la Carrière, et s'est institué le gardien de ses traditions. Cela fait dix ans qu'il veille sur elles avec un soin jaloux. Le travail ne lui a pas manqué, depuis l'arrivée des républicains espagnols fuyant l'internement au camp de Gurs jusqu'à celle des communistes, successivement déserteurs de 1939 et F.T.P. de 1942, réfugiés à la Carrière en ces deux qualités successives.

– Et aujourd'hui?

– La Carrière est un caravansérail où campent toutes sortes de gens, qui n'ont en commun que d'être traqués. Il y a parmi eux des puissants et des humbles, quelques intelligences et beaucoup de nullités, des bavards, de la parole ou de la plume, gribouilleurs besogneux ou éditorialistes flamboyants, des romanciers à tout faire, que la collaboration avait pour un temps sortis du néant. Tous anonymes aujourd'hui comme l'est ce grand écrivain paranoïaque et torturé, immonde et génial, qui survivra à sa disgrâce, au moins littérairement.

Burquin avait bondi.

– Extraordinaire! Tu me dis bien que...

– Je ne dis rien, sinon que la Carrière est devenue le

sanctuaire que l'Église prétendait être autrefois, et qu'elle n'est plus.

Par le plus pur des hasards, Clariond avait découvert une mine d'informations pour lesquelles n'importe quel journaliste se serait damné. Il avait débusqué l'ermite sulfureux qui par dégoût de tous et de lui-même avait mis son style inimitable au service du nazisme auquel il n'adhérait même pas. Peu importaient les états d'âme du traître, c'était la trahison qu'il s'agissait de juger.

Brasillach avait eu droit au peloton d'exécution pour moins que cela. Les égarements d'un Drieu La Rochelle, à côté des siens, n'étaient que bagatelles.

– Tu te rends compte du scoop! L'homme que recherchent toutes les polices de France...

– Je ne suis pas policier.

– Mais tu es journaliste. Enfin, tu veux l'être. Et puis il y a les autres, m'as-tu dit, les plumitifs de *Gringoire*, du *Pilori* et de *Je suis partout*, sans compter l'éditorialiste de Radio-Paris. Tous évaporés, inexplicablement disparus alors que les premiers drapeaux tricolores apparaissaient dans les rues de Paris. Il faut bien qu'ils paient, ces salauds. Ce n'est tout de même pas un déporté qui dira le contraire.

– Le déporté te dira que le plus important est de préserver un sanctuaire quels que soient les malfaiteurs qui s'y sont réfugiés. Il te dira que souvent il a été malfaiteur lui-même, et que bien des héros d'aujourd'hui sont les malfaiteurs de demain. Le sanctuaire accueille les uns et les autres sans distinction. Si, pour devenir journaliste, il faut bafouer ce principe, si, pour faire un scoop, il faut trahir cette exigence, alors je ne suis pas fait pour être journaliste.

Burquin n'était pas d'accord.

– Les journalistes, dit-il, ne sont pas seuls en cause, et la Carrière-aux-Loups n'est qu'un sanctuaire parmi d'autres. Toute action, même la mieux intentionnée qui soit, peut engendrer des effets pervers. En respectant le droit d'asile, tu prends parti pour des salauds. En secourant un blessé, tu risques de l'achever. Même Brabant...

Clariond sursauta.

– Quoi, Brabant?

– Mongredien, avec qui je déjeunais hier, m'a présenté un homme remarquable, que tu as bien connu. Il était médecin dans ton camp.

– Le docteur Coullomb?

– C'est cela. Coullomb se reproche de ne pas avoir empêché Brabant de partir, lors de l'évacuation du camp. Il s'estime responsable de sa mort.

Dieu! Que le souvenir des mots échangés ce jour-là pesait lourd!

– Personne n'a rien à se reprocher, maugréa-t-il. Les malades étaient pratiquement condamnés, ainsi que le personnel hospitalier. Tout le monde savait que les S.S. voulaient liquider le *Revier*.

– Ce n'est pas ce que dit le docteur. Il estimait avoir des chances raisonnables de s'en tirer. Plus grandes, en tout cas, que celles de Brabant sur le chemin de l'exode.

Clariond mit de la méchanceté dans sa question :

– Pourquoi, dans ce cas, l'a-t-il laissé partir?

– C'est précisément ce qu'il ne se pardonne pas.

Burquin hésitait. Les mots peuvent faire mal et il avait horreur de blesser. Mais il eût été lâche de se taire.

– Il se reproche aussi d'avoir cédé à ton insistance, à ta confiance. D'avoir voulu te croire, parce que, sur le moment, c'était plus simple, alors qu'au fond de lui il ne te croyait pas. Et ce reproche est devenu chez lui un remords lancinant lorsque, deux jours après votre départ, il s'est retrouvé libre avec ses trois mille malades.

Il y avait matière à réponse, et Clariond ne manquait pas d'arguments, rodés et imparables, dont il avait pu mesurer les effets au cours des curieux procès qu'il s'intentait à lui-même.

– Mon insistance, dit-il, n'est pour rien dans le départ de Brabant. C'est lui qui en a pris la décision et je ne vois pas au nom de quoi Coullomb aurait pu s'arroger le droit ou le pouvoir d'y faire obstacle.

– Au nom de sa vie, tout simplement. Il se tuait en partant.

– Et en restant? La vérité, c'est que, de toute façon, il était condamné. Condamné, tu entends, et depuis des mois. Je le savais et Coullomb aussi. Par trois fois, j'ai réussi à le planquer, à lui éviter les travaux durs, le froid et la pluie, la neige et le vent; je l'ai nourri, et, ce faisant, j'ai sans doute prolongé sa vie. Prolongé seulement, car personne ne pouvait faire mieux. Pendant un temps, il a été dupe, puis il a compris que je jouais la comédie de l'espoir. Il a accepté de la jouer avec moi, parce qu'en utilisant les miettes de vie que le sort laissait échapper de ses doigts nous nous construisions une sorte de bonheur, dont la précarité exacerbait la saveur douce-amère.

Véhémente au début, la voix de Clariond n'était plus qu'un chuchotement.

– Dire que je l'aimais n'a pas de sens. Nous ne faisions qu'un. Il était la part la meilleure de moi-même et sa disparition m'a mutilé.

– Ruysdael est à Paris. Il est descendu à l'hôtel Bristol, rue du Faubourg-Saint-Honoré.

– Pas moins? Faut-il qu'il soit sûr de son coup!

La réapparition du peintre mettait Mongredien en joie.

– Il va faire danser certains marchands sur une musique de sa façon.

Ulysse Callias était le plus notoire d'entre eux. Les années d'occupation avaient été fastes pour ce Grec de Céphalonie, qui avait traité à la hussarde le marché de l'art parisien. Le résultat justifiait ses manquements aux bonnes manières. En quatre ans, il avait mis la main sur plusieurs centaines d'œuvres impressionnistes, dont certaines de toute beauté, mais sur l'origine desquelles il était évasif. S'il laissait entendre qu'il les avait acquises pour rendre service à des propriétaires menacés de spoliation, il évitait de citer des noms; par discrétion, disait-il. Mais on chuchotait dans Paris, surtout depuis septembre 44, qu'il avait été l'homme à tout faire des Allemands et que s'il avait acheté, à bas prix bien entendu, ce n'était pas avant confiscation, mais après.

On calomniait volontiers, à l'époque, et Callias, comme d'autres, était la victime de rumeurs incontrôlées. Aucun collectionneur spolié par les Allemands ne reconnut jamais chez lui un seul de ses tableaux. Et pour cause : il n'en avait jamais acquis. Certes, les tableaux qu'il vendait étaient dépourvus de certificats d'origine. La curiosité était déconseillée entre 1940 et 1945. Mais ils étaient authentifiés par des experts de renom. Ceci valait bien cela.

Qu'ils eussent été peints dans un camp de concentration par un nommé Hendrik Jonkheer, surnommé Ruysdael par ses codétenus, Ulysse Callias voulait l'ignorer et l'ignorait en effet. Il réceptionnait des caisses, en vérifiait le contenu et payait en espèces sans savoir qui était son fournisseur. Sa seule certitude était la qualité de la marchandise, qu'aucun expert n'avait jamais contestée.

Ruysdael reçut ses amis dans sa suite du Bristol. A Clariond et Mongredien s'était joint Burquin, curieux de rencontrer le plus grand peintre de l'époque. Pour l'heure, il planait à haute altitude.

– J'aimerais, dit-il, que subsiste entre les membres du groupe que nous avons formé autre chose que des souvenirs dont le temps aura raison.

Il ajouta, à l'adresse de Burquin :

– Le hasard a rassemblé un jour neuf hommes totalement étrangers les uns aux autres. Jamais, dans une vie normale, ils ne se seraient rencontrés, et c'eût été dommage. L'expérience a été enrichissante pour chacun d'eux. Elle m'a personnellement transformé.

Ruysdael avait revu Knecht, de passage à Amsterdam. Il n'était plus le défroqué de la révolution qui souffrait d'avoir perdu la foi. Apaisé, sans haine même pour les bourreaux de tout bord qui l'avaient torturé, il n'ambitionnait que l'oubli. Sa demande de visa pour le Canada venait d'être agréée.

– Que vas-tu faire là-bas? lui avait-il demandé.

– Ce que je sais faire, chauffeur de poids lourd. L'espace, la route qui court après l'horizon, personne pour me dire quand m'arrêter et quand repartir, la possibilité de penser ce que je veux ou de ne rien penser du tout, c'est ça, la liberté. Il m'aura fallu vingt ans pour m'en rendre compte.

Avant de quitter l'Allemagne, Knecht avait rencontré Werner et Alfred le bossu. C'est Werner qui avait gagné la course au trésor. Lorsque Alfred était arrivé sur le site du *Bauhof*, il avait trouvé les caches éventrées. Quelques jours plus tard, il était tombé sur Werner qui essayait, en vain, de faire passer ses cent cinquante kilos d'or en zone américaine. Les Russes veillaient et Alfred aussi.

– Part à deux, proposa celui-ci. Je dispose d'une filière sûre.

Werner refusa. Ce qu'Alfred pouvait faire, il le pouvait aussi. C'était inexact. Non seulement il n'arrivait pas à faire filer son magot, mais de plus, à certains signes qui ne trompent pas un vieux taulard, il se sentait devenir un gibier autour duquel, le mufle en éveil, tournait la flicaille soviétique.

– Il paraît que l'argent n'a pas d'odeur, conclut Ruysdael. L'or non plus, mais il peut être maudit et c'est le cas de celui-là. Werner et Alfred sont en train de lester le sac dans lequel ils se sont cousus. Que la gueuse qu'ils ont aux pieds soit d'or et non de fonte ne le fera couler que plus vite et plus sûrement dans le gouffre sans fond des pénitenciers soviétiques.

Mongredien haussa les épaules.

– Je conviens que ce trésor-là était particulièrement répugnant. Mais crois-tu qu'il existe de l'or propre?

Ruysdael répliqua avec vivacité :

– Celui que je viens chercher le sera. Pour l'instant, il est terne parce que c'est, encore, de l'or volé. Mais, en passant, la justice lui rendra un éclat de bon aloi.

Le faussaire le plus extraordinaire de tous les temps parlant avec naturel de bon et de mauvais aloi : le propos avait quelque chose de surréaliste. Burquin s'en amusait.

– Signatures comprises? demanda-t-il.

– Évidemment. Je ressentais confusément, sans arriver à me l'expliquer, que j'étais qualifié de faussaire sans raison valable. A tort, en somme. Celui qui m'a éclairé était l'un des vôtres. Il se nommait Brabant.

Burquin ne riait plus.

– Que t'a-t-il dit?

– Que, tout bien pesé, je n'ai jamais copié un seul tableau, mais surtout que je n'ai copié la manière d'aucun peintre. Il m'a montré que ma peinture traduisait la vision que je me faisais du monde à un moment donné. Il me disait qu'il n'existe pas de vision unique servant de référence. Les visions sont multiples comme le sont les réalités qu'elles interprètent. Si la vision de Monet, par exemple, m'intéressait, j'y accédais au prix d'une ascèse au terme de laquelle les yeux, la sensibilité, l'intelligence de Monet devenaient les miens. Mais un second regard me rendait perceptibles les limites de celui que j'habitais provisoirement et me donnait les moyens de les repousser.

» On a dit qu'aucun Ruysdael n'approchait la perfection de celui qu'avait acquis Goering. Et c'était vrai. J'ai reculé les limites de Ruysdael, comme celles de Vermeer, de Bruegel, de Rubens, de Constable ou de Renoir. Mais que savait de l'art et de la beauté ce porc de Goering? Au lieu de me remercier, il m'a foutu au trou comme le feraient d'ailleurs, s'ils en avaient le pouvoir, les centaines d'imbéciles qui viendraient à découvrir la véritable signature des tableaux de maîtres qu'ils ont acquis, c'est-à-dire la mienne.

– Ils sont signés, tes tableaux?

– Tous, sans exception, ou plutôt marqués. C'est ce que vont constater l'excellent Ulysse Callias et Voisin-Lepage qui fut le gérant aryen de Lucien Weintraub, parti villégiaturer à Auschwitz, et Castenet, plus quelques autres qui n'ont jamais eu la curiosité de déclouer leurs toiles et d'en scruter la partie de l'envers cachée par le châssis. Je commence par Callias, demain matin.

– Callias! dit Mongredien avec jubilation. Clariond et moi dînons avec lui ce soir, chez mon parrain, avenue Foch. Grosse fortune, grand nom, belles relations, en cours de ravalement vu les nécessités de l'époque. Le Tout-Paris connaît sa collection d'impressionnistes, que Callias lui a permis de constituer en un temps record. Il paraît que ce soir on parlera de sa dernière découverte, des *Nymphéas* que Monet, exceptionnellement, n'a pas peints à Giverny.

Ruysdael s'esclaffa.

– Dis à Callias que tu crois reconnaître un Monet de la période allemande. Tu verras l'effet!

Vers 1850, Bertrand de Courtrai avait remisé son blason de gueules à quatre chevrons d'argent pour se lancer dans l'aventure industrielle. Il semblait que l'ennui accumulé par des siècles d'autosatisfaction béate se fût brusquement condensé en lui. A l'étonnement des siens, bien qu'en un langage moins abrupt, il avait déclaré que courre le cerf et cousiner avec des hobereaux dont le sang se gâtait depuis les croisades l'emmerdait profondément. Il avait besoin de se salir les mains. Cela tombait bien. L'avenir était à la vapeur et il n'y avait pas de vapeur sans charbon. Il fit creuser le premier puits de Courrières et développa la mine au point d'en faire l'une des plus importantes du bassin du Nord.

Son fils, Hector, arriva à l'âge d'homme au moment de l'apparition du gaz d'éclairage. Le marché était gigantesque. Il s'y engouffra et doubla la fortune paternelle. Ébloui par son succès, il ne vit pas venir l'électricité. Son héritier, Maxime, n'aimait pas le gaz qui, disait-il, sentait le vieux. Il vendit le charbon du grand-père et le gaz du père pour l'investir dans le ciment. La Générale Cimentière, qu'il créa dans les premières années du siècle, mit au point les premiers fours rotatifs de grande capacité et exporta ses techniques dans le monde entier. Elle connut des années fastes au lendemain de la Grande Guerre. On avait tant démoli entre 14 et 18 qu'il semblait que jamais la reconstruction ne finirait. Elle s'essouffla pourtant, en même temps que Maxime dont le rejeton ne semblait pas pressé de prendre en main le flambeau paternel.

Hugues, vicomte de Courtrai, dernier du nom, préférait les chevaux au ciment et présidait avec distinction aux destinées du Club de l'Étrier.

Sa rencontre à la veille de la Grande Guerre avec Sylvestre Mongredien, alors jeune ingénieur bourré de talent et dévoré d'ambition, lui permit de concilier le souci de ses affaires avec la possibilité de vivre à sa guise. L'ingénieur avait des pleins cartons d'inventions, dont l'exploitation avait de fortes chances de mettre à mal les habitudes ronronnantes de la Fédération des Travaux publics. Aussi battait-il le pavé, perdant son temps et sa jeunesse en d'inutiles démarches.

Hugues de Courtrai l'écouta, crut en lui, finança la création de son entreprise et en suivit avec étonnement le développement fulgurant. Puis, constatant avec Sylvestre Mongredien qu'entre la fabrication du ciment et son utilisation industrielle existait une totale complémentarité, l'E.S.M. et la Générale Cimentière furent constituées en un holding dont Mongredien assuma, à la toute particulière satisfaction de son associé, les fonctions de président et de directeur général.

Vint la guerre et la défaite. Hugues de Courtrai et Sylvestre Mongredien restèrent l'un et l'autre fidèles à leur passion. Le premier se consacra à la préservation de ce qui, à ses yeux, était l'essentiel : un art de vivre et de penser qu'expriment les traditions dont l'homme de cheval est le dépositaire. Gardien de ces traditions, il n'hésitait pas à manifester son désaccord et son mépris pour la guerre moderne, non parce que guerre, mais parce que moderne, c'est-à-dire vulgaire et sans élégance. Le second transforma le littoral français, sur des centaines de kilomètres, en un délire de béton. C'était un rêve insensé, comme de vouloir arrêter le soleil dans sa course.

Il l'avait mené à bien, et peu lui importait, en définitive, que ses fortifications n'eussent pas résisté à l'invasion. Car la défense contre l'envahisseur n'était pas son affaire. Il ne lui déplaisait d'ailleurs pas que ceux dont c'était la mission, techniciens à casquette dressée comme une crête de coq, sanglés dans leurs cuirs et leur morgue, se fussent retrouvés idiots, loin derrière leurs blockhaus inutiles.

Entre les murs de sa cellule, Sylvestre Mongredien se rappelait avec plaisir leur fureur et leurs mines déconfites.

– Vos blockhaus..., grondaient-ils.

– C'est vous qui avez déterminé les capacités de résistance, pas moi. Si vous prescrivez une résistance aux 155, je la garantis. Mais si je me désintègre sur un coup direct de 240 de marine, je n'en suis pas responsable.

« Pas coupable. Innocent, pensait Mongredien. Si Dumoncey fait correctement son métier, il n'aura aucun mal à le démontrer. Mais les avocats raisonnent comme des boutiquiers. Ils plaident faux, pleurnichent, quémandent l'indulgence. Ignobles. Dumoncey a promis d'attaquer, de renverser le débat. Le fera-t-il ? Dans cette cellule aux murs gras de crasse, avec sa tinette puante et son bat-flanc grouillant de punaises, est enfermé un innocent. L'était-il, ce type qui le proclamait il y a moins d'un an, à en croire la date gravée dans le mur ? Et pourtant, selon toute probabilité, il a été fusillé ou, avec de la chance, déporté comme mon imbécile de fils, qui n'a jamais pu s'empêcher de jouer au boy-scout. »

Une brusque bouffée de tendresse – une fois n'est pas coutume – monta en lui pour ce gamin qu'il avait fallu protéger lorsqu'il était venu faire son cirque à Lorient.

8

Béatrice de Courtrai recevait à merveille. En dehors d'un fonds d'habitués, ses dîners assis rassemblaient des gens venus d'horizons différents, voire opposés. Elle ne détestait pas que la présence de certains d'entre eux frisât la provocation. L'éclectisme était de règle dans ses choix. Elle n'exigeait de ses invités qu'un minimum de savoir-vivre. Et encore! Il lui était arrivé, exceptionnellement il est vrai, de recevoir des goujats parce qu'ils étaient des personnages hors du commun et que l'éclat d'une soirée, s'il est vif, fait oublier les manquements aux usages.

Il n'y avait jamais d'invité vedette avenue Foch, mais toujours plusieurs célébrités autour desquelles se formaient des groupes de convives, au gré de l'intérêt qu'elles suscitaient. Béatrice de Courtrai y veillait en prenant soin d'inviter d'éventuels contradicteurs pour leur faire pièce, sans exclure qu'ici ou là la controverse pût tourner à l'aigre. Jamais elle n'était plus à son aise que dans ces grands moments dont certains avaient fait date dans la chronique de l'immédiat après-guerre.

Parmi les invités de ce soir-là figuraient plusieurs écrivains. Le plus connu était Edmond Herland, dont l'agressive virilité s'était traduite, au fil de ses livres, par une apologie quasi mystique de la force. Ses détracteurs l'accusaient d'avoir vu dans le triomphe allemand de 1940 comme la réalisation d'un rêve refoulé. Il s'en défendait, mollement à dessein, et entretenait l'équivoque.

Un poète homosexuel lui faisait face : son contraire à tous points de vue. Il s'assumait avec naturel et ne prônait rien, sinon la beauté. On lui avait reproché de s'être montré avec des gens du spectacle allemands. Tout aussi naturellement, il avait assumé cette forme de collaboration, en rappelant qu'en mer du Nord Anglais et Allemands avaient installé des cloches de survie sur lesquelles abordaient des naufragés des deux bords.

– De quoi croyez-vous qu'ils parlaient, en attendant d'être secourus? demanda le poète à ses censeurs. Certainement pas de guerre. Ne sommes-nous pas, nous aussi, des naufragés? Ne pouvons-nous faire trêve, comme ces rescapés, et est-il indispensable que les figurants du Châtelet partent en guerre pour de bon?

Mongredien, le fils de l'ami de toujours, n'était, en principe, le faire-valoir de personne. Béatrice l'avait invité à la demande de Me Dumoncey qui souhaitait s'entretenir avec lui en dehors de son cabinet d'avocat. Elle s'était réjouie de ce qu'il y eût à sa présence avenue Foch un motif auquel elle était étrangère.

Elle avait dix-sept ans de moins que son mari. Mais, plus que par une différence d'âge, ils étaient séparés par leur appartenance à deux générations en état de conflit. Mongredien et elle appartenaient à la même ou presque. Elle n'était son aînée que de neuf ans et s'en était subitement avisée, lorsque, retrouvant une habitude d'avant-guerre, il était apparu avenue Foch au lendemain de son retour à Paris.

Les visites du jeudi étaient une tradition qui remontait à son enfance. Béatrice, mariée depuis peu, radieuse et blonde, était à sa toilette lorsque arrivait, toujours avant l'heure, le garçon que désespéraient ses douze ans. Hypocritement, il s'en prévalait pourtant, afin de se faire accepter dans l'intimité de la jeune femme. Se méfie-t-on d'un enfant? Lorsque à l'évidence il eut changé d'état, elle avait feint de ne pas s'en apercevoir. Les visites avaient continué et le trouble s'était installé en eux sans que ni l'un ni l'autre l'avouât.

La guerre était venue, et avec elle les adieux. Ils s'étaient embrassés, comme d'habitude. Sur les deux joues, mais le baiser avait dérapé comme par inadvertance, et s'était transformé en une mêlée furieuse de lèvres et de dents où la morsure l'emportait sur la caresse. Ils s'étaient regardés avec stupéfaction comme s'ils se découvraient. Égarés et haletants.

Elle l'avait poussé dehors.

– Pas maintenant, avait-elle murmuré. Ce serait un adieu. Je veux que tu reviennes, que tu me reviennes.

Cinq ans plus tard, il avait poussé la porte de l'avenue Foch qu'un loufiat rayé de jaune et de noir avait entrouverte.

– Monsieur désire?

– Madame.

Il était hargneux sans trop savoir pourquoi. Peut-être à cause du luxe insensé de cet appartement, de la lumière subtilement reflétée par le marbre rose de l'entrée, du parfum en harmonie avec chacune des pièces qu'il traversait et qui, dans le boudoir, avait fait fuser les souvenirs en une gerbe éblouissante.

Béatrice le savait de retour et s'attendait à retrouver, mûri bien sûr, l'adolescent d'autrefois. Mais rien ne subsistait de sa douceur et de sa naïveté un peu canaille. L'homme qu'il était devenu semblait coupant et dur, abrupt comme une falaise sans fissures. Il l'avait saisie aux hanches en froissant la soie de son déshabillé. Ses mains faisaient mal. Il tirait sur le tissu en le déchirant d'un mouvement lent et régulier.

De la promesse qu'elle avait faite d'elle-même, cinq ans auparavant, elle avait tout oublié. Qu'était-ce d'ailleurs, sinon un bout de phrase, chuchoté dans un moment d'émotion, que la vie s'était chargée d'effacer?

– Tu as peut-être oublié, murmura-t-il, moi pas. « Je veux que tu me reviennes. » Tu me l'as dit il y a cinq ans. Je suis revenu et me voilà. Alors?

– Pas comme cela, s'affola-t-elle. J'ai tant de choses à te dire!

– Moi aussi. Mais j'ai d'abord une créance à faire valoir, maintenant. On parlera ensuite.

« C'est du viol », se dit-elle, révoltée mais curieuse de connaître enfin les plaisirs secrets de l'humiliation. Du viol, c'était beaucoup dire. S'il la prit debout, les fesses calées sur le bord de la table à maquillage, dans un grand frémissement de tubes, de pots et de flacons, elle ne manqua pas de lui faciliter la tâche, tout en gémissant, on ne savait de quoi. La soudaineté de l'assaut n'avait pas préparé son intimité à l'accueil d'un invité. Elle y pourvut furtivement, afin d'éviter que les difficultés de la situation ne conduisent son tourmenteur à une violence aveugle ou au contraire à une humiliante retraite...

– J'ai beaucoup entendu parler de vous, dit Béatrice, et suis ravie de vous accueillir.

Clariond et Mongredien étaient arrivés ensemble avenue Foch.

– Venez, je vais vous présenter nos amis.

Ils étaient dans la grande galerie, tendue de soie havane, le seul endroit de l'appartement qui ne ruisselât pas de lumières. Se faisant face, chacun sous l'exact éclairage qui lui convenait, les trente plus beaux impressionnistes de la collection Courtrai brillaient mystérieusement.

Mongredien serra le bras de Béatrice.

– Qui a eu l'idée de la collection, Hugues ou toi?

– Hugues, exclusivement. Il faut croire que les chevaux ne lui suffisaient plus.

– Il aurait mieux fait de ne pas s'aventurer hors de son domaine.

– Pourquoi?

– Parce que ses étalons sont vrais mais ses tableaux sont faux.

Elle rit.

– Ce serait drôle. Malheureusement, tu te trompes. Chacun de ces tableaux a été expertisé et contre-expertisé. Pas par n'importe qui, crois-moi. Et puis ils viennent de chez Ulysse Callias.

– Justement, tous les impressionnistes de Callias, les tiens et les autres, sont faux.

– Callias est dans le salon. Dis-le-lui!

– Certainement pas. Quelqu'un d'autre s'en chargera et pas plus tard que demain.

– Qui cela?

– L'auteur de ces chefs-d'œuvre en personne.

Béatrice s'appuya à son bras.

– Un génie et un faussaire à la fois, c'est trop beau! Exactement le genre de personnage dont je raffole, minauda-t-elle. Promets-moi de l'amener ici.

Ils traversèrent une pièce de réception où papotait un petit groupe d'invités et rejoignirent Hugues de Courtrai dans son bureau-bibliothèque.

Le vicomte portait ce qu'il appelait un smoking de chasse – velours violet et revers de satin noir, boutons d'équipage – de même que son interlocuteur, un vieil homme très droit, le teint brique, cheveux et moustache de neige.

Hugues fit les présentations.

– Amédée de Grosbois qui est un ami, presque un cousin et l'heureux propriétaire du haras du Jonchay.

Il poursuivit, s'adressant à Mongredien :

– Le retour aux sources des émigrés réserve parfois des surprises. La branche cadette des Grosbois s'est convertie à la Réforme au XVIIe siècle. Elle a passé le Rhin et est devenue von Grosswald. C'est sous ce nom qu'elle nous est revenue, en la personne d'un *Oberleutnant,* cavalier émérite que j'ai eu le plaisir de compter parmi les concurrents du dernier concours hippique organisé par le Club de l'Étrier, en 43.

– Un *Oberleutnant* en 43 : félicitations!

– Ne sois pas ridicule, intervint Béatrice. Herbert était un garçon charmant qui détestait la guerre et les nazis.

Jessica Lane venait à eux dans le bruissement de son fourreau de satin. On la disait la grande dame de la chanson, ce qui ne lui plaisait qu'à moitié, car la connotation de respectabilité qui s'attache au mot « dame » lui rappelait son âge, de dix ans supérieur à celui qu'elle paraissait.

– Qui ne connaît Jessica! dit Béatrice. Nous parlions d'Herbert, et je disais que nous avions conservé de lui le souvenir d'un homme charmant.

Elle chuchota à l'oreille de Mongredien :

– C'est pour toi que je l'ai invitée. On dit que la brutalité ne lui déplaît pas.

Le rire de Jessica Lane vous entrait dans le corps comme par effraction. L'*Oberleutnant*, comme beaucoup d'autres, y avait succombé. Elle n'en avait pas fait mystère, au contraire, ce qui, à la Libération, lui avait valu quelques ennuis auprès de vertueux chasseurs de scalps.

– Herbert, un homme charmant? roucoula-t-elle. Non, vraiment, ce n'est pas le souvenir que j'ai conservé de lui. Il n'en avait que l'apparence, mais il ne faut jamais se fier aux apparences.

Elle toisa Mongredien des pieds à la tête et désigna du menton son visage – nez cassé et pommettes proéminentes – qui jurait sous les girandoles des Courtrai.

– Boxe? demanda-t-elle.

– Non, guerre.

– Quelle connerie, la guerre! Ce n'est pas moi qui le dis, c'est Prévert. Voyez-vous, Herbert avait une tête d'ange, mais c'était un démon de cruauté. Vous avez une tête cabossée et pourtant il se peut qu'il faille vous dorloter.

Elle plongea ses yeux dans les siens et ajouta avec une tranquille impudeur :

– Laissez-moi vous dire que ce serait dommage.

– Merci du cadeau, marmonna Mongredien lorsqu'elle se fut éloignée. Une vieille peau, névrosée de surcroît.

– Pas plus que moi. Car, il faut bien que tu le saches, moi aussi j'ai couché avec Herbert, ce qui n'avait rien d'original : il faisait perdre la tête à toutes les femmes. Je crois même l'avoir aimé.

– Et qu'est devenu cet intéressant personnage?

– Il a perdu la sienne : décapité à la hache sur l'ordre personnel de Hitler au lendemain du 20 juillet 1944.

La soirée était lancée. D'une pièce à l'autre, les invités s'étaient groupés par affinités et parlaient politique, économie, spectacle comme ils le faisaient chaque soir sans jamais épuiser le sujet. Dans un petit salon, autour d'une table basse, trois d'entre eux se racontaient. Le premier avait fait partie des glorieux qui avaient libéré l'Hôtel de Ville au terme d'une marche harassante dans des centaines de bureaux déserts. Ce fait d'armes avait marqué le début, le faîte et la fin de son activité guerrière. Pour réduit qu'il fût, il avait fait fructifier ce capital de vaillance et siégeait aujourd'hui à l'Assemblée consultative.

Le second était l'homme fort de la préfecture de police, le contrôleur général Marchetti dont la légende avait permis de redorer le blason passablement terni de son administration. Le mouvement de résistance de la police, dont nul n'avait soupçonné l'existence avant le 20 août 44, s'était brusquement manifesté alors que Paris se soulevait. Marchetti en était à la fois le fondateur et le chef. A quand remontait la création du réseau, quels en étaient les membres clandestins, quelle avait été son activité, autant de questions qu'il était oiseux de poser alors que la bataille faisait rage dans les rues de Paris et que l'on était bien heureux que la police y participât.

Lorsque, dans la capitale libérée, il s'était agi de reconnaître les siens, le dossier de la police était sorti rutilant et sans tache de la nuit de la clandestinité.

On disait bien, ici ou là... Marchetti n'aimait pas les sceptiques.

– Ragots, rumeurs, calomnies, lâchait-il sur un ton souverainement méprisant, à l'adresse du troisième convive qui pourtant ne disait mot, mais dans les yeux de qui il avait cru déceler une lueur dubitative. Savez-vous, monsieur, ce que signifie la fourragère rouge que porte la police parisienne? Tout simplement la Légion d'honneur, que le général de Gaulle a épinglée lui-même sur son drapeau. Vous dites?...

Mongredien avait entendu la tirade du contrôleur général et ne l'avait pas appréciée.

– Ton flic a une sale gueule, dit-il à Béatrice. J'ai deux mots à lui dire. Peux-tu nous présenter, Clariond et moi?

– Avec plaisir.

– Même si ça doit faire des étincelles?

– J'adore qu'on batte le briquet.

Béatrice s'approcha de la table.

– Cher ami, permettez-moi de vous présenter le fils de notre cher Sylvestre Mongredien et son ami, Alain Clariond.

Le contrôleur s'adressa à Mongredien avec un rien de condescendance :

– Vous êtes sans doute dans le bâtiment, comme votre père. Mais je suppose que vous êtes trop jeune pour que vos responsabilités dans l'entreprise vous aient valu des désagréments.

– Vous faites erreur, monsieur. D'une certaine façon, j'étais il est vrai dans le bâtiment. Mais je m'occupais de démolition. Le siège de mon entreprise se trouvait à Londres. Mon père et moi nous étions partagé le travail : il construisait et je dynamitais. Ce qui nous a conduits au gnouf l'un et l'autre. Lui à la Santé, et moi à Sachsenhausen.

Il prit un temps avant d'ajouter :

– Avec en prime le ruban noir et vert de la croix de la Libération. Tout le monde ne peut pas avoir droit à la fourragère rouge.

Marchetti ne tenait pas à s'attarder sur ce terrain instable et se tourna vers Clariond :

– Et vous, monsieur, quelle est votre partie ?

– Le journalisme. Je travaille à *Combat*.

– Intéressant. Journal partial, mais intéressant. Et qu'y faites-vous ?

– Des recherches, des enquêtes...

Marchetti plaisanta :

– Mais c'est marcher sur nos plates-bandes !

– Justement. Je viens de mettre la main sur deux hommes de la rue Lauriston, la Carlingue, comme ils disent eux-mêmes.

– Oh ! vous savez, cela n'a rien de bien original. Il en court encore quelques-uns, de-ci, de-là. En général, du petit gibier.

– Ceux-là sont intéressants. Ils travaillaient directement sous les ordres de Bony et Lafont.

– Et alors ? Nous avons arrêté Bony et Lafont.

– Vos services n'ont jamais dit comment leur planque avait été découverte.

– Cela ne regarde que la police.

– Je ne suis pas de votre avis, et j'ai donc marché sur vos plates-bandes, comme vous dites. Bony et Lafont se cachaient dans une villa mise à leur disposition par leur complice, un ferrailleur milliardaire avec qui ils avaient trafiqué pendant des années. Jusque-là, rien que de normal. Mais le ferrailleur, un nommé Joanovici, ne les avait planqués que pour mieux les dénoncer. C'était pour lui une façon de se dédouaner. Le personnage est en fuite, bien sûr, mais, selon mes deux gestapistes, la police ne serait pas pressée de le retrouver, même mort !

Marchetti blêmit.

– Et pourquoi donc ?

– Parce qu'il serait en mesure de prouver que le réseau de résistance de la police a été financé par lui et qu'il aurait pris toutes dispositions pour que ces preuves fussent produites s'il venait à être suicidé.

Béatrice ne craignait pas les étincelles. Elle était servie. Hugues, en revanche, était atterré et Me Dumoncey également.

– Qui est ce jeune imbécile, demanda-t-il rageusement, qui va nous mettre à dos la préfecture de police ?

– C'est vous qui aviez parlé d'un grand déballage, lui rappela Béatrice. Vous devriez apprécier qu'on amène de l'ordure à votre moulin.

Marchetti resta de marbre. Savoir rompre, dans ce genre d'escrime, est un art qu'il possédait à fond. Plus grand commis que jamais, indulgent et ironique, il s'offrit le luxe d'encourager Clariond.

– Poursuivez la vérité, jeune homme, c'est de votre âge. Traquez-la, débusquez-la des sentines où la tiennent captive les forces du mal. Mais attention, c'est dans une course sans fin que vous vous engagez. Vous la rattraperez, bien sûr, parce que vous avez de bonnes jambes, mais pour découvrir qu'elle n'est qu'un mirage.

» Et, pour clore notre petit différend, laissez-moi vous dire ma conviction que jamais un homme comme Albert Camus n'accepterait de publier les élucubrations de vos deux gestapistes. Sa probité intellectuelle l'en empêcherait plus encore que les risques judiciaires qu'une publication éventuelle ferait courir à son journal. Bonne chance, monsieur.

Dumoncey saisit Mongredien par le coude.

– J'ai vu votre père cet après-midi. Il m'a chargé de vous parler.

Ensemble, ils pénétrèrent dans la bibliothèque dont ils refermèrent la porte sur eux.

Clariond fut seul, pendant un moment, au milieu du salon. Il ne maîtrisait pas l'art de rompre dans lequel excellait le contrôleur général Marchetti. L'algarade avec le policier lui laissait un sentiment de frustration. Tout l'irritait dans ce salon trop bien meublé, trop bien éclairé, dans le dîner trop parfaitement préparé, dans l'onction désuète du personnel. Les invités lui paraissaient plus insupportables encore avec leur maintien, leur élégance, leur politesse, leur savoir-vivre dont le vernis craquelait sans qu'aucun d'eux s'en avisât. Et il lui venait une furieuse envie d'écailler cette mince pellicule, afin de mettre à nu les fonds douteux sur lesquels elle avait été appliquée.

Callias était à sa portée. Debout, verre en main devant la plus récente acquisition d'Hugues, les *Nymphéas* datés de 1926, il expliquait à quelques amateurs attentifs comment, grâce à ce motif repris pendant plus de vingt-cinq ans, il était possible de suivre pas à pas l'évolution de la manière du maître jusqu'à son ultime épanouissement.

Clariond coupa la parole au célèbre marchand.

– Il est vrai, dit-il, que Monet n'a jamais été aussi loin dans l'interprétation de sa vision poétique. Ce tableau doit appartenir à sa période allemande.

Insolence et stupidité! Les amateurs ignorèrent l'intempestive réflexion. Pas Callias, dont le visage, l'espace d'un très court instant, se figea de stupeur. Il se reprit aussitôt pour répliquer avec le sourire :

– Vous faites erreur, monsieur, Monet a peint en Italie, en Suisse, en Norvège et bien entendu en Grande-Bretagne. Jamais en Allemagne.

– En êtes-vous sûr?

Le marchand Callias sentit la colère le gagner.

– Je vous ai déjà répondu, monsieur, et je n'ai rien à ajouter.

Sa ruade avait soulagé Clariond. Il s'éloigna d'un pas léger et se fit servir une coupe de champagne.

– Vous permettez?

Sans attendre la réponse, Callias s'était assis à ses côtés.

– Que vouliez-vous dire en parlant de période allemande?

– Que j'ai vu peindre en Allemagne de merveilleux Monet dont justement celui que nous admirions tout à l'heure.

– Vous voulez parler de faux?

Clariond eut un geste évasif.

– Qu'est-ce qui fait l'authenticité, monsieur Callias, la signature ou les expertises?

– La vérité, répondit noblement le marchand. La main de l'artiste et elle seule.

La coupe de champagne tremblait dans sa main. Clariond secoua la tête.

– Ne craignez rien, dit-il, je ne suis ni client, ni concurrent, ni policier, ni maître chanteur. Et je trouve vos Monet superbes.

– Superbes et authentiques, m'entendez-vous?

– Soit. Je n'aurai pas l'outrecuidance de mettre en doute l'avis du plus grand connaisseur de l'époque impressionniste. Je voulais simplement dire mon admiration pour ce peintre que j'ai rencontré...

– Comment s'appelait-il?

– Jonkheer, un Hollandais. Il avait été déporté pour avoir vendu à Goering un extraordinaire Ruysdael, d'où le surnom sous lequel il était connu au camp.

Callias ricana.

– Goering achetait n'importe quoi.

– En général, il volait. Mais, dans ce cas, il a acheté, et, contrairement à ce que vous croyez, il n'a pas acheté les yeux fermés. Les certificats d'authenticité étaient signés Van Schuren et Liepkindt. Le conservateur en chef de la Pinacothèque de

Munich en personne a examiné le tableau et lui aussi a été formel. C'était un Ruysdael de la période d'Amsterdam.

– Comment, dans ce cas, votre peintre a-t-il été démasqué ?

– Il ne nous l'a jamais dit. Mais, connaissant l'homme, je sais qu'il souffrait de l'injuste anonymat dans lequel le maintenait la stupidité des marchands et des collectionneurs. Ce n'est pas moi qui parle, bien entendu, mais mon ami Ruysdael.

Callias se récria :

– Le syndrome du faussaire !

– Peut-être. En tout cas, il souffrait dans son orgueil. Et je n'exclus pas qu'il ait volontairement été l'artisan de sa perte. Je l'ai d'ailleurs entendu dire plus d'une fois, sans savoir exactement ce qu'il entendait par là : « Si jamais je m'en sors, je casserai la baraque ! »

A en juger par la tête que faisait le marchand, l'idée que la baraque pût être cassée ne semblait absolument pas le réjouir.

– Qu'est-il devenu ? demanda-t-il d'une voix altérée.

Clariond prit son temps avant de répondre :

– Il a disparu.

Un frisson de joie parcourut le corps desséché de Callias. Et dire qu'il avait trouvé ce jeune homme antipathique ! Jonkheer disparu, il était possible de philosopher sur son cas.

– Le drame des faussaires – des faussaires de talent, s'entend – c'est qu'ils souffrent en permanence d'une crise d'identité. Ils ne peuvent se réaliser qu'à travers la personnalité, le talent ou le génie d'un autre. Si, comme votre Jonkheer, ils frisent la perfection non dans l'imitation, mais l'assimilation de l'essence profonde de leur modèle, ils n'en sont que plus frustrés lorsqu'ils découvrent que l'infini les en sépare.

– On peut effectivement le penser. Mais on peut aussi penser le contraire. C'est le cas de Jonkheer.

– C'était. Ne m'avez-vous pas dit qu'il a disparu ?

– Il y a différentes manières de disparaître. La sienne se traduit par une présomption de décès établie par l'état civil d'une petite cité frisonne, selon les déclarations certifiées de deux témoins qui ont affirmé avoir reconnu son corps parmi ceux de plusieurs victimes, au lendemain de l'évacuation du camp.

– Vous voyez bien...

– Parfaitement. Jonkheer est mort le 24 ou le 25 avril. Il n'empêche que notre ami Ruysdael et moi nous sommes quittés à Lüneburg, parfaitement vivants, deux semaines plus tard.

– Ce qui veut dire ?

– Que, selon toutes probabilités, Jonkheer ressuscitera avant longtemps, sous un nom dont il va nous faire la surprise.

– Vous réglez des comptes?

Jessica Lane avait occupé le siège laissé vacant par Callias. Elle désigna le marchand qui prenait congé de Courtrai.

– Il semble que vous ayez au moins gâché la soirée de celui-là!

– Celui-là ou un autre, qu'importe! Tout ici est insupportable. L'immeuble voisin et les deux qui le suivent étaient réquisitionnés par la Gestapo. Croyez-vous qu'un seul des occupants de cet appartement, un seul de leurs invités s'en soit jamais avisé? Qui sait ce qu'il y avait derrière ce mur, quel bureau, quelle salle d'interrogatoire avec son matériel de torture?

» On construisait bien à la Belle Époque. Cet immeuble en témoigne. Maîtresses gémissant leur plaisir, épouses bafouées hurlant leur indignation, mangeurs de dot et croqueuses de diamants célébrant leur fortune ou pleurant leur ruine, aucun d'eux, en soixante ans d'Histoire, n'a trahi les secrets qui lui étaient confiés. Les murs ont des oreilles, mais pas de bouche. Ils ont gardé pour eux les cris d'agonie des hommes enchaînés, écrasés, déchirés à moins de dix mètres d'ici. Et aucun voisin n'a manifesté la moindre curiosité. La discrétion est une marque d'éducation. Moyennant quoi, avec ce que la bienséance exige, mais pas davantage, on a reçu deux ou trois fois quelques-uns de ces messieurs, Knochen et son adjoint français, Launay, qui se sont d'ailleurs révélés utiles dans des circonstances délicates.

» J'ai demandé à Mme de Courtrai quand a été refaite la décoration de sa réception. Sans la moindre gêne, elle m'a indiqué l'année : 1942. A la même époque, la Gestapo rénovait les locaux d'à côté, mais elle ne s'en souvient pas. N'est-ce pas à hurler? Et l'histoire de ce contrôleur de la police qu'il faut feindre de croire pour ne pas avouer que l'Occupation a tout pourri, n'est-elle pas à hurler, elle aussi?

– A sourire seulement, d'indulgence ou de mépris. La déportation confère à vos tribulations une aura de sainteté, ce qui résulte d'une confusion. Ce n'est pas la torture qui fait le saint mais la façon dont il l'endure. Vous avez enduré comme vous avez pu, avec les moyens du bord et selon ce que vous étiez, ni meilleur ni pire que les autres. Je doute que votre légitime préoccupation, qui était de survivre, vous ait laissé le loisir de vous intéresser à nos faits et gestes. Dès lors, au nom de quoi les condamner?

– Je ne condamne pas, dit Clariond, j'ai seulement envie de vomir.

– Faites! Quand vous en aurez terminé, j'aimerais que vous

me disiez pourquoi l'idée que j'aie fait l'amour avec le *Leutnant* von Grosswald vous met le cœur au bord des lèvres.

– Vous n'y êtes pas. J'estime juste que, dans un pays vaincu, les femmes paient de leur personne. C'est une tradition à laquelle elles doivent se soumettre bon gré, mal gré. Si, en plus, cette soumission est payée de retour, en termes de jouissance, d'espèces sonnantes ou simplement d'agrément, je dirai que tout est pour le mieux dans le moins mauvais des mondes.

» On ne saurait être plus libéral. J'espère, chère Jessica Lane, que l'*Oberleutnant* von Grosswald a honoré comme il convenait votre attirante personne. Le scandale serait qu'il y eût manqué.

– Merci de votre sollicitude. Je souhaite sincèrement que, depuis votre retour, vous ayez satisfait vos partenaires aussi bien et autant que les miens m'ont comblée.

– Souhait pieux, répondit Clariond en souriant. Les « retour de déportation » ne sont pas de bons coups, chacun le sait.

Jessica Lane le regarda, les sourcils relevés par l'étonnement.

– A ce point?

– Pendant les premières semaines, rectifia-t-il. Le temps de se réhabituer, de ne plus craindre l'incident, la panne.

– Il y en a eu?

– Hélas! oui. Le lendemain de mon retour.

Le vouvoiement devenait incongru.

– Tu avais mal choisi ta partenaire, dit Jessica. Qui était-ce, une amie retrouvée, une professionnelle, une rencontre de hasard?

– Une rencontre, mais sans doute pas de hasard. D'ailleurs je ne crois pas au hasard.

– Qu'avait-elle de prédestiné?

– J'étais paumé. La fille l'était aussi. Elle dansait dans des boîtes de Saint-Germain-des-Prés. A un moment, je lui ai demandé si, comme moi, elle avait une histoire à oublier. Elle m'a répondu : « Comment crois-tu qu'à dix-huit ans on pouvait survivre à Paris ces derniers temps? » Comment faire pour survivre? Je connaissais la question. Nous étions du même bord.

– Comment était-il, ton saint-bernard?

– C'était un bâtard de caniche, maigre et mal lavé, créchant rue Grégoire-de-Tours dans un indescriptible foutoir. Une petite brune au corps maladivement blanc avec, insolent au milieu de cette pauvreté, un sexe somptueux. S'il avait été à l'image du reste, le buste triste, les omoplates saillantes et les salières profondes, je ne me serais pas senti dépaysé, mais la découverte de cette luxuriante oasis surgie du désert m'a frappé de paralysie.

– Il ne chante pas, par hasard, ton saint-bernard?

– Si, et ça n'est pas le moins étonnant avec son coffre inexistant. Je n'ai jamais entendu une voix pareille.

– Moi non plus. Elle ne chante d'ailleurs pas, elle gueule. Elle n'émeut pas, elle fait frissonner. Elle n'enchante pas, elle irrite et fait peur. C'est Bianca, n'est-ce pas?

Clariond était stupéfait.

– Effectivement.

– En octobre elle sera à Bobino, au printemps prochain à l'A.B.C. et dans deux ans elle m'aura succédé. Ce sera un raz de marée.

– Tu la connais?

– Je connais surtout le début de son histoire, celle d'une petite juive dont les parents ont été arrêtés, dans leur minuscule logement, un jour de juillet 42, et enfermés au Vel' d'Hiv' avant d'être déportés. Elle-même s'est échappée par le vasistas de la cuisine et a passé la journée sur le zinc brûlant du toit. Elle en est descendue au crépuscule pour tomber sur un barrage de gendarmes mobiles. L'un d'eux lui a mis la main à l'épaule, paternel et menaçant. Elle s'est retournée avec l'agilité d'un serpent et a mordu la main de l'homme. Il a essayé de la dégager, mais n'a réussi qu'à ancrer davantage entre chair et os la mâchoire crispée de Bianca. Elle finit par lâcher prise. Le temps que le gendarme constate qu'il n'avait plus d'auriculaire à sa main droite, elle avait disparu. Comment elle a survécu, de 1942 à 1944, une vie entière de succès ne sera sans doute pas de trop pour l'oublier. Vous vous revoyez toujours?

– De temps en temps. Sans incident.

Jessica Lane se leva.

– Fais-moi signe un de ces jours.

– Je suis peut-être de ceux qu'il faut dorloter.

– Pas peut-être. Certainement.

– Je croyais...

– Tu te trompais. C'est de ton ami que je parlais tout à l'heure, parce que c'est un reître et que l'on attend de lui qu'il se conduise comme tel. A toi, il faut une dépendance. L'agressivité dont tu as fait preuve ce soir traduit un état de manque. Je ne suis pas particulièrement douée pour le rôle de consolatrice des affligés, mais il m'arrive de l'interpréter. En amour comme à la scène, il est bon de ne pas être prisonnier d'un seul emploi.

Mongredien, l'air mauvais, venait de sortir de la bibliothèque où était demeuré Dumoncey. Hugues de Courtrai l'y avait rejoint. Il fonça sur Clariond.

– Ça va comme ça, grogna-t-il, on se tire.

Le viril écrivain et le délicat poète s'affrontaient comme d'habitude : coups de masse d'un côté, flèches acérées de l'autre. Ils disputaient de culture et de liberté et s'envoyaient à la tête, comme des feux grégeois, Ernst Junger, Arno Brecker, Herbert von Karajan, tous familiers de l'avenue Foch, ou bien les noms des artistes maudits précédemment parce que dégénérés, enjuivés, pourris et pour ces motifs brûlés en effigie sur les places allemandes avant qu'elles ne fussent devenues des champs de ruines.

Clariond sentait renaître sa pugnacité. Edmond Herland lui échauffait la bile. Mongredien le tira par la manche.

– Tu ne vas pas perdre ton temps avec ce débris?

– Vous partez déjà? s'écria Béatrice.

– Il est temps. Clariond allait provoquer son troisième esclandre de la soirée.

Elle fit face à Mongredien et lui demanda à voix basse :

– Acceptes-tu la proposition de Dumoncey?

– Je n'ai encore rien décidé.

– N'oublie pas que c'est le seul moyen de sauver l'entreprise, et que si tu refuses nous sommes dépouillés et ruinés, ton père et nous.

– J'y pense... Dis-moi, pour parler de choses plus agréables, quand nous voyons-nous?

– Mais... je n'ai rien prévu.

– Eh bien, penses-y, toi aussi, et sans tarder. J'ai hâte d'effacer les traces de pas laissées par le cheval de ce séduisant *Oberleutnant*.

Elle tenta de plaisanter :

– Tu te trompes de siècle. Aujourd'hui, une femme...

Il lui coupa la parole :

– Voici l'adresse. Je t'attends jeudi à quinze heures. Et rappelle-toi que je dois donner ma réponse à Dumoncey vendredi.

– C'est du chantage! Pour qui me prends-tu?

D'un geste circulaire, il montra la galerie où luisaient les tableaux de la collection Courtrai, le gigantesque Coromandel dont les douze panneaux séparaient le grand du petit salon, les vitrines de porcelaine d'époque Ming, les tapis, les statues, les marbres et les soies, les cristaux scintillants.

– Pour quelqu'un qui préférera toujours cet appartement à un trois-pièces cuisine.

– Salaud!

– Et qui fera le nécessaire pour le conserver.

L'avenue Foch reposait dans la nuit tiède, veillée par les arbres immenses qu'avait autrefois plantés le duc de Morny. Quelques lumières veillaient aux fenêtres de l'ancienne Gestapo. Des officines gouvernementales, écloses avec la Libération, s'y étaient installées. Au quatrième étage fonctionnait même une délégation ministérielle dont l'activité consistait à viser les ordres de mission des fonctionnaires en partance pour l'outre-mer et à leur remettre, en guise de viatique, un casque colonial dont un stock avait inexplicablement échoué dans une chambre de bonne de l'immeuble.

Ils fermèrent derrière eux la grille sommée de fers de lance. Clariond s'ébroua.

– Il fait bon respirer. J'étouffais là-haut!

– Pourtant, dit Mongredien, tu as vu du beau monde. Des gentilshommes, des hommes de lettres qui seront académiciens demain, un maître du barreau, une grande dame de la scène, la grande administration et la grande industrie, le commerce de l'art, la beauté : c'est la France des cathédrales que tu as rencontrée ce soir.

Il rit.

– Celle-là même qu'à Londres de Gaulle attendait en vain. Il pouvait s'user les yeux à scruter la mer, le malheureux! Elle avait mieux à faire, la France des cathédrales, que d'émigrer une fois de plus. Heureux encore que celle des synagogues l'eût rallié, comme il l'avait constaté avec dépit. De quel côté vas-tu?

– Porte Maillot.

– Tu loges par là, maintenant?

– Non, j'ai seulement besoin de marcher. Après la France des cathédrales, j'ai envie de voir celle des catacombes.

Pourquoi ce besoin? Il n'y avait rien d'attrayant dans la banlieue sans fin où gîtaient les clochards. Clariond se sentait pourtant plus proche des miséreux de la Carrière-aux-Loups que des nantis de l'avenue Foch.

Vers l'est, le ciel se teintait d'un gris tourterelle qui annonçait l'aurore, mais vers la Défense c'était encore la nuit. Au-delà du rond-point, dans les ruelles de Nanterre, désertes et silencieuses, les becs de gaz trouaient l'obscurité d'une lumière avare.

L'une d'elles clignotait comme un appel. Clariond s'en approcha, fasciné par la flamme palpitante. On eût dit que, se reconnaissant dans leur stupéfiante vérité, elle balbutiait les mots de Brabant :

Chapelets de gaz vert susurrant, pulsatile
Colliers jaune ennui soulignant tes rues vides
Attendant sifflotant le matin qui s'avance...

Il était là, le compagnon de misère, avec son tranquille courage, attendant un matin qui pour lui ne viendrait jamais. Alors, que la nuit soit sans fin! Parcourir les rues que chantaient ses vers, entendre sa voix les dire, le voir tel qu'il était, d'une surhumaine beauté dans sa détresse physique, c'était, pour Clariond, s'assurer le bonheur de l'avoir à ses côtés et oublier, l'espace d'un instant, la nuit du bois de Below.

Il prolongea l'illusion pendant plus d'une heure, en appelant à son aide les souvenirs à l'invocation desquels le disparu répondait le plus volontiers. Toujours les mêmes gestes, paroles ou silences, dont il usait comme d'une drogue, en forçant sur les doses.

Il avait beau faire, leur pouvoir déclinait, peut-être d'avoir été trop sollicité. La vieille diva avait raison, il était d'ores et déjà en état de manque.

Dans un cas comparable, les toxicos se rechargent. Où se rechargerait-il, lui, auprès de qui et de quelle façon? Pour la première fois depuis son retour, il pensa au mur du *Bauhof* où reposaient les manuscrits de Brabant, en rouleaux scellés dans des douilles d'obus. S'il existait encore au monde quelque chose de lui, c'était dans ces papiers qu'il le trouverait. Jamais mieux que par eux il ne parviendrait à le faire revivre.

Dès ce moment, Clariond sut qu'il retournerait sur les ruines du chantier d'I.G. Farben, qu'avec ou sans autorisation des Soviétiques il dégagerait la base des murs à l'intérieur desquels il avait ménagé les caches, qu'il retrouverait les manuscrits et qu'il les ramènerait en dépit des obstacles quasi insurmontables qu'il prévoyait de rencontrer.

Même si, jusqu'à présent, Werner n'avait pas été identifié par les Russes comme l'individu qui avait récupéré le trésor d'or et de pierres précieuses du *Bauhof*, ils n'ignoraient rien de l'exploit lui-même. En bonne logique, ils avaient dû penser qu'une seule expédition n'avait pas suffi pour mettre au jour la totalité du trésor. Il y avait gros à parier qu'en conséquence ils avaient piégé l'endroit et qu'avec patience ils attendaient le premier qui s'y aventurerait.

Si Clariond était celui-là, il aurait beau jeu de prouver que son trésor n'était pas d'or mais de papier. Vous avez dit papiers? Qu'y a-t-il de plus suspect que des papiers que l'on tente de faire passer clandestinement en Occident? Il risquait au mieux la confiscation des manuscrits suivie d'une expulsion de la zone d'occupation soviétique, au pire une disparition si discrète qu'elle ne laisserait pas la moindre trace.

Ce qui n'était qu'une façon de parler, car il n'était pas certain, en ce qui le concernait, que la disparition fût le pire. Personne n'avait lutté pour sa survie avec plus d'acharnement que lui. Il avait réussi à survivre, mais une moitié de lui-même était morte et il lui arrivait de se demander à quoi rimait la vie de l'autre, entre l'avenue Foch et la Carrière-aux-Loups.

Du côté du triage de la S.N.C.F. rougeoyait le foyer d'une locomotive. Les lampes à arc du poste d'aiguillage commençaient à pâlir. Au flanc de la décharge, les fumées avaient repris leur ascension et les ferrailleurs, tout à côté, avaient allumé le feu qu'ils entretenaient sur leur chantier tout au long du jour.

La Carrière-aux-Loups émergeait de la nuit. Pour quelques centaines d'hommes, elle avait été un néant où les avait basculés l'ivresse. Dans les cabanes aux parois de vieilles caisses et de papier goudronné ils s'étaient affalés sans même se débarrasser des oripeaux superposés sous lesquels ils avaient sué depuis le matin. D'obscures besognes leur avaient procuré leur ration de pinard et c'était bien là le principal. Ils avaient leurs combines et leurs terrains de chasse sur lesquels ils n'acceptaient pas d'empiétement. En général, ils s'occupaient de collecte : papiers, chiffons, ferrailles, métaux de valeur qu'ils transportaient dans des chariots bricolés ou de vieux landaus aux ressorts affaissés. Certains travaillaient sur la décharge où la collecte était plus fructueuse qu'ailleurs mais moins recherchée qu'on ne pouvait croire, car l'autocombustion des déchets brûlait les pieds, à travers des semelles en général percées.

Tous n'étaient pas clochards, loin de là, et le bidonville comptait bon nombre de masures habitables, où logeaient des artisans qui appréciaient l'endroit pour la liberté qui y régnait, des paumés que la ville rejetait, d'autres encore dont on ne savait ni qui ils étaient, ni ce qui les avait amenés à faire retraite.

Au Carillon, quelques clients tôt levés achevaient de se réveiller avec un cul-sec de calva.

– Un p'tit caoua?

Le Dab était devant le zinc, à sa place habituelle.

– T'es matinal, aujourd'hui, dit-il en scrutant les traces d'insomnie sur le visage de Clariond. A moins que tu n'aies pas roupillé. Bois ton café, ça te remettra. Et après, je t'emmène.

– Où ça?

– En balade chez les maraîchers du bord de Seine.

Le tombereau, attelé et chargé, stationnait à bonne distance des dernières maisons.

– A cause des mouches, dit le Dab. Car, pour l'odeur, il y a beau temps qu'à la Carrière on a le nez bouché.

Le cheval connaissait son travail et s'était mis en route tout seul, avant même le claquement de langue qui le lui ordonnait. Ils avançaient en silence. Personne ne savait mieux se taire et attendre que le Dab. C'était sa façon d'engager la conversation. Efficace, mais lent.

Clariond finit par demander :

– Tu ne m'avais pas dit, l'autre jour, qu'un déporté avait atterri à la Carrière ?

– Si. Je l'avais ramassé au bout de la rue de Bapaume. Sonné, le gars, complètement à la masse !

– Il t'a dit d'où il venait ?

– Pas ce jour-là. Quelques semaines plus tard, il est retourné rue de Bapaume. Bourré, il faut le dire. Il s'est introduit dans une bicoque qui sert de permanence à la section locale du parti communiste et il a tout démoli, les ronéos, les machines à écrire, le mobilier, jusqu'aux carreaux des fenêtres. Et, pour faire bonne mesure, il a cassé la figure du secrétaire de la section. Deux heures plus tard, une bande de fiers-à-bras arrivaient au Carillon et exigeaient qu'on leur remette le coupable. Pour ma chance, la plupart d'entre eux étaient des rapatriés du S.T.O. Occupés à tourner des obus en Allemagne, ils ignoraient que j'avais hébergé le P.C. du groupe F.T.P. Rossel pendant un an. On a transigé entre braves, autour d'un canon de rouge. Vu les circonstances, cela s'imposait.

– La victime assistait à la réconciliation ?

– Non, et c'est ce qui m'avait étonné. Je n'ai compris qu'après. Mon type, un nommé Gerson, avait été déporté comme communiste. Mais il n'était pas dans la ligne. Accusé de déviationnisme, il avait été exclu du Parti à son retour du camp. Exclu aussi de sa maison, réquisitionnée par le Parti, et exclu de son lit où le secrétaire de la section l'avait remplacé auprès de sa femme. Tout ça d'un coup, le jour même de son arrivée, après deux années de camp ! Il ne l'a pas digéré et il y a de quoi. Si tu veux mon avis, il ne s'en remettra pas... Tu t'intéresses à lui ?

– Il était de mes amis. Et les amis, au camp, étaient une denrée rare. Gerson était bien, trop bien sans doute. Il ignorait les compromis historiques, les alliances objectives, les manipulations dialectiques. La vérité, pour lui, était une et on ne pouvait transiger avec elle. Dans notre groupe, il y avait un prêtre, pour qui Dieu avait détourné les yeux du camp : il avait perdu la foi. Gerson n'était pas mieux loti, à cette différence près que lui, c'était la foi qui l'avait perdu. Comment vit-il ?

– Il bricole des postes radio et pourrait fort bien s'en tirer s'il voulait vivre. Mais il en a perdu l'envie, même s'il ne le dit pas. Alors il se détruit. En buvant.

Clariond réagit :

– L'alcool ne détruit personne en trois mois de temps.

– Qu'en sais-tu ? Il pourrait se foutre en l'air en une seconde ; les moyens ne manquent pas. Mais c'est l'autodestruction par la déchéance qu'il a choisie. Il la vit, et je dirai presque qu'il en jouit.

Ce genre de suicide était rare à la Carrière parce que, ici, les gens se voyaient et s'acceptaient tels qu'ils étaient. L'adversité avait eu raison de leurs capacités de révolte, comme un chagrin inconsolable substitue aux larmes un morne et muet désespoir. Gerson, lui, n'avait cédé sur rien. Et, dans ses cuites les plus glorieuses, il se payait le luxe de dire le droit, d'apostropher les traîtres et les magouilleurs, de dénoncer les mensonges et les menteurs, les bourreaux et les profiteurs, grands et petits, minables même, comme celui de la rue de Bapaume et sa putain...

Vacher des *Nouveaux Temps*, Guilleminot du *Pilori* et Truffault de Radio-Paris n'étaient que des troisièmes couteaux. Sans doute eussent-ils excipé de leur insignifiance s'ils avaient été traduits devant un tribunal sous l'inculpation de haute ou basse trahison comme l'eussent fait les deux types de la Carlingue qui, en qualité de valets-chauffeurs de ces messieurs, avaient plus souvent manié le plumeau que le parabellum.

Il n'importe. A condition de n'en pas sortir, l'asile de la Carrière les mettait à l'abri des recherches. Cette relative liberté déliait leurs langues et ils se déclaraient volontiers les victimes de leurs convictions. Après boire, ils en disaient davantage et peignaient de couleurs brillantes les personnages qu'ils avaient été. Mais de révolte, point, si ce n'est, en découvrant une signature nouvelle dans l'un des torchons issus de la Libération, quelques mots flambant de colère et plus encore de tristesse puisque les jeux étaient faits. Ils l'avaient prédit et il ne leur restait que l'amère satisfaction d'avoir eu raison. Une France derechef enjuivée tournait le dos à l'avenir héroïque qui lui avait été proposé et se vautrait dans le lit pollué de ses nouveaux maîtres.

C'est ce que chuchotait à qui voulait bien l'écouter Frédéric Custine, drapé dans sa toge d'écrivain maudit. Ignoble mais génial, disait-on de lui, comme si l'un était censé faire passer l'autre. L'écrivain n'était pas discuté, on se demande bien pourquoi. Crédité de génie jusque dans l'enflure ordurière de son vocabulaire, il s'était surpassé au cours des quatre dernières années. Même ses thuriféraires les plus inconditionnels avaient été gênés par l'abjection de ses derniers écrits. « Ce sont des pamphlets », disaient-ils en guise d'explication, comme si le pamphlétaire, seul de son espèce dans le monde des lettres, était fondé à tremper indifféremment sa plume dans l'encre et dans la merde.

– Comment fais-tu pour supporter ce personnage ? demanda Clariond.

– J'en ai tant vu passer ! répondit le Dab. Des purs et des pourris, des victimes et des coupables, si mélangés qu'après quelques mois il n'était plus possible de reconnaître les uns des autres. Si Dieu lui prête vie, que restera-t-il de Custine l'imprécateur après deux années de séjour à la Carrière ? Un hypocondre inoffensif, fatigué de lui-même, dont les indignations deviendront si confidentielles que personne n'en percevra plus l'écho.

– Vous avez rencontré ce truqueur d'Edmond Herland chez les Courtrai ? glapissait-il à l'adresse de Clariond qui avait eu l'imprudence d'évoquer la présence du chantre de la virilité dans les salons de l'avenue Foch. Belles relations en vérité. Ignorez-vous que les Courtrai font couvrir leurs femmes par leurs palefreniers depuis bientôt cinq siècles, et que cette précaution leur a évité la dégénérescence à laquelle ils étaient voués ? Saviez-vous que l'actuelle vicomtesse, Béatrice, s'est fait engrosser par un Allemand d'une pureté garantie, un véritable Aryen de catalogue ? On prit pour une orgueilleuse grandeur ce qui n'était que négligence d'hygiène. Elle a fait passer le moutard comme la dernière des bourgeoises adultères. Quant au culte de la virilité d'Herland, nous sommes quelques-uns à savoir où et comment il l'exerce. Le surhomme est une tapette, monsieur, et les partenaires qu'il recherche sont de préférence mal lavés.

Clariond n'avait pas l'expérience du Dab ; Custine barbotant dans l'ordure le mettait hors de lui.

– Voilà une singularité que vous partagez avec eux, coupa-t-il, excédé.

Custine le regarda d'un air douloureux.

– Ainsi donc, vous aussi.

Il montra, par-delà les fenêtres du bistrot, l'enfilade de masures et de cabanes, les silhouettes loqueteuses qui semblaient se mouvoir au ralenti.

– Je suis d'ici maintenant. Je suis devenu des leurs. Voilà à quoi m'a réduit la cabale des juifs et des bien-pensants. Je ne me plains pas, je n'ai que ce que je mérite. Je n'avais qu'à suivre le mouvement, à faire comme tout le monde, à rectifier le tir en temps utile, au lieu de persévérer stupidement. Faute de l'avoir fait, j'en ai pris plein la gueule et c'est très bien ainsi. Edmond Herland boit le champagne avenue Foch, les bureaux de Gallimard sont pleins d'auteurs envers qui les comités d'épuration sont disposés à se montrer indulgents pourvu qu'ils fassent preuve d'une contrition sincère. Mais comment donc, ils en débordent, les chers confrères! Moi pas, mille regrets! C'est acheter cher, j'en conviens, le droit de leur cracher mon mépris, ce qui ne tire pas à conséquence puisque je crache dans le désert. Mon audience est celle d'une douzaine de pochards, ma maison est un taudis au seuil duquel j'avais pensé, dans ma naïveté, que s'arrêtait la persécution. Il n'en est rien et vous me le prouvez, jeune homme.

L'individu était à la fois odieux et pitoyable.

– Je ne persécute personne, rétorqua Clariond. Mais c'est mon droit de dire que vous êtes mal lavé parce que c'est vrai. Pleurez sur vous-même si cela vous soulage. Pas trop cependant, il ne faut pas provoquer les fantômes, ceux de Drieu et de Brasillach par exemple.

Le Dab le tira par la manche et ils laissèrent l'écrivain maudit à ses vaticinations.

– J'aimerais bien voir mon copain Gerson, dit Clariond.

– Rien de plus simple, mais pas aujourd'hui. Cela fait deux jours qu'il ne dessoûle pas.

Clariond était atterré.

– Il faut arrêter ça!

– Tu confonds, dit le Dab. Pour ce genre de traitement, c'est là-bas que ça se passe.

Il montra, au-delà du chantier des ferrailleurs, les toits hérissés de cheminées de la Maison départementale de Nanterre, communément appelée l'Hospice, dont les anciens pensionnaires gardaient le pire des souvenirs.

– Ton copain est libre. Il a choisi sa voie et rien ne permet de dire que ce n'est pas la meilleure, à son point de vue, le seul qui compte.

L'heure tournait. Les ramasseurs de ferraille revenaient à la Carrière pour la pause de midi. Une fumée âcre montait du chantier.

– Qu'est-ce que peuvent bien brûler les ferrailleurs pour faire une fumée pareille?

– Tout ce qui n'est pas métal.

– Quand ont-ils monté leur entreprise?

Le Dab rit de bon cœur.

– Tu n'y es pas. Ce sont des employés, de tout petits

employés, qui ont un quota de production à respecter. S'ils n'y parviennent pas, ils sont virés aussi sec. Leur patron est lui aussi un employé qui répond du rendement de ses chantiers devant le grand patron qu'on ne voit jamais et qui pourtant est omniprésent. La ferraille, toute la ferraille de France, c'est lui. Les camions d'essence d'Albert, c'est lui aussi. Si la police ne met jamais le nez à la Carrière, c'est qu'il a exigé qu'elle n'y vienne pas.

– Je connais ce type. Il se nomme Joanovici.

– Tu l'as rencontré ?

– Non, mais j'ai enquêté sur lui. Mon journal m'a laissé faire, sans enthousiasme. C'est qu'à patauger dans le marécage Joanovici on risque d'éclabousser beaucoup de monde. Qu'un Juif bessarabien se soit vu octroyer le statut de *Wirtschaft-wichtigerjude* [1] en disait déjà long sur le personnage. Mais ce que l'imagination la plus débridée pouvait concevoir n'était rien à côté de la réalité. La ferraille n'est que la partie émergée de l'iceberg. L'Organisation Todt, Speer, les commissions d'achats, le Service des réquisitions, la Gestapo, le S.D. et les S.S. étaient ses complices. Il était le passage obligé de tous les trafics, le point de rencontre d'intérêts souvent opposés que son savoir-faire parvenait à concilier. Les grandes industries lui devaient d'avoir pu tourner entre 42 et 44, d'innombrables proscrits, des fugitifs aux abois, d'avoir échappé à leurs poursuivants et la police parisienne de s'être refait une virginité méchamment compromise. Un seul détail m'échappe.

– Lequel ?

– La raison pour laquelle il protège la Carrière.

Le Dab fit un geste évasif.

– Imagines-tu ce qu'est le labyrinthe souterrain que nous avons sous les pieds ? Sais-tu que les plans du Service des carrières sont faux et incomplets ? Pas une fois au cours de son histoire l'asile de la Carrière n'a été violé. Cette immunité est assez exceptionnelle pour mériter qu'on la protège en attendant de s'en servir.

– Veux-tu dire...

– Rien de particulier. Si l'exploration te tente, vas-y ! Des kilomètres de galeries, des tailles d'un mètre de haut, des parois instables, des plafonds écroulés, des puits, des gouffres aussi t'attendent. Après beaucoup d'autres, tu t'y perdras sans profit pour personne, car, bien entendu, tu ne trouveras rien.

---

1. Juif utile à l'économie.

Paris était un immense manège dont les pièces tournoyaient furieusement : anciens déportés, anciens collabos, policiers et gestapistes, écrivains maudits ou glorieux, trafiquants en gros ou à la petite semaine, paladins, baladins et histrions. Au centre du manège, ahuris par le spectacle qu'offrait leur victoire, quelques rescapés de la noire aventure se demandaient comment sortir de là.

Clariond s'était réfugié rue Grégoire-de-Tours dans la chambre de Bianca dont l'exiguïté le rassurait. Le journal lui avait procuré pourtant un logement dans un appartement dont le propriétaire sous-louait deux pièces.

– Une chance, lui avait dit Burquin. La piaule est grande et il y a de l'eau chaude dans la salle de bains.

Il y avait passé plusieurs nuits, à guetter les bruits de l'appartement, avec l'impression désagréable que n'importe qui pouvait entrer et le faire déguerpir. L'appartement était silencieux, mais ce silence, paradoxalement, ajoutait à son anxiété. Après une semaine d'insomnies, il était retourné rue Grégoire-de-Tours où l'avait accueilli le vacarme de ceux qui s'aimaient ou se tapaient dessus, de ceux qui chantaient, gueulaient ou dégueulaient après boire. La piaule de Bianca était une bauge chaude de vie à l'intérieur de laquelle il se sentait protégé. Elle lui permettait de faire une pause dans la course qu'était sa vie depuis son retour. Une dérive plutôt, dans des remous qui le poussaient à l'aveuglette, de tourbillons en écueils, vers un échouage inquiétant.

Était-ce vivre ? Il essayait de se rappeler comment il imaginait son existence à l'époque où il pouvait la rêver, mais devait se rendre à l'évidence. Il avait rêvé d'étés et de vacances, de ressacs sonores sur le sable luisant des plages, de champs lourds d'épis sous le soleil d'août, de montagnes étincelantes de neige et de glace, de ripailles aussi bien sûr. C'était toujours de souvenirs qu'il s'agissait, de l'évocation de joies passées qui un jour peut-être ressusciteraient. Mais d'avenir, jamais, car, autant que de liberté, le déporté était privé d'avenir.

Brabant lui-même... Qu'aurait été son retour s'il avait survécu ? Le combat que Clariond avait livré au jour le jour contre la fatalité ne lui avait guère laissé le loisir d'y penser. A peine entrevoyait-il leurs deux silhouettes debout côte à côte, se fondant dans une brume lumineuse. Du retour, ils avaient pourtant parlé, une unique fois, et les paroles qu'alors ils avaient échangées lui revenaient en mémoire, inlassablement, comme un glas qui n'en finirait pas de sonner.

C'était dans le bois de Below. Ils étaient allongés sous leurs couvertures afin de se tenir chaud. Non qu'il fît froid, mais

Brabant frissonnait. Son corps déserté par la vie faisait penser à un logis dont les occupants auraient disparu sans laisser d'adresse et dont le téléphone, l'eau, l'électricité auraient été coupés. Sa voix résonnait de façon insolite.

Celle de Clariond s'était voulue rassurante, et avait évoqué leur retour à Paris. Brabant avait feint d'y croire, par lassitude et pour mettre fin à une discussion stérile.

– Bien sûr, avait-il concédé.

Ce n'était plus de sa survie qu'il était occupé, mais du sort de son manuscrit.

– Il manque le dernier chapitre, avait-il dit. Quarante feuillets que tu trouveras ici, dans ma poche.

Au matin, comme convenu, il avait trouvé le rouleau de feuillets dans l'espèce de besace que Brabant avait aménagée à l'intérieur de son vêtement. Son corps était raidi. C'était un mannequin dont Clariond avait déboutonné la veste, et dans les poches duquel il avait prélevé, outre le manuscrit, les dérisoires objets qui constituaient les biens du *zebra* : une cuiller au manche affûté sur un de ses côtés, une raclette en bois tendre qui servait de brosse à dents, un minuscule morceau de savon noir enveloppé dans un chiffon et un crayon presque entier.

Il avait allongé le corps bien à plat sur le sol, avait essayé mais en vain de joindre ses mains puis y avait renoncé en se disant, avec une rage désespérée, qu'il n'en avait rien à foutre d'avoir les doigts croisés. Il avait étendu sur le gisant leur commune couverture et recouvert son visage.

« Pourquoi le recouvrir ? s'était-il ensuite demandé. C'est bien le moins qu'il accueille sa liberté à visage découvert. »

Il avait dévoilé la face blême. Au travers des larmes qui lui brouillaient la vue, il crut percevoir sur ses lèvres et ses paupières baissées comme l'ébauche d'un sourire de gratitude.

Clariond considéra avec étonnement la chambre de Bianca. Il ne la reconnaissait pas.

« Mais qu'est-ce que je fous ici ? » se demanda-t-il. Il n'avait effectivement rien à y faire et pas davantage à l'Escholier, au journal, à l'Oasis, avenue Foch, à la Carrière ou même à Paris. Il était totalement inutile de chercher ce que cachaient les masques rencontrés sur son chemin.

– J'ai résisté. Tu as résisté. Et Pétain également qui était secrètement d'accord avec de Gaulle. Et puisqu'il résistait, nous qui le suivions, nous résistions aussi.

La France entière était travestie et rien ne la gênait dans ses nouveaux habits. Chacun feignait de croire au déguisement du voisin, à charge de réciprocité. Cette mascarade avait d'abord surpris Clariond. Très vite était venue l'indifférence. En vérité, le carnaval de la Libération ne le concernait pas. Il n'avait été qu'une diversion à ses préoccupations véritables.

Jamais encore il n'avait osé sortir de son emballage la liasse de feuillets qu'il avait ramenée du bois de Below et lire le message d'outre-tombe qu'elle contenait.

Plus d'une fois, à l'issue d'une soirée nauséeuse, il en avait eu la tentation, mais y avait renoncé au tout dernier moment. Peut-être craignait-il de découvrir une image de Brabant différente de celle qu'il portait en lui. Peut-être espérait-il, sans y croire, qu'il trouverait dans les dernières lignes écrites par l'ami disparu comme un écho à ses propres sentiments, un signe, un clin d'œil, une confidence posthume qui n'aurait de sens que pour lui.

Il pouvait l'imaginer tant qu'il n'en aurait pas pris connaissance. Après, tout serait consommé.

L'heure était venue d'en avoir le cœur net. Il prit le cylindre de métal léger recouvert d'un entoilage noir dans lequel était serré le rouleau. C'était une boîte à messages aériens qu'il avait ramassée sur l'aérodrome de Lüneburg. Il en dévissa le couvercle avec difficulté. Trois mois avaient passé depuis qu'il y avait enfermé son précieux chargement, et il se demandait dans quel état il le retrouverait. Le rouleau avait souffert d'avoir été transporté pendant plus d'une semaine dans un vêtement que la pluie imbibait comme une éponge. Il avait eu le temps de sécher, dans son étui hermétiquement clos, mais les feuillets s'étaient collés les uns aux autres et formaient une masse compacte dont on ne pouvait venir à bout qu'en la traitant à la vapeur. C'était à quoi s'employait Clariond lorsque était survenue Bianca que ses trois passages successifs au Tabou, à la Rose-Rouge et à l'Escholier avaient passablement énervée.

Elle s'était déchaussée d'un mouvement sec, s'était débarrassée de sa jupe corolle qu'elle avait ramassée du bout de l'orteil pour l'envoyer rejoindre le tas de hardes qui lui servait de garde-robe. Elle avait passé les pouces sous l'élastique de son slip et s'apprêtait à l'abaisser pour apparaître demi-nue, comme Clariond aimait qu'elle s'offrît, lorsqu'il attendait son retour à l'issue de sa tournée dans les boîtes enfumées du quartier.

D'habitude, il guettait cet instant.

– J'enlève mon chemisier? lui avait-elle demandé au tout début de ce que, faute de mieux, il fallait bien appeler leur liaison.

– Non. Garde-le.

Il aimait que le caraco noir, collé à sa peau, s'arrêtât à mi-ventre et fît contrepoint à sa toison dont les boucles lustrées débordaient des plis de l'aine.

Du fiasco de leur première nuit ne demeurait qu'un souvenir dont elle se riait tandis qu'avec un appétit et un savoir-faire surprenants elle provoquait des lèvres et des doigts, sans lui accorder la moindre trêve, la renaissance d'un désir qu'assoupissaient des hommages précédemment redoublés.

– Tu cachais bien ton jeu, plaisantait-elle, d'une voix altérée. Regarde, ma main ne suffit pas à le tenir en laisse! Il proteste. Ne bouge pas, je vais le calmer.

Les genoux hauts, elle s'accroupissait sur le membre qu'elle n'arrêtait pas de masser, et lentement s'empalait.

Ce soir, il n'avait même pas tourné la tête lorsqu'elle s'était approchée de lui.

– Qu'est-ce qui t'arrive?

Sur le réchaud à gaz, la bouilloire sifflait. De son bec s'échappait un jet de vapeur qu'il dirigeait sur la tranche d'une liasse compacte de papiers dont les bords, l'un après l'autre, se décollaient et s'enroulaient sur eux-mêmes.

– Tu vois, je travaille. Encore cinq minutes et j'en aurai fini.

– C'est important?

– Ça dépend de la façon dont on voit les choses. Lorsque je t'ai rencontrée, tu m'as dit qu'il y avait des histoires qu'il valait mieux oublier.

Il montra les feuillets épars autour de lui.

– Celle-là en est peut-être une. Elle tient dans ces gribouillages que je n'ai pas encore déchiffrés. Lorsque ce sera fait, je pourrai te dire s'il aurait mieux valu la connaître ou l'ignorer.

Les derniers feuillets se décollèrent sans qu'aucun se déchirât. Clariond les lissa du plat de la main, et reconstitua la liasse, sur laquelle il disposa une pile de livres en guise de presse-papiers.

– Tu ne lis pas?

– Pas ce soir.

La joie d'exister, le désir, la provocation abandonnèrent Bianca d'un coup. Elle se blottit sous les draps comme pour se protéger d'on ne sait quelle agression.

– Tu n'oses pas?

Clariond s'approcha de la jeune femme.

– Imagine, dit-il, que quelqu'un te remette dix, vingt feuilles couvertes d'une écriture serrée et te dise : voilà ce que les tiens ont écrit avant de disparaître. Voilà leurs derniers mots, leurs dernières pensées, de révolte ou de soumission, de défi ou de désespoir. Après son voyage dans le temps et l'espace, leur message te parvient. Tant que tu ne l'as pas lu, tu peux oublier qu'il est périmé. Mais cette illusion tombe en poussière dès que tu l'exposes à la lumière. Cela dit, serais-tu pressée d'en prendre connaissance?

Elle tressaillit :

– Que sais-tu des miens?

– Qu'ils ont été pris en juillet 42 dans la grande rafle du Vel' d'Hiv' et déportés quelques jours plus tard à Auschwitz.

Elle répliqua avec véhémence :

– Toi, tu as été déporté, c'est-à-dire que tu avais une chance. Pas eux. Les juifs n'étaient pas déportés, mais envoyés à l'abattoir avec l'approbation ou au mieux dans l'indifférence du monde entier.

– Tu exagères, tenta de plaider Clariond. Vous aviez des amis.

Elle se dressa, vibrante de colère.

– Et qui, peux-tu me le dire? Le pape, peut-être, muet et immobile pour ne pas aggraver les choses, qu'il disait, ou les Américains...

– Justement, les Américains!

– Sans blague! Leurs consuls éconduisaient les juifs avec des airs navrés. Trois mois après le Vel' d'Hiv', le miracle! Ils se fendent de cinq cents visas pour des enfants, mais les formalités étaient si compliquées qu'en novembre cent dossiers seulement étaient complets. Les cent enfants ont été envoyés au consulat de Marseille : fermé ce jour-là. Revenez demain, leur a-t-on dit. Le lendemain, c'était le débarquement en Afrique du Nord, puis l'occupation de la zone Sud par les Allemands. Les cent gosses ont eu bonne mine, avec leurs visas! Ça faisait une liste toute prête, avec des identités indiscutables. Un cadeau pour la Gestapo!

C'était vrai, mais Clariond cita d'autres affaires que le dévouement et la générosité d'individus anonymes ou de collectivités avaient permis de régler de façon heureuse.

Bianca les balayait d'un geste de main.

– Personne, insistait-elle, n'a empêché le massacre. Aujourd'hui, tout le monde est, paraît-il, consterné. On ne savait pas. Personne n'a vu partir les trains, personne n'a assisté à une rafle, personne n'a dénoncé son voisin, personne ne s'est approprié la boutique d'un juif. Même les Allemands ne savaient pas. N'empêche qu'avec six millions de juifs en moins les choses sont plus simples qu'avant. Ce ne sont pas les Anglais qui s'en plaindront; ils déploreraient plutôt que le travail n'ait pas été plus complet, ce qui leur éviterait la pénible obligation d'attaquer des rafiots de rescapés se dirigeant vers la Palestine. La vérité, c'est que les juifs n'ont pas d'amis. Ceux d'entre eux qui ont cru le contraire se sont fait avoir.

Subitement, elle se fit méfiante.

– Qui t'a parlé de mes parents?

– Une chanteuse, qui t'aime bien, Jessica Lane.

Des deux pieds, elle le repoussa.

– Toi aussi, tu fais partie de sa collection! Il y avait le lieutenant allemand, le collabo milliardaire, le colonel américain et le diplomate anglais. Il manquait le déporté, voilà le vide comblé. Ramasse tes papiers et barre-toi. J'aime pas les restes.

– Ne sois pas stupide, je ne l'ai aperçue qu'une fois, au cours d'une soirée.

– Il ne lui en faut pas plus pour se faire un mec... Qu'est-ce qu'elle a dit de moi?

– Qu'elle n'avait jamais rien entendu de comparable à ta voix.

– C'est pas vrai. Et quoi encore?

– Qu'à l'automne tu passes à Bobino.

Bianca en resta muette d'étonnement.

– Qu'au printemps tu seras à l'A.B.C., et qu'avant deux ans tu lui auras succédé.

– Elle a vraiment dit ça?

– Oui, et encore qu'une vie entière de succès ne sera pas de trop pour te faire oublier ce que tu as vécu de 42 à 44.

Les lèvres de Bianca tremblaient comme si un grand froid l'envahissait soudain. Elle se tourna vers le mur et se mit à pleurer en silence. Les défenses qu'elle avait dressées pour empêcher que le passé ne l'envahît étaient menacées en permanence par les crues du souvenir. La pensée torturante de n'avoir prêté dans la panique aucune attention à la dernière image de ses parents surgit soudain en elle : elle avait couru dans la cuisine et avait ouvert le vasistas sans jeter un regard aux deux vieux que malmenaient les agents de police. Il n'y avait pas eu d'adieu, pas le moindre regard, pas la moindre vision de ceux qui allaient disparaître à jamais. Rien. Et, après cela, la peur qui colle à la peau, la faim, la solitude qui pourtant n'était pas le pire, car il fallait bien la rompre pour vivre et ne pas se montrer difficile quant aux partenaires de rencontre.

– Éteins la lumière.

Pendant plusieurs secondes, la chambre fut plongée dans le noir. Puis le rectangle de la fenêtre se dessina en clair. Une pénombre complice succéda à l'obscurité. Bianca fit face à Clariond. Il croyait voir luire ses yeux.

– Elle a raison, la vieille Jessica Lane, dit-elle d'une voix rauque. Si, comme elle le prédit, je connais le succès, je n'oublierai jamais que le public venu m'applaudir sera le même que celui qui, l'an dernier encore, visitait l'exposition « Le Juif et la France », qui détournait la tête lorsque passaient les autobus bondés roulant vers Drancy, qui trouvait qu'artistiquement *le Juif Suss* était un bon film et qui acclamait Pétain place de l'Hôtel-de-Ville, trois mois avant le débarquement. Quoi qu'il advienne, je ne serai jamais dupe. Le public dira : « On vient applaudir la petite juive qui chante avec ses tripes. Preuve qu'on n'a rien contre les siens, preuve aussi qu'ils n'ont pas tous été exterminés. D'accord, ils ont souffert, mais ils ne sont pas les seuls, voyez le bombardement de Billancourt... Il est temps d'oublier tout ça. Ou alors leur rancune justifierait les préventions qu'on pouvait avoir contre eux. »

Clariond prit les mains de Bianca entre les siennes. Elles étaient brûlantes.

– Ce n'est pas des autres qu'il s'agit, dit-il, mais de toi. Il faut que tu trouves la paix.

Elle se dégagea.

– Tu l'as trouvée toi ? Non, n'est-ce pas. C'est pourquoi tu la cherches, dans ton fouillis de papiers. Moi, je ne cherche pas. Il y a des paix impossibles.

Dès l'aube, il s'était mis au travail. Entortillée dans ses draps, Bianca dormait. La nuit avait été laborieuse. Des larmes au plaisir, la transition avait été longue, retardée par des remords inopinément surgis et entrecoupée de remises en question oiseuses.

– Qu'est-ce qu'on fait là tous les deux ? Nous n'avons rien en commun. La baise, au fond, ça ne compte pas.

L'instant d'après, démentant ses paroles, elle s'emparait de lui avec fureur et l'injuriait à mi-voix sans qu'on pût dire à qui, de l'homme ou du sexe arrogant, s'adressait la litanie ordurière dont elle rythmait la montée de son plaisir.

Le sommeil lui avait rendu son aspect d'oiseau fragile. Clariond avait longuement contemplé ses traits apaisés. Le réveil la rendrait à elle-même, c'est-à-dire à la lutte qu'elle mènerait sans trêve et sans faiblesse. Il lui envia cette fermeté dont il se sentait incapable.

Les feuillets étaient numérotés. Il les mit en ordre et se saisit du premier. L'écriture était fine et difficilement lisible. Certains mots devaient être décryptés. Cela s'avérait d'autant plus délicat qu'il ne disposait d'aucun contexte pour interpréter les passages indéchiffrables.

Sur ce qu'avait écrit Brabant, Clariond savait finalement peu de chose. Cette discrétion entre deux êtres si proches l'un de l'autre était pour le moins surprenante.

– Je décris le camp et ses personnages, mais par l'intérieur, avait-il dit un jour à Werner. Ce qui est intéressant n'est pas de voir un kapo assommer un interné, mais de savoir ce qui se passe dans sa tête à ce moment-là.

Sous quelle forme cet ouvrage se présentait-il, roman, récit, souvenirs, essai ? Il ne l'avait jamais dit, et Clariond ne le lui avait pas demandé. Jamais non plus en l'absence de Brabant il n'avait eu l'indiscrétion de jeter un coup d'œil à son manuscrit. Werner se chargeait lui-même de souder les douilles à l'intérieur desquelles il glissait les rouleaux de cent feuillets, au fur et à mesure de leur disponibilité.

Cinq ou six pages lui furent nécessaires pour faire le point. Il s'agissait du dernier chapitre d'un roman dont l'écriture flamboyante décrivait une apocalypse où tournoyaient, monstrueusement embrassés, bourreaux et victimes. Ce n'était pourtant là que le décor du roman lui-même qui contait l'histoire d'une amitié dont l'insolite épanouissement plongeait ses racines dans ce terreau d'enfer.

Courant de page en page, assoiffé de savoir, il n'avait fait qu'effleurer certaines phrases dont les aspérités l'avaient égratigné au passage. Ce n'était, sur le moment, qu'une douleur à peine ressentie, une morsure légère mais néanmoins venimeuse.

L'ouvrage répondait en tout cas à la question majeure qu'il se posait depuis des mois. Le personnage sinon l'auteur se savait condamné et c'est en toute lucidité que dans l'œuvre écrite il avait accepté de provoquer sa fin.

Burquin n'était pas enthousiaste.

– Un reportage sur Berlin, crois-tu que ça intéressera nos lecteurs ? Le public a envie d'entendre parler d'autre chose que de villes détruites et de gens crevant de faim. Il veut rire, espérer et surtout oublier.

Camus n'était pas de cet avis.

– Berlin coupé en quatre, dit-il, c'est sans doute du folklore, mais à condition d'être bien introduit auprès des Russes, ce qui semble être le cas de votre jeune homme, on doit pouvoir faire mieux que les sempiternels reportages sur la faim, le marché noir et la prostitution dans les ruines de la ville.

» Autre chose : en France, on connaît Dachau et Buchenwald, pas Sachsenhausen qui était pourtant la capitale de l'univers concentrationnaire. Que notre envoyé spécial soit un ancien de ce camp ne donnera que plus de poids à son reportage.

Fébrilement, Clariond se mit à préparer son voyage, sans toutefois en dévoiler le but véritable à quiconque. C'était une affaire entre Brabant et lui, leur commun secret dont nul n'avait à connaître.

– Retourner à Sachsenhausen? s'étonna Mongredien. Drôle d'idée! Il ne reste certainement rien de ce que nous y avons connu. Tu trouveras des ruines informes et sans âme ou peut-être le chantier d'un musée Grévin de l'horreur concentrationnaire.

– Il n'y a pas que le camp. Si je peux, je visiterai le bois de Below.

Mongredien resta silencieux. Il est des lieux dont le nom seul appelle le recueillement.

– Je te comprends, finit-il par dire. Mais l'autorisation de circuler en zone soviétique ne sera pas facile à obtenir, à moins que... Tu te souviens de Schnabel, l'instituteur alsacien qui travaillait à la *Schreibstube*? Il parlait souvent de son patron, le chef du Secrétariat, un politique allemand qui avait été un ponte du Parti clandestin. Il s'appelait... ah! un nom impossible. N'importe. On lui reprochait les faveurs dont il faisait bénéficier les seuls communistes. Et Schnabel nous expliquait que ce qui, pour nous, apparaissait comme une injustice était pour lui un devoir absolu. Il ne plaisantait pas avec la ligne : à ses yeux, la trahison commençait avec la tiédeur dans le militantisme. Cela faisait beaucoup de traîtres avec une seule et inexplicable exception, Schnabel, qui, il est vrai, n'ayant jamais adhéré n'avait pas pu trahir.

» Aujourd'hui, le secrétaire en chef est devenu le bourgmestre de Berlin-Est. Avec une foi de missionnaire, il a entrepris de forger une nouvelle âme à ses concitoyens. Les Soviétiques apprécient, paraît-il, au plus haut point son zèle et n'ont rien à lui refuser.

» Si Schnabel te branche sur lui, ajouta Mongredien, tous les obstacles disparaîtront. A ta place, j'irais lui faire une visite dans son patelin de Fortsheim.

Heureux patelin qui devait à sa situation hors des grands axes de communication d'avoir toujours été ignoré des hommes de guerre. Vainqueurs et vaincus s'y étaient succédé avec, entre le départ des uns et l'arrivée des autres, un laps de temps suffisant pour faire place nette. Les soldats de De Lattre, qui y étaient arrivés après la prise de Colmar, n'en croyaient pas leurs yeux. Une ville intacte, des maisons auxquelles ne manquait pas une tuile ni une vitre, des rues propres et des guinguettes fleuries : il y avait des mois qu'ils n'avaient rien vu de pareil.

A son retour du camp, Schnabel s'était reconnu dans la petite ville sage, avec sa place ceinturée de maisons à colombages et sa fontaine dont les quatre jets n'avaient pas cessé de bruire un seul jour depuis deux siècles. Il avait retrouvé son école et ses classes, avait humé leur odeur familière : à n'en pas douter, il était de retour. Il avait réintégré son logement de fonction qu'un instituteur venu de l'autre rive du Rhin avait occupé pendant quatre ans. Le tout en bon état, ciré et repeint.

Le naturel avec lequel il fermait la parenthèse de l'annexion avait de quoi surprendre.

– Une annexion, dit Clariond, nazie de surcroît, ça ne s'efface pas d'un coup d'éponge, comme l'inscription obscène qu'un chenapan a tracée au tableau noir pendant la récréation.

– C'est le destin de l'Alsace de changer de mains, répliqua Schnabel. Entre l'annexion par les uns, la reconquête par les autres, et même l'indépendance, cela lui est arrivé onze fois au cours de son histoire. Il est plus important pour elle de conserver son âme que de régler des comptes impossibles à chiffrer.

Il saisit une bouteille aux flancs embués, emplit leurs deux verres et leva le sien.

– *Nous l'avons eu, votre Rhin allemand,*
Il a tenu dans notre verre...

» Becker et Musset étaient aussi cons l'un que l'autre. A partir de la rentrée, nos ancêtres seront à nouveau les Gaulois. Je ferme la parenthèse de l'annexion comme j'ai fermé celle du camp.

– Justement, c'est du camp que je voulais te parler.

– Tu n'en as pas soupé?

– Il faut croire que non. Je veux y retourner, pour mon journal, et tu peux m'y aider.

– Comment?

– Par ton ami de Berlin-Est...

– Knappersbusch? Il n'aime pas les fascistes.

Clariond était interloqué.

– Fasciste, moi?

– Bien sûr. Pour Knap, il n'y a que deux catégories d'individus, les communistes et les fascistes. Je ne suis pas sûr qu'en faisant son autocritique il ne s'accuse pas d'indulgence coupable à mon égard. Ne fais pas cette tête-là. Il te recevra à bras ouverts.

9

Au petit bonheur la chance : certains villages avaient été épargnés, d'autres aplatis d'un coup de marteau géant. Peut-être un abruti de tireur isolé n'avait-il pas compris que les jeux étaient faits ? Peut-être aussi le village était-il désert, ce qui était louche ? Ou bien les habitants avaient-ils une sale gueule ? Faux motif : au printemps de l'année 1945, ils en étaient tous là. Vrran!... Le village en fumée. On passait en cahotant dans les décombres. Au suivant !

Derrière les vitres du wagon, ils défilaient, intacts ou détruits, et d'autant plus détruits qu'ils avaient eu l'imprudence de s'édifier à l'intersection de deux routes ou auprès d'un pont franchissant une rivière.

La campagne était indemne. Les fermes, larges et trapues, n'avaient vu la guerre que de loin, sous la forme de prisonniers détachés de leurs stalags. Il en fallait pour remplacer les fils et les maris appelés à se faire massacrer sur le front russe. A voir les herbages à peine roussis par le soleil d'août et les vaches à la pâture, les moissons en cours, les fourragères avançant au pas de leurs attelages, chevaux ou bœufs, sur les chemins de terre, on en venait à penser qu'après tout l'essentiel avait été sauvegardé. C'était *l'Été* de Bruegel, son ciel bleu semé de petits nuages joufflus, ses champs de blé compacts que les moissonneurs découpaient comme des parts de gâteau, des gens et des bêtes pétrifiés en plein mouvement.

Mais, à l'approche de la ville suivante, l'illusion s'évanouissait. Toutes les agglomérations de quelque importance étaient détruites. Cela, tout le monde le savait. C'était l'aspect des ruines qui était frappant. Elles semblaient avoir été malaxées, retournées cul par-dessus tête. Le spectacle de ce monde lunaire, chaotique, évoquait une disparition si totale de la vie, qu'on se prenait à douter qu'elle pût renaître un jour. Clariond ne pouvait en détacher ses yeux.

Munster, Osnabrück, Hanovre, Helmsted tendaient vers le ciel des moignons informes, surgis du sol pour témoigner de leur malédiction.

Le spectacle ne semblait pas intéresser ses compagnons de voyage. Militaires et civils de nationalités diverses, ils étaient sans doute des habitués de la ligne. Les ruines, pour eux, étaient un décor familier, désert à première vue, mais grouillant d'une vie souterraine qu'ils avaient pour mission de canaliser et de contrôler. Chacun des quatre occupants ayant à ce sujet ses principes et sa méthode, les conditions de vie variaient grandement d'une zone à l'autre. Les Allemands s'étaient pliés aux lois de la défaite avec une souplesse surprenante. Il est vrai que trois mois après la capitulation, à part les déserteurs, aucun soldat n'était encore revenu. Tués, blessés et prisonniers, les absents se comptaient par millions, et les présents dépendaient trop de la bonne volonté de leurs vainqueurs pour se les aliéner par d'intempestives manifestations. La rigueur du comportement des Alliés était proportionnelle aux souffrances qu'ils avaient endurées. Jamais une bombe allemande n'avait atterri de l'autre côté de l'Atlantique, jamais un soldat allemand n'avait foulé le sol américain.

N'ayant à exercer aucune vengeance, les Américains croyaient en toute bonne foi que leur combat avait été exclusivement motivé par la défense de la liberté et que, plus et mieux que quiconque, ils en incarnaient l'idéal. Cette tranquille assurance était un luxe que réprouvaient leurs alliés. Pour leur part, les Anglais ne pouvaient oublier l'angoisse solitaire de l'été 40 et le blitz sur Londres. Les Français exorcisaient comme ils pouvaient les démons de la défaite et de la collaboration. Chez les Soviétiques, il s'agissait de bien autre chose. Ils se montraient d'autant plus impitoyables dans leur volonté de venger leurs vingt millions de morts et de faire payer au vaincu les ravages inouïs subis par leur pays qu'ils avaient eu partie liée pendant plus de dix-huit mois avec les criminels de guerre qu'ils dénonçaient aujourd'hui.

Aussi la qualité de la vie variait-elle considérablement d'une zone d'occupation à l'autre. La meilleure était celle de la zone américaine et la pire celle de la zone soviétique, avec pour corollaire des flux migratoires vidant une zone et emplissant l'autre, au point que, d'accord pour une fois, Américains et Soviétiques avaient conjointement décidé de les tarir.

Après trois mois, les énormes mouvements de population entraînés par la débâcle avaient été stoppés. Il n'existait qu'un lieu où coexistaient les quatre régimes d'occupation, Berlin, selon un partage qui en avait attribué un morceau à chacun. Le public était avisé de ce que, passé telle limite, on quittait le secteur américain, français, britannique ou soviétique et qu'en conséquence les règles changeaient ou plutôt la rigueur avec laquelle les autorités responsables les appliquaient. Cela dit, rien n'empêchait un Berlinois de l'Est de se rendre en zone occidentale. Cette liberté, inconnue dans le reste du pays, était largement mise à profit par une population qui trouvait plus de charmes aux mœurs dissolues, à l'anarchie et au marché noir capitalistes qu'à la rigueur spartiate, la pénurie et l'ordre moral socialistes.

– Salut, camarade! Notre bourgmestre, le camarade Knappersbusch...

Lassés d'avoir trop servi, trop menti, les mots s'échappaient par les verrières brisées en mille miettes de la gare d'Alexanderplatz. Ce qu'ils disaient importait peu. L'essentiel, en cet endroit où avaient transité tant de pauvres hères, était de se trouver, vivant, libre, bien nourri, et de reconnaître dans le regard des passants cette expression si particulière, envieuse et hypocrite, qui est celle des humiliés en face des puissants. Il était consolant qu'après avoir hanté la France pendant quatre ans elle eût passé le Rhin.

L'accueil était cordial, mais le ton officiel de la bienvenue lui ôtait toute chaleur. Ils étaient une bonne demi-douzaine, chaussés, habillés, cravatés et coiffés de façon identique, alignés selon un ordre qui assignait certainement sa place à chacun. Devant eux, le secrétaire général du *Rathaus*, représentant le camarade-bourgmestre Knappersbusch, accueillit Alain Clariond en sa qualité d'ancien combattant antifasciste.

A deux pas d'Alexanderplatz, qui avait été pendant des mois le centre de la cible des bombardiers alliés, le *Rathaus*, inexplicablement, était encore debout. Au matin du 2 mai 45, il se dressait, solitaire, au milieu d'un champ de décombres hachés menu. Ce miracle justifiait les soins prioritaires dont il avait été l'objet, car, s'il était debout, il n'avait plus ni toit, ni fenêtres, ni cloisons, ni portes.

Knap s'y était installé avant même la date de l'armistice. Il semblait qu'il eût réussi à demeurer au camp avec les malades du docteur Coullomb. C'était lui qui avait reçu les avant-gardes soviétiques au nom du parti communiste allemand clandestin, âme de la résistance tant à l'intérieur du camp que dans l'Allemagne tout entière.

Car, et c'était là le plus extraordinaire, dans les semaines qui suivirent la capitulation allemande s'élabora à une allure vertigineuse une histoire que la caution soviétique transforma en vérité officielle. En vertu de quoi on découvrit avec stupeur les hauts faits de la résistance communiste dont l'action – hasard ou prémonition – s'était développée sur un territoire que les succès de l'armée rouge allaient transformer en zone d'occupation soviétique.

– Comment vont les camarades français?

– Ils m'ont chargé de te remettre ce message.

C'était une adresse rédigée en français et traduite en allemand, au bas de laquelle figurait une bonne centaine de signatures.

– Tu pars à Berlin? s'était étonné l'ancien *Vorarbeiter* de la KWA.

Plus Savonarole que jamais, il était devenu une huile du Parti depuis son retour en France. Clariond avait estimé que cette promotion valait bien une visite.

– Invité par Knap, insistait le Savonarole, mais à quel titre?

Il n'en voyait aucun qui justifiât l'invitation et subodorait une manœuvre des plus louches. Jusqu'à la veille du départ de Clariond, il avait hésité à lui remettre un message d'amitié destiné aux camarades allemands.

Dans la salle d'honneur du *Rathaus*, on porta des toasts et l'on but force bières. La visite des locaux suivit. C'était un spectacle éprouvant que celui des bureaux à peine meublés, à peine éclairés, des murs criblés d'impacts, des sanitaires sans eau et des huisseries posées de biais contre les cloisons parce que apparemment, à Berlin-Est, le bourgmestre lui-même n'était pas en mesure de se procurer des paumelles et des pattes de scellement.

Après un dîner copieux et immangeable, on passa aux choses sérieuses. Le programme établi par la municipalité prévoyait une visite guidée de Berlin : le Reichstag, la Chancellerie, le Bunker de Hitler, Unter den Linden, la porte de Brandebourg, la future Stalinallee que borderaient des immeubles d'un luxe inouï, le chantier du Mémorial de l'armée rouge, une visite à la section du Plan, une autre à la section historique, quelques interviews de hauts responsables allemands et soviétiques, une soirée au *Rathaus* et pour finir une réception offerte par le haut commandement soviétique au cours de laquelle se produiraient les Chœurs de l'armée rouge.

– A la suite de quoi, plaisanta Knap, on te rembarquera sur une civière dans le train de Paris.

– C'est un beau programme, répondit Clariond, et je te remercie de l'avoir organisé. Je remarque toutefois que rien n'a été prévu pour la visite du camp.

– Le camp, s'écria Knap avec humeur, ou ce qu'il en reste est situé hors de l'agglomération berlinoise. Il faut un laissez-passer spécial pour s'y rendre et ce sont les autorités soviétiques qui les délivrent. En tant que correspondant d'un journal bourgeois, tu risques d'être mal reçu.

– Essaie toujours.

Knap ne promit rien. Il ne voyait ni la raison ni l'intérêt d'un pèlerinage individuel et considérait le projet de Clariond avec suspicion. Non qu'il eût quoi que ce soit contre les pèlerinages en général. Au contraire. Les commémorations, les anniversaires, faisaient partie du culte du souvenir indispensable à l'éducation des masses. Mais une initiative individuelle n'était, au mieux, qu'un geste sans portée ni signification. Plus probablement, elle relevait d'une dérive, consciente ou non, dont on ne savait que trop où elle menait.

Si Clariond avait été membre du Parti, Knap l'aurait contré sans hésitation. Heureusement pour lui, Clariond n'était qu'un bourgeois et son comportement ne tirait pas à conséquence. Knap intervint donc – du bout des lèvres – auprès de la Commission soviétique. A son vif étonnement, elle ne manifesta aucune méfiance à l'égard du correspondant occidental en qui elle ne voulait voir que le camarade de combat et le compagnon de route. Il ne lui fallut pas quarante-huit heures pour donner suite à la demande de Clariond. Et quelle suite! Il était l'invité du commandement soviétique installé à Oranienburg, lequel se déclarait honoré de sa visite. Il serait reçu au quartier général de la IIIe armée de la garde, ce dont il se serait bien passé, dans la crainte qu'un excès de prévenance n'étouffât sa liberté de mouvement.

Pour la dixième fois, le général Berdanov leva son verre.

– En l'honneur de ceux qui n'ont jamais désespéré!

Clariond se demandait combien de temps encore il pourrait tenir tête au Russe. Il répondit d'une voix pâteuse :

– En l'honneur de la IIIe armée de la garde qui nous a ouvert les portes du camp...

Apoplectique, les yeux injectés de sang, plus large que haut, le général progressait de verre en verre, par bonds successifs, comme le voltigeur de pointe qu'il avait été trente ans plus tôt. L'objectif, toutefois, se dérobait au fur et à mesure de son avance. D'un geste de la main, il ordonna à son échanson de préparer le toast suivant.

– Je bois à l'amitié...

L'amitié, l'héroïsme, le dévouement, la fidélité, la victoire : tout y avait passé avant que Clariond ne tombât, glorieusement, c'est-à-dire d'un seul coup, foudroyé après une ultime lampée. Le général avait salué cet adversaire valeureux et avait aussitôt quitté la salle du banquet. Que ce fût pour dégueuler à rendre l'âme ne regardait personne. Après son départ, la soirée s'était poursuivie de façon plus informelle. On avait chanté, on avait dansé au son de l'accordéon. Des danses d'hommes, avant que les filles n'arrivent pour d'autres danses, langoureuses ou endiablées, saluées par une tempête de cris et de sifflets.

Ils étaient vingt. Elles étaient six, mais actives, et n'en avaient fini qu'à l'aube. Une soirée à oublier les souffrances et les deuils dont elle était le prix : quatre sur cinq de ceux qui auraient dû boire et faire l'amour ce soir-là pourrissaient quelque part dans ce pays maudit. Il avait bien fallu boire à leur place, à la russe, en riant et pleurant à la fois.

Au petit déjeuner du lendemain, le lieutenant interprète de la 45e division de choc la commentait en termes enthousiastes, et concluait à l'adresse de Clariond, en un français à peine teinté d'accent :

– Dommage pour toi ! Les filles n'ont pas réussi à te réveiller. Ça n'est pourtant pas faute d'avoir essayé. Et elles s'y connaissent, je peux te le dire.

– Ce sont des professionnelles ?

L'interprète avala en une bouchée un filet de hareng roulé et un cornichon doux qu'il fit passer d'une rasade de vodka. Puis il se cala un morceau de sucre entre les dents et aspira bruyamment son thé noir à travers ce filtre.

– Ça ne veut pas dire grand-chose, répondit-il en haussant les épaules. Si tu mélanges en secouant bien, le malheur, le viol – collectif de préférence – et la faim, cela te donne en parts égales la folie, le suicide et la prostitution.

Clariond avait reposé sa tasse avec brusquerie.

– C'est une observation que tu as faite en Allemagne ?

Le lieutenant secoua tristement la tête.

– Chez moi, d'abord, en Biélorussie. Et là, comprends-moi bien, il s'agissait de filles russes.

– C'était plus grave ?

– *Dourak* [1] *!* dit-il avec indulgence, comme s'il morigénait un enfant. As-tu assisté à des pendaisons ?

– Hélas ! oui.

– Tu as vu la corde se tendre, brusquement, là, sous tes yeux, et le corps entamer une danse frénétique. Est-ce que cela te faisait mal, physiquement mal ?

– Non, évidemment. Mais je souffrais...

1. Idiot.

– Dans ta tête, brave cœur! C'est toute la différence entre la pendaison du voisin et la tienne. Pour le viol, c'est pareil. Ceux que perpétraient les Allemands chez moi à Rogachev m'écorchaient vif. Je déplore sincèrement ceux dont les nôtres se sont rendus coupables ici. Mais je n'arrive pas à en souffrir. Et puis, que veux-tu, cent mille morts pour prendre cette saloperie de ville, à deux semaines de la fin de la guerre, c'est dur à passer et ça explique bien des choses!

Knap n'avait pas trop de sa fidélité au Parti et de son sens dialectique pour comprendre et approuver les moyens que le grand frère socialiste employait en vue de remettre le peuple allemand dans le droit chemin. Il devait même combattre le sentiment douloureux d'injustice que provoquait en lui le comportement des Soviétiques envers les communistes allemands. Car enfin : il avait à son actif des années de lutte. Il avait connu la répression, l'incarcération, l'esclavage, la torture et n'avait jamais vacillé. Lequel, parmi les *Politruk* [1] de la IIIe armée, pouvait en dire autant? Aucun de ces blancs-becs n'avait subi le broyage physique et moral qui lui avait été infligé, ce qui ne les empêchait pas de pontifier, forts de leur assurance, et de n'accorder qu'avec réticence un troisième accessit de bonne conduite à des gens qui avaient dix ans de camp derrière eux.

Le décalage entre le discours et le comportement des Russes était flagrant. Le peuple abusé, la résistance, la renaissance du Parti étaient les thèmes favoris de la propagande soviétique. Mais, sous couvert de cette rhétorique, une main de fer s'était abattue sur la population tout entière.

– Des bâtards, disait le lieutenant interprète avec dédain.

– Communistes compris?

– Peut-être pas, mais dans le doute mieux vaut trancher.

– En général, on dit le contraire.

– Et l'on a tort. En 1937, la moitié de nos généraux étaient vendus. C'était impensable, alors on ne le pensait pas. Si nos généraux méritaient d'être suspectés, nos « amis allemands » le méritent bien davantage.

– Knap vous a pourtant donné des preuves...

– Les preuves ne prouvent rien. Au contraire, même. La nocivité d'un traître se mesure à la qualité des témoignages de sa prétendue fidélité. En bonne logique, ils sont d'autant plus suspects qu'ils paraissent irréfutables.

Curieux propos que n'eût pas désavoués un tchékiste d'autrefois, un officier du Guépéou, ou du tout récent N.K.V.D. Peut-être d'ailleurs le lieutenant n'était-il interprète qu'à ses

1. Commissaires politiques.

moments perdus. Clariond eut soudain l'impression qu'il ne devait pas au hasard de déjeuner en face de lui ce matin.

– Il paraît que tu veux visiter Sachsenhausen?

– Je suis venu à Oranienburg pour cela.

– Combien de temps as-tu passé au camp?

– Deux ans exactement.

Le lieutenant émit un sifflement admiratif.

– Eh bien, dis donc, ça fait un bail! Je pense que tu n'as pas dû rigoler tous les jours.

– Rarement, en effet.

– Pourquoi remuer de pénibles souvenirs? Un pèlerinage après deux, cinq ou dix ans, je comprendrais, mais pourquoi venir sur place moins de quatre mois après avoir été libéré?

Clariond toisa son interlocuteur.

– Est-ce un interrogatoire?

– Verrais-tu un inconvénient à ce que c'en soit un?

– Pas le moindre, à condition que les choses soient claires et que je sache à qui je parle.

– Elles le sont. Tu as un entretien amical avec un officier de la Sécurité. Tu es l'invité du général d'armée et je suis chargé de veiller sur toi. Je m'enquiers des raisons de ta visite pour en faciliter le déroulement.

Clariond sortit un lot de papiers de ses poches : carte de presse, laissez-passer, accréditations auprès des autorités soviétiques et allemandes, qu'il mit sous les yeux du lieutenant.

– Je pourrais te répondre qu'en qualité de journaliste il m'a paru intéressant d'enquêter sur la prise de conscience du fait concentrationnaire par une population qui vivait à proximité immédiate de l'un des principaux camps du pays.

– Mais tu te gardes bien de le faire, et tu as raison.

– Pourquoi?

– Parce que nous ne te croirions pas, qu'en conséquence nos hommes te fileraient le train et qu'aucun de tes mouvements, aucune de tes rencontres ne nous échapperaient.

Il alluma une cigarette russe à long embout de carton et fit une grimace de dégoût.

– Les *papiroshki* [1] sont dégueulasses, et les américaines à peine moins. Heureusement qu'on a donné un secteur de Berlin aux Français! Ils nous ravitaillent en Gitanes. Tu n'en as pas, par hasard? Je suis à sec.

Clariond lui tendit un paquet entamé.

– Garde-le, j'en ai d'autres.

– Merci. Comprends-moi bien. Ce n'est pas pour nous qu'il

1. Cigarettes russes et polonaises.

est important que tu racontes ce que tu viens faire, c'est pour toi, parce qu'au-delà du contrôle que nous exercerons sur tes déclarations il sera infiniment plus agréable, pour toi, que nos vérifications recoupent tes dires plutôt que de les infirmer. Alors ?

– Je suis un journaliste d'occasion, dit Clariond. Mon ambition est d'écrire et j'ai eu la chance, pendant plusieurs mois, de pouvoir le faire au camp.

– Fichtre ! s'écria le lieutenant. Dostoïevski a été moins gâté. Il n'a écrit ses *Souvenirs de la Maison des Morts* que dix ans après son retour du bagne. Ainsi donc, tu as écrit. Et qu'as-tu fait de ton manuscrit ?

– Toute la question est là. Je l'ai planqué dans des caches aménagées sur l'emplacement de mon commando. Tu me demandes ce que je viens faire au camp ? La réponse est simple. Je vais essayer de le retrouver et, si possible, de le publier à mon retour en France.

Le visage du lieutenant se figea imperceptiblement, comme chaque fois que son sixième sens lui faisait découvrir une piste.

– Camarade écrivain, plaisanta-t-il, nous t'aiderons à retrouver tes papiers, même au risque que ton génie éclipse celui de Fédor Mikhaïlovitch !

Son sourire était amical. Avec curiosité, il s'enquit des conditions dans lesquelles Clariond avait pu travailler.

– Ça ne devait pas être facile d'écrire au camp, à deux par châlit, entre la soupe et l'extinction des feux.

– C'est au commando que je travaillais.

Le lieutenant eut l'air sincèrement étonné.

– Tu parles d'une planque ! Quel était le commando d'exception où l'on noircissait du papier ?

– Le *Bauhof*.

– Tu peux dire que tu as eu de la chance, car le *Bauhof*, selon nos informations, était un abattoir où plus de trois mille des nôtres ont laissé la peau. Il fallait que tu sois sérieusement pistonné pour y vivre peinard.

Clariond avait le sentiment désagréable de s'enfoncer dans un terrain mouvant et d'être impuissant à contenir les progrès de cet enlisement. Le lieutenant, en revanche, semblait de plus en plus à l'aise : amical et ironique à la fois.

– Qu'est-ce que tu étais censé faire au *Bauhof*, à part écrire ?

– L'important était ce que j'y faisais effectivement. Pendant un an, j'ai assuré l'écoute radio – pas Berlin, mais Londres – j'ai rédigé un bulletin quotidien et l'ai diffusé à l'intérieur du camp.

– Personne ne le faisait avant toi?

– Si, un de mes amis, un communiste français, qui avait fini par se faire piquer.

– Qui t'avait fourni ta radio?

– Le poste appartenait à Werner, l'*Oberkapo* du *Bauhof*. Le S.S. affecté à la garde du commando, un Croate, le lui avait vendu.

C'était le monde à l'envers. L'officier marqua le coup. Pour lui, Werner était un criminel de guerre, recherché comme tel. Quant au S.S. croate, il était deux fois coupable. Une première fois pour avoir trahi sa patrie et une seconde fois pour avoir adhéré à une association de malfaiteurs.

Que, grâce à ce couple maudit, l'information dont s'abreuvait l'espérance eût été diffusée sans aucune interruption lui apparaissait comme le fruit d'une intolérable compromission. Il se demandait même si la nuit totale n'eût pas été préférable à cette aube polluée. Un kapo assassin et un S.S. croate! La pilule était amère, même si l'exercice dialectique propre à la faire passer était tout à fait à sa portée. Mais il était fatigué de la dialectique; il en avait la gueule de bois comme de la vodka, du schnaps et du cognac ingurgités la veille.

Ce n'était pas la première fois qu'un accès de déprime s'abattait sur lui à l'improviste. Le phénomène était d'ailleurs connu. Tous les enquêteurs, à un moment ou à un autre, ont eu à y faire face, et savent que pour en avoir raison ils n'ont d'autre ressource que de durcir le ton et de presser le rythme de leur interrogatoire.

Du coup, il devint franchement désagréable.

– Assez plaisanté, dit-il. Tu écrivais, bien au chaud dans la baraque de Werner : bon! Tu écoutais sa radio et tu rédigeais ton bulletin : fort bien! Mais il ne faut pas me prendre pour un idiot. Werner se foutait pas mal que tu écrives ou que tu écoutes sa radio. Si tu as été affecté au *Bauhof*, c'est qu'il l'a demandé. Il avait pour cela une raison. Laquelle? Si tu veux récupérer tes manuscrits, tu as intérêt à retrouver la mémoire. Procédons par ordre. Qui a décidé de ton affectation?

– L'adjoint de Knap à la *Schreibstube*, un Alsacien nommé Schnabel. Nous sommes arrivés au camp par le même transport. Moi, j'en bavais au commando des marcheurs, les...

– Je connais. Ensuite?

– Schnabel m'a dit qu'il m'avait trouvé une bonne planque au *Bauhof*. Le lendemain, j'ai été transféré, c'est tout.

– Connaissais-tu Werner avant d'être affecté au *Bauhof*?

– Absolument pas. Je ne l'avais jamais vu ni rencontré.

– Parle-moi de cette planque?

« Qu'est-ce que je risque ? » se demanda Clariond que submergeait un malaise diffus.

Il était d'autant plus disposé à dire ce qu'il savait qu'il n'avait à ménager personne.

Que de l'or en lingots ait été sorti du camp, qu'il ait été enfoui dans des caches en attendant des jours meilleurs, que Werner ait été l'instigateur de cette opération dont il entendait bien être le bénéficiaire, les services de sécurité soviétiques ne l'ignoraient certainement pas, et c'était bien pourquoi ils mettaient autant d'ardeur à le rechercher.

Contrairement à ce que prétendait le lieutenant, ce n'était pas le criminel de guerre qui l'intéressait, mais le détenteur du magot et ses complices, car il était évident qu'il n'avait pas agi seul.

Complice, en tout cas, Clariond ne l'avait jamais été et tenait à l'affirmer :

– A mon arrivée au *Bauhof*, dit-il, Werner m'a indiqué ce qu'il attendait de moi. Il s'agissait de sortir du camp des lingots d'or soustraits au trésor des S.S.

– Par qui ?

– Comment l'aurais-je su ? Des types que je ne connaissais pas me remettaient les lingots. Jamais les mêmes.

– C'était risqué ?

– Plutôt, oui ! La corde si je me faisais prendre avec en prime quelques hors-d'œuvre. Mais Werner m'avait dit que le S.S. de la tour était dans le coup. Je n'ai jamais su si c'était vrai.

– Bon ! Tu arrivais au commando avec tes lingots. Que se passait-il ensuite ?

– Je les déposais dans un évidement pratiqué dans un mur en construction et j'en donnais les cotations à Werner.

– Au total, combien as-tu pratiqué de caches ?

– Je ne sais plus. En tout cas, pas moins d'une centaine à raison d'un ou deux lingots dans chacune.

– C'est-à-dire cent cinquante kilos d'or ?

– Approximativement, oui.

– Tu as bien dû noter les cotes ?

– Certainement pas. Werner m'avait fortement conseillé de les oublier. Connaissant le personnage, c'est ce que j'ai fait.

– Pas le moindre souvenir ?

– Si, celui d'une seule cotation – qui correspond à la cache dans laquelle j'ai déposé mon manuscrit. Si tu le veux, nous la découvrirons ensemble.

Le lieutenant se leva.

– Avec plaisir.

Il tapota l'épaule de Clariond.

– Tu le vois, un interrogatoire n'a rien de terrible dès lors qu'on n'a rien à cacher. Pour notre course au trésor, demain matin, huit heures?

Depuis avril, peu de choses avaient changé dans la zone urbaine qui s'étendait du camp à Berlin. L'arrivée des Russes n'avait été précédée d'aucun bombardement massif. Ni le camp ni l'agglomération d'Oranienburg n'avaient été le théâtre de combats violents. Passé les premiers jours, le bruit et la fureur avaient décru. Un étrange silence s'était appesanti sur la ville. Si, comme partout, les grands axes de circulation avaient été dégagés, personne encore ne s'était sérieusement attelé au déblaiement des ruines. Devant l'ampleur de la tâche à accomplir, la population était comme frappée de paralysie.

Rien pourtant, dans un paysage parfaitement reconnaissable, ne rappelait à Clariond l'image qu'il en avait conservée. A l'époque où il risquait, à chaque geste, de se désintégrer dans l'explosion de la bombe qu'il désamorçait, la vie, malgré les apparences, avait déjà déserté la cité. Le hurlement des sirènes, le ronflement de forge des incendies, la frénésie des sauveteurs ne témoignaient pas d'une volonté de vivre âprement défendue; ils n'étaient pas des mouvements coordonnés, mais des convulsions d'agonie saccadées et machinales. Le paysage, certes, conservait ses traits de naguère. Mais ils étaient ceux d'une ville morte. Cet aspect fantomatique était encore plus frappant lorsque, passé la voûte noire et suintante d'humidité de la tour, on pénétrait dans l'enceinte du camp.

Le préposé aux visites guidées faisait les honneurs de l'endroit.

– Ceci était la place d'appel. Les quarante mille internés...

– Ne te fatigue pas. J'ai fait deux ans de camp.

Le guide avait le teint de cendre et les traits burinés des vieux forçats. Son visage s'éclaira.

– Sans blague, un pote! A quel commando étais-tu?

– *Schuhläufer, Bauhof* et déminage.

– Moi, je suis entré au camp en 40, vendu par les Français.

– Tu avais fait l'Espagne?

– Entre autres.

Il était difficile d'imaginer ce petit homme ratatiné en dynamitero des Brigades internationales, encore moins en bourlingueur de la révolution.

– Finalement, dit Clariond, vivant après quinze ans de luttes, tu t'en es bien tiré.

– Qu'en sais-tu? répondit le guide. On ne se tire jamais bien de ces histoires-là. Quand tous les autres sont tombés, peut-on se féliciter d'être toujours debout? Rester seul, ça n'est ni juste ni drôle. Et puis, entre nous, debout pour quoi faire? Il n'y a rien de commun entre ce qu'on a rêvé...

Il fit de la main un geste circulaire.

– ... et ce que l'on voit. Mais je ne vais pas t'emmerder avec mes états d'âme. Je te fais visiter?

– Tout à l'heure. Je voudrais d'abord faire un tour de piste.

Gravier, ciment, sable et eau. La piste était intacte. Il ne manquait que l'eau dans la quatrième section du parcours. Clariond se mit en marche en s'obligeant à évoquer les compagnons d'autrefois, les aviateurs anglais, Gerson, le 93 qu'il n'avait jamais vu, tous les autres, qu'avaient rapprochés, pour un temps, la fantaisie et la stupidité d'un maître d'esclaves. Leurs silhouettes, épaules courbées sous le sac rempli de sable et *Mützen* avachies coiffant des crânes rasés aux repousses maladives, n'étaient pas au rendez-vous. Ni le bruit de leurs pas crissant sur le gravier ou barbotant dans l'eau, ni celui de leurs voix. Pendant cinq ans, cent cinquante hommes avaient tourné dans ce manège à raison de soixante tours par jour. Cela faisait un total de quatre-vingt mille tours, une géhenne qu'ils avaient fini par domestiquer, au point d'en faire une façon de vivre. Il n'en restait rien. L'âme sulfureuse qui avait habité les lieux s'était dissoute dans le néant. Au balcon du premier étage de la tour, l'embrasure au milieu de laquelle luisait naguère le tube menaçant d'une mitrailleuse était noire et vide. Les lettres géantes de l'inscription courant de baraque en baraque avaient pâli au cours de l'été. Il n'y avait plus personne pour les repeindre, plus personne pour marcher, pour souffrir, pour mourir dans cette enceinte écrasée de soleil au milieu de laquelle la potence, toujours en place, avait perdu jusqu'à son pouvoir évocateur et son aspect menaçant, en dépit des trois crochets rouillés sous lesquels tant de corps s'étaient balancés.

Le bloc de la quarantaine était toujours debout. Dans la *Stube*, les bancs, les tables et le poêle sur lequel Julia mitonnait le dîner de son homme étaient en place. Toutefois Julia elle-même, coiffée de son turban et roulant des fesses devant quatre cents hommes pétrifiés, semblait absente de ces lieux, comme si son fantôme en répudiait le souvenir.

Le block 13 aussi était intact. Il était de ceux dont la conservation était prévue lors de la transformation du camp en Mémorial de la déportation. En attendant, il était propre et décent. L'âcre odeur que dégageait naguère l'entassement de mille corps mal lavés, mal nourris avait fait place à celle, tout aussi agressive, d'un désinfectant généreusement répandu par les services d'hygiène de l'armée rouge. Aucune punaise ne pouvait survivre à pareil traitement. Aucun souvenir non plus.

Dans la *Fluge* B, Clariond rechercha le châlit qu'il avait partagé avec Brabant des mois durant. Les paillasses et les couvertures avaient disparu. A leur place, entre les montants de bois, les planches brutes des couchettes avaient un air revêche. Lorsque, à l'issue d'une journée de marche sous la pluie, on se retrouvait au sec entre paillasse et couverture, avec, pourquoi pas, l'aubaine d'une *zulage* de pain ou de saucisson de cheval, comment nier que l'instant était d'exception et que, pour le qualifier, le mot de bonheur, bien que sacrilège, approchait plus qu'aucun autre de la vérité?

Certes, il y fallait la présence de Brabant. Elle seule lui conférait sa plénitude. Clariond s'en était aperçu lorsqu'il s'était retrouvé seul, réduit à ses propres ressources, et que, hors du rayonnement de l'autre, le froid de la solitude s'était abattu sur lui.

Le châlit n'était pas difficile à identifier. Il était situé en bout de baraque, à l'écart du couloir central et à droite d'une fenêtre. L'étage de la couchette était celui du milieu. Il y avait, plantés sur la face interne des montants de bois, deux clous entre lesquels Brabant et Clariond tendaient une ficelle sur laquelle, les jours de pluie, ils faisaient sécher leurs *zebra*. Les clous étaient en place. Ce n'étaient que deux clous. Pourtant, à constater leur présence, Clariond ressentit une inexplicable et violente émotion. Il s'allongea sur le bois rugueux de la couchette, se serra sur le côté gauche comme il avait coutume de le faire pour ménager la place dont Brabant avait besoin pour s'étendre à son tour, ferma les yeux et se mit à attendre.

Le guide le découvrit une demi-heure plus tard, endormi dans la même position. Il le secoua.

– Je te cherchais partout et me faisais du mauvais sang. C'est qu'avec les types qui viennent ici il faut se méfier. La semaine dernière, il y en a un qui s'est foutu en l'air à la station Z.

Comme chacun, sans doute, celui-là avait vécu dans la crainte d'y finir ses jours. Il n'en savait rien d'autre que ce qu'il imaginait, car il en était de la station Z comme des Enfers : personne n'en était jamais revenu. Son existence et sa proximité, la menace permanente qu'elle représentait et le mystère dont elle s'était entourée en avaient fait un lieu mythique dont l'évocation exerçait une fascination morbide sur l'esprit des internés.

Les marcheurs plus que d'autres y étaient sensibles parce qu'ils assistaient quotidiennement au chargement de l'ambulance à la porte du *Revier* IV et qu'ils pouvaient la voir s'engager dans son court mais fatal trajet.

– Je voudrais visiter la station Z, dit Clariond.

Ils longèrent le mur d'enceinte, comme l'ambulance l'avait fait tous les jours pendant des années, puis passèrent un portail de fer dont les battants n'avaient plus de raison de rester fermés.

D'ores et déjà l'endroit avait été transformé en musée. Le résultat était dérisoire. Clariond croyait entendre le guide réciter sa leçon.

– A droite, mesdames et messieurs, la fosse aménagée pour les fusillades. Vous remarquerez la trace des impacts sur les parements de rondins. Suivez le guide! Ici, le *Bunker* réservé aux pendaisons dites spéciales. Par ici, s'il vous plaît. Voici la chambre à gaz, sa porte blindée, le hublot de contrôle et la manette.

Aucune trace, aucun souvenir ne subsistaient des hommes qui avaient fini ici. On aurait pu croire que le crime puiserait dans son ampleur même une sorte d'horrible majesté. Pas même. L'endroit était on ne peut plus ordinaire, chichement équipé, plus écœurant que sinistre et le lyrisme du guide ne serait pas de trop pour éveiller l'intérêt des visiteurs.

Décidément, les fantômes sont décevants. A la fois prétentieux et de médiocre talent, ils seraient capables de transformer le haut lieu qu'ils hantent en un quelconque château d'If, avec visite commentée du cachot d'Edmond Dantès.

– J'en ai assez vu, dit Clariond. Rentrons.

Le préposé aux visites ne comprenait pas ce manque de curiosité.

– Y'a encore le *Krematorium,* plaida-t-il.

– Une cheminée carrée et des ferrailles rouillées, non, merci.

– Le four est intact, protesta-t-il.

– Mais il est éteint. Un four éteint est un fantôme de four. Et j'ai soupé des fantômes.

– Dans ce cas, qu'es-tu venu faire ici, qui espérais-tu rencontrer? Dis-moi, n'est-ce pas un fantôme que tu attendais dans ta baraque, allongé sur ton châlit?

Clariond secoua la tête.

– Laisse tomber. Ce que je suis venu chercher ne se trouve pas au camp, mais au *Bauhof.*

– Tu y es allé?

– Non, j'y vais demain. Accompagné d'un Russe.

Le guide ricana.

– Le contraire m'aurait étonné. Je te préviens, ajouta-t-il, tu risques de ne pas reconnaître l'endroit.

– Pourquoi?

– On a commencé à niveler les ruines pour bâtir dessus une nouvelle briqueterie. Tout ce qui était récupérable a été conservé : les briques entières, les moitiés de briques, les poutrelles de fer et même les fers à béton. Comme le canal n'est pas navigable, avec toutes les épaves qui l'encombrent, on a prolongé la voie ferrée jusqu'au chantier Klinker. Elle passe juste au milieu de ce qu'était le *Bauhof*.

– Le long du chantier d'I.G. Farben?

– Tout juste. Ce qui en restait a été utilisé pour construire un quai et une plate-forme sur laquelle seront montés des hangars.

Clariond pâlit.

– La dalle de béton est-elle déjà coulée?

– Pas encore. On manque de ciment.

Il réfléchit un instant et se mit à rire.

– Est-ce que, par hasard, toi aussi, tu serais chercheur d'or? Si c'est le cas, tu arrives trop tard. Les jeux étaient faits deux jours après l'arrivée des Russes, une avant-garde de cavaliers bouriates qui, après avoir violé et bu jusqu'à plus soif, s'étaient remis en selle et avaient disparu. Le lendemain arrivait la 45e division de choc de la IIIe armée de la garde. Du sérieux. Mais, entre-temps, le *Bauhof* avait été visité par quelqu'un de compétent et de renseigné.

– Werner?

– Lui-même. Tu le connaissais?

Personne, en fait, n'avait vu Werner au travail. Il lui avait pourtant fallu du temps pour repérer et vider la centaine de caches du *Bauhof*... Apparemment, il y avait réussi puisque après lui personne n'avait rien trouvé.

– Le second visiteur était, paraît-il, celui qui avait conçu l'opération.

– Un bossu?

– C'est cela. Alfred qu'il s'appelle. Il est bien revenu dix fois sans succès. Ses allées et venues ont fini par attirer l'attention des Russes qui l'ont même bouclé pendant plusieurs jours. Après quoi, ils sont revenus seuls et se sont mis à chercher, eux aussi. Bien entendu, ils n'ont rien trouvé. Werner, lui, court toujours et pourtant, lesté de ses cent cinquante kilos d'or, il ne doit pas aller bien vite. Comme tu le vois, tu arrives bon dernier, à moins que tu n'aies des tuyaux particuliers.

– L'or ne m'intéresse pas. Je viens chercher un manuscrit.

– Caché au *Bauhof*?

– Dans le soubassement du mur sud d'I.G. Farben.

– Le mur sud? Attends voir...

– C'est celui qui était proche de la route. Le mur nord faisait face au canal.

– Tu as du pot. La voie ferrée longe le mur nord, qui sert d'assise au quai. Les travaux de terrassement n'ont pas encore atteint ton mur, mais ça ne saurait tarder.

– Je serai sur place demain à huit heures trente. Tu veux venir?

Le guide fit la grimace.

– Et ton Russe?

– Avec lui, nous serons trois.

– Ce sera un de trop.

– On dirait que tu n'aimes pas les Russes. Tu es pourtant des leurs.

– Je le croyais, mais je me trompais. Avec eux, dans le meilleur des cas, on est suspect.

– De quoi?

– Si seulement on le savait! Tu te souviens des Ukrainiens et des prisonniers russes qui servaient de cibles vivantes aux S.S. à l'instruction? Il n'en restait pas un sur dix. Eh bien, les survivants n'ont fait qu'échanger ce camp-ci contre un camp de la Kolyma. Et ils y resteront jusqu'à ce que la lumière soit faite sur leur comportement. Autant dire qu'ils y crèveront. Non, je n'aime pas les Russes...

Rien ne permettait de situer l'emplacement des deux chantiers de Heinkel. Impossible également de localiser l'endroit où le mirador et la baraque de Werner avaient été érigés. Quant au bâtiment de Klinker, dont les superstructures affaissées ressemblaient à la carapace d'un gigantesque saurien, il avait simplement disparu.

Ici et là, des pans de murs émergeaient des gravats, mais il n'était guère possible de dire à quels bâtiments appartenaient ces ruines, ni de les replacer dans un plan cohérent. Aucun pilier d'angle n'était debout et, partant, aucun repérage n'était possible. Si Werner avait bien trouvé les caches, son sens de la découverte tenait du prodige.

– Tu t'y retrouves? demanda le Russe.

– Absolument pas. Tous les repères ont disparu.

– Pas tous quand même, intervint le guide.

Il désigna la voie ferrée, prolongée depuis la gare jusqu'au chantier de la briqueterie.

– Les cinquante mètres de quai déjà achevés ont été construits en utilisant le mur nord d'I.G. Farben, qui était miraculeusement intact, piliers d'angle compris. Si tu te souviens de la longueur du bâtiment, tu dois pouvoir localiser le mur sud et identifier ce qui en reste.

– Il mesurait exactement quatre-vingt-dix mètres de long.

– A partir de quel angle as-tu établi tes repères?

– Le gauche, en faisant face au mur sud.

Ils trouvèrent sans difficulté l'emplacement du pilier droit du mur nord, dont les assises soutenaient l'extrémité du quai.

Le Russe avait le compas dans l'œil : un vrai théodolite! A hauteur du pilier, il détermina un angle de quatre-vingt-dix degrés par rapport à la voie ferrée et fit placer une mire dans la direction ainsi définie, à une centaine de mètres de son point de référence.

– Il n'y a plus qu'à s'aligner sur les repères, dit-il, et à compter quatre-vingt-dix mètres. On ne peut pas se tromper. Le pilier gauche doit être là.

Que ces calculs théoriques et ces travaux pratiques effectués sur le terrain puissent déboucher sur la découverte de la cache et des six douilles de 88 sagement allongées dans leur berceau paraissait hautement improbable. Clariond participait aux recherches puisqu'il était venu pour cela mais, manifestement, ne croyait pas au succès de l'entreprise. Il n'y avait pas de passerelles entre le monde du *Bauhof* et celui de la IIIe armée de la garde, entre Werner et le lieutenant soviétique, entre la mort grouillante du camp et la mort aseptisée du mémorial et finalement entre le *zebra* qu'il avait été et l'accapareur qu'il était en train de devenir.

– C'est ici!

Le guide avait planté un bâton sur un monticule de gravats et de briques concassées.

– Il ne reste plus qu'à creuser, dit le Russe. J'ai des outils dans le 4 × 4.

Clariond et le guide allèrent les chercher.

– T'as vu? dit celui-ci. Porter une pelle, ça lui ferait mal.

– Il est géomètre, répondit Clariond, pas terrassier.

Ils attaquèrent au pic et trouvèrent presque aussitôt la maçonnerie.

– Quelles sont tes cotations?

– 12 par 60. C'est-à-dire que la cache se situe à un mètre vingt au-dessus de la base du mur et à dix-huit mètres du pilier.

Une fois de plus, le guide planta son bâton.

– Dix-huit mètres. Cette fois-ci, on y est.

Clariond ne pouvait y croire et cependant son cœur battait la chamade. Si la cache se trouvait effectivement sous ses pieds, ce n'étaient pas des papiers qu'il allait exhumer, mais les restes de Brabant. Sa découverte serait un viol de sépulture.

Il s'était laissé choir, en proie à un malaise. Sans qu'il s'en fût avisé, Brabant, vainement évoqué la veille, se tenait derrière lui et son regard lui brûlait la nuque. Sa présence toujours apaisante et amicale était hostile aujourd'hui... Inexplicablement. Car le pèlerinage au *Bauhof,* c'était lui qui l'avait souhaité, exigé même.

« Tu reviendras au camp dès que possible, avait-il murmuré. Tu rechercheras les manuscrits que tu as scellés dans les murs du *Bauhof,* tu les ramèneras à Paris et tu les feras publier. »

– Tu n'es ni pressé ni curieux, remarqua ironiquement le Russe. Ou peut-être crains-tu que ta mémoire t'ait trahi.

Clariond leva les yeux vers lui et crut reconnaître dans son sourire le mépris qu'au camp les Russes affichaient pour la dégénérescence bourgeoise des Français...

– C'est bien ce qu'on va voir, répliqua-t-il en prenant la pioche des mains du guide. Je creuse à dix-neuf mètres pour tomber au milieu de la cache. Dix-neuf mètres, où est-ce, exactement?

– Ici.

La crête du mur était recouverte d'une couche de déblais d'une quarantaine de centimètres d'épaisseur. Au moment où Clariond avait quitté le *Bauhof,* le mur sud atteignait trois mètres de haut. Qu'en restait-il après les destructions des dernières semaines de guerre? Moins de deux en tout cas, si l'on considérait la hauteur du tertre qui le recouvrait.

Clariond avait descellé quatre couches de briques lorsque soudain son outil s'enfonça de quinze centimètres dans l'épaisseur du mur.

Il passa le pic au guide.

– Continue. Je n'ai plus de bras!

Le sourire du Russe s'était figé. Il était vexant que ce petit con de Français eût réussi, en moins d'une demi-heure, là où une section de sapeurs soviétiques s'était échinée en vain pendant plus de deux semaines.

La couche de graisse dont Werner avait enduit les douilles avait empêché que le ciment n'adhérât à leurs parois. Après un coup de chiffon, elles apparurent intactes et luisantes sur le bureau du lieutenant.

– J'avoue, dit-il, que je ne croyais pas à ton histoire. Dommage que ta mémoire soit sélective. Même en cherchant bien...

– Seul le manuscrit m'intéressait. L'or, de toute façon, était une sale affaire. Maudite en quelque sorte. Je ne sais qu'une chose. Dans les murs d'I.G. Farben, il n'y avait pas d'autre cache que celle des manuscrits. L'or était réparti entre les deux bâtiments d'Heinkel.

Le lieutenant soupira.

– Admettons. Ceci, dit-il en montrant les douilles, est donc bien ton manuscrit?

Un instant, Clariond fut tenté de rétablir les faits. Mais qu'eût-il pu dire ?

« Ce n'est pas " mon " manuscrit, car il n'est pas de moi. Il s'agit d'une œuvre écrite par un camarade de commando, qui fut mon maître à vivre. Pendant deux années, nous avons vécu, intellectuellement, émotionnellement plus près l'un de l'autre qu'il n'est possible de le concevoir dans une vie ordinaire. Ce qui nous liait était plus fort que l'amitié. Qu'était-ce ? Je ne saurais le dire, sinon que je ressens sa disparition presque physiquement, comme l'amputation d'un membre dont l'absence se rappelle sans cesse à moi.

» Il s'appelait Brabant. Il est mort dans le bois de Below la nuit qui a précédé notre libération. La veille au soir, il m'avait fait jurer de revenir au camp dès que je le pourrais et de ramener, pour le publier, le manuscrit que j'avais scellé, à sa demande, dans les murs d'I.G. Farben. Aujourd'hui, j'accomplis ce devoir. C'est en ce sens que j'ai parlé de mon manuscrit. »

Déjà, il voyait luire un intérêt graveleux dans les yeux bleu faïence du lieutenant. Tête à claques, avec son nez en pied de marmite, son crâne en poire et sa nuque qu'habitait un bourrelet violacé.

« Plus fort que l'amitié, vraiment, et tu ne sais pas ce que c'est ? Je croyais les Français plus perspicaces. Puisque tu ne sais pas, je vais t'aider à trouver... »

Il faudrait argumenter, plaider, faire face aux insinuations, aux plaisanteries de ce flic – car il n'était que cela – se disculper en somme d'accusations lancées au hasard, par principe, avec l'espoir qu'une au moins ferait mouche.

Sternberg, le violoniste, racontait qu'un jour il avait vu sortir de la *Yeshiva* [1] de son village un futur rabbi, papillotes au vent, qui criait à qui voulait l'entendre :

– J'ai une réponse. Qui a une question ?

Pareillement, les commissaires politiques ont des accusations plein leurs poches. Il ne leur manque que des coupables. Ils en trouvent. Au moins ne ferait-il pas le jeu de celui-là.

– Que serait-ce d'autre ? répondit-il. Ouvre, tu verras bien.

– Il faut, dit le lieutenant, que les choses soient faites dans les formes légales. Les services de sécurité prendront connaissance des documents en priorité et en conserveront un microfilm. Ils ne te seront remis dans leur intégralité que dans la mesure où ils ne contiennent pas de propagande mensongère, et après que tu auras établi un *affidavit* relatant les conditions dans lesquelles tu les as rédigés, mis en sécurité et retrouvés.

---

1. École talmudique.

Il poussa un bloc de papier à travers la table.
– Prends ton temps. Chez nous, on aime les détails.
Clariond était indigné.
– Ces papiers m'appartiennent! protesta-t-il.
– Je ne le conteste pas. Mais une découverte à ce point surprenante dans une zone où il se passe d'étranges histoires demande à être considérée de près. Qui sait? Tes écrits sont peut-être subversifs, antisoviétiques.
– Absolument pas!
– Tant mieux! Il ne me faudra qu'une journée pour le vérifier. Tu auras tes papiers demain.
– Je peux au moins assister à la dessoudure de mes douilles?
– Rien n'est plus naturel.
Werner avait fait un travail sérieux. Les soudures étaient plus résistantes que le métal. Il fallut scier l'encolure des douilles pour en extraire les manuscrits.
Au tout dernier moment, Clariond fut pris de panique. Il lui paraissait impossible que la chance qui l'avait favorisé tout au long de l'opération lui sourît jusqu'au bout. Il se souvenait des papiers que Brabant avait transportés dans la poche de son *zebra* jusqu'à l'ultime étape. Pratiquement indéchiffrables, et pourtant ils n'avaient été exposés qu'une semaine à l'humidité. Qu'en serait-il de ceux du *Bauhof* après quatre mois dans le mur en ruine de l'I.G. Farben?
Le lieutenant, lui, était impavide. Si cette putain de cache avait contenu de l'or, il aurait été remué, mais des papiers! Il fit glisser hors de chacune des douilles le rouleau recouvert de papier goudronné qui s'y trouvait logé. Chaque rouleau comportait une centaine de feuillets dans un état de conservation parfaite.
– Six cent vingt au total, dit-il. Nous sommes d'accord?
Clariond avait du mal à parler. Il aurait voulu être seul pour ses retrouvailles avec Brabant.
– D'accord pour le nombre de feuillets. Quant au procédé, je cède à la force.
Le lieutenant lui envoya dans le dos une bourrade amicale.
– C'est ce que tu as de mieux à faire. Retourne à Berlin pour la soirée. Une voiture passera te prendre à la Maison des Hôtes demain matin.

Knap n'en revenait pas.
– Un duel à la vodka avec le général Berdanov? Incroyable. Mais que lui as-tu fait pour mériter cet honneur?
Il y avait, dans sa question, un mélange d'envie, d'amertume

et d'admiration. Jamais le prestigieux général de la IIIe armée de la garde n'avait abaissé les yeux sur le camarade-bourgmestre. Infortuné Knap!

Il avait plus appris sur la solidarité des Forces du Progrès en quatre mois de pratique qu'en vingt ans de militantisme.

Par loyauté envers les siens, il s'interdisait de jeter un coup d'œil à Berlin-Ouest et de se donner les moyens de vérifier le bien-fondé des rumeurs selon lesquelles une relative abondance régnait en zone occidentale.

– Je ne crois que ce que je vois, avait-il coutume de dire.

Il suffisait de refuser de voir pour ne pas avoir à croire. La difficulté résidait précisément dans ce refus, parce qu'il niait une évidence. Berlin-Ouest était sans doute un endroit de perdition, une métropole de trafics et de vices, mais on y trouvait ce qu'il fallait pour vivre, tandis qu'en zone orientale la pénurie était présentée comme une ascèse par laquelle le peuple allemand, libéré du poids de ses péchés, accéderait à une nouvelle forme de vie, articulée sur la vertu socialiste. C'était dur à digérer, même pour des gens comme Knap, qui n'avaient jamais songé à mettre en doute la ligne du Parti, quelles que fussent les circonstances.

– Les Russes, dit Clariond, ont vu en moi l'ancien déporté qui, par solidarité concentrationnaire, accepterait de relayer certaines des idées qui leur sont venues depuis l'explosion de la bombe d'Hiroshima.

Knap ne comprenait pas en quoi le sort des Japonais pouvait intéresser les Russes.

– Hiroshima? s'étonna-t-il.

– Il faut les entendre gueuler, après leur troisième vodka, qu'ils ont payé leur victoire d'un prix exorbitant, mais qu'enfin ils la tiennent et que rien ne pourra remettre en cause la primauté de leur puissance militaire, pas même la superproduction hollywoodienne du débarquement en Normandie. Ils peuvent gueuler autant qu'ils veulent. La vérité, c'est que la bombe atomique a pulvérisé leur prétention. L'alliance, l'amitié, les idéaux communs, la fraternité du combat, tout cela est fini. C'est une autre guerre qui vient de commencer avec de nouveaux adversaires, de nouveaux alliés et de nouvelles armes, les journaux par exemple.

L'habituel réflexe fit jaillir la réponse.

– C'est vrai qu'ils l'ont payée, leur victoire, et qu'il est inacceptable qu'elle leur soit confisquée. Qu'est-ce qu'ils t'ont demandé?

– Rien encore. Il faut dire qu'ils ont été distraits de leurs préoccupations par un imprévu de taille. Ils ont cru voir en moi un chercheur d'or!

– Encore cette histoire de Werner! Il y a belle lurette qu'il a ramassé son magot et qu'il s'est barré avec.

– Peut-être. Mais les Russes s'étonnent qu'en moins de deux jours il ait pu, tout seul, retrouver plus de cent caches dans un terrain d'où tous les repères avaient disparu, ce qui, en travaillant nuit et jour, sans s'arrêter une minute, supposerait une découverte toutes les trente minutes. Et puis, des fouilles, cela laisse des traces. Or il n'y en a pas. D'où leur conclusion : le trésor, si trésor il y a, est toujours en place et attend d'être découvert. Ils cherchent, et, comme ils ne trouvent rien, ils s'énervent. Là-dessus, j'arrive. Et ils apprennent que le journaliste est, en fait, un chercheur de trésor.

– Tu es sur le coup de l'or, toi aussi?

– Absolument pas. C'est un manuscrit que je suis venu chercher.

– Au *Bauhof*?

– Exactement.

– Et les Russes ont cru ton histoire?

– Pas plus que toi. C'est pourquoi ils m'ont accompagné sur le site du *Bauhof*. Il y avait avec nous le guide du camp, un vieux tout maigre.

– Herstall, de la *Schusterei* [1].

– Il m'a aidé à retrouver le tracé du bâtiment d'I.G. Farben. A partir de là, tout a été simple.

– Tu as trouvé?

– Comme je te le dis. Mon Russe en était sur le cul.

– Comment a-t-il réagi?

– En bon policier, qui exigeait de vérifier que le manuscrit ne contient rien de subversif.

Knap sourit tristement.

– Mon pauvre ami! La subversion, chez nous, c'est l'hérésie des inquisiteurs d'autrefois. Elle est partout, jusqu'au fond de la tête des gens. Nous la traquons dans celle de nos adversaires, dans celle de nos amis et même, pour prouver notre rigueur, dans la nôtre. J'augure mal de la perspicacité de ton Russe.

– Tu te trompes. Il a intérêt à être compréhensif s'il veut que je le sois moi-même. L'amitié d'un journaliste bourgeois, par les temps qui courent, c'est rare et cher, mais, demain, ça n'aura pas de prix.

Le 4 × 4 soviétique était au rendez-vous à la Maison des Hôtes. C'était un plaisir de rouler dans les avenues désertes de la

1. Cordonnerie.

ville et de voir les piétons se garer au passage du véhicule. Une revanche en somme, un peu idiote et lâche, se disait Clariond, même si vraisemblablement les passants soumis d'aujourd'hui étaient les braillards d'hier. Il reconnut un boulevard dont plus de la moitié des immeubles étaient debout. Une bonne part le devait aux démineurs qui avaient été dépêchés sur les lieux dès la fin du bombardement. Pendant deux jours, il avait peiné dans des caves aux trois quarts comblées de gravats à la recherche d'engins à retardement. Des saloperies en service depuis peu, qui semblaient guetter les malheureux chargés de les déterrer et attendaient le tout dernier moment pour exploser. Trois des six équipes de démineurs avaient disparu au cours de ces quarante-huit heures. Pourtant, comme parfois en pareil cas, un incident comique s'était faufilé au milieu de l'horreur. Et aujourd'hui ce n'était ni de la peine, ni de la terreur, ni du désespoir ressenti à l'époque qu'il conservait le souvenir.

Le 4 × 4 passait devant une façade à peu près intacte, à cette réserve près que les fenêtres de l'immeuble avaient été soufflées. Au rez-de-chaussée, quelques boutiques dont les vitrines avaient été aveuglées avec des palissades de planches servaient de logements. Au-dessus de l'une d'elles se devinait encore une enseigne.

– Arrête, dit Clariond au chauffeur.

Il descendit de voiture et le soldat le suivit. Il avait ordre de ne pas lâcher le Français d'une semelle.

KONDITOREI – DELIKATESSEN – KOLONIAL WARREN [1].

C'était bien la boutique qu'un jour de février il avait traversée en tâtonnant, au milieu d'une fumée âcre et opaque, vers ce qui devait être l'endroit où la bombe avait fait son trou. Exceptionnellement, elle était visible et avait pu être ramenée en surface sans difficulté. Autre surprise : la fusée et l'ensemble du dispositif de mise à feu avaient été écrasés. L'engin était inoffensif. Peu pressés d'appeler l'artificier, Clariond et ses deux équipiers étaient revenus dans la boutique avec l'espoir d'y découvrir quelque chose à se mettre sous la dent. La fumée se dissipait trop lentement pour qu'on pût être sûr de ce qu'on entrevoyait. Car le spectacle était incroyable. C'était un entassement de trésors culbutés les uns par-dessus les autres, mêlant fromages, conserves, miel, chocolat, confitures, salaisons, jambons et saucisses fumées, café, sucre, biscuits.

Ils s'étaient jetés sur ces denrées dont ils rêvaient depuis des années, mordant ici et là, passant avec des rires déments du saucisson au miel, des fromages à la confiture, se gavant de chocolat et ne se désaltérant qu'avec les seuls liquides entreposés

1. Épicerie fine et produits coloniaux.

dans la boutique, du schnaps et du cognac. Après une demi-heure de ripaille, tous trois s'étaient affalés, le cœur au bord des lèvres et l'œil vitreux, entre saucisses et jambons

Du dehors, l'artificier avait appelé :

– Alors, ça vient? Vous roupillez ou quoi?

Pas de réponse. Prudemment, il était entré dans la boutique. Le spectacle qui s'était offert à lui l'avait pétrifié. Il n'y aurait pas de trop du camion de la section de sapeurs pour évacuer les trésors de cette caverne. Et si elle allait sauter avant qu'il n'ait eu le temps de la vider?

– La bombe? avait-il demandé d'une voix anxieuse.

– Inerte, avait murmuré Clariond.

L'artificier n'avait aucune imagination et c'était tant mieux pour lui car on ne faisait pas de vieux os dans son métier. Indifférent à son sort, il l'était aussi à celui des démineurs qu'il employait. Mais ce jour était d'exception. Il accorda un regard aux trois malheureux et crut déceler dans leur prostration le ravage de la famine sur des organismes débilités.

– Bien sûr, dit-il, vous n'en foutez pas lourd, mais il faut dire que vous ne bouffez pas souvent.

Il avait avisé une gigantesque roue de fromage dont il avait découpé des tranches d'une bonne livre chacune.

– Avalez-moi ça.

– On pourrait peut-être en ramener...

Furieux, il s'était mis à gueuler :

– On ne ramène rien. On bouffe tout, ici, tout de suite et vite!...

Sous la menace, ils avaient bouffé en se disant, en guise de consolation, que ce serait un privilège de mourir d'indigestion, dans un camp de concentration.

Suivi du soldat soviétique, Clariond pénétra dans le local. Il y avait là, installés dans le bric-à-brac que trimbalent tous les réfugiés du monde, une dizaine de femmes et autant d'enfants. Rien ne subsistait de la gloire éphémère de l'endroit, qui exhalait aujourd'hui l'odeur reconnaissable entre toutes du dénuement et de la misère.

Les femmes tournèrent ostensiblement la tête pour ne pas voir les deux Russes, le civil et le militaire, venus les narguer dans leur taudis. L'une d'elles se détacha du groupe. Selon la façon dont on la regardait, elle avait la tête d'une mégère ou d'une pasionaria.

– Vous êtes venus vous assurer de nos conditions de vie? ironisa-t-elle. Soyez rassurés, nous sommes bien installées et satisfaites de notre sort.

Au moment de repasser le seuil, Clariond se retourna. Dans le regard de la femme se lisait une haine farouche. Elle était belle dans la pauvreté crasseuse de son accoutrement. L'idée que sous ses hardes elle devait avoir des cuisses blanches et une peau soyeuse lui traversa l'esprit. Il y a des moments où l'on regrette de ne pas être un cavalier bouriate...

Le lieutenant alla au-devant de Clariond et lui saisit les deux mains, qu'il garda longtemps entre les siennes.

– J'avais parlé de Dostoïevski, dit-il. Je plaisantais et j'avais tort. Ce que tu as écrit soutient la comparaison avec les plus grands.

Clariond se récria :

– Gardons les pieds sur terre! Et d'abord, les connais-tu si bien que cela, les plus grands?

– Je le pense. En d'autres temps, ce fut même mon métier de les connaître. Comme professeur à l'université de Kiev. Ainsi que tu le vois, je ne suis qu'un flic d'occasion.

– Je n'ai jamais dit que tu l'étais.

– Mais tu l'as pensé et tu as eu raison. D'ailleurs, le flic a une chose importante à te dire.

« Ça y est, se dit Clariond, le massacre va commencer. »

– Tu juges les hommes et tu interprètes les faits d'une manière qui n'est pas la nôtre. C'est ton droit. Mais tu te dois de les respecter. Interprétation des faits, oui. Travestissement, non.

– J'ai maquillé la vérité, moi?

– De bonne foi, sans doute, mais tu l'as fait.

Le manuscrit original et les copies étaient empilés de part et d'autre du bureau. Le lieutenant désigna l'original à Clariond.

– Pages 187 et suivantes. L'histoire de l'homme de la Kolyma.

– La Kolyma n'existe pas?

– Bien sûr qu'elle existe. C'est une région aussi vaste que la moitié de la France, gorgée de richesses, que notre gouvernement s'efforce de mettre en valeur.

– Par le travail forcé.

– Qui dit cela?

– L'homme de la Kolyma, Knecht dans mon récit.

Le lieutenant se renversa dans son fauteuil.

– Tu es excusable de t'être fait avoir. Nous connaissons l'individu. Il nous a fallu dix-huit ans pour le démasquer et comprendre qu'il avait commencé à trahir en 1919.

– Pourquoi l'avoir laissé en vie?

– Parce qu'il constituait une bonne monnaie d'échange.
– Il a quand même connu la Kolyma. Ça, c'est un fait.
– Comme des dizaines de milliers de travailleurs.
– Forcés.
– Non. Libres.
– Vous l'avez livré aux Allemands en 1940.
– Absolument pas. Nous avons négocié sa libération contre celle d'un de nos agents capturé en Pologne.
– Curieuse libération qui se traduit par cinq années de camp de concentration.

Était-ce l'expérience du flic, ou celle du professeur? Le lieutenant eut un geste évasif.

– La trahison simple est rare, dit-il, ou elle n'est qu'un début. C'est une espèce de drogue dont les habitués trafiquent la composition en vue d'obtenir un effet toujours plus fulgurant. Il leur arrive de perdre toute prudence dans leurs manipulations. Ainsi deviennent-ils traîtres au deuxième degré, agents doubles, triples même. Il est rare qu'ils aient une fin paisible.
– Que veux-tu exactement?
– Le plus simple : que tu oublies ton Knecht. J'ai compté, tu lui consacres trente-huit pages sur six cent vingt. Pas de quoi pleurer. Tu ne renies rien, tu ne changes même pas de vérité, tu supprimes le passage, c'est tout.

Knecht! Clariond revoyait le petit homme aux yeux de hibou ébloui par le jour, Knecht qu'habitait, sous un aspect fragile et vulnérable, une volonté que les pires sévices n'avaient jamais entamée. Sa force d'âme l'avait fait indestructible. Ne pas le dire, étouffer son cri, refuser de dénoncer l'infamie, c'était trahir la vérité dont il était le témoin. Pour Clariond, c'était en plus trahir Brabant que de porter atteinte à l'intégrité du texte dont il était le dépositaire. Mais refuser de transiger, c'était l'abandonner tout entier.

Qu'aurait décidé Brabant en pareille circonstance? Sans doute de sauvegarder l'essentiel, en se réservant de tenir pour nul et non avenu tout engagement qu'il aurait pris sous la contrainte, comme celui de ne pas reconstituer le chapitre confisqué.

– Sommes-nous d'accord?

Le lieutenant avait posé la paume de sa main gauche à plat sur le manuscrit et le poussait vers Clariond.

Celui-ci opina en silence.

– As-tu pensé à l'*affidavit*?
– Le voilà.

Son histoire tout entière tenait sur deux feuillets : Alfred et Werner, le *Meister* et l'oustachi, l'or et les caches, la cabane du *Bauhof*, la rédaction du manuscrit et sa mise à l'abri, tout sauf

Brabant dont il semblait à Clariond que la moindre mention aurait ranimé la suspicion du lieutenant et servi de prétexte à de nouveaux atermoiements.

Il lisait, l'*affidavit* dans sa main droite et la paume de la gauche toujours à plat sur la pile de feuillets. Lorsqu'il eut achevé la lecture, il resta pensif un moment, leva les yeux sans bouger la tête et se mit à fixer Clariond. Son regard n'était ni amical ni hostile, pas même inquisiteur. Il ne traduisait rien d'autre qu'une insistance de plus en plus gênante parce que sans motif apparent.

– Quelque chose ne va pas? finit par demander Clariond.

– Tout va très bien, au contraire, répondit le lieutenant. Voilà ton manuscrit. Je n'ai même pas retiré les trente-huit pages de Knecht. La parole d'un homme tel que toi me suffit.

Clariond n'aurait su dire en quoi, mais il lui semblait que le comportement du lieutenant s'était modifié. L'insistance de son regard et le ton ironique de ses dernières phrases signifiaient quelque chose, mais il ne savait quoi.

Peut-être, se dit-il sans conviction, les flics sont-ils déprimés lorsqu'ils referment un dossier, comme l'est tout un chacun après avoir fait l'amour.

– Une question, Clariond!

Les mots avaient claqué comme un coup de fouet. Le lieutenant avait en main une liasse de feuillets dont il tapotait les bords pour la mettre au carré.

– Je t'écoute.

Il avait disposé sur son bureau, côte à côte, la photo d'une page de manuscrit et l'*affidavit* que venait de lui remettre Clariond.

– Monsieur l'écrivain, dit-il en insistant sur le titre, que pourrait penser de ces deux papiers tout homme sachant lire, même s'il n'était pas un flic?

Clariond ne comprit pas immédiatement.

– Je ne vois pas...

– Tu ne vois vraiment pas? Eh bien, je vais t'éclairer. Il constaterait qu'ils ne sont pas de la même main. Et, comme tu as écrit l'*affidavit* sous mes yeux, tu ne peux être l'auteur du manuscrit. Il se dirait que tu as fait main basse sur l'œuvre d'un autre qui, probablement n'est plus là pour protester. As-tu quelque chose à répondre, une objection à présenter?... Pas d'objection. Alors, passons! Je te signale qu'un *affidavit* est un acte officiel qui vaut une déclaration sous serment.

Clariond était anéanti. Il n'avait effectivement rien à répondre à la question simple, trop simple du lieutenant. Ce qu'il aurait eu à dire, hier comme aujourd'hui, était si long, si compliqué, tellement difficile à exprimer qu'il avait préféré simplifier au prix d'une inexactitude somme toute secondaire, c'était le mot. Le mensonge n'était pas un but en soi et ne correspondait à aucune volonté de tromper. Il n'était qu'un moyen de simplification. L'essentiel en effet était le devoir qu'il accomplissait et dont personne d'autre que lui n'avait été investi. Il n'avait songé à s'attribuer la paternité du manuscrit qu'en raison des difficultés qu'il voyait le lieutenant accumuler sur son chemin. S'il avait déclaré qu'il agissait pour le compte d'un tiers – et d'un tiers décédé – une série d'obstacles infranchissables se serait dressée devant lui.

Et puis quoi? Qu'un officier de sécurité ait tenu à vérifier qu'effectivement la cache du *Bauhof* renfermait un manuscrit, qu'il se soit assuré que ce texte ne contenait rien de subversif relevait de ses compétences. Au-delà commençait une ingérance dans un domaine...

Comme un écho à cette idée, le lieutenant avait repris :

– Personnellement, que tu sois ou non l'auteur du manuscrit m'est complètement indifférent. Tu vas l'emporter et le faire publier, sans le chapitre Knecht, bien entendu. Je souhaite qu'il ait du succès, car il le mérite.

Clariond en avait trop appris depuis quarante-huit heures pour penser qu'il pourrait s'en tirer à si bon compte.

– Quelle est la contrepartie? demanda-t-il d'une voix sourde.

– Aucune, sinon qu'il serait normal qu'à l'occasion tu te souviennes de notre... compréhension.

– A quelle occasion?

– Pour l'instant, je n'en ai pas la moindre idée. Mais il s'en présentera, sois en sûr. Compte sur nous pour te le faire savoir, le jour venu.

Ensemble, ils allèrent jusqu'à la porte du bureau. Le lieutenant s'effaça pour laisser passer Clariond.

– Bon retour, dit-il.

Cherchant du regard le chauffeur qui, comme d'habitude, dormait sur la banquette arrière du 4 × 4, il ne vit pas la main tendue de Clariond, et en tout cas l'ignora.

– Piotr, appela-t-il. Réveille-toi, cocher ivrogne, et raccompagne à Berlin le camarade français.

10

UNE ÉTOILE EST NÉE

Au lendemain de son récital à Bobino, la presse consacra Bianca selon la formule désormais classique. La prévision de Jessica Lane s'était révélée exacte. La grande dame de la chanson avait d'ailleurs tenu à assister au triomphe de sa cadette, dont elle affirmait se réjouir sans la moindre arrière-pensée.

Peut-être brillait-elle de ses derniers feux; ils étaient en tout cas éblouissants.

– Nous devions nous voir, lui rappela Clariond.

– C'est exact, répondit-elle. Mais j'ai totalement supprimé de mon répertoire le rôle de consolatrice des affligés.

Elle prit un temps.

– Un conseil : fais l'amour à Bianca ce soir, elle jouira comme jamais. Qu'elle le doive à l'ardeur de son public plus qu'à ton savoir-faire n'a guère d'importance.

– Et toi?

Elle montra le collier de diamants et de rubis qui ornait son cou.

– J'ai cela, plus un yacht de cinquante-deux mètres, plus un chalet à Gstaad, plus le monsieur qui me les a offerts.

Clariond était furieux et dépité de se voir écarté sans appel possible, après qu'il eut dédaigné sa chance.

– Il y a aussi le reste, dit-il méchamment.

– Bien sûr. Il est fourni avec l'ensemble. Le monsieur n'a pas quarante-cinq ans. Il a le cheveu noir, le ventre plat... et pas d'états d'âme.

Son contrat en poche, Bianca avait emménagé dans les communs d'une demeure sur cour et jardin de la rue de l'Université, qu'un éditorialiste des *Nouveaux Temps* avait fait aménager à grands frais en 1943. Un officier de la D.G.E.R., compagnon de Mongredien à Londres, avait succédé dans les lieux au plumitif de la Collaboration. A son tour, il venait de les quitter. C'était lui que la maison venait d'envoyer en Allemagne, à la chasse aux savants, après que Mongredien eut refusé ce poste.

L'appartement comportait un vestibule et une cuisine-salle à manger au rez-de-chaussée, un escalier intérieur et au premier trois petites pièces luxueusement décorées, dont la chambre, pratiquement occupée dans sa totalité par un lit et le jeu de miroirs qui le cernait de tous côtés, y compris le plafond.

Bianca avait réparti le contenu du réduit de la rue Grégoire-de-Tours dans le trois-pièces du premier sans toutefois parvenir à recréer l'atmosphère étouffante de sa tanière.

– Puisque tu ne l'occupes plus, j'aimerais m'y installer, avait dit Clariond.

Il avait hérité du lit qu'un accident remontant au fond des âges avait privé d'un de ses pieds, du tapis effrangé au milieu duquel s'agrandissait un trou permettant d'admirer le sol de tommettes disjointes, de l'évier aussi dont le robinet gouttait perpétuellement. Sous le zinc de la toiture, l'automne était la période bénie. On n'étouffait plus et on ne crevait pas encore de froid. C'était dans leur sixième que Bianca et Clariond se retrouvaient avec l'impression qu'au milieu de la ville étrangère et hostile il était le seul endroit qui leur fût bénéfique.

Lorsque, à l'issue de la générale de Bobino, ils avaient regagné à pied le quartier Saint-Germain-des-Prés, Bianca avait marqué une certaine réticence à s'engager dans la rue de l'Université. Arrivée devant la porte cochère de son immeuble, elle fit la moue.

– Regarde ce portail en deuil, dit-elle. Il est sinistre. Tu as bien de la chance d'avoir la rue de Buci à tes pieds. Allons chez toi.

Dans la chambre à peu près en ordre, elle marqua sa désapprobation.

– C'est tout ce que tu as réussi à faire de ma piaule? On dirait une cellule de moine. Je vais t'arranger ça.

En une seconde, elle vida les tiroirs de la commode, mit en boule les draps du lit et coiffa la lampe de sa jupe corolle.

– Ferme la fenêtre, dit-elle.

Elle se dévêtit à la diable et l'attira à elle. Il retrouva, avec l'odeur de musc dont la sueur imprégnait sa peau, une bouffée de souvenirs dont il n'eut qu'à peine le loisir de s'aviser qu'en si peu de temps ils soient devenus obsessionnels.

Jessica, comme toujours, avait raison. Il n'y a rien de tel

qu'une salle en délire et une dizaine de rappels pour mettre une femme en train. Et le train de Bianca fut d'enfer, tout au long de ce qui restait de cette nuit-là.

Il passa au journal dans la matinée du lendemain. Burquin était d'une humeur exécrable et d'entrée de jeu l'apostropha :

– Tu me proposes une série de reportages sur Berlin-Est et sur la vie en zone soviétique. Je n'étais pas chaud, mais tu insistes. Tu mets en avant tes relations privilégiées avec la municipalité, ta connaissance de la région, que sais-je encore ! Je me mouille pour vendre ton idée. Camus l'accepte. Tu pars te balader pendant dix jours. Et, deux semaines après ton retour, je n'ai pas la moindre copie à montrer au patron. Que tu sois un farceur, c'est ton affaire, mais je te préviens que je déteste me faire posséder.

Clariond tenta de justifier sa négligence :

– J'avais un monceau de documents à trier.

– Pour tes articles ?

– Notamment. Et pour mon livre aussi.

Les mots lui étaient venus aux lèvres sans qu'il eût vraiment voulu les prononcer.

– Tu écris un livre ? s'étonna Burquin.

– Je croyais te l'avoir dit. Et puis j'ai déménagé.

– Tu as trouvé un appartement ? Compliments. A Paris, c'est devenu un exploit. Bon. Alors, à quand le premier article ?

– Au début de la semaine prochaine.

En vérité, depuis son retour de voyage, Clariond se demandait s'il écrirait jamais la série promise.

En quittant Oranienburg, son manuscrit sous le bras, le seul sentiment qui l'habitait était la joie de la réussite : celle d'avoir retrouvé, intacts, la cache et son contenu, celle aussi d'avoir fait lâcher prise au lieutenant soviétique. Au regard de ces succès, l'incident de l'*affidavit* lui était apparu de peu d'importance.

La preuve qu'il avait gagné, s'était-il dit, était que le Russe lui avait remis ses papiers dans leur intégralité, y compris les passages qu'ils avaient qualifiés de calomnieux.

Inopinément, dans la soirée, une fêlure était apparue dans cet édifice de confiance. Le Russe n'aurait-il pas dédaigné de censurer les textes litigieux simplement parce qu'il était convaincu que Clariond n'oserait jamais passer outre à ses exigences ? Dès lors, que faire ? S'y conformer, c'était avouer sa dépendance et s'exposer à un chantage sans fin. Les ignorer était tout aussi lourd de conséquences. L'*affidavit* et le microfilm constitueraient en effet une menace permanente du jour où le manuscrit serait publié.

Sous son propre nom, évidemment.

Car le plus simple, et apparemment le plus logique, serait de présenter le manuscrit et de publier le livre sous le nom de son véritable auteur, ce qui couperait court à toute manœuvre ou tout chantage du flic d'Oranienburg. Mais Clariond ne pouvait se résoudre à ce qu'il considérait, désormais en toute bonne foi, comme une lâcheté et un abandon.

Les manuscrits constituaient un legs qu'il avait accepté bien que des obstacles de tous ordres en rendissent l'entrée en jouissance plus qu'aléatoire. Il s'était néanmoins engagé – comment oublier la parole donnée au gisant du bois de Below? – parce que au-delà de sa mort il avait perçu chez Brabant une volonté de se perpétuer dans la personne de celui qui, pendant des mois et jusqu'à l'extrême bord du gouffre, l'avait nourri de ses propres forces de vie.

Jamais, pensait Clariond, il n'avait envisagé d'être publié à titre posthume. Il vivrait par lui-même ou à travers son double. Sans doute ne l'avait-il pas dit expressément. C'eût été inutile. Il n'aimait pas énoncer les évidences.

Pour pertinentes qu'elles fussent, ces justifications n'avaient d'effet qu'à usage interne, et ne diminuaient en rien l'intensité de l'angoisse qui, par paliers, succédant à la confiance, puis au doute, s'était installée en lui.

Berlin-Est, c'était encore la zone soviétique, et tant qu'il ne l'aurait pas quittée tout pourrait arriver : la confiscation de son manuscrit, de son passeport, l'annulation de son visa, l'interdiction de sortir de la zone, le retour forcé à Oranienburg, le cauchemar d'un marchandage dont les termes ne pourraient être qu'infamants.

Il avait à peine entendu les adieux du bourgmestre Knappersbusch, avait empoché machinalement l'adresse aux camarades français qu'il lui avait remise sur le quai de la gare, avait serré des mains, balbutié des remerciements, plié sous la vigueur de fraternelles bourrades et même subi une embrassade à la russe de la part d'un anonyme moustachu.

Après une attente interminable, le train avait démarré. C'était un pas de franchi. Restait le contrôle de Madgeburg, une heure plus tard, qui pouvait encore réserver des surprises mais ne fut que suspicieux et tatillon. Disparues les pattes d'épaule et les casquettes à bandeau bleu, Clariond respira.

Il sortit le manuscrit de sa valise, le posa sur la tablette séparant les sièges côté fenêtre, saisit le premier feuillet sur le dessus de la pile et commença la lecture de ce qui, par héritage, allait devenir son œuvre :

IL N'EST - QU'UN CHEMIN - VERS LA LIBERTÉ - LES BORNES...

L'écriture de Brabant était difficilement lisible. Les surcharges, les renvois et les abréviations parfois sibyllines dont il usait faisaient de la lecture de son manuscrit un véritable décryptement.

Tel quel, aucun éditeur n'eût accepté d'en prendre connaissance. Une remise en forme s'imposait. Clariond s'était attelé à cette tâche indispensable à plusieurs points de vue. A le déchiffrer, le corriger, puis le recopier, le texte de Brabant devenait sien, intimement, autant par l'écriture que par la pensée qui l'inspirait. Il y passait des heures, tout au bonheur de retrouver l'ami disparu au détour d'une phrase ou à la formulation d'une idée. Les mots faisaient naître des images, comme le pas du chasseur fait lever des couples de perdreaux.

Trois feuillets à l'heure, vingt-cinq par jour, en un mois de travail, il en aurait fini. Un peu plus si l'on comptait le temps nécessaire pour rédiger les reportages qu'il devait au journal et que Burquin s'exaspérait de ne pas recevoir.

Il finit par les écrire, avec le souci de ne pas heurter les susceptibilités soviétiques. On n'est jamais trop prudent. Ce manque de spontanéité frappa Burquin.

– Pourquoi tant de ménagements ? s'étonna-t-il. Es-tu otage ou compagnon de route ?

– Ni l'un ni l'autre.

– Tu n'as donc pas d'yeux pour voir, ni d'oreilles pour entendre ? Au journal, nous appelons les choses et les gens par leurs noms. Nous faisons la différence entre un garde-chiourme et un éducateur, un bagne et un lieu de regroupement, la justice et l'arbitraire et bien entendu entre une exécution et un assassinat. Tes papiers ne valent rien.

Ils se quittèrent en froid. Clariond s'en moquait. Il regagna son sixième, rue Grégoire-de-Tours, où l'attendait Brabant. Au début de sa deuxième semaine de travail sur le manuscrit, il retrouva Knecht, sous les traits du petit homme inflexible qu'il avait connu. Il s'étonna pourtant de découvrir dans le personnage une profondeur qu'il n'avait pas soupçonnée. Il en était d'ailleurs de lui comme des autres. L'analyse de Brabant était sans concessions et révélait des êtres profondément différents de ce qu'ils paraissaient ou voulaient paraître. Knecht se détachait de la foule. Il était un des rares à ne pas subir. Physiquement, il avait réussi à se blinder au point de ne plus craindre ni le froid, ni la faim, ni même les coups. C'était son calvaire moral qu'en moins de quarante pages d'une extraordinaire densité Brabant avait relaté, quarante pages d'un style totalement dépouillé, à la fois plaidoyer et réquisitoire, qui laissaient le lecteur malade d'angoisse.

Le système communiste était démonté, disséqué, analysé avec une impitoyable clairvoyance : les luttes sourdes pour acquérir le pouvoir et s'y maintenir, la méfiance, la surenchère, les dénonciations; puis, pour les victimes, le coup de tonnerre de l'arrestation, et l'inexorable dégradation du suspect, du prévenu, du condamné au cours d'une descente aux enfers sans fin; mais surtout, à partir de là, sa vie dans l'un des camps de la nébuleuse concentrationnaire soviétique, alors totalement inconnue et dont l'existence serait farouchement niée avant d'être finalement reconnue, des années plus tard, sous le nom de Goulag.

L'officier de sécurité de la 45e division de choc ne s'y était pas trompé. Ces quarante pages-là pesaient plus lourd que des tonnes de propagande. Elles donnaient de la consistance aux sinistres informations qui commençaient à filtrer depuis l'univers pétrifié de la Kolyma et ridiculisaient les inconditionnels parisiens du paradis soviétique.

Quels que fussent les risques, elles devaient figurer, sans en supprimer un seul mot, dans le texte définitif. C'était à ce prix, se dit Clariond, qu'il resterait fidèle à son engagement. Tout calcul, toute prudence seraient une trahison, autant de la pensée de Brabant que de la sienne propre puisqu'elles s'étaient rejointes une fois pour toutes et que désormais elles étaient indissociables.

Sans qu'il s'en fût avisé, la nuit était tombée. Il méditait dans l'ombre depuis un bon moment lorsque soudain Mongredien s'était trouvé devant lui.

– Tu rêves?

– Y a-t-il mieux à faire?

– Non, sans doute. J'aurais préféré rêver, moi aussi, que de passer mon après-midi au palais de justice.

– Qu'y faisais-tu?

– J'assistais au procès de mon père.

– Connais-tu le verdict?

– Trois ans avec sursis et dix ans d'indignité nationale. Une rigolade! La famille sable le champagne avenue Van-Dyck. Tu viens?

– Avenue Van-Dyck?

– Tu veux rire! Je ne bois pas ce soir, moi. Je me soûle.

– Fort bien, dit Clariond. Nous serons deux. Je t'emmène à l'Oasis, chez M. Albert.

– Qui est-ce?

– L'ami qu'il fait bon rencontrer quand on se sent paumé.

Ils hélèrent un fiacre qui les emmena au pas vers Montmartre.

– Saloperie, bougonnait Mongredien.

Il ne pouvait s'empêcher de revivre le procès en attendant d'en noyer le souvenir. Dieu! Que les choses étaient limpides, lorsque, assis sur le rebord de la trappe du Halifax, il attendait, brêlé dans son parachute, le « Go! » du *dispatcher!* L'air qui s'engouffrait par le ventre de l'appareil était glacé mais vivifiant. Même la trouille qui lui tordait le ventre participait d'une joie immense : celle d'être libre et maître de son destin. L'ennemi était clairement désigné et les traîtres l'étaient également. L'arrestation, la torture, la déportation l'avaient ancré dans sa façon de juger. C'était au retour que les choses s'étaient compliquées, surtout lorsqu'il avait appris le rôle occulte joué par son père dans le déroulement de sa mission en Bretagne.

– Sylvestre Mongredien, saviez-vous que Jules Favreau appartenait à un réseau de résistance?

– Oui, monsieur le Président.

– Et que votre fils avait effectué plusieurs missions en France?

– Bien entendu. Tout le monde le savait, y compris les Allemands.

– L'approuviez-vous?

– Non.

– Pourquoi?

– Parce qu'en 1942 j'estimais que l'action des réseaux était inutilement coûteuse, inefficace et en tout cas prématurée.

– Vous avez néanmoins fait tirer, pour les remettre à Jules Favreau, un jeu de plans de la base de Lorient dont il n'existait pas de double dans votre entreprise.

– C'est exact.

– Pourquoi l'avez-vous fait?

– Parce que je ne pouvais admettre la criminelle inconscience de ceux qui envoyaient mon fils au massacre. Il était attendu, monsieur le Président. Telle qu'elle avait été prévue, cette mission étaient vouée à l'échec.

– Auriez-vous agi de même au bénéfice d'un autre que votre fils?

Sylvestre Mongredien agrippa la rampe de bois du box. Le menton haut, il toisa l'un après l'autre les membres du tribunal.

– Je suppose, dit-il, qu'une réponse positive serait ici du meilleur effet et inclinerait la cour à me trouver des circonstances atténuantes.

– Ce que vous supposez ne l'intéresse pas, coupa le président. Je vous ai posé une question et j'attends votre réponse.

– L'alternative que vous envisagez, monsieur le Président, repose sur une hypothèse inconsistante. Ce qu'éventuellement je répondrais n'aurait pas la moindre valeur puisqu'il serait aussi impossible de confirmer mes assertions que de les démentir.

Me Dumoncey s'était levé.

– Le procédé de la cour est de caractère inquisitorial. Je lui demande de renoncer à poser sa question.

Suspension de séance. Dumoncey était furieux : l'orgueil de Sylvestre Mongredien le menait à sa perte. Et, malheureusement, celui du fils ne le cédait en rien à celui du père.

– Capitaine, dit l'avocat, le sort de votre père est maintenant entre vos mains.

– Il y a trois mois que vous me répétez la même chose.

– Mais aujourd'hui c'est la dernière fois.

Sale moment, sales gens, tous, avocats, juges, prévenus, public, et sale affaire, par quelque bout qu'on la prenne.

– Capitaine Mongredien, en tant que parent de l'accusé, vous ne pouvez témoigner. Je vous entends en vertu de mon pouvoir discrétionnaire.

Depuis son box, l'accusé semblait attendre avec curiosité l'audition de son fils.

– Jules Favreau vous a-t-il dit dans quelles conditions il s'était procuré les plans de la base de Lorient?

– Non, et je ne le lui ai pas demandé.

– Selon l'accusé, il n'en existait qu'un jeu, enfermé dans le coffre de son bureau. Il en aurait fait faire un tirage qu'il aurait remis à Favreau.

– Favreau aurait été en mesure de confirmer ou non cette assertion. Ce sera impossible. Il est décédé l'an dernier.

– L'accusé prétend que votre mission était vouée à l'échec, car vous étiez attendu.

– Il était rare que nous ne le soyons pas. Cette mission n'était ni plus ni moins risquée qu'une autre.

– Finalement, croyez-vous que l'accusé vous ait sauvé la vie?

Le père et le fils se regardèrent longuement. C'était le moment ou jamais de se retrouver au-delà des passions et des affrontements. Il serait dit que le rendez-vous serait manqué.

Sylvestre Mongredien avait croisé les bras. Son regard ironique défia son fils.

– Je lui laisse le bénéfice de cette prétention, répondit celui-ci.

La salle était partagée. Dans le murmure qui suivit la

dernière réplique du capitaine, les avis les plus extrêmes se télescopaient.

– C'est une mise à mort, un parricide, entendait-on.

– La vérité, quel qu'en soit le prix...

– Je vous remercie, dit le président.

Mongredien, toutefois, n'avait pas quitté la barre.

– Pourrais-je apporter à la cour une précision supplémentaire ?

– Je vous écoute.

– Il y a deux mois, dit Mongredien, le service dont je dépendais m'a proposé de partir en Allemagne pour y rechercher des scientifiques dont les travaux pourraient être utiles à notre industrie. J'ai refusé cette mission, dont l'un de mes camarades a été chargé. Il vient de rentrer avec, dans ses bagages, un certain Rudolph Maetzig, qui mit au point les moteurs de la dernière génération de sous-marins allemands. Maetzig est certainement le meilleur diéséliste du monde, mais il est aussi l'un des quelques hommes qui ont rendu possible l'hécatombe navale subie par les Alliés. En termes de pertes, il pèse douze millions de tonnes. En termes de vies humaines, quelques centaines de milliers. Pourtant, il est libre et le restera. Dans ces conditions, pourquoi Sylvestre Mongredien serait-il condamné à la prison ? Je pose la question.

La démarche lourde, comme écrasé par les mots qu'il venait de prononcer, Mongredien quitta le prétoire sans un regard pour son père.

Le fiacre attaquait la montée de la rue Notre-Dame-de-Lorette.

– Trois ans avec sursis, répéta-t-il avec amertume, et grâce à moi par-dessus le marché !

– Tu aurais préféré l'envoyer en taule ?

– Qu'est-ce que j'en sais !

Les débats de conscience affrontés par Mongredien relayaient à point nommé ceux qui agitaient Clariond depuis son retour de Sachsenhausen.

– Personne mieux que nous, dit-il, ne sait à quoi s'en tenir sur la justice : illusoire, inexistante. Maintenant que la farce est jouée, il faut au moins en tirer la morale. Il est temps que les hurluberlus dans ton genre sachent qu'avec leurs breloques et leurs certificats de bonne conduite ils sont les cocus de la victoire. Les vainqueurs, ce sont Ruysdael et son pinceau magique, Alfred le monte-en-l'air, Werner, peut-être, et tes amis Courtrai qui savent si bien recevoir, M. Albert aussi que nous verrons tout à l'heure dans le décor de sa réussite. Tu aurais tort, d'ailleurs, de te plaindre. D'autres s'en tirent moins bien que toi : Gerson, seul avec l'alcool, ou Knecht au volant de son trente-cinq tonnes, qui enterre son passé sous des milliers de kilomètres.

Dans la lumière clignotante dispensée par l'enseigne de l'Oasis, les chandelles semblaient se mouvoir comme des personnages de lanterne magique. L'une d'elles quitta son carré de bitume et apostropha Clariond.

– Espèce de lâcheur! Tu m'avais promis...

– J'étais en voyage.

– Et moi, j'étais chez ma sœur! Mais aujourd'hui t'es là. Je te tiens et je te lâche pas!

Mongredien détailla la fille dont les formes généreuses et d'une excitante vulgarité étaient étroitement moulées dans le tissu léopard de sa robe.

– Tu as des relations, ironisa-t-il.

– Muriel est plus qu'une relation. Avec elle tout est simple. C'est reposant.

Dans la pénombre de la salle, piquetée de lumignons, il était toujours aussi malaisé de se frayer un chemin jusqu'au bar. Les visages étaient difficilement identifiables. Celui de M. Albert, noir sur noir, était franchement invisible. C'était pour cette raison, sans doute, qu'il était toujours habillé de clair. Le costume permettait de le situer à défaut de le voir.

– Titine!

– Mon frère!

Le costume de shantung serra Clariond entre ses manches. Flottant dans le noir au-dessus du col de la chemise, une superbe dentition apparut soudain. C'était le sourire de M. Albert.

– Tu vas bien?

– Non, j'ai des emmerdes et mon copain aussi. Tu m'avais dit qu'en cas de cafard le meilleur remède serait l'Oasis. Alors, nous voilà, docteur.

La joie de vivre de Titine était communicative. Il se souvenait sans aigreur du trimardeur qu'il avait été. Depuis le jour où, quinze mois plus tôt, la chance lui avait souri pour la première fois de sa vie, elle ne l'avait plus quitté. Loin de l'avoir blasé, cette constance l'émerveillait. Il n'avait pas le bonheur égoïste et ne goûtait vraiment son plaisir que s'il était partagé.

– Voilà ce qui arrive lorsqu'on ne m'écoute pas, dit-il sur un ton sentencieux.

Il se pencha vers Mongredien.

– J'ai dit et répété à ton ami qu'il perdait son temps dans le journalisme. Je lui ai proposé des affaires de tout repos, du solide et du sérieux, et il refuse, sans raison, par obstination.

Le barman avait poussé devant eux ses inévitables Spécial Oasis.

– Santé!

– Tu sais, dit Titine à mi-voix, que Muriel me tanne le cuir pour que tu la rachètes? Elle prétend qu'elle t'a dans la peau. Moi, de toute façon, je la cède parce que j'ai besoin de liquide pour monter un gros coup. Si c'est pas toi qui la reprends, ce sera Antoine Mancini, un type de Bastia. Mais Muriel me fait la gueule, parce qu'elle ne peut pas blairer les Corses.

Racheter Muriel! La transaction relevait d'une pratique si normale, si courante dans la pénombre de l'Oasis qu'il apparaissait inconcevable d'en contester le principe. Clariond évita de se laisser entraîner sur ce terrain.

– Tu crois que j'ai du liquide, moi? demanda-t-il en plaisantant.

– Je ne le crois pas, je le sais, et même combien puisque c'est moi qui tiens la caisse. Les bas nylon t'ont rapporté six millions depuis deux mois qu'on t'a pas vu.

Clariond était interloqué.

– Tu te fiches de moi?

– Six millions, je te répète. Disponibles, mon frère. De quoi régler l'acompte de la reprise de Muriel. Pour le solde, on pourra toujours s'arranger.

La fille avait quitté son poste et s'était approchée des trois hommes.

– Que penses-tu de Mancini? demanda M. Albert en clignant de l'œil à l'adresse de ses deux invités.

– Tu vas pas remettre ça avec Mancini, dit-elle d'une voix altérée.

Du doigt, il désigna Clariond.

– Ça dépend de lui.

A la fois humble et provocante, elle plaida sa cause.

– Avec une femme comme moi, tu seras peinard. Et puis, tu verras comme on sera bien tous les deux.

Elle avait une façon d'effleurer la face interne de son genou qui faisait furieusement regretter qu'elle ne poursuive pas son exploration. Oubliées l'atmosphère méphitique du procès et l'amertume d'avoir eu à choisir entre deux injustices, Mongredien vivait l'instant avec jubilation. En maquereau malgré lui, encore tout empêtré de conformisme bourgeois, Clariond faisait une bien médiocre prestation.

– Tu ne vas pas laisser Muriel à ce Corse ignoble, lui dit-il avec un reproche dans la voix. Pense au drame que ça ferait!

Ainsi donc, entre un Spécial Oasis et une partie de 421, se négociait la vente d'une femme, et la principale intéressée, bien loin de s'insurger à l'idée d'être une denrée sinon un objet, tirait vanité de sa valeur marchande et participait activement à la négociation. Il suffisait de se laisser porter, de voir les choses avec un œil neuf et sans préjugés pour qu'elle perde tout caractère crapuleux.

La bonne humeur de M. Albert était communicative.

– Ton copain a plus de bon sens que toi, dit-il.

Clariond regarda Muriel. Le métier l'avait marquée sans l'abîmer encore. Elle avait l'air de ce qu'elle était avec une agressivité qui ne pouvait laisser indifférent. Le dessin de sa bouche était à lui seul une provocation et la cambrure de ses reins une invite.

Un sentiment trouble s'empara de Clariond à l'idée que cette bête de plaisir pût lui appartenir et qu'il n'avait qu'un geste à faire, une parole à prononcer pour en prendre possession. Peut-être ce sentiment se nourrissait-il du désir refoulé d'obscures revanches. Quel est l'esclave qui n'a jamais rêvé – fût-ce inconsciemment – de connaître à son tour l'ivresse de disposer d'un être et de l'avoir à sa merci?

Il prit le menton de la fille entre le pouce et l'index.

– Ça te plairait tant que ça d'être ma femme?

Elle abaissa les paupières en signe d'assentiment. La tentation d'exercer le tout nouveau pouvoir qui lui était offert était irrésistible.

– Tu viens? demanda Muriel.

– Pas moi, répondit-il.

Et, désignant Mongredien, il ajouta :

– C'est avec lui que tu montes.

De stupéfaction, elle était restée bouche bée et n'avait pas bougé.

– Tu m'as entendu?

Elle baissa la tête avec une résignation dont l'écho le fit vibrer mieux que l'eût fait la plus savante caresse.

Mongredien ne riait plus.

– Arrête tes conneries, protesta-t-il. Je ne t'ai rien demandé.

Clariond répliqua sur un ton dont toute plaisanterie semblait absente :

– Sais-tu que refuser ma femme, ce serait m'offenser?

M. Albert apprécia la mise au pas en connaisseur.

– Toi, dit-il, t'es un homme.

Voire! Il avait ressenti du plaisir à humilier la fille et une vague de honte l'avait submergé après qu'elle se fut pliée à sa volonté.

Un homme véritable n'eût éprouvé ni plaisir ni honte. Un homme véritable n'éprouve rien.

Clariond secoua tristement la tête.

– Ne crois pas ça. Je suis un piètre journaliste et je ferais un proxo déplorable. Puisque tu as besoin de liquide, je t'avance les six briques que tu me dois, dont, entre parenthèses, la moitié appartient à mon associée. Toi, en retour, tu renonces à céder Muriel à ton Corse.

Albert était déconcerté. Comme toujours lorsqu'une question devenait par trop compliquée, il décrochait.

– Je veux bien, dit-il. Mais Muriel s'estimera quand même trahie.

– Je finis toujours par trahir, répondit Clariond d'un ton las. On s'y fait comme à tout. Y a-t-il une piaule libre au premier? ajouta-t-il après un silence.

– Pour toi, toujours.

– Fais-moi monter une bouteille de scotch.

– C'est tout?

– Oui, le scotch suffira.

Courant décembre, Clariond acheva la mise au net de son manuscrit. C'était dit, aucune pression, aucune menace ne le contraindrait à en retrancher une seule ligne. Il ne s'en séparait jamais et le transportait dans ses déplacements comme s'il eût craint de le laisser seul. Le soir, il en relisait des passages, notamment ceux qui lui faisaient découvrir la réciprocité de l'amitié passionnée qu'il avait vécue pendant deux ans.

Après plusieurs jours de brouille avec Burquin, il reprit sa chronique à *Combat*. Pas rancunier, Burquin!

– C'est bon, ce que tu fais en ce moment, lui dit-il. Camus apprécie, ce qui n'est pas fréquent, mais surtout les lecteurs réagissent. Une bonne moitié est ravie, l'autre moitié nous engueule. Rien n'est meilleur pour un journal.

Clariond, il est vrai, avait choisi un thème riche en possibilités. Il avait intitulé sa série d'articles : « La France des Lettres a la gueule de bois. »

C'était exact : qu'il s'agît de presse ou de spectacles, le monde artistique se remettait mal des avatars de l'Occupation.

– Fallait-il se taire et fermer les théâtres? s'étaient demandé les auteurs et directeurs de salles. Non, bien sûr, d'abord parce qu'on ne pouvait jeter à la rue le personnel qui vivait du spectacle, mais surtout parce qu'il était important, capital même, de sauvegarder l'esprit français dont le théâtre était l'expression.

Ils prétendaient y avoir réussi et en fournissaient comme preuve quelques scènes de leur répertoire, quelques répliques à double sens dont l'on fustigeait l'occupant.

Parfois même le public se chargeait de conférer une valeur de symbole à des œuvres qui n'étaient porteuses d'aucun message, fût-il codé. L'*Antigone* d'Anouilh en était l'exemple le plus typique, exaltant pour certains l'esprit de résistance et prônant pour d'autres la primauté de la raison d'État. A ce compte, Anouilh, qui n'en pouvait mais, avait été successivement suspect aux yeux des uns et des autres.

– Il faut sauver le cinéma, avaient dit les professionnels de la pellicule.

Avec prudence, bien entendu. Aussi le septième art s'était-il fait une spécialité de sujets hors du temps, moyenâgeux ou paysans. On moulinait des bons sentiments, sur fond de labours et de moissons, avec des culs-terreux dont l'authenticité s'opposait, le cas échéant, à l'affairisme et la futilité des citadins. La recette était bonne, car la terre, elle, ne ment pas, ainsi que l'avait dit le Maréchal.

Il arrivait toutefois qu'une réplique un peu raide crevât la surface lisse et figée du discours officiel. Ainsi Pontcarral, baron d'Empire, démasquait un provocateur de la police royale qui se faisait passer pour un représentant en vins et lui demandait tout à trac :

– Ça rapporte ?

– Quoi ? balbutiait l'autre, affolé.

– Le vin, répondait Pontcarral, alias Pierre Blanchar.

Et de lui tendre un pistolet chargé avec lequel le traître, payant sa dette au grognard qu'il avait été, n'avait plus qu'à se faire sauter la cervelle. Délire dans la salle, à chaque séance, au point que, pour pouvoir repérer les enthousiastes, la police exigeait que la salle fût éclairée au moment où la séquence était projetée.

– Il faut sauver le livre français, avaient dit les éditeurs.

Et le quartier de Saint-Germain-des-Prés était devenu une entreprise de sauvetage. Mais, ici comme ailleurs, il avait fallu donner des gages à l'occupant. Pour leur part, les éditeurs n'y avaient pas manqué. Même les plus grands, avec plus ou moins de bonne ou mauvaise volonté, avaient retiré de leurs catalogues ceux de leurs auteurs que condamnait l'Ordre nouveau. Certains écrivains, rares à vrai dire, s'étaient tus, mais d'autres, qui s'estimaient engagés, avaient saisi l'occasion qui leur était offerte d'exprimer leurs préférences avec toute la passion dont ils étaient capables et même d'en rajouter, sans risque d'être contredits.

Littérairement, le résultat était affligeant; n'est pas Léon Bloy qui veut. Les thuriféraires de la Collaboration avaient été de médiocres pamphlétaires. Ignobles de surcroît, mais là n'est pas la question.

L'heure du bilan était venue. Clariond le dressait sans

complaisance et ses articles faisaient grincer bien des dents.

Burquin acheva la lecture du dernier de la série et s'attarda sur le passage consacré aux pamphlétaires.

– Avez-vous su, au camp, que Brasillach avait été fusillé? demanda-t-il à Clariond.

– J'ai capté la nouvelle sur ma radio, le lendemain de l'exécution.

– Qu'en a dit Brabant?

– De la condamnation, peu de chose, sinon qu'elle était dans la logique de l'époque. Il était plus réservé sur l'exécution, mais réfutait l'argument selon lequel le rédacteur en chef de *Je suis partout* aurait dû être gracié parce que poète, critique ou romancier. Ou alors la vie de Heydrich aurait dû être épargnée parce qu'il jouait bien du violon et l'abjection de Custine pardonnée parce qu'il aimait les chats. « Même le génie, disait Brabant, ne saurait être absolutoire. Et j'ai trouvé plus de mièvrerie que de génie dans les romans de Brasillach. Soyons justes, il était bon helléniste, et critique de talent. Le génie, c'est autre chose. Sa mort prématurée permettra de l'en créditer lorsque, sous couvert d'une prétendue impartialité, des revenants de la Collaboration entreprendront de réécrire l'Histoire. »

Disparus, incarcérés, partis en exil ou simplement confinés dans une retraite silencieuse, les Drieu, Rebatet, Custine, Béraud, Benoist-Méchin, Châteaubriant, pesaient lourd dans le bilan de leurs éditeurs. A leur tour, ils avaient disparu des catalogues mais tardaient à être remplacés par les exclus d'hier. C'est que l'opprobre qui frappait les écrivains de la Collaboration rejaillissait sur ceux qui avaient diffusé leurs ouvrages. Aussi puissants eussent-ils été dans le passé, les compromissions des années noires les mettaient mal à l'aise pour renouer avec ceux qu'ils avaient exclus, selon les directives de l'*Amt Schriftten* [1].

Quant aux nouveaux venus, issus ou non de la clandestinité, c'est à une nouvelle génération d'éditeurs, non compromis dans les magouilles de l'Occupation, qu'ils préféraient confier leurs manuscrits.

Jean-René Vaillard était le plus représentatif d'entre eux.

– Un aventurier, disaient de lui, non sans dépit, les princes de l'édition.

Clariond l'avait rencontré à la soirée de retrouvailles littéraires qu'avait imaginée, non sans audace, Béatrice de Courtrai. « L'avenue Foch, disait-elle, est un lieu d'exception, un terrain neutre ou, si vous préférez, neutralisé. On peut y oublier ses griefs. On peut essayer de s'y comprendre, de se réconcilier même. » Elle

1. Direction des Affaires littéraires.

ne demandait qu'une seule chose à ses invités : de laisser au vestiaire la robe de procureur au tribunal des Lettres que certains d'entre eux endossaient volontiers à l'époque.

D'anciens amis que leurs opinions et plus encore leur comportement au cours des années de guerre avaient opposés s'étaient revus ce soir-là pour la première fois. Certains s'étaient reniflés en grondant, ou bien s'étaient abordés avec réticence avant de se jeter dans les bras les uns des autres.

Jean-René Vaillard appréciait en connaisseur : il adorait le théâtre. Que n'aimait-il pas, d'ailleurs? La musique, les affaires, l'aviation, les débats d'idées, le jeu, le jeu surtout et l'édition bien sûr, sa plus récente passion.

Il avait créé sa maison, les Éditions du Quadrige, deux semaines exactement après la libération de Paris.

– Pourquoi le Quadrige? lui avait-on demandé.

– Parce que je vois le succès comme la course victorieuse d'un char qu'entraîne l'attelage fabuleux de l'auteur, de l'éditeur, du public et de la chance. Les auteurs qui m'intéressent, disait-il encore, sont ceux de demain. Ils existent, et personne ne le sait encore. N'est-il pas extraordinaire de les découvrir, de les faire naître au succès et à la notoriété? Il n'y a pas de plus beau métier.

Il l'exerçait pour lors dans un rez-de-chaussée sur cour qui avait servi de réserve à une lignée d'artisans ébénistes pendant une bonne centaine d'années. L'immeuble, situé rue de Verneuil, ne payait pas de mine. La cour était à moitié dépavée, mais plus nombreux chaque jour étaient ceux qui s'y tordaient les pieds en venant déposer leur premier manuscrit dans les bureaux exigus du Quadrige.

Jean-René Vaillard n'avait publié qu'une douzaine d'ouvrages dont l'un avait été un succès.

– Un coup de hasard, disaient les éditeurs sérieux qui ne pouvaient admettre sa façon de piétiner les usages.

Ceux-ci exigeaient que l'écrivain débutant aborde l'éditeur avec l'humilité qui convient à un novice, et qu'il accepte avec reconnaissance les encouragements accompagnant le refus de son premier, de son deuxième ou même de son troisième manuscrit.

Jean-René Vaillard bousculait les usages comme Bernard Grasset, à sa manière, l'avait fait vingt-cinq ans plus tôt. Au Quadrige, l'auteur n'était ni un quémandeur ni un obligé. L'acceptation éventuelle de son manuscrit n'était pas une faveur. Vaillard avait prévenu : il ratisserait large. A trente échecs pour un succès, il s'estimerait gagnant. La profession le donnait perdant et prédisait l'inéluctable faillite de sa maison.

Le plus scandaleux était qu'en période de pénurie il eût provisoirement trouvé les moyens de mener une telle politique.

Inexplicablement, il avait réussi à convaincre ses banquiers, mais, surtout, il avait mis la main, fin 1944, sur un stock de papier grâce auquel, aujourd'hui, il pouvait se livrer à son délire éditorial.

Les confrères laissaient d'ailleurs entendre que l'idée de se faire éditeur lui avait été suggérée par cette découverte mais que si d'aventure, au lieu de papier, il s'était agi de sucre, il serait devenu confiseur.

Clariond retrouva comme de vieux amis les impressionnistes de la galerie tendue de soie havane, et s'attarda devant les *Nymphéas* de la « période allemande ».

– Superbe !

Il se retourna et aperçut Béatrice, faisant les honneurs de la collection à l'un de ses invités.

– Notre ami Alain Clariond, dit-elle, est aussi passionné que vous par ce Monet.

Elle ajouta avec coquetterie :

– Je me demande d'ailleurs si c'est au tableau ou à moi qu'il rend visite !

– Le tableau me fascine, en effet, dit Clariond.

Plus que l'œuvre elle-même, c'était son sort qui était stupéfiant. Car elle était devenue définitivement authentique et personne, jamais, n'en contesterait la signature. Il y avait entre le tableau et son manuscrit une parenté dont la nature l'incitait à la méditation.

– M. Callias sera-t-il des nôtres ce soir ?

– Malheureusement pas. Il est souffrant en ce moment.

Il l'était depuis le jour où Ruysdael lui avait fait découvrir, à la loupe, le paraphe minuscule mais indélébile apposé au dos d'une toile qu'il venait de déclouer.

– Vous pouvez vérifier, avait-il dit avec placidité. Toutes les toiles que vous avez en stock portent ma marque. Et demain, si nous ne nous entendions pas, vos clients pourraient la découvrir sur celles que vous leur avez vendues.

– Alors ?

– C'est simple. Part à deux, ou bien, pour vous, le scandale, la ruine et sans doute la prison...

Béatrice posa la main sur le bras du personnage qui l'accompagnait.

– Jean-René, dit-elle, ce jeune homme écrit. Il n'est certes pas le seul, mais il est, sans doute, le premier rescapé dont le témoignage sur la déportation soit plus et autre chose qu'un récit. J'aurai rempli mon office en le mettant en contact avec vous.

L'homme d'affaires, chez Vaillard, était perpétuellement en

alerte. Il réagissait, par instinct, à la moindre incitation... L'imagination prenait le relais. Si elle engendrait l'enthousiasme, il se pouvait qu'elle l'emportât sur le raisonnement. Il l'admettait. C'était la part qu'il réservait au jeu dans ses affaires.

Son opinion était faite depuis l'arrivée à Paris du premier rescapé des camps :

– La déportation, avait-il dit, sera exploitée littérairement pendant cinquante ans. Il y aura, pour commencer, des témoignages ordinaires, si l'on peut dire, puis des récits d'aventures exceptionnelles vécues dans l'univers des camps. Pour intéressant qu'il soit, le document est une matière première. Je m'intéresse au produit fini et j'attends la première œuvre romanesque s'inspirant du fait concentrationnaire. Peut-être est-il encore trop tôt pour qu'elle naisse.

Il se tourna vers Clariond.

– Où en êtes-vous, souvenirs, essai, roman?

– Roman.

Le déclic joua aussitôt.

– Asseyons-nous et faisons connaissance.

Clariond parla longtemps de la société concentrationnaire, de ses lois, coutumes et stratifications. Il évoqua la vie dans les commandos, insista sur l'inversion des valeurs, le primat de l'absurde, de la force brute, de l'illogisme sur toutes les normes habituellement reconnues.

– Le camp, dit-il, n'est toutefois pas le thème de mon livre, bien qu'il en soit l'élément fondamental. Il n'y a pas, chez mes personnages, d'action ou de pensée qui ne soit déterminée, influencée ou abolie par ses lois. L'histoire est celle d'une amitié, qui est née et s'est épanouie dans la serre monstrueuse qu'était le camp : une relation unique, d'une profondeur et d'une réciprocité inconcevables ailleurs que dans ce milieu totalement fermé.

Ils quittèrent l'avenue Foch bons derniers.

– J'attends votre manuscrit demain matin, dit Jean-René Vaillard avant de monter en voiture.

Il avait aux lèvres le sourire figé qu'on lui voyait au moment de retourner sur un banco la carte qui lui coûterait ou lui rapporterait une fortune.

– Je vous dépose quelque part?

– Non, merci, j'ai besoin de marcher.

« Mon livre, mes personnages. » Clariond avait prononcé ces mots sans la moindre réticence. Il s'en étonna un court instant mais se reprit sans tarder. Tout bien pesé, ce soir-là, ils traduisaient sa vérité.

Dans l'arc en plein cintre surmontant la porte principale, une inscription gravée sur une plaque de marbre rose rappelait que l'École normale supérieure avait été fondée sur l'initiative de Lakanal par décret du 9 brumaire an III. Il avait fallu attendre cinquante ans pour qu'elle s'installât rue d'Ulm. Il y avait donc un siècle qu'elle était dans ses meubles.

Une certaine tristesse émanait des lieux, comme le regret que le libéralisme dont elle était si fière eût contribué à mettre l'institution hors jeu au moment où s'écrivait l'histoire de ce temps.

Certains normaliens s'étaient engagés dans la lutte, mais leur engagement avait été purement individuel et ne devait rien à l'esprit de l'école. Celle-ci, au jour du bilan, découvrait parmi ceux qu'elle avait couvés quelques héros, quelques martyrs, quelques collabos aussi et pas des moindres, mais surtout une foule de gens qui avaient vécu au quotidien pendant quatre ans et ne s'étaient pas aperçus qu'ils avaient changé de monde.

Ainsi constatait-on que, civiquement parlant, la sélection intellectuelle la plus implacable n'avait fabriqué que des Français moyens.

Clariond demanda à Burquin de lui faire visiter l'école.

– Le hall d'entrée est aussi sinistre qu'autrefois, remarqua-t-il, sans doute parce que l'école a toujours été allergique au lavage de carreaux. Voilà le bassin aux Ernest.

Ce n'était qu'une petite pièce d'eau grise, au centre d'une cour-jardin qui ressemblait à un cloître désaffecté.

– Où était votre thurne?

– Au deuxième étage.

La thurne 21 était un réduit passablement encombré où cohabitaient deux barbus dont les bouffardes empestaient l'orge grillée. Le chauffage était défaillant. L'étude, dans ces conditions, tenait de l'exploit. Sur les murs d'un ocre que le temps avait fait virer au brun, les papiers punaisés par les occupants successifs avaient laissé des rectangles clairs. Les deux barbus avaient apporté leur contribution à la décoration de l'endroit sous forme de reproductions d'Arp et de Kandinsky. Sans succès, semblait-il. Le local suait l'ennui.

– Je ne vois pas de lits, s'étonna Clariond.

– Les thurnes ne sont que des salles d'étude.

– Je ne savais pas. Où étaient vos chambres?

– Il n'y en avait pas. On couchait en dortoir.

Brabant avait toujours été discret sur ses années d'école. Clariond ne se souvenait pas qu'il en eût parlé plus de deux ou trois fois. Sans doute, contrairement à la plupart de ses condisciples, n'avait-il pas apprécié la vie qu'on y menait.

– Quel genre de camarade était-il?

– Il me donnait l'impression de ne s'être arrêté à l'école que par hasard ou même par erreur. Il rendait volontiers service mais détestait qu'on l'en remerciât. Je ne l'ai jamais vu porté par un élan. Il était disponible mais ne s'abandonnait jamais, pas même avec moi qui partageais sa thurne huit heures par jour. Après deux ans de cohabitation, j'étais à l'aise parmi les philosophes grecs qu'il m'avait fait fréquenter, mais j'aurais été incapable de dire s'il avait de l'amitié pour l'un d'entre nous et pour moi en particulier. Lui est-il arrivé d'y faire allusion?

Clariond voulait croire que, pour Brabant comme pour lui, la rencontre de Sachsenhausen avait été une seconde naissance; aussi répondit-il avec une satisfaction non dénuée de méchanceté :

– Je n'en ai pas le souvenir. S'il l'avait fait, je me serais au moins rappelé ton nom. N'y a-t-il rien à ce sujet dans les papiers qu'il t'a laissés?

– Il ne m'a rien laissé. Le lendemain de son arrestation, c'est moi qui ai ramassé en vrac tout ce que j'ai pu trouver...

Burquin désigna les rayonnages qui couvraient les murs.

– ... dans ce qui lui servait de bibliothèque et sur sa table. Des bouquins surchargés de notes et des piles de feuillets dans un désordre indescriptible. J'ai mis deux mois à en venir à bout.

– Au moins, maintenant, le connais-tu.

– J'ai découvert l'écrivain qu'il aurait pu être, le penseur, l'essayiste, mais l'homme est resté caché, hors d'atteinte. Cette volonté de s'effacer devant ce qu'il écrivait m'avait d'abord agacé. Je la prenais pour une sorte de mépris de l'autre et personnellement j'en souffrais. Puis j'ai compris que, pour lui, cet effacement permettait de donner tout son poids à l'idée. Brusquement j'ai pensé à Jean-Paul Sartre tenant boutique dans un bistrot ainsi qu'à ceux avec qui il croisait le fer et je les ai vus comme des pitres! Quelle chance ils ont eue que Brabant ait disparu!

– Pourquoi, demanda Clariond, ne ferais-tu pas publier ce qu'il y a d'achevé dans ses papiers?

Burquin le regarda avec stupéfaction.

– De quel droit le ferais-je? Comment savoir s'il considérerait telle page comme achevée et s'il était dans son intention de la publier? Et comment me substituer à lui pour décider en faveur d'une œuvre plutôt que d'une autre? Non, je m'en tiens au rôle que m'ont confié l'amitié et le hasard : veiller sur ce qui reste de Brabant, ces textes que j'ai relus tant de fois que j'en reconnaîtrais la manière entre mille autres.

Clariond tressaillit. Les mots avaient fait surgir l'image du lieutenant soviétique, la paume posée à plat sur la pile de feuillets et tenant l'*affidavit* entre le pouce et l'index de la main gauche. Il n'y avait rien de commun, du moins à première vue, entre l'officier de sécurité de la IIIe armée de la garde et Burquin.

Mais Clariond se répétait que l'un et l'autre, chacun à sa façon, faisaient planer une menace au-dessus de sa tête, le premier parce qu'il était en mesure de prouver que le signataire du manuscrit n'en était pas l'auteur et le second parce qu'il se prétendait capable d'identifier l'auteur véritable...

A aucun moment, depuis qu'il avait déposé son manuscrit rue de Verneuil, Clariond n'avait envisagé qu'il pût être refusé. Un court instant, ce jour-là, il souhaita l'échec, qui aurait le mérite de régler dans la simplicité un problème apparemment insoluble, un peu comme le suicide permet à un débiteur d'échapper à ses créanciers.

Ce furent pourtant la fébrilité et l'espoir qui l'emportèrent lorsque, le surlendemain, il trouva une enveloppe marquée du Quadrige dans la boîte aux lettres de la rue Grégoire-de-Tours.

Il monta les six étages à toutes jambes et retarda sous des prétextes divers le moment de l'ouvrir. L'angoisse le faisait trembler alors qu'il la décachetait. Il commença sa lecture mais dut s'arrêter : les larmes lui brouillaient la vue.

Je rentre aujourd'hui de voyage, écrivait Jean-René Vaillard, *et m'empresse de vous dire toute mon admiration et toute mon émotion devant votre merveilleux ouvrage. Vous avez écrit un livre assez unique d'où se dégage une émotion funèbre d'une qualité rare, et, sans préjuger du succès d'un livre aussi particulier, je puis vous dire que c'est avec beaucoup d'enthousiasme que je me propose de faire figurer cet ouvrage à mon programme. J'ai hâte de vous en parler et de vous présenter de vive voix tous nos compliments. Ne manquez pas de prendre contact le plus tôt possible avec nous afin que nous puissions nous mettre d'accord sur la date de publication de... mais je m'aperçois que vous n'avez pas encore donné de titre à votre roman...*

Il lut, avec avidité d'abord, puis avec délectation. Et plus il lisait, plus il se persuadait que l'œuvre louée par l'éditeur était bien la sienne. Que Brabant eût choisi de survivre en la personne de son double était un secret qu'il partageait avec l'ami disparu. Qui eût pu comprendre cette survivance impensable, impossible, puisqu'elle était une réincarnation ? Croyait-on à la réincarnation en 1946 ? Non, évidemment. Le silence, donc, là-dessus.

Burquin reconnaîtrait le style de Brabant ? C'était le plus

beau compliment qu'on pût lui faire. Non seulement il ne le craignait pas mais l'espérait avec ferveur. Qu'il eût assimilé la substance dont l'avait nourri, deux ans durant, celui qu'il considérait comme son maître et son modèle expliquait qu'aujourd'hui il pensât et écrivît comme lui. Ce qui dans un monde ordinaire, voué au médiocre et à la normalité, eût été difficilement concevable avait été possible dans l'atmosphère concentrationnaire qui asphyxiait les faibles mais exaltait les forts.

La menace du flic soviétique était plus difficile à évacuer, sauf si l'on relativisait l'importance de l'affaire. Les trente-huit pages litigieuses du livre valaient-elles vraiment la mobilisation de services lourds comme des montagnes contre le responsable de ces condamnables écrits? Dans son secteur, la IIIe armée de la garde était toute-puissante, mais Paris, Dieu merci, n'était pas dans son secteur. Plus que probablement, la colère du flic soviétique s'exercerait en vase clos, sur les sapeurs de la 45e division de choc qui, à l'instar des personnages d'Erskin Caldwell, seraient appelés à écrire une nouvelle version du *Petit Arpent du Bon Dieu.* On les verrait repartir à la recherche du trésor du *Bauhof,* creusant et bouchant des trous sans plus de succès que les petits Blancs calamiteux de Géorgie.

– Avez-vous un titre?

Clariond se rappela la *Stube* du block 13 où s'agitaient frénétiquement quatre cents malheureux que la faim, la souffrance et le désespoir rendaient enragés.

– *La Nef des Fous,* dit-il.

Jean-René Vaillard hocha la tête.

– Excellent. Nous sortirons à la fin de l'été, en mettant en œuvre tous les moyens dont nous disposons. Je compte jouer sur l'effet de surprise : jusqu'au jour de la parution, personne ne doit vous connaître, mais, dès le lendemain, il faudra qu'on puisse tout savoir de vous. *La Nef des Fous* est bien votre premier livre?

– Oui.

L'éditeur était perplexe.

– Je n'arrive pas à comprendre. Il n'est pas possible d'écrire comme vous le faites de but en blanc. Votre livre n'est pas celui d'un débutant aussi doué soit-il. Il est l'œuvre d'un écrivain d'expérience. Quelle est la vôtre?

– Littérairement, aucune.

– Quel genre d'études avez-vous faites?

– Rien de très particulier. Une licence de lettres et une autre de droit, que je n'ai d'ailleurs pas terminée.

Vaillard attira à lui le manuscrit. Il le feuilleta, s'arrêtant inopinément à un passage, le relisant à mi-voix, passant à une autre page, s'arrêtant encore. Il retira ses lunettes dont il tapota la pile de feuillets.

– En combien de temps avez-vous écrit cela?

– Six mois. Six mois pour l'écriture, je dirais presque la rédaction. Car, au moment de mon retour à Paris, il y avait plus d'un an que je travaillais à mon projet. C'est avec lui et par lui que j'ai survécu.

– L'histoire de l'amitié, qui constitue la trame de votre ouvrage, repose, je pense, sur la réalité.

– La dédicace du livre répond à votre question. C'est à cette amitié, et à celui qui l'a inspirée, que je dois d'être devenu ce que je suis. Sans lui, j'aurais subi mon sort au lieu de le dominer et bien entendu j'aurais été incapable d'écrire ce livre qui est au moins autant son œuvre que la mienne.

– Pour ce qui le concerne, dit Vaillard, votre dénouement est ambigu. Vous laissez une chance à votre héros. Qu'en est-il du modèle?

– Il s'est battu contre l'impossible avec une telle volonté de vaincre que pendant longtemps il a fait reculer l'échéance, mais il a finalement succombé, quelques heures avant notre libération.

– Excusez mon indiscrétion. Pourquoi n'avoir pas terminé là-dessus?

– Parce que je ne pouvais me résoudre à ce qu'il meure une seconde fois et de ma main. C'eût été une sorte de meurtre. Au moins, par mon livre, une part de lui-même a-t-elle des chances de survivre. C'est pour cela que je l'ai écrit.

Clariond marchait au hasard, fendait la foule, bousculait les badauds, ne s'intéressant à rien ni à personne. Il se sentait étrangement léger, à la fois souple et fort, heureux que son œuvre eût été distinguée, que sa valeur et donc celle de son auteur eussent été reconnues. Mais son euphorie n'était complète qu'en raison du refus qu'avaient essuyé des centaines d'auteurs moins chanceux et, pourquoi ne pas le dire, moins doués que lui.

Il évaluait le chemin parcouru, se rappelait les difficultés surmontées grâce à sa détermination farouche de s'en sortir. Il n'en rendait pas moins grâce à la chance qui l'avait miraculeusement pris en main au plus profond de sa détresse et l'avait accompagné depuis lors avec une fidélité sans faille.

Il s'orienta. Ses pas l'avaient ramené rue Grégoire-de-Tours. Il pensa à Bianca dont le destin, comme le sien, avait bifurqué le jour où la chance s'en était mêlée. Elle connaissait le succès et même davantage. Lui aussi le connaîtrait, comment en douter?

Pour tous deux, c'était une revanche, un dû dont s'acquittait le sort.

A Bobino, Bianca faisait salle comble depuis deux mois. Son imprésario lui conseillait de prolonger son spectacle, mais elle préférait arrêter avant de ressentir les premiers symptômes de la lassitude du public.

Une nuée de parasites s'était abattue sur elle. Elle s'était trouvée chaussée, habillée, coiffée par des gens sortis elle ne savait d'où et qui ne lui présentaient jamais de factures. Le secrétaire particulier, valet-chauffeur-factotum dont l'avait pourvue Starvox, sa maison de disques, s'occupait de tout. Entre lui et Clariond, l'antipathie avait été immédiate.

– Ce type pue l'escroc à vingt pas, dit-il avec dégoût. Et son patron aussi. Ils sont en train de te gruger.

Pour la première fois de sa vie, Bianca vivait sans compter et n'était pas prête à y renoncer.

– Bien sûr, maugréa-t-elle, ils se servent. Et puis après?

– Après, tu te retrouveras sur le sable.

Pour qui a connu la mouise, rien n'est pire que la peur de manquer. Angoissée, elle se résolut à questionner le factotum.

– Qu'est-ce que j'ai exactement en banque?

– Un joli découvert, répondit-il avec placidité. Voilà pourquoi nous insistons pour une prolongation du spectacle. C'est la seule façon de l'effacer.

Clariond intervint :

– Il y en a une autre. Nous en parlerons dans trois semaines à notre retour du Midi.

– Mais le spectacle?

– Que je sache, il se termine en fin de semaine.

– Et la prolongation?

– Il n'y a pas de prolongation.

– Je vous aurai prévenu, grinça le factotum. Bianca va avoir de gros ennuis.

Clariond s'approcha de lui.

– Écoute-moi bien. Les ennuis de Bianca ne seront qu'une plaisanterie à côté des tiens si, à notre retour, son compte en banque n'est pas alimenté et ta comptabilité à jour.

Il recula, comme pour se mettre hors de portée d'une paire de baffes éventuelle.

– Je ne crains pas les menaces.

– Tu as tort.

C'était un de ces jours fastes où rien ne vous résiste. Clariond eût préféré un adversaire plus à sa mesure que ce pâle voyou.

– Tu bluffais? demanda Bianca après qu'en hâte il se fut replié.

Il y avait de l'admiration dans sa voix.

– Pas du tout. Je confierai l'affaire à M. Albert, dont certains amis sont des spécialistes de la récupération des créances rétives.

– Et tu veux vraiment partir dans le Midi? Tu l'as entendu, je n'ai pas un sou.

– C'est moi qui t'invite. J'ai touché une avance sur droits.

En 1946, une voiture était un luxe aussi insolite qu'un équipage de chasse. Bianca avait la sienne, une Talbot 1939 qui ne s'était pas vraiment remise d'avoir eu à supporter, pendant quatre ans, la présence contre son flanc d'un monstrueux gazogène. Depuis cette époque, elle était affligée d'une toux persistante. Son allure s'en ressentait. Il n'empêche, elle roulait.

M. Albert avait pourvu au ravitaillement en essence : le plein et cinq jerrycans, plus une adresse à Marseille où trouver le complément de carburant nécessaire au retour.

La R.N. 7 était déserte. Villes et villages se succédaient, miraculeusement intacts. Le plus frappant, peut-être, dans ce paysage qu'engourdissait le froid, était que la tourmente l'eût épargné.

Joigny, Tonnerre, Avallon. Ils s'arrêtèrent à l'Hôtel de la Poste. Le luxe, la quiétude et la chaleur de l'endroit accentuaient l'impression de rêver qui les poursuivait depuis le départ de Paris. Au restaurant, la vaine agitation du personnel, l'air pénétré du sommelier, le ballet des serveurs soulevant leurs cloches argentées avec des gestes de prestidigitateurs leur parurent incongrus. Dans leur chambre, un lit à baldaquin faisait face à une cheminée où brûlaient des sarments de vigne.

Ils se regardèrent avec gêne. Dans ce lieu où le bien-vivre allait de soi, ils ne pouvaient en jouir sans renier une part d'eux-mêmes.

Bianca tenta de dévier le cours de ses pensées.

– Sais-tu, dit-elle, que je ne connais pas le Midi?

– Tu as bien vu la mer tout de même?

– Une fois, à Paris-Plage. L'eau était grise et glacée et le vent faisait voler le sable. C'est un très mauvais souvenir. J'avais été heureuse de revenir à Paris et de retrouver la rue de Sévigné.

Elle accorda un regard distrait aux doubles rideaux douillettement tirés, à l'acajou poli des tables de chevet, aux murs molletonnés de toile tête-de-nègre, aux lumières tamisées.

– Pour monter chez nous, dit-elle, on passait devant un escalier tapissé de rouge, l'escalier des riches. Le nôtre débouchait au fond de la cour. Il était raide et bruyant. Le logement comportait trois pièces dont la plus grande servait d'atelier à mon père. Il travaillait à fixer des peaux, avec une multitude de pointes, sur une grande planche posée sur des tréteaux. En fin de journée, on retournait la planche. L'atelier se transformait en salle à manger. Ma mère passait des heures à préparer le dîner. Jamais je n'ai retrouvé le goût des plats qu'elle confectionnait.

Elle se recueillit avant de poursuivre :

– C'était moche, c'était pauvre et, probablement, sale. La cour était sombre et le monde se limitait au quartier. Les deux vieux se plaignaient perpétuellement de la crise que je percevais comme une sorte de malédiction qui les aurait tout particulièrement frappés. Comment aurais-je pu savoir que nous étions heureux ?

La neige s'était mise à tomber à gros flocons que le vent faisait tourbillonner dans la cour du relais. Clariond ferma les yeux. Là-bas aussi elle tourbillonnait. Ses fines aiguilles criblaient le visage des marcheurs du *Schuhläufer* de mille piqûres qui, en s'additionnant, se fondaient en une seule et même douleur. Leur groupe fantomatique se dissolvait dans le néant, pour en resurgir au tour d'après, paraissait même vivre l'espace d'un instant avant de disparaître à nouveau.

Lorsqu'il était l'un d'eux, il avait aspiré au bonheur simple de regarder tomber la neige, bien au chaud derrière une vitre embuée. Maintenant que ce bonheur était sien, et que même la chance y avait ajouté des avantages supplémentaires, il ne pouvait se déprendre d'un vague sentiment de culpabilité envers celui qu'il avait été.

A partir de Montélimar, le mistral éclaircit le ciel. L'humeur du couple suivit. L'hiver en Provence avait des airs de printemps : sur les pentes qui surplombaient Cannes, les mimosas avaient peint la montagne en jaune d'or. Sur la Croisette, il ne manquait pas un palmier.

– Une guerre, un débarquement, où cela ?

La tornade n'avait laissé aucune trace. Elle avait respecté cet endroit béni des dieux. Le Carlton arborait comme naguère son allure de pâtisserie victorienne.

Devant l'entrée d'où un groom avait jailli, Bianca eut un mouvement de recul.

– On ne va tout de même pas crécher là-dedans !

– Mais si.

Discret, mais laissant entendre qu'il savait à qui il s'adressait, l'homme aux clés d'or connaissait son métier.

– C'est une joie de vous recevoir, madame. Après les fatigues de ces dernières semaines, vous apprécierez le calme de notre maison. Cannes est parfait en ce moment.

Chambre sur la mer, soleil, silence. Aucun spectacle, ni en matinée, ni en soirée, pas de théâtre, de régisseur frappant à la porte de la loge, d'imprésario, de factotum; pas de public, de bousculades, de flashes; des vacances, quoi! Les premières qu'elle eût connues de toute son existence. Avec ce compagnon ramassé un soir comme un chien perdu, et qu'elle aimait pour ce qu'ils avaient de semblable.

Cannes vivait au ralenti. Restée en marge des grandes convulsions du conflit grâce à l'occupation débonnaire des Italiens, la ville n'avait connu des événements tragiques de l'époque que l'apparition soudaine de la Gestapo en septembre 43 et la grande rafle des juifs qui avait suivi. Le calme était revenu après ce regrettable épisode, qu'on avait d'autant mieux oublié qu'il n'avait pas affecté de Cannois véritables.

Les touristes revenaient, des Français pour la plupart, qui ne semblaient pas avoir souffert de la rigueur des temps. Ils retrouvaient des villas aux façades quelque peu défraîchies, des jardins envahis d'herbes folles et campaient à l'hôtel en attendant de pouvoir entreprendre les travaux de remise en état de leurs propriétés.

La chronique cannoise avait renoué avec les commérages et les potins, que l'on trouvait dans le journal du matin entre l'annonce d'une validation de points textiles et l'article de fond sur la nécessité d'un consensus national. Bianca avait eu droit à un papier sur deux colonnes dans la rubrique Spectacles, avec une photo la représentant en compagnie de Clariond, qualifié de romancier par une commère extralucide.

La rubrique des faits divers ajoutait à sa ration habituelle de crimes de la jalousie, et de drames de la misère, les exploits de malfaiteurs attirés sur la Côte par le retour des touristes. Nice avait été touchée en premier, Monte-Carlo ensuite. C'était maintenant le tour de Cannes : coup sur coup, le Majestic, le Martinez et le Gray-d'Albion avaient été visités.

Ces méfaits en chaîne rappelaient, à s'y méprendre, le programme qu'Alfred s'était promis de mettre en œuvre, à l'époque où il rêvait de liberté. Les hôtels de Nice et de Monte-Carlo n'étaient pas en effet des établissements de grand luxe, mais de première catégorie, ceux-là même qu'il affectionnait, pour leur architecture, conçue, disait-il, en vue de faciliter l'escalade, et pour la qualité de leur clientèle. Alfred roulant sur lui-même pour éviter les craquements du plancher! Clariond avait abandonné le journal et imaginait sa progression silencieuse dans l'obscurité de la chambre du Carlton. Impossible, hélas! puisque, en tant que palace, le Carlton ne faisait pas partie des terrains de chasse d'Alfred.

– A quoi penses-tu?

– A un rendez-vous sur la Côte que m'a donné un vieil ami.

Pas un instant Clariond ne douta donc de l'identité du monte-en-l'air qui écumait la Côte. Pas davantage il ne songea à émettre la moindre réserve sur la nature de ses activités. C'était affaire de point de vue et celui d'Alfred se défendait.

– Une rivière de diamants, lui avait-il dit un jour, tu trouves ça moral, toi? Je te garantis que si tu découvres la source des revenus qui en ont permis l'achat, tu taris du même coup celle de tes remords, et c'est d'un cœur tranquille que tu détournes la rivière! Rendez-vous sur la Côte, lui avait-il répété avant de partir pour la course au trésor. Ne te tracasse pas, je te retrouverai.

De quoi Alfred n'était-il pas capable? Clariond était convaincu qu'il surgirait inopinément, et de façon quasi magique, comme le nain malicieux d'un conte de Grimm.

– La meilleure bouillabaisse, avait dit l'homme aux clés d'or, vous la trouverez à la Flibuste. C'est un restaurant qui vient de s'ouvrir au Cap-d'Antibes. Je vous réserve une table?

Il faisait sombre dans la salle, lambrissée de pin verni. Un âtre haut de deux mètres occupait le mur du fond. Le feu avait dû flamber toute la matinée. Il en subsistait un lit de braises au-dessus duquel tournait une broche.

Dans les contes allemands, les nains, les bossus et les diables arrivent toujours par la cheminée. C'était donc dans celle du restaurant que Clariond s'attendait à voir apparaître Alfred. Mais le bossu était imprévisible.

– Je t'attends depuis deux mois.

C'est de l'autre côté qu'il avait surgi. Clariond se retourna brusquement. A contre-jour, il n'aperçut que sa silhouette contrefaite.

Il s'était dit certain de la rencontre. La surprise, néanmoins, était grande qu'elle survînt comme il l'avait prédit.

Alfred était vêtu avec recherche. Sans sa bosse, il eût été méconnaissable. Ils s'embrassèrent.

– Assieds-toi et raconte. Qui a finalement gagné, Werner ou toi?

– L'or du *Bauhof*, dit Alfred, c'est effectivement une belle histoire. Werner était sur place, avec un brassard de la Croix-Rouge, le lendemain de notre départ du camp. Les bombes pleuvaient sans discontinuer, mais il travaillait sous ce déluge comme s'il s'était agi d'une averse de printemps. Tout ce qui vivait encore était planqué. Personne ne se demandait ce que fabriquait ce curieux secouriste dans les amas de ruines que labourait le bombardement. Il a même continué ses recherches après l'arrivée des premiers Russes pour qui le *Bauhof* ne présentait pas le moindre intérêt. Et, pour finir, il a retrouvé la quasi-totalité des caches, puis il a disparu.

– Tu l'as revu?

– Une fois, trois semaines plus tard. Je lui ai demandé de faire part à deux. Naturellement, il a refusé. Y avait rien à dire, j'aurais fait pareil à sa place. Il ne me restait qu'à passer en zone occidentale puis, de là, en France. Et voilà.

Il leva son verre en regardant Bianca.

– *Prosit!* Je bois à votre succès, madame. Vous avez un merveilleux talent.

– Et Werner?

– Il a fait un travail d'artiste. Pour commencer, il a réussi à transporter son or à la barbe des Russes, dans une planque de la banlieue nord de Berlin. Puis il s'est fait embaucher comme homme d'équipe par le métro, ce qui lui a permis de le faire passer à Berlin-Ouest, à raison de six kilos par jour, c'est-à-dire trois lingots, qu'il cachait dans le fond de sa musette-repas. Ensuite, il l'a sorti de Berlin grâce au chauffeur d'une unité de transport américaine. Après quoi, il s'est déguisé en nazi bon teint. A ce titre, il a été pris en charge par une filière d'évasion organisée par les moines d'un couvent italien au bénéfice de dignitaires S.S. particulièrement recherchés. Il a quitté l'Italie avec son magot pratiquement intact il y a deux mois environ. Aux dernières nouvelles, il se repose de ses fatigues au Paraguay.

– Tu n'as pas l'air de lui en vouloir.

– Non, c'était le jeu. Et puis, à tout prendre, je préfère la Côte d'Azur au Paraguay.

Alfred se resservit de bouillabaisse.

– Une *zulage*, dit-il en riant. Parlons de toi. Comment te débrouilles-tu?

– Je suis journaliste, dit Clariond.

– Et romancier, si j'en crois le journal de ce matin. Tu n'es pas allé te promener à Berlin, récemment?

– Si. Pour une enquête sur la vie en zone soviétique.

– Et un pèlerinage. Tu es allé au *Bauhof*, n'est-ce pas, et tu as retrouvé le manuscrit de Brabant?

Le coup était inattendu. Clariond l'encaissa sans sourciller.

– Tu te souviens du bois de Below? Le dernier soir, Brabant m'a fait promettre de rechercher les manuscrits et de les publier.

– Sous ton nom?

– Exactement.

Le bossu s'affaira dans le plat à poissons à la recherche d'un morceau de rascasse, but une gorgée de rosé et clappa de la langue.

– Tu manques pas d'air, dit-il. Moi, y'a pas grand-chose qui me fasse reculer. Même violer une sépulture, si ça vaut le coup, je suis partant. Mais piller la tombe d'un ami, tout voyou que je sois, je sais pas si j'oserais. Je te le dis comme je le pense, mais au fond je m'en fous, je ne suis pas professeur de morale.

Non. Alfred n'était pas professeur de morale. Avec une bosse dans le dos, la misère aux trousses depuis son enfance et la préoccupation d'assurer sa survie, la morale était un luxe qu'il n'avait pu s'offrir. D'autant plus cinglante était sa remarque. Longtemps après qu'ils se furent quittés, les mots d'Alfred, anodins en apparence, brûlaient encore Clariond. Il lui était insupportable d'être jugé et condamné par un malfrat, au nom de valeurs dont s'inspirait, prétendument, son code de vie. Pourtant sa conviction intime d'être dans le vrai et d'avoir agi en conformité avec le vœu exprimé par le disparu restait entière, mais il découvrait que les arguments sur lesquels elle reposait n'avaient pas de valeur aux yeux des autres. Rien d'étonnant à cela : une conviction se ressent plus qu'elle ne s'explique.

Bianca, à son tour, avait été gagnée par la morosité.

– Est-ce vrai, s'enquit-elle, que ton ami t'a demandé de te présenter comme l'auteur des manuscrits ?

Clariond s'emporta :

– Tu n'as donc rien compris ? Brabant était plus que mon frère. J'ai souffert avec lui, pour lui. Je, j'ai...

Les larmes lui étaient montées aux yeux. Elles étaient sincères mais également bienvenues comme indice supplémentaire de sa bonne foi.

– Une moitié de moi est morte avec lui, poursuivit-il, j'ai recueilli ses derniers mots, moi et personne d'autre. Personnellement, je n'en avais rien à foutre, d'aller me colleter avec les Russes pour récupérer ses papiers. Si je les ai ramenés, si je les publie et si je les signe, c'est très précisément parce qu'il me l'a demandé. Tu es libre de me croire ou non.

Elle voulait croire que cette fois-ci il disait la vérité. Mais, parce qu'elle avait un peu pitié de lui, elle évitait de lui faire remarquer que s'il disait vrai aujourd'hui, c'est qu'il avait menti depuis des mois en prétendant qu'il était l'auteur de l'œuvre qu'il signait. Pas plus qu'Alfred, elle n'était professeur de morale ou juge. Confusément, elle avait conscience que la quête de lui-même, qui conduisait Clariond à s'identifier à un autre, était une démarche douloureuse à laquelle elle ne pouvait refuser de s'associer.

Les mois passaient. Au gré des rencontres, l'humeur de Clariond variait de la déprime à l'exaltation. En mars, Samuel Sternberg, le violoniste, arriva des États-Unis pour donner une série de récitals en Europe. Il s'arrêta une semaine à Paris où deux concerts étaient prévus Salle Pleyel. Clariond le revit avec une joie d'autant plus vive qu'il n'avait jamais rien su de l'affaire du *Bauhof*.

Pendant leur détention, ils ne s'étaient rencontrés qu'épisodiquement et n'avaient été véritablement proches qu'au cours de la marche qui avait suivi l'évacuation du camp. De Brabant, Sternberg n'avait connu que le moribond maintenu en vie miraculeusement par la seule volonté de Clariond. Sternberg avait tout vu des sélections d'Auschwitz et du travail du *Sonderkommando*. Il avait fait partie de l'orchestre qui accompagnait en musique la schlague et les pendaisons. En trois ans de temps, il avait pu constater qu'il n'y a pas de limite à l'abaissement et la dégradation humaine.

– J'étais arrivé au terme de l'épreuve, avait-il confié un jour à un ami, et sans doute m'aurait-elle à jamais marqué si, à ce moment précis, ne s'était produit sous mes yeux l'acte d'amour et de foi qui rachetait tout le reste.

Que Brabant eût écrit, que Clariond se fût ou non emparé de son œuvre, Sternberg n'en savait rien. Pour lui, Clariond était le Juste qu'il avait eu la chance de rencontrer.

En l'honneur du virtuose, Béatrice de Courtrai organisa une soirée qu'elle voulut intime. Sternberg, qui ne boudait pas le plaisir d'être adulé, s'y montra disert et brillant. Une année d'Amérique l'avait apparemment guéri du mal des camps. Pourtant, après le dîner, il s'isola un long moment avec Clariond à qui il confia combien, dans sa guérison, avait compté l'aventure unique dont il avait été le témoin. Clariond avait du mal à se reconnaître dans l'image que Sternberg se faisait de lui; flatteuse certes, mais guère plus exacte que celle du salaud sous les traits duquel le voyait Alfred.

– J'attends ton livre avec impatience, lui dit Sternberg avant de prendre congé. Il me permettra de te retrouver. Fasse Dieu que je puisse te rendre un jour le bien que tu m'as fait!

Le mysticisme en moins, le monde dans lequel se mouvait Ruysdael était tout aussi imaginaire que celui de Sternberg. En moins? Ce n'était pas sûr, car le peintre était mystique à sa manière. S'il restait Ruysdael pour ses anciens camarades, il n'était plus Jonkheer pour l'état civil néerlandais qui avait très régulièrement enregistré son décès. Joost Van de Velde, millionnaire afrikaner descendant d'émigrés boers, lui ressemblait comme un jumeau. Il était arrivé à Paris, en début d'année, et s'était royalement installé. A l'abri des soucis matériels, il pouvait poursuivre ses recherches en toute tranquillité, et se confiait volontiers à Clariond.

– Je te l'ai dit un jour : c'est ton ami Brabant qui m'a ouvert les yeux. Je sais maintenant que les œuvres ont une âme, alors que la copie la plus parfaite n'en a pas. Pour moi, la question est de savoir si je suis capable de définir ce qu'elle est et si j'ai le pouvoir de la susciter.

Il avait les yeux brillants.

– Faire, en somme, que l'âme de Goya vienne habiter une toile de lui, peinte par moi, ou mieux encore qu'une âme façonnée de mes mains s'empare de l'œuvre et permette de dépasser celles du maître. Si Brabant vivait encore, il saurait me guider. Tu ne connais pas ta chance d'avoir vécu à ses côtés pendant deux ans.

Pas plus que Sternberg, il n'avait eu vent du travail d'écrivain de Brabant. Aussi était-ce un plaisir de s'entretenir avec lui, en dehors de toute crainte, de toute menace, très simplement sans se trouver dans l'obligation permanente d'expliquer et de justifier sa conduite.

Il en allait tout autrement de Mongredien, du docteur Coullomb et de Schnabel qui savaient tous trois dans quelles conditions Brabant avait écrit, tant au *Bauhof* qu'au *Revier*. Toutefois Coullomb, de retour dans ses houillères, et Schnabel, dans son école de Fortsheim, ne pouvaient être gênants qu'à terme. Mongredien, lui, était à Paris. Aux questions qu'il lui avait posées sur son roman, Clariond avait répondu évasivement, en prétextant la volonté de son éditeur de sauvegarder l'effet de surprise que devait, selon lui, provoquer sa publication. Moins curieux, moins perspicace qu'Alfred, ou peu pressé de découvrir la saloperie qu'il pressentait, Mongredien avait paru se contenter des raisons qu'alléguait Clariond pour justifier sa discrétion.

Prolonger l'équivoque lui suffisait. Il avait accepté la proposition que lui avait faite son père de créer et de diriger aux États-Unis une filiale E.S.M. Son départ était fixé au 1er juin. D'ici là, il préférait éviter une explication qui eût abouti à une rupture. Une de plus. Entre les morts, les disparitions, les brouilles, les trahisons, il se retrouvait seul au milieu d'un cimetière. Qu'au moins, pour Clariond, il puisse sauver les apparences. Ils se voyaient donc, mais peu, et d'un commun accord veillaient à ce que la conversation ne dérape pas.

L'anniversaire de leur arrivée à Paris tombait trois jours avant l'embarquement de Mongredien. A cette occasion, ils s'étaient retrouvés aux Deux-Magots, à la table même qu'ils avaient occupée un an plus tôt.

– Content de partir?

– C'était la solution sage. Il fallait mettre du temps et de la distance entre mon père et moi. A propos de père, as-tu finalement revu le tien?

– Non.

– Est-il indiscret de te demander pourquoi?

– C'est une affaire entre lui et moi.

– Qu'elle le reste.

Ils se turent. Rien, pendant ces douze mois, ne s'était passé comme ils l'avaient cru ou espéré.

– Avant de partir, dit Mongredien, j'aurais voulu revoir Gerson.

Cette diversion convenait à Clariond.

– Tu as une voiture? Allons-y.

Ils stoppèrent devant l'entrée de la Carrière au moment où le Dab, sa tournée en bord de Seine terminée, revenait par la rue de Valenciennes, au pas de son cheval.

Il héla Clariond :

– Tu arrives à point. On se voit au Carillon dans cinq minutes.

– Mongredien, dit Clariond après les présentations, a été le plus proche camarade de Gerson. Ils étaient ensemble au commando des marcheurs.

– Gerson m'a raconté cela.

– Et, comme il quitte la France dans trois jours, il voulait le voir avant de partir.

– Il faut vous dépêcher. Gerson m'a dit ce matin qu'il comptait célébrer dignement l'anniversaire de son arrivée à la Carrière. Si la commémoration a commencé, il ne vous reconnaîtra pas.

– Comment va-t-il?

– Mal. Il ressasse son histoire, la dissèque, traque ses erreurs et celles des autres pour aboutir chaque fois à la même conclusion. Ses amis ont trahi, le Parti a trahi, les lâches et les salauds l'ont emporté. Ils savent bien qu'il est le seul pur, le seul fidèle. Sa présence leur est intolérable. Ils se sont juré de l'abattre, mais ils ne l'auront pas! Les cuites s'organisent autour du thème de la persécution. Elles sont de plus en plus fréquentes et il récupère de plus en plus difficilement

– Que peut-on faire?

– Rien. A la Carrière, il n'y a pas de juges. Personne n'acquitte et personne ne condamne. Pour vivre ici, chacun doit s'assumer avec ses propres moyens. Certains y parviennent, d'autres pas. C'est malheureusement le cas de votre copain.

Il vida son verre de blanc.

– Attendez-moi ici. Je vais le chercher.

C'est un vieillard qu'ils virent entrer dans le bistrot, aussi maigre qu'était l'année d'avant le déporté tout juste libéré. Sa démarche était hésitante. Il donnait l'impression de se déplacer suivant un itinéraire jalonné de points d'appui et d'aller de l'un à l'autre en évitant de se risquer en terrain découvert.

L'apparition, à deux pas de lui, de Clariond et de Mongredien l'avait arrêté dans sa marche zigzagante. Il se tenait, jambes écartées, balançant le buste d'avant en arrière et la bouche ouverte de surprise.

– Ça alors, balbutiait-il. Vous êtes venus...

Il s'approcha. Son visage ne présentait qu'une vague ressemblance avec celui qu'ils avaient connu. Ses joues s'étaient creusées de rides profondes et sinueuses. Ses yeux s'étaient enfoncés au fond de leurs orbites et il n'en filtrait qu'un regard à peine perceptible, entre le double œdème, luisant et violacé, des cernes et des paupières.

Gerson se redressa en ce qu'il croyait être un mouvement de défi.

– Oui, dit-il. Eh bien, c'est comme ça!

Il fit encore un pas. Ses épaules s'affaissèrent. Sa face devint d'un seul coup pitoyable. Des larmes brillèrent dans le lacis de rides qui crevassait ses joues. L'instant d'après, il se retrouva dans les bras de Mongredien, hoquetant comme pour se justifier.

– C'est la joie, tu sais. Et puis, y'a l'émotion...

Il se ressaisit.

– Vous revoir tous les deux, justement aujourd'hui, ça s'arrose.

– On a le temps, répondit Clariond. Que dirais-tu d'un bon déjeuner, quelque part en ville?

Gerson recula, comme apeuré. Il avait marqué son territoire et répugnait à en franchir les limites. Il était chez lui sur le chantier des ferrailleurs, sur la décharge et parmi les maraîchers du bord de Seine. Au-delà commençait un monde dont il n'avait rien de bon à attendre. Il évitait tout simplement d'y mettre les pieds.

– Pourquoi aller en ville? répondit-il. On mange très bien au Carillon, pas vrai, le Dab?

– Tu ne sors jamais d'ici? demanda Mongredien.

– Jamais.

Il insista :

– Et si je te trouvais un boulot dans ta spécialité, un atelier de radio travaillant sur les nouvelles techniques?

– Les cristaux de germanium? fit Gerson. J'en ai entendu parler.

– Tu es d'accord?

Il baissa la tête et répondit à voix basse, comme à regret :

– Ça n'est pas possible, j'ai à faire ici.

Mongredien sentit la colère monter en lui.

– Peut-on savoir à quoi tu t'occupes?

Le harnachement de Gerson comportait une sorte de sacoche d'encaisseur dont il ne se séparait jamais. Lorsque, autour de lui, le bistrot commençait à tanguer, il passait la bretelle de la sacoche en travers de son épaule. Grâce à cette précaution, et quelles que fussent les péripéties de la cuite dans laquelle il s'embarquait, il l'avait toujours retrouvée au moment où il refaisait surface.

Il posa la sacoche sur la table.

– Voilà à quoi je m'occupe, dit-il, et on n'a pas fini d'en entendre parler. Tout est là, avec les dates et les noms. Tous ceux qui ont trahi, comment ils l'ont fait, dans quelles magouilles ils ont trempé, grâce à quels copinages. Et puis comment ils ont vérolé le Parti, et ce que le Parti est devenu...

Il ouvrit la sacoche et en sortit une liasse de papiers qu'il éparpilla sur la table.

– Un an de travail!

L'écriture des premiers mois était dense et fine. Au fil du temps, elle se dégradait et tournait au gribouillage. Les plus récents feuillets étaient totalement illisibles.

– Aujourd'hui, dit Gerson, je touche au but. Je les tiens, vous m'entendez, je les tiens. Ce n'est pas le moment de flancher.

Il mit la main sur l'épaule de Mongredien.

– Je ne dis pas ça pour toi, car je suis persuadé que tu m'aimes bien. Mais ils te manœuvrent, mon vieux, toi comme tout le monde. On m'offre un boulot en se disant que je vais fermer ma gueule. Non, merci. Ce serait trop simple!

Il y avait une part de cabotinage dans le spectacle qu'il donnait ainsi de lui-même. Il en remettait, comme par défi, afin d'apparaître conforme à son personnage, et se fabriquait des contradicteurs à sa mesure qu'il manœuvrait comme des pantins. Puis il se voyait tel qu'il était devenu, hâbleur, lâche, pleurnichard, sale et puant la vinasse.

– Le plus simple, disait-il alors, est de supprimer l'acteur. Plus de pitre, finie la comédie!

La perspective de cette fin tragique le portait à s'apitoyer sur lui-même. Il buvait à sa propre disparition, fustigeait une dernière fois ceux qui en étaient responsables, rappelait bien haut ses propres vertus, et en prenait pour quarante-huit heures de coma éthylique.

Pour avoir assisté, depuis dix ans, à de nombreux naufrages de ce genre, le Dab savait que les tentatives de sauvetage sont vouées à l'échec et que le mieux qu'on puisse en attendre est un report d'échéance dont le prix à payer, en termes d'angoisse et de souffrance, est tout simplement ruineux.

– Ce boulot, dit-il, personne ne t'oblige à le prendre.

Il se tourna vers Mongredien.

– Pas vrai ? Il sera temps de t'y mettre quand tu auras réglé tes affaires.

Délivré, Gerson sourit.

– C'est cela, dit-il. Je règle mes affaires et je m'y mets.

Il ramassa ses feuillets et entreprit d'en faire une pile au carré.

– En attendant, j'écris. Comme Brabant, tu te rappelles ? C'est toi qui planquais ses manuscrits, au *Bauhof*. Même qu'il t'avait fait jurer que t'irais les chercher. C'est qu'il y tenait, à ses manuscrits.

Clariond était muet.

– Tu as juré, insista Gerson. Je t'ai entendu. Brabant était allongé par terre. C'était dans le bois de, de... J'ai oublié le nom. Tu lui avais placé sous la nuque une couverture roulée. Il ne pouvait même plus bouger. Il t'a remis ses derniers feuillets qu'il avait conservés sur lui. C'est à ce moment qu'il t'a demandé de ramener le tout et de le faire publier. Tu vas y aller, hein ? Il comptait sur toi, Brabant. Tu peux pas le laisser tomber sous prétexte qu'il n'est plus là.

Mongredien répondit en fixant Clariond :

– Que crois-tu donc ? Bien sûr qu'il a tenu parole. Les manuscrits sont là.

– Et ils seront publiés ?

– Dans deux mois.

Allons ! Tout n'était pas perdu puisqu'il existait encore des hommes pour qui l'amitié et la parole donnée signifiaient quelque chose. Une onde de bonheur submergea Gerson. Sur sa face ravagée reparut furtivement l'expression d'autrefois. Tout à sa joie, il ne remarqua pas la pâleur de l'autre. Il saisit l'une de ses mains, dont les doigts formaient un nœud convulsivement serré, et la pressa entre les siennes.

– T'es un type bien, tu sais !

11

La publication de *la Nef des Fous* fut, sans contredit, l'événement de la rentrée. Peu nombreux furent toutefois les critiques qui en louèrent d'emblée les qualités littéraires, ou, s'ils le firent, leurs voix se perdirent parmi les clameurs d'indignation ou d'enthousiasme que souleva l'ouvrage.

Albert Camus avait ouvert le feu avec un éditorial étincelant, saluant le courage de celui qui, le premier en cet après-guerre, avait osé mettre face à face, dépouillés de leurs attributs conventionnels, les damnés de tout bord qui peuplaient l'enfer concentrationnaire.

L'auteur, écrivait-il, *ne se propose pas de décrire l'horreur et d'en stigmatiser les responsables, mais de nous faire pénétrer à sa suite dans un monde dont les structures et les lois, les coutumes et les tabous, la plèbe et les privilégiés et même le dieu, Thanatos, figuré par une aigle éployée, nient, contredisent et abolissent les valeurs dont s'inspire l'histoire de l'humanité depuis au moins deux millénaires.*

Comme on pouvait s'y attendre, Sartre avait répondu dans les *Lettres françaises*. Il parlait de martyrs outragés, d'indulgence suspecte envers les bourreaux, de dilution des responsabilités sous couvert d'analyses. Il y a, fulminait-il, des dévoiements philosophiques chez les escrocs de la pensée comme des détournements de fonds chez les financiers véreux. Bien qu'il ne le dît pas, cette tornade avait pour origine les trente-huit pages sacrilèges dont le lieutenant soviétique avait exigé la suppression et que Clariond avait décidé de maintenir intégralement par fidélité envers la mémoire de Brabant.

Jusqu'alors, et parce que les priorités de la guerre faisaient oublier ce que pouvait avoir de condamnable le comportement de l'indispensable allié, personne n'avait posé la question des libertés en U.R.S.S. Et même, l'anticommunisme étant synonyme de collaboration, il était mal vu d'évoquer le pacte germano-soviétique, le charnier de Katyn ou les procès truqués de Moscou.

La guerre était finie, et l'on aurait pu penser que cette censure serait levée. C'eût été ignorer le terrorisme intellectuel que faisait régner l'extrême gauche sur une intelligentsia traumatisée, dont une partie s'était compromise et n'avait pas encore retrouvé sa superbe et dont l'autre, qui s'était engagée où et quand il le fallait, répugnait à dénoncer aujourd'hui les crimes qu'elle avait niés hier.

Les soixante-dix mille fusillés, l'Affiche rouge, le soulèvement de Paris, Fabien, Rol-Tanguy: les acteurs, les hauts faits, les victimes étaient communistes, oui ou non? Ils avaient été vilipendés par ceux-là même qui calomniaient l'U.R.S.S. Les héros d'hier avaient disparu, mais leurs fils veillaient. Ils balançaient à la figure de leurs calomniateurs les vingt millions de morts soviétiques et les souffrances inouïes endurées par le peuple russe, les partisans hantant les forêts comme des loups, le corps à corps titanesque de Stalingrad et jusqu'à la furia des combats de Berlin. Ils avaient bonne mine, alors, les calomniateurs, au premier rang desquels se déshonorait un nommé Clariond, avec leurs histoires minables de camps du Grand Nord qu'un quarteron de renégats leur avait vendues, en s'offrant eux-mêmes en prime.

La controverse était lancée. L'alliance de circonstance qui, en dépit de lourds sous-entendus et de quelques coups fourrés, avait fonctionné tant bien que mal pendant trois ans volait aujourd'hui en éclats. Le détonateur de cette bombe n'était qu'un chapitre du livre de Clariond à partir duquel – pour ou contre – se définissaient des positions sur lesquelles les frères ennemis allaient camper à portée de voix et de plume pendant des années.

C'était une répétition générale du procès que Kravchenko allait gagner quelques années plus tard contre les *Lettres françaises.* On y trouvait déjà les arguments et les armes qui seraient employés: témoignages vrais et faux témoignages, pressions, menaces, anathèmes, manifestes, signatures, protestations, tout un arsenal à l'utilisation duquel les artificiers des deux bords s'initièrent pendant la saison littéraire.

– Un plaidoyer pour l'homme serait-il à ce point scandaleux qu'il dût faire lever une moisson de colère et d'indignation? se demandaient benoîtement les uns.

– Faux culs, traîtres, bourgeois, collabos! tempêtaient les autres.

Mauriac tenta de replacer le livre dans sa juste perspective. A sa suite, Bernanos s'engagea avec prudence et Kessel avec impétuosité tandis que, de l'autre côté, Aragon et Roger Vailland battaient la charge à la tête d'une phalange d'inconditionnels.

Clariond s'irritait de ne pas être jugé sur son œuvre et se sentait mal à l'aise dans le rôle que l'opinion lui faisait jouer.

– Bon ou mauvais, disait-il à Jean-René Vaillard, j'ai écrit un livre. C'est le diminuer que d'y voir un pamphlet ou un manifeste.

L'éditeur trouvait infondée la morosité de son poulain.

– Que l'on se batte pour ou contre vos idées est excellent. Même s'il ne s'agit pas vraiment des vôtres, mais de celles qu'on vous prête. Pour trouver des motifs de vous encenser ou de vous traîner dans la boue, il faut bien lire votre livre. Je vous prédis que cette querelle vous mènera à cinquante mille exemplaires. Il sera temps, alors, pour les lecteurs, de découvrir votre roman qui commencera sa véritable carrière lorsque le tumulte se sera apaisé.

C'était un gros bouquin de six cents pages, que Clariond reconnaissait du premier coup d'œil sous la couverture crème à filets bleus des Éditions du Quadrige. Il était apparu sur les rayons des librairies, timidement d'abord, comme perdu parmi d'autres ouvrages. Puis un jour, sans même qu'il le cherchât, il l'avait vu en vitrine. Son cœur avait cogné dur au fond de sa poitrine et un sentiment d'immense fierté l'avait envahi.

Survivre avait été un exploit, mais créer? Il avait réussi à triompher du dénuement spirituel auquel le condamnait la vie concentrationnaire. Et il avait écrit, jour après jour, sans croire qu'il pût s'agir d'autre chose que d'un témoignage pour l'honneur, puisque, vraisemblablement, il ne serait recueilli par personne. Mais le témoignage, miraculeusement, avait surgi de la nuit et du brouillard. Il était sous ses yeux, vivant. Et il semblait à Clariond qu'entre le livre et lui existait une complicité fondée sur le souvenir des combats menés côte à côte.

Interviews, émissions de radio, dîners-débats, plus des séances de signature à Paris et en province, il n'avait plus un moment à lui. Au Quadrige, le courrier des lecteurs gagnait en volume.

– Quelles sont, demandait Vaillard, les proportions respectives des engueulades et des félicitations?

– Au début, quatre-vingts pour cent d'engueulades. Mais ce chiffre a rapidement décru. Après un mois, la tendance s'est inversée. On en est actuellement à soixante-dix pour cent d'approbations contre trente pour cent de critiques.

Sur les conseils de l'éditeur, Clariond affirmait, chaque fois qu'il en avait l'occasion, que son propos se situait au-delà et en dehors de la politique.

– Relisez-moi avant de m'accuser, conseillait-il à ses censeurs. J'ai dit et je maintiens que la solidarité des communistes entre eux était exemplaire et qu'ils étaient le seul groupe pour qui la déportation constituait une prolongation du combat. Lorsqu'ils ont été accusés de ne pratiquer l'entraide qu'au bénéfice des leurs, j'ai soutenu qu'ils avaient raison bien que je fusse de ceux que frappait cette exclusion.

Les attaques parties du Flore perdirent bientôt de leur virulence, sans que, pour autant, les offenses de l'auteur fussent pardonnées. Il était apparu en effet que c'était donner de la consistance à ces accusations que de partir en guerre contre elles. Mieux valait les oublier provisoirement et même découvrir qu'en dehors d'elles il existait une œuvre littéraire estimable.

Jean-René Vaillard avait prévu ce retournement de situation. Sa soudaineté le surprit. Jusqu'alors, il avait pensé que *la Nef des Fous* ferait un beau succès de librairie. Le livre le méritait et les Éditions du Quadrige aussi. Grâce à la faveur du public, la couverture crème à filets bleus était en train d'acquérir droit de cité à la devanture des librairies. Mais c'était d'un autre ouvrage qu'il attendait la consécration. L'après-guerre, pensait-il, se devait d'être jeune, insouciant, cynique et désabusé mais surtout de n'avoir pas de mémoire. *La Nef des Fous,* avec son cortège d'images insupportables, c'était hier. La fierté du Quadrige serait d'avoir publié cette page, puis de l'avoir tournée.

A ses collaborateurs surpris et incrédules, il avait montré un manuscrit maigrelet, que lui avait remis une jeune fille de dix-huit ans.

– La mer, dit-il, s'est retirée en emportant les débris du naufrage. Demain, la plage sera nette pour accueillir la nouvelle vague. La voilà.

Jean-René Vaillard lyrique, c'était nouveau. Fallait-il qu'il fût sûr de son coup!

– Ce sera pour quand?

Un mois auparavant, il aurait donné une date. Plus aujourd'hui. Entre-temps, de façon autonome et totalement imprévisible, le succès honorable de *la Nef des Fous* avait pris une dimension nouvelle. Brusquement, les chiffres de ventes s'étaient envolés et rien ne semblait pouvoir arrêter ce mouvement. L'éditeur, l'homme d'affaires, le joueur avaient entendu l'appel de la chance. Celle-ci était unique. Jean-René Vaillard rangea dans son bureau le manuscrit maigrelet qui consacrerait la naissance de la nouvelle vague. Il tournerait la page, certes, mais après avoir obtenu le prix de la Renaissance pour *la Nef des Fous* dont il était devenu de bon ton de n'apprécier désormais que l'exceptionnelle valeur littéraire.

Ce fut la première des campagnes que mena Vaillard l'une à la suite de l'autre et qui se soldèrent par un triomphe sans précédent dans l'édition française. Le prix de la Renaissance trois fois de suite, le Femina et le Renaudot.

Le jury de la Renaissance comptait neuf membres et décernait son prix chaque année à l'issue d'un déjeuner au restaurant du Grand Véfour. A cette occasion, les arcades du Palais-Royal revenaient à un semblant de vie, et les membres du jury retrouvaient, pour quelques heures, l'enthousiasme qu'avaient érodé l'âge, l'expérience mais surtout les illusions et les désillusions de la vie littéraire. Le palmarès de la Renaissance depuis sa fondation ne plaidait pas en faveur de leur discernement. D'une façon générale, les grands leur avaient échappé et ceux qu'ils avaient couronnés avaient, pour la plupart, sombré dans l'oubli. Les jugements, disaient-ils pour leur défense, sont affaire de mode. L'histoire de l'art fourmille d'engouements, de condamnations, de repentirs et de réhabilitations. Loriot, Huvelin, Desmazières, Grimblat vous sont inconnus? Qui vous dit que demain leur talent ne sera pas redécouvert? Après tout, Van Gogh n'a vendu qu'un seul tableau de son vivant.

A première vue, les chances de Clariond auprès des messieurs de la Renaissance étaient minces. Ils avaient pour la plupart atteint la maturité à l'époque de la guerre de 14. Dorgelès, le plus jeune d'entre eux, l'avait vécue en combattant. Le livre qu'elle lui avait inspiré avait été à l'origine de sa carrière littéraire. Il était entendu que « sa » guerre était la der des ders. Il s'ensuivait que celle de 39-45 était nulle et non avenue et que ses péripéties annexes constituaient, au mieux, une parenthèse qu'il était urgent de refermer. Ses aînés partageaient ce point de vue. Ils n'avaient pas attribué de prix depuis 1940 sous le prétexte qu'il était impossible au jury de se réunir, mais en réalité parce qu'ils estimaient que la France était en hibernation et qu'il fallait la laisser dormir. Le prix de la Renaissance 1946 serait donc le bien nommé. Selon eux, la création littéraire avait besoin de s'aérer, de s'ouvrir à la lumière, bref, de se refaire une santé. La plongée dans l'enfer à laquelle Clariond conviait ses lecteurs, son analyse minutieuse de la dégradation humaine, la jubilation malsaine qu'il semblait éprouver à voir triompher le mal, l'injustice, la stupidité et la laideur n'étaient pas rachetés par le miracle d'une amitié dont la nature leur paraissait équivoque.

Remonter ce handicap n'était pas une mince affaire. Jean-René Vaillard s'y employa avec une adresse sans égale, en suscitant, par amis interposés, des rencontres entre des membres du jury et des gens de lettres gagnés à sa cause. La plus bruyante fut celle de Joseph Kessel avec Dorgelès, organisée à sa demande par Béatrice de Courtrai. Il avait fallu persuader le grand Jef de perdre une soirée avenue Foch. Mais il n'était pas homme à faire les choses à moitié dès lors qu'il avait une promesse à tenir.

Sur le thème de l'amitié, il fut intarissable.

– Il n'y a pas au monde de sentiment plus noble, plus riche et plus profond, dit-il de sa voix rocailleuse.

Béatrice enchaîna :

– Seriez-vous prêt à lui sacrifier un amour ?

– Sans doute pas. Mais l'amour ne triompherait pas pour autant. Le remords aurait raison de lui.

– La camaraderie..., dit l'écrivain combattant qui avait des souvenirs bleu horizon.

Kessel lui coupa la parole :

– Rien à voir avec l'amitié. Telle que je la conçois, elle se vit comme une passion. L'amitié est jalouse, exclusive. Elle peut être cruelle, tendre même.

– Tendre, dites-vous ?

– Je le dis, et j'ajoute que cette tendresse est un épanouissement d'une incomparable pureté, contrairement à l'autre qui n'est le plus souvent qu'une étape sur le chemin menant de la passion à l'indifférence.

Il se tourna vers Béatrice :

– Ce thème m'obsède depuis toujours. J'ai écrit près de vingt bouquins et on le retrouve dans chacun d'eux. Si je ne m'en suis pas libéré, c'est que je n'ai jamais réussi à le traiter comme il le méritait. Voilà un souci que je n'ai plus à me faire. Aujourd'hui, les choses sont dites, magistralement, par un garçon dont c'est la première œuvre.

– Vous parlez d'Alain Clariond ? demanda Dorgelès.

– De qui d'autre parlerais-je ? Je ne sais pas ce que pensera votre jury, mais le public, lui, ne s'y est pas trompé. Ni d'ailleurs vos confrères du Renaudot et de l'Interallié qui espèrent bien que vous ne vous intéresserez pas à son livre.

– Qu'est-ce qui peut le faire penser ?

– L'idée qu'ils se font de vous. Sans doute vous croient-ils trop prudents navigateurs pour vous embarquer sur *la Nef des Fous*.

– Jef, en quelle année avez-vous reçu votre prix ?

– En 1923, deux ans après vous.

– Souvenez-vous. On a parlé, à l'époque, d'une littérature de rupture. Pourtant, le jury les a distingués. Ce n'était pas de la prudence.

– Pas de l'audace non plus. D'ailleurs, ils n'ont pas choqué.

Clariond, c'est tout autre chose : il déchire et il broie. Les idées reçues, les principes, les tabous, le bien, le beau, tout ce qui fait notre univers moral est retourné comme une crêpe. Et ce qu'il fait apparaître ressemble aux ruines fantomatiques de ces villes d'Allemagne que se disputent des hordes de rats.

» Pourtant, c'est de ce terreau infernal fait de haine, de lâchetés et de sauvagerie qu'il fait jaillir le miracle d'une amitié si radieuse, à ce point invulnérable, qu'elle ravale au rang d'assassins grotesques les démiurges de l'Ordre noir.

Les images arrivaient par rafales. L'écrivain combattant rentrait la tête dans les épaules comme autrefois aux Éparges, lorsque les gens d'en face déclenchaient un tir de barrage.

– La littérature de rupture, affirma Kessel, nous savons maintenant ce qu'elle est. Prenez date.

Ils quittèrent l'avenue Foch bras dessus, bras dessous. Kessel avait décidé qu'une soirée comme celle-là ne pouvait se terminer qu'en musique, et que d'ailleurs elle ne faisait que commencer. Il avait ses habitudes dans quelques boîtes russes où jouaient encore des tziganes de la grande époque, celle des colonels-princes reconvertis en chauffeurs de taxi G.7. L'accueil qu'ils lui réservaient ravivait le souvenir d'une fête morte depuis longtemps. Il la réinventait à son propre usage, avec la complicité de quelques racleurs de violon proches de la retraite, parce qu'il aimait la nostalgie pour elle-même et que la vodka et la musique lui donnaient de la consistance.

D'une boîte à l'autre, ils burent, aux copains des Éparges, aux camarades d'escadrille, aux rescapés de tous les sales coups, à la jeunesse enfuie, aux illusions perdues. L'écrivain combattant suivait de plus en plus difficilement.

– *Gary, gary* [1], disait Kessel au vieux tzigane qui torturait son violon à coups d'archet rageurs. Plus vite, tu t'endors!

Des toasts encore auxquels le compagnon d'un soir répondait, les yeux vitreux et le cœur au bord des lèvres :

– En l'honneur d'Alain Clariond, prix de la Renaissance!

Kessel le dit si fort, avec une telle solennité, que dans la salle des bravos crépitèrent et qu'avec lui une cinquantaine de soupeurs burent au succès du lauréat, sans trop savoir de quoi il s'agissait.

Le prix ne serait décerné que dans deux semaines? La belle affaire! L'écrivain combattant leva son verre avec tout le monde et n'en conservait qu'un vague souvenir en s'éveillant le lendemain matin. Mais une chose était certaine : sa soirée avec le

1. Brûle.

grand Jef avait fait de lui un inconditionnel de *la Nef des Fous.*

Dans les jours qui suivirent, Jean-René Vaillard confia à qui voulait l'entendre que la seule récompense qu'il ambitionnait était la faveur du public et qu'à cet égard il était comblé. Cent mille exemplaires aujourd'hui; deux cent mille demain, sans la publicité tapageuse d'un prix, n'est-ce pas la plus belle des consécrations ? Qu'un jury entérine ce succès : il ne fait que suivre l'opinion. Qu'il l'ignore, et, dans le cas présent, il se disqualifie.

– C'est son affaire, conclut Vaillard d'un air détaché.

Clariond avait l'impression de se tenir en équilibre sur la crête d'une vague, avançant à une vitesse vertigineuse. A raison de deux ou trois par jour, les interviews étaient devenues une routine. L'intérêt et la curiosité des journalistes portaient, peu ou prou, sur les mêmes questions et, pour y répondre, Clariond en était arrivé tout naturellement à mettre au point un récit avec détails et anecdotes si souvent répété, si poli par l'usage qu'il était devenu sa vérité.

– Quand avez-vous écrit votre livre ?

– A mon retour en France.

– Sans avoir tenu un journal, sans avoir pris la moindre note ? C'est incroyable.

Il avait été à deux doigts de raconter le *Bauhof,* son travail quotidien dans la baraque de Werner, les caches dans le mur sud d'I.G. Farben, mais en avait été empêché par le sentiment que c'eût été commettre une profanation. Pour cohabiter sans drame avec son imposture, il avait dû aménager la légende afin de la rendre acceptable à ses propres yeux. Dire qu'il s'était attelé à son livre après son retour du camp ne le gênait pas, parce que, d'une certaine façon, c'était la vérité. Qui d'autre que lui avait noirci des feuillets par centaines dans la mansarde de la rue Grégoire-de-Tours ? Personne. En revanche, bousculer l'ami disparu, usurper sa place, le chasser de sa table en prétendant que, dans la baraque du *Bauhof,* pendant des mois, c'était lui, Clariond, qui avait écrit, il ne le pouvait pas. Comprenne qui pourra.

– Je n'ai pas vraiment tenu un journal, confia-t-il à un journaliste plus insistant que ses confrères, mais j'ai noté un certain nombre de faits, d'impressions, de remarques inspirées par la vie au quotidien. Ces repères m'ont été très utiles.

Et, de ce jour, le carnet de notes fut intégré dans sa vérité.

Les semaines passaient sans qu'aucun de ceux qui eussent pu le contredire se fût manifesté. Mongredien était aux États-Unis, Alfred visitait les hôtels cossus de la Côte d'Azur et rêvait aux bijoux de la Begum. Les autres, Coullomb, Schnabel, Burquin, l'eussent-ils voulu, ne savaient rien de suffisamment précis pour l'attaquer de façon crédible.

La crête de la vague écumait sous ses pieds. Il planait au ras de l'eau, le visage giflé par les embruns. Qu'il était bon à respirer, cet air au parfum inconnu, grisant comme un vin de fête!

En ces heures d'euphorie, il fallait éviter les tièdes, les malchanceux, les rabat-joie et ne frayer qu'avec le succès. Celui de Bianca, dans son nouveau spectacle de l'A.B.C., promettait d'être triomphal.

Ils étaient devenus un couple à la mode que l'on reconnaissait, elle d'abord dont la photo géante s'étalait sur tous les kiosques de Paris et lui après, parce qu'on se demandait quel était l'homme qui accompagnait partout la chanteuse.

– C'est Alain Clariond, le romancier.

Bianca lui prêtait sa notoriété, mais améliorait en retour son image de marque. Car il n'est pas indifférent pour une chanteuse d'apparaître comme l'égérie d'un écrivain entré à grand fracas dans l'arène littéraire. Le succès va au succès, et ces deux-là se mariaient bien...

– Ni dédain, ni hargne, ni indifférence, avait conseillé Jean-René Vaillard. Lorsqu'on vous parlera du prix, dites qu'un écrivain y pense toujours et que vous ne faites pas exception. Mais que, selon toute probabilité, vous ne l'obtiendrez pas. Ajoutez que votre succès vous en console. « Qu'est-ce qui vous fait penser que vous n'êtes pas dans la course? » ne manquera-t-on pas de vous demander. Répondez que deux sortes de raisons jouent contre vous, la première tenant à votre éditeur qui, de son propre aveu, est en dehors du coup, et la seconde au livre lui-même qui sent trop le soufre. Cela fait beaucoup d'hérésies pour un prix qui a la réputation d'aller aux bien-pensants.

Jean-René Vaillard touchait au but. La boutade lancée par Kessel, verre en main, chez ses amis russes, colportée sous forme de tuyau confidentiel par un bouche-à-oreille savamment entretenu, avait fini par accréditer l'idée que le jury de la Renaissance écartait d'emblée *la Nef des Fous* et qu'effectivement les gens du Renaudot s'apprêtaient à profiter de l'aubaine.

La manœuvre était diaboliquement habile. Elle assurait en toute hypothèse un des deux grands prix au roman de Clariond, mais plus encore, grâce aux controverses passionnées qu'il avait suscitées, elle faisait de sa notoriété un événement littéraire.

Ne fût-ce que pour faire mentir la rumeur, le jury de la Renaissance ne pouvait faire moins que d'inclure *la Nef des Fous* dans la liste des six titres de sa présélection. C'était la façon la meilleure de démontrer que non seulement l'ouvrage n'était victime d'aucun ostracisme mais plus encore que sa valeur était reconnue. Loin de calmer l'opinion, cette concession la fit flamber. Les malheureux jurés avaient beau exciper de leur indépendance d'esprit et de la sérénité de leurs décisions, ils étaient littéralement assiégés. Curieusement, pour des gens réputés de droite, c'est de l'extrême gauche que leur vint un renfort, à vrai dire malencontreux.

L'engouement du public et de la critique pour *la Nef des Fous*, l'officialisation probable de ce succès par l'attribution d'un prix étaient aux yeux de l'intelligentsia communiste un fait d'une extrême gravité, car il allait cautionner les calomnies grossières que colportait l'ouvrage sur les libertés en U.R.S.S. et leur donner droit de cité dans l'opinion...

Les *Lettres françaises* volèrent donc au secours du jury de la Renaissance, en s'indignant des pressions qui s'étaient exercées sur lui. Il n'était question que de garantir son indépendance et de réduire à l'impuissance ceux qui la menaçaient. Que cette indépendance dût le conduire à éliminer l'œuvre d'Alain Clariond était implicite. Avocats de cette noble cause, les *Lettres françaises* se gardaient de suggérer un choix de façon explicite.

La presse de droite, ou dite telle, répudia ce byzantinisme. Dans son ensemble, elle dénonça à grand fracas l'hypocrisie des *Lettres françaises* et demanda que le jury du prix fonde son appréciation autant sur la valeur du témoignage apporté par le roman que sur ses qualités littéraires proprement dites.

Sur quels critères jugeaient les neuf, ils ne le savaient plus. Ils ne se rappelaient même pas les motifs de la répulsion que leur avait inspirée le roman dès sa parution. Qu'elle se fût atténuée au cours des semaines, le mérite en revenait à l'écrivain combattant qui avait le militantisme convaincant.

– Ce n'est pas à Moscou, tonnait-il, de nous dire ce qu'est notre indépendance et comment l'exercer. Le livre de notre choix, chacun de nous le connaît, même s'il ne l'avoue pas encore.

Pour inéluctable qu'elle fût, cette issue n'était pas réjouissante, car elle apparaissait aux yeux de chacun comme le fruit d'une contrainte plus que d'une préférence. Au reste, les regrets du jury étaient sans importance; dans la cuvée littéraire 1946, *la Nef des Fous* était indiscutablement la meilleure œuvre romanesque.

Au Grand Véfour, le déjeuner finissait vers quinze heures, mais les discussions se prolongeaient généralement jusqu'au milieu de l'après-midi. Les six finalistes attendaient la décision du jury, chacun de son côté, à portée du Palais-Royal, l'œil vrillé sur le téléphone. Le lauréat se devait d'apparaître sous le feu des flashes dès l'annonce des résultats et d'exprimer face à une forêt de micros sa joie d'avoir été distingué. Il y parvenait rarement, car l'émotion, la chaleur, la foule, les éclairs crépitant de toutes parts, les questions hurlées en même temps : « Par ici, encore une, souriez, que pensez-vous de?... vous attendiez-vous?... il faut qu'on voie votre livre, dégagez, bon Dieu, serrez la main du président, côte à côte maintenant... », mettaient le malheureux dans un état second, qui lui faisait oublier les formules les plus soigneusement préparées.

Les Éditions du Quadrige avaient retenu un salon à l'Hôtel du Louvre. Clariond s'y trouvait en compagnie de Jean-René Vaillard et de quelques amis dont la présence bourdonnante lui donnait le tournis. Béatrice de Courtrai, qui avait fait du succès de Clariond une affaire personnelle, affichait un optimisme à toute épreuve. Elle détaillait son auteur et se demandait pourquoi, depuis dix-huit mois qu'ils s'étaient rencontrés, elle ne l'avait pas encore mis dans son lit. Ce qui jusqu'à présent n'était qu'une négligence serait impardonnable à partir de ce soir.

De son côté, Bianca n'appréciait pas le personnage que jouait Clariond, apprêté par son éditeur, comme l'est, par son éleveur, un sujet de concours agricole, sur le front duquel, avec un peu de chance, un jury de maquignons collerait une cocarde à rubans. Sa mauvaise humeur masquait un accès de jalousie envers ceux – et plus encore celles – qui, volant au secours de la victoire, découvraient le grand homme. C'était une explication facile, que Bianca se donnait à elle-même sans toutefois en être dupe. Elle savait, et pour cause, que le grand homme n'existait pas. Elle seule avait pu comparer le manuscrit original et la copie, au fur et à mesure de sa rédaction. Elle se rappelait l'insupportable mépris que traduisait la remarque apparemment mesurée d'Alfred : « Piller la tombe d'un ami, tout voyou que je sois, je ne sais pas si j'oserais! » Clariond avait baissé la tête et n'avait rien répondu. En décidant de ne pas rompre avec lui, elle avait admis de se faire la complice de son imposture, moins peut-être par amour pour lui que par indulgence envers elle-même. Qui était-elle, en effet, pour le juger? Qu'avait-elle tenté pour arracher ses deux vieux aux policiers qui les emmenaient, leur avait-elle crié un mot, adressé un regard d'adieu? Non, rien. Elle se sentait coupable. Coupable de vivre, avec la circonstance aggravante que ce fût dans l'euphorie de la réussite.

Complices, donc, elle et lui, ce qui impliquait devant l'événement un regard, une attitude, un comportement identiques. Clariond semblait l'avoir oublié. Dans l'attente du verdict, il ressentait, comme tout écrivain, le doute de soi et le besoin d'être rassuré. Que serait-ce s'il obtenait le prix? Pour son salut, elle espérait qu'il ne le recevrait pas. Dans le petit groupe d'amis réunis autour de Clariond, elle était bien la seule à formuler ce vœu. L'assurance affichée par l'éditeur ne l'en irritait que davantage. Et les battements de cils de l'égérie n'arrangeaient rien.

Kessel était passé, le temps de dire qu'on se verrait dans la soirée et que la nuit serait rude. Mauriac et Camus avaient téléphoné. Madame Simone avait fait irruption dans le salon de l'Hôtel du Louvre.

– C'est avant qu'il ne soit couronné qu'un lauréat est intéressant, dit-elle en riant. Après, il devient imbuvable.

Elle détailla Clariond de la tête aux pieds, puis lui prit familièrement le bras.

– Malheureusement, dit-elle, j'ai dix ans de trop. Sans quoi, mon petit, tu y avais droit. J'ai toujours aimé les beaux hommes.

Clariond répondait machinalement. Ce prix auquel, quelques semaines plus tôt, il ne pensait même pas était devenu essentiel à ses yeux. Bon prince, il le dédiait mentalement à Brabant avec qui il lui paraissait équitable d'en partager la gloire. Après des mois de travail en commun et plus encore de travail solitaire, au milieu de difficultés et d'embûches sans nombre, l'œuvre avait finalement vu le jour, et c'était bien le moins que celui-là même qui l'avait sauvée du néant en recueillît le bénéfice. Pourtant, en cet instant, l'amitié prenait le dessus et c'était pour honorer l'autre qu'il souhaitait recevoir la consécration du jury de la Renaissance.

– Par six voix sur neuf votes exprimés, le prix de la Renaissance a été décerné à *la Nef des Fous* d'Alain Clariond publié aux Éditions du Quadrige. Deux voix sont allées...

Le reste s'était perdu dans un brouhaha sans nom. Prévenu cinq minutes à l'avance, Jean-René Vaillard flanqué d'un Clariond totalement abasourdi fonça sous les arcades du Palais-Royal et fit son entrée au Grand Véfour au moment où le président du jury commençait sa lecture.

Clariond ne sentit pas le baiser de Béatrice mouiller ses lèvres.

– A ce soir, chuchota-t-elle.

Pas davantage il n'entendit Bianca lui lancer avant de lui tourner le dos : « Va te faire couronner », sur le ton qu'elle aurait employé pour dire : va te faire foutre.

Qu'importait Bianca et ses scrupules à la petite semaine! Les timorés n'ont aucune chance. Elle-même était sans défense devant la mafia du spectacle, et se serait fait gruger s'il n'était intervenu. Se souvenait-elle seulement de quelle façon les amis de M. Albert avaient remis le factotum dans le droit chemin? La menace est-elle un moyen légitime? Qu'est-ce qui l'est, en définitive? Rien, sinon de vivre et de gagner. Jusqu'à cet instant précis, il avait toujours composé avec le remords, en avait fait un animal familier dont il avait rogné les griffes. Brusquement, tout basculait. L'ivresse du succès balayait les scrupules qu'il entretenait secrètement comme on cache une liaison honteuse. Il n'y avait désormais plus de partage, fût-il occulte. Rien que l'orgueil du succès, qui est solitaire.

Jamais les lumières de l'avenue Foch n'avaient été plus brillantes, jamais le champagne plus pétillant et les femmes plus désirables. Clariond croyait rêver. Il lui semblait que les lumières brillaient pour lui, que le champagne moussait en son honneur et que les sourires des femmes n'étaient adressés qu'à lui.

Béatrice s'était approchée :

– Mon mari regrettera de n'avoir pu vous féliciter ce soir. Il est parti pour Epsom où a lieu la première vente de yearlings depuis 1940.

Et, sans transition :

– Vous ai-je jamais fait visiter l'appartement?

Ils se retrouvèrent dans un petit salon contigu à une chambre tendue de soie rose pâle.

– Je suis ici chez moi. Vous aimez?

Clariond huma le parfum dont les murs semblaient imprégnés.

– Je pense, dit-elle, que cela vous change de vos décors habituels.

– Je ne vois pas lesquels.

Elle s'approcha jusqu'à le frôler de sa poitrine.

– Vraiment? Vous avez, paraît-il, du côté de Pigalle des relations flatteuses pour l'amour-propre d'un mâle.

– C'est Mongredien qui vous a raconté cela?

– Qui d'autre l'aurait pu? Il m'a même dit...

Elle l'agaçait avec cette histoire. Pour la faire taire, il la plaqua contre lui et d'un lent mouvement commença à relever sa robe. Elle se laissa faire, puis tout à coup demanda :

– Est-ce ainsi que tu fais, avec elle?

– Tu veux le savoir?

– Oui, dit-elle d'une voix rauque.

Il lâcha ses hanches et appuya des mains sur ses épaules, si fermement qu'elle comprit qu'il lui fallait s'agenouiller. Lorsque ce fut fait, elle attendit de sa part une initiative qui ne vint pas. Il s'impatienta.

– Tu te décides, oui ou non?

– Je n'ai jamais...

– Eh bien, ce sera la première fois!

Elle le dénuda non sans difficulté et s'étonna de voir surgir son sexe raidi si près de son visage. Il saisit sa tête entre ses paumes, se plaça et d'un coup de reins pénétra ses lèvres.

Pour la première fois de sa vie, il n'était pas demandeur. Béatrice l'était. Et ses amies aussi, qui trouvaient voyante et vulgaire sa mainmise sur l'écrivain. Il pouvait choisir de demeurer avenue Foch jusqu'à la fin de la soirée ou de finir la nuit ailleurs. Accompagné dans tous les cas. Il pouvait aussi répondre à l'invitation de Kessel, tonitruant et misogyne comme à son habitude.

– En 23, disait-il, lorsque j'ai eu le prix, la nuit a été si longue que le jour a oublié de se lever. Auric, Lacretelle, Radiguet, Carbuccia et Cocteau, bien sûr! Nous étions une bande de couche-tard que la mort, la moralité, la maladie et la prison ont effilochée au cours des ans. On peut essayer de remettre ça avec les moyens du bord. Sans vous, mesdames. On ne boit sérieusement qu'entre hommes.

Peut-être, finalement, choisirait-il la difficulté en rejoignant Bianca dont il se reprochait de ne pas parvenir à négliger l'opinion. Il l'avait vue partir avec soulagement et s'était réjoui de ce que son spectacle à l'A.B.C. la retînt jusqu'à minuit. Ainsi n'avait-elle pas eu à refuser l'invitation de pure forme que lui avait adressée Béatrice.

– Bien sûr, avait ajouté celle-ci. Après le spectacle, si le cœur vous en dit...

– C'est aimable à vous, mais le cœur ne m'en dit pas. Après le spectacle, je me couche et je dors.

Elle ne dormait pas, c'était certain, mais l'attendait dans l'espoir qu'il lui apporterait l'argument nouveau, l'explication convaincante qui l'innocenterait. Vain espoir, l'un et l'autre le savaient, dont leur attirance mutuelle s'exacerbait.

Dans un ciel sans nuages, un lointain roulement de tonnerre, à peine audible, peut préluder à un orage fracassant, un léger picotement devenir une douleur insupportable. Sur le moment, le soleil brille et le mal est absent. Jean-René Vaillard prit Clariond à part :

– Nous allons avoir une semaine chargée, lui dit-il. Quel que soit le travail, il ne s'agit que d'engranger une récolte. En quelque sorte, c'est du passé. Or c'est d'avenir que nous devons parler.

Clariond s'étonna :

– D'avenir ?

– Certaines réussites, poursuivit Jean-René Vaillard, sont des phénomènes isolés. L'homme d'un livre, cela existe. Mais il y a, dans ce que vous avez écrit, trop de richesse, de force et de puissance pour qu'on puisse imaginer un seul instant que vous en resterez là. C'est donc à votre prochain livre que je vous attends. Ne me dites surtout pas que vous n'y avez pas pensé, je ne vous croirais pas.

– Bien sûr, répondit Clariond, non sans réticence. Mais rien n'est encore structuré. Mon sujet mûrit à son rythme. Hâter le processus ne servirait à rien, au contraire.

– Qui parle de hâte ? Il me suffit de savoir que vous avez un projet. Il vous a fallu dix-huit mois pour concevoir et écrire *la Nef*. Il ne vous en faudra pas davantage pour écrire votre second livre.

L'échéance était lointaine et perdait par là même son caractère angoissant. Certes, il n'avait aucun moyen de l'honorer, du moins aujourd'hui. Mais dans un an et demi ? Il écrivait des chroniques; pourquoi pas un roman ? Personne mieux que lui n'avait assimilé la façon de penser et d'écrire de Brabant. Lui seul était capable de fondre sa personnalité dans celle de l'autre et de poursuivre son œuvre, exactement comme faisait Ruysdael avec ses maîtres hollandais.

Pour qu'un tel rêve puisse prendre forme, il fallait des conditions que la compagnie d'une femme, avec ses abandons et ses exigences aussi encombrants les uns que les autres, ne permettait pas de réunir. Le hors-d'œuvre que lui avait servi Béatrice donnait à Clariond la possibilité d'en juger sereinement. En revanche, les violons des tziganes, la chaleur de l'alcool et l'affection bourrue de Kessel créaient une atmosphère propice à toutes les évasions. Y compris la plus difficile, la plus belle de toutes, qui est de s'évader de soi-même, et qu'il réussit cette nuit-là ! Au petit jour, un colosse djighite bardé de cartouchières et coiffé d'astrakan les chargea dans un taxi, le grand Jef et lui. De son retour rue Grégoire-de-Tours et de la façon dont il était parvenu à regagner sa mansarde du sixième étage ne subsistait aucun souvenir, lorsqu'en début d'après-midi il émergea du néant.

Les *Lettres françaises* titrèrent :

LE PRIX DE LA RENAISSANCE?
LA RENAISSANCE DE LA RÉACTION

Suivait la démonstration que l'ouvrage entier ne visait qu'à discréditer le Parti, la Résistance, et bien entendu l'U.R.S.S. *Si cette entreprise,* écrivait l'éditorialiste, *n'avait pas été servie par le très réel talent de l'auteur, il n'y aurait eu que demi-mal. Sa responsabilité est d'autant plus lourde que pour arriver à ses fins il a manié la calomnie avec une adresse telle, qu'à moins d'être prévenu le lecteur se laisse piéger. En général, la postérité fait justice de ce genre d'œuvres. C'est ce qu'il faut souhaiter pour « la Nef des Fous ».*

Ce libelle était une exception. La critique comme le courrier étaient excellents. Lettres et télégrammes s'amoncelaient au Quadrige. Sternberg câblait de Philadelphie et Mongredien de Los Angeles où il venait d'ouvrir une agence des E.S.M. Le texte de son télégramme était toutefois ambigu : *Chaleureuses félicitations à l'auteur de « la Nef des Fous »,* écrivait-il.

Alfred, lui-même, entre deux cambriolages, avait trouvé le temps de câbler quelques mots d'un humour grinçant, bien de sa façon : *Le professionnel que je suis salue la performance. Confraternellement.*

Mongredien et ses sous-entendus, Alfred et ses allusions sardoniques lui paraissaient hostiles et menaçants. Et ils se disaient ses amis! De quelques autres, il pouvait attendre des réactions comparables. Pour s'en défendre, il n'était que de les ignorer. Si, à son enveloppe, il identifiait une lettre du docteur Coullomb ou de Schnabel, l'instituteur alsacien, il suffirait de ne pas l'ouvrir. Si néanmoins il l'avait ouverte, il faudrait avoir la force de ne pas la lire.

On ne l'avait pas vu au journal depuis plus d'une semaine. Camus désirait s'entretenir avec lui des nouvelles conditions de sa collaboration à *Combat,* et Burquin s'inquiétait de son absence.

La réceptionniste le salua avec empressement.

– J'ai rendez-vous avec M. Camus.

Elle décrocha le combiné mais suspendit son geste.

– M. Burquin vous a demandé plusieurs fois. Le verrez-vous d'abord?

– Non, répondit-il. Plus tard. Je n'ai pas le temps aujourd'hui.

Il évitait Burquin dont il sentait les sens en éveil. Burquin qui veillait sur sa malle de manuscrits, tel un avare sur sa cassette, qui ne les consultait que dans la solitude, pour s'imprégner des textes que personne à part lui ne lirait jamais. « J'en reconnaîtrais la manière entre mille autres... », avait-il dit.

Depuis deux mois, il avait dû passer au crible les textes de Clariond, comparer les formules et les mots utilisés ici et là, rechercher des similitudes de pensée et d'expression entre ce qu'il connaissait et ce qu'il découvrait.

Pour un analyste aussi subtil que lui, l'influence de Brabant sur Clariond, si grande eût-elle été, ne pouvait expliquer une identification totale de l'un à l'autre. Il était fatal qu'il doute, Clariond en était convaincu. Qu'un prochain jour Burquin lui fît part de son trouble et de sa perplexité lui paraissait inéluctable. Il souhaitait simplement que ce fût le plus tard possible en se disant qu'avec le temps les arguments les plus solides perdent de leur force tout comme une pile non utilisée se décharge d'elle-même.

Chaque jour amenait une moisson d'éloges et de commentaires. Il lui fallait répondre aux lettres, parler à la radio, accepter la présidence d'honneur d'invraisemblables cénacles devant lesquels il débitait une histoire tant de fois remâchée qu'elle passait ses lèvres sans qu'il s'en rendît compte. Les deux cent mille exemplaires étaient largement dépassés. Jean-René Vaillard disait que pour passer au palier supérieur, celui des succès mythiques que dispense un démiurge imprévisible et malicieux, il n'y avait pas vraiment de recette, mais qu'en tout état de cause une présence physique de l'auteur, relayée par la presse écrite et filmée, était indispensable. Il s'y employait.

Une commémoration est un bon moyen de relance. Mais, en fin d'année, il n'y avait rien à commémorer : les anniversaires ne reviendraient qu'avec le printemps. Ou alors une conférence, bien annoncée, bien organisée, suivie d'une séance de dédicaces. L'idée était bonne. Restait à trouver une date. Le 19 décembre, la guerre d'Indochine commençait par des massacres qui faisaient la une des journaux. Il fallait laisser passer l'orage, et ne rien faire non plus entre Noël et le jour de l'An.

La conférence eut lieu le 15 janvier, à la Maison de l'Amérique latine, devant un public nombreux et fort bien disposé. Ceux qui étaient venus dans l'espoir d'assister à une controverse politique entre l'auteur et ses censeurs habituels en furent pour leurs frais. Il n'y eut pas de contestations, pas de questions venimeuses, à peine quelques murmures et beaucoup d'applaudissements.

La corvée de signature avait commencé immédiatement après la conférence. Afin de gagner du temps, l'attachée de presse du Quadrige inscrivait les noms et prénoms des dédicataires sur des fiches qu'elle passait à Clariond avec un livre, ouvert à la page de titre. Clariond travaillait à la chaîne et n'adressait un regard à ses lecteurs, avec un sourire et parfois un mot aimable, qu'au moment de leur remettre leur livre dûment signé. Il en était à une cinquantaine de dédicaces lorsque son attention fut attirée par le nom gravé sur la carte que l'attachée de presse avait glissée sous ses yeux :

Pr IGOR VASSILIEV
Conseiller culturel près l'Ambassade
de l'Union des Républiques Socialistes Soviétiques

Il jeta un regard au visiteur dont les traits, sous l'affabilité du sourire, lui rappelaient... Soudain, il le reconnut. D'abord il ne voulut pas y croire : les mirages, les visions, les cauchemars éveillés, cela existe. Il devait en être victime. Pourtant, il dut se rendre à l'évidence. Le professeur Igor Vassiliev était bien l'homme qu'il avait rencontré sous l'uniforme d'un lieutenant de l'armée rouge. Comment aurait-il pu l'oublier ?

La table, les livres, le public, la salle entière se mirent à vaciller autour de Clariond. Il suffoquait, comme privé d'air, tandis qu'un froid mortel enserrait sa poitrine et lui glaçait le ventre.

– Professeur, bégaya-t-il, ne vous... ai-je pas... rencontré ?

– Bien sûr que si, répondit jovialement le personnage. C'était en Allemagne, il y a un an, et à l'époque on se tutoyait.

Il lui tendit un livre ouvert, prêt à être dédicacé.

– S'il te plaît, camarade écrivain.

Plus d'une fois, Clariond s'était demandé ce qu'avait pu devenir le lieutenant de la 45e division de choc. Les mois avaient passé, et il avait fini par se dire que, comme tout réserviste, l'officier avait été démobilisé, que, peut-être, il avait retrouvé sa chaire à l'université de Kiev et qu'en tout cas les soucis de la vie quotidienne, dans un pays totalement dévasté, avaient dû lui faire oublier la rencontre d'Oranienburg.

La justesse de ce raisonnement se confirmait chaque jour et l'anxiété qu'avaient fait naître les propos du Russe s'estompait sans toutefois disparaître. Le souvenir des mots qu'avec un apparent détachement il avait prononcés lors de leur dernière rencontre la ravivait à l'occasion.

– Nous sommes en comptes, avait-il dit, et nous saurons te le rappeler, le jour venu.

A moins de croire que l'apparition de Vassiliev fût purement fortuite, il fallait admettre que l'heure des comptes avait sonné.

– Puis-je solliciter une faveur, camarade écrivain ?

Il y avait, dans la formulation de sa requête, une humilité que démentait l'ironie du regard.

– Bien sûr, répondit néanmoins Clariond.

– Pourrais-tu rappeler dans ta dédicace que je fus ton premier lecteur ?

Comment refuser ? La demande était en apparence innocente. Pourtant, en y faisant droit, Clariond avait l'impression de s'enferrer. Vassiliev rayonnait de plaisir en prenant connaissance de sa dédicace.

– Merci, merci, répétait-il.

Derrière lui s'allongeait une file de lecteurs impatients.

– Je te quitte.

Il avait saisi les mains de Clariond dans les siennes. Sa voix était toujours aussi chaleureuse, mais son regard était devenu étrangement fixe et dénué d'expression.

– Nous déjeunons, seuls tous les deux, demain à treize heures, chez Lapérouse.

Et, sans laisser à Clariond le temps de répondre, il tourna les talons et se fondit dans la foule.

Bianca était méconnaissable, au physique comme au moral. Elle avait prétendu que jamais elle ne serait dupe du succès mais en était moins sûre aujourd'hui. A ses débuts, elle le considérait comme une revanche. Elle le voyait maintenant comme un accomplissement.

Antoine avait créé pour elle une coiffure dont les lignes nettes et pures, presque sévères, rompaient avec l'avalanche des boucles en vogue à l'époque de la Libération. Jacques Fath l'habillait, à la ville comme à la scène, en noir exclusivement.

Le factotum filait doux, depuis qu'un soir des amis de M. Albert lui avaient fait comprendre que sa vie ne tenait qu'à un fil, celui de leur rasoir.

Elle avait confié ses intérêts à un avocat redoutable qui avait fait annuler tous ses contrats et mis son imprésario à la portion congrue. Il y avait, découvrit-elle un jour, une véritable jouissance à gagner contre les autres. L'argent ne l'intéressait qu'en tant que symbole de cette réussite.

Les hommages la laissaient indifférente et souvent même elle les accueillait avec hostilité. Lequel parmi les imbéciles dont les fleurs encombraient sa loge se serait aperçu de l'existence de la femme sous le caraco du rat de cave qui virevoltait voici deux ans de l'Escholier au Lorientais ? Sa pâleur, le cerne de ses yeux, sa maigreur faisaient partie du personnage. Car la légende voulait que le rat de cave ait le ventre vide. Elle dansait pour le prix d'un sandwich et il lui était arrivé de coucher pour celui d'un dîner, un vrai, dans un restaurant de marché noir. Plus loin encore dans sa nuit, elle avait connu des errances sans but, des fuites haletantes et des gîtes d'infortune où l'accueillaient des clochards pouilleux et fraternels. La mendicité, jamais, parce que avilissante, mais le vol, oui, et plutôt deux fois qu'une. Elle lui devait d'avoir survécu.

Paumée. Moins cependant que Clariond, arrivé le matin même à Paris, marchant de rue en rue d'un pas somnambulique pour échouer, en fin de compte, dans la cave enfumée de l'Escholier.

En s'offrant le luxe de le recueillir, elle avait eu le sentiment d'avoir commencé une ascension, non vers des sommets qu'elle n'ambitionnait pas encore d'atteindre, mais simplement vers la lumière. Ils avaient grimpé ensemble, en prenant pour une habitude ce qui était un attachement de plus en plus profond. Lorsqu'ils s'étaient rencontrés, Bianca était à peu près inculte. Ses jugements, ses préférences, ses goûts et jusqu'à l'espèce de morale qui gouvernait sa vie étaient purement instinctifs. Sur ce qui était fondamental, elle se trompait rarement.

Avant même que le livre de Clariond eût été publié, elle avait ressenti l'impression que l'affaire n'était pas nette, mais n'avait manifesté aucune curiosité au sujet de la supercherie dont elle subodorait l'existence. Elle se complaisait dans l'idée que, comme elle-même, Clariond avait été une victime, de la vie, des circonstances, de la saloperie humaine, et qu'il exerçait à sa façon un droit de reprise sur les chances qui lui avaient été dérobées.

En une seule phrase, Alfred avait fait crouler cet édifice, en laissant entendre que Clariond avait pillé Brabant.

Clariond allait connaître le pire. L'instinct de Bianca, affiné par l'expérience d'une malédiction séculaire, le lui affirmait. C'est dans le crâne du coupable que se loge l'accusation et que le remords bourdonne, toujours plus intensément, jusqu'à le faire éclater. Elle s'estimait assez forte pour partager le fardeau qui allait l'écraser, pour le conforter si besoin était, pour s'abstenir de le condamner et même de le juger, à la condition que, vis-à-vis d'elle au moins, il mît bas le masque.

Mais, depuis l'attribution du prix de la Renaissance, il affichait une autosatisfaction et une sûreté de soi inaltérables. C'était à croire que, véritablement, il avait oublié l'imposture sur laquelle reposaient son succès et sa renommée. La moindre allusion au voyage en Allemagne, à la transcription du manuscrit original, à Brabant lui-même, dont la seule évocation passait à ses yeux pour un reproche voilé, le mettait hors de lui.

Le spectacle de l'A.B.C. touchait à sa fin. Bianca avait pensé qu'ensemble ils pourraient prendre quelques jours de vacances au soleil. Mieux valait y renoncer. Entre les vérités qu'il fallait taire et les mensonges auxquels il fallait feindre de croire, tout dialogue était empoisonné. Ils pouvaient, à la rigueur, jouer la comédie de l'insouciance le temps d'une soirée. Sûrement pas une semaine.

Lorsqu'il était venu à Paris, quelques mois plus tôt, Samuel Sternberg avait rencontré Bianca. Elle n'avait pas encore achevé sa mue. Sous le vernis tout neuf de son assurance, il avait décelé l'anxiété dont elle prétendait se guérir par le succès.

– Tu ne sais pas chanter, lui avait dit le violoniste, et c'est tant mieux. Une voix comme la tienne n'est pas faite pour être domestiquée. Petite juive, avait-il ajouté, que fais-tu pour les tiens ?

Elle avait répondu, avec un sourire triste, qu'ils étaient partis pour Pitchipoï[1].

– Je parle des autres. De ceux qui ont survécu.

– Je leur souhaite d'oublier, comme j'essaie moi-même de le faire.

– S'ils oublient, avait dit Sternberg d'une voix douce, les centaines de milliers, les millions d'êtres qui sont, comme les tiens, partis en fumée seront morts pour rien.

– C'est bien le cas, avait-elle répliqué, l'air buté.

– Je te démontrerai le contraire.

Il sillonnait les États-Unis, le Canada, l'Amérique du Sud, et venait d'arriver en Europe. Partout, il donnait des récitals au profit de ces émigrants loqueteux dont l'obstination à « monter » en Palestine n'avait d'égal que l'acharnement des Anglais à les en empêcher. Les bateaux, chargés à ras bord, que montraient les actualités étaient ceux que la marine britannique avait interceptés.

– D'autres passent, dit Sternberg. Et des milliers des nôtres arrivent tous les mois en Eretz Israël. Il faut les loger, les nourrir et bien entendu les armer. Pour cela, il faut beaucoup d'argent.

Il rit comme d'une bonne plaisanterie.

– C'est à en trouver que sert mon violon. Aux États-Unis, cela s'appelle du *Fund Raising*.

Il lui serra le bras.

– Tu viendras avec moi. Grâce à ta voix, nous bâtirons une ville.

Elle ne répondit rien. Sternberg pouvait se permettre de parcourir le monde, son violon sous le bras. Elle avait un nom à se

1. Pitchipoï était un pays mythique où les juifs étaient censés être déportés. Personne n'ignorait qu'il était l'au-delà.

faire, à Paris et pas ailleurs. Pendant des mois, elle n'avait plus pensé à sa proposition. Et voilà qu'il la renouvelait, au moment où s'achevait son spectacle. Sans doute aurait-elle refusé une fois encore s'il avait existé à ses yeux une chance même minime de sauver le couple qu'ils formaient, Clariond et elle.

Il était passé la chercher à la sortie de l'A.B.C. et l'avait emmenée souper dans un endroit tranquille.

– Il faut que je te parle, lui dit-il.

Alors seulement elle remarqua sa pâleur.

– Tu as des ennuis?

Il hocha la tête.

– Tu te souviens du lieutenant soviétique d'Oranienburg?

– Comment pourrais-je m'en souvenir? Tu ne m'en as jamais parlé.

– Mais si... Il était avec moi lorsque j'ai récupéré mes manuscrits.

– Je ne sais rien de la façon dont tu les as récupérés. Si tu veux que je comprenne quelque chose à ton histoire, commence par me la raconter.

– J'avais planqué les manuscrits en un endroit que j'avais les moyens de retrouver. Ils y étaient. Mais un officier de la Sécurité soviétique a exigé d'assister à l'ouverture des caches.

– Bon, et alors?

– Il est à Paris. Conseiller culturel à l'ambassade de l'U.R.S.S. Je l'ai vu hier.

– Où est le drame? Il n'est tout de même pas à ta poursuite, ton Russe! Et d'abord, pourquoi te poursuivrait-il?

Clariond éluda la question.

– Il a lu les manuscrits après que je les ai découverts.

Les mots étaient durs à passer.

– ... Il a lu le texte original, comprends-tu, l'écriture originale.

– Celle de Brabant, et puis après?

Clariond sursauta et se raidit, comme tétanisé par une décharge électrique.

– Ne prononce jamais ce nom!

– C'est nouveau, ça! C'est toi qui me l'as fait connaître. Brabant était plus que ton ami, plus que ton frère. Tu me l'as dit vingt fois.

– Aujourd'hui il me poursuit, tout comme le Russe. Tous deux sont à mes trousses, mais ne se connaissent pas. Pas encore.

Le souffle court, les yeux vides, les lèvres tremblantes, Clariond avait l'allure épuisée de la bête aux abois. Bianca ignora ses propos délirants et reprit avec calme :

– Le Russe a lu le manuscrit original. Apparemment, il n'a rien trouvé à y redire.

– Non, mais, pour qu'il me le rende, il a fallu que je signe un *affidavit*.

– Qu'est-ce que c'est?

– Une déclaration sous serment, indiquant les conditions dans lesquelles le manuscrit a été rédigé, caché et retrouvé. Il... il a comparé l'écriture de l'*affidavit* avec celle du manuscrit...

Bianca fronça le nez.

– Il a marqué le coup?

– Pas même. Il a simplement dit qu'il n'était pas curieux, mais que, le jour venu, je devrai payer le prix de sa discrétion. J'ignore ce que sera le prix, mais je connais la date de l'échéance.

– Qu'est-ce qui te donne cette certitude?

– Le ton sur lequel il m'a informé que nous avions rendez-vous demain pour déjeuner. En précisant : seuls tous les deux. Un ton comminatoire qui signifiait que je n'avais aucune possibilité de refus. C'était une convocation pure et simple.

– Que comptes-tu faire?

– M'y rendre, évidemment. Je n'ai pas le choix.

Bianca était indignée.

– Comment, pas le choix? Il y a bien un téléphone à l'ambassade d'U.R.S.S.? Tu appelles la secrétaire de ton flic et lui laisses un message : « Alain Clariond est désolé. En raison d'engagements antérieurs, il ne lui est pas possible de déjeuner avec vous demain. » Crois-tu qu'il va t'attaquer au lance-flammes? Pas du tout, il écrasera, et dans huit jours tu recevras une véritable invitation sur un bristol gravé, doré et tout.

– C'est malheureusement impossible. Il me tient.

– En prétendant avoir lu un manuscrit qui n'est pas de ta main? La belle affaire! Où va-t-il cracher son venin, et qui le croira, à part la bande des *Lettres françaises?*

– Il n'y a rien à prétendre, car il a de quoi prouver : le manuscrit a été microfilmé avant de m'être restitué.

Bianca ne s'avouait pas battue pour si peu.

– Qui peut affirmer que c'était l'original? Et cet original, pourquoi des amis à toi ne l'auraient-ils pas recopié en deux ou trois exemplaires qu'ils auraient cachés pour plus de sûreté en des endroits différents? Il ne faut pas attendre les pseudo-révélations de ton Russe, mais aller au-devant d'elles.

– C'est exclu.

– Pourquoi?

– Je ne peux pas te le dire.

– Si je comprends bien, tu refuses de te battre?

Clariond s'emporta :

– Ne sois pas idiote. Il ne s'agit pas d'accepter ou de refuser de se battre. Je peux foncer, comme tu dis. Je ne rencontrerai que le vide. C'est de flanc que viendront les attaques et je ne dispose d'aucune arme pour y parer.

– De flanc, de face ; ce ne sont que des mots. Il y a au moins une chose que cette guerre m'aura apprise : il ne faut jamais céder. Sacrifier l'accessoire pour conserver l'essentiel est un marché de dupes. Il a coûté aux nôtres des centaines de milliers de vies.

– L'essentiel, c'est ma peau. Je la défends comme je l'entends, à ma façon.

– Et je ne peux rien pour toi ?

– Ni toi ni personne.

Sans doute s'attendait-il à ce qu'en dépit de cette fin de non-recevoir Bianca se déclarât prête à le suivre quelle que fût la voie qu'il choisirait. Aussi fut-il surpris de l'entendre conclure :

– Eh bien, tu l'auras voulu.

Le ton sur lequel elle s'était exprimée était inhabituel. « Une saute d'humeur », se dit Clariond. Il la raccompagna en silence jusqu'à la rue de l'Université.

– Je monte ? demanda-t-il.

– Cinq minutes seulement. Je suis fatiguée.

– Moi aussi. On dormira.

– Non. Ce soir je dors seule.

L'ascension de Bianca ne l'avait pas incitée à changer le décor de sa vie privée. Au contraire. La bauge de la rue Grégoire-de-Tours, reconstituée en plus grand et en plus fourni rue de l'Université, lui paraissait sécurisante. Il était toujours aussi difficile de trouver une place où s'asseoir.

– Pousse mes frusques et mets-toi là, dit-elle. Ne te déshabille pas. J'ai dit cinq minutes.

Clariond était franchement inquiet.

– Qu'est-ce que tu as ?

– Je ne peux rien pour toi, tu me l'as dit. J'ai découvert que c'était réciproque. Nous ne pouvons rien l'un pour l'autre. Je pars en voyage, c'est tout.

– Où cela ?

– Aux États-Unis.

– Seule ?

– Non, avec Sternberg. Il a prévu une tournée au profit des émigrés juifs en Palestine et m'a demandé d'y participer.

Le chagrin, l'amertume et plus encore l'angoisse de perdre son unique confident s'abattirent d'un coup sur Clariond et le laissèrent de longues secondes sans voix. La colère ne vint qu'ensuite, avec le désir de trouver la réplique qui la blesserait le plus profondément, même et surtout s'il fallait en trouver la matière dans ce qu'il traînait d'inavouable au fond de lui-même.

Il avait connu les juifs courbés sous les coups, astreints aux traitements les plus inhumains, promis à l'abattoir par priorité. Pas plus qu'à la quasi-totalité de ses codétenus, ils ne lui avaient inspiré de compassion. Plutôt du mépris.

Que ceux-là ou leurs semblables, émergeant du néant, revendiquent et exigent, qu'ils prétendent se muer en pionniers et en conquérants, lui paraissait à la fois grotesque et scandaleux. N'était-ce pas assez d'avoir survécu et la façon la plus digne de se comporter n'était-elle pas, pour les rescapés, de se fondre dans la masse et de se faire oublier?

– Toi et Sternberg, railla-t-il, en tournée chez les cousins d'Amérique! Vous ferez bien la paire.

Il eut un rire forcé, à mi-chemin du sanglot.

– A vot' bon cœur, m'sieurs-dames, pour repeupler la Palestine! Tu les as vus, sur leurs bateaux, ces échappés de ghetto sur lesquels Sternberg compte pour foutre dehors les Anglais et les Arabes? Les Américains aussi les ont vus, et ça n'a pas dû les enthousiasmer. Je te le dis, avant qu'ils ne banquent, tu auras fait péter tes cordes vocales et Sternberg celles de son violon.

Pauvre type, se dit-elle, qui se réfugiait dans l'odieux pour s'écorcher lui-même et que le galop de sa chimère menait droit au désastre.

– Je dors ici, décida-t-il.

– Je t'ai déjà dit que j'étais fatiguée.

– Tant pis.

Il attachait soudain à cette victoire une importance symbolique, comme si l'emporter sur ce point signifiait qu'il avait le pouvoir d'influer sur le cours des choses et de faire revenir la chance dans son camp.

– Si tu veux, dit-elle, de guerre lasse.

Ce devait être leur dernière nuit. Elle savait, par expérience, qu'en cas de malheur il existait une façon de se blinder le cœur qui évitait de souffrir et permettait de garder les yeux secs. Clariond, qui ignorait la méthode, pleura. Sur lui-même, probablement.

Depuis son entrée en fonctions, Igor Vassiliev n'avait pas chômé. En moins de trois mois, il s'était taillé une réputation d'homme d'ouverture dans le milieu des Lettres, de la Presse et, bien entendu, de l'Université. Il avait commencé par rencontrer les siens, mais sans plaisir particulier, comme l'on rend visite à des parents quelque peu radoteurs. L'impossibilité de discuter ou de se quereller avec des gens qui sont de votre avis, quoi qu'on dît, lui portait sur les nerfs. Cette piétaille était utile, mais suait l'ennui. Les autres, écrivains bourgeois et libéraux, conservateurs même, louaient son sens du dialogue et la finesse de ses jugements. Les plus réticents, bien que sous le charme, parlaient de sa diabolique habileté.

Pendant ses quatre années de guerre, il avait perdu tout contact avec le monde des intellectuels. Tout juste rendu à la vie civile, il découvrait un paysage littéraire dévasté et une nouvelle génération d'écrivains dont il ne connaissait encore que les chefs de file. D'emblée, Camus l'avait intéressé. Il le rencontrait souvent depuis plusieurs semaines.

– Les activités du journaliste et de l'écrivain, disait Vassiliev, appartiennent à deux mondes différents.

Camus prétendait qu'en lui le journaliste et l'écrivain faisaient bon ménage.

– Rien d'étonnant à cela, répliquait Vassiliev, ils ne couchent pas dans le même lit.

– Étrange façon de concevoir la vie commune.

– Oh! je n'ai rien inventé. Tolstoï disait que l'art et la politique ne gagnaient pas à se mélanger. J'ajouterai que lorsqu'un grand écrivain se mobilise pour la défense d'une thèse politique, la partie de son œuvre consacrée à cet engagement est celle qui vieillit le plus vite. Je souhaite longue vie à Sartre. Mais je prédis que vingt ans après sa mort la moitié de ses livres sera illisible. Prenons le cas d'Alain Clariond, qui est sans doute l'écrivain le plus doué de sa génération.

– Vous savez qu'il collabore à *Combat?*

– Justement. Bons ou mauvais, il a écrit pour votre journal des papiers sur mon pays. Je regrette qu'ils aient été conçus à partir d'informations erronées. Mais l'U.R.S.S. a l'habitude d'être diffamée. Là n'est pas l'important; chacun sait qu'en matière de journalisme un papier chasse l'autre. En revanche, je trouve déplorable que l'on retrouve le même esprit dans son livre, car ce qu'il y a de calomnieux dans les thèses qu'il soutient prendra de la mauvaise graisse avec le temps et finira par empoisonner l'ouvrage entier. C'est dommage pour l'auteur, qui mérite plus qu'un succès éphémère.

– Avez-vous rencontré Clariond?

– Pas encore, mais j'y compte bien. J'ai à lui faire une proposition, qui suppose votre accord préalable. Clariond a écrit pour vous une série de reportages sur la vie en zone soviétique, à la suite d'un voyage de quelques jours à Berlin et dans les environs. C'était peu et le résultat, entre nous, est mauvais. J'offre à votre reporter la possibilité de visiter l'U.R.S.S., et en particulier la Sibérie. Je tiens Clariond et vous-même pour des gens honnêtes et je vous pose une question : vous engagez-vous à publier ses papiers même s'ils contredisent ceux que vous avez fait paraître précédemment ?

– Si Clariond accepte, *Combat* est d'accord.

– M. Vassiliev ?

– Il vous attend au premier étage.

Le cabinet particulier du Lapérouse était un endroit hors du temps. Ses cuirs et ses vernis fatigués évoquaient des fastes disparus depuis longtemps. Le décor était resté, le personnel aussi, l'un et l'autre datant de la Belle Époque.

L'accueil de Vassiliev débordait de cordialité.

– J'avais à me faire pardonner la laideur du mess d'Oranienburg, dit-il. Il paraît que cet endroit a été le témoin d'extraordinaires envolées de jupons, de dentelles et de guêpières. Buvons au souvenir de ces fêtes décadentes !

Clariond était sur la défensive mais ignorait ce que serait l'attaque qu'il allait subir et comment elle se développerait. Ni l'amabilité de Vassiliev ni sa façon de déblayer le terrain, ainsi qu'il disait, ne fournissaient à cet égard la moindre indication. Au contraire.

– Souviens-toi, commença-t-il, que nous avons fait connaissance hier, à la Maison de l'Amérique latine. Tu t'es rendu en zone soviétique pour recueillir les éléments d'un reportage destiné à ton journal. Je regrette profondément qu'à cette occasion nous ne nous soyons pas rencontrés. J'ignore tout des caches du *Bauhof*, de ton manuscrit et de la façon dont tu l'as récupéré. Il n'existe donc ni microfilm ni *affidavit*. Me suis-je bien fait comprendre ?

– J'aurai compris, répondit Clariond, lorsque je connaîtrai les raisons de cette mansuétude.

Le maître d'hôtel frappa à la porte et entra, suivi d'un serveur et du sommelier.

– Le saumon à l'oseille, dit Vassiliev d'un air gourmand. Tu auras ta réponse tout à l'heure avec la gigue de chevreuil.

Il attendit que leurs assiettes soient servies et posées devant eux.

– C'est en effet de la mansuétude, reprit-il. Je pourrais t'en vouloir. Il aurait été normal que je mette ton manuscrit sous le coude jusqu'à ce que son auteur soit identifié. Je pouvais aussi confisquer les passages que je jugeais calomnieux. Au lieu de quoi je t'ai fait confiance et t'ai simplement demandé de ne pas les publier. Es-tu d'accord pour estimer avec moi qu'il y avait entre nous un contrat moral?

– Étais-je libre d'y adhérer ou d'en refuser les termes? Évidemment pas. Cela s'appelle de la contrainte, et c'est un cas de nullité.

– Admettons. Mais, en reprenant ta parole, tu ne pouvais ignorer les risques que tu courais, et que matérialise mon arrivée à Paris. J'ai tout lieu de penser que tu n'as pas bien dormi la nuit dernière.

– Effectivement, répondit Clariond en s'efforçant de plaisanter. On ne voit pas apparaître tous les soirs la statue du commandeur.

– Tu aurais encore plus mal dormi, poursuivit Vassiliev, si tu avais connu certaines de mes rencontres récentes.

Clariond, atterré, apprit coup sur coup que le Russe avait noué avec Camus des rapports cordiaux, mais surtout qu'il était passé de son bureau à celui de Burquin.

– Intéressant, ce Burquin, dit-il en terminant son saumon. Les quelques normaliens que j'ai rencontrés avant guerre m'avaient séduit par la qualité de leur intelligence. Ils ont entre eux je ne sais quelle mystérieuse parenté... A propos, pourquoi ne m'as-tu pas parlé de ton ami Brabant? Pourquoi ne l'as-tu pas mentionné dans ton *affidavit?* Ne te fatigue pas, je connais la réponse.

Burquin la lui avait donnée sans qu'il ait eu à déployer ses talents de limier.

– Sans Brabant, avait-il déclaré avec une hargne involontaire, il n'y aurait pas eu d'Alain Clariond, pas de livre, pas de prix. Brabant avait été mon camarade à l'école et il a été celui de Clariond en déportation. Nul mieux que moi ne sait ce qu'il lui doit. J'ai hérité de ses papiers après son arrestation. On y trouve, parfois mot pour mot, certaines expressions, certaines tournures de phrases employées par Clariond mais surtout une façon de penser, de juger, de ressentir si proche, qu'elle suggère une totale identification du disciple au maître disparu.

Vassiliev avait voulu en savoir davantage sur cette aventure intellectuelle hors du commun. Burquin avait ouvert pour lui la malle aux trésors.

– Tenez, par exemple, les réflexions sur la liberté intérieure.

Il avait feuilleté *la Nef des Fous* et s'était arrêté à la page 234.

– Comparez les deux textes. N'est-ce pas frappant? Et je pourrais vous citer des dizaines de similitudes aussi étranges que celle-là.

L'intuition de Burquin lui faisait frôler la vérité. Il n'en était plus séparé que par une porte fragile dont Vassiliev détenait la clé. Mais la porte resterait close. Burquin ne la franchirait pas.

– Étrange, en effet, avait dit Vassiliev.

Il s'était attardé sur une page de Brabant dont il avait trouvé le style admirable et avait obtenu de Burquin d'en tirer une photocopie.

– Oui, reprit-il, je connais la réponse.

Clariond avait compris qu'il allait être broyé. A quoi bon faire face ? Il attendait, presque dans l'indifférence, que Vassiliev en eût fini. Il le vit sortir un papier de sa poche, le déplier et le lui tendre.

– Voilà la page. Il est inutile, je pense, que je te mette sous les yeux, en même temps, une page du manuscrit. Tu as reconnu l'écriture.

– Où t'es-tu procuré cela? demanda Clariond d'une voix blanche.

– Chez Burquin. Il en a une malle pleine.

– Sait-il...?

– Il ne sait rien, je le répète. Nous sommes deux dans le secret, toi et moi. Ne fais pas cette tête d'enterrement, il n'y a pas de quoi.

Il leva son verre et mira l'or pâle du vin qu'il faisait tourner à coups de poignet imperceptibles.

– Pouilly, baron de Ladoucette, je ne connais rien de mieux! Clariond, mon compagnon, buvons à notre association pour la recherche et le rétablissement de la vérité. Une longue, une très longue route nous attend. Je me réjouis d'y cheminer en ta compagnie. Ah! voici le chevreuil...

12

Les jours qui précédèrent le départ de Bianca pour New York furent éprouvants. Clariond essaya de la faire renoncer à ce voyage. Tour à tour odieux, pleurnichard, suppliant, injurieux même, il ne put la faire céder. Elle partait pourtant sans joie aucune, mais aussi sans regrets, convaincue que la ligne de conduite adoptée par Clariond le menait à sa perte, et après avoir tenté, mais en vain, de l'infléchir elle ne voulait pas assister au dénouement qu'elle pressentait.

Il l'accompagna au Havre en espérant un revirement de dernière minute. Son espoir fut déçu.

– Ainsi donc, tu m'abandonnes, lui dit-il avant qu'elle ne s'engage sur la passerelle de coupée.

– Tu t'es abandonné toi-même, répondit-elle. Chacun est responsable, en priorité, de sa propre vie. J'en ai trop vu pour ne pas consacrer toutes mes forces à la sauvegarde de la mienne.

La pire des solitudes l'attendait à Paris. Étranger au milieu de la foule, sans personne à qui parler du seul sujet qui l'intéressât, il refusait les invitations ou, s'il lui arrivait d'en accepter une, il donnait à ses hôtes l'impression étrange de n'être présent qu'en apparence, tandis que la réalité de lui-même vagabondait on ne savait où et se refusait à tout contact.

Jean-René Vaillard avait observé le brusque changement intervenu dans son comportement et s'était inquiété des raisons qui l'avaient provoqué. La plus simple et la moins grave était la saturation que pouvait provoquer, chez un individu pris au dépourvu par le succès, une avalanche d'obligations dont, après deux mois, la vanité sautait aux yeux. Vaillard craignait qu'il ne s'agît d'un malaise plus profond, un état dépressif par exemple, ayant pour origine le doute que pouvait nourrir Clariond sur ses capacités à renouveler ou même à approcher son exploit précédent. Si tel était le cas, il devait rencontrer les pires difficultés dans la mise en train de son second ouvrage. Il n'y aurait là rien d'exceptionnel. Encore fallait-il en parler.

L'éditeur tenta vainement d'aborder le sujet. Clariond se refermait sur lui-même avant que la moindre question lui fût posée.

Des ennuis, un manque d'inspiration, de la fatigue, un passage à vide? Non, non, rien de tout cela. Le travail avançait. Le sujet? Il était encore trop tôt pour en parler.

Au journal, il se faisait de plus en plus rare. Par habitude, il était retourné avenue Foch, où Béatrice, dans son rôle d'égérie, lui était apparue à ce point conventionnelle qu'il était resté en panne d'inspiration.

A l'Oasis, au moins, personne ne parlait littérature. C'était reposant. Titine faisait plaisir à voir. Son amitié toujours vigilante lui permettait de remarquer ce que l'obscurité de la salle l'empêchait de voir.

– T'as pas bonne mine, lui dit-il. On va t'arranger ça.

Mario servit ses Spécial Oasis et Muriel, avertie de son arrivée par une copine, quitta son carré de bitume pour s'asseoir en silence à côté de lui.

– Paraît que mes deux artistes ont foutu une trouille bleue au mec qui doublait ta chanteuse. Elle a été contente, au moins?

– Plutôt. Il est devenu doux comme un agneau.

– T'aurais pu venir avec elle. Je l'ai jamais vue.

– Elle est partie la semaine dernière pour l'Amérique.

Muriel ne dit rien mais se serra contre lui.

– Comment vont les affaires?

Le sourire de M. Albert était la meilleure des réponses.

– Faut s'adapter, dit-il. L'essence de Port-Marly, c'est fini. Les bas nylon aussi et, pour les cigarettes américaines, tout est changé. Elles viennent de Tanger, maintenant. Pour se placer à la source, il faut un bateau rapide. Tu te souviens, il y a quelques mois, je t'avais parlé d'un gros coup : c'était une vedette de douze mètres, avec deux moteurs de 250 chevaux. *Alpénor,* qu'elle s'appelle.

Il tapa sur l'épaule de Clariond.

– J'ai mis dedans le fric des bas nylon que tu venais jamais toucher. T'as cinq pour cent d'*Alpénor* à l'heure qu'il est.

On trinqua à l'avenir d'*Alpénor* et au succès de Clariond, dont Titine avait remarqué une photo, à la première page d'un hebdomadaire exposé dans le kiosque à journaux de la place Blanche.

– Y'a pas, dit-il. Ça fait plaisir d'être pote avec un homme célèbre. Pas vrai, Muriel?

– J' suis pas son pote, répondit-elle. Je suis sa femme. Enfin, s'il en a envie.

Elle pencha son décolleté vers Clariond.

– Tu veux?

Ils montèrent. Muriel avait une âme simple. Si Clariond n'avait pas voulu d'elle, c'est qu'il avait déjà une femme. Celle-ci étant partie pour l'Amérique, la voie était libre et c'était à elle de jouer. Son aire d'intervention était limitée, mais elle s'estimait imbattable sur son terrain et entreprit de le démontrer, en virtuose capable de prolonger à l'infini les vibrations de l'instrument mis à sa disposition.

Clariond subissait cet assaut en frémissant. Il passait, par les soins de Muriel, de l'exaspération à l'apaisement selon le rythme qu'elle imposait à cette houle. Les rares pensées qui, pendant les moments de rémission, se frayaient un chemin en lui étaient sereines et dépassionnées. Il se rappela le regard de Béatrice de Courtrai découvrant son offensante flaccidité.

Muriel s'affairait.

– Que penserais-tu, lui demanda-t-il, si je faisais flanelle?

– Tu risques pas, répondit-elle laconiquement.

– Et si quand même ça m'arrivait?

Elle délaissa un instant son ouvrage et répondit avec le plus grand sérieux :

– Je serais pas fière de moi.

La houle se creusait, faisait place à des vagues qui se suivaient en déferlant. L'une d'elles, soudain, le hissa sur sa crête et le précipita dans un furieux tourbillon.

Encore et encore. Muriel estimait que son honneur était en jeu et qu'elle ne pouvait se contenter de ce que d'aucuns appelleraient un score honorable. Clariond semblait s'en satisfaire. Vers minuit, ressuscité pour la troisième fois, il prit conscience de la vanité du voyage, dont l'agrément n'arrivait plus à lui cacher que ses préoccupations l'attendaient à l'arrivée.

Déjà, il se levait pour s'habiller. Muriel se colla à lui.

– Ne crois pas que tu vas t'en tirer comme ça, lui glissa-t-elle.

Il se retrouva allongé sur le lit. Elle avait placé un papier sous ses narines.

– Aspire.

Le froid qui envahit sa tête était si intense que l'intérieur de son crâne se solidifia avant d'exploser en mille morceaux. Froid et brûlure, tout se mélangea. Muriel avait glissé au long de lui. Et son sexe, à son tour, s'enflamma. Ce qui advint ensuite fut-il rêve ou réalité? Clariond, le lendemain matin, n'eût su le dire, et d'ailleurs ne s'en préoccupait pas. Il était malade, brisé, dégoûté de lui-même et plus misérable encore que la veille. Comme, sans doute, devait l'être Gerson faisant surface au milieu des vestiges de sa dernière cuite.

Le jour hésitait à se lever, comme paralysé par le froid. Les rues dévalant de la Butte vers le centre étaient désertes. Il fallait marcher avec prudence, en évitant les plaques de verglas invisibles dans la grisaille de l'aube. Machinalement, Clariond comptait ses pas. A vingt-quatre, il s'était arrêté en s'avisant qu'on était précisément le vendredi 24 et que ce soir, à huit heures, il avait rendez-vous à la Coupole avec Igor Vassiliev.

Irait-il ou non? Il avait encore dans les oreilles la voix furieuse de Bianca:

– Il y a bien un téléphone à l'ambassade d'U.R.S.S.?

Rien n'était plus simple que de se décommander. C'était ce soir qu'il devait donner sa réponse à Vassiliev. Ou il acceptait sa proposition, ou il la refusait avec, dans les deux cas, des conséquences dont la seule évocation lui donnait la nausée.

Il y avait huit jours qu'il tergiversait, tantôt d'un avis, tantôt de l'autre. Il penchait aujourd'hui pour la fermeté. La seule façon de faire comprendre au Russe que sa détermination était inébranlable et que les menaces ne l'impressionnaient pas était de lui parler les yeux dans les yeux. Il signifierait donc son refus à Vassiliev de vive voix.

Il imaginait déjà la mine déconfite de l'homme de Moscou, sans toutefois s'illusionner sur ses propres capacités à traduire en actes ces mâles résolutions. Le procédé lui était familier. Incapable de faire prévaloir ou d'imposer sa volonté, il finissait toujours par céder à celle des autres, mais s'en consolait par une évasion dans l'imaginaire qui lui permettait de rêver à d'implacables revanches.

Celle qu'il avait à prendre sur Vassiliev était à la hauteur de l'humiliation qu'il avait subie en silence la semaine précédente.

– Voilà le chevreuil! s'était exclamé avec entrain son tortionnaire. Goûte cette merveille et écoute-moi avec attention. Tu es un journaliste coté, dont un patron de presse important dit le plus grand bien. Tu es surtout un écrivain récemment découvert, mais dont l'œuvre couronnée par le plus grand jury littéraire français a été le succès de la saison. Ce succès t'a valu une promotion sociale rapide et brillante. Tu fais partie des gens qui dînent en ville. Tu as deux maîtresses, la première triomphe à l'A.B.C. et l'autre dans le monde, où elle fait et défait les réputations.

» Tout cela repose sur une imposture que j'ai les moyens

de dénoncer, preuves à l'appui, par des voies dont je te garantis l'efficacité. Je ne t'apprends rien, bien sûr, et ce que j'en dis est simplement destiné à te rappeler la précarité de ta situation.

» Peut-être n'as-tu pas mesuré l'ampleur du scandale que provoquerait la divulgation de la vérité. Ce serait une tornade qui te balaierait avant de te déchiqueter. De gré ou de force, tu disparaîtrais. Le mieux serait de prendre les devants et de te faire graisseur de locomotives, marchand de légumes, ou mieux, parce que c'est plus loin, trappeur au Canada. Encore serais-tu brûlé en effigie : la société qui t'a encensé serait pour toi ou ce qui en resterait aussi féroce qu'elle avait été enthousiaste. Et aucun de vos amis communs, à Brabant et à toi, ne te pardonnerait jamais ta trahison.

Puisque le sort en est jeté, se disait Clariond, pourquoi tergiverser ? A quoi rimait ce jeu du chat et de la souris ? Il souhaitait maintenant que Vassiliev en finisse.

– Qu'attends-tu pour jouer les redresseurs de torts ? dit-il d'une voix lasse. Dénonce, puisque tu es venu pour cela.

– Tu fais erreur, avait répliqué le Russe. Je n'ai envie ni de te dénoncer ni de te détruire. Je dis simplement que j'en ai les moyens.

– Que veux-tu alors ?

– Que tu répares le mal que tu as fait. Tu as calomnié mon pays. Il va falloir que tu rétablisses la vérité. Ton journal est prêt à publier la série de reportages que tu vas écrire, à l'issue d'un voyage de deux mois en U.R.S.S., au cours duquel tu auras librement, bien sûr, parcouru le pays. Tu visiteras la Kolyma où tu rencontreras les travailleurs des mines d'or. Tu t'entretiendras avec les pionniers de Vorkouta, de Norilsk et de la Dvina septentrionale, de tout ce Grand Nord où votre propagande situe un prétendu Goulag. Tu chercheras des camps. Si tu en trouves, il faudra le dire. Mais, si tu n'en trouves pas, tu le diras aussi. C'est simple, non ?

– Pourquoi moi et pourquoi *Combat ?*

– Parce que Alain Clariond, reconnaissant son erreur avec honnêteté, et démentant l'existence du Goulag après deux mois d'enquête, sera crédible, surtout si ses papiers sont publiés dans un journal bourgeois. Les mêmes papiers signés par un journaliste communiste et publiés dans *l'Huma* feraient sourire.

Vassiliev s'était appuyé au dossier de sa chaise.

– Peut-être aussi, ajouta-t-il, parce que Alain Clariond plus que quiconque aura à cœur de faire sienne notre vérité. En d'autres termes, tu n'as pas le choix.

Clariond s'était rebiffé :

– Bien sûr que si. Je peux préférer être graisseur de locomotives ou trappeur au Canada, ainsi que tu l'as dit toi-même.
– C'est exact. Tu as huit jours pour en décider.

Il entra dans le premier bistrot ouvert, à l'angle de la rue de Châteaudun et de la Chaussée-d'Antin, et s'affala sur une banquette située tout contre un radiateur. Le froid, curieusement, ne le pénétrait pas de l'extérieur, mais avait son siège quelque part au fond de son ventre d'où il irradiait en longs frissons jusqu'à la surface de sa peau. Le café était infect, mais chaud. Il n'en demandait pas plus.

« La fermeté, bien sûr », se répéta-t-il en claquant des dents. Regarder Vassiliev au fond des yeux et lui dire tranquillement d'aller se faire foutre. Il fallait reconnaître que cette façon insultante de lui river son clou ne satisferait que sa vanité et qu'il était possible d'atteindre le même résultat sans provoquer de drame.

Plus que de fermeté, c'était d'efficacité qu'il fallait faire preuve. Et pour cela, en tout premier lieu, gagner du temps. Avec un accord de principe, on calmait le jeu pendant un ou deux mois. L'hiver sibérien dure jusqu'en mai, c'est connu. Impensable de parcourir le Grand Nord par soixante degrés sous zéro lorsque l'on traîne les séquelles pulmonaires de deux ans de déportation. On voyagerait donc en été. Retour à l'automne, mais avec une dysenterie qui nécessiterait un bon mois de convalescence. Pendant ce temps, le prix de la Renaissance 1947 serait attribué et personne ne parlerait plus de *la Nef des Fous*. Ne resterait entre les mains de Vassiliev qu'un gage dévalué au point d'être devenu inutilisable.

Fermeté, souplesse? Clariond avait une journée entière devant lui pour décider de l'attitude la meilleure, face au Russe. Il n'y a que les idiots pour trancher d'avance, en vertu de principes qui ne laissent aucune place à l'imprévu et à l'inspiration du moment.

Restait aussi à tuer le temps jusqu'au soir sans pouvoir parler à qui que ce soit; parler vraiment, pour rompre le monologue intolérable auquel il était condamné depuis le départ de Bianca. Aucune de ses relations parisiennes, aucun de ses anciens compagnons ne pouvait être cet interlocuteur, sauf peut-être Gerson, parce que la rumeur de la ville ne parvenait pas jusqu'à lui. Si la chance voulait qu'il fût entre deux vins, il serait capable d'entendre ce que Clariond brûlait d'exprimer. Le comprendre, sans doute pas, mais c'était sans réelle importance. Il lui semblait qu'à condition de parvenir à l'oreille de Gerson, et même si celui-ci n'en percevait que le murmure, sa confession serait absolutoire par le seul fait d'avoir été prononcée.

L'aspect hivernal de la Carrière révélait sa misère. Les fenêtres des baraques disparaissaient sous des matelas de journaux recouverts d'emballages en tôle martelée. Les cheminées droites ou coudées, émergeant des toits et des parois, crachaient une fumée malodorante : on brûlait ce qu'on pouvait à la Carrière, des détritus plus souvent que du bois. De rares silhouettes, emmitouflées dans plusieurs épaisseurs de guenilles, apparaissaient furtivement dans les ruelles. Le bidonville tout entier réagissait au froid comme un corps humain, en se recroquevillant sur lui-même.

La vie semblait s'être concentrée dans la salle du Carillon. On venait pour y boire, pour se chauffer, mais surtout pour se prouver les uns aux autres qu'on existait encore. Dans cette foule, Clariond était passé inaperçu. Il avait cherché Gerson et ne l'avait pas vu. Le Dab, lui, était à son poste devant le comptoir. Clariond le héla. L'autre se fraya un chemin jusqu'à lui.

– Salut! dit-il, mais sans sourire comme à son habitude. On ne s'entend pas dans cette taule. Sortons, j'ai à te parler.

Il se ravisa :

– Ou plutôt attends-moi un moment. Je reviens.

Il réapparut dix minutes plus tard avec, sous le bras, un papier enveloppé dans du papier journal.

– Où est Gerson? demanda Clariond.

Le Dab ne répondit pas mais questionna à son tour :

– Quand es-tu venu à la Carrière pour la dernière fois?

– Il y a six mois environ.

– Gerson n'allait déjà pas fort à cette époque-là. De crise en crise, il déclinait. Et puis, brusquement, son état s'est aggravé. Il ne récupérait plus entre les cuites. Il ne reconnaissait personne, divaguait, n'arrivait plus à marcher, s'écroulait et restait à terre jusqu'à ce qu'on le ramasse. Il se traînait, tous les jours, depuis sa baraque jusqu'à la décharge en haut de laquelle il avait construit une cahute à peine plus grande qu'une niche, pour stocker les saloperies qu'il ramassait après le passage des bennes. La semaine dernière, la cahute a brûlé; comme une boîte d'allumettes. Gerson était dedans, mais on ne l'a su qu'après, en découvrant son corps fumant au milieu des braises.

– C'est un accident?

Le Dab haussa les épaules.

– Que veux-tu que ce soit? Toutefois...

Clariond avait la gorge nouée.

– Il y a autre chose?

– Un fait curieux, en tout cas. On a visité sa baraque. D'habitude, c'était un bordel sans nom, et d'une saleté repoussante. Ce jour-là tout était propre, net, rangé. La sacoche qu'il trimbalait partout avec lui avait disparu. Aucun papier ne traînait.

Il tendit à Clariond le paquet qu'il était allé chercher.

– Il n'y avait que cela en évidence, sur la table.

C'était un exemplaire de *la Nef des Fous*, sur la couverture duquel le nom de l'auteur avait été cerclé de rouge, une bonne dizaine de fois, par un crayon rageur.

Clariond regarda le livre avec l'espoir fou que le griffonnage de la couverture pourrait ne pas avoir de signification. Puis, presque au même moment, il se sentit étreint d'une angoisse si douloureuse qu'il suffoqua.

– Ça ne va pas?

Il s'était agrippé au bras du Dab et le serrait convulsivement. Au bout d'un moment qui lui sembla une éternité, le souffle lui revint. La douleur aiguë qui lui transperçait la poitrine s'atténua. L'attaque avait été brève mais le laissait épuisé. Comme d'habitude, le Dab se montra discret.

– Tu peux marcher? demanda-t-il simplement.

– Oui, oui, répondit Clariond. Ça n'était qu'un étourdissement.

Ils se mirent en route à pas lents et en moins de dix minutes parvinrent au bord de la décharge.

Le Dab désigna un emplacement que noircissait un tas de cendres et de bois calciné.

– C'était là.

Et, comme pour répondre à une question informulée, il ajouta :

– Je crois quand même que c'était un accident.

De retour au Carillon, ils burent un grog en silence. C'était à Clariond de parler, s'il en avait envie. Le Dab n'en prendrait pas l'initiative. Il clappa de la langue et regarda l'heure à la grosse horloge qui ornait le mur du fond.

– Je rentre en ville, dit Clariond. Une question, tu permets?

– Bien sûr.

– Que va devenir la baraque qu'il habitait?

– Elle sera louée. Trois cents balles par mois.

– Voilà un mois.

Le Dab n'en revenait pas, mais n'en montra rien. Il empocha les trois billets de cent francs et dévisagea Clariond.

– Tu loues pour toi ou quelqu'un d'autre?

– Pour moi.

– Eh bien, dit-il, puisque tu es maintenant des nôtres, je suppose qu'on se verra souvent.

En prenant la direction de Paris, Clariond entendait les mots du Dab bourdonner dans sa tête : « Maintenant que tu es des nôtres... », et ne comprenait plus son geste irréfléchi.

« Qu'est-ce que j'ai à foutre dans ce trou pourri ? » se demanda-t-il avec hargne. Gerson... Il ne voulait pas penser à Gerson si ce n'est pour nier toute responsabilité dans le drame de sa fin. Il ne lui devait rien. Il ne devait rien à personne.

Son assurance, toutefois, fondait à mesure qu'approchait l'heure de son rendez-vous avec le Russe. En fin d'après-midi, il était convaincu que Vassiliev avait le pouvoir de l'anéantir et qu'il n'hésiterait pas à le faire. Derrière Vassiliev il voyait d'autres ennemis, tapis dans l'ombre, attendant le moment de se jeter sur lui.

Alors seulement il comprit que son instinct de survie l'avait sauvé une fois encore : réfugié à la Carrière, disparu sans laisser de traces, il échapperait à ses poursuivants.

Paris réussissait à Vassiliev. Il aimait la Coupole pour ce que l'endroit avait représenté de fabuleux et de secrètement attirant pour l'étudiant qu'il avait été dans les années trente. Rien que d'y retrouver la place qu'il s'était choisie le mettait de belle humeur.

– Heureux de te voir, dit-il à Clariond. Autant te mettre à la vodka dès maintenant, car on t'attend verre en main à chaque étape. C'est un voyage de *barine* que tu vas faire : voiture, chemin de fer, avion, traîneau. Il n'y manquera que la *stolypine* [1]. Mille regrets, et tant pis pour le folklore, il n'y en a plus.

Il poussa les verres et déplia une carte sur la table.

– Voici ton itinéraire et voici tes laissez-passer.

Clariond fit un effort sur lui-même, prit son élan et dit sur le ton d'une simple remarque :

– Tout cela est bel et bon, à condition que j'aie décidé de faire ce voyage.

Vassiliev sourit.

– Tu as accepté, petit père. Serais-tu venu sans cela ? Si tu avais voulu refuser, tu te serais décommandé sous n'importe quel prétexte. Il y a bien un téléphone à l'ambassade !

---

1. Panier à salade qui servait à transporter les condamnés à la déportation.

– Je pourrais être venu pour t'annoncer mon refus.
– Est-ce le cas?
– Je l'envisage.

En dire plus, Clariond ne le pouvait pas. Les mots restaient bloqués dans sa gorge. Afin de pouvoir nier cette impuissance, il se disait qu'il ne voulait pas rompre formellement, mais négocier en position de force un report de son voyage.

– Je l'envisagerais, corrigea-t-il, s'il me fallait partir en plein hiver. J'ai attrapé la crève au camp, ne l'oublie pas.

– Ne sois pas ridicule. Les conditions du voyage...

– Si je dois voir le Grand Nord à travers le hublot d'un avion, mariner dans des baraques surchauffées et me faire dicter mes articles par un délégué à la Propagande, autant rester à Paris. Tu veux un reportage, tu l'auras quand il sera réalisable, à la fin du printemps.

Vassiliev replia la carte et rangea les laissez-passer dans son porte-documents.

– Comme tu voudras. Pour le froid, tu as tort. Il n'est redoutable que si l'exposition est longue, la qualité des vêtements mauvaise et la nourriture insuffisante.

Apparemment, il reculait, mais c'était de toute évidence un repli tactique.

– As-tu vu Burquin ces temps-ci?

– Pas depuis une dizaine de jours.

– Ce serait bien le moins que tu lui annonces toi-même ta décision de remettre ton reportage à plus tard. Je ne suis d'ailleurs pas certain qu'il l'acceptera.

En ce qui concernait le déclenchement du scandale dont il avait menacé Clariond, Vassiliev était étrangement discret. Considérait-il que la condition suspensive dont l'écrivain avait assorti son accord équivalait à un refus, et, dans ce cas, avait-il la volonté et le pouvoir de mettre ses menaces à exécution? Rien ne permettait de le dire. Il se taisait.

– Où en sommes-nous? finit par demander Clariond.

– L'expectative. Nous sommes dans l'expectative. C'est un état précaire pendant la durée duquel une situation peut évoluer dans le bon ou le mauvais sens. C'est à toi d'en décider. Tu disposes d'un certain nombre de jours – impossible de savoir combien exactement – pour changer d'avis et m'en aviser. Pendant ce délai, tu risques la catastrophe à tout instant. Ne te fais pas d'illusions. Il ne saurait se prolonger jusqu'au printemps.

C'est le lendemain que Clariond décida de disparaître. Il commença par changer ses habitudes et déserta ses escales habituelles. Puis il laissa son courrier sans réponse et ne se donna même plus la peine de refuser les invitations qui lui étaient adressées. Cette disparition progressive devint totale un beau jour sans qu'il fût possible de la dater avec précision. Il n'y avait jamais eu de téléphone rue Grégoire-de-Tours. Quelques amis que n'avaient pas rebutés les six étages de la vieille maison frappèrent à la porte de sa chambre. En vain.

Pour Jean-René Vaillard, plus qu'une disparition, il s'agissait d'une retraite dont Clariond avait dû ressentir le besoin. Il aurait aimé être informé des motifs de sa décision, pour lui apporter l'aide et le réconfort de son amitié, mais respectait, sans trop s'inquiéter, la discrétion avec laquelle Clariond s'était éclipsé.

Au journal, où la copie était sacrée, la disparition de Clariond fut sévèrement jugée. Si, comme écrivain, dit-on, il pouvait s'offrir des crises d'humeur et jouer à la *prima donna* auprès de son éditeur, en qualité de journaliste, ces fantaisies étaient intolérables. Mais, pour le lui dire, il aurait fallu pouvoir le débusquer.

Curieusement, celui qui semblait le plus affecté par sa disparition était Igor Vassiliev. L'indifférence de ses amis l'indignait.

– Il faut le rechercher, disait-il aux uns et aux autres.

Burquin répondait, l'air innocent :

– En France, personne ne disparaît sans laisser de traces. Ayez un peu de patience. L'escapade de votre calomniateur se terminera comme elle a commencé : sans prévenir.

– Nous ne sommes pas à sa disposition, grogna Vassiliev. Vous oubliez qu'aujourd'hui même il devait être reçu à Moscou, par l'Union des écrivains soviétiques, et que tout son voyage était organisé. Nous n'avions jamais fait pour un écrivain étranger ce que nous avions prévu pour lui. De quoi ai-je l'air et que vais-je dire à mes autorités, pour leur expliquer que l'individu au bénéfice duquel elles avaient accordé des dizaines de dérogations à leur propre réglementation s'est évaporé dans la nature ?

L'emménagement à la Carrière n'était pas une affaire compliquée. Il était rare que les nouveaux venus fussent encombrés de bagages. Ceux de Clariond étaient légers. Dans la baraque, l'espace habitable était comparable à celui de sa chambre de Saint-Germain-des-Prés. Le sommier du lit n'était même pas affaissé. Il y avait une chaise, une table, une armoire, un réchaud à pétrole et, pour ses besoins, un seau lyonnais et son couvercle que l'on rangeait dans un petit bahut sous la cuvette de toilette. Le robinet d'eau était au bout de la ruelle, à moins de vingt mètres de chez lui.

En lui faisant les honneurs de l'endroit, le Dab lui dit :

– Pour une pièce et un litron, tu peux t'éviter les corvées de tinettes, d'ordures et d'eau.

– D'accord.

– Je t'enverai mon éboueur demain matin.

Il gagna la porte et se retourna.

– A la Carrière, dit-il, on est libre, ce qui permet de choisir sa façon d'exister, en oubliant son passé ou bien en l'assumant. C'est selon. Une seule attitude est à déconseiller, la révolte, car l'expérience nous a appris qu'elle est stérile.

La première impression que ressentit Clariond après son installation fut un immense soulagement. Pour la première fois depuis des semaines, l'étau dans lequel il étouffait s'était desserré. Il respirait librement, à fond, n'entendait plus cogner son cœur et se sentait léger. La joie d'avoir échappé à ses poursuivants transformait la vision qu'il avait du lieu où il se trouvait. Il n'en percevait que le pittoresque et l'inhabituel sans réaliser qu'en s'installant à la Carrière il appartenait désormais à l'humanité en décomposition qui la peuplait. Mieux encore : il se trouvait plus à son aise dans le décor spartiate, sordide même, de sa baraque que dans celui de l'avenue Foch parce que ici, au moins, il n'usurpait la place de personne.

Il visita les lieux, non plus, comme précédemment, en touriste, mais en résident. La place sur laquelle veillait le Carillon en était le cœur. Selon les heures, le bistrot attirait des files d'hommes processionnant comme des fourmis, puis les refoulait dans l'autre sens. Leurs silhouettes s'égaillaient alors dans les ruelles, et ils disparaissaient au fond de leurs taudis. Plus on s'éloignait du centre, plus ils étaient misérables. A la périphérie du bidonville, ils n'étaient plus que des cahutes recouvertes de lambeaux de papier goudronné maintenu en place par des pierres. Ce quartier jouxtait le découvert et le terrain sur lequel il était construit glissait inexorablement vers le fond de l'excavation. Entre les masures, que ce mouvement disloquait, serpentaient des chemins que la moindre pluie transformait en bourbiers.

Le prolétariat du bidonville vivait ici. Car, comme toute société, celle de la Carrière s'était stratifiée : elle possédait son aristocratie et ses crevards, aussi caricaturaux que l'étaient au camp les *Prominente* imbus de leurs privilèges et les *musulmans* aux orbites ouvertes sur le néant.

Tous se retrouvaient au Carillon. Custine, l'écrivain maudit, y tenait ses assises devant une clientèle qu'il accablait de sarcasmes et qui, en retour, l'abreuvait de vin rouge. Il répétait à l'envi que la période de l'Occupation ne l'avait pas enrichi, contrairement à d'autres qu'il ne nommait pas mais qui se reconnaissaient dans le portrait peu flatteur qu'il faisait d'eux. Ils payaient son pinard et se faisaient insulter. C'était de cette façon que l'écrivain s'acquittait de ses dettes. Les intéressés ne s'en plaignaient pas, estimant, on ne sait pourquoi, que d'être insulté par Custine était une façon de sortir de l'anonymat.

La renommée de ce cénacle ne dépassait pas, et pour cause, les limites de la Carrière. Mais il en était des proscrits qui le constituaient comme des émigrés de 1793, qui chaque matin, dans leur soupente de Londres ou de Coblence, poudraient leur perruque défraîchie.

– Vous vous êtes mis au service de ceux qui prétendaient avoir codifié sinon inventé le racisme, croassait-il. Petits chacals dont l'office est de dévorer tout ce qui tombe et de lécher tout ce qui est léchable. Sachez, messieurs, que le racisme scientifique est d'origine française et qu'il a vu le jour grâce aux travaux du docteur Edgar Bérillon. Vous connaissez?

Ils ne connaissaient pas.

– Le docteur Edgar Bérillon a écrit en 1917 un ouvrage remarquable sur la bromidrose fétide de la race allemande. Savez-vous au moins ce qu'est la bromidrose, qui frappe exclusivement la race allemande?

Les plumitifs de *la Gerbe*, du *Pilori* et de *Je suis partout* l'ignoraient. Clariond aussi.

– La bromidrose, disait-il, l'index levé, est une infirmité provoquée par la sécrétion d'une sueur fétide des aisselles et des pieds. Pendant quatre ans, vous avez léché les bottes de gens dont vous n'avez pas remarqué que les pieds puaient anormalement. Compliments.

Ils riaient. Sa clientèle aussi.

Ce genre de scène se renouvelait chaque jour avec des variantes dont le talent imprécatoire de Custine ne masquait qu'à grand-peine l'indigence. Heureusement pour Clariond, l'écrivain maudit avait coupé tout contact avec l'extérieur. Il ignorait que le prix de la Renaissance eût été rétabli et qu'ici même, en la personne du lauréat de cette pitrerie littéraire, il disposât de l'exutoire idéal à son délire. C'eût été, pour lui, un moyen de renouveler un répertoire qui commençait à dater. En chroniqueur consciencieux, le Dab n'avait pas manqué de noter cet essoufflement.

– Ils sont lugubres, dit Clariond. S'en rendent-ils seulement compte?

– Custine, certainement. Il prend soin de son personnage et cultive sa déchéance.

– S'en relèvera-t-il?

– Je te l'ai déjà dit. Jamais. Les autres n'ont pas à se poser la question. Il y a longtemps qu'ils n'existent plus.

Ils sortirent du bistrot et se dirigèrent vers l'écurie où était logé le percheron du Dab. Jouxtant la stalle, il y avait un atelier qu'il utilisait pour l'entretien des harnais de son attelage. Tout ici était rangé dans un ordre parfait : cuirs, cordes et colliers suspendus à des patères de bois, un matériel de bourrelier et de charron, mais surtout un outillage de mécanique soigneusement entretenu.

– Tu vois, dit-il, je bricole.

Sitôt sorti de l'écurie, le cheval s'ébroua et, de son pas tranquille, prit le chemin de la placette où était garé le tombereau. Le Dab vérifia le chargement.

– Avec les cahots du chemin, y'a intérêt à ce que les fûts soient correctement arrimés.

Côte à côte sur le siège, ils remontèrent le col de leurs canadiennes. L'air était vif et le sol craquait sous les roues jantées de fer.

– Ça fait du bien de s'aérer un peu, dit le Dab. Ici, faut s'occuper. Tu as vu tout à l'heure à quoi mène l'inaction.

Clariond montra l'attelage.

– C'est ta façon de t'occuper, depuis dix ans?

– Bientôt onze.

Un voile se déchira devant les yeux de Clariond. Depuis onze ans, chaque jour, le Dab avait attelé son cheval, vérifié l'arrimage de ses fûts et conduit son tombereau en bord de Seine. Voilà pour le passé. Et l'avenir lui ressemblerait à s'y méprendre. La Carrière était un refuge, sans doute, mais la paix qu'on y trouvait était celle des tombeaux.

– Onze ans, dit-il, sans que jamais un jour diffère de l'autre, est-ce vivre?

– Et l'usine tous les jours, c'est vivre peut-être? Autrefois je travaillais sur une chaîne. Là aussi je refaisais indéfiniment les mêmes gestes, moi et tous les autres, sans pouvoir lever le nez. Par-dessus le marché, on n'arrêtait pas de se faire engueuler. Ici, personne ne m'ordonne de charger ou de décharger, d'aller vite ou doucement. Je ne suis pas coincé entre l'espoir d'une prime et la crainte d'une amende. C'est ça, la liberté.

» Sans compter, ajouta-t-il en riant, la satisfaction de remplir une fonction sociale éminemment utile. As-tu jamais pensé à ce que serait le monde sans vidangeurs?

Trois semaines après la disparition de Clariond, Jean-René Vaillard reçut de lui une lettre laconique postée dans le XVIIIe arrondissement.

L'homme d'un livre, écrivait-il, *cela existe. Vous-même me l'avez dit un jour. Vous aviez ajouté que je n'étais certainement pas cet homme-là. L'étais-je ou non, je n'en savais rien à l'époque, mais aujourd'hui je suis formel. « La Nef des Fous » sera mon seul livre. Je n'en écrirai jamais d'autre...*

L'éditeur n'en croyait pas un mot. « En s'accusant de stérilité, confia-t-il à son entourage, Clariond se construit un rempart à l'abri duquel il peut travailler sans anxiété. » Il était loin du compte. Non seulement Clariond n'était pas en train de renouer avec un don qu'il n'avait jamais eu, mais il se laissait envahir par un engourdissement de toutes ses facultés.

Le Dab le secoua.

– Sais-tu, dit-il, comment on appelle chez nous un type qui se dégonfle? Un Jaune. Dans notre bouche, le terme n'est pas flatteur. Il vous convient pourtant, à vous autres intellectuels qui, plutôt que de réparer lorsque votre mécanique tombe en panne, vous couchez sur le bord de la route. Par paresse et par lâcheté.

– Ou par clairvoyance, répondit Clariond. As-tu déjà vu de ces arrière-ports où pourrissent des épaves? Certaines flottent encore, à marée haute, mais elles prennent l'eau par leurs flancs crevés. Il n'en reste finalement que la proue et les membrures qui saillent dans le vide comme les côtes d'un squelette.

L'euphorie qu'il avait ressentie au lendemain de son arrivée avait été de courte durée. Tant qu'il s'était cru en danger, la recherche de la sécurité avait primé sur toute autre considération. Une fois à l'abri, il regardait la Carrière d'un autre œil et découvrait qu'elle vouait à une insidieuse destruction ceux qui s'y étaient réfugiés.

Ce phénomène valait d'être observé et décrit. Le Dab observait mais ne savait décrire.

– Voilà de quoi t'occuper. Écris, lui conseilla-t-il.

Clariond se mit au travail en se disant qu'après tout il était journaliste et qu'il avait l'occasion de faire son métier dans des conditions d'authenticité absolue. Entre l'impression superficielle qu'il avait retirée de sa première visite et ce qu'il savait maintenant des excommuniés de la vie qui s'entassaient ici, il y avait la profondeur d'un drame qui restait à écrire. Pourquoi ne s'y essaierait-il pas?

Après trois jours d'efforts infructueux, il renonça. Les personnages de la Carrière se refusaient à lui. Le droit d'asile les protégeait contre toute intrusion. Ils n'admettaient pas celle de Clariond, qui violait le seul bien qui leur restât.

– Si tu es des nôtres, semblaient-ils dire, notre secret est le tien. Si tu es un voyeur, fous le camp. Nous voulons rester entre nous.

Le Dab n'admettait pas ce faux-fuyant.

– Tu n'es pas le premier à te laisser glisser, lui dit-il. Et, comme les autres, il faut que tu te justifies.

Dès ce moment, le cours monotone de ses journées se peupla de faits infimes et dénués d'intérêt, mais qui, dans le néant, revêtaient l'apparence d'événements. Et pour rythmer les heures il y avait le voyage quotidien chez les maraîchers en compagnie du Dab et les deux stations au Carillon, où il avait la certitude de rencontrer les mêmes gens que la veille et d'entendre les mêmes histoires.

Il n'avait même pas à se préoccuper de son pain quotidien et ignorait ce souci qui jetait dehors, dès l'aube, la plupart des habitants du bidonville. Son compte en banque s'était récemment alourdi de confortables avances sur droits. Il n'y avait pas touché et se contentait du revenu que lui assurait M. Albert : une somme modeste, mais grâce à laquelle il faisait figure de nabab dans le monde misérable de la Carrière. L'heureux propriétaire de l'*Alpénor* stockait comme naguère ses marchandises dans une galerie en cul-de-sac, située à trente mètres sous le Carillon. Les cigarettes en provenance de Tanger avaient remplacé l'essence de Port-Marly. Deux fois par mois, il visitait ses magasins et à cette occasion remettait à Clariond ce que rapportait sa participation de cinq pour cent dans l'affaire. Cela fait, il ne manquait jamais de stigmatiser l'inutilité de sa réclusion.

– Je comprends qu'on se planque, disait-il, quand on a la paille aux fesses. Même dans ce cas, la Carrière n'est qu'une étape vers un endroit vivable. Les flics n'en ont pas après toi, et personne ne cherche à te faire la peau. Alors je me demande ce que tu fous dans ce merdier.

Lui aussi se le demandait parfois. Les propositions de M. Albert allaient d'une planque à Pigalle à une installation à Tanger.

– Tu changes d'air, disait-il. S'il le faut, tu changes de tronche et tu vis en homme.

Clariond n'en avait ni le goût ni les capacités.

En dehors de la truanderie, d'autres solutions existaient. Elles avaient en commun le préalable d'une rupture avec le passé. C'était précisément à cette rupture qu'il ne pouvait se résoudre bien qu'il n'ignorât pas qu'à terme le lauréat du prix de la Renaissance fût condamné. A l'oubli, sinon au scandale.

Personne n'avait vu Clariond depuis plus de deux mois. A l'étonnement avait succédé l'anxiété. Béatrice de Courtrai, elle-même plus inquiète qu'elle ne voulait le paraître, écrivait à Mongredien :

Quant à ton malappris de Clariond, aucune nouvelle. Il est introuvable. Les recherches entreprises par Jean-René Vaillard sont restées sans résultat et l'on commence à se demander – passe-moi l'expression – ce que cache cette disparition...

Le contrôleur général Marchetti ne partageait pas l'anxiété des amis de Clariond. L'anxiété ne fait pas partie de la panoplie de la police. Il aurait pu se montrer préoccupé par la disparition de l'écrivain. Il ne l'était pas.

– Nous sommes dans un pays de liberté, expliqua-t-il à Béatrice de Courtrai, où tout citoyen a le droit de se déplacer comme bon lui semble dès lors qu'il ne contrevient à aucune obligation définie par la loi. Clariond n'a pas d'épouse, pas d'enfants, pas d'ascendants à charge. Il a payé ses impôts, n'a pas de dettes et, pour autant qu'on le sache, n'a volé ni tué personne. Vous me parlez de recherches dans l'intérêt des familles : il n'en existe pas dans l'intérêt des amis. Vous vous étiez entichée de lui, belle madame, et vous aviez tort. L'écrivain est peut-être intéressant; pas l'homme, que j'ai rencontré ici même et qui m'a fortement déplu. Laissez-le courir et oubliez-le.

Selon toutes probabilités, ce conseil serait suivi. A divers signes, il apparaissait que la période littéraire de Béatrice de Courtrai touchait à sa fin, notamment l'apparition, dans l'un des salons de l'avenue Foch, d'un piano Bechstein, suivie de celle d'un pianiste hongrois de grand avenir, du nom de Zoltan Ferencsy.

Marchetti, lui, n'oubliait pas. En bon flic, il estimait qu'à condition d'être ouvert et nourri un dossier finit toujours par servir. Il n'y avait que les paumés du Carillon pour s'imaginer que la police ne les avait pas logés. Peut-être la Carrière abritait-elle encore, comme autrefois, de véritables clandestins. Ceux-là, s'ils existaient, personne ne les voyait jamais. Les autres, journaleux sordides de la Collaboration, sans-grade de la Carlingue, escrocs au petit pied, étaient connus et étiquetés. Les plus coupables d'entre eux étaient aussi les plus compromettants. Leur procès eût dérangé. On préférait les oublier, pourvu qu'ils se tiennent tranquilles. Les petits malfrats, dénonciateurs d'occasion ou pillards de biens prétendument abandonnés, ne valaient pas la peine d'être poursuivis en un temps où la moitié de la France condamnait l'autre. Pour tout le monde, l'enfermement à la Carrière était la meilleure des solutions.

Clariond, donc, était fiché. Le patron du Carillon, particulièrement bien placé pour le savoir, en informa le Dab, lequel à son tour prévint Clariond que le secret de sa retraite était éventé par la police.

– Contrairement à ce qu'on pourrait croire, dit-il, cela ne tire pas à conséquence. Les flics sont par nature des gens discrets. Leur force est de savoir, pas de divulguer, à moins, évidemment, que le judiciaire ne s'en mêle. Ils t'ont trouvé par hasard, sans te chercher. Cela fait une fiche, sans plus.

Clariond n'était pas de cet avis. S'il y avait une fiche sur sa disparition, pourquoi n'y en aurait-il pas une, également, sur ses contacts avec un officiel soviétique? Pourquoi ne découvrirait-on pas que le conseiller culturel de l'ambassade d'U.R.S.S. était un membre du N.K.V.D. et que penserait-on de l'excellence pour le moins paradoxale de ses rapports avec ce personnage?

A partir de là s'enclenchait un processus irréversible à l'issue duquel éclaterait non seulement le scandale de son imposture mais, en plus, celui de ses rapports avec un agent étranger.

Une panique, alimentée par ses phantasmes, se saisit de lui. Il se mit à voir des ennemis acharnés à sa perte dans tous ceux qu'il considérait, hier encore, comme des amis. Ces conjurés se réunissaient avenue Foch dont il faisait le centre du complot ourdi contre lui. Burquin s'y était fait admettre, et le docteur Coullomb aussi, ce dernier sur une recommandation de Mongredien, qui le trahissait depuis New York. Comme par hasard, le contrôleur général Marchetti rôdait dans les salons et faisait parler les uns et les autres. Burquin lui apprenait l'existence d'un projet de reportage « amical » sur la vérité sibérienne, que devait effectuer Clariond, grâce à une aide plus que suspecte des autorités soviétiques. Le docteur Coullomb, que le remords de s'être tu poursuivait depuis des mois, s'en libérait en lui révélant la façon dont son ami Brabant avait été volé après sa mort.

Marchetti aiguillonnait les témoins en prétendant les inciter à la prudence :

– C'est une accusation grave que vous portez, leur disait-il. On ne saurait la lancer sans preuves.

Des preuves, ils en avaient à la pelle! Coullomb avec les notes qu'il avait prises au *Revier* pendant des mois. Schnabel qui savait tout du manuscrit d'un certain Brabant, scellé à sa demande par son camarade Clariond dans un mur du *Bauhof*. Burquin dont les documents soigneusement classés constituaient autant d'accablantes présomptions.

– Qu'en pensez-vous, cher ami? demandait Marchetti à Jean-René Vaillard, inhabituellement sombre et silencieux.

L'éditeur ne se levait pas pour prendre sa défense. Il devait d'abord organiser la sienne, devant la perspective du matraquage que n'allaient pas manquer de lui faire subir les confrères.

– Jamais les Éditions du Quadrige ne couvriront une vilenie, finissait-il par dire. *La Nef des Fous* est un grand livre, que nous avons publié sans nourrir le moindre doute sur la personnalité de son auteur. S'il était démontré que notre bonne foi a été surprise, nous nous inclinerions devant les conclusions de la justice. Pour l'instant, je ne perçois que des rumeurs, qui ne me convainquent pas. A mon avis, la seule véritable preuve, ce sera à Clariond lui-même de la fournir. Avec son prochain ouvrage.

Clariond se tassait au fond de sa baraque comme si la meute des conjurés lancée à sa poursuite le cernait de toutes parts.

– Il n'y aura pas de prochain livre, bégayait-il.

Peu importait, car ils n'attendraient pas qu'il fournisse ou non sa preuve. Celles qu'ils détenaient leur suffisaient pour faire justice. Ils se constitueraient en une association, dont chaque membre aurait à cœur de lui porter un coup, non pour faire revivre le nom d'un disparu, mais pour détruire corps et âme un vivant.

Rien, cependant, ne confirmait ces sombres prédictions. Clariond ne continua pas moins à s'attendre au pire. C'était lassant.

– Aujourd'hui, railla le Dab, tu es déçu de ne pas voir poindre ta catastrophe. C'est que, mon pauvre ami, après trois mois ou presque, tu n'existes plus pour personne. Si tu tenais à la notoriété au point de préférer le scandale à l'oubli, il ne fallait pas venir ici. Tu n'avais qu'à rester à Paris, bien peinard, en attendant que ton Russe tire son feu d'artifice.

Il y avait du vrai dans ce jugement. La terreur dans laquelle vivait Clariond agissait sur lui comme une drogue dont il ne pouvait se passer et qu'il cultivait avec frénésie. Elle avait pris un poids et un volume totalement hors de proportion avec la menace qui pesait effectivement sur lui, et qui se traduirait, au pire, par la ruine de sa réputation et un bannissement ignominieux du monde des Lettres. Mais qu'ajouterait ce châtiment à celui qu'il s'infligeait à lui-même? Peu lui importait, en fin de compte, d'être perdu de réputation s'il ne se trouvait personne pour lui signifier cette disgrâce. Et l'on ne voyait pas en quoi l'exil de la république des Lettres était plus pénible que celui auquel il s'astreignait.

Plus le temps passait, plus il devenait difficile de croire que s'ourdissait à Paris un complot pour l'abattre. Bien qu'avec réticence, il fut obligé de l'admettre, sans toutefois envisager un seul instant qu'il pût regagner Paris. « Les démons ne sont qu'assoupis, répétait-il. Mon retour les réveillerait. » L'argument était si médiocre qu'il l'utilisait sans y croire, simplement pour retarder l'aveu auquel il se refusait encore. Mais il y venait, contraint et forcé, après avoir épuisé tous les moyens de reporter l'échéance.

Ce n'était pas une accusation, pas même un reproche. Simplement un regard : celui que Gerson lui avait adressé au moment où ils s'étaient quittés, ici même, voici huit mois.

– Qu'importent les mensonges, semblait-il dire, qu'importent les lâchetés et les trahisons, qu'importe ma vie dévastée ? L'important, c'est qu'il existe des types comme toi pour racheter toute cette saloperie.

De ce que Gerson avait ressenti en découvrant, une fois encore, une fois de trop, que la saloperie triomphait ne demeurait qu'un témoignage : les cercles tracés au crayon rouge autour du nom de l'auteur – le sien – sur la couverture du volume qu'il avait eu entre les mains. Clariond interrogeait ce graphisme et percevait, dans les cercles concentriques, larges d'abord et de plus en plus resserrés, de plus en plus appuyés, jusqu'à ce que la mine du crayon se fût brisée, comme l'écho d'un adieu déchirant.

Rompu le dernier lien qui le rattachait au monde, que pouvait faire Gerson, sinon disparaître ? Le Dab prétendait que sa fin était accidentelle. Il y a des mensonges qui permettent de vivre. C'en était un, dont Clariond avait feint d'être dupe aussi longtemps qu'avait subsisté en lui la volonté d'exister.

Gerson était condamné lorsqu'il l'avait achevé. Brabant aussi. En faisant subir au malade puis au moribond le calvaire inutile et cruel d'une marche dont chaque pas était une souffrance, il lui avait ôté toute chance de survivre, avec la circonstance aggravante d'avoir travesti en geste héroïque cette entreprise stupide et criminelle.

Est-ce qu'une seule fois, en deux ans de temps, il avait reconnu sa responsabilité dans la fin de celui qu'il prétendait aimer ? Jamais. Contre toute logique, contre toute vraisemblance, il argumentait.

Il argumentait encore pour se persuader qu'en signant *la Nef des Fous* il avait répondu à la volonté exprimée par le mourant.

– Piller la tombe d'un ami..., avait dit Alfred le bossu avec une grimace de dégoût.

Il l'avait détesté, et Brabant avec lui. Car c'était cela, la vérité. Il ne lui avait pas suffi d'avoir tué l'ami, puis d'avoir fait main basse sur son œuvre. Pour faire taire sa protestation, il aurait voulu qu'il n'eût pas existé. Mais le disparu était tenace. Il le rencontrait inopinément, ancré dans l'esprit de ceux qui l'avaient connu. Sa présence intempestive et sa façon de s'imposer en tiers avaient développé chez Clariond un réflexe d'agressivité. Rien ne subsistait des heures d'exaltation qu'ils avaient vécues, de la tendresse que suscitait en lui la faiblesse de l'autre, de sa joie de le protéger, de sa soif d'apprendre.

En quittant Paris, il avait fui Brabant plus que Vassiliev. S'il avait semé celui-ci, il ne s'était pas débarrassé de l'autre, qu'il avait vu réapparaître avec colère d'abord, puis avec effroi et pour finir avec résignation.

L'heure était venue de regarder la vérité en face et d'avouer que son amitié pour Brabant procédait du rêve de s'approprier les talents dont l'avait gratifié une injuste faveur. Et, puisque aujourd'hui il ne trichait plus, de reconnaître que la conscience d'une injustice du même ordre avait nourri les sentiments d'admiration et d'envie qu'il avait portés à son frère Pierre.

Mêmes sentiments, même destin, puisque Pierre, lui aussi, avait péri de sa main.

C'étaient les mots employés par son père, au lendemain de l'accident. Albert Clariond, qui n'était que greffier au tribunal d'instance, était sorti de son rôle obscur et subalterne pour juger, requérir et condamner comme il le voyait faire depuis vingt ans.

– Ta déposition à la gendarmerie, avait-il dit, l'index accusateur, est un faux grossier. Je te connais assez pour savoir comment les choses se sont passées. Il s'agit d'un homicide dont je ne suis même pas sûr qu'il soit accidentel.

Le petit homme était pitoyable dans son costume poché aux genoux, avec son gilet éternellement boutonné, son col de celluloïd et sa cravate à système.

– Je te souhaite de pouvoir vivre sans remords, avait-il ajouté.

Au coup porté par le père, la réponse du fils s'imposait, insolente autant que possible :

– Merci, monsieur le Président, ironisa-t-il. Je tâcherai d'y parvenir.

– Va-t'en!

En refermant la porte sur lui, il avait vu le vieux pleurer, la tête entre les mains.

– A la Carrière, aimait à répéter le Dab, on choisit sa façon d'exister, en oubliant le passé ou bien en l'assumant.

Clariond avait tâté des deux méthodes. Ni l'une ni l'autre ne lui avaient réussi. Réduit à l'inaction, il n'arrêtait pas de ressasser son histoire, remontait dans le passé le plus lointain, faisait resurgir des faits oubliés, le plus souvent mineurs, à seule fin de se prouver que chacun de ses gestes, chacune de ses actions étaient dès l'origine entachés du vice qui allait pourrir sa vie entière. Il mettait à cette recherche autant d'énergie qu'il en avait déployé naguère à justifier ses actes les plus discutables et c'était avec une joie amère qu'il détruisait l'édifice construit patiemment de ses mains, pour abriter son confort moral.

– Tu dérapes, dit le Dab, c'est dangereux!

Dans l'esprit enfiévré de Clariond, le moindre mot faisait image.

– Ça n'est pas la première fois, répondit-il. En dérapant dans un virage, j'ai tué un homme. C'était mon frère.

– Il y a des milliers d'accidents semblables tous les ans.

– Qui te dit que c'était un accident, et sais-tu seulement ce que c'est que de tuer?

Le Dab arrêta le tombereau et se tourna vers Clariond.

– Malheureusement, je le sais, répondit-il laconiquement. Que crois-tu que je fasse à la Carrière depuis onze ans? Je paie. Il faut toujours payer. Mais toi tu refuses et ça n'est pas de jeu. Je l'avais pressenti, tu n'es qu'un Jaune.

Clariond n'avait pas envie d'argumenter.

– Ton conseil? demanda-t-il.

– Partir d'ici. Il y a différents moyens de quitter la Carrière. Je ne pense pas que Gerson ait choisi le meilleur. Si tu te sens prisonnier ici, évade-toi. Aucune évasion n'est apparemment aussi simple que celle-là. Tu gagnes la route circulaire et le tour est joué.

C'est ce que fit Clariond. En laissant le bidonville derrière lui, il s'étonna qu'il eût été si facile de s'en libérer. Les raisons mêmes qui avaient fait de lui un reclus volontaire lui paraissaient inconsistantes. Des circonstances, très particulières, il est vrai, avaient justifié qu'il fît retraite. Mais la retraite est une chose, la réclusion en est une autre, qui implique le remords, ou le châtiment. Après trois mois de ce régime, n'importe qui se sentirait coupable.

C'était jour de marché. De part et d'autre de l'avenue de la Défense, une foule compacte se pressait d'un éventaire à l'autre, depuis le rond-point jusqu'au pont de Neuilly. Il était bon de se fondre dans cette multitude et de ne reconnaître aucun visage parmi ceux qu'on croisait.

Passé le pont, son euphorie durait encore. Elle se ternit progressivement tandis qu'il approchait de la porte Maillot. Il lui fallut pourtant vaincre son appréhension, aller jusqu'à l'avenue Foch et regarder, depuis la contre-allée d'en face, les lumières qui brillaient aux fenêtres des Courtrai. Il y parvint, non sans mal, bien que, depuis l'autre côté de l'avenue et dans la grisaille d'hiver, il ne risquât pas d'être reconnu.

L'épreuve suivante était un véritable défi.

« Si je la surmonte, se dit-il en guise d'encouragement, personne ne pourra plus rien contre moi. »

Il s'agissait de parcourir le quartier de Saint-Germain-des-Prés selon un itinéraire que jalonnaient les lieux autour desquels était organisée sa vie de naguère : les Deux-Magots, la Rhumerie, l'immeuble du Quadrige, rue de Verneuil, la rue Grégoire-de-Tours, l'Escholier. Sans exclure la possibilité d'une rencontre, avec les conséquences qui pouvaient en résulter.

Après s'être mis au pied du mur, il ne pouvait se dérober. Le métro le menait à Saint-Germain-des Prés. Il préféra descendre à Châtelet, afin d'aborder le quartier à son rythme.

La panique l'investit alors qu'il s'engageait dans la rue Saint-André-des-Arts. La nuit était venue, en même temps qu'un brouillard mouillé de bruine. Dans la lumière étouffée des réverbères, les passants n'étaient que des silhouettes anonymes. De loin en loin, l'éclairage d'une devanture révélait un visage que l'ombre happait l'instant d'après. Clariond marchait au milieu de la chaussée parce qu'il y faisait plus sombre que sur les trottoirs. Il avait passé la rue des Grands-Augustins et approchait du carrefour de Buci qu'éclairait une vive lumière. C'était se jeter dans la gueule du loup que d'exposer son visage en un lieu où tout le monde le connaissait. En vain essayait-il de se raisonner.

« Il y a dix personnes que je dois éviter, se dit-il. Les autres m'indiffèrent. Quelle importance après tout si, demain, de vagues connaissances prétendent m'avoir rencontré ? »

Il prit son souffle, traversa le carrefour d'une traite et se retrouva à l'abri dans l'ombre de la rue Grégoire-de-Tours, soulagé comme peut l'être le voltigeur qui vient de franchir un glacis battu par le tir d'une mitrailleuse. La porte du numéro 3 était ouverte. Clariond passa sans s'arrêter. Il n'avait jamais été question qu'il monte au sixième étage pour voir ce qu'était devenue sa chambre. Jusqu'au bout de la rue, il se sentit en sécurité, mais le danger réapparut dès qu'il eut tourné l'angle du boulevard Saint-Germain. Le risque, ici, s'aggravait à chaque pas. Clariond comprit qu'il n'était pas en état d'y faire face : ses jambes le trahissaient, son cœur cognait à se rompre et, en dépit du froid, il transpirait à grosses gouttes.

Encore un pas, puis un autre. Le défi était parti en charpie. Il en avait réduit l'ampleur, en même temps que s'estompait, dans son esprit, la signification qu'il lui avait donnée. A vrai dire, il ne savait plus à quoi rimait cette équipée dans Paris. La Rhumerie et les Deux-Magots? Un seul bistrot suffirait, et ce serait la

Rhumerie parce que ses amis n'y venaient qu'occasionnellement. En se faisant violence, il longea d'un pas d'automate la terrasse surélevée, sans rien voir et sans rien entendre, attentif seulement à mater la déroute intestinale qu'avait provoquée en lui l'accumulation des émotions de l'après-midi.

La retraite jusqu'à la Seine tourna à la débandade. En d'autres temps, une fois l'alerte passée, il aurait transformé l'aventure à son avantage, en se disant, par exemple, qu'avec sa venue à Paris, dans ce quartier à hauts risques, il avait atteint son objectif principal et qu'il importait peu que sa promenade eût été écourtée.

Pas ce soir. Il renonçait à la lutte et prenait acte de la condamnation que traduisait son échec : il n'avait plus sa place dans la ville.

De retour à la Carrière après une marche interminable dans le froid et le crachin, il retrouva sa baraque avec un mélange de soulagement et de dégoût. Sous ses deux couvertures, il claquait des dents. Il étendit sa canadienne par-dessus les couvertures. Sans résultat. La fièvre montait. Il se laissa prendre par elle et mener où bon lui semblait, à la fois poursuivant et poursuivi, très loin, entre rêve et délire.

Clariond n'était traqué que par lui-même. Aussi n'y avait-il pas d'issue à sa cavale. Dans son esprit torturé, la volonté de s'échapper et le désir de se laisser rejoindre s'annulaient l'un l'autre. Il ne pouvait admettre qu'il n'était plus poursuivi.

Après avoir été le plus ardent à lui donner la chasse, Vassiliev laissa son gibier prendre le large. Il était chasseur et savait qu'une bête forcée sécrète des toxines qui finissent par l'empoisonner. Dommage ! La manipulation était habile et prometteuse, surtout à une époque où l'on manquait de moyens pour combattre la « calomnie ».

Avant de refermer le dossier Clariond, Vassiliev feuilleta une dernière fois ses notes et jeta un coup d'œil amusé à l'itinéraire qu'il avait préparé pour le voyage du Français.

– Quel slalom ! ironisa-t-il, mais à son exclusive intention.

Clariond devait visiter la Kolyma mais pas le Iouglag, parcourir la Dvina septentrionale sans apercevoir le Dvinlag, tout apprendre de la Mordovie sauf l'existence du Dobroulag. L'itinéraire évitait, de même, le Vorkoutlag, le Norilag, le Bamlag, bien d'autres encore, dont l'existence était farouchement niée. Et pourtant, lorsqu'il avait lui-même visité le Grand Nord, il avait été contraint de se boucher les yeux et les oreilles pour ne pas voir les misérables *zek* [1] et ne pas entendre leurs plaintes. Combien de millions de coupables comptait donc ce pays? Il se posait la question, ce qui était déjà une hérésie, mais ne se risquait pas au-delà. La réponse, il la laissait au Français.

Le refus de Clariond, tout bien pesé, lui convenait plutôt. L'homme était une crapule sans envergure, mais le pillage auquel il s'était livré avait le mérite d'avoir sauvé l'œuvre de l'autre, que Vassiliev appelait familièrement Fédor Mikhaïlovitch, parce qu'à ses yeux il existait une filiation entre les *Souvenirs de la Maison des Morts* et *la Nef des Fous*.

Vassiliev pratiquait encore, mais sa foi vacillait.

Jean-René Vaillard, lui, avait tourné la page. La disparition de Clariond avait coupé court à une polémique sur la paternité de son livre, dont certains échotiers prédisaient qu'elle ferait grand bruit. Rien ne permettait d'affirmer qu'elle était fondée. Dans son for intérieur, Jean-René Vaillard n'en doutait pas et la dérobade de Clariond le confirmait dans cette impression.

Il était certes dommage de n'avoir pu exploiter à fond le succès de l'ouvrage, mais, en l'absence de l'auteur, l'entreprise eût été vouée à l'échec. Jean-René Vaillard ne le regrettait pas. Il était joueur : une main comme on en voit rarement lui avait assuré un succès éclatant puis l'avait mis à l'abri du scandale. Il était temps de se retirer.

Du tiroir de son bureau, il ressortit le manuscrit qu'il avait mis en réserve dix mois plus tôt. L'heure était venue de le publier : l'œuvre correspondait à l'époque. Les nuits qu'elle évoquait n'étaient pas d'alerte mais de plaisir. Les 11 CV Citroën n'étaient plus celles de la Gestapo mais les décapotables avec lesquelles on descendait sur la Côte, cheveux au vent. Les victimes, car il y en avait, n'étaient plus brisées par la douleur mais avaient le cœur gros et la trahison cédait la place à l'infidélité.

Pour Béatrice de Courtrai, seule la musique comptait désormais. Zoltan Ferencsy donnerait demain son premier récital parisien, Salle Gaveau, et ce serait un triomphe. Elle y veillerait avec un désintéressement qui ne lui était pas habituel. Pour la première fois de sa vie, l'un de ses protégés n'était pas son amant. Il est juste de dire que le virtuose était agressivement laid, difforme même, et que l'amour de l'art, chez Béatrice, n'était pas assez fort pour le lui faire oublier.

Au journal, Clariond n'était pas vraiment regretté. Il ne

1. Internés des camps soviétiques, dont la condition était comparable à celle des *Haeftlinge* des camps allemands.

s'était jamais intégré à l'équipe rédactionnelle et, à part Burquin, ne s'était lié avec personne. Le prix de la Renaissance n'avait rien arrangé.

– Aucun succès de librairie, maugréait Camus, que l'amateurisme de Clariond exaspérait, ne m'a jamais empêché de pondre mon éditorial.

Avec Burquin, les rapports s'étaient distendus en même temps que progressait la carrière du livre. Le malaise qu'il avait ressenti à la lecture de l'ouvrage s'était transformé au fil des jours en soupçon et finalement en certitude. Pas de doute, Clariond était un imposteur. Il n'y avait qu'une faille dans cette conviction. En dépit de recherches fiévreuses, il n'avait pas réussi à en faire la preuve.

S'il l'avait voulu, le docteur Coullomb aurait pu la produire, car il l'avait entre les mains sous la forme de brouillons et d'ébauches écrits de la main de Brabant, et datant de l'époque de son affectation au *Revier*.

« Un scandale, se dit-il, ne le ressusciterait pas. Clariond serait traîné dans la boue avec jubilation par des gens pour qui son châtiment serait l'occasion d'éclabousser la déportation tout entière. »

Par scrupule, il se tut, lui aussi.

Une lumière sale filtrait à travers l'unique carreau de la fenêtre. Les autres avaient été occultées par des planches maintenant en place des matelas de journaux. Cette protection était inefficace : il gelait dans la baraque.

Par degrés, Clariond reprit conscience de l'endroit où il se trouvait. Il vit l'amoncellement de ses vêtements par-dessus ses couvertures et les objets misérables qui meublaient son logis. Était-ce d'avoir humé les senteurs de la ville ? L'odeur écœurante de détritus fermentés, à laquelle depuis des mois il s'était accoutumé, et qui était caractéristique de la Carrière, lui était insupportable ce matin.

Son échec de la veille lui revint en mémoire. Il le jugea avec lucidité. La panique qui l'avait cloué sur place puis lui avait fait rebrousser chemin n'avait aucune cause objective. Peut-être même les menaces devant lesquelles il avait reculé, la persécution dont il se disait l'objet n'avaient-elles pas de réalité au sens usuel du terme. Elles avaient néanmoins un singulier pouvoir, puisqu'elles l'avaient condamné à la relégation plus sûrement qu'aucun tribunal ne l'eût fait. Il n'y avait pas d'appel possible à cette condamnation, pas d'évasion non plus. Il faut de la force et de la volonté pour s'évader. Il avait usé l'une et l'autre en des combats stériles et ne désirait plus que le repos.

– Tu fais un tour? lui demanda le Dab lors de sa halte du matin au Carillon.

– Pas aujourd'hui, répondit-il évasivement.

S'asseoir sur le siège du tombereau, brinquebaler jusqu'à la voie de berge avec, dans le dos, le chargement habituel des fûts pleins à ras bord, raconter, en l'enjolivant, bien sûr, l'escapade de la veille, ignorer le scepticisme poli du Dab, était au-dessus de ses forces.

Les rendez-vous qu'ils s'étaient fixés exigeaient qu'il s'y rendît seul.

– Peux-tu me prêter une torche électrique?

– J'en ai une à l'atelier, mais je ne garantis pas l'état des piles.

Le Dab avait l'œil exercé. Il avait vu sombrer des hommes par dizaines. Certains se laissaient couler, d'autres se supprimaient. Tous avaient le même maintien affaissé et, dans le regard, une expression d'absence, comme si, déjà, une part d'eux-mêmes avait pris congé.

Il n'avait jamais tenté de retenir un candidat au suicide, mais le ton naturel et comme détaché qu'il employait pour comparer les avantages et les inconvénients des diverses façons de procéder en avait détourné plus d'un.

On aurait pu croire que, quitte à se supprimer, le mode de suicide importait peu. Lourde erreur! Tel, qui eût affronté en connaissance de cause une fin douloureuse par le poison, préférerait n'importe quoi, même la vie, à la défenestration.

– L'arme à feu, c'est tout bon, disait-il, à condition de bien s'y prendre. Le coup dans la tempe ou sous le menton est plus difficile à réussir qu'on ne croit. Le seul moyen vraiment sûr, c'est le canon du pistolet dans la bouche.

Le désespéré voyait défiler devant ses yeux, au ralenti, les gestes qu'il aurait à faire et ce qui en résulterait. Ce n'était guère encourageant.

Auprès des candidats à la noyade, il ne manquait pas de faire valoir qu'avant d'arriver à leurs fins ils se débattraient désespérément contre leur propre volonté.

Rien, dans le comportement ou les propos de Clariond, n'avait traduit jusqu'à présent des intentions suicidaires. Sa prostration n'en était que plus inquiétante. Peut-être ne s'agissait-il que d'un coup de cafard, à la suite d'une descente en ville qui avait remué en lui des souvenirs pénibles. Le Dab l'espérait mais n'y croyait guère.

– Que veux-tu faire avec une torche électrique?

Clariond répondit sur le ton de la plaisanterie :

– Le bord de Seine avec ta charrette, ton canasson et ton chargement, c'est une belle promenade, mais il ne faut pas en abuser. Il y a des mois que tu me parles de la carrière, celle qui se trouve sous nos pieds. Je vais la visiter aujourd'hui.

– Prends garde, dit simplement le Dab. Si les piles te lâchent en route, tu seras fait comme un rat.

Du labyrinthe souterrain qui s'étendait de Nanterre au Mont-Valérien, Clariond n'avait vu que la galerie aménagée en dépôt de marchandises par M. Albert. Autant dire rien.

– Marque ton passage à chaque croisement, lui conseilla le Dab. Sans cela, tu es sûr de te paumer.

Après le froid de l'extérieur, la température dans les galeries paraissait étonnamment tiède. Les entrées débouchant sur le fond de l'excavation, perpétuellement inondées, étaient gelées en cette fin d'hiver, mais à cinquante mètres à l'intérieur on pataugeait dans l'eau. Clariond marcha jusqu'à un carrefour en étoile dont la voûte était soutenue par un gigantesque pilier de pierre brute. A partir de là rayonnaient huit voies dont une seule était praticable à pied sec. C'était une galerie d'évacuation relativement étroite mais dont la voûte dépassait cinq mètres de haut. Les rails qui l'avaient équipée avaient pour la plupart disparu. Il n'en subsistait ici et là que des sections aux trois quarts enfouies dans la boue durcie.

L'écho de ses pas résonnait de façon insolite. Il était parfois étouffé, comme si l'épaisseur de l'air l'empêchait de se propager, ou bien, sans qu'on sût pourquoi, se répercutait à l'infini jusqu'à devenir un murmure imperceptible. Le silence, ici, n'était qu'apparent. Il suffisait de s'arrêter et de tendre l'oreille pour percevoir les rumeurs, les soupirs, les plaintes, les craquements aussi et les échos lointains dont il était peuplé.

Le rond de lumière de la torche faisait scintiller les coulées d'eau qui suintaient de la voûte, se perdait dans l'ouverture noire et béante des galeries latérales et animait d'ombres mouvantes ce monde déserté par la vie. Minés par les infiltrations, des pans entiers de parois s'étaient éboulés. Clariond avait franchi non sans mal plusieurs de ces obstacles et s'acharnait néanmoins à progresser. Lorsque enfin il buta sur la structure mangée de rouille de ce qui avait été un pont roulant, il eut le sentiment qu'il était arrivé au terme de son exploration.

C'était un matériel lourd, abandonné sur place depuis plus de cinquante ans, qui ressemblait à une épave des grandes profondeurs. Le train de roulement sur lequel il reposait s'était envasé jusqu'aux essieux. Le treuil et les mécanismes de levage, soudés par la rouille, faisaient bloc avec les structures et ne s'en distinguaient pas. Sur les côtés, des échelles de fer étaient fixées aux montants et permettaient d'atteindre la traverse supérieure, à plus de quatre mètres du sol.

Clariond s'adossa à l'une des échelles et éteignit sa lampe. Dans le noir absolu, le toucher remplaçait la vue. Les années avaient travaillé le métal de la machine et l'avaient fait souffrir. Sous la main, les barreaux de l'échelle étaient aussi rugueux que le granit des falaises bretonnes lessivées par les embruns. Rugueux mais pas hostiles. La machine entière, dans sa gangue de rouille, avait un aspect fraternel et paisible. Elle semblait attendre avec sérénité l'heure de sortir de sa nuit et de se rendre utile.

Cette rencontre n'était peut-être pas fortuite, mais Clariond la jugeait trop soudaine pour que, d'emblée, des rapports de confiance puissent s'établir entre la machine et lui. Ils se reverraient, c'était sûr.

De retour à la Carrière, il ne parla pas au Dab de sa découverte.

– Bonne balade? demanda celui-ci.

– Intéressante.

– Il paraît que c'est rempli de fantômes, ce labyrinthe. Tu n'en as pas rencontré, par hasard?

Pour la première fois depuis longtemps, Clariond dormit bien cette nuit-là. Il revint le lendemain. Le chemin lui parut court et facile. Il retrouva avec plaisir la silhouette massive du pont roulant et entreprit d'étudier en détail les possibilités d'utilisation qu'il offrait. Quatre mètres de haut depuis la traverse supérieure; l'idéal pour qui veut réussir une pendaison. Deux mètres de chute, un mètre quatre-vingts pour le pendu et vingt centimètres de garde sous ses pieds. Comme dirait le Dab, c'est tout bon!

Ainsi qu'il l'avait fait la veille, Clariond éteignit sa lampe. L'obscurité des entrailles de la terre était propice à l'invocation de ceux qu'après un long et douloureux voyage il allait enfin rejoindre.

Gerson répondit le premier. Dans son visage émacié, le regard étincelait. La faim importait peu, les coups pas davantage. Il croyait au bien, en l'homme et à l'amitié. Cela se passait du temps des certitudes, dont il ne savait pas encore qu'elles étaient des illusions.

– Pardonnes-tu? demanda Clariond.

Le visage de Gerson, soudain altéré par les stigmates de la déchéance, s'éclaira d'un sourire triste.

– Ta place est parmi nous, murmura-t-il. Viens nous rejoindre.

Brabant apparut. Clariond craignait cette confrontation qu'il n'avait jamais eu le courage d'accepter véritablement. Même après avoir abandonné toute prétention de se justifier, il n'avait pas fait face et s'était ménagé une dernière échappatoire en se trouvant une culpabilité si évidente, qu'il en découlait une condamnation globale, sans discussion ni attendus. Cette apparente sévérité l'avait dispensé d'aller au fond des choses et de déterminer en particulier s'il avait trahi l'ami de propos délibéré, et à quand remontait exactement cette trahison.

L'heure n'était plus aux faux-fuyants. Dans la nuit de la galerie, le mensonge n'avait plus la moindre utilité. La réponse aux deux questions était accablante. Il y avait eu préméditation. Et elle avait commencé à se frayer son chemin en lui le jour même où Brabant avait tracé la première ligne de son manuscrit.

– Me pardonnes-tu ?

Le gisant du bois de Below répondit d'une voix douce :

– Grâce à toi, pendant un an, nous avons été unis au point de nous fondre en un seul être. Avons-nous jamais désiré autre chose, et comment pourrais-je t'en vouloir ? L'heure est venue de nous rejoindre définitivement.

Pierre enfin, dont la tête inerte reposait sur ses genoux. Sous les paupières abaissées, les yeux étaient sans vie, mais l'illusion du sommeil était entretenue par la sérénité du visage.

– Ne pars pas, ne pars pas, balbutia Clariond.

Pierre était parti, en ne laissant à son frère que des bribes de souvenirs incrustés dans sa peau. Les longs cils se relevèrent une seconde. Peut-être n'était-ce qu'une illusion.

– Que fais-tu seul au monde ? chuchota une voix. Viens nous rejoindre. Nous t'attendons.

Le patron du Carillon s'affairait, d'un percolateur à l'autre, et ses propos étaient hachés par le sifflement des jets de vapeur.

– La police, dit-il, a verrouillé toutes les affaires gênantes avec lesquelles Joanovici pouvait faire chanter le beau monde. Il a désormais les mains vides. Rien ne s'oppose plus à ce qu'il soit arrêté.

Il jeta un coup d'œil à la ronde.

– ... Ainsi que ceux qu'il protège. Ça va dépeupler la Carrière. De toute façon, conclut-il avec philosophie, elle n'en a plus pour longtemps. Il paraît qu'on va construire dessus la cité du XXIe siècle!

Le Dab s'approcha de Clariond.

– Que fais-tu ce matin?

– Je viens avec toi. Après les catacombes, le grand air me fera du bien.

– Tu vas mieux, on dirait?

– Beaucoup mieux, en effet.

Ensemble, ils se rendirent à l'écurie. Le Dab décrocha de sa patère l'un des deux colliers cloutés de cuivre et confia à Clariond le fouet et les longes destinées à l'attelage.

D'autorité, Clariond prit place sur le siège du cocher.

– Aujourd'hui, dit-il au Dab, c'est toi le passager.

D'un mouvement d'oreilles, le cheval marqua sa désapprobation. Si l'on change le cocher, l'on change aussi d'habitudes. Il attendit la caresse du fouet sur sa croupe pour se mettre en marche. Les guides en main, Clariond sifflotait, sous l'œil intéressé du Dab.

– Tu oublies ou tu assumes?

– Ni l'un ni l'autre. Je quitte la Carrière.

– Quand cela?

– Demain.

– Tu retournes à Paris?

– Certainement pas. Des amis m'attendent.

Il hésita un instant avant d'ajouter avec, aux lèvres, un sourire rêveur :

– ... Ailleurs.

Il avait neigé pendant la nuit. A l'aube, des pans de ciel étaient apparus entre les nuages que le vent effilochait. Sur le chemin de halage, la neige se transformait en boue, mais dans les potagers du bord de Seine elle était immaculée, blanche et rose sous le soleil levant. Le paysage était à s'y méprendre celui du Pissarro qui luisait doucement, dans la grande galerie des Courtrai.

– Tu connais Pissarro? demanda Clariond.

– Non, qui est-ce?

– Un peintre.

– Il n'y a jamais eu de peintre à la Carrière.

Le tombereau cahotait dans la neige fondue.

– Je te regretterai, dit le Dab après un silence.

– On se reverra.

– Tu sais bien que non.

Le ciel s'était brusquement obscurci. Avec la disparition du soleil s'était évanouie la beauté fugace du paysage. Il redevint ce qu'il était : celui d'une banlieue sale et laide sur laquelle pesait un ciel de suie. La tournée s'achevait dans la morosité. Clariond se demandait pourquoi il avait souhaité refaire une fois encore ce chemin tant de fois parcouru. Il était silencieux. Parce qu'il n'avait plus rien à dire. A personne.

Il était onze heures.

– On déjeune ensemble? demanda le Dab.

Il pressentait le pire et ne proposait à Clariond que le réconfort d'une présence amie. Clariond n'avait pas faim et voulait rester seul. Il s'enferma dans sa baraque d'où nul ne le vit ressortir.

Il se pendit en fin d'après-midi à l'aide de la corde qu'il avait subtilisée, le matin même, dans l'atelier du Dab.

Ce fut une pendaison réussie parce que soigneusement préparée. L'arrimage de la corde sur la traverse supérieure du pont roulant, la hauteur de chute, la garde au sol et le nœud coulant, bien sûr, ni trop lâche ni trop serré, tout était au point. Au tout dernier moment, il hésita à éteindre sa lampe et y renonça finalement en se disant que la lumière le veillerait. Il s'assit sur le rebord de la traverse et s'avança jusqu'à n'être plus soutenu que par ses paumes en appui tendu. Dès lors, la moindre rupture d'équilibre suffisait à provoquer la chute. Moins d'une seconde pendant laquelle fulgura la question :

« Était-ce bien nécessaire? »

Épilogue

Aux compagnons d'autrefois, cette question eût paru dénuée de sens. Ils s'étaient battus pour vivre et continuaient à le faire, avec des fortunes diverses, mais sans jamais remettre en cause la conviction, chevillée au plus profond d'eux-mêmes, que la vie était le bien suprême.

Ruysdael touchait au but. Un Frans Hals sur lequel il avait travaillé pendant plusieurs mois allait être vendu chez Sotheby's. C'était une consécration, totalement justifiée à ses yeux car, à vivre avec lui, il avait acquis la certitude que son Frans Hals avait une âme, et pas n'importe laquelle, mais celle du maître, ressuscitée par ses soins.

Alfred était heureux, lui aussi. Un couple richissime, dont la résidence ordinaire était un yacht vaste comme un paquebot, avait jeté l'ancre à Cannes pour une escale prolongée. Le mari était un roi du nickel ou de l'étain. La femme était Jessica Lane, qui s'était retirée de la scène en pleine gloire l'année précédente. Le dieu des rats d'hôtel était avec Alfred. Ils étaient descendus au Gonnet et de la Reine parce que l'établissement rappelait d'heureux souvenirs à la diva. Alfred, lui, venait de terminer une étude de l'établissement où il se proposait d'effectuer une série de visites. La première qu'il fit le mit en présence du couple, profondément endormi à la suite d'une soirée qui s'était prolongée fort avant dans la nuit. Abandonnée sur la coiffeuse, la parure de diamants et de rubis dont Jessica Lane raffolait au point de ne jamais s'en séparer irradiait dans l'ombre.

Ce fut la parure, cette nuit-là, qui se sépara d'elle.

Au Carnegie Hall, il n'y avait plus un strapontin à louer. Les Juifs américains avaient répondu à l'appel de Samuel Sternberg, mais ils ignoraient encore qu'avant de goûter l'extraordinaire finesse de son jeu ils allaient entendre quelques vérités difficiles à digérer. Il avait pris Bianca par le bras et l'avait amenée sur le devant de la scène.

– Nous sommes des revenants, s'écria-t-il. Nous venons de l'au-delà pour vous dire : « Prenez garde. Votre avenir ne se décide ni dans les entreprises que vous fondez, ni dans les capitaux que vous manipulez, ni même dans les administrations que vous investissez, mais dans une bande de terre ingrate et de rochers calcinés dont les rescapés du génocide vont faire une patrie qui rendra à notre peuple sa noblesse et sa fierté! »

Faute de mieux, les Américains payèrent. Il ne leur en demandait pas davantage.

Ce soir-là plus que jamais, il eut envie de Bianca, mais, comme d'habitude, il domina son désir. Elle ne comprenait absolument pas les raisons de cette abstinence et n'était pas loin de la considérer comme insultante.

– Tu appartiens à un autre, répondit-il, lorsque, lasse d'attendre, elle lui demanda de s'expliquer.

– Je n'appartiens à personne, répliqua-t-elle, rouge de colère. Et si c'est à Clariond que tu fais allusion, je puis te l'affirmer : à lui moins qu'à n'importe qui.

– Ça n'a évidemment rien à voir. N'empêche! Personne n'aurait fait pour un autre ce que j'ai vu Clariond faire pour Brabant.

Bianca eut un rire amer.

– Il a fait plus encore. Une fois mort, il l'a pillé. Le livre, le fameux livre, c'est Brabant qui l'a écrit.

Accablé, Sternberg baissa la tête.

– Comme il a dû souffrir..., murmura-t-il.

Le gisement de Winnatoon était situé au-delà du cercle polaire, dans la région réputée inaccessible des Barren Grounds, dans le nord-est du Canada. Mais c'était un gisement d'or d'une incroyable richesse. Nulle route n'y menait. Pour s'y rendre par voie de terre – si l'on peut dire – on partait de Fort Fond-du-Lac, sur l'Athabasca, et l'on gagnait la péninsule Adelaïde, mille kilomètres au nord-est, en roulant sur la surface gelée des lacs. La piste était praticable six mois par an. Pendant l'autre moitié de l'année, la glace n'était pas assez solide pour supporter les quarante tonnes des Mack vingt-six roues qui faisaient la ligne.

Knecht conduisait l'un de ces engins. Il se préparait à

effectuer l'avant-dernier voyage de la saison lorsqu'il vit arriver Mongredien à Fond-du-Lac.

– Je ne voulais pas célébrer seul l'anniversaire du bois de Below. Tu m'emmènes à Winnatoon?

Knecht accepta avec joie.

– Je te préviens, dit-il. On roule à quinze à l'heure, sur la glace. Le trajet dure de quatre jours à une semaine. Et, si le *blanc* s'en mêle, on s'arrête et on attend. Deux, trois jours, parfois plus.

Knecht était infatigable. Il roulait seize heures par jour, par tranches de quatre heures entrecoupées de pauses d'une demi-heure. Cela lui laissait six heures pour dormir.

– Es-tu heureux?

– Je suis paisible.

Dans la cabine du mastodonte, il faisait dix-huit degrés. La radio diffusait de la *country music*; la kitchenette permettait de préparer de vrais repas et les couchettes étaient aussi confortables que celles d'un navire de croisière. Knecht fit de la tête le tour de son domaine.

– On t'aurait parlé de ça il y a deux ans, t'y aurais pas cru. Tu te rends compte? Seul là-dedans. Combien étions-nous dans un espace pareil; douze au moins?

Il rit.

– Et il y a des gens pour me demander si je ne trouve pas le temps long. S'ils savaient!

Ils avaient traversé sans encombre les lacs Wholdait, Kanilukuk, Dubrawn et s'étaient engagés sur le lac Garry. Knecht stoppa le camion.

– Tu ne le vois pas, dit-il, mais nous sommes juste sur le cercle polaire. Tu t'arrêtes, et il n'y a personne pour te faire avancer. Personne ne gueule, personne ne menace. La liberté, cela s'arrose.

Il sortit une bouteille de bourbon du casier-rangement. Dehors, la température avait chuté de plusieurs degrés. Knecht consulta le thermomètre fixé contre le montant du pare-brise.

– Moins quarante-cinq. Le *blanc* n'est pas loin.

Une lumière laiteuse montait de la surface du lac et enveloppait toutes choses visibles. On ne voyait plus l'avant du camion et, sous le marchepied, le sol avait disparu. Il n'y avait plus d'avant ni d'arrière, de haut ni de bas, de gauche ni de droite, rien qu'une nacelle suspendue dans le vide, où il faisait bon vivre.

Knecht était songeur.

– Peut-être, après tout, dit-il, est-ce cela le bonheur...

Paris, janvier 1986.
Bézu-la-Forêt, août 1987.

GLOSSAIRE

A	
Alles in ordnung	Tout est en ordre
Amt Schrifften	Service de la production littéraire
Antreten	Rassemblement
Arbeitsdienst	Bureau de travail
Aufstehen	Debout
Ausweiss	Laisser passer
B	
Bauhof	Chantier de construction et kommando chargé des constructions
Blockführer	SS responsable d'un block devant le commandant du camp
Bock	Chevalet de bois sur lequel était lié le condamné à la bastonnade
C	
Canada	Kommando d'Auschwitz où étaient rassemblés et triés les effets personnels et les biens des déportés nouvellement arrivés
D	
Daw (Deutsche Ausrastungsweike	Kommando de la menuiserie industrielle
Dourak (russe)	Idiot
E	
Effektenkammer	Dépôt, magasin général
Ehrenhaeftling	Interné d'honneur
Es stimmt	Le compte y est
F	
Fluge	Aile. Les baraques comportaient une portion centrale et deux ailes, les fluge A et B
Fünfundzwanzig am arsch	Vingt-cinq (coups) sur le cul

G

Gummi .... Tuyau de caoutchouc lesté de plomb

H

Haeftling .... Interné d'un camp de concentration

Hausfrau .... Femme d'intérieur

Hitlerjungend .... Organisation de la jeunesse hitlérienne

I

Im gleichen Schritt .... Pas cadencé

K

Kalfaktor .... Homme à tout faire du chef de block, ou du kapo

Kapo .... Interné responsable d'un kommando

Konditorei .... Épicerie fine

Krema (pour Krematorium) ..... Construction dans laquelle se trouvaient rassemblées les installations servant à l'extermination – chambres à gaz et batteries de fours crématoires – ainsi que les services annexes et le logement du Sonderkommando

Kriegsmarine .... Marine de guerre

K.L. .... Abréviation pour Konzentrazions Lager. Camp de concentration

KWA .... Atelier de recherches techniques automobiles

L

Lagerartz .... Médecin chef SS du camp

Lagerführer .... Commandant SS du camp

Lagersperre .... Bouclage du camp et couvre-feu

Läufer .... Commissionnaire

Lizopizd (polonais) .... Lécheur de cons

M

Marschieren .... Pour Achtung, marschieren : en avant, marche

Meister .... Contremaître d'une firme industrielle employant de la main-d'œuvre concentrationnaire

Miska	Récipient émaillé de deux litres
Musulman	Interné dont la dégradation physique a atteint un point de non-retour. Son poids était d'une quarantaine de kilos
Mütze	Coiffure en forme de béret des déportés

N

Nieder Angriff	Attaque à basse altitude

O

Oberkapo	Kapo responsable d'un kommando important d'au moins 500 individus et pouvant atteindre un effectif de 5000
Obermeister	Contremaître en chef

P

Pani (polonais)	Monsieur
Papiroz, pl. papiroshki (polonais)	Cigarette
Pitchipoï (yiddish)	Pays mythique, où les Juifs étaient censés être déportés. Aucun d'eux n'ignorait qu'il était l'Au-delà
Politische Abteilung	Bureau politique
Politruk (russe)	Commissaire politique
Prominent	Interné privilégié, grâce aux protections dont il jouit ou aux fonctions qu'il assume
Propagandastaffel	Service de propagande

R

Rapportführer	Gradé SS, responsable du rapport quotidien, présenté sur la place d'appel (effectifs, travail, discipline)
Rathaus	Hôtel de ville
Raus	Dehors!
Reichsführer	Chef suprême. Himmler était Reichsführer SS
Revier	Hôpital

S

Sheisserei	Chiasse
Schneller	Plus vite
Schreiber	Secrétaire
Schreibstube	Secrétariat
Schuhfabrik	Usine de chaussures

Schuhläufer	litt. essayeur de chaussures. Les nouveaux modèles de brodequins étaient testés au Schuhläufer kommando
Schupo	Agent de police. Par extension : police de sécurité
Schusterei	Cordonnerie
Schwartz kommando	Kommando des hommes noirs
Scharführer	Caporal SS
Sonderkommando	Kommando spécial d'Auschwitz
Station Z	Installations destinées aux exécutions non publiques
Stillgestanden	Garde à vous
Stolypine (russe)	Panier à salade servant au transport des déportés à l'époque tsariste
Strafe	Punition
Strafkommando	Kommando disciplinaire
Stube	Dortoir
Stubedienst	Adjoint au chef de block
Sturmführer	Sous-officier SS

T

Totenrevier	Hôpital des incurables

V

Volksdeutsche	Natifs des territoires annexés par le IIIe Reich au motif qu'ils étaient peuplés d'une population d'origine allemande (Sudètes, Dantzig, etc.)
Vorarbeiter	Chef d'équipe, adjoint au kapo
Vorman	Sous-chef d'équipe

W

Waschraum	Lavabos
Wirtschaftwichtigerjude	Juif bénéficiant d'un statut privilégié en raison de son « utilité à l'économie »

Y

Yeshiva (yiddish)	École talmudique

Z

Zebra	Droguet rayé des déportés et par extension les déportés eux-mêmes
Zek (russe)	Internés des camps de concentration soviétiques
Zulage	Rabiot

Cet ouvrage a été réalisé sur
Système Cameron
par la SOCIÉTÉ NOUVELLE FIRMIN-DIDOT
Mesnil-sur-l'Estrée
pour le compte des Éditions Lattès
le 11 janvier 1988

Imprimé en France
Dépôt légal : janvier 1988
N° d'édition : 88005 – N° d'impression : 8250